500 Anos de Engenharia no Brasil

500 Anos de Engenharia no Brasil

edusp

imprensaoficial

edusp imprensaoficial

500 Anos de

JOSÉ CARLOS T. B. MORAES

Organizador

Engenharia no Brasil

Dados Internacionais de Catalogação na Publicação (CIP)
(Câmara Brasileira do Livro, SP, Brasil)

Moraes, José Carlos T. B.
500 Anos de Engenharia no Brasil / organizador José Carlos T. B. Moraes. – São Paulo: Editora da Universidade de São Paulo / Imprensa Oficial do Estado de São Paulo, 2005. – (Coleção Uspiana).

Vários autores.
Bibliografia.

ISBN: 85-314-0683-8 (Editora da Universidade de São Paulo)
ISBN: 85-7060-364-9 (Imprensa Oficial do Estado de São Paulo)

1. Brasil – História – 1500-2000 2. Engenharia – Brasil – História I. Moraes, José Carlos T. B.. II. Título. III. Série.

02-0576 CDD-620.00981

Índices para catálogo sistemático:

1. Brasil : Engenharia : História 620.00981
2. Engenharia : Brasil : História 620.00981

Edusp – Editora da Universidade de São Paulo
Av. Prof. Luciano Gualberto, Travessa J, 374
6º andar – Ed. da Antiga Reitoria – Cidade Universitária
05508-900 – São Paulo – SP – Brasil
Divisão Comercial: (11) 3091-4008/3091-4150
SAC: (11) 3091-2911 – Fax: (11) 3091-4151
www.usp.br/edusp – e-mail: edusp@edu.usp.br

Imprensa Oficial do Estado de São Paulo
Rua da Mooca, 1921 – Mooca
03103-902 – São Paulo – SP – Brasil
Tel.: (11) 6099-9800 – Fax: (11) 6099-9674
www.imprensaoficial.com.br
e-mail: livros@imprensaoficial.com.br
SAC: 0800-123 401

Printed in Brazil 2005

Foi feito o depósito legal

Esta coleção, composta de 12 títulos, é parte integrante da "Estante USP – Brasil 500 Anos", publicações aprovadas pelas Comissões da Universidade e pela Comissão Nacional para as Comemorações do V Centenário do Descobrimento do Brasil

Sumário

Uspiana Brasil 500 Anos

Esta coleção, reunindo doze títulos, marca a presença editorial da Universidade de São Paulo nas comemorações dos 500 anos do Brasil. A importante efeméride foi, de vários outros modos, amplamente celebrada em nosso âmbito acadêmico, incluindo encontros científicos, exposições, conferências, seminários, espetáculos e eventos diversos. Os livros, porém, a despeito dos freqüentes vaticínios de virtualistas equivocados, ainda são formas de registro com grau mais elevado de permanência. Assim, essas obras lançadas pela Edusp e criteriosamente programadas pela nossa Comissão das Comemorações USP — Brasil 500 Anos vêm contribuir para fixar ainda mais a memória de uma celebração histórica.

A coleção Uspiana — Brasil 500 Anos é também fruto de larga reflexão dos intelectuais acadêmicos, todas as Unidades e Órgãos de Integração da Universidade. A escolha dos títulos procurou ser abrangente e representar as várias áreas do saber existentes na instituição. Acertadamente, não explora somente os vínculos temáticos. Tem, como escopo, a reunião dos estudos problematizadores da cultura européia, as inter-relações do Brasil com a África e com o continente americano de modo geral e as culturas autóctones. É, por isso mesmo, um legado para o terceiro milênio, constituído por obras de referência, inventários, análises críticas e proposições.

Ao reunir esforços para lançar esta edição, a Editora da Universidade de São Paulo e a Imprensa Oficial do Estado fixaram no mais elevado patamar uma frutífera parceria de vários anos. Desenvolveram, para esta coleção, um trabalho de grande alcance, cuja impressão foi precedida de cuidadosa organização de texto e imagem, valorizando a iconografia e documentos inéditos ou pouco conhecidos.

Não há como privilegiar especificamente qualquer uma das obras desta coleção que, em sua íntegra, reflete a pluralidade acadêmica e oferece ao leitor uma visão simultaneamente retrospectiva, atual e prospectiva do nosso país. Esperamos que o seu conteúdo seja útil para o entendimento ainda maior do nosso processo civilizatório e seus correspondentes desafios.

Jacques Marcovitch

Introdução

No início de 1999, a Escola de Engenharia de São Carlos (EESC) e a Escola Politécnica (EP), ambas da Universidade de São Paulo (USP), integraram-se às atividades de comemoração dos quinhentos anos do Brasil, comprometendo-se a elaborar o projeto para editoração do livro *500 Anos de Engenharia no Brasil*, em parceria com a Imprensa Oficial do Estado de São Paulo e a Editora da Universidade de São Paulo para uma edição especial e selecionada de livros aprovados para as "Comemorações USP – Brasil 500 Anos". Na ocasião, os responsáveis por esse projeto foram os presidentes das respectivas Comissões de Cultura e Extensão Universitária dessas duas unidades de ensino, a saber, os professores João Fernando Gomes de Oliveira e José Carlos Teixeira de Barros Moraes. Cabem aqui especiais agradecimentos ao professor João Fernando Gomes de Oliveira que, embora tenha se afastado do projeto durante a sua realização, contribuiu de maneira inestimável no início do mesmo. Também é imperativo agradecer ao professor Milton Vargas, verdadeiro mentor e coordenador desta obra, pela constante colaboração. Seus conhecimentos e experiência na área de História da Ciência, aliados ao senso de pesquisador e de engenheiro, além de uma permanente disponibilidade e empolgação com que assume suas tarefas, permitiram uma cuidadosa elaboração e supervisão da primeira versão dos capítulos que compõem o *500 Anos de Engenharia no Brasil*, sem o quê certamente não seria possível obter a qualidade e a informação resultantes na versão final editada. O maior crédito, no entanto, deve ser dado aos autores deste livro, pois eles, com muito conhecimento, competência e dedicação, possibilitaram que esta obra não apenas fosse editada mas, certamente, venha a contribuir significativamente para a História da Ciência e da Tecnologia do Brasil. Os vários capítulos incorporados neste compêndio, finalmente, permitem que se tenha uma informação sucinta mas riquíssima da evolução da engenharia no Brasil em suas várias áreas até o ano de 2002, quando então foram encerradas as pesquisas para que o material fosse transformado em livro pela Edusp.

Prof. Dr. José Carlos Teixeira de Barros Moraes
Organizador

1 Visão Global da Engenharia no Brasil desde seu Descobrimento

MILTON VARGAS

Na Colônia

A primeira notícia que se tem de obras no Brasil refere-se à construção da cidade de Salvador. Em 1549, Tomé de Souza foi incumbido pelo rei de Portugal de escolher local conveniente para a fundação de uma cidade que seria a sede da colônia recém-descoberta, e ali construir um forte, um porto para amarrar os navios, edifícios públicos e habitações. Para isso, os portugueses trouxeram mestres de obras, chefiados por um hábil construtor chamado Luiz Dias.

É difícil acreditar, entretanto, que Luiz Dias tivesse conhecimentos semelhantes àqueles dos arquitetos renascentistas da época. O grupo de mestres, oficiais e aprendizes que chegara à Bahia, nos meados do século XVI, tinha o aspecto de uma corporação medieval de construtores, cujos conhecimentos eram totalmente empíricos, transmitidos de geração a geração pelos mestres aos aprendizes.

Durante todo o período colonial, não houve aporte de conhecimentos teóricos nas práticas construtivas ou fabris – o que na Europa já se vinha fazendo sentir na arquitetura, com um Alberti, ou nas práticas de mineração e metalurgia, com um Agrícola. Os processos de construção militares ou religiosos na colônia eram, em geral, semelhantes aos das artes medievais. As obras eram feitas pelo aprendizado prático, a partir de mestres, padres construtores ou engenheiros militares portugueses, geralmente não versados em teorias científicas. A mão-de-obra era suprida por soldados rasos, índios e caboclos e, talvez, em escala menor, por escravos.

A própria grande indústria do período colonial, a do açúcar, foi montada com base em técnicas medievais, com energia fornecida por rodas-d'água. Quando os holandeses ocuparam Pernambuco, não teriam eles trazido alguma novidade científica para o preparo do açúcar pelo fato de a Holanda da época ser um país em que já imperava a ciência moderna? Parece, no entanto, que eles adotaram a política de não intervir na cultura e preparo do açúcar mascavo; simplesmente comerciavam com os fazendeiros o produto bruto e deixavam o refino para ser feito na Holanda.

As técnicas empregadas na cultura da cana e fabricação do açúcar, assim como na mineração do ouro, em Minas Gerais, também são antigas e foram bem documentadas no livro de André João Antonil[1], publicado em Lisboa em 1711, mas imediatamente confiscado e destruído pelas autoridades portuguesas, provavelmente devido às informações sobre as riquezas da colônia.

Complementando as informações de Antonil quanto à técnica da principal indústria da colônia – a fabricação do açúcar –, Ruy Gama escreveu sua excelente obra[2], na qual conclui que essa fabricação era baseada em técnicas empíri-

1. André João Antonil, *Cultura e Opulência do Brasil*.
2. Ruy Gama, *Engenho e Tecnologia*.

cas. Somente no correr do século XIX, com a transformação dos engenhos movidos a roda-d'água em usinas movidas a vapor, é que se pode dizer que houve uma contribuição tecnológica à indústria do açúcar; mas ainda assim somente incorporada nas máquinas importadas.

Quanto à construção de edifícios, um documento que descreve suas regras técnicas são as "Declarações de Obras", de Frei Bernardo de São Bento, de 1684, transcritas por dom Clemente Maria da Silva-Nigra[3].

O ensino militar no Brasil teve início em 1699, quando foi criada uma "Aula de Fortificações" no Rio de Janeiro, e, em 1710, uma "Aula de Fortificações e Artilharia", em Salvador. Mas o ensino de disciplinas de Engenharia Civil só foi iniciado em 1792, quando a "Aula" do Rio de Janeiro foi transformada em uma "Real Academia de Artilharia, Fortificações e Desenho".

Contudo, a formação dos oficiais-engenheiros-militares portugueses deve ter sido precária até 1763, quando o marquês de Pombal instituiu o ensino da engenharia militar como parte da reorganização do exército português, passando, desde então, a ser ministrados conhecimentos científicos aos oficiais do exército.

Um dos primeiros oficiais militares que atuaram no Brasil entre 1603 e 1635, foi Francisco de Frias da Mesquita, cuja formação era anterior à reforma pombalina. Foi ele o construtor do magnífico forte dos Reis Magos em Natal, em 1614. Foi ele também o construtor de uma dezena de fortalezas, desde o Maranhão até Santa Catarina. Apesar de seu título de "engenheiro-mor das partes de Estado do Brasil", não se deve considerá-lo engenheiro no sentido atual da palavra; era mais o empreiteiro conhecedor de técnicas empíricas. Também dessa formação é o conhecido engenheiro-militar José Fernandes Pinto Alpoim (1695-1765), pois morreu logo depois da reforma pombalina. Ele ministrava as "Aulas de Fortificações" do Rio de Janeiro, para formar artilheiros e bombardeiros. É-lhe atribuída a construção dos ainda atuais Arcos da Carioca e do Palácio do Governador, no Rio de Janeiro. Construiu também, em Ouro Preto, o Edifício da Câmara e da Cadeia e a Residência dos Governadores.

Outro grupo que exerceu atividades técnico-científicas no Brasil foram os "padres-matemáticos" jesuítas, que tinham instrução em "artes", física e matemática. Uma missão de tais padres chegou ao Brasil em 1729, sob a direção do pe. Domingos Capacci (1694-1736) auxiliado pelo pe. João Batista Carbone, para demarcar as fronteiras entre as terras de Portugal e Espanha. Além disso, eles fizeram mapeamentos e determinaram as coordenadas geográficas de grande parte do litoral, inclusive um mapa da cidade do Rio de Janeiro e arredores, ainda existente. Particularmente notáveis são os trabalhos de saneamento e recuperação de terras, executados pelos jesuítas, na fazenda Santa Cruz, próximo ao Rio de Janeiro, em 1732.

Fabricação de açúcar.

Já com a formação, em bases científicas, dos engenheiros-militares pós-pombalinos, tem-se Ricardo Franco de Almeida Serra (1748-1809) que veio demarcar os limites com as terras de Espanha, pelo tratado de Santo Ildefonso, em 1780. Foi ele quem determinou o local do impressionante forte Príncipe da Beira, em Guarajá-Mirim, projetado por Domingos Sambucetti e construído pelo capitão-engenheiro José Pinheiro de Lacerda. Foi ele quem construiu o forte Coimbra, em Porto Murtinho. Mas o mais conhecido desses engenheiros-militares é João da Costa Ferreira (1750-1822), o projetista e construtor da Calçada do Lorena, com trechos ainda hoje preservados, na antiga subida da Serra de Cubatão.

3. D. Clemente Maria da Silva-Nigra, *Três Artistas Beneditinos*.

No Reinado e no Império

A ciência moderna, criada na Europa no século XVII, só atinge o Brasil no início do século XIX, com a chegada da corte portuguesa ao Rio de Janeiro, e a criação de academias profissionais de medicina e engenharia. Essa última ainda ligada à militar. Inicia-se então um estágio de implantação do ensino superior no país, pelo qual lentamente vai aparecendo o interesse pela cultura científica moderna. Note-se que tal interesse surge principalmente por parte dos profissionais liberais e militares: médicos, tratando das ciências da natureza e engenheiros e militares, das exatas; pois todas as faculdades superiores têm, nos currículos de seus anos básicos, disciplinas científicas. São as primeiras: as Academias Naval e Militar do Rio de Janeiro, fundadas em 1808 e 1810; a Escola de Cirurgia de Salvador, de 1808, e a Academia Médico-Cirúrgica do Rio, de 1813, ambas convertidas em Faculdades de Medicina em 1832. As Academias de Direito em Recife e São Paulo só foram fundadas em 1827, com o Brasil já independente, sob motivação bem diferente.

Outros notáveis centros de cultura científica, criados por D. João VI, foram: o Real Horto, de 1808 (Jardim Botânico), e o Museu Real, de 1818 (Museu Nacional). Já no Império foi criado, em 1827, o Observatório Nacional.

É interessante lembrar que o Patriarca da Independência do Brasil, José Bonifácio, era um mineralogista famoso na Europa, secretário da Academia de Ciências de Lisboa, e aluno de Werner, um dos criadores da Geologia. Tinha, porém, uma mentalidade voltada para a solução de problemas técnicos de mineração e metalurgia. Talvez tenha sido ele, em colaboração com a imperatriz Leopoldina, cujo interesse pelas ciências ainda não foi amplamente estudado, os responsáveis pelas várias expedições científicas que, na época, visitaram o Brasil. Embora, essas expedições tenham tido a missão de estudar a natureza brasileira, no interesse de desenvolver a ciência européia, não se pode negar que

Desenho da fachada principal da Escola Politécnica. Projeto de Ramos de Azevedo, s.d.

elas acabaram transferindo conhecimentos científicos para o nosso meio. No caso das expedições geológicas norte-americanas que para cá vieram, a partir da Missão Thayer, chefiada por Louis Agassiz, em 1865, isso é patente.

A instituição definitiva da Engenharia Civil, como tal, deu-se somente a partir de 1858, na Escola Central, quando seu ensino foi separado do da Academia Militar, embora ainda estivesse subordinada ao Ministério da Guerra. É verdade que até então a diferença entre os dois era sutil. Aos formados por ambas as escolas coube a realização, durante o Império, do que até hoje são as chamadas obras públicas.

Em 1874, a Escola Central foi transformada em Escola Politécnica, com curso geral de dois anos, em que se ensinavam matemática, física, química e noções de história natural. Havia também cursos de dois anos de Ciências Físicas e Naturais ou Ciências Físicas e Matemáticas. Depois dos anos fundamentais seguiam-se três anos de engenharia civil, mecânica industrial, de minas e ainda, um curso de Artes e Manufaturas[4].

A principal atividade dos engenheiros militares e politécnicos na última metade do século XIX era a construção de obras públicas. A exportação de café, todavia, trouxe a necessidade de projetos e construção de estradas de ferro, alem de portos de escoamento. A primeira constituiu-se como a principal atividade na área de engenharia durante o Império. Embora a construção das estradas de ferro tenha sido inglesa, vários engenheiros brasileiros, como, por exemplo, Christiano Ottoni, distinguiram-se no seu planejamento e administração.

A primeira estrada de ferro nacional, no entanto, não foi idealizada por engenheiros, mas sim pelo industrial Irineu Evangelista de Souza, o visconde de Mauá. Era somente uma linha de cerca de 15 km de comprimento através da baixada, no fundo da Baía de Guanabara, até o pé da Serra de Petrópolis, construída por empreiteiros ingleses entre 1852 e 1854. Somente em 1874 é que seu prolongamento até Petrópolis foi projetado pelo engenheiro Francisco Pereira Passos. Tal projeto foi construído em 1883, sob a direção de Joaquim Ribeiro Lisboa e Marcelino Ramos.

Em 1858, foi iniciada a construção da Estrada de Ferro Pedro II, para ligar o Rio de Janeiro a Minas e São Paulo. O trecho da Baixada Fluminense foi construído sob contínuas desavenças entre o diretor da estrada, Christiano Ottoni[5], e o empreiteiro inglês. Dessa forma, no trecho da subida da serra, entre a estrada de Belém e a Barra do Piraí, foi anulado o contrato de construção com os ingleses – que pretendiam subir a serra, com o sistema de cremalheira – e contratados engenheiros norte-americanos, para executar a subida em simples aderência.

Entre 1860 e 1867, uma companhia inglesa construiu e manteve em operação, até o final da Segunda Guerra Mundial, a Santos-Jundiaí, subindo a serra em sistema funicular. A companhia inglesa teve de enfrentar o problema da construção de aterros sobre os terrenos moles da Baixada Santista. Depois disso, enfrentou o problema da estabilidade dos taludes da serra. Esse problema foi, em parte, resolvido por um grande sistema de drenagem superficial, cobrindo uma larga zona da estrada.

O mais difícil dos problemas ferroviários, brilhantemente resolvido pela engenharia brasileira, foi o da linha Curitiba-Paranaguá, pelo engenheiro Antonio Rebouças, em 1872, por meio de sucessivos túneis e viadutos, evitando ao máximo a escavação de cortes e a construção de aterros. A construção foi feita em 1886 por uma firma belga, sob a direção do engenheiro João Teixeira Soares.

A atividade de construção de estradas de ferro durante o Império, no Nordeste, também foi intensa. Da mesma forma que no Sul, elas eram construídas por empreiteiros ingleses que traziam da Europa mestres e operários especializados, só ficando a mão-de-obra desqualificada a cargo de trabalhadores brasileiros. Ocorria, entretanto, a intervenção de engenheiros brasileiros tanto na concepção da obra como na fiscalização. A Estrada de Ferro Recife ao Cabo é a segunda ferrovia construída no Brasil. A seguinte foi a Estrada de Ferro Bahia ao São Francisco, completada em 1880 até Juazeiro. Em 1896, várias companhias ferroviárias do Nordeste foram arrendadas à companhia inglesa Great Western, que foi, até 1921, a terceira rede nacional em tonelagem transportada.

No Sul, a demanda de transporte para a exportação de café aumenta, de modo que os fazendeiros da região de Campinas custeiam estudos para a organização da Cia. Paulista de Estradas de Ferro, ligando Jundiaí a Campinas. Eles foram realizados por engenheiros ingleses a partir de 1864, e logo estendidos até Rio Claro. Desde 1869 a Paulista veio contratando engenheiros brasileiros para projetar e supervisionar a construção de seus novos trechos, a serem

4. Mario Barata, A *Escola Politécnica do Largo São Francisco*.
5. C.B. Ottoni, *O Futuro das Estradas de Ferro no Brasil*.

construídos por empreiteiros nacionais sob a direção dos engenheiros Gustavo Adolpho da Silveira e Francisco Paes Leme de Monlevade.

Daí por diante a construção ferroviária é dominada por companhias e engenheiros nacionais, apesar de existirem ainda as companhias inglesas, as quais só foram encampadas após a Segunda Guerra Mundial, tanto no Sul como no Nordeste.

Antes das estradas de ferro o transporte era feito por estradas carroçáveis. Um exemplo era o caminho do Rio a São Paulo, percorrido a cavalo por D. Pedro I no momento da Independência. Havia também o caminho de Santos a São Paulo, ao qual pertencia a célebre Calçada do Lorena, construída entre 1790 e 1792, subindo a Serra do Cubatão. Em 1840, essa estrada é melhorada e toma o nome de estrada da Maioridade, mais tarde o trecho do planalto é melhorado e recebe o nome de estrada do Vergueiro. A partir da segunda metade do século XIX há diligências percorrendo a estrada da Estrela a Petrópolis. Outra dessas estradas é a de Porto Alegre a São Leopoldo. Mas a melhor estrada construída é a célebre União e Indústria, em 1852, de Petrópolis a Juiz de Fora. Outras dessas estradas são: a da Graciosa, ligando o porto de Antonia a Curitiba, e a Dna. Francisca, ligando Joinville a Rio Negro.

O complemento da construção de estradas seria o de portos marítimos para exportação. Até a segunda metade do século XIX não havia, nos portos brasileiros, cais de atracação. Somente em 1853 se contratou o engenheiro inglês Charles Neate para projetar várias obras portuárias, entre as quais três docas fechadas, entre o Arsenal de Marinha e a Ponta do Calabouço, no Rio de Janeiro. Mas somente entre 1866 e 1877 é que foi feita a primeira delas, sob a direção de Neate e construção de André Rebouças. Logo em seguida foi iniciada a construção da segunda doca: a do Mercado; a terceira não foi construída.

Ainda no Rio de Janeiro, foi organizada a Cia. Docas D. Pedro II com projeto de cais na Saúde e Gamboa, de autoria de André Rebouças, datado de 1867. Entre 1877 e 1879 foi construído um cais de embarque onde chegavam os trens da d. Pedro II e atracavam navios, principalmente para a exportação de café.

Fora do Rio de Janeiro há, nos últimos decênios do Império, uma grande atividade nos estudos e projetos de obras portuárias; porém, sua realização é precária. Em 1869, o engenheiro Manuel da Cunha Galvão publicou um livro sob o título *Melhoramentos dos Portos do Brasil*. Esse livro é um testemunho precioso não só da penúria de instalações portuárias no Brasil da época, como também do fracasso de várias tentativas de melhorar a situação. Um relato da subseqüente construção portuária no Brasil foi publicado mais tarde pelo notável engenheiro portuário brasileiro Alfredo Lisboa[6].

Na República Velha

Com a proclamação da República, em 1889, a engenharia brasileira entrou numa nova fase. Um dos mais importantes eventos dessa nova fase foi a criação da Escola Politécnica de São Paulo, em 1894[7]. Seu fundador, Antonio Francisco de Paula Souza, era neto paterno de um ministro liberal do Segundo Império e materno de grande fazendeiro de café. Republicano e anti-escravagista, escreveu, ainda durante o Império, o revolucionário panfleto "A República Federativa do Brasil", que encarnava exatamente o espírito liberal, porém autoritário, da República Velha.

A Politécnica de São Paulo, à diferença da do Rio, foi criada segundo o modelo das Escolas Superiores Técnicas germânicas, onde se ensinava engenharia com base nas ciências físicas e matemáticas, porém, acompanhada de um intenso ensino técnico em oficinas e gabinetes experimentais. Um desses gabinetes – o de Resistência dos Materiais, organizado por Paula Souza, e apoiado em projeto de Ludwig Tetmayer, do E.T.H. de Zurique – foi o embrião da pesquisa tecnológica no Brasil, origem do Instituto de Pesquisa Tecnológica de São Paulo. Em 1905, o Gabinete publicou o *Manual de Resistência dos Materiais*[8], contendo os resultados de pesquisas feitas por alunos, sob orientação de Hippolyto Gustavo Pujol Jr., das propriedades tecnológicas dos materiais de construção utilizados em São Paulo. Esse foi o início da pesquisa tecnológica no Brasil. Deve-se lembrar também que Paula Souza foi um dos introdutores de modernas técnicas topográficas e do cálculo do concreto armado no Brasil[9].

Pode-se dizer que a República Velha foi a realizadora das obras portuárias estudadas sem grande sucesso durante o Império. Isso decorre da política então adotada, de país

6. A. Lisboa, *Portos do Brasil*.
7. M. C. Loschiavo dos Santos, *Escola Politécnica (1894-1984)*.
8. M. C. Loschiavo dos Santos, *Manual de Resistência dos Materiais*.
9. Paula Souza, "Construções em Cimento Armado".

essencialmente agrícola, cuja economia dependia inteiramente da exportação de café.

Em Santos havia projetos portuários irrealizados desde os anos de 1870, dos quais o do engenheiro W. Milnor Roberts, entregue ao governo da Província para execução, é dos mais importantes. Em 1886, porém, foi aberta concorrência, com uma revisão do projeto original feita pelo engenheiro Sabóia e Silva, vencida pela construtora Gaffree-Guinle e Cia. As obras foram iniciadas em 1890 sob a direção do engenheiro brasileiro Guilherme Benjamim Weinschenck, e a primeira seção do cais, de 2.300 m, foi concluída em 1895, depois de vencidas grandes dificuldades, não só pela natureza do solo, mole, como pelas condições de saúde dos operários.

O cais do Porto de Santos era de alvenaria de pedra, repousando sobe um maciço de concreto sobre estacas. A partir de 1927, o prolongamento do cais foi do tipo leve de concreto armado sobre estacas também de concreto armado, construído pela Christiani-Nielsen – a primeira firma estrangeira especializada em obras marítimas a operar no Brasil.

No Rio de Janeiro, foi dada, em 1890, concessão à Cia. Industrial de Melhoramentos do Brasil, sob a presidência do engenheiro Paulo de Frontin, para construção de um cais, projetado pelo engenheiro Alfredo Lisboa. Os estudos e projetos, no entanto, prolongaram-se até 1899, quando foram aprovados depois de revistos pelo engenheiro Francisco de Paula Bicalho, prevendo um cais de 3 km entre o Arsenal de Marinha e a foz do Canal do Mangue, e mais 2,8 km até a ponta do Caju. A construção, porém, só foi contratada com a firma inglesa C. H. Walker e Cia. Ltda., em 1903, até o Canal do Mangue. As fundações são em caixões metálicos cravados a ar comprimido. Essa foi a primeira vez que se utilizou ar comprimido no Brasil. A inauguração de todo o cais acabado foi em julho de 1910.

Para o prolongamento do porto e a construção do Cais do Caju, foi aberta concorrência em 1922, ganha pela primeira companhia construtora de obras hidráulicas brasileira, a Cia. Nacional de Construções Civis e Hidráulicas (Civilhydro), fundada pelo empresário Henrique Lage. É um cais em arcadas de concreto armado, fundadas em caixões pneumáticos. Foi construído entre 1926 e 1929.

Os portos de Manaus, Belém, Salvador e Recife foram os seguintes a serem construídos: o primeiro, com um cais flutuante, por firma organizada em Londres; o segundo, por empreiteiros norte-americanos; e os dois últimos por companhias francesas especialmente organizadas para tal. A atuação dos já notáveis engenheiros brasileiros Alfredo Lisboa e Francisco Bicalho, chefiando comissões de estudos e fiscalizações das obras desses portos, foi digna de nota.

Trecho do cais de Santos.

O problema seguinte foi o porto do Rio Grande. Ali havia a necessidade de vencer a Barra que liga a Lagoa dos Patos ao oceano. Esse problema desafiou a sagacidade de muitos dos melhores consultores estrangeiros. A solução adotada já tinha sido apresentada em 1883 por Honório Bicalho, com a construção de dois moles paralelos às duas margens. Somente em 1906, com a revisão do projeto pelo engenheiro norte-americano Elmer Lawrence Corthel, é que a obra tomou pé. Em 1908, a obra prosseguiu sob a direção de Francisco Bicalho. Porém, os dois moles só foram concluídos depois de muita dificuldade em 1915.

Foi também durante a República Velha que a rede ferroviária ampliou-se enormemente, passando dos cerca de 9 mil km do Império, para cerca de 34 mil km em 1932. Essas ferrovias tinham como principal finalidade a exportação de produtos agrícolas; entretanto, além disso, as estradas de ferro eram o único meio de transporte existente no país. Portanto, deveriam ser mantidas mesmo que em estado deficitário. O que possibilitou a sobrevivência desses ramais foi a fusão de pequenas companhias, formando as redes ferroviárias nacionais, como a Central do Brasil, a Leopoldina e a Rede Sul Mineira, nos Estados do Rio e de Minas, e a Great Western no Nordeste; e a Rede Viação Paraná-Santa Catarina. Em São Paulo, forma-se o sistema de bitola larga, com a Inglesa e a Paulista; e o de bitola estreita, com a Sorocabana e a Mogiana, complementado, mais tarde, pela Noroeste.

A construção de estradas de ferro durante o Império e a República Velha teve um papel importantíssimo na exportação de produtos agrícolas que garantiam a sobrevivência do país, não só econômico mas também na expansão da sua área produtiva, abrindo sertões e, inclusive, no surgimento de inúmeras cidades novas. Além disso, foram as estradas de ferro que levaram os sistemas modernos de correios, telégrafos, treinamento de pessoal, bancos etc. ao interior do país. Enfim, a transformação sociocultural que as estradas de ferro trouxeram ao país foi notável.

Desde as primeiras décadas do século XX vinha surgindo, no país, a construção de edifícios e pontes em concreto armado – o que veio a exigir não só cálculos matemáticos, mas também controle tecnológico de concreto e das barras de aço. Em São Paulo, das apostilas de Resistência de Materiais, ditadas por Paula Souza, já constam aulas de cálculo do concreto armado, datadas de 1913. O gabinete de Resistência dos Materiais tomou parte no estudo experimental completo e ensaios de materiais, utilizados num dos primeiros edifícios de concreto armado construídos em São Paulo, à rua Direita nº 7 (hoje nº 43). Esse estudo foi completado por uma prova de carga sobre um pavimento inteiro do edifício, conforme relatório ainda existente nos arquivos do IPT.

Sob a égide de um outro fundador da Escola Politécnica de São Paulo, Francisco de Paula Ramos de Azevedo, a indústria da construção de edifícios em São Paulo desenvolve-se espetacularmente. O Escritório Técnico Ramos de Azevedo, fundado em 1896, veio dar origem a uma das grandes companhias construtoras de São Paulo, a Severo e Villares. Essa e outras grandes firmas tornam-se responsáveis pelos edifícios que surgem a partir de então. Outra origem da indústria da construção de edifícios está na organização, por parte de Roberto Simonsen, da Construtora de Santos, incumbida pelo ministro da Guerra, Pandiá Calógeras, da construção de quartéis do exército em numerosas cidades do país.

Uma série de obras notáveis tiveram início em 1909, com a criação da Inspetoria de Obras Contra a Seca, IOCS, sob a direção do engenheiro de minas Miguel Arrojado Lisboa, procurando a solução do angustiante problema das secas do Nordeste. Já no período colonial, com as secas de 1721-1727 e de 1766, o governo português tomara medidas para amparar os flagelados. Em 1885, o governo imperial criou a Comissão Científica de Exploração, que recomendou a transposição das águas do rio São Francisco para a bacia do Jaguaribe, além de uma melhoria dos transportes. Somente com a criação do IOCS, no entanto, é que Arrojado Lisboa conseguiu um diagnóstico completo do fenômeno, suas causas e meios de remediá-lo. Em 1919, o IOCS foi transformado em Inspetoria Federal de Obras Contra as Secas, IFOCS. A partir daí, tiveram prosseguimento as obras de construção de barragens para formação de açudes e aproveitamento de recursos hídricos da região. Porém, foi a construção de uma extensa rede rodoviária que melhor atendeu aos flagelados, possibilitando-lhes uma rápida retirada das zonas atingidas pelas secas.

A partir do início do século XX há uma grande expansão urbanística no país, exigindo obras urbanas de grande porte, abastecimento de água e esgotos e viação urbana. Já no projeto e construção de Belo Horizonte, entre 1883 e 1897, elaborado e executado sob a chefia dos engenheiros Aarão Reis e Francisco de Paula Bicalho, a engenharia brasileira adquirira grande experiência em obras urbanas.

A remodelação do Rio de Janeiro, centrada na abertura da avenida Central, no governo Rodrigues Alves, sendo prefeito o engenheiro Pereira Passos, modernizou a cidade, tirando-lhe o aspecto colonial[10]. Aliás, essa experiência foi retomada com o projeto e construção de Goiânia, entre 1933 e 1937.

Na área de saneamento urbano destaca-se a obra do engenheiro Francisco Saturnino de Brito, realizada entre 1905 e 1914, a qual serviu de modelo para outras cidades brasileiras.

A remodelação de São Paulo teve início nas primeiras décadas do século, com a construção do Parque Anhangabaú, os grandes edifícios em torno dele e os primeiros edifícios de concreto armado à rua Libero Badaró e à rua Direita[11].

A expansão urbana do Rio e São Paulo foi acompanhada por um intenso desenvolvimento industrial, o qual veio a exigir suprimento de energia, tanto térmica quanto elétrica.

10. J. Oliveira Reis, "História Urbanística do Rio de Janeiro".
11. B. Lima de Toledo, *São Paulo: Três Cidades em um Século*.

A energia térmica, para caldeiras e máquinas a vapor, era suprida por petróleo e carvão importados, e uma quantidade considerável de carvão de madeira nacional. A energia elétrica foi suprida pelo grupo das companhias Lights, responsáveis pela energia elétrica no Rio e São Paulo, desde o início do século até 1979. Em São Paulo, a Light paulista constrói a usina de Parnaíba sobre o rio Tietê, que atingiu sua capacidade de geração de 16 mil kW em 1912, e a usina de Itupararanga, sobre o rio Sorocaba, em 1914[12]. O Rio de Janeiro foi suprido pela usina de Ribeirão das Lajes, inaugurada em 1916 com 30 mil kW, então uma das maiores do mundo. Entre 1920 e 1923 foi construída a usina de Ilha dos Pombos, sobre o rio Paraíba, sob a direção do engenheiro Asa White Keney Billings (1876-1949).

Em 1924, houve uma crise de energia elétrica em São Paulo, da qual resultou a necessidade da instalação da termoelétrica Paula Souza e da construção, em tempo recorde, da usina do Rasgão, sobre o rio Tietê. Só a construção da primeira etapa da usina de Cubatão, no entanto, pôde solucionar a crise, graças à ampla visão do engenheiro Billings.

A construção de edifícios altos de concreto armado incrementa-se, exigindo o controle tecnológico do concreto e resultando na transformação do antigo gabinete de Resistência de Materiais, da Escola Politécnica de São Paulo, em Laboratório de Ensaios de Materiais, organizado em 1926 por Ary Torres, não só para ministrar aulas práticas de Resistência dos Materiais, mas também para prestar assistência tecnológica à prática da engenharia.

No Rio de Janeiro, a expansão do concreto armado foi tão grande quanto em São Paulo, ou, possivelmente, maior, porque seus escritórios e firmas construtoras supriam as necessidades do restante do país. O cálculo inicia-se com a firma industrial L. Riedlinger Engenheiro Civil, em 1912, que veio a ser substituída pela Companhia Construtora em Cimento Armado em 1917. Essa, em 1922, associou-se à firma alemã Wayss e Freytag, cujo proprietário, Gustavo Adolpho Ways, fora um dos inventores do concreto armado. Porém, logo apareceram calculistas brasileiros dentre os quais cabe destacar o nome de Emílio Henrique Baumgart – cujo escritório de cálculo, instalado em 1926, tornou-se famoso, dando origem à consultoria nacional nessa especialidade.

Não havia ainda no Rio, entretanto, um órgão de pesquisa tecnológica para assessorar as atividades em concreto armado, apesar do nível alcançado pelos escritórios de cálculo e firmas construtoras. Pois o outro gérmen da pesquisa tecnológica nacional, a Estação Experimental de Combustíveis e Minérios, fundada em 1922 por Ernesto da Fonseca Costa, dedicava-se inteiramente ao importante problema dos minérios e combustíveis, inclusive os de fontes agrícolas, como é testemunhado pela conferência feita em 1927 por Fonseca Costa na Escola Politécnica do Rio sob o título *O Álcool como Combustível Industrial do Brasil*. A pesquisa tecnológica sobre o cimento e o concreto inicia-se no Rio com a transformação, em 1934, da EECM no INT, Instituto Nacional de Tecnologia.

O automóvel também entra em cena no início do século, não como um meio de transporte mas como um esporte elegante. Em 1907 surge o Automóvel Clube do Brasil e, no ano seguinte, o de São Paulo, para congregar os aficionados do automobilismo – os quais realizam verdadeiros *reides* rodoviários pelas antigas estradas. Entre esses esportistas encontram-se políticos influentes como Antonio Prado Junior e Washington Luis Pereira de Souza. Aparece então, no Estado de São Paulo, a idéia das concessões a particulares de construção, exploração e conservação de estradas de rodagem. A primeira delas é para a exploração da indústria de transportes por automóveis, na estrada do Vergueiro,

Escola Politécnica do Rio de Janeiro.

12. E. de Souza, *História da Light. Primeiros 50 Anos.*

concedida em 1910. Mas a reconstrução da estrada pelo engenheiro Arthur Rudge Ramos só terminou em 1920. Em 1916, iniciou-se a construção da primeira rodovia aberta para esse fim, a São Paulo-Jundiaí.

Em 1920, Washington Luis assumiu o Governo do Estado de São Paulo e iniciou sua intensa atividade rodoviária, criando a Inspetoria Estadual de Estradas, sob a direção de Joaquim Timotheo de Oliveira Penteado, órgão precursor do atual DER. A estrada São Paulo-Jundiaí é completada e prolongada até Campinas. Estabelece-se um plano rodoviário, compreendendo estradas irradiando de São Paulo. Em 1927, é concluída a pavimentação com concreto do trecho da serra, na estrada São Paulo-Santos. Esse foi o primeiro trecho de estrada pavimentado na América Latina.

Como já foi dito, notável foi o trabalho de construção de estradas de rodagem no Nordeste pela antiga Inspetoria Federal de Obras Contra as Secas, que construiu, entre 1919 e 1925, uma extensa rede destinada à evacuação dos flagelados das secas. Diz-se ter sido essa rede, mais do que a construção dos açudes, o que muito minorou os efeitos das catastróficas e lendárias secas, permitindo a retirada das populações atingidas.

Quando Washington Luis chegou à Presidência da República, entre 1926 e 1930, sob o *slogan*: "Governar é abrir estradas", organizou a Comissão de Estradas de Rodagem Federais e criou um Fundo Especial para a Construção e Conservação de Estradas de Rodagem. Com esses órgãos, realizou um plano rodoviário, do qual sobressaiu-se a construção da Rio-Petrópolis, inteiramente pavimentada em concreto, e a conclusão da Rio-São Paulo, cujo trecho da Serra das Araras foi pavimentado em concreto, em 1928.

Da Revolução de 1930 até os Regimes Militares

Com a crise do café em 1929 e as revoluções de 1930 e 1932, a estrutura política do Brasil sofreu uma profunda transformação, da qual resultou maior ênfase na industrialização do país; a ponto de, anos depois, o produto industrial superar o agrícola.

O principal resultado da Revolução de 1930 foi o estabelecimento de uma política necessária à industrialização. Essa concentra-se em São Paulo devido a diversos fatores, entre os quais está a presença tanto de um forte proletariado, como de um eficiente gerenciamento das indústrias. Outro fator é a disponibilidade de energia elétrica, graças à ampla visão do engenheiro Billings que, como vice-presidente do grupo das Lights, antevê o progresso paulista, iniciando a construção da usina hidroelétrica de Cubatão, já em 1924, durante um período conturbado de nossa história.

A industrialização, no período de 1930 até a Segunda Guerra Mundial, é incrementada, principalmente, pela indústria da construção civil em São Paulo, no Rio de Janeiro e em outras capitais, com o surto de construção de edifícios e obras sanitárias e urbanas de concreto armado. Consolidam-se então grandes firmas construtoras e escritórios de cálculo, incrementando-se a necessidade de assistência tecnológica. Em São Paulo, o Laboratório de Ensaios de Materiais é transformado no Instituto de Pesquisas Tecnológicas, IPT, concomitantemente à criação da Universidade de São Paulo, em 1934. No Rio, a Estação Experimental de Combustíveis e Minérios tem suas atividades grandemente ampliadas, transformando-se no Instituto Nacional de Tecnologia, INT. Nesse Instituto é criada uma Divisão de Engenharia Civil sob a direção do engenheiro Paulo Sá. Assim em São Paulo e no Rio de Janeiro, é oferecida assistência tecnológica no campo do concreto, das barras de aço, da verificação experimental de estruturas e da mecânica dos solos e fundações à indústria da Construção Civil.

Na época, entretanto, a maior preocupação governamental no Brasil era o suprimento de energia. A principal fonte de energia, antes de 1940, era o carvão de madeira, tanto para a siderurgia como para as caldeiras industriais. O carvão mineral importado era utilizado sobretudo em locomotivas ferroviárias, e a gasolina, de pouco consumo, em automóveis. Como foi dito, a Estação Experimental de Combustíveis e Minérios, no Rio de Janeiro, desenvolvia estudos na procura de combustíveis nacionais: o carvão mineral do Rio Grande do Sul, o aproveitamento dos combustíveis vegetais – entre eles o álcool-motor – e a procura de jazidas petrolíferas no território nacional. Apenas em 1939 é encontrado o primeiro poço petrolífero brasileiro, em Lobato, na Bahia, porém, só em 1953 é que se cria a Petrobrás – que começa suas operações em 1959 com cerca de 150 mil m^3 de óleo, expandindo-se até cerca de 10 milhões de m^3 em 1970 (metade do consumo nacional).

As estradas de rodagem construídas a partir dos anos de 1920, todas de terra e com precárias pontes de madeira, já atingiam cerca de 7 mil km; porém, urgia sua pavimentação e construção das pontes. O projeto e o cálculo das estruturas dessas pontes era feito pelos engenheiros dos departamentos rodoviários, mas algumas delas foram verificadas em provas de carga, levadas avante pelo IPT. Quanto à pavimentação, há uma tentativa de utilização de pavimentos de solos estabilizados, principalmente com cimento. A questão só se resolve, no entanto, quando entra em operação a refinaria de petróleo de Cubatão, que passou a fornecer asfalto para os revestimentos, quase sempre sobre bases de solo-cimento.

A partir dessa época deu-se início à expansão da rede rodoviária. Curiosamente saltou-se, naquela época, das estradas de terra diretamente para as auto-estradas. Quando, em 1939, foi nomeado diretor do DER de São Paulo, o engenheiro Ariovaldo Viana criou uma Comissão Especial de Auto-Estradas para estudar, projetar e construir as duas primeiras auto-estradas brasileiras: a Anchieta e a Anhangüera. As obras foram iniciadas naquele mesmo ano, com um projeto segundo o modelo das *autobahns* alemãs que, na época, era o máximo que se concebia na área da construção de rodovias. Essas obras foram inauguradas em sucessivas etapas, até que, em 1953, estavam construídas as duas pistas da Via Anchieta, entre São Paulo e Santos, e as da Anhangüera, entre São Paulo e Jundiaí. O trecho entre Jundiaí e Campinas, inaugurado em 1961, já foi construído segundo um padrão superior ao das auto-estradas alemãs.

Não menos espetacular que o desenvolvimento rodoviário no Estado de São Paulo foi o implantado pelo governo federal. Em 1937, cria-se o DNER, Departamento Nacional de Estradas de Rodagem, sob a direção do engenheiro Yeddo Fiuza, que inicia suas atividades com o empreendimento notável da construção da Rio-Bahia, concluída em 1940. Mas as atividades do DNER eram prejudicadas por falta de verbas até que, em dezembro de 1945, foi promulgada a Lei Joppert que deu autonomia administrativa e financeira ao DNER e instituiu o Fundo Rodoviário Nacional, a partir de imposto sobre combustíveis.

Já nesse novo regime, o DNER iniciou, em 1947, a Variante Rio-Petrópolis, a qual transformou, com a duplicação do trecho da serra, a antiga Rio-Petrópolis numa auto-estrada. Iniciou também, nessa época, a construção da atual Via Dutra, inaugurada em 1952, porém, duplicada somente mais tarde.

Quanto ao desenvolvimento industrial, o episódio marcante da engenharia brasileira foi a construção da usina siderúrgica de Volta Redonda, iniciada em 1940, inteiramente por firmas nacionais, com engenheiros brasileiros, orientados por um pequeno número de consultores americanos. Foram adotadas, inusitadamente para o caso de usinas siderúrgicas, estruturas de concreto armado, apoiadas em fundações, investigadas e projetadas por especialistas brasileiros. A construção civil foi, assim, inteiramente nacional. O equipamento industrial foi adquirido nos Estados Unidos e aqui montado sob a supervisão de técnicos americanos, mas a direção da parte metalúrgica foi feita por metalurgistas da Escola Técnica do Exército e do IPT. Esse foi o início da indústria siderúrgica pesada no país, embora já existisse em Minas Gerais uma florescente indústria de barras de aço a base de carvão vegetal.

Seguiram-se à construção de Volta Redonda, na década de 1950, duas outras grandes siderúrgicas nacionais, a Cosipa, em Piaçaguera, São Paulo, e a Usiminas, em Minas Gerais.

É de se notar ainda o espetacular desenvolvimento da pesquisa tecnológica no campo da metalurgia por parte do IPT, do qual surgiram os técnicos e os processos das indústrias metal-mecânicas que apareceram em São Paulo durante a Segunda Guerra Mundial.

Com o grande progresso industrial que teve início durante a Segunda Guerra, e com a conseqüente demanda da energia elétrica, as Lights tiveram de expandir seus sistemas. Assim, foi projetada, a partir de meados dos anos de 1940, a ampliação das usinas de Cubatão, em São Paulo, e de Ribeirão das Lajes, no Rio. Ambas as ampliações foram feitas por meio de usinas subterrâneas, no pé da Serra do Cubatão, e no das Araras. A primeira era alimentada por reversão das águas do Tietê, através do Pinheiros; e a segunda por reversão das águas do rio Paraíba, por meio de sistemas de canais e estações elevatórias. Com essas obras, as Lights aumentaram seus potenciais de geração para cerca de 2 milhões de kW – o que, ainda assim, mostrou-se insuficiente para o consumo da época.

Em 1950 foi quebrado o tabu de que não seria possível a construção de grandes hidroelétricas fora do sistema das Lights, quando o engenheiro Otávio Marcondes Ferraz projetou e construiu a primeira usina de Paulo Afonso, barrando o rio São Francisco por um sistema original por ele mesmo imaginado. A partir dessa época, os Estados de São Paulo, Minas Gerais e Rio Grande do Sul organizaram companhias estatais para a construção hidroelétrica. Em São Paulo, foram instaladas a Cherp e a Uselpa, que projetam e constroem as usinas do rio Pardo e do Paranapanema e, mais tarde, no rio Tietê. Em Minas Gerais, a Cemig constrói a primeira grande usina nacional do sul do país, a Três Marias. No Rio Grande do Sul, a Comissão Estadual de Energia Elétrica (CEEE), depois de uma série de pequenas usinas, já transformada na Companhia Estadual de Energia Elétrica, realizou, entre 1965 e 1978, a sua primeira grande obra: a Usina de Itaúba. No Paraná, a Copel organiza, em 1961, a Eletrocap, para projetar e construir o aproveitamento hidroelétrico Capivari-Cachoeira, pela reversão do rio Capivari, através de túnel de 18 km de comprimento, descendo a Serra do Mar, e usina subterrânea do pé da serra.

Em 1952, criou-se a Comissão Interestadual da Bacia Paraná-Uruguai, CIBPU, para o estudo do aproveitamento integral da parte brasileira da Bacia do Prata, sendo a consultora a Edison de Milão. Desses estudos resultaram, entre outros, o aproveitamento do salto de Urubupungá, no rio Paraná, por duas usinas: Jupiá e Ilha Solteira. Para a construção dessas duas usinas, em 1961, organizou-se a Celusa. Para o projeto organizou-se uma firma inteiramente nacional de consultoria, a Themag. A concorrência para a construção foi vencida pela Camargo Correa. Antes mesmo de terminar a construção de Jupiá, iniciou-se, em 1965, o projeto de Ilha Solteira; porém, já não mais baseado em projeto básico estrangeiro, mas sob idéias e concepções inteiramente nacionais. A construção de Ilha Solteira iniciou-se em 1968, e foi inaugurada em 1973.

Em 1957, foi criada a Central Elétrica de Furnas S/A, cuja finalidade era a de construir a Usina de Furnas, sobre o rio Grande, a fim de minorar os efeitos da falta de energia elétrica em São Paulo e no Rio, inaugurada em 1963. Depois disso, a companhia de Furnas construiu outras quatro usinas nos rios Grande e Parnaíba.

Durante o governo de Juscelino Kubitschek (1956-1961) foi realizada uma obra máxima da engenharia nacional:

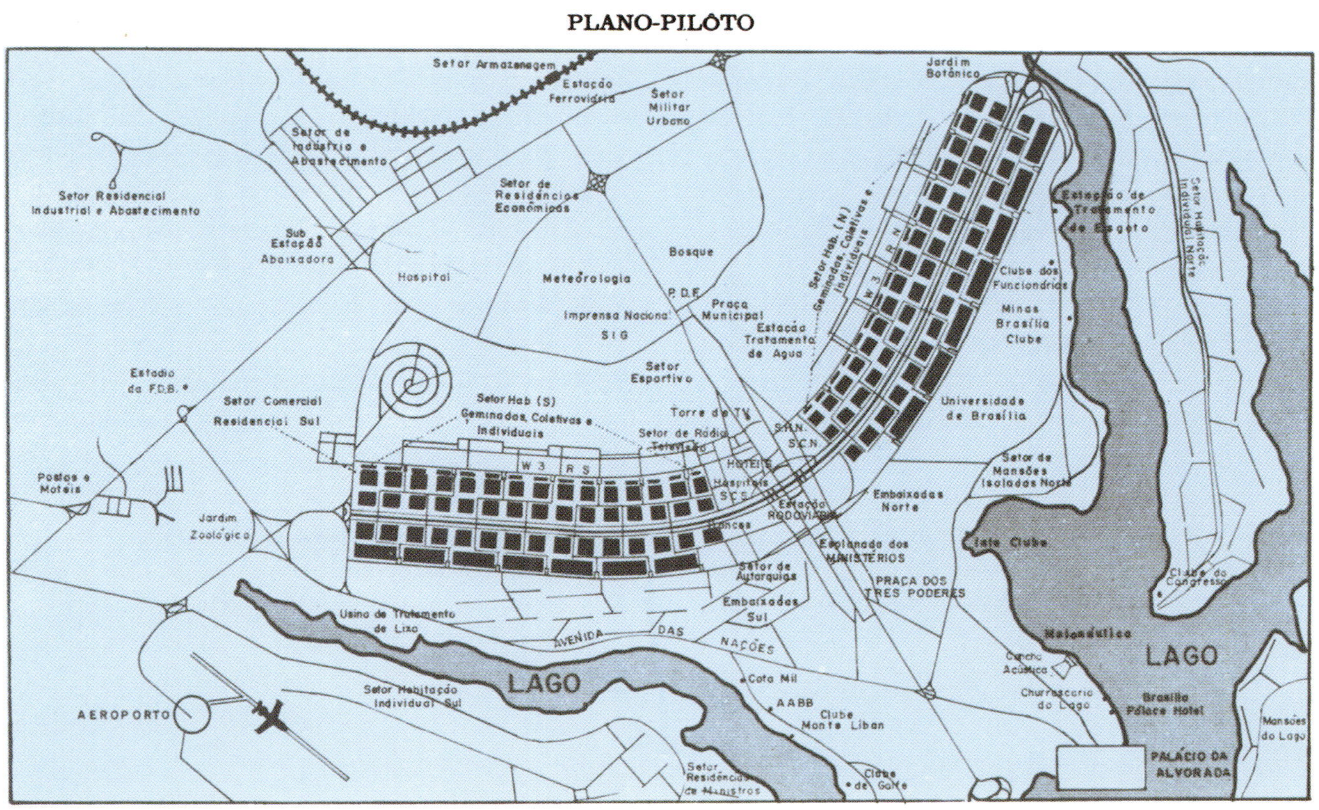

Plano-Piloto, Brasília, projeto de Lúcio Costa, 1960.

a construção de Brasília, com projeto urbanístico do arquiteto Lúcio Costa. Para dirigir tal realização organiza-se, em setembro de 1956, a Companhia Urbanizadora da Nova Capital, a Novacap. O arquiteto Oscar Niemeyer projeta os principais palácios públicos e prédio residenciais da cidade. Graças ao alto nível de desenvolvimento e organização, já então atingidos pela engenharia civil brasileira, a cidade, com suas avenidas e ruas, suas obras de saneamento e distribuição de energia, foi inaugurada em 21 de abril de 1960.

Decorrente da construção de Brasília, incrementa-se uma grande obra, iniciada com a criação do DNER e a promulgação da Lei Joppert, que foi a construção da grande rede de rodovias federais pavimentadas. Essa etapa tem início com a construção da Belém-Brasília, devida ao engenheiro Bernardo Sayão, e a Belo Horizonte-Brasília, ambas atravessando regiões nunca dantes atingidas pelo transporte rodoviário. Completou-se também a ligação com São Paulo. Daí por diante, o DNER continuou a construção de estradas de primeira classe, tendo como principal escopo a interligação das capitais dos Estados e Brasília.

A construção de Brasília e das estradas federais asfaltadas modificaram a geografia de transportes do país. A estrutura de redes ferroviárias independentes, irradiando dos principais portos, transformou-se numa teia de estradas cobrindo o território nacional, quase que fazendo desaparecer os antigos centros de irradiação. Contudo, grande parte do Oeste, toda a região amazônica e uma grande parte do Planalto Central ainda se encontrava desprovida de transporte, a não ser o aéreo.

Os Regimes Militares

Um importante acontecimento que se deu na engenharia brasileira teve lugar em 1963, pouco antes da instalação dos regimes militares. Foi a criação da Coordenação dos Programas de Pós-Graduação em Engenharia, Coppe, junto à Escola Nacional de Engenharia, no Rio de Janeiro. No ano seguinte, a Universidade de São Paulo iniciou a regulamentação definitiva de seus cursos de pós-graduação. Na Escola Politécnica da USP tais cursos geraram dissertações de mestrado e teses de doutorado, baseadas em pesquisa tecnológica. No mesmo ano, foram organizados cursos e pesquisas semelhantes no ITA, em São José dos Campos. A seguir, em várias universidades brasileiras foram organizados cursos afins. Assim, regulamentou-se, daí por diante, a pesquisa tecnológica no âmbito universitário. Com o auxílio de organizações estaduais e federais de financiamento de pesquisa, esses cursos prosperaram até atingir a alta qualidade que a pesquisa tecnológica de nível universitário alcançou entre nós.

Embora tenha havido antagonismo entre os órgãos dos primeiros governos militares e os cientistas, acusados de comunistas, a tecnologia e seu ensino e pesquisa foram prestigiados devido a necessidade de se desenvolver materialmente o país.

A experiência já adquirida pela engenharia brasileira nos setores rodoviário, de construção hidroelétrica, siderurgia e exploração de petróleo determinaram, no entanto, a constituição de uma engenharia nacional capaz de desenvolver obras desse tipo em qualquer situação. Mesmo porque os institutos de pesquisa e laboratórios de hidráulica existentes já estavam amplamente capacitados. Acresce ainda que, nesse período, também já estavam constituídas e em plena atuação grandes firmas construtoras e consultoras capazes de projetar e construir tais obras. Finalmente havia a disponibilidade de empréstimos internacionais a juros baixos, o que possibilitava a execução de grandes obras.

Nesse sentido, um grande feito dessa época, por exemplo, foi a integração do território nacional por meio de estradas de rodagem – que, aliás, tinha sido iniciado no governo Kubitschek. Completaram-se e pavimentaram-se várias dessas estradas, como, por exemplo, a Belém-Brasília, cuja pavimentação completou-se em 1970. Concluiu-se e pavimentou-se a BR-101 ligando Osório, no Rio Grande do Sul, a Natal no Nordeste. Em 1970, o DNER abriu concorrência para a construção das estradas: Transamazônica, Cuiabá-Santarém e Cuiabá-Porto Velho, todas implantadas em 1975. Assim, começou-se a integração da região amazônica ao sistema rodoviário nacional. E, em 1985, as estradas de rodagem de todo o tipo atingiram cerca de um milhão de km, sendo que cerca de 100 mil km eram pavimentadas.

Em 1961, criou-se a Eletrobrás congregando as companhias estatais de eletricidade com a finalidade de financiá-las e de encarregar-se de uma planificação do desenvolvimento hidroelétrico nacional. São suas principais subsidiárias: Furnas, no centro do país; Chesf, no Nordeste; a Eletrosul, no Sul do país; e a Eletronorte, na região Norte. A partir de então, são planejadas e construídas usinas hidroelétricas em todo o território nacional, as quais culminaram com as gigantescas Itaipu, sobre o rio Paraná, e Tucuruí, sobre o Tocantins. Com isso, a capacidade geradora de energia elétrica no Brasil passou de cerca dos 6 milhões de kW, no final do ciclo Light, para cerca dos 50 milhões atuais[13].

Paralelamente à construção das usinas hidroelétricas, muitas delas distantes dos centros consumidores, foi necessário completar-se a rede de distribuição de energia elétrica. Foram então instaladas as grandes linhas de transmissão. No Norte, construiu-se a linha de 500 kV de Tucuruí a Belém do Pará através da selva amazônica. Também distingue-se as linhas de voltagem semelhante, de Tucuruí a São Luiz do Maranhão. A ligação do sistema da Eletronorte com a Chesf, do Nordeste, através das usinas de Boa Esperança e Sobradinho, também foi feita com linhas de 500 kV. No Sul completou-se a interligação de Brasília até o Rio Grande do Sul com as linhas da Cesp, de Furnas, da Eletrosul, da Eletrocap e das outras menores. Acrescente-se a essas as espetaculares linhas ligando a usina de Itaipu a São Paulo, tanto a de corrente contínua, de 600 kV, como a alternada, de 765 kV.

Desde o segundo governo Getúlio Vargas, a questão do aproveitamento da energia nuclear para geração de energia elétrica era discutida[14]. Porém, só foi consubstanciada em 1970, com a compra de uma usina nuclear fabricada pela Westinghouse, a ser montada por firma americana em consórcio com brasileira, em Angra dos Reis.

Em 1974, foi assinado o Acordo Nuclear Brasil-Alemanha e efetuada a transformação da Companhia Brasileira de Tecnologia Nuclear, CBTN, nas Centrais Elétricas Nucleares, Nuclebras, diretamente orientada para comprar e supervisionar a instalação, no Brasil, de seis usinas nucleares, a serem projetadas e construídas por firmas alemãs, com eventual concurso de firmas brasileiras. Além disso, seria desenvolvida, igualmente por firmas alemãs em consórcio com brasileiras, toda a linha de mineração, processamento e reprocessamento do combustível urânio[15].

A transferência de tecnologia seria feita pelo trabalho conjunto das firmas alemãs com suas consorciadas brasileiras. Esse desiderato não se realizou. Além da crise econômica que sobreveio, logo em seguida, com as altas do petróleo, em 1974 e 1980, é possível que a ilusão de que tecnologia pudesse ser comprada e não aprendida pelos cientistas e tecnólogos do país recipiente tenha sido o principal fator de insucesso do Acordo Nuclear Brasil-Alemanha. Entretanto, nem tudo foi perdido. A construção das duas usinas Angra 2 e Angra 3 e a operação da Angra 1 (comprada da Westinghouse em 1970) vem servindo de escola para engenheiros nucleares brasileiros. Além disso, os reatores nucleares de pesquisas instalados em universidades brasileiras ou pelo Exército ou pela Marinha vêm efetuando uma série de pesquisas e, assim, efetivando a transferência (ou aquisição) do saber científico e tecnológico sobre energia nuclear.

A integração nacional, iniciada pela construção de estradas, só foi reforçada consideravelmente quando se estabeleceu, em todo o país, uma rede de telecomunicações inteiramente nacional. Em 1918, só existiam no Brasil 57 mil aparelhos telefônicos. As discagens automáticas aparecem no início da década de 1930. A Companhia Telefônica Brasileira, pertencente ao grupo Light, mantinha o maior sistema telefônico do país, nos Estados do Rio, São Paulo, Minas Gerais e Espírito Santo; porém, sua operação interurbana era precária. Até que, em 1962, foi decretada a intervenção federal na CTB. Na mesma época, formou-se a Companhia Telefônica Nacional, que compra os serviços telefônicos do Paraná e do Rio Grande do Sul, pertencente à ITT americana. Em 1965, criou-se a Embratel, que absorve essas companhias e que viria a cobrir todo o território nacional, por troncos de microondas, a partir do enlace inicial São Paulo, Rio de Janeiro, Belo Horizonte e Brasília.

Em 1972, é criada uma companhia *holding*, a Telecomunicações Brasileiras S/A, Telebras, que organiza a fusão de inúmeras pequenas companhias em companhias estaduais, suas subsidiárias.

Nos primeiros decênios do século XX tinham sido instaladas estações rádio-telegráficas, cobrindo grande parte do território nacional. Para a Exposição Internacional do Centenário da Independência, em 1922, foi montada, no alto do Corcovado, no Rio de Janeiro, a primeira estação rádio-telefônica nacional, para transmissão de música e noticiário. A partir de então surgem, cada vez mais potentes, as estações transmissoras de rádio em todo o país – a maioria delas como sociedades ou rádio-clubes.

A televisão tem sua primeira experiência com a difusão comercial a partir de 1950, pela antiga TV Tupi. O emprego

13. E. de Souza, *Panorama do Setor de Energia Elétrica no Brasil*.
14. S. Motoyama e P. Q. Marques, "A História da Tecnologia Nuclear Brasileira – Um Festival de Equívocos".
15. R. de Biasi, *A Energia Nuclear no Brasil*.

de satélites, tanto na rádio-telefonia internacional quanto na televisão, principia com as instalações de Jacarepaguá, no Rio de Janeiro, em 1962.

Em 1972, o Clube de Engenharia do Rio de Janeiro promoveu um painel sobre o desenvolvimento brasileiro[16], convidando ministros do governo federal como expositores. A ênfase desses depoimentos refere-se às realizações materiais durante os governos Castelo Branco, Costa e Silva e Médici. Transparece neles, entretanto, a política econômica de combate à inflação e desenvolvimento econômico, a qual, por sinal, continuou nos dois governos posteriores: Geisel e Figueiredo.

Logo na primeira palestra do ministro do Planejamento, João Paulo dos Reis Velloso, enfatiza-se a necessidade do desenvolvimento de áreas tecnológicas prioritárias e aceleração de transferência de tecnologia e integração indústria-pesquisa-universidade para se conseguir o desenvolvimento econômico. De fato, esse desiderato realizou-se por parte das companhias estatais que recorreram à assistência de institutos oficiais de pesquisa e não por parte das indústrias privadas. Isto ficou patente com o depoimento do ministro de Minas e Energia, quando relatou a instalação, na ilha do Fundão, em convênio com a UFRJ, de um centro de pesquisas da Petrobrás, o Cenpes, e outro da Eletrobrás, o Cepel. Também na ilha do Fundão, a Cia. Brasileira de Tecnologia Nuclear criou o Instituto de Energia Nuclear. Por seu lado, a Cia. Vale do Rio Doce instalou o seu Laboratório de Metalurgia Extrativa em Minas Gerais.

O ministro das Comunicações mostrou o desenvolvimento do sistema de comunicação brasileiro já anteriormente mencionado. Terminou sua palestra declarando ter organizado, sob o seu Ministério, um Centro de Pesquisas para se encarregar das pesquisas tecnológicas necessárias para o desenvolvimento das Comunicações. Além disso, anunciou a participação de seu Ministério em uma Comissão de Administração do Programa Nacional de Tele-educação.

Um representante do ministro dos Transportes relatou a grande atividade do Ministério, a qual foi mencionada anteriormente, afirmando que, dos 106 mil km de estradas de rodagem previstos no Plano Nacional de Viação, 26 mil já estavam pavimentados e 31.400, já implantados. Embora não tenha mencionado o apoio tecnológico a essas obras, é notório que esse setor tenha sido um dos que mais se apoiaram em pesquisas tecnológicas por parte do Instituto de Pesquisas Rodoviárias, tanto no que se refere à pavimentação, quanto à estabilidade de talude e compactação de aterros.

O depoimento do ministro de Educação, Jarbas Passarinho, foi dos mais interessantes, principalmente pela demonstração de que os governos militares gastaram mais na educação do que nas outras áreas, inclusive as militares. É de se notar, entretanto, que esses gastos concentraram-se mais no ensino superior; ele não considerava prioritária a simples alfabetização do país. Isso é coerente com a intenção dos governos militares de promover prioritariamente o desenvolvimento econômico do país, admitindo que só após esse é que se poderia alcançar melhoria social. Contudo, julgava o ministro necessário atender à formação profissional do grau médio, pois o desenvolvimento industrial assim o exigia. Daí o grande número de escolas técnicas profissionais abertas em todo o território nacional. O resultado dessa estratégia educacional foi um desenvolvimento notável da capacitação nacional nas áreas tecnológicas e de ciências exatas.

No final do governo Médici, em 1973, sobreveio a primeira crise do petróleo, a qual diminuiu a velocidade de desenvolvimento da economia, não a estancando, porém. Nessa situação é que o governo Geisel procura reduzir a dependência brasileira em relação ao suprimento de energia: primeiro com a construção de grandes usinas hidroelétricas; segundo, com incrementação da produção nacional de petróleo e a intensificação da produção de álcool como combustível; e, por último, a já mencionada tentativa de incrementar a geração de energia elétrica por meio de usinas nucleares.

A segunda crise do petróleo, simultânea à elevação dos juros internacionais, sobreveio em 1979, logo após a posse do último presidente militar: general Figueiredo. Com ela, o desenvolvimento econômico do país estancou; porém, continuaram-se as obras das grandes usinas hidroelétricas: Itaipu, Tucuruí e Paulo Afonso IV e a produção de petróleo cresceu até atingir 200 milhões de barris por ano. O produto nacional *per capita* permaneceu no nível de 1.800 dólares, durante todo governo Figueiredo.

Apesar da crise, devido à atividade de nossa engenharia, o país viu-se dotado, na década de 1980, de uma ampla infra-estrutura de transportes, energia e telecomunicações,

16. R. de Biasi, *Painel sobre o Desenvolvimento Brasileiro.*

que veio permitir a atividade industrial e agrícola posterior – passando a renda *per capita* de 1.800 dólares, em 1980, para 4.500 dólares, hoje. Melhor do que isso, a expectativa de vida do brasileiro saltou de 45 anos, em 1940, para 65 anos.

Não me aventuro a tentar descrever a atuação da engenharia brasileira a partir do final da década de 1980. Suas atividades são bastante conhecidas. Porém, falta ainda perspectiva, suficientemente ampla, que permita um relato historicamente válido. Infelizmente, até hoje a crise nos aflige, e seus efeitos malévolos não estão sendo minimizados por nossos governantes. A engenharia brasileira foi violentamente afetada; não creio, porém, que ela tenha sido desmantelada. Há indícios de que sua atividade, pelos quase duzentos anos que se tentou descrever, conferiu-lhe uma potencialidade que a fará reanimar-se tão logo nossa economia se estabilize.

Referências Bibliográficas

ANTONIL, André João. *Cultura e Opulência do Brasil*. São Paulo, Edusp, 2005.

BARATA, Mário. *A Escola Politécnica do Largo São Francisco*. Rio de Janeiro, Associação dos Antigos Alunos da Politécnica, Clube de Engenharia, 1973.

BIASI, R. de. *A Energia Nuclear no Brasil*. Rio de Janeiro, Atlântida, 1979.

__________. Painel sobre o Desenvolvimento Brasileiro. Rio de Janeiro, Clube de Engenharia, 1972.

GAMA, Ruy. *Engenho e Tecnologia*. São Paulo, Duas Cidades, 1983.

LISBOA, A. *Portos do Brasil*. Rio de Janeiro, Imprensa Nacional, 1922.

MOTOYAMA, S. (org.). *Tecnologia e Industrialização no Brasil*. São Paulo, Ed. Unesp, 1994.

MOTOYAMA, S. & MARQUES, P. Q. "A História da Tecnologia do Nuclear Brasileira – Um Festival de Equívocos". In: *História da Técnica e da Tecnologia no Brasil*. São Paulo, Ed. Unesp, 1974.

OTTONI, C. B. *O Futuro das Estradas de Ferro no Brasil*. 3.ed. Rio de Janeiro, 1968 (1.ed. 1959).

REIS, J. Oliveira. "História Urbanística do Rio de Janeiro". *Revista Municipal de Engenharia*. Rio de Janeiro, jan.-dez. 1994.

SANTOS, M. C. Loschiavo dos. *Escola Politécnica (1894-1984)*. São Paulo, Edusp, 1985.

__________. *Manual de Resistência dos Materiais*. São Paulo, Grêmio Politécnico, 1905.

SATURNINO DE BRITO FILHO, F. *A Engenharia no Brasil*. Memória apresentada ao *I Congresso Panamericano de Engenharia*. Rio de Janeiro, 1949.

SILVA TELES, P. C. da. *História da Engenharia no Brasil (Séculos XVI a XIX)*. Rio de Janeiro, LTC, 1989.

__________. *História da Engenharia no Brasil (Século XX)*. Rio de Janeiro, Clube de Engenharia, 1993.

SILVA-NIGRA, D. Clemente Maria da. *Três Artistas Beneditinos*. Rio de Janeiro, Ministério da Educação e Cultura, 1959.

SOUZA, E. de. *História da Light. Primeiros 50 Anos*. São Paulo, Ed. Eletropaulo, 1982.

__________. *Panorama do Setor de Energia Elétrica no Brasil*. Rio de Janeiro, Centro da Memória da Eletricidade no Brasil, 1988.

SOUZA, Paula. "Construção em Cimento Armado" *Anuário da Escola Politécnica de São Paulo*. São Paulo, 1911.

TOLEDO, B. Lima de. *São Paulo: Três Cidades em Um Século*. São Paulo, Duas Cidades, 1983.

VARGAS, M. (org.). *História da Técnica e da Tecnologia no Brasil*. São Paulo, Ed. Unesp, 1994.

2 Edifícios Públicos, Mosteiros, Fortes e Calçadas no Brasil Colonial

JORGE PIMENTEL CINTRA

Guimarães Rosa e as Obras de Engenharia

Guimarães Rosa apresenta como epígrafe de seu conto "A Hora e a Vez de Augusto Matraga"[1] o provérbio capiau *Sapo não pula por boniteza, mas por percisão.*

De nossa parte, procuraremos mostrar, ao longo destas páginas, que as construções do Brasil colonial, edifícios públicos, mosteiros, fortes, calçadas, igrejas e até aquedutos foram surgindo em função das necessidades, da *percisão*, mas sem que isso fosse incompatível, em muitos casos, com a *boniteza*.

Quinhentos Anos de Engenharia?

O primeiro problema que se apresenta quando se fala de *engenharia no Brasil colonial* ou de *quinhentos anos de engenharia* é saber se essas expressões são pertinentes, e, portanto, se é justo o título deste livro e do capítulo em questão.

Se se considerar a engenharia, em sentido estrito, como um conjunto de conhecimentos científicos aplicados ao planejamento e projeto de obras, as expressões acima não são adequadas, pois esse conceito de engenharia surgiu apenas no século XVIII. Há, no entanto, razões em contrário.

Em primeiro lugar porque as bases da moderna engenharia encontram-se em Leonardo da Vinci e Galileu Galilei, a partir dos séculos XV e XVI. O livro deste último, *Duas Novas Ciências*[2], por exemplo, apresenta os princípios básicos para o cálculo de estruturas de obras de engenharia.

Ademais, *obras de engenharia*, de fato, existem no Brasil desde o início da colonização. Ainda que sustentadas pela intuição, pela experiência acumulada e pelas fórmulas empíricas, essas obras denotam um sentido físico de como se comportam as construções e, portanto, um certo espírito de engenharia. Por não contarem com fundamentos teóricos de cálculo, são estruturas superdimensionadas, não trazendo a marca da economia e do cálculo em situações limites, próprias da moderna engenharia; no entanto, e talvez por isso mesmo, muitas sobreviveram até hoje. De fato, apesar da intervenção humana e da ação das intempéries, restam-nos inúmeras obras de destaque que primam, diga-se de passagem, pela imponência, arrojo e técnica, conjugados com a beleza arquitetônica, aliando assim *percisão* e *boniteza*.

Além disso, é bastante antiga (século XVII) a aplicação do título de engenheiro aos que se dedicavam inicialmente às artes de navegação, fortificação e artilharia. Eram os engenheiros-militares que, no entanto, dedicavam-se a todo tipo de construções: palácios, igrejas, aquedutos. Só muito mais tarde, e por contraposição, surgiria o título e o curso de engenheiro civil. Por meio da especialização,

1. Guimarães Rosa, *Sagarana*, p. 319.
2. Galileu Galilei, *Duas Novas Ciências*.

Planta da cidade de Salvador (século XVII), por João Teixeira Albernaz, esquematizando a reconquista da Bahia aos holandeses em 1625.

nasceria depois toda a diversidade de profissionais que contemplamos hoje.

Salvador: Nasce uma Cidade... E as Primeiras Obras de Engenharia

Os historiadores, ao buscarem as primeiras obras de engenharia, vão à procura daquelas que se sobressaíram por sua solidez e permanência. É nesse sentido que se traz à baila o texto em que um cronista da armada espanhola de João Sebastião Caboto fala de São Vicente, na época de sua fundação, como sendo "uma povoação com cerca de dez ou doze casas, e uma feita de pedra, com seus telhados"[3]. É essa casa de pedra que se destaca de todas as demais: pedra e cal são sinônimos de resistência e perenidade, em contraposição às construções de pau-a-pique ou taipa de pilão, ainda que tenhamos, ainda hoje, muitos exemplos dessas últimas construções.

Notícias de edificações singulares são encontradas ainda no século XVI, como a referência a uma casa de pedra que teria existido na praia do Flamengo, a Igreja da Glória em Porto Seguro, a torre de pedra e cal construída por Duarte Coelho em Olinda, a torre de pedra de São Vicente, ou a casa da torre construída por Garcia d'Ávila.

Essa última, ainda que atualmente em ruínas, merece destaque por seu porte. Foi considerada por Robert Smith,

3. Citado por Augusto Carlos da Silva Telles, *Atlas dos Monumentos Históricos e Artísticos do Brasil*, p. 169.

estudioso de nossa arquitetura colonial, como a construção residencial mais monumental das Américas em seu tempo: "nunca mais os colonizadores fizeram no Brasil obra comparável"[4]. Garcia d'Ávila, seu construtor, veio com Tomé de Souza para o Brasil e levantou essa edificação em torno de 1580 em Tatuapara (Bahia, zona litorânea, ao norte de Salvador), da qual, além das ruínas das arcadas de pedra, mantém-se em bom estado, tal como a descreveu em 1584 o Pe. Fernão Cardim, a capela dedicada a Nossa Senhora da Conceição, sendo considerada por ele como "a mais formosa que há no Brasil"[5].

Prescindindo de construções isoladas, pode-se dizer que a história da engenharia no Brasil começa com Tomé de Souza, em 1549, e especificamente com a construção de Salvador, sede do primeiro Governo Geral. Com ele veio um grupo de construtores: Luiz Dias, mestre das obras da fortaleza, considerado por Teodoro Sampaio como o primeiro engenheiro brasileiro[6]; Diogo Perez, Fernão Gomes, Belchior Gonçalves, mestres pedreiros; Pedro Goes, mestre pedreiro-arquiteto e outros artífices[7].

Esses foram os primeiros de uma leva de construtores que iriam chegando ao Brasil, ao longo de todo o período colonial e que iriam levantar igrejas, mosteiros, edifícios administrativos e residenciais, chafarizes, calçadas, fortes e aquedutos. Tudo de acordo com as mais modernas técnicas e razões arquitetônicas aprendidas em Portugal, mas adaptando-as às necessidades, condições e recursos locais, bem como aos hábitos de sobriedade dos que para cá vieram; hábito que se manteve mesmo entre os que fizeram fortuna.

Esses pioneiros, engenheiros e mestres de risco, edificaram a cidade de Salvador; seus sucessores foram construindo o Brasil. Para eles, como primeira preocupação, sem esquecer o necessário para o cotidiano da vida urbana, estão os fortes de defesa: "Fizemos dois baluartes muito poderosos [...] de pedra e cal"[8]; assim escreve o "engenheiro-chefe" de Salvador, Luiz Dias, ao Rei D. João III em 1551.

Nem Só de Pedra Vive a Arquitetura

As pedras, no entanto, em algumas regiões do país, ou eram raras ou não tinham sido descobertas, ou mesmo não havia quem as trabalhasse adequadamente. Deu-se então o caso da Igreja da Conceição da Praia (1775), bastante famosa na cidade de Salvador (ver na próxima página), em que a cantaria, em pedra de lioz, foi totalmente talhada em Portugal, tendo sido as pedras numeradas, transportadas e aqui montadas pelo próprio mestre pedreiro que as talhou[9].

Nesses casos, de impossibilidade de utilização de pedras, estava clara a opção: os portugueses dominavam perfeitamente a técnica de construção com barro, aprendida com os árabes quando estes ocuparam a península ibérica, embora Afonso Arinos levante a hipótese de terem aprendido dos romanos[10].

O fato é que o barro foi largamente empregado nas Capitanias de São Paulo, Mato Grosso, Goiás, Minas Gerais, Nordeste, Sul e Norte do Brasil; ou seja, em quase todo o país. São Paulo empregou largamente esse material: desde o muro que cercava a cidade em fins do século XVI, como o provam documentos da época[11], passando por obras do século XVIII, a respeito das quais o Morgado de Mateus, governador da capitania restaurada, escrevia ao Marquês de Pombal: "todas as paredes dos edifícios são de barro [...] mas não deixa de ter conventos e bons templos, e altas torres da mesma matéria com bastante segurança e duração"[12]; e chegando mesmo aos nossos tempos, podendo ser citado o caso de Ramos de Azevedo que completa, em fins do XIX, a construção da catedral de Campinas em taipa de pilão, numa obra de grande beleza e monumentais proporções, constituindo-se na maior de que se tem notícia empregando essa técnica.

Paralelamente, o tijolo proveniente do barro da terra ou, acredite-se, o tijolo importado, foi sendo introduzido em muitas edificações, mas só vindo a prevalecer em fins do XIX.

Alguns Exemplos de Edificações

Mas, para não ficar em generalidades, passemos a exemplos concretos fazendo notar, preliminarmente, que são muitas as edificações notáveis da era colonial; que critério utilizar para destacar algumas? A monumentalidade, a antigüidade? Ou o fato de terem perdurado até os nossos dias? Não vamos tentar responder a essas questões mas, enfim, destacar algumas, seguindo um critério geográfico.

Na Bahia (Salvador) temos o Paço do Saldanha (século XVI), os casarões da cidade baixa (século XVI), a Alfândega

4. Robert Chester Smith, "Arquitetura Civil no Período Colonial". Deve-se destacar que esse pesquisador norte-americano (1912-1975) foi o primeiro a procurar informações nos arquivos portugueses sobre nossa arte colonial.
5. Pe. Fernão Cardim, *Tratado da Terra e Gente do Brasil*, p. 188 e nota XLIX, na p. 237.
6. Teodoro Fernandes Sampaio, "A Engenharia e sua Evolução no Século da Independência na Bahia". Destaque-se que Teodoro Sampaio era baiano e engenheiro civil pela Escola Politécnica do Rio de Janeiro.
7. Veja-se mais detalhes na obra acima citada de Robert C. Smith, a partir da p. 17.
8. Citado por J. da Silva Campos, em sua obra *Fortificações na Bahia*, p. 7.
9. *Apud* Augusto Carlos da Silva Telles, *op. cit.*, p. 82.
10. Afonso Arinos de Melo Franco, *Desenvolvimento da Civilização Material no Brasil*, p. 16.
11. Veja-se, por exemplo, Affonso de E. Taunay, *História da Cidade de São Paulo*, capítulo II. Com apoio documental das Atas da Câmara de São Paulo.
12. Citado em Benedito Lima de Toledo, *São Paulo, Três Cidades em um Século*, p. 15.

DUA

PAG. ANTERIOR

Igreja da Conceição da Praia (Salvador), em pedra de lioz.

À DIREITA

Bico de Pena representando o Antigo Mosteiro de São Bento, em Santos (1650).

(1618) e a Igreja do Convento de São Francisco, além do antigo Colégio dos jesuítas e a Igreja anexa. O conjunto, situado no atual Terreiro de Jesus, foi considerado – por Spix e Martius e muitos outros – a maior e mais importante construção do tipo feita na época da Colônia; o Colégio (1782), em dois pavimentos, podia abrigar cerca de 200 pessoas; foi em parte demolido e em parte aproveitado para a Faculdade de Medicina da UFBA; a Igreja (1672), depois transformada em Catedral, é conservada tal como era: em nave única, coberta por abóbada de berço, com uma fachada revestida de pedra de lioz e o interior por mármore branco; uma obra que chama a atenção, mesmo que não falemos nada da riqueza do barroco de seu decorado interior: madeira e talhas douradas, imagens etc.

No Rio de Janeiro, o Morro do Castelo (hoje desmontado) foi o sítio primitivo dos edifícios oficiais, seguido da casa da Câmara e dos armazéns da Fazenda Real, encontrando-se referências sobre eles desde os tempos de Mém de Sá[13]. Pero de Magalhães Gândavo[14], cronista do século XVI, conta também que aí existiam muitas casas de pedra e cal. Em outros morros vamos encontrar, em tempos sucessivos, a Igreja de Nossa Senhora do outeiro da Glória (inícios do XVIII) e, anterior a esta, o Mosteiro de São Bento, cujo traço original é de 1618 e cuja beleza, com as necessárias reformas ao longo do tempo, pode ainda hoje ser contemplada[15].

Destaque-se, ainda no Rio de Janeiro, o Palácio dos vice-reis (1743), que foi depois palácio imperial, construído pelo engenheiro Alpoim, com uma elegância discreta, felizes proporções nas fachadas e amplos salões no interior, muito adequados à sua finalidade. Seu entorno, o Largo do Palácio (atual Praça XV), foi completado, mais tarde, com outras edificações, formando um conjunto de notável valor artístico e agora histórico, que podem ser vistas em pinturas da época; entre elas, a casa do Telles, da qual ainda resta o admirável e belo Arco, o chafariz do Mestre Valentim e as duas igrejas carmelitas, a Conventual (Ordem Primeira) e a da Ordem Terceira. A última face do largo abria-se para o cais de desembarque. Os especialistas destacam que foi inspirado no Terreiro do Paço de Lisboa, como reconstruído após o terremoto de 1755. Também se destaca a Casa do Trem (atual Museu Histórico), na Ponta do Calabouço (1762), à qual Alpoim procurou dar a monumentalidade cabível para a época.

Em Vila Rica (atual Ouro Preto), temos a Casa da Câmara e Cadeia, cujo nome indica funções que costumavam estar unidas na maioria das cidades brasileiras. Atual Museu da Inconfidência, de linhas clássicas muito elegantes, teve sua construção iniciada em 1785, com planta e direção do engenheiro Manuel Guimarães. Como curiosidade, Tomás Antônio Gonzaga, em uma de suas *Cartas Chilenas*[16], relata os maus tratos por que passaram os construtores dessa obra. Em frente a esse edifício está o Palácio dos Governadores, de construção solene e um tanto pesada, lembrando, de certa maneira, uma fortaleza no alto de uma colina, mas sem deixar de ter a sua graça e de servir freqüentemente como cartão postal da cidade. Projeto do engenheiro Alpoim e construção do mestre Manuel Francisco Lisboa, pai do Aleijadinho, abriga de longa data a Escola de Minas de Ouro Preto.

Outras construções em Minas Gerais, dignas de nota por sua riqueza arquitetônica e construtiva, são a Igreja da Ordem Terceira de São Francisco, em Diamantina, a Casa Capitular de Mariana, a Igreja de São Francisco de Paula, em Ouro Preto, e o Santuário Bom Jesus de Matosinhos, em Congonhas do Campo.

Em Goiás, temos em Pirenópolis, antigo Arraial da Meia Ponte[17], a uns 70 km ao norte de Anápolis, a Igreja de Nossa Senhora do Rosário (1732), também em taipa de pilão e com enormes dimensões para a época, estando ligada à segunda descoberta de ouro em Goiás.

No litoral paulista, conservam-se partes ou até mesmo construções inteiras dos primeiros tempos da colonização.

13. Referenciado por Paulo F. Santos, *Quatro Séculos de Arquitetura*, p. 39.

14. Cf. Pero de Magalhães Gândavo, *História da Província de Santa Cruz*.

15. Pode-se consultar ainda: *Mosteiro de São Bento do Rio de Janeiro, (Abadia Nullius de Nª Sª do Monserrate)*, Papelaria Ribeiro, 1927, ou ainda, com o mesmo título, a obra editada pela Livraria Agir Editora, em 1955; ou ainda a clássica obra de D. Clemente da Silva-Nigra, *Três Artistas Beneditinos*.

16. Citado por Pedro Carlos da Silva Telles, *História da Engenharia no Brasil*, vol. 1, p. 16.

17. O nome desse arraial deve-se a que, para transpor o rio, utilizou-se o local em que uma enorme laje de pedra estreitava a correnteza, sendo necessário vencer, em ponte de madeira, apenas a metade da largura.

Igreja Matriz de Pirenópolis (Goiás, 1732), em taipa de pilão.

Em São Vicente, há as ruínas do Porto das Naus, levantado a mando de Martim Afonso de Souza, e edificações remanescentes da vila colonial; em Santos, a ruína do engenho São Jorge dos Erasmos[18], primeiro engenho de açúcar no Brasil (1533), e a Fortaleza São João da Bertioga (1549), atual Museu João Ramalho[19].

Se pensarmos no século seguinte (XVII), vamos encontrar muitas edificações que sobreviveram até hoje, com poucas ou muitas restaurações e reformas. Como regra geral, as do litoral em pedra e cal; as do planalto, em taipa de mão ou de pilão. Como destaca Andrade, "as mais elaboradas e permanentes construções civis no Brasil entre os séculos

18. Também mandado construir pelo primeiro donatário da Capitania, foi vendido ao comerciante flamengo Erasmo Schetz. Para maiores detalhes, ver Maria Regina da Cunha Rodrigues, "O Engenho São Jorge dos Erasmos".

19. Para mais detalhes veja-se Affonso de E. Taunay, "O Forte de São João da Bertioga".

EM CIMA

Bico de pena representando o Forte de São João da Bertioga, a construção remanescente mais antiga do Brasil.

NO CENTRO

Bico de pena representando a Igreja de São Miguel Paulista (1622).

EMBAIXO

Bico de pena representando a Sede do Sítio Tatuapé (1640), em São Paulo.

XVI e XVIII foram edificações religiosas, capelas e igrejas, mosteiros ou conventos. As principais ordens trouxeram em seus quadros inúmeros mestres de obras"[20]. Assim, temos o Mosteiro de São Bento em Santos (1650), atual Museu de Arte Sacra, com algumas paredes da edificação primitiva, em pedra e cal; a Igreja de São João Batista em Cananéia, de arquitetura muito simples, construída no mesmo local da primitiva, de meados do século XVI e que talvez tenha sido o primeiro templo católico no Brasil[21]; em Itanhaém, o Convento e a Igreja de Nossa Senhora da Conceição, cuja construção original, datada do século XVI, sofreu sucessivas reformas até atingir o estado atual, além da Igreja de Santana (1761); em São Sebastião, o Convento Franciscano de Nossa Senhora do Amparo (1637).

Subindo o planalto, vamos encontrar também edificações, agora predominantemente em taipa de pilão ou mesmo pau-a-pique, que conservam, em grande medida, o aspecto original. É o caso da aldeia de Carapicuíba: casas toscas em taipa de mão, sendo que algumas remontam à época seiscentista e quem sabe ao próprio Afonso Sardinha, que construiu a aldeia em sua fazenda, ainda no primeiro século de nossa história; na aldeia de Guararema (Mogi das Cruzes), encontramos a Igreja de Nossa Senhora da Escada (data do frontispício: 1654), que vem descrita por Spix e Martius num momento em que estava em abandono[22].

Com o avançar dos anos, as edificações multiplicam-se mais e mais: Igreja e Capela de São Miguel Paulista (1622), cuja representação pode ser vista na figura ao lado; Capela de Nossa Senhora da Conceição, em Santana de Parnaíba (1687); Igreja de Nossa Senhora do Rosário no Embu (inícios do XVIII), em que se nota um projeto um pouco mais elaborado; Nossa Senhora do Pilar, em Taubaté (1725); Igreja de São João Batista, em Carapicuíba (1736); Igreja de Nossa Senhora do Carmo, em Itu (1760), cuja fachada foi completada por Ramos de Azevedo e Paula Souza; Nossa Senhora das Mercês, em São Luís do Paraitinga (fins do XVIII).

Reportando-nos ao Centro Velho da cidade de São Paulo, podem ser visitadas ainda hoje: a Capela do Aflitos (1774); a Igreja de Nossa Senhora da Boa Morte (1807), que dobrou os seus sinos à passagem de D. Pedro I, poucos minutos após a nossa independência; Santo Antônio (século XVI e reformas nos sucessivos); Mosteiro e Igreja de Nossa Senhora da Luz (1538 a 1788), onde repousam os restos mortais de Frei Galvão, primeiro bem-aventurado nascido em solo brasileiro e onde funciona atualmente o Museu de Arte Sacra.

Outro gênero de construções é o das casas bandeiristas[23], das quais encontramos exemplares típicos como a Casa do Anhangüera em Santana do Parnaíba, posto avançado dos

20. Francisco de Paula Dias de Andrade, "A Construção de Edifícios".
21. Antônio Paulino de Almeida, "Memória Histótica de Cananéia".
22. Spix e Martius, *Viagem pelo Brasil*, vol. 1, p. 136. Alguns afirmam que a designação *da escada* refere-se ao grande número de degraus a vencer para quem queira descer até a beira do rio Paraíba; mas isso é pouco provável, pois encontramos a mesma designação em outras localidades e há quadros em que, por detrás da Virgem, há uma escada.
23. Júlio Roberto Katinsky, *Casas Bandeiristas; Nascimento e Reconhecimento da Arte em São Paulo*.

bandeirantes na busca do sertão e casas de Fazenda, como as dos Sítios: Tatuapé (1640), mostrado na página anterior, Morrinhos (1702), Ressaca (1717) e muitos outros.

Os Fortes e seu Papel em nossa História

Iniciada a colonização do Brasil em 1532, com São Vicente, começa a necessidade de se defender as posições ocupadas dos ataques dos índios e sobretudo de piratas, notadamente ingleses, franceses e holandeses. Principia assim a construção de fortes, fortins e mesmo primitivas paliçadas. Como já apontamos, a cidade de São Paulo, provavelmente um caso isolado, imitando como podia os burgos medievais, cerca seu perímetro com um muro de taipa para defender-se das tribos que a hostilizaram até o final do século XVI.

As principais fortificações encontram-se na orla marítima, para a proteção da barra dos portos naturais onde se localizavam as primeiras povoações; ao longo dos rios da Amazônia, para impedir as invasões por via fluvial e, mais tarde, no interior, principalmente na fronteira oeste, para defender as posições extremas das terras conquistadas com o avanço sobre o meridiano de Tordesilhas.

No total, perfazem mais de trezentas, muitas delas demonstrando uma técnica aprimorada para a época, uma certa imponência intrínseca ao tipo de construção e, além disso, uma certa graça e beleza: *boniteza* e *percisão* aliam-se aqui de maneira inequívoca. Isso só foi possível graças à esmerada formação que se ministrava ao Real corpo de engenheiros portugueses e – na paráfrase a Camões – graças àqueles que para cá vieram e, em trabalhos esforçados, mais do que prometia a humana força, novo reino edificaram.

Um estudioso da questão[24] destaca que a eficácia de defesa dos portos marítimos foi um tanto relativa, em vista da invasão e fixação de franceses e holandeses. No entanto, quanto mais se estuda, mais se reconhece o planejamento e o esforço em defender tantos quilômetros de mar e de fronteira. Uma análise de suas posições geográficas mostra que visavam primordialmente à defesa de portos naturais, dando origem a novas vilas e cidades ou defendendo as existentes. Além disso, os fortes de fronteira serviram para materializar, garantir e demonstrar oficialmente as divisas com nossos vizinhos.

Com relação às datas de construção de cada forte, é preciso destacar que costuma haver discrepâncias, em função daquilo que se considera: data do projeto, do início ou do fim da construção, ou mesmo de alguma reforma ou remodelação de maior peso, o que justifica as várias datas apresentadas.

Em geral, os mais antigos apresentam planta em quadrilátero ou polígono, com altas muralhas. Num segundo estágio, passa-se à forma de polígono, convexo ou não, com baluarte nos ângulos e muralhas não tão elevadas. Já nos mais recentes, emprega-se o sistema proposto por Vauban, de construção mais elaborada.

Para efeitos descritivos, vamos dividir os fortes em três grandes grupos: da região amazônica, ao longo dos rios; do litoral, de norte a sul; e os da fronteira oeste[25].

Fortes da Região Amazônica

Para que se tenha uma idéia da quantidade e da localização desses fortes, relacionamos a seguir alguns deles, acrescentando algumas características de maior interesse.

Há fortes no Amapá, como o São José de Macapá (1687-1764), na foz do rio Amazonas, dando origem à capital do atual Estado; no Pará, Presépio (1616), junto à foz do rio Guamá, dando origem à cidade de Belém; e, defendendo essa mesma cidade, São Pedro Nolasco ou das Mercês (1665) e Castelo (1720); Óbidos (1698) e Tapajós, ambos no rio Amazonas, e sendo o primeiro deles no estratégico ponto de menor largura do rio: 2 km; Santo Antônio do Gurupá (1690-1770), também nesse mesmo rio, entre a foz do Xingu e a Ilha de Marajó.

No Amazonas, subindo o rio Negro a partir da foz, há os fortes de São José do Rio Negro ou Fortaleza da Barra (1669), quase na sua barra ou desembocadura no Amazonas, em Manaus; de São Gabriel da Cachoeira (1762), no curso médio desse rio, tendo originado a cidade que leva esse mesmo nome, e o de São José das Marabitanas (1763) na margem esquerda do rio Negro, em suas cabeceiras, próximo a Cucuí, na fronteira tríplice com a Venezuela e a Colômbia.

Em Roraima, às margens do Rio Branco, há também o forte de São Felipe e São Joaquim do Rio Branco (1775)[26].

Alguns desses fortes, por sua data de construção (posterior a 1750), poderiam ser classificados como fortes de fronteira, tendo como função mais a de presença e demarcação

24. Júlio Roberto Katinsky, "Sistemas Construtivos Coloniais".

25. Para todo esse tema, vejam-se as seguintes obras: Isa Adonias, *Mapa: Imagens da Formação Territorial Brasileira;* Maria Elisa Carrazzoni, *Guia dos Bens Tombados* e *Fortificações Portuguesas no Brasil, dos Descobrimentos à Época Pombalina. A Fundação do Sistema Português de Comunicação Ultramarina: Uma Redescoberta da Origem Cultural do Brasil;* Rhodia do Brasil, *Fortalezas Históricas do Brasil.*

26. Algumas publicações situam-no na confluência dos rios Uraricoeira e Tucutu, o que não deixa de ser verdade, por serem estes os formadores do rio Branco.

de nossos limites, do que a de defesa de posições contra possíveis ataques.

Dentre todos, pode-se destacar o forte São José de Macapá, por sua antigüidade, valor construtivo e estético, e o seu porte: é o maior de todo o Brasil colonial. Sua planta é retangular, do tipo Vauban, com baluartes pentagonais nos quatro cantos, sendo suas muralhas em cantaria. No interior encontram-se edificações para exercer as funções de defesa de posições em caso de assédio: enfermaria, capela, paiol de pólvora, edifícios de aquartelamento etc. O forte primitivo (séculos XVI e XVII) foi projetado pelo engenheiro-arquiteto e padre jesuíta Gaspar de São João Perez, ou simplesmente Samperes, como é citado[27]. Foi totalmente reconstruído no século XVIII (1761 a 1782), seguindo o projeto do engenheiro Manuel Fortes.

Fortes da Região Costeira

A relação desses fortes, ainda que aqui apresentada parcialmente, também é muito extensa. E, como já se salientou, foram sendo construídos ao longo da costa, na medida das necessidades, para defender as posições em que havia bons portos e povoações.

Examinando as datas de construção, salta à vista que houve um grande incremento na época dos Felipes que governaram o Brasil na época da união das duas coroas (1580 a 1640). Isso, dentro da estratégia política, deve-se não só à necessidade de defender a costa brasileira de invasores holandeses, franceses e ingleses, mas também à de impedir o acesso dos mesmos, por rio ou terra, às colônias espanholas do Pacífico, notadamente o Peru.

Como era de esperar, há também alguns fortes construídos por holandeses e franceses nas regiões que temporariamente ficaram sob seu domínio.

Ainda que muitos, vale a pena listar alguns. O critério seguido é a ordem geográfica dos atuais Estados do Brasil.

No Maranhão há os fortes de São Luís (1612), em homenagem a Luís XIII, construído por Daniel de la Touche, para a proteção da povoação de mesmo nome. Tomado mais tarde (1615) pelos portugueses, recebeu o nome de São Felipe, em homenagem a Felipe III; foi também ocupado pelos holandeses, em seu curto domínio dessa região. Outro, o de Santa Maria (1614), foi construído pelos portugueses em terra firme, na margem direita do rio Munim, para fazer frente aos franceses; também foi conhecido pelo nome de Guaxindiba ou Guaxenduba.

No Ceará temos vários fortes. O de São Sebastião (1611), na foz do rio Ceará, origem da cidade de Fortaleza, foi conquistado e destruído pelos holandeses, que edificaram um novo forte (Schoonenborch), rebatizado de Nossa Senhora da Assunção pelos portugueses após a retomada. Há também o forte de Nossa Senhora do Amparo (1612) e o de Nossa Senhora do Rosário (1613), este próximo a Camocim. Só muito mais tarde (1812), seria construído o de Nossa Senhora da Conceição, em Fortaleza.

No Rio Grande do Norte destaca-se o forte dos Reis Magos (Natal, 1598-1614), na foz do rio Potengi, com projeto inicial de Samperes. Conquistado pelos holandeses em 1633, recebeu o nome de forte Ceulen, em homenagem a Matias van Ceulen, diretor da Companhia das Índias Ocidentais que participou dessa conquista.

Na Paraíba, temos a fortaleza de Santa Catarina do Cabedelo (1617), na foz do rio Paraíba, que guarnecia a cidade de Filipéia de Nossa Senhora das Neves (1586, homenagem a Felipe II), situada rio acima; em frente situava-se a fortaleza de Santo Antônio. Ambas foram tomadas por Maurício de Nassau, que mudou a designação da primeira para Margarida, nome de sua mãe.

Em Pernambuco, e concretamente em Recife, há o forte de São Jorge e o do Mar ou da Laje do Picão (1590, 1608). Os holandeses apoderaram-se deles e também de outros fortes menores, como o Real e o dos Afogados. Na ilha de Mauricéia e arredores construíram ainda os fortes de Orange, Cinco Pontas, Príncipe Guilherme, Ernesto, Frederico Henrique, Buraco e outros.

Na Bahia há os fortes de Monte Serrate (1586), Santo Antônio da Barra (1598), Santa Maria, São Diogo (1614), São João, São Bartolomeu (1614), São Marcelo ou Forte do Mar (1623), Santo Alberto, Rosário, São Felipe, São Pedro (1715), São Paulo da Gamboa (1715), Barbalho (1715) e Jequitiaia (século XVIII), todos em Salvador. Uma verdadeira ladainha ou bateria de fortes; o que não impediu que a então capital do Brasil fosse conquistada pelos holandeses (1624), ainda que por um breve período de tempo.

No Espírito Santo, defendendo o canal de acesso à vila de Vitória, na ilha de mesmo nome, encontram-se os fortes

27. A propósito, vale destacar que, além de suas funções precípuas, as ordens religiosas contavam com frades e monges com formação técnica (engenheiros, matemáticos) para edificar não só mosteiros, mas também construções civis e militares, bem como para trabalhos cartográficos. E, de fato, foram inúmeras as contribuições que deixaram.

de São Marcos (no continente), em frente a São Miguel (na ilha), construídos no início do século XVII, e posteriormente São João (1726), numa ilhota na entrada do porto de Vitória. A ilha de Trindade, na mesma latitude desse Estado, foi ocupada pelos ingleses em 1700, sendo construído o forte da Rainha; posteriormente, em 1761, voltaram a instalar-se nessa atalaia no meio do oceano, sendo expulsos definitivamente em 1763, sendo essas ações parte da estratégia

Pormenor de uma guarita da Fortaleza de Monte Serrate, Salvador, BA.

Real Forte Príncipe da Beira.

de ocupação das ilhas e construção de bases navais no Atlântico Sul, como ocorreu efetivamente nas Malvinas, Sanduíche e outras.

No Rio de Janeiro, uma série de fortificações protegia a Baía de Guanabara. Três, quase alinhadas, defendiam a barra: a de Santa Cruz (no lado de Niterói, 1580, 1612), que inicialmente foi só uma bateria, denominada de Nossa Senhora da Guia e que, após as reconstruções, sobre a península de rocha viva em que se assenta, tornou-se um perfeito trabalho de cantaria, incluindo arcos e abóbadas, sendo considerada "a melhor que há em todo o Brasil"[28] por João Teixeira Albernaz, cosmógrafo de Sua Majestade; em frente a ela, a de São João (1567, 1575, 1601) na cidade do Rio de Janeiro, e, no meio da barra, a da Laje (1643, 1713, 1789). No interior da baía, há várias outras: São Tiago (na ponta do Calabouço, 1601), São Januário (no Morro do Castelo, 1601), Santa Margarida (na Ilha das Cobras, 1601, 1735) e a de São Bento. Por sua vez, Villegaignon, durante a ocupação dos franceses (1555-1565), havia assentado uma bateria na ilha da Laje, construindo o forte Coligny. No mesmo Estado temos, finalmente, São Mateus, nas proximidades de Cabo Frio (1613), e Santo Antônio (1613), em Macaé.

Em São Paulo há um conjunto de fortes na região de Santos, do qual Hans Staden foi chefe de armas durante dois anos: São Tiago ou, como é mais conhecido atualmente, São João da Bertioga (1547, 1549), e São Felipe (1547, 1765), quase em frente ao anterior, ambos protegendo a entrada do canal da Bertioga. No Guarujá, em frente à Ponta da Praia de Santos, há o forte de Santo Amaro da Barra Grande (1584, 1765), também conhecido pelos nomes de São Felipe ou São Luís, hoje restaurado e denominado simplesmente forte da Barra.

No Paraná, há o forte de Nossa Senhora dos Prazeres ou do Mel (1776), defendendo a ilha do mesmo nome e a entrada da baía de Paranaguá.

Em Santa Catarina, há os de Anhatomirim, Araçatuba e Santo Antônio. Destacam-se, no entanto, aqueles que

28. *Apud* Pedro Carlos da Silva Telles, *op. cit.*, p. 42.

defendiam a então Ilha do Desterro de Santa Catarina: os de Santa Cruz (1739), da Ponta, São José ou Ponta Grossa (1740), Santo Antônio ou Ratones (1740) e Santana (1763).

No Rio Grande do Sul, a principal linha de defesa, em função dos conflitos com os castelhanos (após os tratados de fronteira), foi a região do extremo sul: São Miguel e Santa Teresa defendendo a lagoa Mirim; São Gonçalo, no canal de sangramento dessa lagoa para a dos Patos (próximo a Pelotas), e Santana, defendendo a barra em Rio Grande de São Pedro.

Dentre todos esses, é interessante fornecer detalhes de três.

São Tiago ou São João da Bertioga, localizado na praia da Bertioga (São Paulo), data de 1547-1549, e nisso reside grande parte de sua importância: é a construção sobrevivente mais antiga do Brasil. É possível que seus muros tenham sido levantados a mando do próprio Martim Afonso de Souza (1532), ou que estes tenham sido melhorados entre 1547 e 1549. Sabe-se, com certeza, que a Câmara de São Vicente mandou repará-los em 1556, após o ataque dos tamoios. Houve reparos sucessivos – até os dias de hoje, em que funciona como Museu João Ramalho – mas pode-se dizer que a construção permaneceu substancialmente idêntica desde a data apontada. Trata-se de uma praça de guerra retangular, com duas guaritas voltadas para o mar. Possui muralhas de pedra de 4 m de altura e alicerces de grande profundidade[29]. Provavelmente, por essas características de solidez, permanece até os nossos dias, subsistindo ao ambiente marítimo e ao embate das ondas por mais de 450 anos. Fernão Cardim, que o viu no início de 1585, disse que "a fortaleza é cousa formosa, parece-se ao longe com a de Belém"[30]. Vale a pena consultar o interessante trabalho do professor Taunay sobre esse forte, no primeiro número da *Revista do SPHAN*[31].

O Forte dos Reis Magos (1598), em Natal, tem sua planta em forma de polígono irregular e contém, em seu interior, as habituais construções anexas a um estabelecimento de guerra. O traço primitivo é também do engenheiro Pe. Samperes, sendo a construção confiada ao engenheiro Frias da Mesquita. É considerado por muitos como o melhor trabalho de defesa da costa brasileira e o orgulho da engenharia militar. Paralelamente, seu valor estético não fica atrás: em 1638, Maurício de Nassau hospedou-se nele e, admirado pelo que viu, elogiou o trabalho e mandou vir o conhecido pintor Frans Post para registrar em tela toda a beleza da obra e seus detalhes.

Forte dos Reis Magos, Natal (1598).

Finalmente, destacamos o Forte de São Marcelo (1600-1606, 1623), também conhecido como o Castelo ou Fortim do Mar. Construído em planta circular (dois terraplenos concêntricos), ocupa totalmente uma ilhota de rochedos. O projeto primitivo (1602-1623) era de planta retangular, sendo transformada para a forma circular a partir de 1650-1660, tendo sido implantado pelo engenheiro francês Felipe Guitau, por encargo do Conde de Atouguia. É, de todos, o forte mais imponente de Salvador e, com 90 m de diâmetro e 15 m de altura, parece uma fortaleza encravada em pleno oceano, com suas muralhas de cantaria (alvenaria ciclópica de pedra) resistindo ao embate das ondas do mar. Os naturalistas Spix e Martius que o visitaram em 1819 não tiveram receio em dizer que "é esta, sem dúvida, a mais importante praça fortificada"[32], referindo-se a Salvador e especificamente a esse forte.

Fortes de Fronteira

Os fortes de fronteira, em sua grande maioria, surgem após os tratados de fronteira entre Portugal e Espanha, em parti-

29. Nestor Goulart Reis Filho, *Guia dos Bens Tombados (São Paulo)*, p. 33. Fala-se em três fontes dependentes – nesse texto, na obra referenciada de Maria Elisa Carrazone e na citada obra do professor Pedro Carlos da Silva Telles (p. 41) – que os alicerces possuem uma profundidade de 13 a 17 m, o que nos chama a atenção pela dificuldade que teria sido abrir e escorar uma vala com essa profundidade, esgotando continuamente a água do mar que se infiltraria pela areia, carreando material, e mais ainda nessa remota época. Valeria a pena uma confirmação arqueológica.

30. Pe. Fernão Cardim, *op. cit.*, p. 188 e nota XLIX, na p. 211.

31. Ver nota n. 19.

32. Spix e Martius, *op.cit*, vol. II, p. 160.

cular após os de Madri (1750) e Santo Ildefonso (1777), materializando e guarnecendo os limites. Podemos enumerar, pelo menos, os mais importantes.

No Rio Grande do Sul, como parte da estratégia de apoio à Colônia do Sacramento e como demarcação da linha divisória, o forte Jesus-Maria-José (1737, 1754), na margem esquerda do rio Pardo, próximo à cidade de Rio Pardo, quase na desembocadura no rio Jacuí; Jacuí, às margens desse mesmo rio, à montante do anterior, e, finalmente, Santa Tecla, na confluência dos rios Negro e Piraí, nas proximidades de Bagé.

Em Mato Grosso do Sul, o Nossa Senhora dos Prazeres do Iguatemi (1774), próximo ao rio e atual cidade de mesmo nome, defendendo a fronteira com o Paraguai; Coimbra (1775, 1797), localizável em bons mapas, às margens do rio Paraguai[33], próximo à fronteira tríplice com a Bolívia

Forte de São Marcelo, Salvador (1600).

e o Paraguai, e cujos canhões tiveram de vir pela bacia do Amazonas – imagine-se a aventura – já que a do Prata estava interditada pelos espanhóis.

Em Rondônia, há o Príncipe da Beira (1776), próximo a Guajará-Mirim, na fronteira com a Bolívia.

No Amazonas, está o São Francisco Xavier de Tabatinga (1766), na fronteira com o Peru e nas margens do rio Amazonas, junto à foz do rio Javari.

De todos esses, vale a pena destacar ao menos o Real Forte Príncipe da Beira, que é considerado a nossa mais importante construção na fronteira terrestre, às margens do rio Guaporé e, teoricamente, próximo a Guajará-Mirim ou a Ji-Paraná, mas muito inacessível, mesmo nos dias de hoje. O projeto do engenheiro Domingos Sambuceti, que segue o sistema Vauban, foi executado pelo engenheiro José Pinheiro de Lacerda. A imponente construção, pode ser emoldurada por um quadrado de 120 m de lado e possui quatro baluartes nos cantos, destacando-se do corpo principal e formando uma figura geométrica com as respectivas reentrâncias, próprias do sistema desenvolvido por Vauban, que facilita a defesa em caso de assalto. As muralhas com 8 m de altura são de alvenaria de pedra, cuja procedência foi um mistério, até que se descobriu que foi retirada do subsolo do local. É todo cercado por um fosso de 2 m de profundidade e largura variável, que só pode ser vencido no local do monumental portão de entrada, através de uma ponte levadiça. A admiração e o espanto crescem pelo contraste entre a obra ciclópica realizada pelo homem e a natureza selvagem e exuberante que a circunda. O General Severiano, ao contemplar a solidez e a beleza, dizia que suas muralhas são "tão fortes, tão bem alinhadas, tão bem acabadas, tão quase perfeitas, que hão de passar séculos antes que derruam"[34]. Os séculos foram passando e não o destruíram, mas a selva quase o escondeu completamente, de forma que se chegou a falar de uma *redescoberta* pelo marechal Rondon em 1914.

A Calçada do Lorena

Grande era o sertão e poucas as suas veredas. No início, como diz o cronista, eram as trilhas de índios e os caminhos de padres. Trilhas feitas pelos senhores do continente, como as que ligavam o litoral ao interior, subindo a Serra do Mar em diversos pontos ou adentrando pelo sertão em direção ao Paraguai, como o famoso caminho do Peabiru[35], e caminhos de padres como o do pe. José (de Anchieta), de Santos a São Paulo, no vale do rio Perequê, marcando o rumo da primeira penetração do colonizador, abandonando a praia em direção ao sertão[36].

Iniciado o século XVII, partem os bandeirantes e monçoeiros, abrindo trilhas ou seguindo nossos rios. De fato, até bem mais tarde, apesar de se falar do Caminho Novo aberto em 1771 por Garcia Rodrigues Pais, não há vias dignas de tal nome. A primeira, como obra de engenharia, é a Calçada do Lorena, em São Paulo: Bernardo José Maria de Lorena, conde de Sarzedas e governador da Capitania, soube valer-se dos préstimos de João da Costa Ferreira, formado no Real corpo de engenheiros de Lisboa, para implantar essa obra notável, em 1792.

Foi louvada por ilustres visitantes, como Saint-Hilaire, que, com rasgados elogios, a equipara a qualquer outra do Velho Mundo, e frei Gaspar da Madre de Deus, que, depois de falar das agruras do caminho antigo, elogia o novo: "ladeira de pedra espaçosa, calçada de pedras, por onde se sobe com pouca fadiga e se desce com segurança"[37]. Também pelo explorador inglês John Mawe: "poucas obras públicas, mesmo na Europa, lhe são superiores e [...] não encontraremos nenhuma, em país algum, tão perfeita tendo em vista tais desvantagens"[38].

Essa estrada representou uma façanha para a época. O primeiro passo foi um levantamento topográfico que chegou a provocar a admiração dos ingleses que o examinaram no século XIX, por seu rigor e exatidão. O projeto levou em conta, além das condições topográficas, o tipo de solo e o alto índice de pluviosidade da região. São 180 curvas num trajeto que não cruza nenhum curso d'água e obedece a parâmetros de projeto, como a limitação da declividade máxima.

A construção revela detalhes e cuidados técnicos surpreendentes: é pavimentada em lajotas de pedra (20 cm de espessura) assentadas sobre uma camada de saibro e pedregulho (10 cm de espessura), possui faixas laterais inclinadas para dentro a fim de que a água escorra por uma canaleta central. Sua largura varia entre 3,20 e 4,20 m, possui cortes e aterros em função das necessidades e muros de arrimo de até 5 m, notáveis para a época. Uma placa comemorativa,

33. Em função da reconstrução, fala-se às vezes de Nova Coimbra. Outras vezes nomeia-se a cidade de certo tamanho mais próxima (Porto Murtinho), o que pode ser enganoso, com relação à localização mais precisa. O último cuidado é que se fala do *Presídio de Coimbra*, levando a interpretar como sendo uma prisão, quando, na realidade, esse termo, na época, significava guarnição, fortaleza. O mesmo vale para os demais fortes.

34. João Severiano da Fonseca, *Viagem ao Redor do Brasil*, p. 226.

35. Ernani Donato, em seus estudos, traça as linhas dos diversos ramais dessas ligações e levanta até a hipótese de terem sido vias abertas pelos incas. Confirma com dados a existência de comércio entre o sertão (Paraguai e Peru) com o porto de São Vicente.

36. Mário Leite, "O Caminho do Padre José", em *Anchietana*, pp. 341-349.

37. Affonso de E. Taunay, "Um Inédito de Frei Gaspar da Madre de Deus", pp. 22-23. Existem também referências a esse caminho em sua obra *Memórias para a História da Capitania de São Vicente*.

38. John Mawe, *Viagens ao Interior do Brasil*, p. 72; *apud*. Benedito Lima de Toledo, em *O Real Corpo de Engenheiros na Capitania de São Paulo*; bem como sua tese de doutorado, com o mesmo título.

referindo-se aos esforços para concluir tal obra com tantas dificuldades, parafraseando Virgílio, dizia: *Omnia vincit amor subditorum*.

Do ponto de vista econômico, serviu para escoar a produção de açúcar de uma vasta região do interior paulista; historicamente, foi por ela que D. Pedro veio de Santos no dia 7 de setembro de 1822. Do ponto de vista da engenharia, no fim da Colônia, representou o princípio de uma série que estaria por vir, o início e o paradigma de uma nova técnica no país. Atualmente há um bom trecho recuperado, e pode ser visitada com grande proveito, ainda que o trajeto tenha de ser feito a pé.

O Aqueduto da Carioca

Pontes foram sendo construídas para vencer, em geral, rios que atravessam as cidades. No início eram de madeira, com longarinas, tabuleiros e esteios. Um exemplo desse tipo é a Ponte Grande (início do XVII) sobre o rio Tietê em São Paulo, sendo considerada por Taunay como a primeira grande obra de engenharia na capital paulista[39]. Outras foram edificadas em arcos de pedra, segundo a velha tradição romana; encontram-se exemplos em São João del Rei, Ouro Preto e São Paulo (obras do engenheiro Daniel Pedro Muller). Maurício de Nassau, em Recife (1640), mandou construir uma enorme ponte na confluência dos rios Capibaribe e Beberibe, retratada nas pinturas da época.

Seguindo também o mesmo sistema de construção em arcos de pedra, encontramos os aquedutos, sendo o mais notável o denominado Arcos da Carioca, primeiro do gênero realizado em todas as Américas e que permanece até hoje atestando sua grandiosidade e beleza. É também conhecido como Arcos da Lapa ou de Santa Teresa. É considerado por muitos como a principal obra da nossa engenharia colonial.

O canal todo tem uma extensão superior a 6 km: o primeiro trecho na montanha recolhe vários mananciais e possui arcos de alvenaria com até 2 m de altura e outro tanto de largura. Já próximo ao final, transpõe o vale entre os morros de Santa Teresa e Santo Antônio em um esplêndido aqueduto com 270 m de comprimento e altura máxima de 18 m, com duas fileiras superpostas de 42 arcos de volta completa. É de tipo romano, em cantaria e alvenaria de pedra ciclópica. O canal era coberto para evitar sujeira e manter a água fresca, possuindo poços de visita e caixas para regularizar a vazão[40].

Sua construção foi iniciada em 1673, interrompida diversas vezes e retomada em 1719, tendo a água chegado ao seu destino, o chafariz do Largo da Carioca, em 1723. Em 1896, mudou de uso, sendo aproveitado até hoje como viaduto para a passagem de bondes turísticos.

Como aconteceu com a Calçada do Lorena, recebeu o registro em óleos da época, como o de Tomas Ender (1817) e o elogio de muitos visitantes. Spix e Martius disseram tratar-se do "mais belo e perfeito monumento na arte da construção existente no Rio de Janeiro"[41]. Ferdinand Denis disse que "cada capital da Europa tem qualquer monumento célebre [...] no Rio, é o aqueduto da Carioca, com as suas duas ordens de arcadas, sua aparência de construção romana, sua forma ao mesmo tempo elegante e grandiosa"[42].

Boniteza e Percisão

Apesar das deficiências e descasos, é preciso reconhecer que alguma coisa foi feita para a preservação de nossos monumentos, pelo menos no sentido da identificação e tombamento pelo Patrimônio Histórico das obras de maior valor. Grande caminho ainda nos resta percorrer, e parece-nos que este passa forçosamente pela ampla divulgação dessas obras de nossa engenharia, por meio de congressos, reportagens jornalísticas e artigos.

Apontar sua existência e significado e destacar seu valor, como memória do passado e chave do presente, são também uma contribuição para sua viva conservação. A restauração e conservação, em forma de museus, casas de espetáculo, restaurantes, parques públicos, pontos turísticos, talvez em parceria com a iniciativa privada, são soluções plausíveis, em uma situação endêmica de escassez de recursos.

Finalmente, uma reflexão para a nossa engenharia. Nossos primevos engenheiros militares trabalhavam com a divisão projeto-construção, mas não separavam a eficiência-funcionalidade-economia da estética: a *arte* das artes e ofícios é a mesma das belas artes. Em contraposição, a moderna divisão engenheiro-arquiteto causou no primeiro uma excessiva preocupação pela *percisão*, em detrimento da *boniteza*, aspectos que encontramos unidos em muitas

39. Citado por Ernani Silva Bruno, *História e Tradições da Cidade de São Paulo*, p. 226.
40. José de Souza Reis, "*Arcuatum Opus* - Arcos da Carioca"
41. *Idem, ibidem.*
42. Citado por Gastão Cruls, *Aparência do Rio de Janeiro*, p. 145.

de nossas obras coloniais, tendo merecido a admiração e o elogio de ilustres visitantes.

Referências Bibliográficas

ADONIAS, Isa. *Mapa: Imagens da Formação Territorial Brasileira*. Rio de Janeiro, Fundação Emílio Odebrecht, 1993.

ALMEIDA, Antônio Paulino de. "Memória Histórica de Cananéia". *Revista de História*, vol. XXIX, nº60, São Paulo, 1965 (Publicação do Depto. de História da FFLCH-USP).

ANDRADE, Francisco de Paula. "A Construção de Edifícios". In: VARGAS, Milton. *Contribuições para a História da Engenharia no Brasil. São Paulo*, Edusp, 1994 (em comemoração aos cem anos da Escola Politécnica da USP).

BRUNO, Ernani Silva. *História e Tradições da Cidade de São Paulo.* Rio de Janeiro, Livraria José Olympio, 1954.

CAMPOS, J. da Silva. Fortificações na Bahia. Rio de Janeiro, MEC/SPHAN, 1940.

CARDIM, Pe. Fernão. *Tratado da Terra e Gente no Brasil.* São Paulo/Brasília, Companhia Editora Nacional/INL-MEC, 1978.

CARRAZZONI, Maria Elisa. *Guia dos Bens Tombados*. Rio de Janeiro, Expressão e Cultura, 1980.

__________. *Fortificações Portuguesas no Brasil, dos Descobrimentos à Época Pombalina. A Fundação do Sistema Português de Comunicação Ultramarina. Uma Redescoberta da Origem Cultural do Brasil.* Centro de Estudos Patrimoniais Susófonos da Fundação Convento de Orada, 1999.

CRULS, Gastão. *Aparência do Rio de Janeiro*. Rio de Janeiro, José Olympio, 1952.

FONSECA, João Severiano da. *Viagem ao Redor do Brasil.* Rio de Janeiro, Tipografia de Pinheiro e Cia., 1880.

GALILEI, Galileu. *Duas Novas Ciências.* São Paulo, Ched-Editorial – Instituto Cultural Brasil-Itália/Nova Stella, s.d.

GAMA, Ruy. "História da Técnica no Brasil Colonial". In: VARGAS, Milton (org.). *História da Técnica e da Tecnologia no Brasil*. São Paulo, Ed. Unesp/Centro Estadual de Educação Tecnológica Paula Souza, 1994.

GÂNDAVO, Pero de Magalhães. *História da Província de Santa Cruz.* Belo Horizonte, Itatiaia, 1981 (1. edição: 1575)

KATINSKY, Júlio Roberto. *Casas Bandeiristas; Nascimento e Reconhecimento da Arte em São Paulo.* São Paulo, Igeog-USP, 1976.

__________. "Sistemas Construtivos Coloniais". In: VARGAS, Milton (org.), *História da Técnica e da Tecnologia no Brasil.* São Paulo, Editora da Unesp/Centro Estadual de Educação Tecnológica Paula Souza, 1994.

LEITE, Mário. "O Caminho do Padre José". In: *Anchieta*. São Paulo, Gráfica Municipal, 1965.

MAWE, John. Viagens ao Interior do Brasil. In: TOLEDO, Benedito Lima de. *O Real Corpo de Engenheiros na Capitania de São Paulo*. São Paulo, João Fontes Engenharia, 1981.

MELO FRANCO, Afonso Arinos. *Desenvolvimento da Civilização Material no Brasil.* Rio de Janeiro, Conselho Federal da Cultura, 1971.

REIS FILHO, Nestor Goulart. *Guias de Bens Tombados (São Paulo)*. Rio de Janeiro, Expressão e Cultura, 1982.

RHODIA DO BRASIL. *Fortalezas Históricas do Brasil*. Álbum, 1983.

RODRIGUES, Maria Regina da Cunha. "O Engenho São Jorge dos Erasmos". *Revista de História*, nº 71, São Paulo, 1967 (Publicação do Depto. de História da FFLCH-USP).

ROSA, Guimarães. *Sagarana*. 9. ed. Rio de Janeiro, Livraria José Olympio, 1967.

SAMPAIO, Teodoro Fernandes. "A Engenharia e sua Evolução no Século da Independência na Bahia". *Diário Oficial do Estado da Bahia*, Salvador, 2 jul. 1923 (edição dos 100 Anos da Independência na Bahia).

SANTOS, Paulo. *Quatro Séculos de Arquitetura.* Rio de Janeiro, Coleção IAB, 1981.

SMITH, Robert Chester. "Arquitetura Civil no Período Colonial". *Revista do SPHAN*, Rio de Janeiro, 1969.

SOUZA REIS, José de. "Arcuatum Opus – Arcos da Carioca". *Revista do IPHAN*, Rio de Janeiro, 1955.

SPIX & MARTINS. *Viajem pelo Brasil.* 2.ed. São Paulo, Melhoramentos, s.d.

TAUNAY, Affonso de E. "O Forte de São João da Bertioga". *Revista do S.P.H.A.N.*, nº1, Rio de Janeiro, 1937.

__________. *História da Capitania de São Vicente.* Belo Horizonte/São Paulo, Itatiaia/Edusp, 1975.

__________. *História da Cidade de São Paulo.* São Paulo, Melhoramentos, s.d.

__________. "Um Inédito de Frei Gaspar da Madre de Deus". S.d.

__________. *Memórias para a História da Capitania de São Vicente*. Belo Horizonte/São Paulo, Itatiaia/Edusp, 1975.

TELLES, Augusto Carlos da Silva. *Atlas dos Movimentos Históricos e Artísticos do Brasil.* Rio de Janeiro, Ministério da Educação e da Cultura/Fename, 1980.

__________. *Memórias para a História da Capitania de São Vicente*. Belo Horizonte/São Paulo, Itatiaia/Edusp, 1975.

TELLES, Pedro Carlos da Silva. *História da Engenharia no Brasil*. 2 vols. Rio de Janeiro, Livros Técnicos e Científicos, 1994.

TOLEDO, Benedito Lima de. *São Paulo, Três Cidades em um Século*. São Paulo, Duas Cidades, 1981.

__________. *O Real Corpo de Engenheiros na Capitania de São Paulo*. São Paulo, João Fontes Engenharia, 1981.

3 Construção Civil e Planejamento das Cidades[1]

WITOLD ZMITROWICZ

Introdução: Nossos Predecessores

A maneira de se aproveitar melhor os materiais existentes em uma determinada área normalmente se aperfeiçoa através das gerações criando tipos característicos de habitações em cada região. Domínios políticos e culturais, ou migrações de população, transferem as técnicas e criam impactos que aceleram processos de adaptação, transfigurando grandes áreas geográficas.

Neste capítulo pretende-se dar uma idéia das principais inovações tecnológicas que se registraram na construção civil e nas questões urbanísticas no Brasil nos seus cinco séculos de história, com ênfase nestes últimos cem anos, nos quais o seu desenvolvimento se acelerou, colocando o país na vanguarda das transformações mundiais. Para tanto, vamos começar dando uma visão rápida da arte de edificar dos povos indígenas que povoavam a nossa terra há meio milênio, lembrando que muitas dessas técnicas foram, inclusive, aproveitadas pelo colonizador português, especialmente em construções mais simples. Nessa época, presume-se que a população indígena contava vários milhões de indivíduos, embora diversos autores discordem quanto ao seu número exato. Hoje, isso pode parecer pouco, mas, na época, Portugal inteiro tinha uma população que pouco excedia a um milhão[2].

As edificações desses povos (eram mais de mil etnias!), tanto em termos de formato como de técnicas construtivas, diferenciavam-se conforme as suas culturas. Normalmente, as habitações agrupavam-se em torno de vastas praças ou pátios, com cerca de 100 a 150 m de diâmetro, formando aldeias com populações desde duzentos até 3 mil habitantes[3]. As construções eram executadas de materiais provindos da vegetação: troncos e galhos de árvores, folhagens, cipós. Térreas ou suspensas acima do solo, dependendo da região e de sua destinação, tinham planta de forma retangular ou circular ou mesmo de falsa elipse, de modo a melhor aproveitar as qualidades dos materiais empregados. Troncos eram usados como pilares e vigas, formando estruturas reforçadas por contraventamentos e completadas com varas amarradas vertical e horizontalmente e cobertas com palha. Não eram, em geral, construções grandes, mas por vezes apresentavam dimensões consideráveis. A sua altura podia chegar a mais de dez m e a sua área a cerca de 200 m² quadrados. O interior das casas não tinha divisões e era relativamente escuro; fogueiras acesas no interior mantinham a temperatura agradável à noite durante o inverno. As construções indígenas tradicionais permitem, ao lado de uma boa ventilação, "um isolamento térmico notável, atenuando assim, no interior, o efeito das perigosas e freqüentes quedas de temperatura"[4]. Exemplos podem ser

1. Agradeço aos professores Fernando Henrique Sabbatini, Francisco Ferreira Cardoso e Jorge Pimentel Cintra os comentários preciosos durante a elaboração deste texto, e à eng. Vanessa Meloni Massara pelo auxílio na seleção e preparo das ilustrações.

2. Ver Silva e Grupioni, *A Temática Indígena na Escola*, 1995; Mc. Evedy e Jones, *Atlas of World Population History*, p. 306.

3. S.C. Novaes, *Habitações Indígenas*, p. 27.

4. Giaccaria e Heide, *apud Habitações Indígenas*, p. 45. Ver também M. Vargas, *História da Técnica e da Tecnologia do Brasil*, e M. Luíza Souza, na mesma obra, p. 39.

apreciados até hoje entre as tribos que mantiveram a sua cultura no interior do país.

Muitas tribos eram seminômades, a comunidade ocupava um local por alguns anos, mudando-se posteriormente para novas terras, onde se estabelecia longe dos detritos anteriormente acumulados e com solos mais descansados para o cultivo. As estruturas, em geral, não pretendiam ser duradouras, e mesmo em aldeias permanentes existia, por vezes, o hábito de destruí-las, quando morriam os seus moradores. Eram muito bem adaptadas tanto às normas sociais que regiam as vidas das famílias como às condições ambientais, tanto em termos de microclima interno, como de proteção contra animais e intempéries.

As Técnicas e a Legislação da Metrópole Portuguesa

Período Colonial: Os Núcleos Urbanos

Até o desembarque da família real, as técnicas de construção e povoação, bem como a legislação e as normas, eram as da metrópole. No entender dos portugueses, face ao tratado de Tordesilhas, parte do território brasileiro, mesmo antes do descobrimento, já pertencia à Ordem de Cristo (da qual era Grão-Mestre o Rei de Portugal). Como na Idade Média, as terras seriam repartidas em sesmarias entre pessoas cristãs originárias da metrópole[5], desde que elas se obrigassem a aproveitá-las em um prazo determinado (as terras não utilizadas deveriam ser redistribuídas). Entretanto, as estruturas legais vigentes foram logo afrouxadas, reduzindo-se o rigor na sua aplicação, pois as dificuldades de conexão, devido à grande distância entre a terra descoberta e Portugal, tornava mínimo o interesse imediato pelas possessões. Até 1550 a população vinda da Europa não ultrapassava 15 mil pessoas. Era, portanto, um número ínfimo em comparação com a população de habitantes indígenas, que continuaram a utilizar as suas técnicas tradicionais, conforme seus usos e costumes.

Os impérios ibéricos, estendendo-se por terras do Velho e do Novo Mundo, tinham como principal estrutura para transportes os oceanos. Os seus navios a vela navegavam longas distâncias, dependendo dos ventos e aproveitando as correntes marítimas, que constituíam verdadeiras vias estruturando a superfície navegável do planeta. Assim, ao longo da costa brasileira, tiveram de ser criados núcleos urbanos e de defesa. Os portos distavam cerca de quarenta dias de viagem da metrópole portuguesa[6]. Deles irradiavam caminhos terrestres, traçados pelas encostas ou pelos divisores das águas nos cumes dos morros, de forma a evitar os charcos e as inundações. Regiões que passaram a produzir e exportar para Portugal se organizaram centripetamente aos portos, em função das condições locais e custos de transportes. Nas povoações, que passaram a ser implantadas na faixa litorânea (como São Vicente, Salvador, Rio de Janeiro) eram seguidos padrões derivados dos romanos com influência árabe, que já haviam anteriormente constituído a base legal para a reorganização do próprio território português durante a sua *Reconquista* pelos cristãos aos muçulmanos.

Em 1650, o número de europeus e seus descendentes já contava cerca de 70 mil pessoas; contingentes de escravos começaram a ser trazidos da África, deles chegando, durante o século XVII, mais de 500 mil[7]. Entretanto, a população total do território não aumentara, pois os escravos tinham uma média de vida baixa e os indígenas, cuja

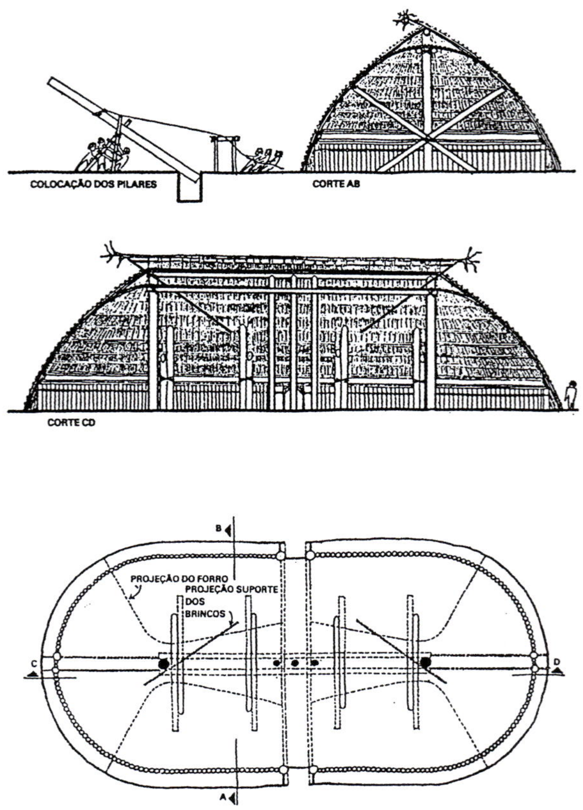

FIGURA 1

Construção indígena utilizando matéria-prima vegetal: casa da aldeia Yawalapiti, no Xingu.

5. F. P. D. de Andrade, *Subsídios para o Estudo da Influência da Legislação na Ordenação e na Arquitetura das Cidades Brasileiras*, p. 36.
6. R. C. Simonsen, *História Econômica do Brasil*.
7. *Estatísticas Históricas do Brasil*, p. 60.

escravização era também bastante praticada, começaram a ser vitimados por doenças e extermínio. O crescimento demográfico, a partir de então, deveu-se principalmente à vinda de números crescentes de europeus e africanos. Na época da independência política, mais de metade da população total, de cerca de 4 milhões, era composta de escravos africanos e seus descendentes. Os indígenas eram estimados em cerca de 400 mil, mas a sua maior parte vivia fora do alcance dos núcleos de urbanização (e das estimativas). O restante dos habitantes era produto da imigração européia. Era esta a população que construía e para quem eram construídas as edificações no Brasil nesse período, em que vemos surgir as primeiras concentrações urbanas.

Os Construtores e os Mestres de Risco

A maioria das casas particulares sempre foi, e até hoje continua sendo, feita pelo próprio morador, auxiliado por parentes ou vizinhos. Só as edificações de certa importância eram projetadas e construídas pelos mestres pedreiros, ou *mestres de risco,* como eram chamados na tradição da antiga organização medieval. Eles "eram os artífices legalmente licenciados para projetar e construir, cujos conhecimentos haviam sido adquiridos diretamente de outro *mestre*, como aprendizes, e cuja capacidade profissional tinha de ser comprovada por exames minuciosamente descritos no Regimento que, em 1572, regulamentou as 'Corporações de Ofícios' em Portugal e suas colônias. Essa legislação prevaleceu no Brasil por mais de 250 anos, só tendo sido revogada pela Constituição do Império de 1824. São desses profissionais quase todos os nossos magníficos templos barrocos, como também a primeira obra urbanística feita no Brasil-português, o Passeio Público no Rio de Janeiro"[8], bem como as fortificações.

As técnicas de construção trazidas da Península Ibérica constituíram uma grande inovação tecnológica nessa parte do continente. A mão-de-obra escrava era abundante e gratuita. Mas justamente por essa razão a sua produtividade era baixa, e o trabalho em geral era considerado uma atividade desprezível. Isso não impediu que surgissem nessa época grandes mestres (como o caso do escravo Tebas, ou do Aleijadinho, que criaram obras de alta qualidade técnica e artística). Contudo, a carência de engenheiros e de mestres ou operários capazes fez com que os jesuítas mandassem muitos naturais da terra estudarem na Europa. Em Portugal, por sua vez, havia poucos engenheiros dispostos a ir para terras distantes, sendo por vezes contratados engenheiros estrangeiros. Essa situação mudou com a criação, em vista da reconstrução de Lisboa a partir do terremoto de 1755, do Real Corpo de Engenheiros Militares, sendo que muitos deles vieram para o Brasil, deixando aqui obras notáveis.

Os Materiais: Pedra e Taipa

Nos primeiros anos, as casas foram sendo construídas com as técnicas indígenas. As fortificações inicialmente eram constituídas de fossos, cercados de paus fincados e parapeitos e muros de terra, técnica herdada por Portugal dos romanos e visigodos. Entretanto, sendo importante o fator de segurança, foram elas sendo aprimoradas. Em termos geográficos, podemos observar que a técnica predominante na construção dos edifícios, de importância principalmente nas áreas litorâneas, era a da *pedra e cal*. Em outras regiões, onde havia escassez desses materiais, a construção era feita com barro, desenvolvendo-se a técnica da *taipa*.

Portugal tinha uma tradição de construir em *pedra e cal* no continente europeu, e esses materiais eram facilmente encontrados ao longo do litoral brasileiro e também em algumas áreas serranas no interior. Começaram a ser construídos fortes de pedra (cantaria). Técnica similar começou então a ser utilizada em outras obras, públicas e religiosas ou mesmo particulares: igrejas e mosteiros, edifícios administrativos e residenciais, chafarizes e aquedutos, inicialmente nos elementos estruturais, e depois também nos elementos ornamentais. A construção em *pedra e cal* gozava de prestígio por sua durabilidade e talvez também por sua semelhança com as construções mais imponentes européias. Nos portos, muitas edificações chegaram a ser erguidas não com pedra da região, mas trazida de Portugal já trabalhada, importada como lastro de navios. Essas estruturas de cantaria eram, a seguir, montadas no local de destino. O exemplo mais célebre é o da Igreja de Nossa Senhora da Conceição da Praia em Salvador (BA).

Nas estruturas mais comuns eram usadas pedras dos mais variados tamanhos, as menores colocadas em espaços entre as maiores e rejuntadas com argamassa de cal e areia, ou, nas construções mais simples, com argamassa de barro.

8. P. C. da S. Telles, *História da Engenharia no Brasil*, p. 8. Observe-se que arquiteto era um termo corrente entre os mestres de ofício, que se destacavam na arte de construir. O termo engenheiro era usado desde o século XVII para designar os construtores de fortificações ou engenhos bélicos (Telles, *op.cit.*, p. 4). D. João IV, preocupado com a dependência de técnicos estrangeiros, chegou a enviar ao Brasil, em 1649, um engenheiro holandês com encargos profissionais e para ensinar "a alguns profissionais a sua arte".

As paredes construídas tinham de 50 a 100 cm de espessura, permitindo o encaixe completo de folhas de portas e janelas, quando abertas.

A cal constituía o aglomerante usual e era obtida de conchas, exigindo técnica especial para ser fabricada. Para criar bases resistentes era utilizado o "formigão", através do umedecimento e apiloamento de uma mistura de saibros com cal. O betume, composto de pez, resinas de madeiras e pó de pedra, servia também para prender pedras ou tijolos entre si ou obturar suas fendas ou juntas. Semelhante ao betume era uma argamassa avermelhada, confeccionada com pó de tijolo, cal e azeite, para revestimentos impermeáveis, chamada tetim. Muitas vezes era usado o óleo de peixe ou até óleo de baleia para compor a base impermeabilizante das argamassas, principalmente onde a cantaria era banhada pelas águas.

Além desses recursos utilizando matérias-primas locais, havia um produto importado dos Açores, o massapê, espécie de pozolana de origem vulcânica de endurecimento rápido, usado eventualmente em argamassas submersas ou em abóbodas.

No interior, onde a pedra era escassa, a argila era o recurso natural mais utilizado. A taipa de pilão, introduzida no Brasil pelos portugueses, já era conhecida dos romanos e foi difundida pelos árabes[10]. Na Península Ibérica, as construções de barro tinham já, portanto, uma tradição antiga[11]: as primeiras olarias surgiram a partir do século III. Na África, até hoje podem ser apreciadas construções seculares de argila reforçada com madeira em cidades da bacia do rio Níger, região de onde se originou uma parte da população brasileira[12].

Na técnica da "taipa de pilão", o barro ("mistura de terras de diferentes consistências com areias e saibros") umedecido e amassado era apiloado vigorosamente em camadas, dentro de fôrmas de madeira (taipais). Conforme Telles, "as construções de taipa tinham, em geral, uma armação externa de madeira, composta de esteios verticais nos ângulos, frechais e peças em diagonal (aspas francesas) ou, às vezes, cunhais e cornijas de cantaria de pedra; esses elementos ficavam em geral aparentes, dividindo as fachadas"[13]. As paredes resultantes, com espessura de 40 a 100 cm, quando bem protegidas das chuvas, podiam durar séculos. Segundo Andrade, "freqüentemente o barro das taipas era umedecido com água de cal forte"; "para defendê-la de águas escorridas ou de chuvas, a parede de taipa devia ser protegida por resistentes camadas de reboco à base de cal e por telhões ao longo do seu cimo (em se tratando de muros)", ou "por largos beirais"[14].

Na "taipa de mão" ou "pau-a-pique", o barro é atirado à mão sobre uma armação de paus verticais e horizontais devidamente amarrados. Com espessura de 15 a 20 cm, paredes construídas por essa técnica eram utilizadas em vedações e em paredes secundárias, e também nas construções mais simples.

Embora haja alusões ao emprego de tijolos desde as primeiras décadas depois do descobrimento, eles foram muito pouco usados até o século XVIII, talvez devido ao custo das fôrmas e fornos necessários para a produção e falta de conhecimento técnico[15]. Somente no Nordeste, sob o curto domínio holandês, passaram a ser utilizados com mais freqüência, sendo em boa parte importados da Holanda (Frísia), trazidos como lastro de navios e vendidos aqui com lucro[16]. Começaram depois a ser fabricados em olarias de Pernambuco, em terrenos doados pelo governo, logo substituindo os importados devido ao preço mais baixo. Os tijolos eram empregados principalmente em elementos de sustentação e elementos decorativos, como abóbadas em igrejas e edifícios importantes, arcos sobre portas e janelas. No restante do Brasil, somente a partir do século XVIII surgem construções inteiramente executadas de tijolos[17].

Eram, ainda, utilizados adobes (tijolões de barro cru, com cerca de 20x20x40 cm, em geral armados com fibras vegetais, às vezes contendo esterco de curral). Eram normalmente rejuntados com argamassa de barro ou, menos freqüentemente, de cal.

Tanto os materiais como as técnicas utilizadas dependiam dos recursos disponíveis.

Nas casas simples os forros eram de esteira de palha trançada, e os pisos de terra batida, ou em lajes de pedra. Nas edificações melhores os forros eram de tábuas; nos pisos as tábuas eram pregadas em *barrotes*, muitas vezes constituídos de troncos de árvores, apenas falquejados em uma face e espaçados de 30 a 50 cm. O revestimento das paredes era feito de emboço de barro e reboco de cal e areia[18].

O vidro só era utilizado excepcionalmente. "Embora haja referências desde o século XVI, talvez tenham sido os

10. N. N. Nabhan, *Islamismo*, p. 90.
11. P. C. da S. Telles, *op. cit.*, p. 25.
12. C. C. d'Alambert, *O Tijolo nas Construções Paulistanas do Século XIX*, p. 18.
13. "Nas capitanias de São Paulo, Mato Grosso e Goiás, todas as suas construções coloniais foram de taipa, também intensamente utilizada em Minas Gerais, no interior do Nordeste, no Sul e no extremo Norte do Brasil" (Telles, *op. cit.*, p. 25).
14. F. P. D. de Andrade, *op. cit.*, p. 51.
15. C. C. d'Alambert, *op. cit.*, p. 19.
16. Conforme José Antônio Gonçalves de Melo Neto, entre janeiro de 1641 e julho de 1643 foram trazidos mais de um milhão de tijolos, como lastro dos navios (Alambert, *op. cit.*, p. 20).
17. Na segunda metade desse século, havia em S. Miguel, junto à capital paulista, índios oleiros fabricantes de telhas, que foram transferidos para São Sebastião, para fazerem tijolos para as fortificações de Ilha Bela. No início do século XIX, lá se localizavam as olarias, que forneceram tijolos para a Corte no Rio de Janeiro (Alambert, *op. cit.*, p. 27).
18. P. C. da S. Telles, *op. cit.*, p. 27.

holandeses os primeiros a empregarem o vidro, nos palácios por eles construídos"[19]. As vedações verticais eram de madeira, formando as "treliças" e "rótulas", sendo nas fachadas bastante usado o *muxarabi* (balcão saliente protegido por uma grade de madeira), elemento de origem árabe para ventilação e resguardo do interior dos ambientes residenciais urbanos. Também de origem árabe eram os azulejos, utilizados normalmente em Portugal, e que decoraram muitas construções importantes.

Os telhados nas construções urbanas eram, de início, de duas águas, com a cumeeira paralela à fachada para a rua e sem calhas. As tesouras eram feitas com pontaletes, com linhas cruzadas chamadas de aspas francesas. "As peças grandes eram toscamente esquadrejadas e as peças menores eram, em geral, simples paus roliços"[20]. Eram cobertos de telhas tipo canal, conforme tradição portuguesa antiga, mas fabricadas no Brasil. Todas tinham beirais, imprescindíveis para proteger das chuvas as construções de taipa.

A Legislação Portuguesa e o Traçado Urbano

A legislação ibérica dos séculos XV e XVI tinha suas fontes na jurisprudência romana, que criara normas referentes não só à largura de vias, obras públicas, aquedutos e obras de saneamento, como de alturas, distâncias e alinhamentos de edifícios em geral, servidões de ar, luz e vista. No início da Idade Média, a cultura romana, apesar da decadência administrativa, foi substancialmente mantida na região pelos visigodos, e as suas bases permaneceram pouco alteradas ainda no período seguinte, sob o domínio árabe.

Entretanto, ao contrário do povoamento da América espanhola, que "se processou sob a égide de uma legislação toda especial – as Ordenanzas de Felipe II – datadas de 1563, um verdadeiro regime jurídico [...] regrando e estruturando o povoamento e a fundação das cidades", as ordenações portuguesas "não cogitaram explicitamente da organização da vida civil e urbana" no território brasileiro[21]. Coube assim aos *municípios*, além das funções políticas, legislativas e judicantes, administrar, por iniciativa própria, as povoações e territórios sob a sua jurisdição, realizando obras, estabelecendo posturas, fixando taxas e nomeando funcionários[22]. Essa diferença de ordenamento jurídico explica em grande parte a diferença dos projetos urbanísticos: na América espanhola o traçado xadrez das ruas, denotando a rigidez do planejamento; no Brasil, o traçado pouco regular, muitas vezes resultado da iniciativa dos moradores, eventualmente corrigido *a posteriori* por posturas municipais.

As povoações fundadas podiam ser elevadas à categoria de vilas, concedendo-se ao *Senado da Câmara* jurisdição sobre um território denominado *Termo*. Dentro do *Termo* era demarcado o *Rossio*, que constituía um "próprio municipal de uso comum do povo, para o pastoreio do gado e recolhimento de lenha para consumo próprio, e onde o Senado da Câmara concedia sesmarias urbanas denominadas *dadas* ou *datas* de terra para construção de moradias e quintais". Fora da área do *Rossio*, a concessão de sesmarias era atribuição de governadores (ou capitães generais) dependendo ainda de confirmação real[23]. Alguns núcleos de maior importância, denominados "cidades reais" (como Salvador, Rio de Janeiro, São Luiz, Belém), foram fundados em capitanias que passaram a pertencer à Coroa, e os seus habitantes ficaram subordinados diretamente ao governo geral. Mas "a grande maioria dos núcleos urbanos instalada nos dois primeiros séculos de colonização o foi pelo esforço e interesse dos colonos e donatários, com o estímulo da Metrópole mas sem a participação desta"[24].

Embora a maioria das casas particulares, principalmente nas regiões pioneiras, fossem feitas pelo próprio morador ou seus vizinhos e amigos, sem nenhum plano formal, e houvesse poucos profissionais habilitados, muitas Câmaras Municipais exigiam um projeto aprovado para as construções, ou pelo menos que a autoridade competente demarcasse o alinhamento da construção pretendida. Para os edifícios públicos era exigida a aprovação da Metrópole, sendo enviados a Lisboa os projetos elaborados no Brasil[25].

Os primeiros sítios urbanos eram escolhidos e preparados para as suas funções mais importantes por meio da criação do porto e da praça central para os edifícios públicos. "O muro defensivo ou a paliçada de paus fincados pouco exigia como preparo de sítio; corria junto às casas, acompanhando as irregularidades do terreno, tirando daí o melhor partido"[26].

Na segunda metade do século XVII, a Bahia torna-se escala das naus da Índia, "fato sumamente importante para a maturidade urbana de Salvador, pelos contatos exteriores, pelo crescimento do comércio e de uma série de atividades subsidiárias que lhe foram proporcionadas e que a trans-

19. *Idem*, p. 29.
20. *Idem*, p. 27.
21. Segundo Andrade, *op. cit.*, no início da expansão portuguesa a codificação das leis e forais formou o Código Afonsino (1446), atualizado em 1521 sob o nome de Ordenação Manuelina. Embora se preocupasse com o abastecimento, água, iluminação e comércio nas áreas urbanas, limpeza e saúde públicas e construções em geral, não chegou a apresentar "muitas nem precisas normas para a ordenação das cidades, para a fundação ou ainda para a administração de povoações", o mesmo acontecendo com uma terceira compilação, as "Ordenações Filipinas", que regeu a repartição das terras em sesmarias e "presidiu, por assim dizer, o processo de urbanização do Brasil a partir de 1603". Não se deve confundir essas ordenações com as Ordenanzas de Felipe II, estas, válidas para as colônias espanholas na América.
22. O município brasileiro moldou-se pelo padrão português, baseado, por sua vez, no *municipium* romano. Este, segundo Andrade, *op. cit.*, surgiu com a República Romana que, interessada em manter a dominação pacífica das cidades conquistadas, em troca da sujeição às leis romanas, concedia-lhes uma série de vantagens, desde simples direitos privados até o privilégio político de eleger os seus governantes, editar suas próprias leis e dirigir a cidade. Essa organização das áreas urbanas medievais formou a base do nosso sistema administrativo e político, transformado, no século XIX, por novas idéias difundidas no Velho Mundo pela Revolução Francesa. Mesmo após a Independência, quando perderam algumas das suas prerrogativas, os municípios permaneceram como o nível de poder mais importante a influir sobre o desenvolvimento e funcionamento das aglomerações.
23. F. P. D. de Andrade, , *op. cit*.
24. N. G. Reis Filho, *Contribuição ao Estudo da Evolução Urbana do Brasil (1570-1720)*, p. 31.
25. "Esses projetos, a maioria dos quais se perdeu, eram feitos em escala, muitas vezes primorosamente

formaram em grande entreposto comercial"[27]."Datam dessa época numerosas construções de grande porte, inclusive sobrados com três, quatro e até seis pisos, como os casarões do Recife e da cidade baixa em Salvador"[28]. A arquitetura barroca alcança altíssimo nível artístico nas construções religiosas da região. Surge uma atividade mercantil também em São Luís e Alcântara, no Maranhão, na área disputada pelos franceses.

No início do século XVIII, com o início da atividade de mineração, desenvolvem-se núcleos urbanos em Minas Gerais. Vila Rica (hoje Ouro Preto) atinge o apogeu da opulência e da arte barroca na sua quarta década[29]. Com a mudança do eixo econômico, em 1763, as funções de capital são transferidas para o Rio de Janeiro, "acanhado centro colonial, inferior em tudo à opulência de Salvador"[30], e que passa então por reformas: o largo do Paço, o cais de desembarque, os chafarizes. Já no final do século, quando há um empobrecimento geral decorrente da proibição de muitas atividades produtivas, destaca-se o desenvolvimento de São Luís (MA), apoiado na exportação do algodão e do arroz (a cidade atinge, em 1810, 25 mil habitantes, um terço da população do Rio de Janeiro).

Em termos de obras urbanas, o dessecamento dos pântanos, as pontes sobre os rios e córregos e o abastecimento de água potável eram objeto dos investimentos mais freqüentes, diante dos problemas que afligiam os centros urbanos maiores[31]. Mas essas obras longe estavam de atender às necessidades de saneamento. "A urbanização brasileira dos séculos XVII e XVIII, intensa, descuidada, veio [...] permitir o alastramento trágico das grandes epidemias urbanas, que devastariam as suas cidades por quase duzentos anos": varíola, febre amarela, cólera e peste bubônica[32].

A Abertura para a Influência Européia

As Novas Cidades e a Divisão das Terras no Império

A mudança da Corte portuguesa para o Brasil, a abertura dos portos brasileiros ao comércio estrangeiro e criação do Reino Unido do Brasil, Portugal e Algarve provocaram importantes mudanças no desenvolvimento urbano brasileiro. "Muito deve o processo urbanístico brasileiro à presença de D. João VI; a abertura dos portos trouxe inicialmente às nossas cidades marítimas principais, e por intermédio delas, ao restante das vilas e povoações, o mundo exterior, suas idéias, sua tecnologia, seus elementos de civilização e de conforto"[33]. A antiga *colônia*, que antes devia servir apenas de fonte de riqueza para os europeus, e era mantida isolada do restante do mundo, passou a fortalecer-se com o desenvolvimento comercial e urbano surgido em função dos fluxos intercontinentais em que se viu incluída.

A presença da corte no Rio de Janeiro, a partir de 1808, transformou-o "na cidade receptiva, no centro de atração de todas as forças econômicas e das populações brasileiras"[34]. Ao lado de Salvador, era a segunda cidade do Império Português, depois de Lisboa, e tinha 60 mil habitantes. Começa a receber afluxo de população, inclusive imigrantes estrangeiros. Quando a corte retorna a Portugal, em 1821, a sua população já ultrapassa 150 mil. "A criação de órgãos administrativos, a introdução do espírito mercantilista, a liberdade de imprensa, de indústrias e do comércio desencadearam o florescimento cultural e econômico"[35]. As vantagens de abrigar os focos de poder político se perpetuaram e desenvolveram com a independência política formal em 1822.

As vias marítimas deixaram de ser canais que serviam apenas para amarrar o país à costa ibérica e passaram a ser o elo de comunicação entre as diversas regiões brasileiras. O século XIX assistiu também à criação e ao fortalecimento progressivo de ligações terrestres internas ao território: elas visavam, além do tradicional escoamento dos produtos em direção aos portos, a integração das capitais de províncias ao interior. Estradas receberam impulso, e tiveram repercussão sobre a organização territorial. Povoações estavam sendo fundadas, e mudadas muitas capitais de províncias para novas cidades (Maceió – 1839, Teresina – 1852, Aracaju – 1856). Petrópolis foi a primeira cidade brasileira pré-traçada (1846), seguida de Teresina. As plantas dessas áreas urbanas apresentam normalmente traçados viários regulares em xadrez, e retificação e canalização dos córregos entre as pistas de suas ruas principais.

Começaram a ser criados também núcleos de colonização européia, com vistas à ocupação da terra e produção agrícola. Algumas tentativas datam do início do século: Santo Agostinho no Espírito Santo, 1812; Santa Leopoldina, na Bahia, e Nova Friburgo, no Rio de Janeiro, em 1818. Mas a maior parte foi criada principalmente no Sul do país, a par-

desenhados a traço e coloridos em aguada". Além dos desenhos, havia especificações, por vezes minuciosas, descrevendo "processos construtivos, dimensões, qualidade dos materiais e prazos para as obras" (Telles, *op. cit.*, p. 10).

26. Ver Andrade, *op. cit.*, pp. 41 e 42.

27. *Idem*, p. 50.

28. P. C. da S. Telles, *op. cit.*, p. 13.

29. F. P. D. de Andrade, *op. cit.*, p. 52.

30. *Idem*, p. 107.

31. No Rio de Janeiro, em 1648, foram aterrados a lagoa do Desterro e os manguezais da cidade baixa. Em São Paulo, os primeiros "aterrados" e as primeiras valas de dessecamento da várzea do Carmo ao longo do rio Tamanduateí são do final do século XVIII. As pontes eram feitas geralmente de madeira ou de pedra. Em São Paulo, data de 1700 o planejamento de uma ponte de madeira sobre o Tietê, considerada por Taunay a "primeira grande obra de engenharia levada a efeito na capitania vicentina" (Taunay, *História Seiscentista da Vila de São Paulo*, vol. IV). As principais pontes de pedra, segundo Vasconcelos (*Pontes Brasileiras*) foram construídas entre 1700 e 1850. São exemplos interessantes as que se preservaram em Ouro Preto. No Rio de Janeiro, o monumental aqueduto da Carioca foi inaugurado em 1750 (Telles, *op. cit.*, p. 19). São dessa época, também, os aquedutos do Unhão, em Salvador, e do Varadouro, em Olinda. Em Minas e Goiás existiram redes completas de distribuição de água para os chafarizes públicos, construídas com canos de pedra-sabão. Por volta de 1760 começaram a aparecer, vindos de Portugal, os canos de chumbo embutidos em pedras perfuradas (Telles, *op. cit.*, p. 21).

32. F. P. D. de Andrade, *op. cit.*, p. 52.

33. *Idem*, p. 107.

34. *Idem, ibidem.*

35. *Idem, ibidem.*

tir de 1840: Joinville, 1850, e Blumenau, em Santa Catarina; Santo Amaro, em São Paulo, entre outras. "Nos dez anos que medeiam entre 1847-57, só a iniciativa particular criou em São Paulo mais de sessenta colônias, grande parte das quais são hoje florescentes cidades interioranas"[36].

As transformações econômicas ocorrentes no mundo e o monetarismo crescente produziam mudanças no aproveitamento das terras, na organização social, e nos regimes de propriedade vigentes. Por sua vez, a Revolução Francesa proclamou o direito de propriedade "absoluta, ilimitada, exclusiva e perpétua". Tais idéias também repercutiram no Brasil, mas somente a partir de 1854 deixaram as Câmaras de conceder novas terras dentro dos limites dos *Rossios*. E tanto aqueles que possuíam título legal (sesmeiros, compradores, herdeiros), como os que possuíam terras "por simples título de posse mansa e pacífica" tiveram as suas propriedades registradas.

As glebas, às vezes de extensões muito grandes, freqüentemente nem eram visitadas pelos proprietários, e permaneciam abandonadas ou sem uso regular. Foram, assim, ocupadas por "grileiros", que dividiam em lotes as glebas que não lhes pertenciam, vendendo aos colonos, que neles estabeleciam suas plantações. Portanto, nos fluxos de redistribuição de terras após a Independência, os posseiros superaram as estruturas formais de posse que restavam do período anterior. Mais tarde, os loteadores iriam completar essa obra de aproveitamento de espaços nas periferias das cidades, então sem utilização rotineira, agindo já legalmente mas de forma mais ou menos livre, por serem mínimas as disposições restritivas ou orientadoras dessas atividades. Hoje, as invasões executadas pelos "sem terra" e pelos "sem teto" complementam e repetem, de forma marginal, as transformações ocorrentes no uso e na subdivisão dos territórios no Brasil[37].

Novos Materiais e Novas Tecnologias

Dois fatores contribuíram para modificar o panorama das cidades brasileiras nesse período. De um lado, as elites locais se sentiram próximas da Europa, fonte do poder das classes dirigentes, um mundo cujas formas e técnicas procuraram copiar. Embora as construções mais modestas continuassem a ser executadas da maneira antiga, a construção civil sofreu uma transformação sensível com a chegada da família real. Iniciava-se uma mudança no aspecto geral das nossas cidades. Desde 1809 existia no Rio de Janeiro o cargo de Arquiteto da Cidade, a cuidar dos arruamentos e da *censura das fachadas*. Em 1816, chegou da Europa uma missão artística francesa, e, com a criação da Escola de Belas Artes, começa a se propagar o estilo neoclássico, que iria ser o "estilo oficial do Império". Até o final do século, outros estilos imitadores dos estilos arquitetônicos antigos iriam surgir, todos eles importados do Velho Mundo (e continuariam a surgir no século seguinte, talvez com mais criatividade no caso do *art déco* e do *art nouveau*, terminando finalmente no neocolonial, já de inspiração nacional).

De outro lado, começaram a ser efetivamente importados materiais de construção inexistentes na até então isolada colônia portuguesa, e a sua aquisição estava sendo até forçada pelo governo, sob pressões estrangeiras, principalmente da Inglaterra. Foi proibida a utilização de treliças, rótulas e muxarabis nas fachadas de prédios urbanos, obrigando-se a sua substituição por vidro, importado da Inglaterra[38]. Inicia-se o emprego das "telhas francesas", assim chamadas pois foram inicialmente importadas de Marselha. Nas construções urbanas os telhados passaram a ter a cumeeira perpendicular à fachada principal, eventualmente com um sótão aproveitando a empena. Por imposição das posturas municipais de muitas cidades, que proibiram o lançamento das águas pluviais dos telhados diretamente para as ruas, vão sendo suprimidos os beirais nas construções existentes, os telhados ficando escondidos atrás das platibandas, características do neoclássico e suas imitações. Conseqüentemente, são utilizadas cada vez mais calhas e condutores de chapas de cobre e zinco para as águas das chuvas. Todos esses elementos, bem como arames, pregos, ornatos e moldes de gesso, papéis de parede, tintas, ladrilhos e azulejos, são importados da Europa. A partir do terceiro quartel do século XIX são também importados barrotes e tábuas para soalhos e forros de pinho-de-riga, que, por serem mais baratos e mais bem aparelhados, começam a prevalecer sobre as de madeiras nativas.

Na segunda metade do século XIX, sob a influência de engenheiros e técnicos estrangeiros, começou a ser difundido o tijolo, já comum no Rio de Janeiro, por influência da Corte portuguesa. Em Pernambuco, um dos primeiros que empregaram esse material em maior escala foi o engenheiro

36. *Idem*, p. 144.
37. W. Zmitrowicz, *Estruturação Urbana: Conceito e Processo*.
38. A primeira fábrica de vidro, segundo Andrade (*op. cit.*, p. 107), foi fundada na Bahia após a chegada ao Brasil da família real.

francês Louis Vauthier, então diretor de obras da Província. Em São Paulo, "um dos introdutores do tijolo foi o engenheiro polonês Cristiano Wyzewski, que, em 1850, dirigiu um ofício à Municipalidade, recomendando esse tipo de construção para evitar os graves danos que as casas de taipa sofriam com as inundações"[39]. Os *capomastri* italianos, que chegaram com a imigração estrangeira na capital paulista, foram os grandes divulgadores desse material. Em vários pontos do Brasil já havia olarias fabricando tijolos. Há vários anúncios nos jornais da venda de tijolos, e inclusive de máquinas para fabricá-los. Mas a produção não era grande, e o uso da taipa ainda era freqüente: o engenheiro Ramos de Azevedo, mesmo tendo sido um dos divulgadores do uso do tijolo, usou taipa de pilão ainda na reforma e conclusão da Catedral de Campinas, na década de 1880. "O prédio do Seminário Episcopal de São Paulo foi erguido com paredes inteiramente de taipa, no fim do século XIX, pelo simples motivo de que 'não havia indústria de tijolos que pudesse fazer o fornecimento necessário'"[40].

O ferro também começa a ser utilizado nas construções, inicialmente em elementos secundários ou decorativos, como grades, portões e sacadas, posteriormente até em pisos[41]. Como elemento estrutural foi usado em pontes. Os primeiros prédios de estrutura metálica, de ferro fundido, surgiram no Brasil por volta de 1870. Mais tarde foram construídos prédios com estruturas de ferro laminado, e, mais para o final do século, de aço. São exemplos os mercados em Recife (1875), Manaus e Belém (1882), o Palácio de Cristal em Petrópolis (1882), a Estação Ferroviária em Bananal (SP), o primitivo Viaduto do Chá em São Paulo (1888-92). As estruturas eram importadas, em geral da França, Bélgica ou Alemanha.

Nas últimas décadas do século XIX começou a ser empregado com maior freqüência o cimento. "Tratava-se de material de origem belga, inglesa ou alemã, importado pelo comércio ou pelas construtoras diretamente. Somente em 1897 foi instalada em Sorocaba, na Estação de Rodovalho, hoje Votorantim, a Fábrica de Cal e Cimento Rodovalho" (depois Votoran). "Anos mais tarde, com capitais canadenses, foi estabelecida em Perús, ainda em São Paulo, a Fábrica de Cimento Perús"[42]. Os antiquados pisos em abobadilhas de tijolos foram substituídos por outros, o concreto passando a preencher os vãos entre perfis metálicos.

Rua Direita, sentido Largo da Sé, em 1862.
Até o século XIX, telhados com grandes beirais protegiam das chuvas as paredes dos prédios, feitas normalmente de taipa de pilão.

Nas províncias meridionais, a imigração européia (principalmente a de origem alemã, italiana e polonesa) trouxe consigo técnicas de construção de madeira, utilizadas geralmente nas áreas rurais, mas que também foram aproveitadas nas áreas urbanas. Exemplos de construções rurais no Paraná podem ser hoje apreciados no Parque João Paulo II em Curitiba.

As Ferrovias e o seu Impacto nas Cidades

Na segunda metade do século XIX, as fazendas de café, por não serem auto-suficientes como as propriedades açucareiras do norte, haviam provocado a criação de novos centros comerciais, além de fomentarem obras portuárias e a implantação de estradas de ferro. Estas últimas, inventadas e construídas inicialmente na Inglaterra, difundiam-se pelo mundo. Com o advento da locomotiva, "quadruplicou a maior velocidade então possível no sistema de comunicação terrestre, a do cavalo". Permitindo um transporte de carga e passageiros mais eficiente e mais rápido, "as ferrovias nasceram não como um serviço de utilidade pública, mas como empreendimentos econômicos regionais"[43] levados adiante por determinadas empresas. Se até esse momento o Brasil importava a maior parte dos produtos industrializados, com a criação do novo sistema de transportes surgiu a possibilidade de sua produção local. Ramais ferroviários garantiram o deslocamento das matérias-primas e de combustíveis (o carvão era importado da Inglaterra), e também

39. P. C. da S. Telles, *op. cit.*, p. 100.
40. M. Vargas, *op. cit.*, p. 248.
41. P. C. da S. Telles, *op. cit.*, pp. 99 e 101.
42. F. P. D. de Andrade, "A Construção de Edifícios", p. 64.
43. W. Zmitrowicz, *As Obras Públicas de Engenharia e sua Função na Estruturação da Cidade de São Paulo.*

dos produtos acabados. Era o início da nossa industrialização, a aprofundar as mudanças nos ambientes das cidades. Ao lado do transporte de passageiros de longa distância, desenvolveu-se o transporte *suburbano*, da mão-de-obra que ia trabalhar nas fábricas e vivia nos bairros operários que começaram a surgir. As estações ferroviárias e as áreas industriais se viram assim logo envolvidas pelas áreas urbanas em expansão, as quais, a partir do final do século XIX, iriam fazer desaparecer os cinturões de chácaras que antes rodeavam grande parte de nossas vilas e cidades.

A necessidade de maiores raios de curvatura e menores declividades dificultava o aproveitamento, para a implantação dos trilhos, dos antigos caminhos de tropas, obrigando a criação de novos traçados, tarefa que empregou a maior parte dos engenheiros aqui radicados na época. As estradas de ferro começaram então a reestruturar todo o território, novas aglomerações se formando em torno de muitas estações, enquanto muitas vilas distantes das ferrovias entravam em declínio. São exemplos disso os casos, ocorridos em São Paulo, de Santo André e São Bernardo; ou Franco da Rocha e Mairiporã, relatados por Langenbuch[44].

Não foi só na escala regional que foram utilizados trilhos para facilitar os transportes. Entre 1856 e 1879 foram implantados ferrocarris nas cidades do Rio de Janeiro, Salvador, Recife, São Paulo, Belém, Niterói, Campos, Porto Alegre, São Luís, Santos, Taubaté, Tatuí, Campinas. Eram *os bondes de burro*, que constituíram os primeiros transportes coletivos urbanos. Em algumas dessas linhas foram utilizadas pequenas locomotivas a vapor. Objeto de concessões a particulares, facilitaram a demanda de loteamentos que expandiram as cidades para além dos limites que antes lhes eram impostos pela escala dos pedestres.

Desenvolvimento Urbano na República: O Concreto Armado e a Infra-estrutura

O Afluxo de Estrangeiros, a Concentração Urbana e o Sanitarismo

A abolição da escravatura ensejou o incremento do fluxo de imigração européia para o trabalho na lavoura. Entre 1887 e 1930, 3,8 milhões de estrangeiros desembarcaram no Brasil. A partir de 1888, o surto de imigração atinge altos picos durante uma década, chegando a ultrapassar 300 mil por ano, e volta a se elevar às vésperas da Primeira Guerra Mundial. Empregos industriais, que se concentraram principalmente no Sudoeste do país, enriquecido com a produção do café, redirecionaram esses imigrantes para as cidades. Em 1890, 30% da mão-de-obra na cidade do Rio de Janeiro era estrangeira, enquanto na cidade de São Paulo esse número chegava a 70%[45].

A indústria surgia graças a uma sobreposição de diversas condições favoráveis. De um lado, a disponibilidade de mão-de-obra, pouco preparada, proveniente da escravidão ou do exterior, de pessoal de nível técnico, artesãos e engenheiros estrangeiros aos quais se somavam os brasileiros formados no exterior e os egressos das escolas nacionais. De outro, os capitais, obtidos pela exportação de produtos agrícolas, e a disponibilidade de energia, seja mineral importada (carvão), seja hidráulica local, que logo depois começou a ser transmitida sob a forma de eletricidade. E, ainda, a existência, nas cidades, de facilidades de comunicação e áreas com boa acessibilidade[46]. Essas condições seriam logo reforçadas, ao serem reformados e ampliados os portos do Rio de Janeiro, Niterói, Vitória, Recife e Salvador, que se juntaram a Santos na atividade crescente de exportação e importação de produtos e matérias-primas.

Apesar do esforço havido no decorrer do século XIX, as doenças continuavam a ser motivo de preocupações e, sob certos aspectos, a situação começou a se agravar em muitas áreas urbanas em função do súbito crescimento demográfico. As populações já recebiam o tratamento curativo graças à organização hospitalar introduzida por médicos e irmãs de caridade; e campanhas de vacinação deram início a tratamentos preventivos. Mas foi graças à atuação dos engenheiros na área da saúde pública que começaram finalmente a ser eliminados os ambientes propícios à proliferação de vetores das doenças, sendo iniciada em grande escala a elaboração de projetos de saneamento e a execução de obras de drenagem dos solos úmidos e manguezais, a canalização de águas servidas e o abastecimento de água potável nas cidades em expansão. As epidemias foram controladas nos centros urbanos, sendo a maior parte das doenças considerada extinta nos inícios do século XX.

Salientaram-se nestes trabalhos os "Engenheiros Sanitaristas", cuja ação contínua e programada se estendeu por praticamente todas as cidades litorâneas e pelos principais

44. J. R. Langenbuch, *A Estruturação da Grande São Paulo*.

45. B. Fausto, *História do Brasil*, pp. 275 e ss.; S. M. de Freitas, *E Chegam os Imigrantes...*

46. As hidroelétricas, que em 1884 eram apenas duas (em Campos, RJ, e Rio Claro, SP), expandem-se: em 1925 já são 343, e a eletricidade gerada substitui progressivamente o carvão importado da Inglaterra. Em 1900, o telégrafo nacional possuía uma rede de mais de 20 mil km, com cerca de quatrocentas estações (Telles, *História da Engenharia no Brasil*, p. 445). Em 1919, essas cifras alcançaram 43.212 km, com 971 estações. Se, no início do século XX, dez cidades brasileiras já dispunham de telefones, em 1910, só nos Estados de São Paulo e Minas, elas eram cem. Nas décadas de 1920 e 1930 a intermediação da telefonista nas ligações foi dispensada, ao serem introduzidos os telefones automáticos.

centros do interior: Saturnino de Brito, que projetou sistemas de abastecimento de água e de esgotos sanitários para mais de vinte cidades brasileiras, Theodoro Sampaio, que atuou em São Paulo e na Bahia, e Lourenço Baeta Neves, que atuou em Minas Gerais. De 1890 até 1930, 313 cidades implantaram redes de abastecimento de água, e 146, redes de coleta de esgoto sanitário. A canalização de rios e córregos marcou a integração da engenharia sanitária com o urbanismo[47].

Belo Horizonte e a Renovação dos Centros Urbanos

A grande realização urbanística do século XIX foi o plano da nova capital de Minas Gerais, Belo Horizonte. Resumindo a cultura técnica e as preocupações estéticas do século XIX acerca da cidade, desde o plano de L'Enfant para Washington até os projetos de Haussmann para Paris, foi elaborado sob a influência direta do plano para La Plata, na Argentina[48]. Para uma cidade de 200 mil almas, preconizava a delimitação de três zonas distintas: urbana, suburbana e a de sítios. Na primeira era adotado um traçado conjugando duas tramas viárias ortogonais deslocadas de um ângulo de 45°, circundado por uma avenida perimetral de contorno, que constituía o limite a separá-la da zona suburbana. Esta seria constituída por loteamentos, e seria, por sua vez, circundada por uma zona rural composta de pequenas propriedades, a assegurar o abastecimento da cidade em produtos hortifrutigranjeiros. Uma grande avenida na direção norte-sul, com 50 m de largura e um grande parque de 545 mil m^2 marcavam a área central, onde se localizariam o centro administrativo, as áreas comerciais e residenciais dos funcionários. Nos subúrbios seriam localizados os reservatórios de água, as casas de máquinas dos esgotos, o cemitério, o matadouro, o hipódromo. Por todo o plano, elaborado nos anos de 1892-1895 pelo engenheiro Aarão Reis, transparece a preocupação higienista. As condições favoráveis de sua topografia foram habilmente aproveitadas no traçado dos quarteirões de 120 m de lado, providos de redes de água e esgoto. As alturas dos prédios laterais deveriam ter a proporção de um para um em relação às larguras das ruas (com um mínimo de 16 m), em função das necessidades de ventilação e iluminação solar. Ampla arborização e ajardinamentos seriam apoiados por viveiros de árvores e flores. Belo Horizonte foi "a representação do pensamento urbanístico vigente nesse fim de século, entre engenheiros e arquitetos brasileiros"[49]. Inaugurada em 1897, a cidade deveria se desenvolver paulatinamente a partir do centro (30 mil habitantes na primeira etapa). Mas isso acabou não ocorrendo, consolidando-se com muitos espaços vazios e construções espontâneas, fora dos locais e padrões previstos. Não havia espaço destinado para a população proveniente do grande contingente de trabalhadores nem para a população pobre atraída pela nova capital, que acabaram se instalando de forma anárquica na sua periferia.

Os terrenos urbanos começavam a apresentar uma rápida valorização[50], pois o fim da escravidão e a diminuição dos empreendimentos ferroviários criaram um clima de insegurança econômica, agravado por uma súbita desvalorização da moeda corrente em 1893, que acabou redirecionando os capitais para os negócios imobiliários. Empresas particulares, como a Companhia City em São Paulo, projetavam novos loteamentos nas regiões periféricas das cidades, enquanto os governos municipais se ocupavam com as reformas nas áreas centrais.

A partir do século XX, a energia elétrica é transmitida através de cabos e fios para iluminação urbana e para tração de veículos de transporte coletivo. As ruas eram adaptadas, sendo criadas as redes aéreas necessárias para os novos meios de transporte. Os bondes, que tinham surgido logo após as ferrovias regionais, eram agora passados da tração animal para a tração elétrica. Em 1900 eram 32 as cidades brasileiras que dispunham de serviços de bonde; em três delas, Rio de Janeiro, Manaus e São Paulo, os bondes já eram elétricos, sendo, a seguir, implantados em outras 37 cidades[51]. Os sistemas de distribuição de energia e de comunicação também aproveitaram as faixas viárias, cujos leitos, ao longo do século, seriam ainda modificados progressivamente para atender ao tráfego de automóveis e acrescidos da sinalização correspondente, transformando-se em canais múltiplos de infra-estruturas urbanas, com a sua conseqüente "poluição visual". Difunde-se o uso do elevador, permitindo a verticalização das construções. Em pouco tempo, modifica-se o aspecto apresentado pelas ruas[52]. Os acanhados centros das cidades são renovados, demolindo-se muitas construções antigas, entre elas várias de valor histórico, para alargar as ruas e abrir praças e parques. Projetos arrojados ampliam a

47. Em 1895, o eng. Saturnino de Brito organizou projetos para Campinas, Piracicaba, Ribeirão Preto, Limeira, Sorocaba e Amparo. Ver Andrade, *op.cit.*, p. 272.

48. M. C. da S. Leme, *Urbanismo no Brasil – 1895-1965*, pp. 120 e 222.

49. F. P. D. de Andrade, *Subsídios para o Estudo...*, pp. 274 e ss.

50. Zmitrowicz, *As Funções Urbano-Rurais como Condicionantes da Implantação de Zoneamento na Cidade de São Paulo*, p. 63.

51. A maioria deles foi importada, principalmente da América do Norte e da Europa, embora também fossem fabricados no Brasil. "De um modo geral, o transporte urbano com tração mecânica, quando começou no Brasil, já pegou uma tecnologia relativamente evoluída e experimentada: não tivemos aqui, por exemplo, veículos a ar comprimido, a vapor sem fornalhas, elétricos com tomadas no piso (sem tomada aérea), elétricos com acumuladores, ou outras experiências que foram feitas na Europa e nos Estados Unidos, com pouco ou nenhum sucesso" (Telles, *História da Engenharia no Brasil, século XX*, p. 361). Com poucas exceções, como locomotivas a vapor tracionando bondes urbanos em Belém, Recife, Rio, Guarujá (SP) e Campanha (MG) e bondes a vapor em São Paulo, passou-se diretamente da tração animal para o bonde elétrico com rede aérea, já largamente experimentado e aprovado.

52. Em 1904, o Rio ganha iluminação pública elétrica. Com exceção do Rio e de São Paulo, onde se incentivou o emprego do gás em aquecimento domiciliar e industrial, em todas as outras cidades brasileiras que tiveram redes de gás esse serviço foi extinto com o surgimento da eletricidade.

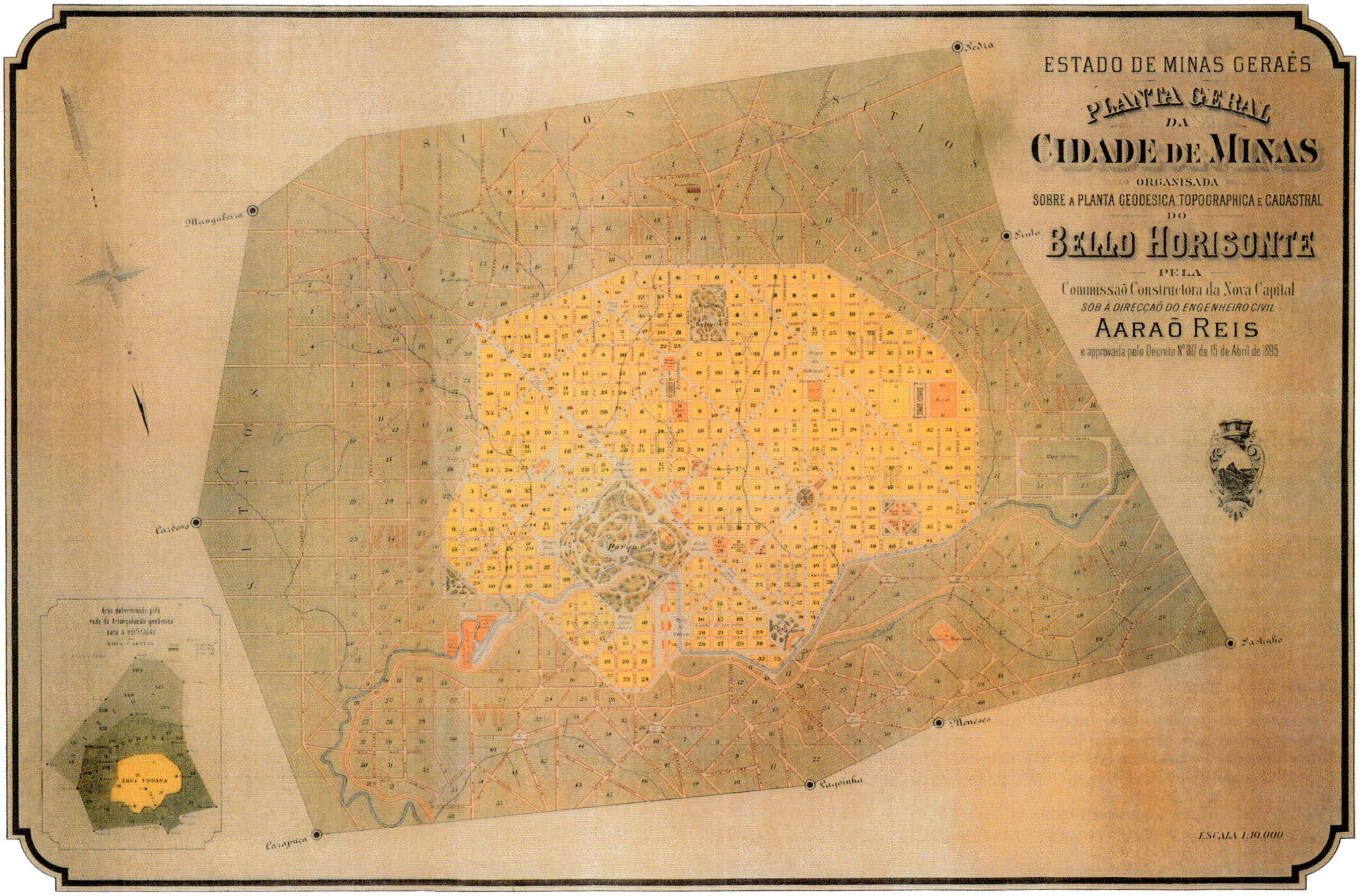

Plano da cidade de Belo Horizonte no final do século XIX. Ele expressa as preocupações estéticas e sanitárias da época.

acessibilidade aos bairros do entorno, provocando diversos empreendimentos de renovação urbana.

O Automóvel e a Renovação do Tecido Urbano

As estradas para o tráfego de veículos com motor à combustão começavam a integrar as cidades com as áreas rurais, provocando a expansão de loteamentos. A necessidade de renovação das vias para a circulação intra-urbana (ampliação de largura, criação de vias perimetrais etc.) ensejou a incorporação de novos valores estético-urbanos. Em torno de 1930, a atividade urbanística no Brasil atingiu grande relevância. Interessaram-se por ela especialistas estrangeiros. Muitos deles visitaram o país, como os arquitetos franceses Le Corbusier e Agache, que chegaram a sugerir algumas soluções para a cidade do Rio de Janeiro.

Em São Paulo, diversas propostas surgidas anteriormente foram reunidas num plano integrado e coerente pelo engenheiro Francisco Prestes Maia. O plano é um exemplo expressivo da nova forma de planejar a cidade, com preocupações sanitárias, funcionais e estéticas. "Propondo um sistema articulado de vias radiais e perimetrais, este engenheiro, formado pela Escola Politécnica de São Paulo, transforma a comunicação entre o centro da cidade e os bairros e dos bairros entre si". Aproveitando vales pouco ocupados, sugerindo transferência de ferrovias para permitir um aproveitamento dos seus leitos para "parkways", propondo para o município um zoneamento funcional de uso e ocupação do solo, além de sistemas metroviários para o transporte público e a criação de "centros" funcionais específicos para a cidade (como o "centro hospitalar", "centro politécnico", "esportes náuticos"), Prestes Maia conseguiu montar um plano global, cujas propostas viárias foram em boa parte implantadas, e que ainda antecipou soluções imprescindíveis para o funcionamento da metrópole futura, muitas de suas diretrizes se revelando válidas em períodos posteriores. O Plano de Avenidas tornou-se uma referência para o planejamento de muitas cidades em desenvolvimento.

A implantação de projetos novos em cidades existentes foi favorecida pela possibilidade de imposição proporcionada pela ditadura. É no período do Estado Novo, a partir de 1937, que "são realizadas obras baseadas nesses planos que transformam radicalmente as estruturas urbanas, principalmente no que se refere ao sistema viário. A cidade se expande de forma expressiva sobre pneus, substituindo a cidade de alta concentração de atividades e pessoas em que o transporte coletivo se faz através [...] do bonde". "As novas avenidas abertas, não apenas em São Paulo, mas também no Rio de Janeiro, Porto Alegre, e, em menor escala, Recife, permitem a circulação de pessoas e mercadorias, preparando as cidades para a nova fase de industrialização que se daria a partir dos anos de 1950"[53].

Planos Urbanísticos e a Nova Capital da República

Não são apenas as cidades existentes que são renovadas. Sob inspiração dos ideais nacionalistas e populistas, o país é reorganizado, sendo aos poucos estabelecidas ligações rodoviárias entre as diversas regiões do Brasil, e ocupados progressivamente os territórios antes vazios ou povoados pelos indígenas. Novos núcleos urbanos continuam sendo planejados e construídos.

O projeto para a nova capital de Goiás, Goiânia, foi iniciado em 1933 pelo arquiteto Attílio Corrêa Lima, sendo depois refeito em sua parte sul pelo engenheiro Armando de Godoy, inspirado na idéia das cidades-jardins de Howard. A cidade, projetada para uma população de 50 mil, teria inicialmente 15 mil habitantes, e suas terras seriam de propriedade pública. O traçado viário original foi radial, buscando ressaltar o centro administrativo. "As avenidas, por serem dotadas de infra-estrutura, seguiriam a maior inclinação e as ruas secundárias, por não disporem dessa benfeitoria, seguiriam a inclinação mais leve do terreno, evitando a erosão e as enchentes". Nas áreas residenciais, houve uma grande preocupação com a separação entre o acesso de carros e o de pedestres. Conforme ressaltado por Godoy, as quadras seriam atravessadas pelos "parques que se ligam uns aos outros em espessas cortinas verdes"[54]. O desenvolvimento real ultrapassou os projetos em poucas décadas.

Também Brasília, a nova capital da República projetada por Lúcio Costa, teve o seu "plano piloto" definido pelo sistema viário. Este era "composto por vias expressas paralelas e levemente curvas no sentido norte-sul, sendo a principal o chamado "eixo rodoviário": ortogonalmente a esta estrutura linear, um "eixo monumental" no sentido leste-oeste dá acesso às áreas de ocupação institucional: palácios governamentais, ministérios, catedral, teatro de ópera etc."[55]. Cidade de baixas densidades e alturas, Brasília respondia à intenção explícita de se construir "uma cidade para o automóvel". Ao longo do eixo rodoviário, e separadas em duas "asas", norte e sul, foram distribuídas as "superquadras", áreas quadradas de 350 m de lado, a serem ocupadas por edifícios de apartamentos, em geral de seis andares, sobre pilotis, dispostos

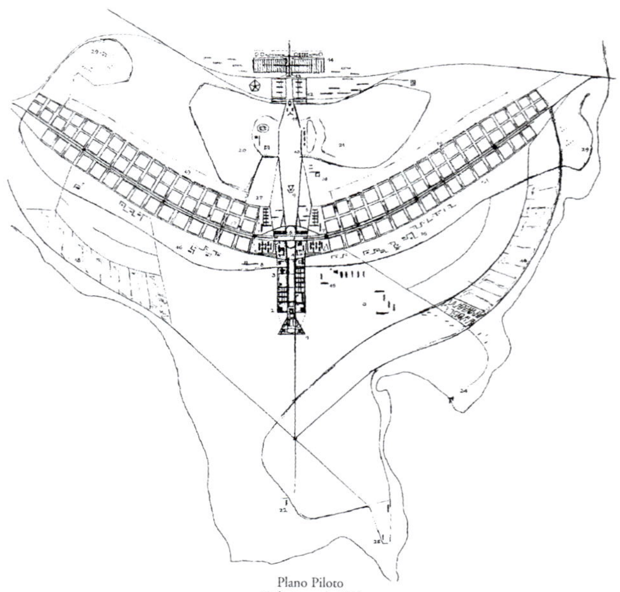

Plano Piloto da cidade de Brasília.

53. O arquiteto Donat Alfred Agache, secretário geral da Société Française des Urbanistes e professor do Institut d'Urbanisme de Paris, manteve por três anos um escritório técnico no Rio de Janeiro para elaborar estudos e propostas, que foram depois criticadas e assumidas em apenas alguns pontos pela Comissão do Plano da Cidade.
54. Leme, *op.cit.*, p. 226.
55. *Idem*, p. 232.

Plano da cidade da Palmas, na segunda metade do século XX. Ele mostra as concepções da era do automóvel.

ortogonalmente entre si, que acabariam sendo destinados à habitação das classes média e alta. Entre elas foi localizado o comércio local. As habitações, que seriam destinadas para classes de renda baixa, foram também distribuídas similarmente, em forma de casas térreas e geminadas.

Inaugurada em 21 de abril de 1960, com os principais edifícios administrativos construídos, Brasília foi marco importante na ocupação do território e na sua integração por meio das estradas de rodagem, que se sobrepuseram às ferrovias, em franca decadência.

A cidade é o exemplo mais completo de utilização em grande escala dos princípios urbanísticos da época – propriedade pública do solo, autonomia do sistema viário, distribuição rígida de atividades em "setores" funcionais (institucional, residencial, comercial, bancário, hoteleiro, hospitalar, de diversões etc.). Aglomeração urbana construída em local novo, a sua implantação foi dirigida de forma rígida pelos seus criadores, Lúcio Costa e Oscar Niemeyer, e puderam ser ali aplicados todos os princípios da nova arquitetura moderna, sem que a sua expressão estética fosse ofuscada por edificações antigas. Foi o apogeu dos edifícios isolados e dispostos livremente sobre o terreno, cujo projeto não era direcionado e restringido por limites de lotes e quadras tradicionais. Embora criticada por alguns problemas funcionais, ela até hoje permanece como marco mundial da expressão estética do século XX, e declarada patrimônio da humanidade pela Unesco.

Para abrigar as populações mais pobres, a sua área urbana expandiu-se por meio da implantação de novos núcleos – as "cidades satélites", afastadas do centro planejado por distâncias de 10 a 15 km, que se pretendia que ficassem isoladas. Hoje a capital da República tem mais de dois milhões de habitantes, dos quais uma parcela se localiza no "plano piloto" e o restante em uma dezena de subúrbios, que se desenvolveram de forma descontrolada.

Verifica-se, pois, uma continuidade com nosso passado: os planos continuaram se resumindo a grandes projetos urbanístico-arquitetônicos, estáticos, que rapidamente eram ultrapassados pelo desenvolvimento das cidades que pretendiam orientar. Tal situação se manteve até o final do século XX, apesar de todas as mudanças político-administrativas por que passou o país. Exemplos recentes, embora aparentemente distantes da criação dos núcleos urbanos citados, permitem observar as similitudes. Palmas, capital do novo Estado do Tocantins (1988), entre a reserva ecológica da serra do Lageado e o futuro lago da barragem de mesmo nome, foi projetada para uma população de 100 mil pessoas em uma primeira fase, um milhão após a implantação completa, com possibilidade de expansão para 2,5 milhões, o que talvez já demonstre uma maior visão de futuro. Mas os problemas se repetem: foco de atração de um fluxo migratório desenfreado, que logo gerou uma cidade satélite de 20 mil habitantes, a nova capital viu-se com problemas de invasões de terra, carência de infra-estrutura, e obras clandestinas. "Fenômenos típicos de grandes cidades, já fazem parte da rotina de Palmas", dizia uma reportagem da época[56].

O Concreto Armado e os Novos Rumos da Arquitetura

O uso do concreto armado foi uma técnica que progrediu por etapas, desde o final do século XIX. Numa primeira fase, perfis metálicos eram embutidos em argamassa forte de concreto, moldada em fôrmas de madeira ou pela própria alvenaria de acabamento. Posteriormente, já no século XX, começaram a ser utilizados esqueletos de concreto, independentes da alvenaria e das demais partes do edifício, empregando-se como armação perfis e trilhos de aço, e, depois, vergalhões de ferro retorcido de seções quadradas e circulares[57].

"A partir de 1920, o concreto armado passou a ser marca característica da engenharia de construção de prédios em geral no Brasil"[58]. Data de 1924 um "arranha-céu" ainda existente em São Paulo, o Sampaio Moreira, de quatorze andares. O edifício Martinelli foi construído entre 1926 e 1930, tendo sido, na época, o mais alto edifício não só do Brasil como de toda a América Latina. Eram projetados e construídos prédios com objetivos comerciais, com a participação de muitos arquitetos e engenheiros imigrantes, que começaram a dar formas funcionais às edificações, abandonando de vez o apego à imitação de estilos antigos (cuja mistura era denominada "ecletismo"). Em meados do século, os prédios do Banco do Estado e do Banco do Brasil dominam o início da avenida São João, com suas formas cada vez mais simples, diferentes do ornamentado Martinelli na sua vizinhança. Em altura são depois superados pelo edifício Itália. O edifício CBI marca com a sua silhueta o vale do Anhangabaú, contrastando com os estilos tradicionais dos prédios existentes.

"Repetindo o que já tem sido dito, o concreto traçou outras perspectivas para o edifício, permitindo ao arquiteto 'moldar', por assim dizer, a forma arquitetônica", exigindo "a formulação de novas tecnologias executivas, de outros

O neoclassicismo e outros estilos inspirados no passado começam a ceder a novas concepções estéticas que extinguem progressivamente os ornamentos e geometrizam os volumes dos edifícios. Na foto, os três "arranha-céus" construídos sucessivamente a partir da década de 1930 junto ao início da avenida São João, no centro de São Paulo: o prédio Martinelli, o Banco do Estado de São Paulo e o Banco do Brasil.

56. *Construção*, nº 26, pp. 4-8.
57. F. P. D. de Andrade, "A Construção de Edifícios", p. 68.
58. *Idem*, p. 69.

critérios de segurança e de novos processos de economia de produção. O primeiro prédio que representou a verdadeira arquitetura de concreto armado foi o Edifício Esther, de 1934, em São Paulo. Nos anos de 1930, arquitetos vinculados a Lúcio Costa e atentos às idéias de Le Corbusier impuseram-se a missão de ampla e profunda renovação de valores da arquitetura. Entre muitas proposições de ordem estética e funcional destacaram-se as preocupações com as condições de iluminação natural e de ventilação cruzada, vale dizer, com o conforto e a racionalidade da habitação em meio tropical. Arquitetos do Rio de Janeiro desenvolveram projetos com utilização de 'brise-soleil' verticais e horizontais. De modo geral, buscaram o não compromisso com o passado, traçando plantas e fachadas livres, janelas panorâmicas e contínuas, incorporando, por outro lado, a vegetação à arquitetura, e pela adoção dos 'pilotis', liberaram a área do pavimento térreo para o jardim [...] A primeira grande realização dessas idéias deu-se no projeto e construção do antigo Ministério da Educação no Rio de Janeiro, e culminaram nos palácios de Brasília..."[59]. Na criação de formas novas, ao aproveitar as oportunidades que para tanto lhe proporcionou o grande número de obras públicas, a arquitetura brasileira alcança nessa época uma projeção mundial.

A Explosão e a Implosão Urbana

A Metropolização

A última metade do século XX caracterizou-se por uma rápida urbanização e um crescimento das cidades maiores, que se transformam em grandes áreas metropolitanas. A urbanização não se deve mais tanto à imigração estrangeira quanto à migração interna, ao serem atraídas populações de regiões do Nordeste e do Norte de Minas Gerais pelos empregos oferecidos por indústrias que se implantam principalmente no Sudeste. O crescimento do Rio de Janeiro reduz-se a partir da transferência da capital para Brasília, mas São Paulo passa por uma expansão populacional que cria sérios problemas urbanos e sociais, só tendendo a se estabilizar no final do século XX. Outras cidades continuam crescendo. Há uma progressiva penetração nas regiões do interior do continente, notadamente Rondônia e Mato Grosso, entre outros.

O crescimento demográfico causa problemas sociais e urbanos. Há insuficiência e má distribuição local de equipamentos de educação e saúde para atender às novas levas de população. A segurança é comprometida pelo aumento de criminalidade, principalmente nas grandes metrópoles, e a situação se agrava no final do século XX, em virtude da crescente redução de empregos causada por mudanças gerais que se observam na economia.

O próprio tecido urbano não é capaz de absorver adequadamente os seus novos habitantes. A falta de condições econômicas para eles adquirirem espaços regulares habitáveis faz com que se multipliquem os cortiços, principalmente nas áreas centrais, e deteriorem as suas condições de habitabilidade. Durante um certo tempo, as administrações públicas procuraram enfrentar o problema através da construção de grandes conjuntos habitacionais (IAPI, IAPC, IPESP, Cohabs, Inocoops). Mas, após alcançar o auge na década de 1970, essas iniciativas se esvaem.

Espaços desocupados, particulares ou públicos, são ocupados por agrupamentos de barracos, formando as favelas. Estas já existiam anteriormente, haviam surgido no final do século XIX, mas foi só na década de 1970 que a sua existência nas cidades foi reconhecida oficialmente ao ser constatado o seu desmesurado crescimento, e elas acabam se instalando de forma definitiva, recebendo paulatinamente algumas melhorias urbanas.

Aumenta a procura de loteamentos irregulares nas periferias, que se expandem, criando vastas áreas semiclandestinas envolvendo as cidades legalmente aprovadas. Tal situação traz uma série de conseqüências. A expansão das áreas urbanizadas não só requer ampliações e adequações das redes de infra-estrutura, como impermeabiliza o solo, provocando, em épocas de chuvas, a formação de grandes volumes de água que extravasam os leitos dos rios e córregos, provocando inundações. Os transportes ressentem-se do ritmo insuficiente de aumento do espaço viário, que se estende por vales, agravando os problemas causados pelas enchentes. Os bondes são retirados e substituídos por ônibus, mais flexíveis. Nas grandes metrópoles começam a ser implantados, tardiamente e em ritmo lento, sistemas de metrô. Mas o fulcro dos problemas é a produção cada vez maior de automóveis particulares, cujo uso se difunde de forma acelerada, como solução mais direta aos problemas

59. *Idem*, p. 73.

cada vez mais graves de acessibilidade enfrentados pelos habitantes.

Nos bairros, surgem os *shopping centers*, centros de compras criados especificamente para os usuários de automóveis, que, aos poucos, vão sobrepujando as antigas ruas comerciais. As áreas centrais congestionam-se, tornam-se menos acessíveis à população motorizada, e popularizam-se, com suas atividades dependendo dos usuários do metrô e dos ônibus. Eventualmente, entram em declínio. Prédios vagos e encortiçados surgem como se estivessem prenunciando uma decadência dos centros das grandes metrópoles no início do século XXI.

Também quanto ao meio ambiente essa situação causa uma série de problemas, desde a disposição de detritos, até a poluição das águas e do ar.

No período 1968-1973 a indústria no Brasil ainda crescia 13% ao ano, mas no Estado de São Paulo já vinha sofrendo uma queda relativa. Se em 1970 ela significava 57% do PIB industrial brasileiro, em 1984 esse porcentual iria cair para 45%[60]. A população também começou a decrescer. Até o final do século observa-se uma regressão progressiva dos fatores que incharam as grandes metrópoles e o início da sua estabilização. Por outro lado, há um redirecionamento da pressão populacional e a conseqüente expansão urbana para outras regiões, onde se formam novas expectativas de desenvolvimento econômico e social.

As Grandes Mudanças Tecnológicas

O crescimento populacional nas grandes cidades provoca uma contínua elevação dos valores imobiliários, principalmente dos terrenos nas áreas mais acessíveis – áreas centrais e suas vizinhanças imediatas, normalmente mais servidas de equipamentos e infra-estruturas, trazendo como conseqüência a sua verticalização residencial. Reduz-se a oferta de casas justapostas tipo "sobrado", geminadas e isoladas nas áreas mais próximas dos centros das cidades, onde elas deixam de ser rentáveis. Prédios de apartamentos para as classes médias são construídos, transformando as zonas residenciais das áreas metropolitanas, crescendo em forma de torres estruturadas em função de eixos verticais de acesso providos de elevadores, a partir de garagens subterrâneas, dispondo de diversos serviços para a sua segurança e conforto. Inicialmente, os prédios de apartamentos eram construídos para locação, mas logo surgem as incorporações e o mercado se expande.

As classes altas continuam morando em residências isoladas em amplos terrenos situados nos "loteamentos estritamente residenciais". Mas a falta de segurança crescente cria mercado também para prédios de apartamentos de luxo, com áreas disponíveis extremamente amplas, por vezes de mais de um pavimento por apartamento, e também para condomínios fechados, à margem das rodovias que saem da cidade.

As classes de menor poder aquisitivo constroem com recursos próprios (auto-construção), em loteamentos periféricos, ou com o intermédio de programas organizados, inicialmente pelos institutos de aposentadoria e pensões. Na década de 1960 é organizado o Sistema Financeiro da Habitação, que inicia a construção de conjuntos habitacionais em grande escala. Estes são organizados de forma similar aos grandes conjuntos habitacionais europeus, em geral compostos de casas isoladas ou semi-isoladas, e grandes agrupamentos de apartamentos com poucos pavimentos, sem garagens e elevadores, sem serviços ou equipamentos urbanos próximos. Na década de 1970, o BNH procura estimular a industrialização da construção. Conjuntos habitacionais na região leste da capital paulista tentam adaptar sistemas construtivos diversos, utilizando inclusive tecnologia do exterior. Entretanto, problemas econômico-financeiros causados pelas sucessivas orientações político-administrativas acabaram desmantelando o sistema na década seguinte. Das inovações técnicas, sobrou a alvenaria estrutural, que se revelou econômica e eficiente, o "bloco vazado estrutural" passando a ser fabricado em grande escala no Sul e Sudeste do Brasil.

Com o crescimento das empresas construtoras que se viram engajadas nas obras maiores, e a necessidade de maior rapidez na execução, a indústria da construção civil emprega cada vez mais mão-de-obra não especializada, e começa a se perder a qualificação técnica que anteriormente produzia edificações *in loco*. Mas amplia-se o mercado profissional para os engenheiros e arquitetos, que precisam assumir não só os projetos como o acompanhamento das obras maiores.

Novos materiais de construção são empregados em prédios menores, e até nas construções informais da periferia. Na autoconstrução, a alvenaria de tijolo e barro vai dando

60. *São Paulo: Crise e Mudança*, p. 21.

As construções verticalizadas dos centros urbanos, produtos de uma avançada indústria da construção surgida no século XX, coexistem com a autoconstrução das periferias. A tecnologia e os produtos se adaptam às possibilidades econômicas das demandas.

lugar a "tijolos furados" e blocos de cimento ("blocos de concreto"), ligados com argamassa de cal hidratada. Surgem vigas e lajes parcialmente pré-fabricadas. Telhas e reservatórios de água de cimento-amianto propagam-se, chegando a criar preocupações ambientais, e são substituídos pelo plástico. No final do século XX, em função de problemas cada vez mais graves de segurança, e também para permitir a eventual criação de pavimentos superiores, mesmo os barracos de favelas começam a ser construídos com materiais mais resistentes e duráveis, utilizando blocos e lajes.

O concreto, até então preparado em betoneiras na própria obra, começa a ser melhor controlado, sendo fabricado em usinas, transportado e bombeado nas obras. A sua utilização mais eficiente se faz notar em obras específicas. O "concreto protendido" é utilizado na década de 1960 não só em pontes e viadutos como em edificações, sendo o Museu de Arte de São Paulo, na Avenida Paulista, um exemplo nesse sentido, com vão de 70 m.

O peso dos materiais se reduz, aliviando as estruturas. O "tijolo furado" substitui o comum nas paredes que preenchem as estruturas. O aço nas esquadrias, que dominava como alternativa para a madeira, viu-se substituído pelo alumínio, em virtude da durabilidade e baixa necessidade de manutenção. O uso de materiais cerâmicos (dos quais o Brasil chegou a ser um dos maiores produtores no mundo), azulejos, pastilhas de porcelana, que constituíram por longas décadas os revestimentos protetores mais utilizados, começa a ser revisto. Surge a "construção seca", utilizando materiais compósitos (placas com lâminas diferentes, gesso acartonado, compensados e aglomerados de madeira, alumínio, resinas, plásticos) para formar divisórias e painéis antes feitos de alvenaria e de vidro. Exigindo menor quantidade de mão-de-obra, mas mais mecanização de canteiros – estruturas de aço, divisórias leves ou painéis pré-moldados de fachada são simplesmente montados no local – ela vem ao encontro da privatização das indústrias siderúrgicas e das empresas multinacionais fabricantes de novos materiais.

Por prescindirem de mão-de-obra especializada, as tintas poliméricas acabaram com a pintura tradicional – tintas látex substituíram as tintas preparadas à têmpera, cal, cimento. Nas instalações prediais, os canos de chumbo e ferro galvanizado foram substituídos por tubulações de PVC, principalmente por questões de manutenção, durabilidade e facilidade de execução. Os sistemas prediais de energia, iluminação, condicionamento ambiental, comunicação, dentre outras, sofisticam-se, com o uso de novos componentes e a inclusão de funções antes inexistentes.

Começa assim a mudar a forma de construir as edificações de grande porte, que vai se adaptando também a novos aspectos estéticos, influenciados pelo "pós-modernismo" em difusão pelo mundo.

Planejamento Urbano: Multidisciplinaridade

A escala crescente das questões urbanas na segunda metade do século XX induz a estudos mais amplos, em que desempenham papel cada vez mais importante os problemas demográficos, sociais e econômicos. Arquitetos, engenheiros, sociólogos, economistas, geógrafos, médicos, assistentes sociais começavam a trabalhar juntos. Havia expectativas políticas e sociais nessa atuação. Os "planos integrados" da década de 1960 foram uma tentativa, ao menos em nível técnico-administrativo, de coordenação entre os diversos setores, para um trabalho conjunto no sentido de controlar e solucionar os grandes problemas técnicos das cidades. Engenheiros de tráfego e sanitaristas colaboraram com os peritos em planejamento dos transportes, estes com os demógrafos e economistas. Arquitetos e urbanistas localizaram demandas de equipamentos educacionais, esportivos e de saúde, e definiram novas leis de zoneamento.

A centralização política favorece o planejamento com predomínio da visão técnica. Verificam-se tentativas de dominar os problemas crescentes nas metrópoles. No Município de São Paulo avança-se na programação de obras e no controle orçamentário. Em Curitiba, são implantados corredores de transporte e o controle urbanístico se torna mais eficaz. Os diversos setores continuam autônomos, o que inicialmente até contribui para a sua maior eficiência. Contudo, logo os problemas voltam a se acumular em virtude do descompasso entre as diferentes normas e investimentos, que, embora destinados às mesmas populações, eram administrados por órgãos diversos, em clima de tecnocracia crescente. A coordenação das ações não é em geral alcançada, tanto pelo grande número de entidades envolvidas, como pela grande escala dos problemas, que torna muito complexos os processos administrativos. As mudanças políticas advindas a seguir, que criaram uma progressiva, mas ainda setorializada, descentralização, e a formação de focos de poder intermediários, caracterizam um período de transição que alcança o final do século XX sem conseguir resolver satisfatoriamente tais problemas.

A partir da década de 1970 expande-se o debate sobre o meio ambiente, surgindo organizações atentas à crescente escassez real dos recursos, mesmo que ainda sem reflexos sobre o mercado. Elas exercem pressões sobre os governos no sentido de reduzir o desperdício e lutam pela preservação de espécies vegetais e animais. Como resultado da sua atuação em nível mundial, observamos uma preocupação crescente com a qualidade e a eficiência dos processos produtivos, resultando na implementação de uma série de medidas estratégicas para promover o *ecodesenvolvimento*, posteriormente denominado *desenvolvimento sustentável*.

No início da nova era, em que os novos sistemas de comunicação e informática facilitam a transmissão de idéias e criam novas demandas, revolucionando a organização de todo o planeta, tais aspectos dão uma nova conotação à globalização, às vezes em confronto com os ideais nacionais que têm dominado o século XX. Mas, novamente, começam a despontar oportunidades para a criatividade no aproveitamento dos conhecimentos técnicos para o bem das gerações, presentes e futuras.

Referências Bibliográficas

ALAMBERT, Clara Correia d'. *O Tijolo nas Construções Paulistanas do Século XIX*. São Paulo, FAU-USP, 1993.

ANDRADE, Francisco de Paula Dias de. *Subsídios para o Estudo da Influência da Legislação na Ordenação e na Arquitetura das Cidades Brasileiras*. São Paulo, EP-USP, 1966.

__________. "A Construção de Edifícios". In: VARGAS, M. (coord.). *Contribuições para a História da Engenharia no Brasil*. São Paulo, EP-USP, 1994.

CONSTRUÇÃO nº 26, São Paulo, Pini, ago. 1991.

ESTATÍSTICAS Históricas do Brasil, IBGE, 1990.

FAUSTO, BORIS. *História do Brasil*. São Paulo, Edusp/FDE, 2000 .

FREITAS, Sônia Maria de. *E Chegam os Imigrantes...* São Paulo, Edição da Autora, 1999.

GERODETTI, João Emílio & CORNEJO, Carlos. *Lembranças de São Paulo – A Capital Paulista nos Cartões Postais e Álbuns de Lembranças*. São Paulo, Studio Flash Produções Gráficas, 1999.

LANGENBUCH, Juergen Richard. *A Estruturação da Grande São Paulo*. São Paulo, Fundação IBGE, 1971.

LEME, Maria Cristina da Silva. *Urbanismo no Brasil – 1895-1965*. São Paulo, Studio Nobel/FAU-USP/Fupam, 1999.

LOUREIRO, Maria Amélia Lopes. *Evolução da Casa Paulistana e a Arquitetura de Ramos de Azevedo*. São Paulo, Voz do Oeste/ Secretaria de Estado da Cultura, 1981.

MARQUES, Maria Teresa. "Erosão no Cerrado". Revista *Construção*, ano XLIV, nº 2272, São Paulo, Pini, ago. 1991.

MC EVEDY, Colin & JONES, Richard. *Atlas of World Population History*. New York, Penguin Books, 1978.

NABHAN, Neuza Neif. *Islamismo*. São Paulo, Ática, 1996.

NOVAES, Sylvia Caiuby (org.). *Habitações Indígenas*. São Paulo, Livraria Nobel/Edusp, 1983.

REIS FILHO, Nestor Goulart. *Contribuição ao Estudo da Evolução Urbana do Brasil (1570-1720)*. São Paulo, Pioneira/Edusp, 1968.

SÃO Paulo: Crise e Mudança. São Paulo, Prefeitura do Município de São Paulo, 1991.

SILVA, Aracy Lopes da & GRUPIONI, Luís Donisete Benzi (orgs.). *A Temática Indígena na Escola*, Brasília. MEC/Mari/Unesco, 1995.

SILVA, Newton & D'AGUIAR, Antonio Augusto. *Belo Horizonte: A Cidade Revelada*. Belo Horizonte, Odebrecht, 1989.

SIMONSEN, Roberto C. *História Econômica do Brasil*. São Paulo, Nacional, 1969.

TAUNAY, Affonso de E. *História Seiscentista da Vila de São Paulo*, v. IV. São Paulo, Ideal, 1927.

TELLES, Pedro Carlos da Silva. *História da Engenharia no Brasil*. Rio de Janeiro, LTC – Livros Técnicos e Científicos, 1984.

__________. *História da Engenharia no Brasil*, século XX. Rio de Janeiro, Clavero Editoração, 1993.

VARGAS, Milton. *Para uma Filosofia da Tecnologia*. São Paulo, Alfa-Ômega, 1994.

VARGAS, M. (org.). *História da Técnica e da Tecnologia no Brasil*. São Paulo, Unesp/Ceeteps, 1994.

VASCONCELOS, Augusto Carlos de. *Pontes Brasileiras*. São Paulo, Pini, 1993.

ZMITROWICZ, Witold. *As Funções Urbano-rurais como Condicionantes da Implantação de Zoneamento na Cidade de São Paulo*. São Paulo, EP-USP, 1979.

__________. *As Obras Públicas de Engenharia e a sua Função na Estruturação da Cidade de São Paulo*. São Paulo, EP-USP, 1984.

__________. *Estruturação Urbana: Conceito e Processo*. São Paulo, EP-USP/BT/PCC/217, 1998.

4 Grandes Obras de Concreto Armado

AUGUSTO C. DE VASCONCELOS

Documentação

O que não se registra em geral se perde. Assim tem sido com muitas coisas na Engenharia do Brasil. Quanto já se fez nesta terra e ficou perdido para sempre! Acontece, entretanto, que algumas vezes algum parente, ao examinar pastas antigas guardadas com o intuito de "fazer limpeza", encontra coisas curiosas. Acontecimentos importantes do concreto têm sido resguardados por esse processo.

Freqüentemente surge a pergunta: Qual foi a primeira obra em concreto armado feita no Brasil?

Pouca gente tem uma resposta confiável. Existe duplicidade de interpretações, mesmo com alguma documentação. No entanto, ainda não se completou nem um século da existência desse "material de construção" em nosso país. O que dizer de outros países em que a história ainda está sendo pesquisada e descoberta? Construir uma linha de metrô em Roma, por exemplo, é sempre um suplício para os empreiteiros. Durante a escavação, eles ficam rezando o tempo todo, para que não seja encontrado algum vestígio de ruínas de obras antigas. Caso isso se confirme, a obra é paralisada e, não raramente, modifica-se o traçado para preservar a "relíquia"! Nos noticiários de jornal, volta e meia lemos a respeito de descobertas sensacionais em lugares totalmente inusitados, como incas no topo de montanhas peruanas... Quanto ainda está por descobrir do concreto em nossa terra!

O concreto protendido completou, em 1999, cerca de cinqüenta anos no Brasil. Muitos profissionais, ainda vivos, presenciaram pessoalmente a construção pioneira. É o caso da ponte do Galeão, no Rio de Janeiro. O concreto armado é mais antigo. Se ainda não completou cem anos, não está longe. Os que dela participaram já se foram e... não deixaram nada escrito. O papel da imprensa na preservação de acontecimentos é muito importante. Mesmo que os participantes já tenham falecido, o registro da imprensa revela seus nomes e locais e, não raramente, permite visitar a construção ainda existente.

É assim que tivemos conhecimento das prováveis primeiras obras em "cimento armado", como eram denominadas naquela época, construídas no Brasil. Fica aqui o resultado de nossas pesquisas bibliográficas ou por meio de conversas particulares. Eventualmente, alguém que possa ler este texto, poderá dizer: o autor não sabe que meu bisavô já havia construído uma cerca de "cimento armado" muito antes dessas obras mencionadas!

Que bom se isso acontecer! Teremos mais uma documentação para ser examinada. Enquanto isso não acontece, vejamos o que já se conseguiu descobrir.

A Empolgação no Mundo com o Concreto Armado

Poucos materiais de construção tiveram um surto de progresso tão fulminante como o concreto armado. Hoje já se pode afirmar que, de todos os materiais com que se fabrica alguma coisa, o cimento só perde para a água. E foi a feliz união entre o cimento e o aço que permitiu realizar, com sucesso, durabilidade e quase sem limitações, o que não se conseguia com qualquer outro material. Com concreto tem sido realizado até hoje qualquer tipo de obra, com exceção de foguetes espaciais. Até mesmo peças de máquina, com maior resistência, têm sido feitas, com vantagem, em substituição às executadas com aços especiais. Nem se pode prever o que ainda virá no futuro.

Hoje já se pensa em construir submarinos e plataformas flutuantes para decolagem de aviões em concreto e também em usar concreto com adição de fibras de carbono, tornando-o condutor elétrico apto para múltiplas aplicações como sensores e aquecimento doméstico.

A Revolução Industrial, que teve seu apogeu na Inglaterra, fez com que o artesanato quase desaparecesse. O indivíduo que fabricava relógios manualmente, durante o inverno, vendia-os na rua como um mascate, tão logo começasse a primavera. Todos queriam ver as novidades que o espírito criativo do artesão conseguia produzir. A Revolução Industrial foi minando o artesão de qualquer ramo, pois conseguia produzir tudo "em série", por preço muito menor e com uniformidade perfeita. Desaparecia a novidade, melhorava a perfeição de funcionamento e, principalmente, o preço. O artesão não conseguia mais competir com a máquina. O fazedor de relógios foi desaparecendo e, hoje, não existe mais. Na construção, a estrutura metálica, feita em série, em instalações industriais, tomou conta do mercado internacional. O concreto armado surgiu na França em 1847, ainda durante a influência da Revolução Industrial, aliando na construção os frutos daquela com o artesanato da mão-de-obra. O cimento e o aço eram produzidos em fábricas cumprindo o desenvolvimento da Revolução Industrial. Sua utilização, na obra, era artesanal. Evitava o desemprego e permitia fazer construções não padronizadas, aproveitando o que a indústria pudesse produzir. Era um casamento perfeito. Além disso, dava possibilidade ao espírito criativo de se desenvolver, sem se prender a formas prefixadas, inevitáveis quando a construção era totalmente metálica. O concreto armado desenvolveu-se muito mais rapidamente do que se esperava. Lambot, seu inventor, não percebeu todo o potencial do "novo material de construção". Quando pensou em tirar patente do processo, seu engenheiro auxiliar Malot respondeu que a simplicidade das novas construções não justificava que fossem tiradas patentes. Assim, Lambot registrou pedido de patente apenas para "barcos de cimento armado", perdendo uma gigantesca oportunidade na vida. Quem tirou vantagem foi Monier, que, sem ser engenheiro, viu com outros olhos "o grande negócio". Porém, quem aliou a engenharia com o negócio, de forma mais completa, foi Hennebique, que além de adicionar contribuições próprias de grande valor, soube expandir a nova técnica de construção, chegando a registrar, em 1909, cerca de 20 mil obras no mundo inteiro, dentre as quais 1.300 pontes, com até 100 m de vão, o que Monier nunca chegou a fazer.

Como Começou o Uso do Concreto Armado no Brasil

Tudo o que se fazia na Europa acabava chegando ao Brasil, com atraso de uma década, como ainda acontece atualmente. A Revolução Industrial atingiu-nos quando se iniciou a construção de ferrovias em todo o país. Os ingleses se infiltraram em nosso país com o seu conhecimento de ferrovias e aproveitaram a oportunidade para nos vender estruturas metálicas prontas em todos os setores: pontes, estações, mercados, galpões industriais, teatros, quiosques. Logo se procurou construir a preços mais competitivos. As construções em "cimento armado" já tinham tido sucesso na Europa. Elas também poderiam ser executadas no Brasil, sem necessidade de importar estruturas prontas de aço. Essas construções começaram a surgir nas Companhias de Estradas de Ferro, que era o lugar onde existia Engenharia. As construções habitacionais eram feitas quase sem participação de engenheiros, com apenas mestres e práticos do ramo. Naquela época, os engenheiros eram muito pouco prestigiados. Ainda hoje a participação de engenheiros na vida política do Brasil é irrisória. Naqueles tempos ainda era pior. Nas construções, o engenheiro era sempre preterido pelos mestres que sabiam construir tão bem, às vezes melhor ainda. Foram as ferrovias que começaram a valorizar a profissão do engenheiro. De fato, nesse ramo não existiam os "mestres" que poderiam fazer o mesmo serviço. As ferrovias exigiam a presença dos engenheiros, que também seriam os responsáveis pela construção de tudo o que se relacionava com a estrada de ferro. Os engenheiros ferroviários começaram a voltar os olhos para o concreto armado, pensando em construir as pontes com esse novo material, com menores despesas e utilizando a mão-de-obra não especializada.

Mesmo antes da virada do século, em 1892, o engenheiro Carlos Poma obteve um "privilégio de patente", que não passava de uma variante do sistema Monier. Quem cita isto é o prof. Antonio de Paula Freitas, que lecionava na Escola Politécnica do Rio de Janeiro, tendo publicado seu curso em 1904. Em *Construções de Cimento Armado*, Paula Freitas acrescenta no final as "aplicações no Brasil". São mencionados os primeiros casos na construção de casas de habitação em Copacabana pela "Empreza de Construções Civis" a cargo do engenheiro Carlos Poma. Cita-se que este engenheiro chegou a executar seis prédios, sem mencionar o ano, evidentemente antes de 1904, data da publicação. Os prédios referidos eram sobrados com fundações, paredes, vigamentos, soalhos, tetos, escadas e muros, tudo em cimento armado. Tudo leva a crer que Poma teve sucesso, pois, em seguida, foi encarregado de construir em Petrópolis um reservatório d'água em concreto armado. Pode-se imaginar o arrojo de tal empreendimento: construir um recipiente estanque para água com um material que poderia fissurar e permitir o vazamento! Suas obras não ficaram só nessas, pois na mesma cidade construiu quatro prédios de dois pavimentos. Paula Freitas cita ainda outras construções do mesmo gênero em São Paulo, Santos e Belo Horizonte, mas não especifica quais eram. Nunca foi possível encontrar outras menções de tais obras...

Na época da edição do texto de Paula Freitas, em 1904, estavam sendo construídas no Rio de Janeiro outras obras. Paula Freitas, entretanto, só menciona a da Companhia Açucareira da Praia da Saudade. Nunca se soube que obra era essa! Paula Freitas descreve ainda o drama da substituição de uma galeria provisória em estrutura de madeira por outra de concreto armado em 1901. A galeria localizava-se na Estrada de Ferro Central, na Serra da Mantiqueira, km 350, próxima à garganta de João Ayres, Minas Gerais. Eis como Paula Freitas descreveu este fato notável:

> Em 12 de janeiro de 1901 desmoronou uma enorme barreira de cerca de 70 mil m³ de terra argilosa. Resolvida a construção de uma galeria provisória de madeira, foi posta em prática esta obra, gastando-se apenas seis dias na construção do primeiro lance. Para substituir essa galeria provisória, realizou-se então a construção de um túnel de cimento armado dividido também em duas seções, a primeira com 74 m e a segunda com 47 m de comprimento. Os pés direitos e a abóbada são de cimento armado, em que toda a ossatura é feita com trilhos velhos Vignoles, barras e cantoneiras de ferro. Empregou-se também na massa de cimento a pedra britada e a areia.

Não se pode afirmar que essas construções são do que hoje se define como concreto armado. A utilização de perfis metálicos não corresponde à armadura que se considera hoje. Pode, entretanto, ser considerado o primeiro passo, ficando assim obscura qual foi realmente a primeira obra que poderia ser chamada de "concreto armado".

Se essas obras forem aceitas como concreto armado, já estamos comemorando seus cem anos no Brasil. Nunca se conseguirá detectar qual foi efetivamente a primeira.

As Primeiras Obras

Depois de 1907 fica mais fácil detectar algumas obras brasileiras. São famosas as realizações do engenheiro Saturnino de Brito relativas ao saneamento de Santos. Quando adolescente, morando em Santos, eu ouvia muitas vezes o nome desse ilustre engenheiro brasileiro, que conseguiu transformar Santos numa cidade habitável e sem doenças, graças às obras de saneamento por meio de canais que executou. Do trabalho de Saturnino resultaram as primeiras tentativas de normalização em engenharia, com a preparação de "Cadernetas de Instruções e Especificações para a Construção de Esgotos". Ligada, contudo, às obras de saneamento, estava a construção de diversos canais de drenagem que necessitavam de sua transposição em numerosos cruzamentos. Essas obras devem datar de 1907 ou até mesmo um pouco antes. De fato, os canais e outras obras de drenagem superficial sob a forma de galerias foram inauguradas em agosto de 1907. Uma das poucas publicações a respeito foi encontrada no Boletim do Ministério da Indústria, Viação e Obras Públicas (Mivop) de 1909. Trata-se de um trabalho de Saturnino de Brito com o título de "Pontes e Passarelas", fazendo parte de um trabalho maior: *Memórias e Documentos: Saneamento de Santos*. É uma descrição muito sumária de algumas transposições. Destacamos a da rua Senador Feijó, descrita como de concreto armado sistema Matrai. Na virada do século, surgiu uma profusão de sistemas, com o objetivo de fugir das patentes, para poderem ser executados. Cada profissional criava um sistema diferente e imediatamente solicitava registro da patente. O sistema era denominado "fer béton" e se caracterizava pelo emprego de cabos de aço em catenária. O funcionamento era assimilado ao de uma abóbada de alvenaria, trabalhando de maneira invertida. As compressões no arco eram transformadas em trações nos cabos. O empuxo, que nos arcos era sempre dirigido para fora, era substituído por forças dirigidas para dentro, resistidas pela zona de compressão do concreto. No caso da obra da rua Senador Feijó, esquematizada na figura ao lado, os cabos possuíam uma forma diferente da catenária. Os cabos com diâmetro de 2" foram aproveitados do que já existia desde 1892 nos depósitos da Comissão do Saneamento de Santos. Eles foram cortados e emendados de maneira a formar um circuito fechado, dando uma volta completa por baixo do canal, produzindo na parte superior uma estrutura pênsil, em condições de segurar o meio do vão de 5,4 m. A razão de precisar apoiar o meio de um vão tão pequeno era a reduzida altura disponível para a laje do pavimento: 15 cm. Se a laje aumentasse para baixo, reduziria a seção de vazão, que não poderia ser aprofundada por causa do pequeno caimento até o mar. Não poderia ser aumentada para cima por causa do greide da rua. A única solução era diminuir o vão, e isso se conseguiu com o sistema de cabos adotado.

Quase ao mesmo tempo, no Rio, em 1908, Echeverria teria construído uma ponte de 9 m com cálculos feitos na França por Honnebique. Nada se sabe a respeito dessa ponte, a não ser uma pequena menção num trabalho do arquiteto Paulo Santos com o título de *A Arquitetura Moderna e suas Raízes*. O prof. Sydney Santos não tinha conhecimento dessa obra, mas afirma que antes de 1908 Carlos Euler e seu auxiliar Martins Costa foram os engenheiros que calcularam e executaram as primeiras obras de concreto armado no Brasil, citando a ponte sobre o rio Maracanã. Esses engenheiros também eram ferroviários, daí resultando suas oportunidades de desenvolver estudos que não eram compartilhados por outros engenheiros não ligados às ferrovias. Existia na época uma revista especial chamada *Brasil-Ferro-Carril* que dava notícias não técnicas de tudo o que se fazia em correlação com as ferrovias. Em 1940, essa revista publicou a biografia de Carlos Euler e citou como grande aplicação do concreto armado, pela primeira vez no Brasil, a monumental obra do viaduto entre São Cristovão e São Diogo. Essa citação foi incompleta, pois não é declarado o tipo de obra nem suas dimensões. O historiador brasileiro Silva Telles afirma tratar-se de um grande muro de arrimo. Como se pode perceber, o que não é registrado se perde, como já afirmei no início deste texto. Temos que nos contentar com estas informações entrecortadas, até que um dia alguém encontre em suas pastas velhas que estão sendo descartadas informações importantes e preciosas, e não as jogue na lixeira!

Em São Paulo, as informações eram mais explícitas. *A Revista Polytechnica* publicava artigos interessantes relatando as novidades que vinham sendo feitas no Estado de São

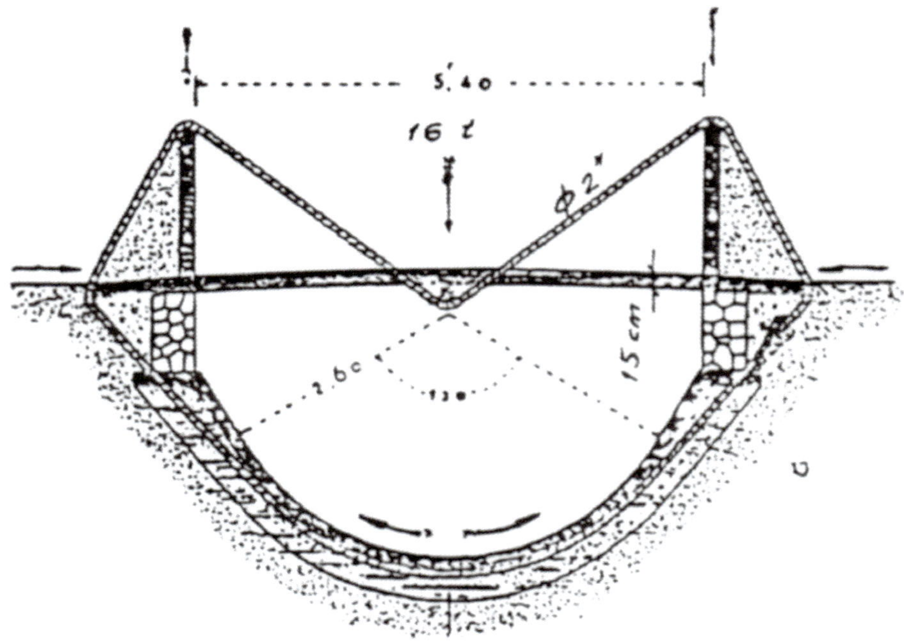

Ponte em Santos sobre um dos canais, à rua Senador Feijó, em concreto armado sistema Matrai.

A ponte de Socorro sobre o ribeirão dos Machados, executada em 1910 pela Cia Mogyana de E. Ferro.

Paulo. O número 31/32 de 1910 publicou um pequeno texto intitulado "Concreto Armado em Socorro", de autoria de dois engenheiros ferroviários: Guilherme Winter e Ernesto Chagas. Eles descrevem a ponte de 28 m de comprimento executada pela Cia. Mogyana de Estradas de Ferro na av. Pereira Rebouças em Socorro, sobre o ribeirão dos Machados. Normalmente, esse ribeirão possui apenas 2 m de largura, mas na época das chuvas atinge 20 m, inundando as margens. Para a travessia do ribeirão foi necessário prever uma ponte de 28 m divididos em três vãos, sendo o maior o vão central. Na estrutura foram previstos nove arcos de concreto armado com vergalhões de ferro e um tabuleiro em vigas também de concreto, porém armadas com trilhos velhos. Essas vigas, com 3 m de vão, eram apoiadas nos arcos e nas pilastras dos apoios da ponte.

Uma passagem curiosa a respeito da execução do concreto: ele foi feito com pedregulhos retirados do rio, com consumo de cimento de 250 kg/m^3, com traço 1:3:6 e consistência "farofa"; foi lançado nas fôrmas dos arcos de 15x40 cm em pequenos baldes e socado com um macete "até lacrimejar". Percebe-se então a perfeição da aplicação do concreto e, portanto, o motivo da conservação da obra, confirmando o princípio atualmente aceito de que "a melhor proteção da armadura contra a corrosão é um concreto bem feito".

Ainda nada se falou a respeito de edifícios. Qual foi o primeiro? Onde foi construído? As estradas de ferro eram inovadoras, pois só elas possuíam um ambiente propício para que o concreto armado pudesse surgir. Na construção de prédios, nem sempre os engenheiros eram chamados. As construções se faziam normalmente sem eles e, portanto, as inovações eram raras. Os mestres e práticos só sabiam fazer os trabalhos de rotina, mas não tinham capacidade de inovar. Era, portanto, natural que o concreto armado demorasse mais para ser implantado em construções não ferroviárias. Não existindo uma ferrovia por trás das realizações, também não havia divulgação. Era de se esperar então que muitas obras fossem feitas sem que se tomasse conhecimento da novidade. Somente a imprensa é que poderia fornecer as notícias. Como se sabe, nem sempre a imprensa é totalmente confiável e, não raramente, as notícias surgem deturpadas. Não existindo outra maneira de tomar conhecimento do que se fez, é necessário aproveitar a única fonte de informação disponível.

Existia em São Paulo um jornal editado em francês. Por incrível que possa parecer, foi nesse jornal, chamado

O primeiro edifício em concreto armado executado em São Paulo na esquina da rua Direita com a rua São Bento em 1909. Possuía somente três andares, bem menor que o edifício Guinle, de oito andares, de 1913.

Le Messager de São Paulo, edição de 18 de junho de 1909, que apareceu a única informação disponível. E como se chegou até lá? O prof. Francisco Dias de Andrade foi apresentado a uma senhora chamada Noêmia Notaroberto, neta de um arquiteto italiano de Tramutola, na Calábria. Formado na França, esse arquiteto transferiu-se para São Paulo e aqui se casou e se estabeleceu. Construiu um prédio de três pavimentos na esquina da rua Direita com a rua São Bento, ainda existente. Sua fachada foi totalmente transformada, mas a estrutura ainda é a mesma. Dias de Andrade conseguiu obter uma cópia do jornal mencionado, com algumas fotografias e divulgou o fato em publicação comemorativa dos cem anos da Escola Politécnica, fornecendo a mim as informações que havia conseguido. O jornal menciona a obra como "primeiro edifício de *cimento armado* construído no Estado de São Paulo". O jornal é de 1909, mas a construção deve ter sido executada entre 1907 e 1908 e, assim, compete seriamente pelo posto de a mais antiga do Brasil. Pergunta-se: Pode-se confiar nessa informação? Talvez seja verídica, mas há controvérsias. O prof. Milton Vargas na *História das Ciências no Brasil* cita algo diferente: o primeiro edifício, de oito andares, construído em São Paulo em concreto armado é o edifício Guinle da rua Direita, número 7. Ele foi executado com controle de concreto pelo Gabinete de Resistência dos Materiais da Escola Politécnica em 1913, que ensaiou todos os materiais utilizados na confecção do concreto. Toda a documentação dos ensaios foi encontrada e recuperada dos efeitos da umidade, tendo sido possível resgatar dados importantes da construção. O engenheiro Nelson Gomes, então do IPT, apresentou no Ibracon um interessante trabalho a respeito do concreto aplicado na estrutura do edifício, estudada cerca de setenta anos depois.

Como edifício alto, não há dúvidas de que realmente o edifício Guinle foi o primeiro. Entretanto, quando se fala em "primeiro", nunca se especifica o tamanho e, por esse motivo, o de três pavimentos pode ter sido esquecido. Outros surgiram na região do centro, alguns anos mais tarde, devendo ser lembrado o edifício Sampaio Moreira, o edifício à rua Libero Badaró, 488 e o prédio Martinelli. Este, já na década de 1920, chegou a ser recorde sul-americano em altura, com 109 m.

Ficou no ar o que se executou em outras partes do Brasil. É inegável que, em Belo Horizonte e em Salvador, devem ter sido executadas algumas obras importantes de concreto armado antes da década de 1930. Não existindo registros, só se pode fazer conjeturas. Depois de publicado este texto, espera-se que alguns profissionais interessados em história da engenharia tragam novas informações que possam ser adicionadas às já existentes.

Recordes Brasileiros

Deixando de lado os primórdios, procuremos agora salientar o que se fez de notável em nossa terra, quer em construções com registro de recordes, quer em descobertas ou publicações, quer em normas peculiares.

Poucos profissionais, mesmo aqueles mais estudiosos e dedicados, sabem que o Brasil possui 25 recordes mundiais registrados no campo do concreto. Quando se fala em "recordes mundiais" é indispensável especificar: recordes em que tema? tamanho? velocidade de execução? O *The Guiness Book* cita todos os tipos de recordes, em qualquer assunto, mas estabelece o motivo de assim ser chamado. Exige igualmente uma comprovação, que permita uma investigação. Para que algo se candidate a um posto no *The Guiness Book*, é necessária uma farta documentação que comprove o que se pretende. Existe, portanto, uma certa responsabilidade ao se divulgar o recorde. Os recordes brasileiros nem sempre são declarados oficialmente. Fica-se sabendo de sua existência por meio de artigos técnicos publicados no exterior, em que são feitas menções às maiores obras do mundo. Só assim o brasileiro fica sabendo a respeito das vantagens nacionais. Nada dura muito tempo na vida. Um recorde, seja qual for, sempre poderá ser ultrapassado. Nas competições esportivas, sabe-se que os recordes são quebrados freqüentemente nas Olimpíadas, por exemplo. Na Engenharia não é diferente. Às vezes um recorde registrado demora vários anos para ser ultrapassado, mas sempre haverá alguma inovação, quer de materiais, quer de processos construtivos, que permita avançar algo mais. No caso de obras em concreto, algumas marcas internacionais foram extraídas do volume do *The Guiness Book* denominado "Estruturas". Quais são essas que glorificam o Brasil?

Convém dar aqui algumas indicações a respeito do que está contido no livro *The Guiness Book of Structures*, escrito por John Stephens e editado em Londres em 1976.

Este livro não fornece tabelas comparativas de tamanho ou comprimento de pontes e barragens, mas apenas gráficos ilustrativos de torres ou edifícios altos. Não serve, portanto, para julgamento de outros parâmetros, que podem ser considerados importantes para o engenheiro.

No que diz respeito a pontes, até o ano da edição do livro (1976), são poucos os recordes registrados pelo *The Guiness* Book, em que o Brasil participou, competindo com outras nações. Na p. 33 o livro cita logo os "arcos de concreto acima de 250 m de vão", naturalmente construídos antes de 1976. Encabeçando a lista está o arco da ponte de Gladesville, na Austrália, sobre o rio Parramatta. Construído em 1964, ele possuí 305 m, com uma flecha de 40,8 m. Em seguida, é citado o arco brasileiro da ponte da Amizade, com 290 m e 53 m de flecha, sobre o rio Paraná em Foz do Iguaçu, construído em 1964, mesmo ano da ponte australiana. Acontece que 1964 não é o ano da construção, e sim o ano de sua divulgação no exterior. O Brasil, não obstante ter vencido dificuldades inacreditáveis durante a construção, nunca se preocupou em alardear o grande feito. O jornal *O Estado de S. Paulo* parece ter tomado conhecimento do grande feito somente na edição de 17 de setembro de 1965 em seu caderno "IPP – Indústria, Produtos e Processos", onde dá a notícia com o título: "Ponte Brasil-Paraguai: Maior Arco em Concreto Armado *in situ* do Mundo". Acontece que nessa data, o arco brasileiro já havia sido suplantado pelo de Gladesville. Quem tomou o cuidado de divulgar o recorde foi a empresa construtora Sotege, que, muito orgulhosamente, preparou publicações na *Revista de Engenharia Militar* (nº 230 de 1960) e em divulgação promocional bilíngüe, "Designers and Builders of the Largest in Place Concrete Arch in the World". O Brasil perdeu a oportunidade de mostrar ao mundo o grande feito de 1962. O *The Guiness Book* nem ficou sabendo da omissão. Quem iria contar?

O engenheiro prof. Ernani Diaz chegou a publicar na Alemanha, em 1962, logo que a ponte foi inaugurada, uma pequena notícia na revista *Beton-und Stahlbetonbau*, de julho de 1962 (seção "Verschiedenes"): "Stahlbetonbogenbrücke Brasilien-Paraguay mit 290 m Spannweite". Essa pequena notícia apenas menciona o crédito de recorde mundial, sem especificar. E nem Wittfoht, o grande historiador de pontes, nem o *The Guiness Book* tomaram conhecimento do fato...

Para que se possa saber como se deu a corrida pelo maior vão das pontes em arco de concreto armado, é pertinente mencionar aqui alguns casos anteriores a 1962. Em 1959, já no final da era da construção das pontes de concreto em arco, a Alemanha mantinha o recorde de vão, apenas no país, na ponte do Vale de Blombach com 150 m, nas proximidades de Wuppertal. Este vão foi superado em apenas 4,4 m, resultando o vão de 154,4 m na ponte sobre o Vale do Neckar, próxima a Rottweil, somente em 1978, depois de quase vinte anos. Maior e mais antiga do que essas pontes alemãs foi a notável obra de Freyssinet em Plougastel, sobre o rio Elorn. Trata-se de uma ponte com três arcos de 186,4 m construída pela firma Limousin entre 1926 e 1930. Foi a maior ponte em arco da França e, por um curto período, recorde mundial. Não obstante Freyssinet ter dedicado toda sua vida ao concreto protendido, seu projeto em arco de concreto armado de Plougastel é considerado sua obra máxima. Como arco engastado, a ponte de Sandö na Suécia, sobre o rio Angermanälv, ponte rodoviária entre Estocolmo e Haparanda, ultrapassou bastante todas as pontes anteriores em arco. Foi construída entre 1938-1942 com 269 m de vão. Este recorde mundial foi mantido durante mais do que vinte anos. Só foi ultrapassado pelo Brasil em 1962 com a ponte da Amizade (290 m), que era também um arco engastado. A ponte da Arrábida sobre o rio Douro, em Portugal, foi construída em 1963, e possuía o vão de 270 m. Segundo Wittfoht, que se baseou na data errada de 1965 da ponte brasileira, a ponte da Arrábida teria alcançado a marca mundial antes da ponte da Amizade, ao ultrapassar o vão de 269 m da ponte de Sandö. A glória da ponte brasileira, entretanto, foi efêmera, pois em 1964 foi ultrapassada pela de Gladesville. Mesmo sem o beneplácito oficial do *The*

A ponte da Amizade, recorde mundial em 1962 de maior vão em arco engastado de 290 m. Foi ultrapassada em 1964 pela ponte de Gladesville na Austrália, com 305 m de vão. Por atraso na informação, a ponte brasileira está registrada no *The Guiness Book* como sendo de 1964, perdendo direito ao recorde.

Guiness Book ou de Wittfoht, vale a pena afirmar: a ponte da Amizade, ou ponte Presidente Stroessner, segundo a denominação dos paraguaios, foi entregue ao tráfego em 1962 em pomposa solenidade, com a presença dos presidentes dos dois países, Kubitschek e Stroessner.

Mesmo o recorde da ponte australiana de Gladesville já foi ultrapassado. A ponte de Krk na Iugoslávia possui dois arcos de concreto armado, um com 250 e o outro com 390 m de vão. O vão maior une o continente com a ilha Krk no Mar Adriático. O projeto da ponte foi objeto de uma concorrência em 1975 em que a obra se tornou viável pelo processo de construção com o cimbramento estaiado em balanços sucessivos. Ela deve ter sido inaugurada por volta de 1980, isto é, cerca de quinze anos depois da conclusão da ponte de Gladesville.

Portanto, um recorde só pode ser considerado como tal quando se conseguir com precisão a data de conclusão da obra com sua entrega ao tráfego e o registro pela imprensa ou pelas autoridades internacionais. Ao ser especificado o recorde, é importante especificar o tipo de arco (engastado, triarticulado, biarticulado com ou sem tirante), a data de sua conclusão, o material (aço ou concreto, armado ou protendido), a firma construtora e o autor do projeto. No caso da ponte brasileira, a obra foi executada pela Sotege – Sociedade de Terraplenagem e Grandes Estruturas Ltda., em consórcio com Construtora Rabello S.A.; o projeto esteve a cargo da própria Sotege, na pessoa do engenheiro José Rodrigues Leite de Almeida. Tão notável como o projeto da própria ponte, foi a concepção e o projeto do cimbramento metálico. Inicialmente, o grande projetista de estruturas metálicas, Paulo Rodrigues Fragoso, ofereceu uma solução em arco metálico de 270 m de vão, biarticulado, em treliça. Seu anteprojeto chegou a ser enviado à FEM – Fábrica de Estrutura Metálica de Volta Redonda para cotação comercial, resultando um custo exorbitante. Além disso, a solução de Fragoso exigiria a correção das deformações do cimbre de aço para não afetar a forma do eixo do arco engastado de concreto. Entretanto, por questão de cronograma da obra, que deveria ficar pronta antes da mudança de governo, decidiu-se executar as nascentes do arco de concreto (65 m de cada lado) sobre cimbramento de concreto armado em forma de leque, junto às margens. Chamado para colaborar, o prof. Sérgio Marques de Souza sugeriu uma estrutura metálica mais leve e mais econômica para o cimbre metálico. Agora, com o vão livre reduzido pela concretagem prévia das nascentes do arco, resultou um vão bem menor, de apenas 157 m para o cimbre metálico. Com este vão menor e com a idéia genial de Marques de Souza, o cimbre se tornou viável tanto em custo como em tempo de execução. A grande jogada foi imaginar a concretagem em etapas, de modo que o cimbre metálico não precisasse resistir à totalidade do peso do arco de concreto. Este seria executado em etapas e o cimbre seria dimensionado para resistir apenas ao peso de cada etapa isoladamente. Após a concretagem da primeira etapa, o cimbre seria rebaixado para forçar o concreto, que já tivesse alguma resistência, a suportar seu próprio peso. O cimbre voltava então à sua posição, encostando no concreto já endurecido. O peso da segunda etapa de concretagem seria transferido para o conjunto de concreto da primeira etapa e cimbre de aço, trabalhando solidariamente. O processo se repetiria até que terminasse a concretagem final. Resultou um cimbramento leve, tornando viável a construção. A execução do cimbre metálico de 1.200 toneladas de aço, em módulos, em Volta Redonda, a 1.700 km da obra, em cem dias, foi um desafio. O transporte em estradas não asfaltadas, com 35 toneladas por viagem foi outro desafio. A montagem, com o transporte dos módulos por meio de barcaças até a vertical dos guindastes, era outra dificuldade a ser vencida. Os lances sensacionais de todo o processo são descritos em outras publicações e merecem ser lidos pelos engenheiros mais dedicados à construção. O fato é que a obra foi concluída e entregue ao tráfego em fins de 1962, tendo consumido 43 mil m^3 de concreto e aço na proporção de 67 kg/m^3.

Outra ponte brasileira citada pelo *The Guiness Book*, de 1976, é a ponte Presidente Costa e Silva (Rio-Niterói). Esta ponte é considerada recorde apenas na parte metálica, com vão de 300 m: viga metálica de placas de aço soldadas com tabuleiro ortotrópico, no ano de 1974, na inauguração da obra. O segundo lugar, com vão de 261 m, era o da ponte sobre o rio Sava em Belgrado, Iugoslávia (1956). O quarto lugar também na Iugoslávia sobre o mesmo rio, também em Belgrado no ano de 1970: ponte "A Gazela" com 250 m de vão. Entre as duas pontes de Belgrado está em terceiro lugar, em Colônia, Alemanha, a ponte Zoo, com 259 m. Todas essas pontes são metálicas, em viga reta, sem estais. Como nosso texto se refere apenas a concreto, este registro oficial de recorde perde seu interesse. Seria então necessário descobrir o recorde da ponte Rio-Niterói em outros pontos. O *The Guiness Book* cita ainda a nossa ponte entre as mais longas do mundo, ocupando, entretanto, somente o sétimo lugar, com 13,29 km em 1974. O livro cita erroneamente o comprimento de 13,9 km! A distância para o primeiro lugar é enorme: 38,42 km na ponte nº 2 sobre o lago Pontchartrain, de 1969, perto de Nova Orleans. Trata-se de uma obra em concreto pré-moldado protendido, com vãos de 17,1 m.

Foi mencionado antes que um recorde necessita da especificação de algum parâmetro. No caso da ponte Rio-Niterói, existe um parâmetro curioso, para o qual se garante um recorde. O engenheiro Bernardo Golebiowski, da firma A. A. Noronha – Serviços de Engenharia, autora do projeto, afirma que a ponte é a de maior volume espacial ocupado por uma caixa envolvendo toda a obra: 20 milhões de m³! Essa curiosidade não é registrada oficialmente em nenhum lugar e está sendo aqui mencionada segundo dados obtidos do próprio engenheiro Golebiowski por carta de 30 de maio de 1986 diretamente ao autor.

O *The Guiness Book* cita ainda um terceiro recorde do Brasil, agora em barragem. Trata-se da barragem de Itaipu, com 190 m de altura (citado erroneamente com 175 m). Como o *The Guiness Book* é de 1976 e a barragem teve suas obras civis terminadas somente em 1982, é possível que, naquela data, o *The Guiness* tenha recebido a informação oficial com altura de 175 m. Para se enquadrar como recorde, a especificação de barragem, neste caso, é de "gravidade aliviada", classificação criada por Claudio Marcello. Até 1969, a maior barragem desse tipo era a de Alcântara, na Espanha, com 130 m (barragem José Maria de Oriol). Com o término das obras civis em 1982, a barragem de Itaipu passou a ser a maior do mundo em sua categoria. O projeto foi todo desenvolvido por um consórcio brasileiro-paraguaio, assim como a construção.

Existe ainda um recorde recente e bastante curioso citado pelo *The Guiness Book*. Trata-se da necrópole de Santos. Estruturalmente, a obra nada tem de excepcional, sendo uma estrutura reticulada normal, de lajes, vigas e pilares. Ela é, entretanto, utilizada somente por mortos: é um depósito de lóculos que, em vez de ficarem sepultados dentro da terra, são armazenados em recintos estanques, feitos exclusivamente para essa finalidade. Foi construído em 1989, como o mais alto do mundo, com dez pavimentos e capacidade para 20 mil jazigos. O projeto estrutural é de autoria do engenheiro Catullo Pestana Magalhães e sua equipe técnica. O prédio de 18 mil m² tem o nome de "Memorial". Os lóculos dispõem-se horizontalmente ao longo dos diversos pavimentos, por trás de um grande caixilho estanque, de cristal *fumé*. Em todo o contorno, em cada pavimento, existe um terraço com piso de mármore branco, limitado externamente apenas por um gradil de alumínio. Não existem paredes externas, pois não tem importância a invasão dos terraços pela chuva.

Os recordes mais antigos do Brasil não foram registrados pelo *The Guiness Book*. São dignos de menção, mas seu crédito tem de ser confiado à divulgação pelos meios de comunicação precários nas datas correspondentes. Somente Emílio Baumgart teve, em seu acervo de projetos, pelo menos cinco recordes garantidos. O mais notável deles refere-se ao processo construtivo dos balanços sucessivos com obra de concreto não protendido. Baumgart faleceu quatro anos antes do concreto protendido ter começado no Brasil. Se ele tivesse vivido mais dez anos, provavelmente teria contribuído com mais algumas marcas mundiais. Vejamos sucintamente quais foram as cinco marcas alcançadas em realizações notáveis.

A ponte de Herval, posteriormente batizada como ponte Emílio Baumgart, não existe mais. Foi destruída de forma dramática com as enchentes de Santa Catarina, em 1983. A ponte ruiu, após 53 anos de existência, com uma enchente que atingiu todo o Estado. Teria, entretanto, resistido também a esta enchente excepcional, como já resistira anteriormente a muitas outras, como se pode comprovar na figura abaixo, em que se vê a obra na enchente de 28 de junho de 1939.

A ponte de Herval, sobre o rio do Peixe, numa enchente de 1939.

A ponte Emilio Baungart imediatamente antes de sua destruição, em 8.7.1983.

A enchente de julho de 1983 talvez não fosse a maior. Ocorreu, entretanto, um fato inesperado que causou a ruína da obra-modelo do Brasil. A foto acima mostra o aspecto da última e fatal enchente, que ocasionou inclusive o descarrilamento de vagões na linha férrea que corre bem junto à ponte.

A versão contada pelos que presenciaram a destruição é a seguinte: as águas invadiram o leito carroçável da ponte, como já havia acontecido outras vezes e a ponte continuava resistindo. A construção de um edifício de quatro pavimentos, a jusante da ponte, com fundações bastante próximas ao último apoio, que era um bloco de contrapeso, ocasionou um estreitamento da área de vazão do rio no momento das cheias. Isso produziu um solapamento das fundações na região da margem, ocasionando o arrastamento do bloco de contrapeso e, portanto, da ponte inteira, que, em contrapartida, provocou o desabamento do prédio, assim propiciando o desencadeamento do fenômeno.

A obra localizava-se na cidade de Herval, junto à linha férrea. Foi construída para possibilitar a ligação entre a estrada de ferro e o distrito de Joaçaba, do outro lado do rio, de criadores de gado. O rio é sempre sujeito a súbitas elevações, que podem chegar ao incrível valor de 11 m em apenas uma noite. Essas condições ambientais associadas ao elevado custo do transporte de materiais de construção para o local, assim como a mão-de-obra relativamente barata naquela época, foram os fatores condicionantes da escolha de um processo construtivo sem escoramentos apoiados no leito do rio.

Foi então que Emílio Baumgart teve a idéia de executar a obra pelo processo dos balanços sucessivos, método construtivo comumente usado nas pontes metálicas, mas até então ainda não usado no concreto armado.

Nas estruturas metálicas, as novas partes acrescentadas, aparafusadas ou rebitadas na parte já construída, encontravam-se imediatamente em condições de receberem cargas. No concreto, o peso devia ser aplicado antes que o material apresentasse qualquer capacidade de resistência. Era necessário, portanto, prever uma estrutura provisória, capaz de resistir ao carregamento temporário do concreto enquanto este não adquirisse a resistência adequada. Baumgart utilizou as próprias fôrmas, engenhosamente concebidas, para essa finalidade.

A distância mínima entre os pilares das margens, de maneira a poder executar as fundações praticamente a seco sob nível normal das águas, era de 68 m. Este vão seria executado em quinze etapas, em cada uma das quais seria concretado, a partir de um balanço de 9,27 m sobre escoramento comum, um trecho em balanço com 1,545 m. O espaço final de 3,11 m que completava o vão de 68 m, seria concretado de uma só vez, ligando os dois balanços já construídos. Nas margens, sob escoramento comum, seriam concretados um tramo em cada margem, respectivamente com 23 m e 26,765 m. Sendo estes tramos menores do que a metade do vão central, os apoios extremos são sujeitos à tração, o que exige um contrapeso nas fundações. Os pilares extremos são, portanto, tirantes.

Essa obra notável foi terminada em fins de outubro de 1930, tendo transcorrido todo o trabalho sem qualquer dificuldade. Dois fatos se deram sem grandes transtornos: uma enchente repentina arrastou o escoramento dos dois tramos laterais, felizmente após o respectivo descimbramento e, portanto, com o concreto já em carga. Outro problema foi a revolução civil de 1930, que, por causa da luta nas vizinhanças, obrigou a suspensão dos trabalhos durante uma semana.

Mesmo que Baumgart não tenha escrito uma linha sequer sobre a obra, sua repercussão foi internacional. Além de se tratar do maior vão do mundo em viga reta de alma cheia (68 m), a sua beleza era impressionante com a altura de 1,70 m no meio do vão, ou seja 1/40 do vão. Entretanto, o que mais chamou a atenção do noticiário técnico internacional foi a originalidade do processo construtivo e o não aparecimento de fissuras durante a fase construtiva e nem posteriormente, em serviço. A obra foi considerada um modelo de concepção, técnica e execução. O processo construtivo original aplicado na ponte de Herval foi adotado poucos anos depois (1937) na ponte de Alveley na Inglaterra.

A publicação de notícia da construção da ponte de Herval sobre o rio do Peixe, com o sistema original descrito, que apareceu no Beton-Kalender dos anos de 1930, serviu de base para a STUP francesa embargar o pedido de patente, solicitado muitos anos depois, pela Dyckerhoff und Widmann. Esta firma, criadora dos carros de cimbramento ("Vorbauwagen") que permitem a execução de pontes em balanço sucessivo, não conseguiu, pelo motivo exposto, patentear o processo: já existia no Brasil aplicação do sistema há mais de 25 anos, não se podendo argumentar o seu desconhecimento, pois se achava publicado em língua alemã, em manual conhecido e usado por todos os engenheiros da Alemanha!

Outra ponte notável e recorde mundial em ponte ferroviária é a ponte ainda existente sobre o rio Mucuri, também projeto de Baumgart. Com seus 39,3 m de maior vão, quebrou, em 1939, o recorde do viaduto 19 da Estrada de Ferro Mairinque-Santos, obra também brasileira de Humberto Fonseca.

As "Oficinas Gerais" no Campo dos Afonsos, Rio de Janeiro, foi outro recorde, não mundial, mas sim sul-americano, de Baumgart. Trata-se de um conjunto de arcos de 93,1 m de vão. Sua estrutura, como muitas outras de Baumgart, contém uma série enorme de inovações que tornam sua menção obrigatória entre as obras mais importantes dos primórdios do concreto armado no Brasil.

No campo dos edifícios altos, o Brasil registrou, no início, dois recordes que surgiram quase simultaneamente, aparentemente com o intuito de competição. Vejamos resumidamente como isso aconteceu.

Na década de 1920, em São Paulo, o comendador Giuseppe Martinelli, de origem humilde na cidade de Lucca, conseguiu formar um vastíssimo patrimônio. Era natural que desejasse ser lembrado, deixando um legado para a cidade: a construção do maior arranha-céu, um edifício localizado no centro da cidade, que tivesse o seu nome, numa área que adquirira em 1914. A princípio, pensou apenas num edifício de quatorze andares, tendo contratado para o projeto arquitetônico um profissional, austríaco de nascimento, chamado William Fillinger. A concorrência para a construção foi realizada em 1924, tendo saído vencedores os engenheiros com apenas sete anos de formados na Escola Politécnica de São Paulo José de Campos Amaral e Raul Silveira Simões. As dificuldades nos trabalhos de fundação foram imensas. O terreno ocupava um quarteirão numa ladeira da avenida São João, com desnível de 9 m entre as ruas Líbero Badaró e São Bento. A fundação, por sapatas, seria executada 7 m abaixo do nível do solo da rua Líbero Badaró e, portanto, com enorme volume de escavação. A água brotava do terreno como se houvesse uma nascente próxima. A quantidade de madeira no escoramento foi tão grande que se tornou difícil encontrar material suficiente no mercado. Isso levou os dois jovens engenheiros à falência. Martinelli foi implacável exigindo o cumprimento do contrato, sem qualquer ajuda financeira. Quando todos os problemas de engenharia já estavam resolvidos, Martinelli cancelou o contrato com os engenheiros e resolveu tocar a obra sozinho, com a construção já no nível da rua São Bento. Seu sobrinho, Ítalo Martinelli (com quem conversei antes de sua morte, em 1983) recém-formado na Escola de Engenharia Mackenzie, assumiu a responsabilidade do resto da construção perante as autoridades municipais. Em 1928, Martinelli, repentinamente, decidiu aumentar o número de andares de 14 para 20 a partir da rua São Bento (23 andares a partir da Líbero Badaró). Preparou novas plantas, assinadas pelo engenheiro José de Freitas, e entrou na Prefeitura com o pedido de substituição de plantas. Os engenheiros que haviam começado a obra puseram a boca no mundo, declarando que o projeto primitivo não suportaria o aumento de peso e que a obra desabaria. Por outro lado, o arquiteto Cristiano Stockler das Neves explicou a mudança como sendo uma competição com seu prédio Sampaio Moreira, com mais do que quatorze pavimentos, construído na mesma rua Líbero Badaró. Houve disputa judicial e o advogado de Martinelli habilmente conduziu a resposta para o campo de ciúmes profissionais. O assunto ficou durante muito tempo na pauta e os jornais passaram para o campo sensacionalista. Todos os dias publicavam novos acontecimentos.

Na mesma época, no Rio, estava sendo construído o edifício do jornal *A Noite*, com 22 andares, no centro da cidade. Martinelli morava no Rio e provavelmente teria to-

mado conhecimento daquela construção. É possível que isso tenha tido alguma influência em sua decisão de aumentar a altura de seu edifício. Durante meu contato com o engenheiro Ítalo Martinelli, em 1982, levantei a suspeita de que o comendador teria desejado construir o edifício mais alto da América do Sul. Ítalo Martinelli imediatamente contestou, dizendo que ele nunca havia mencionado essa intenção. A construção do prédio foi gradativamente tomando conta de seu entusiasmo e ele se sentiu apaixonado pelo empreendimento. Nunca se saberá!

A verdade é que, confrontando as datas do projeto da cobertura do edifício de *A Noite*, assinado por Emílio Baumgart, e a da planta substitutiva de entrada na Prefeitura de São Paulo, espantosamente percebe-se a diferença de poucos meses, de abril a setembro de 1928. Sou obrigado a pensar, ainda que erradamente, que Martinelli, sabendo que o edifício de *A Noite* chegaria ao 22º pavimento, não se conteve e quis também chegar lá! O fato é que acrescentaram posteriormente (1930?) mais dois pavimentos, não servidos por elevadores, no edifício do Rio. O edifício Martinelli chegou, entretanto, ao 30º andar.

Os dados numéricos das alturas dos dois edifícios são os seguintes. O edifício de *A Noite* possui, depois da execução dos dois últimos pavimentos, desde a calçada até o topo, a altura máxima de 102,8 m – tendo sido então um recorde mundial. O prédio Martinelli chegou à altura de 105,6 m, ultrapassando em altura todos os edifícios de concreto armado do mundo. O Martinelli possuía, desde a calçada da rua Líbero Badaró até a cobertura no 26º andar, a altura de 90,24 m, e na mesma ocasião o edifício do jornal *A Noite* possuía a altura de 95,45 m. Foi então que o comendador decidiu a construção de "uma casa" a partir do 26º andar, ocupando apenas a parte central da construção. Atingiu assim o 30º andar, perfazendo o total de 105,65 m em 1929, não obstante a construção se estender com os acabamentos até 1934. Um ano depois, em 1935, seria construído em Buenos Aires o edifício Cavanagh, com 120,35 m de altura, passando a ser durante vários anos o recordista mundial em altura.

Chegando a este ponto de nossa narrativa, propõe-se ao leitor que pergunte a qualquer profissional ligado ao concreto armado ou protendido se existem outros recordes brasileiros dignos de menção. Ele ficará surpreso com a falta

Os dois edifícios que disputavam, veladamente, em 1929, a marca mundial de "o mais alto do mundo", em concreto armado: o edifício Martinelli, em São Paulo (em cima), e o edifício do jornal *A Noite*, no Rio (abaixo).

O elevador Lacerda, o mais alto do mundo em concreto armado, com altura de 73,5 m, inaugurado em 1º de janeiro de 1930.

de registro. Mesmo os profissionais de ensino e de grande conhecimento sobre a matéria vacilarão em sua resposta, não tendo a certeza de que a obra lembrada é ou foi realmente um recorde. Isso ocorre porque nossos livros, e até mesmo a imprensa, não se preocupa com a divulgação de nossas conquistas. Por isso, decidi trazer aos leitores interessados todos esses recordes esquecidos.

O recorde mais antigo do Brasil em pontes não foi internacional, mas apenas sul-americano. Trata-se da ponte Presidente Sodré, construída sobre a lagoa de Araruama no Estado do Rio. Essa ponte foi concluída em 1916 com projeto da empreiteira dinamarquesa Christiani & Nielsen. Inicialmente, a travessia da lagoa era feita apenas por barcos. Conta-se que os padres logo construíram ali uma ponte primitiva que o imperador Dom Pedro II, interessado na exploração industrial das salinas, substituiu por outra maior. O fato é que existia ali uma ponte metálica com dois tramos de 45 m apoiada num enorme pilar central de 7 x 7 m. Atacada pelo ambiente salino agressivo, a ponte metálica foi totalmente corroída e ruiu, interrompendo o trânsito na região durante três anos. Em 1925, foi contratado o prof. Felippe dos Santos Reis para fazer um projeto oficial aproveitando o pilar central. Esse projeto foi colocado em concorrência pública, vencendo a firma dinamarquesa. No entanto, depois da concorrência, a empreiteira ofereceu pelo mesmo preço uma ponte variante com um só arco de concreto armado de 67 m de vão, sem aproveitar o pilar central. A Diretoria de Obras Públicas aceitou a troca desde que a empreiteira demolisse o pilar central não utilizado. Assim se fez e a obra foi executada com muitos percalços, diante das dificuldades locais, em que até a água precisou ser tratada antes de ser adicionada ao concreto. A ponte foi inaugurada em junho de 1926 por Feliciano Sodré, governador do Rio, e pelo secretário da Agricultura, José Pio Borges de Castro. Recentemente, essa ponte foi alargada, pois possuía uma largura de apenas 4 m, sem ser necessário qualquer reforço nos arcos.

A obra turística mais visitada do Nordeste Brasileiro talvez seja o elevador Lacerda. Esse nome provém do engenheiro brasileiro J. Lacerda, construtor da obra metálica, anterior à atual, construída no mesmo local em 1872, destinada a facilitar o trânsito de pessoas entre a cidade baixa e a cidade alta, em Salvador. Depois de mais de cinqüenta anos em uso, a obra foi demolida para ser substituída por outra,

de concreto armado, para aumentar a capacidade de transporte. Na concorrência pública de 1928 para concepção, projeto e execução, saiu vencedora a firma dinamarquesa Christiani & Nielsen, filial do Rio de Janeiro. O objeto da concorrência não era somente a torre de 73,5 m de altura do elevador, mas um conjunto de obras que incluía edifícios, lojas, bilheterias, corredores de entrada e saída de passageiros que subiam ou desciam 59 m em apenas 27 segundos. Na época da construção, a torre não era a mais alta do mundo. A revista alemã *Beton und Eisen* de 1924 descreveu uma torre de 72,5 m na Riviera italiana, em treliça de concreto armado. Essa torre, entretanto, está contraventada na altura de 53 m contra a encosta de pedra quase vertical. Além disso, seus últimos 10 m localizavam-se acima do terreno superior, para abrigar as instalações. O elevador Lacerda também tinha maior volume de transporte de passageiros: 25 mil pessoas por dia numa velocidade de 3,5 m/s, correspondendo a uma carga máxima de duas toneladas por viagem. A obra entrou em funcionamento em 1º de janeiro de 1930, com a presença de Antonio Lacerda, neto do primeiro construtor.

Curiosamente, a estátua do Cristo Redentor (39 m), no alto do Corcovado, no Rio de Janeiro, cartão-postal da cidade, foi, em 1931, data de sua conclusão, a maior estátua de concreto armado do mundo. Em estrutura metálica, perde para a estátua da Liberdade, com 46 m. Atualmente, parece existir, na Tailândia, uma estátua de Buda em concreto armado muito maior que a do Cristo Redentor.

A Estrada de Ferro Mairinque-Santos teve sua construção, complexa e com grandes problemas técnicos, terminada em 1937. A partir dessa data o Brasil teve um surto de progresso no campo do concreto, com cerca de vários recordes internacionais num período de seis anos: duas pontes na Mairinque-Santos e a marquise do Jockey Clube de São Paulo, que ultrapassou o recorde anterior da marquise do hipódromo da Gávea no Rio; a cúpula do Salão de Jogos do Hotel Quitandinha em Petrópolis (1943), e outros. De todos esses recordes, o que marcou mais profundamente o desenvolvimento do Brasil foi sem dúvida, o da realização grandiosa de Humberto Fonseca: o maior conjunto de obras de arte, em volume de concreto no mundo, em obras ferroviárias. A idéia vinha desde 1891, mas esbarrava em entraves políticos, com muitos interesses em jogo. Basta dizer que a decisão de fazer a obra só se concretizou depois de 36 anos de discussões infindáveis, em setembro de 1927. A construção arrastou-se por dez anos, não obstante já terem sido inauguradas em 1931 as primeiras estações da linha.

A maior viga de concreto armado executada até então numa ferrovia localizava-se no viaduto 19. Tratava-se de uma viga contínua sobre quatro apoios, com 78,66 m de comprimento total, tendo um vão central de 30 m numa via dupla, jamais alcançado em ferrovia. O segundo vão maior do mundo na época era o de uma ponte na Algéria, para via simples, com 17 m de vão. Essa obra foi ultrapassada em 1939, pela ponte de Mucuri, projetada por Emilio Baumgart em 1939, como já foi mencionado.

No mesmo conjunto de obras existe ainda outro recorde: o da ponte 18 sobre o rio Branco de Cima, com comprimento total de 95 m, vencendo um vão em arco de concreto de 48 m. Humberto Fonseca afirmava que essa ponte excedia em 60% o maior vão já registrado na época, de uma ponte ferroviária na Suíça.

Em 1943, em plena guerra, o Brasil construiu em Petrópolis um hotel luxuoso, num conjunto de obras das mais majestosas realizações em concreto armado no Brasil. Essas obras possuem uma série enorme de inovações e arrojos provenientes de genialidade criativa do prof. Antonio Alves Noronha. A parte mais importante da obra é a cúpula do Salão de Jogos, do Cassino de Quitandinha, sem o qual a obra nunca teria sido construída. Trata-se de uma casca em forma de elipsóide de revolução com diâmetro de 46,4 m e uma flecha de 12,8 m. Seu peso total é de 875 toneladas. Na realidade, a cúpula foi a maior da América do Sul. Foi a maior do mundo apenas no gênero de "casca elíptica de revolução, não nervurada". A maior do mundo na época foi a do Grande Mercado de Leipzig, de 1930, com vão livre de 76 m. Ela não é uma casca de revolução e sim um conjunto de quatro cascas cilíndricas que se interceptam a 45º e 90º formando uma cúpula poligonal, conhecida como "barrete de clérigo". Isso permitiu vencer o vão de 76 m com uma espessura de concreto de apenas 9 cm com geratrizes retilíneas. A segunda do mundo era a cúpula do Hall do Centenário, de Breslau (1913), de revolução nervurada, com 65 m de vão, e 32 vigas dispostas segundo os meridianos. A nossa, do Hotel Quitandinha, é lisa, sem nervuras de revolução, não se enquadrando nas outras duas aqui mencionadas.

O mesmo engenheiro, Antonio Alves Noronha, nascido no Piauí, mantém outro recorde importante, de 1952. Trata-se da segunda ponte sobre o rio das Antas, na rodovia Buarque de Macedo, entre Bento Gonçalves e Veranópolis. A construção demorou cerca de dez anos, tendo sido iniciada em 1942. Na concorrência pública, o projeto oficial era constituído por cinco arcos contínuos com vãos de 45 m. A firma vencedora apresentou um projeto variante de um só vão de 186 m que foi aceito depois de muitas controvérsias. O fato é que a natureza interferiu durante a construção arrastando duas vezes o cimbramento, com grande prejuízo, com a obra pronta para ser iniciada a concretagem. A empreiteira foi à falência, pois havia declarado, para conseguir o contrato, que arcaria com todos os prejuízos, mesmo com enchentes acima das já registradas. O desastre provocou uma revisão total do projeto, considerado não obediente às normas da época. Foi então rescindido o contrato com a firma empreiteira, que foi encampada pelo Daer. Foi feito novo projeto, tendo sido escolhido o prof. Noronha para o cálculo, seguindo o projeto anterior e mantendo, em linhas gerais, as mesmas dimensões do concreto e aproveitando as fundações existentes. O recorde brasileiro dessa ponte baseia-se no arco triarticulado com tabuleiro intermediário, com 186 m de vão.

No campo do concreto protendido, o Brasil também tem seus recordes. Quando eu me formei engenheiro, em 1946, nunca havia sido feita em qualquer disciplina na Escola Politécnica de São Paulo qualquer referência ao concreto protendido. Ouvia-se falar que várias pontes destruídas da Alemanha estavam sendo reconstruídas usando uma técnica nova em que os cimbramentos não precisavam descer ao leito do rio. A ponte sobre o rio do Peixe, de Emílio Baumgart, era totalmente desconhecida dos brasileiros, mas havia sido mencionada em diversas publicações americanas, francesas e alemãs. Poucos brasileiros tinham conhecimento disso.

Em 1948 foi iniciada a construção da ponte do Galeão, no Rio de Janeiro, com projeto de Feliciano Penna Chaves, em concreto armado. Em 1947, as fundações, já completas, eram constituídas de tubulões pneumáticos de até 20 m, usados pela primeira vez no Brasil. Foi nessa ocasião que a diretoria de Civilhidro, construtora da ponte, ouviu falar de um processo de construção criado por Freyssinet, que estava sendo usado na reconstrução de várias pontes destruídas na guerra. As excelentes vantagens do processo foram detalhadamente estudadas, verificando-se que seu emprego em peças pré-moldadas para obras marítimas conduziriam a uma maior durabilidade pela ausência de fissuração. Surgiu então a pergunta na ocasião mais inoportuna para mudança de projeto: por que não usar na ponte do Galeão o concreto protendido? Isso só poderia ter acontecido no Brasil. Em qualquer outro lugar do mundo, a resposta poderia encontrar receptividade para a próxima obra, mas não para aquela, em andamento, com prazo rigoroso para sua conclusão. O diretor do departamento de Engenharia Civil do Ministério da Aeronáutica, engenheiro Alberto de Mello Flores, encontrava-se nessa ocasião em missão na Europa. Consultado por telegrama e, ao se inteirar do assunto, deu sua imediata concordância para utilização do concreto protendido, desde que se mantivesse inalterado o orçamento global. Nessas condições, partiu imediatamente para a França o engenheiro Galba de Boscoli, diretor presidente da Civilhidro. Durante quase um mês, manteve contato direto com Freyssinet e Edmée Campénon, titular das Enterprises Campénon Bernard. Ao perceber a possibilidade de aplicar a sua patente a uma ponte de 370 m, o entusiasmo de Freyssinet foi enorme. Não sendo possível fazer um projeto racional, pois as fundações já estavam executadas e não seria econômico abandoná-las, Freyssinet teve de desistir da idéia original de fazer todos os vãos iguais. Ante a perspectiva, porém, de fazer a maior ponte do mundo com seu sistema, aceitou a contingência de fazer um projeto para cada vão e imediatamente começou a rabiscar alguns esquemas para o vão maior de 43,4 m, indicando como transportar as vigas pré-moldadas. As obras, segundo o novo projeto desenvolvido na França pela equipe técnica de Freyssinet, foram iniciadas imediatamente após o retorno de Galba de Boscoli ao Brasil. A superestrutura era constituída de quinze tramos com quatro valores diferentes de vãos, de 19,4 m a 43,4 m, perfazendo o total de 368,4 m entre os centros de apoios extremos. Em todos os vãos intermediários foi adotada a altura de 170 cm das vigas pré-moldadas. No vão maior, de 43,4, Freyssinet percebeu a necessidade de aumentar a altura para 190 cm. Nos vãos menores, de 19,4 m, foi possível usar vigas de 94 cm de altura. Freyssinet conseguiu dimensionar

Vista da ponte do Galeão durante a montagem das vigas.

todas as vigas com o mesmo perfil, variando apenas a altura da alma na parte central. No vão de 43,4 m precisou aumentar gradativamente a altura de 170 para 190 cm, variando o fundo da viga linearmente entre as extremidades e o meio do vão, mantendo as mesmas fôrmas laterais das vigas de 170 cm. O grande gênio de Freyssinet conseguiu com um único desenho de fôrmas e algumas adaptações em altura realizar a concretagem de todas as 285 vigas do tabuleiro. As vigas, com seção transversal em duplo T assimétrico, possuíam, na parte superior, uma mesa larga de 108 cm, e foram montadas encostadas uma na outra. Com uma transversina a cada 7 m foi possível realizar uma protensão transversal suficiente para transformar o tabuleiro em grelha, possibilitando uma satisfatória distribuição de cargas. Hoje, esse projeto não seria considerado a melhor alternativa, pois existem ancoragens mais potentes e mais econômicas, sendo possível reduzir significativamente o número de vigas e o número de cabos por viga. Naquela época, entretanto, constituiu o que de melhor poderia ser projetado.

A revista *Beton-und Stahlbetonbau*, de novembro de 1953, publicou as cinco maiores pontes do mundo em concreto protendido, baseando-se no parâmetro escolhido de área do tabuleiro. A ponte do Galeão foi a primeira, com 7.600 m² para um comprimento total de 380 m, inaugurada em 20 de janeiro de 1949. Seguiam-se a ponte dos Nibelungos em Worms (1953), a ponte sobre o Danúbio em Untermarchtal (1953) e a ponte municipal sobre o rio Aue (1937), todas na Alemanha.

Os americanos sempre afirmavam que a primeira ponte de concreto protendido construída na América havia sido a do Fairmount Park em Filadélfia, projeto do professor belga Gustave Magnel. Esta ponte, de 94 m de comprimento total, chamada Walnut Lane Bridge, era constituída por três tramos, sendo o central de 49 m, pouca coisa maior do que o máximo de 43,4 m da ponte do Galeão. Em 1988, em Porto Rico, como membro do Committee 120 – History of Concreto, fiz uma apresentação pública durante a convenção de primavera do ACI em 1993, objetivando esclarecer o assunto: não somente a ponte do Galeão foi a primeira em concreto protendido construída no continente das duas Américas, um ano antes da ponte Walnut Lane, como, além disso, foi recorde mundial em comprimento e em área de tabuleiro. Ficou salvaguardada a posição da ponte brasileira.

A segunda ponte em concreto protendido executada no Brasil, a ponte de Juazeiro, terminada em 1953, também foi recorde. Executada igualmente com a patente Freyssinet, foi a mais longa ponte rodoferroviária do mundo em viga reta contínua, com o comprimento total de 801 m. O comprimento da parte contínua de treze tramos é de 561,45 m, sendo o vão máximo de 44,8 m. No que se refere ao vão máximo, ele foi ultrapassado pelo vão de 48,6 m da ponte inglesa de Rotherdam em Sheffield, executada também em 1952. O projeto da ponte de Juazeiro foi também de Freyssinet, que aqui mostrou igualmente a capacidade de seu gênio criativo. Imaginou, para efeito de dilatação, o apoio fixo no meio da ponte, sobre a ilha do Fogo. A dilatação efetuava-se igualmente para cada lado de um dos tramos da viga contínua, considerado fixo. As vigas, seis em cada tramo, foram executadas com um comprimento total de 44,8 m, igual ao vão entre pilares. Essas vigas eram apoiadas num balanço de 10,3 m da viga do tramo anterior, estendendo-se além do outro apoio com um balanço igual de 10,3 m. Na etapa inicial, a estrutura era isostática, assemelhando-se a uma viga Gerber. Numa segunda etapa, cabos externos de protensão estabeleciam a continuidade. A protensão com cabos externos, tão propalada em nossos dias, já havia sido executada numa obra brasileira há mais de quarenta anos, e os cabos resistiram bem à corrosão, com poucos casos de trocas de cabos danificados.

Houve outras pontes brasileiras em concreto protendido que alcançaram marcas internacionais. A segunda foi a ponte de Estreito. Essa ponte quebrou o recorde de maior vão (114 m) da ponte dos Nibelungos, já mencionada acima. Ela era a segunda do mundo em área de tabuleiro, perdendo para a ponte do Galeão, anterior a ela. Continuava, entretanto, como recorde por possuir o maior vão do mundo. Em 1960, com a construção da ponte de Estreito, com vão de 140 m, 23% maior, ela perdeu o posto. Primeira comunicação pública do recorde da ponte brasileira foi feita somente em 1964, pelo construtor da ponte, engenheiro Sérgio Marques de Souza, no Segundo Simpósio Pan-Americano de Estruturas, em Lima.

A ponte localiza-se na rodovia Belém-Brasília, BR-14, sobre o rio Tocantins, num ponto onde o rio se estreita tanto que o fato deu origem ao nome da cidade vizinha – Estreito. Era natural que se escolhesse esse ponto para travessia do rio. A capital do Brasil, recentemente instalada em Brasília, exigia para o cumprimento de sua função de integração da região central do país um amplo programa rodoviário. Desse programa constavam as ligações de Brasília com os pontos mais afastados do país: Belo Horizonte, São Paulo, Acre, Belém. Esta última ligação, com 2.200 km, atravessava trechos inexplorados do território brasileiro, sendo a travessia do rio Tocantins o maior desafio à engenharia nacional. Os estudos aerofotogramétricos mostravam um acentuado estreitamento do rio a jusante de Carolina, no Maranhão. Na localidade chamada Estreito, o rio tem apenas 130 m de largura. O rio se estreita, mas a profundidade aumenta muito, para compensar a vazão. Na época da seca, a profundidade do canal é de 45 m, subindo 15 m nas cheias. Nessa ocasião, o rio se torna caudaloso, com a velocidade de 3 m/s. O local para a travessia era o melhor possível, pois fora desse lugar o rio possui a largura normal de 600 m, o que torna a obra muito dispendiosa. O centro de abastecimento mais próximo de Estreito está em Belém, a 800 km! Todos os materiais de construção tiveram de ser transferidos dessa distância por todos os meios de transporte, inclusive aéreo. Não havia também mão-de-obra especializada na região. Pode-se imaginar a dificuldade imensa de construção de uma ponte moderna, de concreto protendido, por meio de construção não tradicional, em tal lugar.

Inicialmente, pensou-se em arco biengastado de concreto armado. O prazo de construção seria muito grande, incompatível com a data de conclusão da estrada. A estrada estava prevista para ser concluída dentro de nove meses, sendo, portanto, desejável que a ponte pudesse ser concluída nesse prazo. Marques de Souza, que havia trabalhado com Emílio Baumgart, lembrou-se da ponte sobre o rio do Peixe. A brilhante solução de Baumgart, de construção em balanços sucessivos, já estava em uso generalizado na Europa, com as facilidades proporcionadas pelo concreto protendido. A ponte dos Nibelungos havia sido construída em 1952 por este processo, sem usar cimbramentos apoiados no leito do rio. Marques de Souza procurou fazer o mesmo. Considerando o greide da estrada e a necessidade de deixar um gabarito livre mínimo de 10 m para a navegação, a ponte atingiu o comprimento total de 532,7 m. Foram previstos dois viadutos de acesso, com vãos da ordem de 20 m e um trecho de 256 m em concreto protendido. Para que os apoios da margem pudessem ser executados em seco, era necessário prever um vão central de 140 m, a diferença para 256 m seria coberta por dois tramos de 58 m. O peso próprio desses tramos não equilibram a metade do vão de 140 m. Decidiu-se então adotar o vão de 53 m com um balanço de 5 m. Para diminuir o contrapeso necessário, Marques de Souza optou por utilizar o peso do viaduto de acesso, apoiando-se na extremidade do balanço de 5 m.

Na execução surgiriam muitos problemas. O vão de 140 m foi dividido em aduelas de 6,66 m com peso compatível com a capacidade dos equipamentos suporte das fôrmas, denominado "carro de cimbramento", que avança 6,66 m a cada concretagem, endurecimento e protensão do trecho em balanço. Foram feitas sete aduelas de 6,66 m de cada lado, e um fechamento central de 14, 52 m. Para completar o vão de 140 m faltavam 32,24 m, que seriam concretados sobre cimbramento em leque de 16,12 m a partir de cada margem.

A obra consumiu 10.850 m³ de concreto com resistência de 20 MPa. Após 24 horas já possuía resistência suficiente (450 kg de cimento por m³) para suportar a protensão que permitisse soltar as formas e deslocar o carro de cimbramento. A primeira aduela consumiu dez dias de trabalho. Com a prática, a última aduela, mais leve, consumiu apenas três dias. Foram consumidos 14 kg de aço de protensão e 20 kg de aço CA-25 por m³ de concreto em média.

Lembre-se aqui que esta obra foi construída em pleno sertão, sem as comodidades existentes nas vizinhanças da ponte dos Nibelungos, sem o apoio técnico das indústrias e sem meios adequados de transporte e acomodação, há cerca de quarenta anos, num país sem qualquer experiência em construção de pontes em balanços sucessivos de concreto protendido. Mesmo assim, tudo correu bem, sem acidentes, sem atrasos, tendo-se alcançado a segunda marca mundial nos gêneros: balanços sucessivos e vão.

Outro recorde alcançado em ponte de concreto protendido foi o da ponte Colombo Salles, em Florianópolis. Essa ponte foi terminada em fevereiro de 1975 pela Construtora Norberto Odebrecht. O projeto foi confiado ao Escritório Técnico J. C. Figueiredo Ferraz. O projeto previa duas pontes paralelas independentes, tendo sido construída apenas uma delas. A outra, construída mais tarde, foi metálica. A ponte possui desenvolvimento curvo em planta, com raio de 3.250 m. A partir de cada margem existe um viaduto de acesso, independente da ponte. A ponte junto com os viadutos de acesso possui 18 tramos com vãos de 42,5 – 75 – 77,5 – 160 m. Os vãos de 77,5 formam com a metade do vão central de 160 m dois duplos balanços com seção caixão de duas células. O restante da ponte possui o mesmo tipo de seção, porém com uma só célula. Na fase construtiva, sob peso próprio do concreto, a ponte funciona como duplo balanço ligeiramente assimétrico. Sendo o pilar de apoio relativamente esbelto, foram previstas duas paredes de concreto, de pequena espessura, evitando grandes momentos de desequilíbrio na cabeça do pilar. Após o fechamento do vão central, essas paredes foram demolidas. Não houve qualquer transferência dinâmica de carga com essa demolição, pois ocorreu alguma plastificação do concreto dessas paredes, proporcionando rotações mínimas da seção de apoio. A mudança do sistema estrutural ocorreu, portanto, lenta e gradual e, ao se eliminar as paredes, já havia ocorrido a deformação necessária para a transferência. Para carga móvel, os três tramos centrais funcionam como viga contínua, após enfiação e protensão dos cabos de continuidade e concretagem local. Outra precaução dos trabalhos de projeto refere-se à redistribuição dos esforços provenientes da carga permanente, que representa 80% dos esforços totais. Inicialmente, essa carga foi aplicada no duplo balanço, como estrutura isostática. Após o fechamento do vão central, essa carga vai gradativamente se transferindo para a estrutura tornada contínua. Foi verificado que, a longo prazo, cerca de 35% dos momentos são transferidos para a estrutura contínua. Os restantes 65% permanecem aplicados no duplo balanço, como durante a construção.

O recorde dessa ponte, com 1.226 m de comprimento, refere-se ao parâmetro de comprimento em viga contínua, executada pelo processo dos balanços sucessivos, que abrange 320 m de ponte.

No que se refere a pontes, existe ainda um último recorde ainda não mencionado. É o da ponte de Lussanvira, executada em 1934 em arco de concreto armado, com tirante. Foi, na época de sua construção, o maior da América do Sul e o segundo do mundo. A ponte foi projetada e construída pela companhia Construtora Nacional, representante no Brasil da Wayss & Freytag. Essa ponte não existe mais: ficou, sem ser demolida, no fundo do lago da represa de Três Irmãos.

A essa altura, o leitor já deve ter contado o número de recordes brasileiros até agora descritos, chegando ao número 21. Há de perguntar: Existem outros? A resposta é afirmativa. Existem mais sete recordes declarados.

Para não tornar este texto excessivamente extenso e enfadonho, com citações, datas e grandezas em jogo, sejam aqui apenas citados os demais recordes:

- Edifício Itália, em São Paulo, com 151 m de altura, terminado em 1964. O projeto estrutural foi do escritório Abreu-Tietz-Camargo. Foi recorde em altura durante poucos meses. Antes de terminados todos os acabamentos, foi suplantado pelas torres gêmeas do Marina City, em Chicago, com altura total de 179 m.
- Museu de Arte de São Paulo (MASP): maior vão do mundo em viga reta de 70 m em edifícios, terminado em 1968. O projeto é de autoria da equipe técnica do prof. Figueiredo Ferraz.
- Garage San Siro, construída em 1969 com projeto de autoria do prof. Mario Franco. Possui altura total de 90,35 m para uma largura de 9,5 m. O edifício foi projetado para estacionamento de trezentos carros numa área de terreno de apenas 9,5 x 25 m. Foi recorde mundial em altura para edifício de estacionamento.
- Marquises da Tribuna dos Sócios do Hipódromo da Gávea, no Rio de Janeiro, com o balanço de 22,4 m. Essa obra foi construída em 1926 pela firma dinamarquesa Christiani & Nielsen, filial Rio de Janeiro.
- Marquises da Tribuna dos Sócios do Jockey Clube de São Paulo, com o balanço de 25,2 m. A construção esteve a cargo da Sociedade Comercial e Construtora. O projeto estrutural é de autor desconhecido, mas supõe-se que seja do engenheiro Walter Neumann, o único técnico que acompanhou minuciosamente a prova de carga executada num modelo miniatura do pórtico com balanço. A grande diferença com a estrutura do Hipódromo da Gávea é que as vigas em balanço de São Paulo são ocas.
- Manhattan Tower: a revista *The Times,* do Council on Tall Buildings and Urban Habitat, de dezembro de 1997, classifica esse edifício, do Rio de Janeiro, projetado pelo engenheiro Moacir Leite, como sendo "o mais esbelto do mundo". A esbeltez é caracterizada pela relação altura/largura = 114 m: 8 m ou 14,2 para 1.
- Edifício Nações Unidas, Torre Norte: este edifício, executado na marginal do rio Pinheiros, em São Paulo, foi

projetado pelo Escritório Técnico Julio Kassoy-Mario Franco, em 1999. Possui a altura total de 157 m, sendo, portanto, 6 m mais alto do que o edifício Itália. Não é recorde mundial, mas é o mais alto do Brasil e, eventualmente, da América do Sul. Uma descrição dessa obra foi publicada na revista *SEI – Structural Engineering International,* da Iabse, de fevereiro de 1999.

Outras Contribuições Brasileiras

Possui o Brasil outras prerrogativas no concreto estrutural além dos recordes? Possui fatos notáveis que devam ser lembrados para os nossos jovens engenheiros? Existem engenheiros notáveis cujos feitos marcaram época?

Para responder a essas perguntas seria necessário salientar, das biografias dos mais conhecidos técnicos nacionais, as particularidades que caracterizam ou caracterizaram seu desempenho na profissão. Seria necessário descrever o lado profissional, o lado ético, o lado criativo, não importando muito o sucesso financeiro.

Mesmo correndo o risco de deixar de lado nomes notáveis, atrevo-me a citar apenas alguns, antes que o tempo apague seus nomes da memória dos jovens que ainda estão começando sua difícil tarefa como engenheiros.

O concreto armado começou no início do século XX. Portanto, são deixados de lado os nomes dos que antecederam as aplicações iniciais desse material de construção. Já foram citados diversos nomes dos que contribuíram para os recordes brasileiros. Existem, entretanto, muitos engenheiros que, mesmo sem terem criado algum recorde, fizeram, projetaram ou imaginaram obras, processos, idéias ou publicações notáveis. Outros o fizeram em nome da empresa que os empregaram, ficando a glória para seus chefes ou proprietários. Será impossível fazer justiça a esses gênios desconhecidos. Por outro lado, há engenheiros que muito escreveram e que, no entanto, tiveram escassa contribuição pessoal para o sucesso da engenharia. Mesmo conhecendo alguns deles, não me sinto em condições de julgá-los numa classificação com tantos valorosos exemplos.

Em meu livro *O Concreto no Brasil*, vol. 2, escolhi 52 nomes ilustres, procurando ser imparcial, sem acenar para os defeitos que qualquer um possui. Procurei salientar apenas suas qualidades positivas mostrando o que de mais notável cada um produziu. Nesse tipo de trabalho sempre fica alguém de fora. Não é possível escrever sobre todo mundo, ainda mais quando alguém se recusa a fornecer os dados, pois não tem interesse em aparecer. Por outro lado, alguns perguntam: "Porque fui esquecido?". Ninguém foi esquecido propositalmente. Tudo precisa ter alguma limitação, sendo dada preferência à facilidade de obtenção de documentação confiável.

O nome do prof. Telêmaco van Langendonck nunca poderia ser omitido. Sua obra sobre concreto armado é uma das mais completas do mundo, tendo sido citado internacionalmente, mesmo em língua portuguesa, língua praticamente desconhecida no resto do mundo. Sua enorme contribuição científica, com artigos originais publicados em diversas partes do mundo, seus dois volumes de *Cálculo de Concreto Armado* e seus outros dois volumes sobre *Charnerias Plásticas* constituem uma preciosidade da literatura técnica. Sua atividade dentro da engenharia não abrangeu execução de obras, mas participou de muitos ensaios e provas de carga, além de redação de normas brasileiras com contribuições pessoais, mostrando não ser um engenheiro exclusivamente teórico. Suas publicações visam sempre a aplicação numérica, nunca tendo escrito algo que não pudesse ser convertido em números para o engenheiro praticante. Foi Langendonck quem introduziu o cálculo no Estádio III no Brasil, começando com a norma da ABCP de 1937 e, depois, a primeira norma brasileira NB-1/40. Foi ele também quem considerou no concreto o carregamento em áreas reduzidas, tendo em vista as articulações nas pontes. Quando o contorno da área carregada não é homotético da seção da peça, o aumento de tensão admissível se dá com a raiz cúbica, e não com a raiz quadrada da relação das áreas. A norma brasileira é a única no mundo que considera essa diferença.

Outro nome de citação obrigatória é o do prof. Fernando Lobo Carneiro, que foi, junto com Langendonck, durante cerca de trinta anos representante do Brasil junto ao CEB – Comitê Euro-Internacional do Concreto. Publicou muitos trabalhos científicos, orientou muitos candidatos a mestrado ou doutorado, realizou muitos ensaios para a Petrobrás no campo da exploração do petróleo no mar, foi deputado estadual e inventor do método de ensaio do concreto à tração por compressão diametral, conhecido nos Estados Unidos como "Brazilian Test". Além de tudo isso, como homem, sempre manifestou o mais elevado comportamento ético e o respeito por todo profissional.

Nome de projeção nacional e internacional foi o do prof. Ari Torres, sempre dedicado ao concreto, com processo original de dosagem e ensaios. Foi um dos nomes mais brilhantes do Brasil, não somente na tecnologia do concreto, mas também como homem de visão do parque industrial brasileiro e organizador da normalização em nosso país. Fez parte do vasto programa da Aliança para o Progresso do governo norte-americano do presidente Kennedy, em 1961; colaborou na fundação da ABCP e do IPT e batalhou para a criação de um órgão que normalizasse a produção brasileira, tendo sido elemento-chave na criação da ABNT. Foi secretário da Viação e Obras Públicas de São Paulo durante um curto período de quatro meses. Acumulou cargos em tantas empresas que deixo de citar aqui por ser enfadonho para a finalidade deste texto.

O prof. Joaquim Biessmann, de Porto Alegre, contribuiu significativamente para que o Brasil tivesse uma norma de vento abrangente e respeitada no mundo inteiro. Ele preparou, com uma equipe bem formada, o texto da norma NBR 6123, contendo muitas novidades, alterando profundamente o texto da norma anterior NB-5.

Para uma contribuição significativa, não é necessário que se escreva ou publique o resultado dos trabalhos. Quando um trabalho é bom, sempre haverá alguém para divulgá-lo. É o que aconteceu com Emílio Baumgart. Talvez nunca tenha aparecido em nosso país um profissional mais criativo do que Baumgart. No entanto, ele nunca escreveu qualquer artigo, técnico ou simplesmente descritivo. Suas idéias brotavam com tal ímpeto que ele nunca teve tempo nem interesse em publicá-las. Nunca prestou concurso para professor universitário, não obstante dar aulas na Escola Nacional de Belas Artes, na cadeira "Sistemas e detalhes de construção, desenho técnico, orçamentos e especificações". Durante vários anos, Baumgart ocupou aquele cargo, sempre voltado para o lado prático. Não obstante possuir uma cultura enciclopédica, Baumgart não era um teórico. Também nunca foi convidado a lecionar na escola de engenharia. Todos os seus projetos possuíam alguma novidade. Sua criatividade, imaginando processos construtivos, era ilimitada. Em cada projeto novo havia algo inédito do ponto de vista executivo. Parecia até que Baumgart dava mais atenção ao modo de construir do que ao próprio cálculo, que ele sempre delegava a seus auxiliares.

Em 1957, o autor fundou a primeira fábrica de estruturas pré-moldadas de concreto protendido por pré-tração de fios aderentes. Começou criando estacas pré-moldadas protendidas muito finas, com seção reduzida de 15 x 15 cm e comprimentos até 8 m, nunca executadas anteriormente. Depois desenvolveu estruturas pré-moldadas em *shed*.

No campo de artigos técnicos inéditos, o prof. Langendonck desenvolveu um processo iterativo para determinação da carga de flambagem de pórticos reticulados de edifícios, publicado nos "Mémoires" da AIPC em 1975. O autor, aproveitando o desenvolvimento teórico de Langendonck, preparou em seguida um programa "Flampor" de computador para as calculadoras de bolso HP-41, para o cálculo prático dessa carga de flambagem, convergindo com poucos passos de iteração.

O prof. Mario Franco criou, em 1990, um novo coeficiente de estabilidade intitulado "gama z", que permitia julgar não somente se a estrutura era estável, mas também constituía um fator de amplificação de esforços solicitantes, para levar em conta os efeitos de segunda ordem. Este assunto foi encaminhado ao CEB em reunião internacional realizada no Rio em 1991.

O engenheiro Antonio Bugan imaginou uma fórmula fechada simples, que permitia calcular as perdas progressivas de protensão, sem necessidade de cálculos iterativos, como preconizava o CEB. Essa fórmula resultou da análise de numerosos resultados de cálculo efetuados segundo artigo publicado na revista *Estrutura* nº 97 em 1981. Essa fórmula foi incluída na norma brasileira de concreto protendido de 1983.

O prof. Lauro Modesto dos Santos criou um processo simplificado para calcular pilares sob ação de flexão oblíqua composta, muito mais preciso e mais simples do que um processo anterior imaginado pelo prof. Langendonck. Seu trabalho foi publicado na revista *Estrutura* nº 93, de 1980.

O engenheiro José Rudloff, chileno radicado no Brasil desde o início de sua carreira, criou um processo de protensão que conseguiu competir vantajosamente com o sistema Freyssinet, que dominava o mercado brasileiro. Desenvolveu e aplicou, por volta de 1956, junto com o engenheiro Agenor Guerra Corrêa Filho, na fábrica da Elcor, as primeiras ancoragens que criara. Posteriormente, melhorou suas ancoragens e, em 1959, criou a ancoragem em calota metálica estampada.

Agenor Guerra Corrêa Filho havia fundado a Construtora Mauá, que realizou as primeiras estruturas em arcos pré-moldados no canteiro, em concreto armado. Ele se tornou um apaixonado pelas estruturas pré-moldadas em canteiro no Brasil e foi um precursor, mas nunca publicou nada a respeito.

Não se pode deixar de mencionar dois fatos, muito recentes, de conquistas da engenharia brasileira. O primeiro deles é um recorde internacional, ainda que restrito a alguns pilares, da maior resistência do concreto jamais alcançada em obras. Na construção do edifício e-Tower à rua Funchal, em São Paulo, os autores do projeto estrutural França & Associados precisaram projetar alguns pilares até o 4º pavimento com concreto de resistência f_{ck}=80 Mpa. Na execução, com dosagem e acompanhamento do prof. Paulo Helene, da EP-USP, foi conseguida a resistência média de 125 Mpa em 28 dias pela construtora Muniz Abbud Empreendimenos Imobiliários. A resistência máxima alcançada foi de 150 Mpa! Quando terminado, o edifício terá 42 andares e 149 m de altura.

O outro fato importante a declarar é a construção de uma ponte inédita sobre o lago Sul, em Brasília. Trata-se da ponte Mosteiro, ainda em construção, caracterizada pela concepção arquitetônica revolucionária. A ponte é constituída de três arcos de 240 m de vão e o tabuleiro metálico é suspenso dos arcos, sem tocá-los, por meio de cabos oblíquos em equilíbrio. Os arcos são de concreto até o nível do tabuleiro; daí para cima, são metálicos. A complexidade do cálculo e o ineditismo da solução merece bem a menção entre as grandes obras do Brasil, com projeto da Projcensult (engenheiros Mário Vila Verde e Fileman). Os blocos de fundação assustam com a enorme solicitação.

O prof. Figueiredo Ferraz criou, em 1966, um novo processo de protensão em que a ancoragem se dava por simples aderência, como na pré-tração, imitando a protensão realizada em pista de protensão em instalações industriais. Percebendo que o autor havia tido sucesso desde 1957 com a protensão por simples aderência com fios de diâmetro de 5 mm, não permitidos na Alemanha até então, resolveu aplicar o mesmo sistema na protensão por pós-tração. Imaginou, muito habilmente, os fios de 5 mm com uma extremidade imersa no concreto num comprimento suficiente para garantir boa ancoragem. Os fios eram dobrados sobre eles mesmos, formando um laço saliente do concreto. Colocados os fios dentro de uma bainha metálica, podia ser feita a concretagem sem que o concreto aderisse aos fios, a não ser na extremidade imersa no concreto. Quando a resistência do concreto atingisse um valor aceitável, por meio de um equipamento engenhoso enfiado na alça saliente dos fios, era aplicada a protensão. Terminado o alongamento dos fios, outro dispositivo engenhoso de calços mantinha os fios na posição deformada, possibilitando a retirada do macaco de protensão. A injeção de calda de cimento dentro da bainha promovia a aderência suficiente para manter os fios esticados, mesmo depois de retirados os calços, que poderiam ser reutilizados em outro lugar. Com esse sistema patenteado, foi feita a protensão da enorme viga do Museu de Arte de São Paulo, já mencionada nos recordes brasileiros.

Se quiséssemos citar todas as contribuições originais brasileiras, deveríamos estudar as numerosas teses de mestrado e de doutorado já existentes, e nos alongar excessivamente nessa descrição. Como o título indica claramente, este texto não tem a pretensão de ser abrangente, sendo sua intenção apenas lembrar aos jovens engenheiros que muita coisa boa já se fez neste país, que continua esperando a contribuição de cada um. Ninguém precisa ser gênio para colaborar. Basta um pouco de esforço e a intenção de resolver efetivamente algum problema, podendo resultar dessa conjugação de atividades algo de novo e original. Quem nunca tenta, nada consegue, sendo fato conhecido que qualquer contribuição nova representa 1% de criação e 99% de transpiração.

Referências Bibliográficas

Beton und Eisen. 1924.

Paula Freitas, Antonio. *Construções de Cimento Armado*.

"Ponte Brasil-Paraguai: Maior Arco em Concreto Armado do Mundo". *O Estado de São Paulo*, 17 set. 1965 (caderno IPP-Indústria, Produtos e Processos).

Revista de Engenharia Militar, nº 230. 1960.

Santos, Paulo. *A Arquitetura Moderna e suas Raízes*.

"Stahlbetonbogenbrücke Brasilien-Paraguay mit 290 m Spannweite". *Beton-und Stahlbetonbau*, jul. 1962.
STEPHENS, John. *The Guiness Book of Structures*. Londres, 1976.
VARGAS, Milton. *História das Ciências no Brasil.*
VASCONCELOS, Augusto C. de. O Concreto no Brasil.
WINTER, Gulherme & CHAGAS, Ernesto. "Concreto Armado em Socorro". *Revista Polytechnica*, 31/32, São Paulo, 1910.

5 Saneamento, Águas e Esgotos, a partir da República Velha

KOKEI UEHARA

Introdução

A questão do saneamento é muito importante pois está intimamente ligada à sobrevivência da humanidade no planeta Terra: água, ar, solo e sol. Inseree-se no contexto da saúde pública, juntamente com a medicina, economia, sociologia e meio ambiente. Nos primórdios da República, o Brasil enfrentou muitos problemas de doenças, cujas soluções estavam relacionadas com o saneamento, por exemplo:

- Febre amarela em Santos, Rio de Janeiro, São Paulo;
- Malária em Recife, Rio de Janeiro;
- Tifo em Curitiba, São Paulo, Rio de Janeiro, Santos;
- Diversas doenças provocadas pelas inundações em Campos, São Paulo, Santos.

Para ilustrar esses graves problemas serão citados alguns casos:

- Em 1892, segundo A. C. de França Meirelles[1], 20,5% da população de Santos foi dizimada pelas péssimas condições de saúde. Além disso, foram convocados profissionais como Emílio Ribas, Adolfo Lutz e Vital Brasil.
- No Rio de Janeiro, em 1848, o pai de Benjamin Constant, quando este tinha apenas doze anos, morreu de tifo, segundo o prof. Roberto Ventura, da USP.
- Segundo o dr. Marcos Boulos, prof. titular da Faculdade de Medicina da USP[2], os navios estrangeiros negavam-se a aportar em água brasileiras devido à febre amarela, causando graves problemas econômicos ao país, pois impedia-se a exportação do café. Nesse período, a filha do presidente Francisco de Paula Rodrigues Alves morreu com febre amarela.
- De 12 a 15 de novembro de 1904 ocorreu a Revolta da Vacina Obrigatória, pois o médico Osvaldo Cruz, diretor-geral da Saúde Pública do governo Rodrigues Alves, criou o programa de vacina obrigatória para erradicar a febre amarela, destruindo vários cortiços.

Formação de Técnicos e Cientistas na Área de Saneamento

Para enfrentar os graves problemas acima apontados o governo brasileiro criou vários cursos ligados ao abastecimento de água, afastamento de águas servidas, drenagem de pântanos etc., a fim de preparar técnicos e cientistas que iriam trabalhar com outros profissionais na área da saúde pública.

Em 1772, foi fundada no Rio de Janeiro a Real Academia de Artilharia, Fortificação e Desenhos, que se transformou

1. Em Saturnino de Brito, *Boletim do Instituto de Engenharia*, n. 48, maio de 1929.
2. Marcos Boulos, *Folha de S. Paulo*, 30.1.2000.

em Academia Real Militar em 1810, tornando-se assim a mais antiga escola de engenharia nas Américas e segunda mais antiga no mundo. Em 1858, dividiu-se em duas: Escola Militar e de Aplicação do Exército (para fins militares) e a Escola Central para formação de engenheiros civis. Em 1874 transformou-se na Escola Politécnica (1874-1937), que mudou de nome para Escola de Engenharia da Universidade Federal do Rio de Janeiro em 1937.

A Escola Politécnica do Rio, por sua vez, desempenhou um papel muito importante na área de saneamento. Nessa Escola foi criada a cátedra de Hidráulica, Abastecimento de Águas, Esgotos e Hidráulica Agrícola em 1886, no curso de Engenharia Civil. Formaram-se nela o "pai da engenharia sanitária do Brasil", o grande engenheiro Francisco Saturnino Rodrigues de Brito (1864-1929), e Henrique de Novais (1884-1950), dentre tantos outros.

Em São Paulo, a Escola Politécnica foi fundada no bairro da Luz, pelo professor Antonio Francisco de Paula Souza (1843-1917), que realizou seus estudos de engenharia na Suíça e na Alemanha. Desde a sua fundação havia uma disciplina ligada ao saneamento, cujo título era Hidráulica: Abastecimento de Águas, Esgotos e Saneamento de Cidades. Nessa escola surgem nomes de professores como R. Hottinger, Robert Mange, Geraldo de Paula Sousa, Theodoro Ramos e Lucas Nogueira Garcez. Este último, em 1938, iniciou a brilhante carreira de educador lecionando na cátedra de Hidráulica e Saneamento. Foi um marco importantíssimo na formação de uma verdadeira escola paulista de hidráulica e saneamento que se espalharia para todo o Brasil.

Lucas Nogueira Garcez criou também o curso de engenheiros sanitaristas na Faculdade de Higiene e Saúde Pública, hoje Faculdade de Saúde Pública da Universidade de São Paulo, com apoio de muitos professores da Escola Politécnica de São Paulo, como Octacílio de Ponsa Sene, Eduardo Ryomei Yassuda, José Martiniano de Azevedo Netto, José Augusto Martins e outros. Nesse curso foram e estão sendo preparados centenas e milhares de engenheiros sanitaristas do Brasil e da América Latina.

Em 1876 foi fundada a Escola de Minas de Ouro Preto, que formou e forma um grande número de engenheiros que trabalham na área de saneamento. Além dela, outras escolas de engenharia foram criadas onde são ministradas disciplinas ligadas ao saneamento, tais como: Escola de Engenharia de Pernambuco (Recife – 1895), Escola de Engenharia Mackenzie (São Paulo – 1896), Escola de Engenharia de Porto Alegre – 1896, Escola Politécnica da Bahia (Salvador – 1897), Escola Livre de Engenharia (Belo Horizonte – 1911), Faculdade de Engenharia do Paraná (Curitiba – 1920), Instituto Eletrotécnico de Itajubá – 1913, entre outras.

Nessas escolas, foram criados muitos centros de pesquisas na área de hidráulica e saneamento que deram suporte técnico e científico para o desenvolvimento de planejamento, projeto, cálculo, construção e operação de obras de saneamento como, por exemplo, o laboratório de hidráulica da Escola Politécnica da USP (atualmente com o nome de CTH – Centro Tecnológico de Hidráulica), Cetesb – Centro Tecnológico de Saneamento Básico, IPT – Instituto de Pesquisas Tecnológicas, Ipen – Instituto de Pesquisas de Energéticas e Nucleares.

Algumas Obras de Saneamento no Brasil

Segundo o prof. Milton Vargas[3],

> Antes de 1860, não havia sistemas de distribuição de água, coleta de esgotos ou captação de águas pluviais nas cidades brasileiras. O abastecimento de água, tanto no Rio de Janeiro como em São Paulo e outras capitais, era feito por chafarizes alimentados por dutos a céu aberto, provenientes de fontes naturais de água. Os esgotos sanitários consistiam em simples poços ou no antigo sistema de barricas, cujo conteúdo era lançado em locais predeterminados, ou nos rios próximos. Os esgotos pluviais eram os próprios leitos das ruas.
>
> A grande obra colonial de abastecimento de água são os Arcos da Carioca, ainda um dos monumentos mais belos do Rio, com seus 270 m de comprimento, 18 m de altura e 42 arcos completos. Os chamados arcos velhos, que terminavam no Convento da Ajuda (atual Cinelândia), tiveram sua construção iniciada em 1673, sob a direção dos mestres João Fernandes e Albano de Araújo, e foram inaugurados em 1723. O aqueduto atual, que vai do morro de Santa Teresa ao de Santo Antônio, foi construído por José F. Pinto Alpoin e inaugurado em 1750. Levava a água ao chafariz da Carioca, no sopé do Morro de Santo Antônio.

Em 1841, foi organizada uma companhia para distribuição de água no Recife.

3. Milton Vargas, *Obras de Saneamento*, cap. 4.

Arcos da Carioca, no Rio de Janeiro, a maior obra deixada pela engenharia colonial no Brasil, sécs. XVII e XVIII.

Em 1861, foi contratada a Companhia Hidráulica Porto Alegrense para explorar o serviço de água encanada.

Em 1877, foi criada a Companhia Cantareira de Águas e Esgotos (firma inglesa) e foi construída a Adutora da Cantareira por uma firma inglesa.

Além disso, muitas obras de recuperação de várzeas alagadiças foram executadas no Brasil Império, principalmente no Rio de Janeiro, Recife e em São Paulo (Várzea do Carmo e o extravasamento do rio Tamanduateí). Segundo o prof. Maurício Joppert da Silva (1890-1985), a engenharia hidráulica brasileira atinge a maioridade no início da República, em função de dois fatos importantes. O primeiro foi o problema de recalque e aparecimento de fendas na barragem de alvenaria do Reservatório do Pedregulho, inaugurado por D. Pedro II no ano de 1880 e pelo eng. Jeronymo R. J. de Moraes Jardim para reforçar o abastecimento do Rio de Janeiro, cujos problemas técnicos foram resolvidos pelo eng. Francisco de Paula Bicalho. O segundo refere-se a uma gravíssima falta d'água no verão de 1888-1889 na cidade do Rio de Janeiro, agravada com a ocorrência de um surto de febre amarela. Em função disso, a firma Buarque e Maia apresentou uma proposta para resolver o problema em quarenta dias. Um jovem engenheiro, porém, ainda desconhecido, Paulo de Frontin, apresentou uma proposta para resolvê-lo em apenas seis dias. Ela foi aceita e, com base numa organização racional do trabalho, passou-se a captar 15 milhões de litros por dia de água próximo ao Rio do Ouro.

As populações urbanas começaram a crescer e assim os problemas de abastecimento de água potável, esgoto e saneamento de áreas pantanosas, desde o fim do século XIX, foram se agravando. Mas a engenharia hidráulica e sanitária nacional estava amadurecida para enfrentar o desafio. A grande obra de saneamento foi executada no início do século XX, na cidade de Santos. Como dito anteriormente, essa cidade enfrentava surtos de febre amarela e malária, que afastavam a vinda de navios estrangeiros para o transporte de café, o maior produto de exportação do país, e dizimavam milhares de pessoas. Criada pelo governo do Estado de São Paulo em 1892, a Comissão de Saneamento de Santos realizou uma série de estudos e projetos.

Em 1905 entra em cena o grande engenheiro Francisco Saturnino Rodrigues de Brito que abordou o problema do ponto de vista holístico, isto é, considerando os aspectos da engenharia sanitária, medicina (saúde pública), urbanística e social. Segundo o prof. Milton Vargas[4]:

> Saturnino de Brito levou adiante, então, suas idéias já publicadas, em 1903, sob o título "Esgotos de Santos – Crítica Positiva dos Vários Projetos Apresentados", aliás reeditada em suas *Obras Completas*. O sistema adotado foi o de separar-se os esgotos sanitários dos de águas pluviais. A área plana da cidade foi dividida em distritos, cada um dos quais tendo uma estação elevatória equipada com motores-bombas elétrico-automáticos, idealizados pelo próprio Saturnino de Brito, em lugar da adoção do sistema, até então usual, de ar comprimido. Tubos, cimentos, usinas, bombas, motores e demais equipamentos foram todos importados. Os despejos, depois de elevados, são descarregados em coletores que os conduzem, por gravidade, a um emissor que vai despejá-los no mar, a cerca de 10 km, junto à ponta de Itaipu. Os esgotos pluviais são constituídos por galerias e pelos célebres Canais de Santos. Terminada a obra, Saturnino de Brito publicou um relato, em 1912, na *Revista de Engenharia*. É uma perfeita e completa descrição técnica do projeto; infelizmente, muito pouco é dito sobre a construção, suas técnicas, os acidentes, a organização do trabalho e o apoio tecnológico à mesma.

4. Em Saturnino de Brito, *op. cit.*

Os esgotos domiciliares foram instalados a partir de 1910. A própria comissão levantava a planta dos prédios e projetava os novos aparelhos sanitários a serem instalados, além das modificações necessárias à melhoria de suas condições higiênicas. Havia, ainda, a inspeção médica das casas insalubres, intimando sua recuperação ou a mudança dos habitantes. Quando eram necessárias apenas melhorias, o médico intimava o morador; quando havia impossibilidade de habitação, a casa era fechada.

Os célebres Canais de Santos, projetados e construídos pelo ilustre engenheiro, funcionam até hoje, não tendo sido encontrada nenhuma solução alternativa para os mesmos. Os motores-bombas elétrico-automáticos, por sua vez, são ainda adotados em quase todas as obras sanitárias brasileiras. Em suma, a saúde da população de Santos e a pujança de seu porto marítimo, o maior do país, são devidas ao gênio e dedicação do eng. Saturnino de Brito.

Aproveitando a experiência bem sucedida de Santos, em 1910, o governo de Pernambuco organizou uma Comissão Técnica com a participação de engenheiros e médicos para a execução dos trabalhos de Recife. Estes executaram a inspeção domiciliar durante a instalação dos aparelhos sanitários. Nesta cidade, no ano de 1919, foi empregado pela primeira vez no Brasil o tratamento químico das águas sob a orientação de Saturnino Brito.

No fim do século XIX, a cidade de São Paulo já contava com uma população da ordem de trezentos mil habitantes, porém, com um sistema de abastecimento de água bastante ineficiente, pois apenas vinte mil prédios eram abastecidos. A RAE – Repartição de Águas e Esgotos da Capital de São Paulo (1893-1954) foi, nesse sentido, uma grande contribuição para a engenharia sanitária do Brasil. Euclides da Cunha, um de seus engenheiros, iniciou o estudo da adução do rio Claro, a 86 km de São Paulo.

No início do século XX havia em São Paulo, como nas outras cidades brasileiras, uma discussão muito acirrada sobre as fontes fornecedoras de água de abastecimento. A polêmica era entre o aproveitamento de águas de rios próximos às áreas de consumo, porém com tratamento químico mais caro e pouco conhecido, contra a adução de "água pura" de mananciais remotos sem poluição, com adutoras longas e caras. A polêmica entre o aproveitamento de águas do rio Tietê, próximo à cidade de São Paulo, com tratamento químico, contra a adução de águas do rio Claro e Cotia perdurou por muitos anos, e envolveu engenheiros e médicos. O primeiro alerta sobre a poluição das águas do rio Tietê foi feito pelo eng. José Joaquim de Freitas, em 1903, tendo iniciado um estudo sistemático sobre isso em 1911. Basta olhar para o rio Tietê, Pinheiros e os córregos de São Paulo hoje (ano de 2001) para verificar a importância desse estudo.

Foto da cerimônia de inauguração do Canal 1 em Santos.

Os professores da Escola Politécnica de São Paulo R. Hottinger e G. H. de Paula Souza, do Laboratório de Biologia Geral, estudam o tratamento de amostras de água coletadas do rio Tietê por meio de ozona e raios ultravioletas, enquanto o prof. Robert Mange estudou o sistema de recalque das águas do Tietê para a distribuição. Foi efetuado, além disso, um estudo comparativo técnico-econômico entre o aproveitamento de água do Tietê com o de "água pura" aduzida de um manancial distante (rio Cotia). O resultado desse estudo foi favorável ao aproveitamento das águas do Tietê. Apesar disso, a RAE executou o Sistema Cotia (1914-1918) para aduzir 3,0 m^3 por hora, com adutora da ordem de 30 km. Essa obra é complementada por uma estação de tratamento com filtros lentos, ainda em funcionamento.

No início do século XX já havia grande preocupação com a qualidade de vida, principalmente nas cidades populosas do país, e até o ano de 1920, praticamente todas as capitais de Estados brasileiros contavam com o serviço de abastecimento de água potável.

Em 1910, foi iniciado o tratamento de esgoto domiciliar em Santos, utilizando-se o processo eletrolítico. Foi adotado em São Paulo no ano de 1911. Em 1913, o prof. Geraldo H. de Paula Souza publica uma tese sobre o assunto, mas não obteve sucesso na sua aplicação para as cidades que expandiam. Ainda hoje, há alguns estudiosos que continuam pesquisando esse método, porém algumas tentativas de sua aplicação continuam sem os resultados esperados.

Em 1880, no Estado do Rio Grande do Sul, já existiam projetos de tratamento de esgoto das cidades de Porto Alegre, Pelotas e Rio Grande, mas não foram aprovados, "provavelmente em razão da crença positivista que dominou o governo rio-grandense na época, contrária à idéia de contaminação por micróbios (os quais, por serem invisíveis, não eram 'fatos positivos')", segundo o prof. Milton Vargas, no trabalho já referido anteriormente.

O prof. Theodoro Augusto Ramos da Escola Politécnica de São Paulo projetou o grande emissário de esgotos de São Paulo, na década de 1920. Foram construídas estações experimentais e tratamento de esgotos na Ponte Pequena (1932) e no Ipiranga (1937), ambas projetadas pelo eng. J. P. de Jesus Neto e que serviram para desenvolver a pesquisa sobre o tratamento de esgotos domésticos em São Paulo.

Por muitos anos quase todo o esgoto de cidades litorâneas foram descarregados *in natura* nas praias ou baías, como nas cidades do Rio de Janeiro, Salvador, Recife, Santos, São Vicente e outras, enquanto as cidades do interior lançavam seus dejetos nos cursos d'água mais próximos, como no caso de São Paulo, Campinas e Curitiba.

No Rio de Janeiro, no início do século XX, foram executadas várias obras de vulto, segundo o prof. Pedro Carlos da Silva Telles, da Escola de Engenharia da Universidade Federal do Rio de Janeiro (antiga Escola Politécnica do Rio)[5]:

> As primeiras grandes obras de abastecimento de água feitas no período republicano foram as adutoras do Xerem e Mantiquira, quando era chefe da Inspetoria de Águas o ilustre eng. José Sampaio Corrêa. Essas adutoras, que entraram em serviço em 1908/1909, foram previstas para atender ao crescimento da cidade por cerca de 15 anos, e, pela primeira vez na história, houve um suprimento suficiente às suas necessidades. A adutora do Xerem tem 54,2 Km de comprimento, em tubos de ferro fundido de 80-90 cm de diâmetro, e a Mantiquira 59 Km, em tubos também de ferro fundido de 90 cm. Essas adutoras trouxeram um reforço de cerca de 90 milhões de litros por dia, mais que dobrando o abastecimento de água na cidade; o volume aduzido dependia entretanto muito das chuvas, devido à inexistência de reservatórios de regularização.

Para a construção dessas adutoras foi grande a luta contra as péssimas condições sanitárias na Baixada Fluminense, cujos extensos alagadiços infestados de malária tiveram de ser atravessados; no início da obra, chegou a 90% o índice de incidência da doença entre as turmas de trabalhadores. Sampaio Corrêa foi então obrigado a realizar, paralelamente, uma importante obra de saneamento local, e recorrer à ajuda do Instituto Manguinhos, então dirigido pelo grande cientista Oswaldo Cruz, sem o quê o prosseguimento da obra teria sido praticamente impossível. Organizou-se um serviço de saúde que deu enérgico combate à malária, com distribuição diária obrigatória de quinino, e suspensão do pagamento, e até demissão, para os que recusassem o tratamento preventivo. Por declaração de um dos médicos que participou desse trabalho, a autonomia e o prestígio que Sampaio Corrêa proporcionou aos médicos permitiu que a construção dessas adutoras "representasse no Brasil um marco para os estudos referentes à malária".

Além desse aspecto de profilaxia e controle sanitário, inéditos no Brasil pelo vulto em uma grande obra de engenharia, foram notáveis na construção dessas adutoras a rapidez do projeto e da execução (tudo foi feito em menos de dois anos, apesar das dificuldades), o emprego do concreto armado em obras hidráulicas, especialmente na construção das caixas e reservatórios, e também o emprego de bombas centrífugas acionadas por motores elétricos para melhorar as condições piezométricas do sistema. Note-se que todos os sistemas anteriores de adução e distribuição de água no Rio de Janeiro funcionavam somente por gravidade, sem a utilização de bombas. Essas duas novidades, isto é, o emprego do concreto armado e das bombas centrífugas, devem-se ao eng. Henrique de Novaes, que trabalhava na Inspetoria

5. P.C.S. Telles, *História da Engenharia no Brasil*.

de Águas, dirigiu o projeto e construção da estação elevatória de Maracanã, projetou os reservatórios do Engenho de Dentro e de Paquetá, e as coberturas dos reservatórios do França e da Caixa Nova da Tijuca.

As adutoras do Xerem e Mantiquira apresentaram os mais longos sifões de grande diâmetro até então construídos em todo o mundo, com tubos de ferro fundido. Essas adutoras, e mais as antigas de S. Pedro, rio do Ouro e Tinguá, do plano do marechal Jardim, entravam na cidade pelo bairro de Acari, constituindo o depois chamado "Sistema Acari". Uma obra da mesma época foi a adutora submarina para a ilha de Paquetá, na baía de Guanabara, construída pelo eng. João de Mattos Travassos Filho; essa adutora era feita de tubos de chumbo, com uma dupla proteção externa de cabos de aço e revestimento betuminoso contra a corrosão, o que representou, na época, uma notável novidade tecnológica.

Durante os seguintes 24 anos, pouco se fez para melhorar o abastecimento de água da cidade que crescia, e assim, no início da década de 1930, a situação era novamente crítica. Foram, entretanto, construídos vários reservatórios, espalhados por toda a cidade, para melhor controlar a distribuição da água. Desses, destacam-se os grandes reservatórios Francisco Sá, no Andaraí, para 13 mil m^3, e o Victor Konder, em Campo Grande, para 16 mil m^3, todos em concreto armado, com projeto do eng. André Machado de Azevedo, inaugurados respectivamente em 1926 e 1927.

No livro *Tecnologia e Industrialização no Brasil*, segundo o prof. Milton Vargas: "No Rio de Janeiro, em 1931, o eng. Henrique Novaes propõe o aproveitamento das águas do Ribeirão das Lajes, já turbinadas na Usina Hidrelétrica de Fontes, para o abastecimento da cidade". Ainda aqui aparecem os defensores das águas puras, do ribeirão das Lajes, e os da adução de águas poluídas, mediante tratamento do rio Paraíba. Vence a primeira e, em 1937, é iniciada a construção da primeira Adutora de Ribeirão das Lajes. É uma linha de tubos de concreto armado de 1,75 m de diâmetro, com 76 km de comprimento e capacidade de 2,5 m^3/s. A assistência tecnológica à construção dessa adutora, inclusive sondagens para exploração do subsolo ao longo da linha, foi contratada pelo Departamento de Águas do Rio ao Instituto de Pesquisas Tecnológicas de São Paulo, pois a construção envolvia problemas inusitados relacionados ao uso de concreto armado em tubos de adução de água. A construção foi adjudicada à construtora Dahne, Conceição e Cia. O IPT montou, em 1938, um laboratório de concreto no local, equipado também com máquina para ensaios de tubos de 2 m de diâmetro, com até 60 t. Em 1940, a adutora estava terminada, chegando ao reservatório de Inhaúma, no Rio de Janeiro.

Oswaldo Cruz e seu exército de mata-mosquitos em confronto com a população revoltada.

Em 1942, o Serviço Federal de Águas e Esgotos passa à Secretaria de Viação e Obras Públicas do Distrito Federal, com um déficit de água da ordem de 20% do volume aduzido. Projeta-se, então, o aproveitamento da água do rio Iguaçu, na Baixada Fluminense, o que permitiu um aumento de volume equivalente ao trazido pela Primeira Adutora de Ribeirão das Lajes. Isso não bastou, no entanto, para suprir o déficit, sendo iniciada a construção da Segunda Adutora de Ribeirão das Lajes, sob a administração e supervisão do eng. José Franco Henriques, diretor do Departamento de Águas da Prefeitura do Distrito Federal. A construção iniciou-se em janeiro de 1947, e a inauguração ocorreu em 1949, com a chegada das águas do Reservatório de Pedregulho, fornecendo ao Rio de Janeiro mais 1,5 m^3/s.

Em 1950, foram iniciados estudos e anteprojetos para adução das águas do rio Guandu, sob a supervisão dos engenheiros Edgard Braga e Rosano Silva. Na primeira etapa, em 1955, a linha foi estendida até Engenho Novo, com a construção de uma grande estação de tratamento e de adutora por tubos de concreto armado. Para que a água chegasse à Zona Sul, com a adutora Guandu – Leblon, foi necessária a perfuração de um túnel com 6,5 m² de seção e 7.300 m de comprimento, desde Engenho Novo até o reservatório de Macacos, no Horto Florestal, concluído em 1958.

Com essas obras, o volume de água aduzida ao Rio de Janeiro atingiu 13 m³/s, para uma população de 3,5 milhões de habitantes; porém, as perdas por acidentes, sangrias e interrupções eram freqüentes. Além disso, o aumento constante da população já exigia novas obras para que não faltasse água. Assim, em 1959, o Departamento de Águas da Prefeitura do Distrito Federal contratou escritórios técnicos nacionais para o estudo e projeto da Segunda Adutora do Guandu. Essa teria uma capacidade final de fornecer à população mais 28 m³/s. Incluía-se nesses estudos o projeto básico, elaborado pelo escritório do eng. José M. de Azevedo Neto, da Estação Elevatória subterrânea do Lameirão, em caverna de 15 m de largura por 84 de comprimento e 25 m de altura, com conjunto de motores-bombas de 9 mil cv.

Em 1961, o DA foi incorporado a uma autarquia: a Superintendência de Urbanização e Saneamento (Sursam), que permitiu uma nova estruturação técnica e administrativa ao Departamento. O conselho da autarquia abriu novos créditos, inclusive empréstimos externos, por meio do Banco Internacional de Desenvolvimento (BID). Além disso, as tarifas foram fixadas em termos realísticos.

As obras do Guandu – assim como de vários reservatórios da cidade – puderam então deslanchar. A inauguração da Nova Adutora do Guandu deu-se em abril de 1966, quando já havia sido criada a Companhia Estadual de Águas da Guanabara (Cedag). Assim, o antigo DA transformava-se numa companhia de economia mista, com direito à cobrança direta do consumo de água.

A Cedag, entretanto, enfrentou sérios problemas. O primeiro foi o do suprimento adequado de energia elétrica à Estação Elevatória do Lameirão e à do Baixo Recalque. Para a solução desse problema, foi necessária a instalação da subestação elétrica do Jaboatão e de uma linha de transmissão de 132 kv. O segundo foi o aparecimento de vazamentos no sifão de Jacarepaguá. O terceiro, e mais sério, foi o desabamento do teto, em cerca de 11 km, da galeria subterrânea, entre a Estação de Tratamento do Guandu e o Lameirão. O mesmo ocorreu na ligação daquele trecho com o túnel Engenho Novo – Macacos. Estes últimos acidentes exigiram a consultoria de engenheiros estrangeiros e nacionais, para o diagnóstico do fenômeno, afinal definido como conseqüência da expansão de delgados veios argilosos na rocha atravessada pelos túneis. O quarto acidente foi o da passagem da Segunda Adutora de Ribeirão das Lajes sobre o rio Guandu, o que exigiu a substituição da ponte existente por um arco de tubos de aço. Finalmente, o menos sério, porém o que mais trabalho provocou, foi o da correção de dezenas de milhares de pontos de vazamento, não só no sistema adutor como, também e especialmente, na rede de distribuição.

A partir de 1970, as atividades da Cedag – ampliação da capacidade de tratamento, aumento de segurança do sistema adutor, construção de reservatórios e subadutoras e melhoria do sistema distribuidor – têm sido constantes, a fim de assegurar a distribuição de cerca de 40 m³/s à população do Rio.

Em São Paulo, enquanto prosseguiam os debates em torno de "águas puras" distantes contra água de rios próximos com tratamento químico, foram sendo desenvolvidos os projetos de sistemas de adução de águas puras do rio Cotia e de Rio Claro (a 80 km de São Paulo).

Como foi dito anteriormente, o sistema Cotia entrou em operação em 1917, com estação de tratamento dotada de filtro lento, com capacidade de 80 mil m³ por dia. A barragem de regularização do sistema (barragem Pedro Beicht), por sua vez, só foi concluída em 1932. O anteprojeto desse sistema havia sido elaborado por Theodoro Sampaio em 1898. A primeira adutora foi concluída em 1916 e a segunda em 1925, com 36,5 km de comprimento até o reservatório de Araçá, em tubulação de 0,70 m a 1,35 m de diâmetros. Além de passar pelo filtro lento, as águas eram submetidas a tratamento químico. A travessia dessas adutoras sobre o rio Pinheiros, junto ao *campus* da Cidade Universitária de São Paulo (da USP), é feita sobre uma bonita obra de concreto em arco.

Outra obra importante para o abastecimento de águas de São Paulo é o sistema Rio Claro, já citado anteriormente, bastante polêmica na época. Era a maior obra de engenharia sanitária de então. Planejada para atender o crescimento rápido da população de São Paulo, visto que com o aumento da produção de café inúmeros imigrantes vieram reforçar a mão-de-obra trabalhadora do Estado de São Paulo, este sistema representava a vitória dos que defendiam a "águas puras" de fontes distantes (governantes) contra o aproveitamento de águas do rio Tietê, com tratamento, idéia defendida pelos professores da Escola Politécnica de São Paulo e compartilhada também pelo eng. Saturnino de Brito.

O projeto foi elaborado pelo eng. Henrique Novaes e é composto por uma barragem regularizadora de Poço Preto, uma adutora de 86 km de extensão e três reservatórios já na área urbana de São Paulo: Penha (26 mil m^3), Mooca (72 mil m^3) e Lapa (26 mil m^3). Em 1940, o IPT emitiu um parecer sobre o material de empréstimo para uma possível barragem de terra, baseado nos resultados de sondagem efetuada em 1938. O RAE, no entanto, optou por uma barragem de concreto, tipo gravidade. Aberta a escavação para fundação, verificou-se uma falha geológica preocupante na ombreira esquerda. Esse problema foi resolvido graças à consultoria de um dos maiores especialistas de mecânica dos solos do mundo, o prof. Karl Terzaghi.

Em 1962 foi concluída a barragem de Ribeirão de Campo, do tipo concreto gravidade. Enquanto as discussões e as obras do rio Claro prosseguiam, por necessidade, com a orientação do prof. Teodoro Ramos, em maio de 1929, o RAE completou a captação de águas do reservatório do Guarapiranga, após um convênio firmado com a Light, proprietária do reservatório. Começou, então, a aduzir cerca de 3,0 m^3/s. Executada em tempo recorde, em menos de um ano, esta estação fica no bairro de Alto da Boa Vista, com decantadores, filtros rápidos, tratamento químico e cloração. Era a maior estação de tratamento de águas na América do Sul, e, hoje, recebe o nome de ETA Teodoro Ramos.

Segundo o prof. José Martiniano de Azevedo Netto, os fatos marcantes na área de saneamento são os seguintes:

- 1911 – Primeiro grito de alerta sobre a crescente poluição do rio Tietê em São Paulo, pelo fiscal de rios da Capital, eng. José Joaquim de Freitas.
- 1913 – Primeiro estudo sobre a poluição do rio Tietê à jusante de São Paulo, tese apresentada pelo dr. Geraldo H. de Paula Souza.
- 1919 – Primeiro emprego de tratamento químico de água de abastecimento no Brasil, no Recife, pelo eng. Saturnino de Brito.
- 1920 – Adoção, pela primeira vez no país, de filtros rápidos de gravidade, na estação de tratamento de águas de Porto Alegre.
- 1920 – Invenção brasileira de tubos de ferro fundido fabricado por centrifugação, pelos engenheiros Fernando Arens e Demètre Sensaud de Lavaud.
- 1923 – Realização do Primeiro Congresso Brasileiro de Higiene.
- 1925 – Adoção, em caráter pioneiro no Brasil, da cloração de águas em São Paulo por iniciativa do dr. Geraldo H. de Paula Souza.
- 1935 – Promulgação do Código Brasileiro de Águas, pelo Governo Federal.
- 1940 – Primeira legislação específica contra a poluição de águas no país: Decreto 10.890, criando a Comissão de Investigação de Poluição de Águas do Estado de São Paulo.
- 1946 – Criação do "Laboratório de Hidrotécnica Saturnino de Brito", no Rio de Janeiro.
- 1948 – Início dos cursos de pós-graduação em engenharia sanitária, em São Paulo, primeiro no Brasil.

Como já foi mencionado anteriormente, a criação dos cursos de pós-graduação em engenharia sanitária, em 1948, foi realmente um marco importante para o desenvolvimento de saneamento no Brasil e na América Latina. Dentre eles, destaca-se a construção do maior laboratório de hidráulica do país, no *campus* da Cidade Universitária de São Paulo, pelo prof. Lucas Nogueira Garcez, em fins de 1953.

Em 1973, foi criado o Centro Tecnológico de Saneamento Básico de São Paulo (Cetesb) para pesquisas, apoio tecnológico e ensaios relativos às obras de saneamento e controle ambiental. Assim, somadas ao IPT, as escolas de engenharia e as firmas de consultorias e empreiteiras formaram uma base sólida para a execução de grandes obras sanitárias do país, juntamente com a evolução das indústrias de fabricação de materiais e equipamentos eletromecânicos da área de saneamento.

Enquanto as grandes obras de Guandu eram executadas para o abastecimento do Rio de Janeiro, em São Paulo foram concluídas as do Sistema Cantareira. Está ainda em obras o sistema Alto Tietê.

Durante o governo do prof. Lucas Nogueira Garcez, para executar o plano qüinqüenal do Estado de São Paulo, baseado no binômio "Energia-Transporte", foram criados dois órgãos importantes para o Estado e o país (1951): o DAEE – Departamento de Água e Energia Elétrica e a CIBPU – Comissão Interestadual da Bacia do Paraná e Uruguai. Nesta Comissão participaram todos os Estados pertencentes a essas bacias (São Paulo, Minas Gerais, Goiás, Mato Grosso, Paraná, Santa Catarina e Rio Grande do Sul), tendo como diretor técnico o prof. Paulo de Menezes Mendes da Rocha, professor emérito da Escola Politécnica da Universidade de São Paulo, que orientou o planejamento global de obras hidráulicas para usos múltiplos como produção de energia elétrica, irrigação, navegação, abastecimento de água potável e controle de cheias. A concepção da maior usina hidrelétrica do mundo atual, Itaipu, no rio Paraná é sua. Esta obra só será ultrapassada em potência instalada pela usina de Three Gorges Dam, em construção no rio Yang-Tse-Kiang ou rio Azul, na China.

O Daee foi responsável pelo planejamento e execução (algumas obras ainda em andamento) de obras do sistema Alto Tietê destinadas ao abastecimento de água da Região Metropolitana de São Paulo, controle de cheias, irrigação, lazer e piscicultura. Em 1954 foi criado o DAE – Departamento de Água e Esgoto, para substituir a RAE – Repartição de Água e Esgoto, criada em 1893, e que prestou grandes serviços para São Paulo. O DAE iniciou os estudos sobre a captação de águas do rio Juqueri e seu recalque para uma estação de tratamento de água na serra da Cantareira. Para agilizar a execução dessas obras, em 1967, para substituir o DAE, que possuía administração direta, foram criadas novas companhias públicas: a Comasp – Companhia Metropolitana de Águas e Esgotos de São Paulo, para planejar, projetar, construir e operar os sistemas de abastecimento de água da capital; a Sanesp – Companhia Metropolitana de Saneamento de São Paulo, para tratar do esgoto da capital; a SAEC – Superintendência de Águas e Esgotos da Capital, autarquia vinculada ao Daee para execução de obras e serviços de distribuição de água e esgoto em São Paulo; a SBS – Companhia de Saneamento na Baixada Santista; e a Sanevale – Companhia de Saneamento do Vale do Ribeira.

Em 1970, foi criado o Fesb – Fomento Estadual de Saneamento Básico do Estado de São Paulo, em substituição ao DOS – Departamento de Obras Sanitárias, para atuar no resto do Estado de São Paulo.

Em 1968, foram iniciadas as obras do Sistema Cantareira pela recém-criada Comasp. Hoje, a obra está completa, produzindo 33 m³/s para abaster 53% da população da Região Metropolitana de São Paulo, com seus 39 municípios e 17 milhões de pessoas. A vazão fornecida em 1999 foi de 62,6 m³/s. É um dos maiores sistemas de abastecimento de água do mundo, com qualidade de água em nível do primeiro mundo.

O prof. Eduardo Ryomei Yassuda e o prof. José Martiniado de Azevedo Netto, ambos professores da Faculdade de Saúde Pública e da Escola Politécnica da USP, foram os principais mentores do planejamento e execução dessas obras junto com uma plêiade de engenheiros paulistas e de todo o Brasil. É realmente o símbolo de obras de abastecimento de água que enobrece a Engenharia Sanitária do Brasil.

O sistema é formado por quatro reservatórios de regularização criados por cinco barragens de terra:

a. Reservatório de Jaguari–Jacareí, com área inundada de 49,3 km² e um volume armazenado de 1,037 x 10^9 m³ e NA = 844 m.
b. Reservatório de Cachoeiras com área inundada de 8,7 km² e o volume de 114,6 x 10^6 m³ e NA = 822 m.
c. Reservatório de Atibainha com área inundada de 22,5 km² e o volume de 301,5 x 10^6 m³ e NA = 787 m.
d. Reservatório de Paiva Castro, com área inundada de 5,6 km² e o volume de 27,6 x 10^6 m³ e NA = 745 m.

O sistema apresenta, portanto, uma reservação total de 1,481 x 10^9 m³ com área inundada de 86,1 km². A soma de áreas de drenagem desses reservatórios é de 8.671 km², e são consideradas áreas de proteção de mananciais preservadas por lei. Outros dados sobre o sistema podem ser encontrados nas tabelas e esquemas anexos.

Da barragem de Paiva Castro a água é desviada para a Estação Elevatória de Santa Inês, onde estão instalados quatro grupos motor-bomba com capacidade de 20 mil HP, Q = 11,0 m³/s e altura manométrica de 120 m cada conjunto. A água recalcada do reservatório de Juqueri pela E. E. de Santa Inês vai para o reservatório de Águas Claras, com NA = 860 m, área inundada de 180 mil m² e volume armazenado de 1,330 milhão m³, suficiente para alimentar a estação de tratamento de água de Guaraú, com uma vazão constante de 33 m³/s, durante três horas, se houver algum problema com o

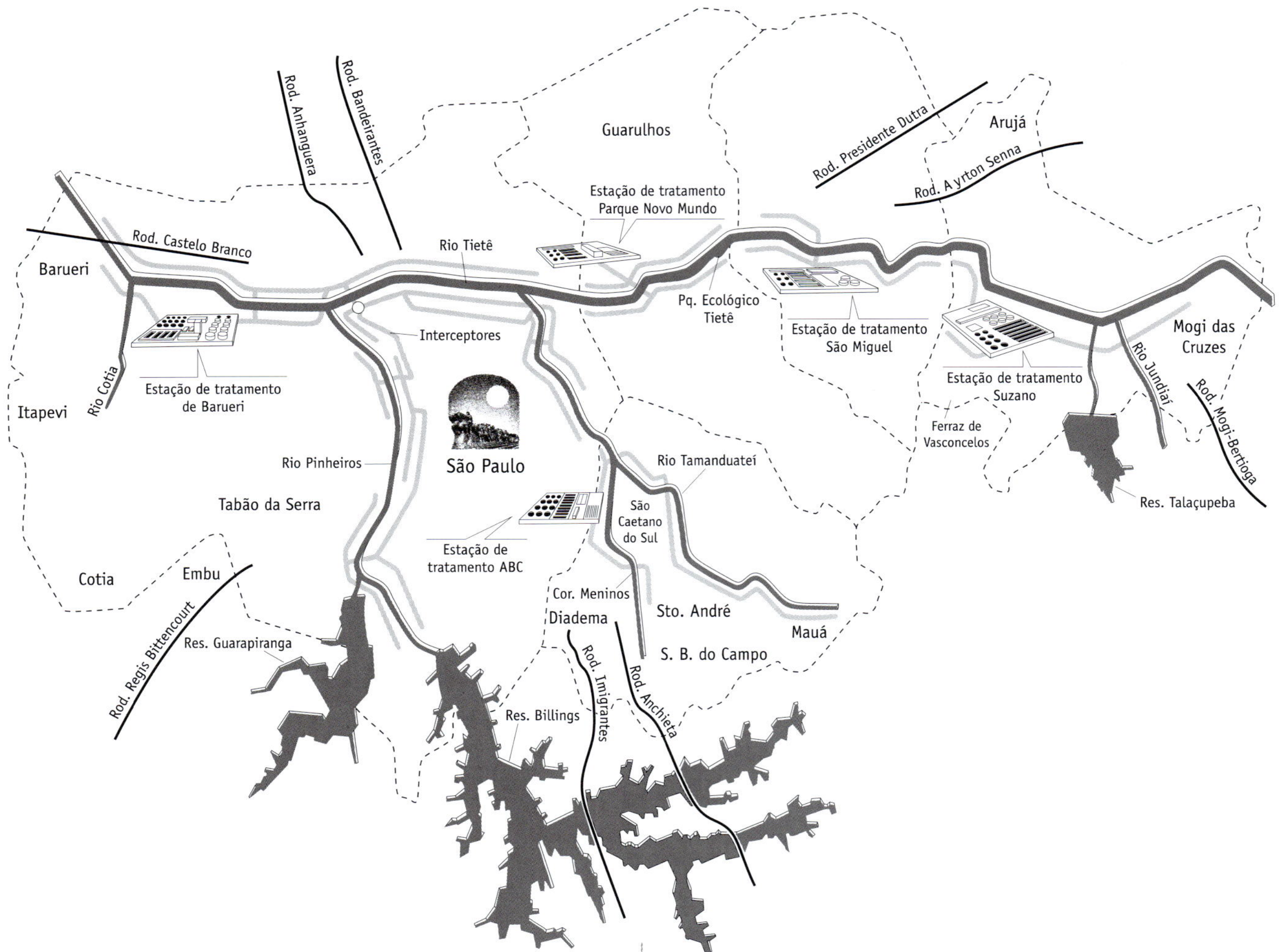

As cinco estações de tratamento de esgotos: ETE Barueri, ETE Suzano, ETE ABC, ETE São Miguel e ETE Parque Novo Mundo.

sistema de recalque de Santa Inês. A ETA Guaraú é uma das maiores estações de tratamento de água do mundo. Está na cota de 830 m, ocupando uma área da ordem de 1,570 milhão de m². Abastece quase a metade da população da Região Metropolitana de São Paulo, e é uma estação moderna onde foram introduzidas todas as tecnologias avançadas existentes no mundo e adaptadas ao nosso meio.

Outro grande manancial é o do Guarapiranga, já mencionado antes. Hoje este manancial recebe água das cabeceiras das bacias do Capivari – Monos e do Juquiá. Forneceu, em 1999, uma vazão firme da ordem de 12,4 m³/s. Infelizmente, a sua bacia contribuinte está sendo ocupada desordenadamente para fins de habitação, o que torna a preservação da qualidade de água desse reservatório um grande desafio.

Mais uma grande fonte de abastecimento da RMSP é o sistema Alto Tietê. Estão concluídas as barragens de Ponte Nova, Jundiaí e Taiaçupeba. Há uma estação de tratamento de água junto ao reservatório de Taiaçupeba para o tratamento das águas da barragem de Jundiaí que passam para Taiaçupeba através de um túnel. Esta barragem está praticamente pronta desde 1976, mas, até hoje, está funcionando parcialmente devido à dificuldade de se remover uma indústria instalada na área de inundação. Mesmo assim, no ano de 1999 estas barragens forneceram uma vazão média de 7,25 m³/s de água potável. A vazão média fornecida por todos os sistemas em 1999 foi de 62,6 m³/s.

O fornecimento de água potável na RMSP, no Rio e em quase todas as grandes cidades brasileiras é boa ou aceitável, mas a coleta e o tratamento de esgotos estão bem aquém do desejável. As cidades litorâneas como Santos, Guarujá, Rio de Janeiro, Salvador, Fortaleza e outras construíram emissários submarinos para lançar esgotos junto às correntes marítimas.

Algumas obras tiveram problemas técnicos nos emissários, outras, por falta de conhecimento do comportamento de correntes marítimas. Está em andamento a grande obra de despoluição da baía de Guanabara e a do rio Tietê.

Em São Paulo, ainda está em curso a implantação do Plano Diretor Sanegran, que teve a participação importante do prof. Eduardo Ryomei Yassuda.

Esse sistema é composto por uma grande rede de interceptores e cinco grandes estações de tratamento de esgotos, que terão as seguintes capacidades: ETE – Barueri com 28,5 m^3/s, ETE – Parque Novo Mundo com 7,6 m^3/s, ETE – São Miguel com 6,7 m^3/s, ETE – Suzano com 1,9 m^3/s e a ETE – ABC com 8,5 m^3/s. Hoje, elas estão trabalhando com vazões bem pequenas. Felizmente, muitas pequenas e médias cidades brasileiras já estão começando a tratar seus esgotos. Por exemplo, o saneamento de áreas pantanosas como as de Santos, Rio de Janeiro, Recife e outros lugares foi resolvido para controlar a febre amarela, a malária, o tifo, o dengue. Mas deve-se estar atento a qualquer indício da volta dessas doenças.

Quanto ao problema de inundações, ligado à segurança de vidas e propriedades, doenças como tifo, leptospirose etc., as áreas urbanas, principalmente, estão bem longe de terem soluções razoáveis.

Em São Paulo, as barragens de cabeceira, tais como, Guarapiranga, Pedreira (Billings), Taiaçupeba, Jundiaí, Ponte Nova e as duas em construção (Paraitinga e Biritiba) são importantes para o controle de cheias do Tietê e Pinheiros. Mas precisam ser complementadas com o aprofundamento da calha do Tietê (em obras), reservatórios de contenção (piscinões), canalização de córregos e implementação de áreas de infiltração, entre outras medidas.

Produção de Água na RMSP – Sistema Integrado
Importância Relativa de cada Sistema Produtor

Sistema	*Capacidade do Manacial (m^3/s)*	*Vazão Retirada em 1999 (m^3/s)*	*População (milhões)*
Cantareira	31,3	32,6	8,90
Guarapiranga	10,3	12,4	3,40
Alto Tietê	3,6	7,25	1,90
Rio Claro	3,6	3,80	1,00
Rio Grande	4,2	4,03	1,10
Alto Cotia	0,9	1,49	0,30
Baixo Cotia	0,6	0,89	0,20
Rib. Estiva	0,1	0,072	0,02
Total Geral	54,6	62,6	16,82

Fontes:
(1) Departamento de Recursos Hídricos - APH.
(2) Departamento de Controle do Abastecimento - AAO (Dado referente a set.1999)
(3) Consideram-se descargas mínimas nula na Represa de Jundiaí e 1,0 m^3/s na Represa de Taiaçupeba.
(4) Relatório de Abastecimento de Água RMSP de agosto/97 - CG.

Criação de Órgãos Públicos e Códigos Relativos ao Saneamento

O governo federal, Estados e municípios têm trabalhado com afinco para resolver os problemas de saneamento, criando vários órgãos públicos e códigos relativos ao uso da água, tais como:

- Sursan – Superintendência de Urbanização e Saneamento – Rio de Janeiro – 11 out. 1961.
- Cedag – Companhia Estadual de Águas da Guanabara – Rio de Janeiro – 4 abr. 1966.
- RAE – Repartição de Águas e Esgoto da Capital de São Paulo – 1893.
- Código Sanitário de São Paulo – 1894.
- Código de Águas (Governo Federal) – 1934.
- DAE – Departamento de Águas e Esgotos – São Paulo – 1954, para substituir a RAE.
- Cetesb e Sabesp – São Paulo – 1973.
- Política Nacional de Saneamento, e criação do Conselho Nacional de Saneamento (lei 5.318/67) em 1967.
- As aplicações do BNH (criado em 1964) passam a ser utilizadas nas operações de financiamento para saneamento. Essa lei é de 1969.
- Planasa – Plano Nacional de Saneamento em 1971. Com os recursos provenientes do FGTS e de fontes internacionais como BID e Bird foram executadas muitas obras de abastecimento de água.
- A Sema foi criada em 1973 para atuar na pesquisa, planejamento, coordenação e assessoramento no campo de recursos hídricos dentro do problema ambiental.
- Aprovação da lei 7.663 (Política Estadual de Recursos Hídricos) pela Assembléia Legislativa de São Paulo.
- Aprovação da lei 6.953/97 – Política Nacional de Recursos Hídricos.
- Nos Estados foram criados planos estaduais de Recursos Hídricos.

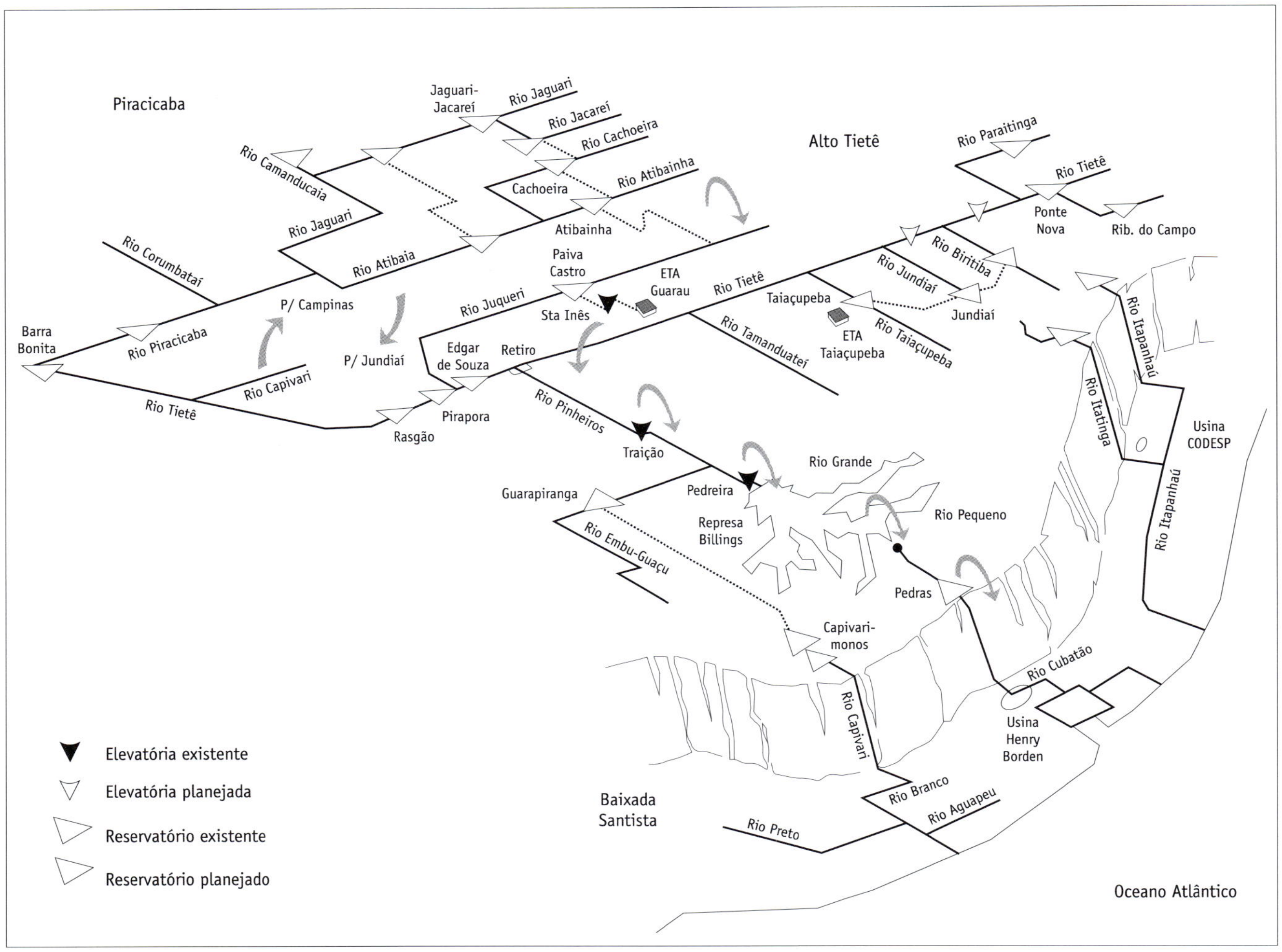

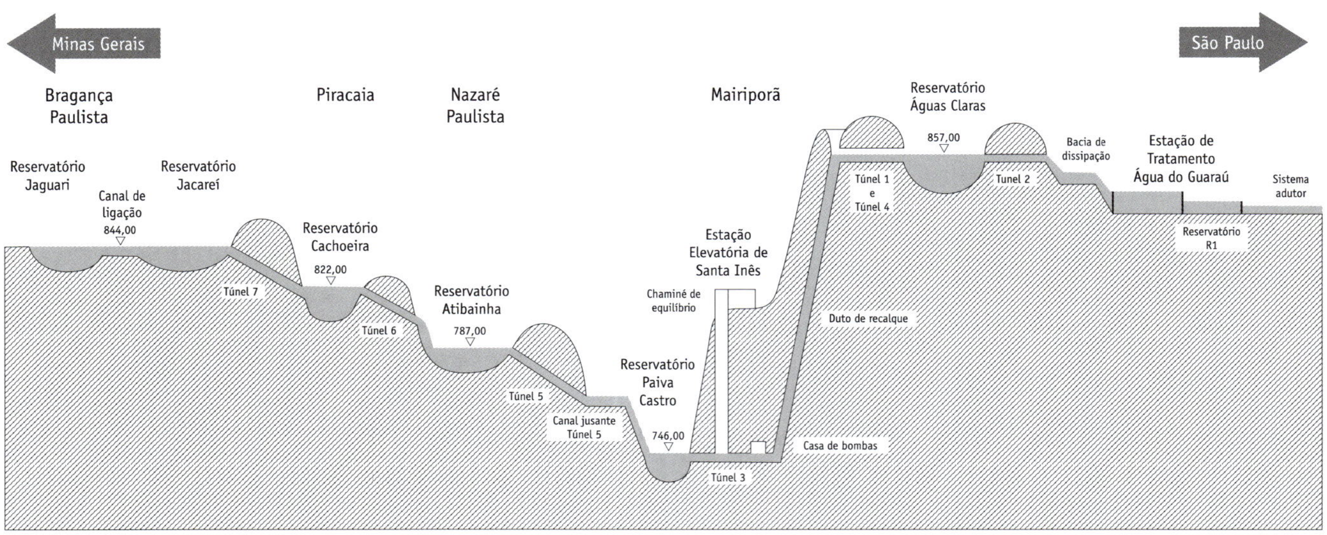

Sistemas Cantareira e Alto Tietê.

ABAIXO

Sistema Cantareira.

Dados Básicos dos Sistemas que Abastecem a RMSP (maio/1995)

Sistema	*Reservatório*	Município	Latitude	Longitude	Altitude	*Área (km²)* Inundada	Drenagem	*Volume (hm³)* Total	Operac.	*Perímetro* (km)	*Prof. Máx.* (m)	*Vazão (m³/s)* Média	Q7,10	Regul.
Cantareira	Jaguarí	Vargem	22°54'12"	46°25'10"	844,00	5,6	1057,0	1037,7	708,3	261,3		22,4	5,25	21,4
	Jacareí	Bragança Paulista			844,0	43,7	195,0							
		Piracaia												
		Vargem												
		Joanópolis												
	Cachoeira	Piracaia	23°05'00"	46°19'02"	821,78	8,7	410,0	114,6	70,3			8,74	2,9	3,9
	Atibainha	Nazaré Paulista	23°10'50"	45°23'45"	786,86	22,5	305,0	301,5	130,5			6,09	1,79	4,3
	Paiva Castro	Franciscco Rocha	23°23'40"	46°39'55"	745,61	5,6	314,0	27,6	9,4		18	4,56	1,08	1,3
		Mairiporã												
	Águas Claras	Caieiras	23°23'09"	46°40'08"				0,1	0,1			0,3		0,3
		Mairiporã												
Guarapiranga	Guarapiranga	São Paulo	23°47'12"	46°42'48"	736,62	32,5	631,0	197,6	189,6	85	13	11,7	1,99	9,5
		Embu-Guaçu												
		Itapecerica da Serra												
	Capivari	São Paulo										0,7		0
Cotia	Pedro Beicht	Cotia	23°43'	46°58'	918,50	3,1	80,0	15,0	14,8	25 (inundado)	22	0,89	0,16	0,85
	Graça	Cotia	23°39'	46°58'			55,0					0,85	0,26	0,27
	Isolina	Carapicuíba	23°32'	46°51'		0,006	233,0	0,017				1,3	0,55	0,58
		Barueri												
		São Paulo												
Alto Tietê	Taiaçupeba	Suzano			743,50	19,3	220,0	44,2	41,7			4,41	0,37	3,3
		Mogi das Cruzes												
	Jundiaí	Mogi das Cruzes	23°40'	46°11'	745,40	17,5	111,0	147,8	83,6			2,35	0,37	2,1
Rio Claro	Ribeirão Cpo	Salesópolis	23°38'	45°50'	875,00	2,2	11,8	14,0	14,0				1,62	2,4
	Poço Preto	Salesópolis					92,0					2,4		1,7
	Guaratuba	Santos					20,1					0,59		
	Km 76	Biritiba Mirim					140,0							1,5
		Salesópolis												
Rio Grande	Rio Grande	Ribeirão Pires	23°45'	46°32'	747,20		183,0	115,0	112,0				1,27	3,9
		Santo André												
		São Bernardo												

Desafios para o Futuro

No início do ano 2000, a situação no Brasil, do ponto de vista global, no campo de saneamento, é precária. Segundo os dados do Unicef (Fundo das Nações Unidas para a Infância), o Brasil, apesar de todo o esforço, ainda apresenta o seguinte quadro sombrio:

- Sem água encanada .... 24% da população
  Sem esgoto .... 30% da população
- Na zona rural não têm
  água encanada .... 75% das residências
- Ranking da mortalidade infantil (entre menores de cinco anos por mil nascidas vivas):
  – .... 1º lugar (Suécia, Noruega e Japão) – 4
  – .... 105º lugar (Brasil) – 42
  – .... 191º último lugar (Serra Leoa) – 316

Um dos principais fatores da mortalidade infantil é a falta de saneamento básico. Esse gigantesco desafio só poderá ser vencido pelo esforço conjunto entre o poder público e toda a população brasileira, adequando os cursos de engenharia sanitária dentro de recursos hídricos e, por sua vez, dentro de uma visão mais ampla, a engenharia ambiental. Daqui para frente é preciso dar atenção especial ao reaproveitamento da água.

Referências Bibliográficas

Azevedo Netto, José Martiniano de. "Abastecimento de Água de São Paulo: Subsídios para a História (1ª parte)". *Revista DAE*, São Paulo, n.º 106, vol. 36, 1976.

____________ . "Cronologia do Abastecimento de Água". *Revista DAE*, São Paulo, 1984.

Boulos, Marcos. *Folha de S.Paulo*, 30 jan. 2000.

Motoyama, Shozo (org.). *Tecnologia e Industrialização no Brasil*. São Paulo, Unesp, 1994.

Nagamini, Marilda. *Contribuição para a História da Construção em São Paulo: O Ensino e a Pesquisa*. Tese de Doutorado, São Paulo, Departamento de História da FFLCH da USP, 1999.

Rebouças, Aldo da Cunha *et alii* (coord.). *Águas Doces no Brasil*. São Paulo, Escrituras, 1999.

Sabesp. *Plano Diretor de Esgotos da RMSP*, 1990.

____________ . *Consolidação do Plano Diretor de Abastecimento de Águas da RMSP*, 1991.

Rutkowski, Emílio & Oliveira, Ernestina Gomes de. *Gestão de Águas Paulistanas*. São Paulo, Sabesp, 1999.

Telles, Pedro Carlos da Silva. *História da Engenharia no Brasil*. Rio de Janeiro, Clavero Editoração, 1993.

Vargas, Milton (coord.). *Contribuição para a História da Engenharia no Brasil*. São Paulo, EP-USP, 1994.

Vargas, Milton (org.). *Histórias das Técnicas e da Tecnologia no Brasil*. São Paulo, Unesp, 1994.

Vargas, Milton. In: Motoyama, Shozo (org.). *Tecnologia e Industrialização no Brasil*. São Paulo, Unesp, 1994.

____________ . *Boletim do Instituto de Engenharia*, n°48, maio de 1929.

____________ . *Folha de S. Paulo*, 30 jan. 2000.

____________ . *Obras de Saneamento*.

6 Obras contra as Secas

JOÃO BAPTISTA NOGUEIRA

O Nordeste brasileiro é a região que mais vem sofrendo com as secas que periodicamente se manifestam e, portanto, é nela que vêm sendo construídas, desde o final do século XIX, diferentes tipos de obras como tentativa de alívio dos problemas decorrentes.

A região Nordeste é formada por nove Estados: Alagoas, Bahia, Ceará, Maranhão, Paraíba, Pernambuco, Piauí, Rio Grande do Norte, Sergipe e mais a ilha de Fernando de Noronha, abrangendo uma área igual a 18,2% do território do Brasil, com sub-regiões de características climáticas diferentes entre si, desde aquelas com um alto índice anual de chuvas até outras com falta de recursos hídricos de forma perene. Estas, localizadas no interior dos Estados, são conhecidas como o semi-árido, que "[...] corresponde a uma das seis grandes zonas climáticas do Brasil. Caracteriza-se basicamente pelo regime de chuvas, definido pela escassez, irregularidade e concentração das precipitações pluviométricas num curto período de cerca de três meses, durante o qual ocorrem sob a forma de fortes aguaceiros, de pequena duração; tem a caatinga como vegetação predominante e apresenta temperaturas elevadas. Abrange as terras interiores à isoieta anual de 800 mm e situa-se, majoritariamente, na região Nordeste, estendendo-se até o norte de Minas Gerais, ou seja, até o que foi legalmente definido como pertencente ao Polígono das Secas". Este é "um território reconhecido pela legislação como sujeito a períodos críticos de prolongadas estiagens. Trata-se de uma divisão regional efetuada em termos político-administrativos e não corresponde à zona semi-árida, pois apresenta diferentes zonas geográficas com distintos índices de aridez, indo desde áreas com características estritamente de seca, com paisagem típica de semi-deserto, a áreas com balanço hídrico positivo"[1].

Localização do Nordeste brasileiro e sua divisão geográfica.

A área da região semi-árida corresponde a 58% da área total da região Nordeste; o Ceará, o Rio Grande do

1. Codevasf, "O Vale do Rio São Francisco".

Norte e a Paraíba têm mais de 90% de suas áreas dentro dessa região; Piauí e Pernambuco, mais de 80%; Alagoas, Bahia e Sergipe, entre 40 e 60%; e ainda o Estado de Minas Gerais, com 10%. Estão fora do semi-árido o Estado do Maranhão e a ilha de Fernando de Noronha[2]. Esse regime, delimitado pela linha indicativa de uma precipitação anual de chuvas igual a 800 mm, abriga em torno de novecentos municípios.

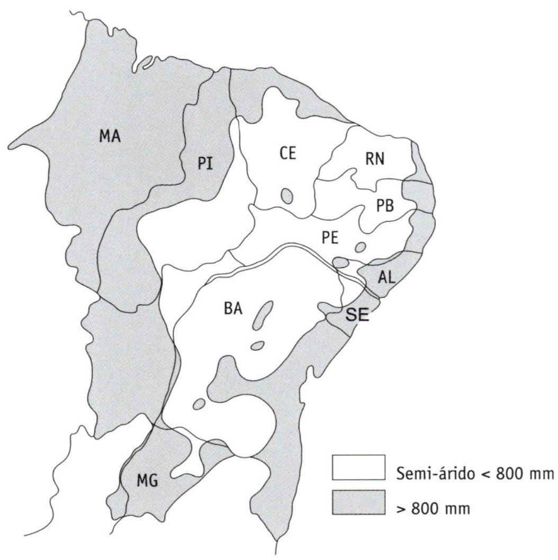

Localiação do semi-árido na região Nordeste.

Os estudos sobre o clima da região têm mostrado uma considerável complexidade, principalmente em função da variação da quantidade de chuvas de uma sub-região para outra, com valores inferiores a 400 mm e superiores a 1.200 mm por ano, dando origem a apenas duas estações: um inverno com chuvas e um verão com estiagem. A umidade relativa do ar apresenta média anual entre 50% e 80%, respectivamente para a região semi-árida, mais seca, e o litoral, mais úmido. A temperatura média anual se encontra em torno de 25°C, com uma variação diária de, mais ou menos, 10°C, e uma insolação intensa que provoca um aumento tanto da evaporação e da perda de água estocada quanto do desenvolvimento biológico. As pequenas áreas pontilhadas, dentro do semi-árido, são micro-regiões onde a precipitação anual é superior a 800 mm, enquanto a precipitação mínima está em torno de 250 mm, em uma micro-região do Estado da Paraíba.

Sendo a água o fator preponderante para a sobrevivência do ser humano e para o desenvolvimento da região, procurou-se desde o século XIX coletar dados sobre os recursos hídricos do Nordeste, com a instalação de postos pluviométricos. O primeiro deles foi implantado no Estado de Pernambuco, em 1842, logo desativado, voltando a fornecer dados alguns anos mais tarde[3]. Em 1849 e 1896, foram instalados os postos de Fortaleza e Quixeramobim, respectivamente, e ambos têm mantido fornecimento de dados desde então. Outros postos foram instalados, nem todos com uma atividade contínua, mas permitindo a obtenção de mais dados sobre a região.

O rio São Francisco e alguns afluentes da margem esquerda são os rios perenes que cortam o semi-árido. O comportamento de outros rios ali depende da localização das nascentes e da contribuição dos afluentes; a maioria deles tem um regime intermitente, permanecendo secos durante pelo menos seis meses por ano, e, quando as chuvas retornam, enchem rapidamente, provocando danos às regiões por onde passam. Em todo o semi-árido não são encontradas lagoas naturais.

As águas subterrâneas podem ser encontradas em aqüíferos existentes em locais sobre formações cristalinas e nas sedimentares: nos primeiros, a água não é potável e os poços apresentam baixa vazão, exceto aqueles que são abertos no leito aluvionar dos rios; já no segundo tipo, a água é potável e os poços apresentam vazões maiores.

O conhecimento geológico do Nordeste é fator essencial para a definição do tipo de obra, açude ou poço, a ser implantada como política de combate à seca; de um modo geral a área da região é formada por terrenos cristalinos e sedimentares em partes aproximadamente iguais. Em palestra proferida em agosto de 1913 o engenheiro Arrojado Lisboa assim definiu os tipos de obras a serem construídas no semi-árido:

> O Piauí é terra de chapadas e tabuleiros, constituídos quase que só de rochas arenosas de grande permeabilidade. Na maior parte do Estado as chuvas são mais regulares que no Ceará e suprem, invariavelmente, todos os anos, os reservatórios subterrâneos. Como sabemos que a topografia não apresenta boqueirões ou localidades convenientes para barragens, a solução do problema ali está naturalmente indicada: é a abertura de poços que encontrarão

2. Dnocs, *Barragens no Nordeste do Brasil: Experiência do Dnocs em Barragens na Região Semi-Árida.*
3. *Idem.*

água profunda, nos limites de 150 m. A irrigação pelo Parnaíba, feita pelo mesmo sistema que adotarmos para o São Francisco, completará a solução do problema nesse Estado...

Os sertões do Ceará, da Paraíba e do Rio Grande do Norte são, ao contrário, a terra ideal para a açudagem. O solo é principalmente de rochas impermeáveis, cristalinas, graníticas, sem água profunda, mas a topografia acidentada oferece numerosos boqueirões e estreitas passagens entre montanhas, na proximidade de extensas várzeas e planícies [...][4].

O fator que mais caracteriza o clima do Nordeste é a chuva, cujo período de precipitação se concentra em um único semestre do ano, o qual, todavia, não é o mesmo para todos os Estados; embora irregulares e escassas, as chuvas não chegam a faltar durante o ano, mas, quando essa irregularidade e a precariedade se acentuam acima do normal, ocorrem as secas.

Os primeiros registros de secas foram elaborados por jesuitas, mostrando que elas ocorreram em 1559 no sertão da Bahia e, em 1583, outra vez na Bahia, atingindo também o sertão de Pernambuco.

No século XVII registraram-se informações sobre a ocorrência de pelo menos quatro períodos de secas, enquanto no século XVIII o número de registros já indica um mínimo de dez, tendo a seca de 1778 um efeito catastrófico sobre o rebanho bovino do Estado do Ceará, quase dizimando-o por completo.

A partir do século XIX, as informações sobre as secas passam a ser mais consistentes; já na metade daquele século têm início as visitas de cientistas à região e a utilização da mão-de-obra do sertanejo na construção de barragens e estradas, com técnica ainda muito incipiente e sob administração direta dos chefes políticos locais[5]. É acentuada a preocupação com o armazenamento de água, em açudes e cisternas, bem como com a procura de novas fontes.

Em 1856, foi criada a Comissão Científica de Exploração, que recomendava a instalação de estações meteorológicas, a construção de açudes e a transposição das águas do rio São Francisco para a bacia do rio Jaguaribe; as obras realizadas, seguindo as recomendações da Comissão, não foram suficientes para enfrentar a Grande Seca ocorrida entre 1877-1880, que matou metade da população que morava na região de influência. Em 1881, outra comissão técnica estudou diversos locais para a implantação de barragens, no Estado do Ceará, optando por iniciar a barragem do Cedro, no município de Quixadá, em 1884.

No século XX, ocorreram diversas secas, mas felizmente o número de mortes tem diminuído. No entanto, continua o problema da migração da população, como ocorrido em 1915, com o êxodo para a região amazônica e para outras regiões do próprio Nordeste e do país onde este tipo de problema não ocorre com freqüência.

No começo do século XX, foram constituídas diversas comissões para tratar desse problema sem produzir os resultados esperados, até que, em 1909, foi criada a Inspetoria de Obras contra as Secas, que evoluiu para o atual Departamento Nacional de Obras contra as Secas – DNOCS. Em seguida, foram criadas a Sudene – Superintendência do Desenvolvimento do Nordeste e a Codevasf – Companhia de Desenvolvimento do Vale do São Francisco, para cuidar apenas do vale por onde se escoa o rio.

As obras planejadas pelas diversas comissões, desde o tempo do Império, são as barragens, poços, estradas e a irrigação, esta última dependente da existência de açudes ou cursos d'água perenes e de uma topografia favorável ao processo.

Poços

A política de abertura de poços para combater a seca vem desde o tempo do Império, quando, em 1831, o artigo 1º de um decreto imperial dizia: "O Governo mandará abrir fontes artesianas podendo empregar neste trabalho engenheiros naturais ou mandar vir da Europa engenheiros bastantemente hábeis em as fazer"[6].

No entanto, o início efetivo da perfuração de poços profundos foi em Fortaleza e arredores, na última década do século XIX – como relatou o engenheiro Vinicius Berredo em palestra realizada no Instituto de Engenharia de São Paulo em fevereiro de 1950[7] –, mediante contrato firmado entre o governo do Estado e uma companhia americana. Foram abertos quatro poços, todos depois abandonados, mas que foram úteis na identificação de um lençol de água à pequena profundidade. A abertura desse tipo de poço se intensificou em Fortaleza, substituindo os poços rasos, que, atingindo o lençol freático superior com uma

4. Dnocs, *Pensamento e Diretrizes*.
5. P. de B. A. Guerra, *Civilização da Seca*.
6. *Idem*.
7. Dnocs, *Pensamento e Diretrizes*.

água salobra, acabavam secando após um longo período de estiagem.

Em 1904 iniciou-se a política de abertura de poços profundos no Rio Grande do Norte, com a importação dos Estados Unidos de uma perfuratriz Pierce e de um técnico especializado nesse tipo de serviço; o primeiro poço foi em Nova Cruz, que não trouxe o sucesso esperado, mas em seguida, com a abertura de diversos poços produtivos em Natal, confirmou-se o acerto das medidas tomadas.

O conhecimento da geologia e da hidrologia da região Nordeste, desde o começo do século XX, muito contribuiu para bem orientar a abertura de poços profundos, permitindo uma definição dos locais mais apropriados, como a faixa litorânea e as formações sedimentares; nestas, os poços alcançam vazões médias consideradas satisfatórias, de 40 a 50 m^3/h, com alguns deles atingindo taxas vinte vezes maiores que as médias, como o poço Vitória, no vale da Gurguéia, no Piauí, com vazão de 800 m^3/h. Em alguns locais, os poços profundos chegam a apresentar características de artesianismo.

Na região de rochas cristalinas, os poços têm vazões pequenas e a água é de má qualidade para o consumo humano, embora possa servir para o consumo animal e irrigação. O índice de aproveitamento dos poços perfurados é baixo, sendo apenas uma solução emergencial quando não houver outra.

Além dos poços profundos, as cacimbas (poços rasos cuja água vem do lençol freático superior) e os tanques ou barreiros (cavas abertas no solo para acúmulo de água da chuva) ainda são soluções encontradas pelos sertanejos na região semi-árida; nas várzeas dos rios, onde o lençol freático é pouco profundo e abundante, a água das cacimbas é usada até para a irrigação de pequenas áreas.

O poço, embora seja uma solução pontual, é um elemento aglutinador de pessoas e um colaborador do aumento da produção, mesmo sem o uso da água na irrigação, por ser um fator dominante da satisfação pessoal de quem a possui.

Atualmente, a energia solar e a eólica estão sendo utilizadas para movimentar bombas instaladas em poços, em regiões onde a energia elétrica ainda não chegou.

Poço Vitória no vale da Gurguéia, no Piauí.

Irrigação

A irrigação, como uma das áreas de conhecimento da engenharia civil, deve ser entendida como um conjunto de obras que começa com a captação da água, em um rio ou em um açude, passa pelo transporte da água através de um canal aberto ou por uma tubulação, até chegar ao local onde será utilizada. Para que o sistema de irrigação possa funcionar, não basta que as obras estejam prontas e a água disponível, mas é preciso, também, que haja uma cultura de utilização da irrigação por parte dos usuários.

Enquanto a construção de açudes vem desde o final do século XIX, a utilização da água para a irrigação se iniciou após o término de construção dos açudes Lima Campos, em 1932, no Ceará, e de São Gonçalo, em 1933, na Paraíba, quando foram construídos alguns quilômetros de canais. O início da política de irrigação provou, alguns anos mais tarde, em 1942 e 1953, a validade desse tipo de obra, quando inúmeras famílias residentes nos locais atingidos pelas secas desses anos não sentiram os seus efeitos diretos e ainda conseguiram cultivar as suas terras[8]. No entanto, diversos problemas locais, como a estrutura fundiária existente àquela época, a falta de educação e de cultura dos usuários da irrigação e o não atendimento satisfatório, por parte de órgãos públicos, de suas necessidades, fizeram com que o programa não atingisse o sucesso que dele se esperava.

Mesmo assim, os programas de irrigação vêm sendo implantados com resultados promissores, com o nascimento de vilas e o crescimento de cidades cujo progresso estava

8. P. de B. A. Guerra, *op. cit.*

Irrigação no Projeto Gurguéia, no Piauí.

paralisado, e, o mais importante, com a formação de uma geração de agricultores que vem aprendendo e utilizando a cultura da irrigação cada vez mais, como um dos meios de combater os efeitos das secas.

A quantidade de projetos de irrigação e de quilômetros quadrados de área irrigada vem aumentando, porém há algumas restrições, tanto por falta de água quanto por limitações do solo para agricultura.

Uma das áreas que vem sendo irrigadas é a do Projeto Gurguéia, no Piauí, onde técnicas modernas vêm sendo utilizadas já há alguns anos com bastante sucesso.

A irrigação é, das obras de combate às secas, a mais eficaz. No entanto, necessita de reservatórios ou cursos de água perenes. O vale do São Francisco, com água abundante vinda do rio, tem desenvolvido essa parte com bastante eficiência.

Transportes

No início da década de 1870, John Ulrich Graf, um inglês que se tornara comerciante em Mossoró, no Rio Grande do Norte, percorrendo o Nordeste em companhia de engenheiros chegou a Petrolina, às margens do rio São Francisco. Com uma visão peculiar aos empreendedores, imaginou uma ferrovia que, saindo de Mossoró, penetrasse o sertão nordestino até Petrolina, levando sal e outros produtos importados àquela época e retornando com os produtos produzidos na região. Conseguiu com o governo da província a concessão para iniciar a construção de uma estrada de ferro, mas o sonho foi destruído pela Grande Seca de 1877. Outras tentativas de construção dessa ferrovia foram feitas e não realizadas, até que, em agosto de 1913, foi iniciada a construção de um trecho de 38 km ligando Mossoró a Areia Branca, no litoral, tendo sido inaugurado em março de 1915[9]. Em 1951, essa ferrovia alcança Souza, na Paraíba, onde também já chegava a Rede de Viação Cearense, interligando as cidades de Mossoró e Fortaleza, oito décadas após a primeira tentativa de se implantar um sistema de transporte ferroviário no Nordeste que pudesse trazer benefícios à população, principalmente durante os períodos de seca.

A construção de rodovias até 1930 não obedecia a um plano elaborado para resolver os problemas da região, mas sim para atender situações de emergência e locais; assim mesmo já haviam sido construídos 1.450 km de rodovias, todas elas em condições precárias de tráfego. A partir de então, e em conseqüência das secas ocorridas no começo do século XX, o plano rodoviário do Nordeste passa a integrar o nacional, iniciando-se a construção da rodovia Transnordestina, ligando Salvador a Fortaleza, através do interior dos Estados atingidos pelas secas e, com isso, possibilitando a ligação do sertão com os portos marítimos e com outras estradas secundárias que levavam aos açudes. Em 1949, é concluída a rodovia Rio-Bahia, ligando o Nordeste à Capital Federal de então e aos Estados do Sudeste. Novas rodovias foram construídas, dando à região uma malha satisfatória, que muito contribui para minorar os problemas causados pelas secas.

Além das rodovias e ferrovias, a região tem 3.500 km de hidrovias, nas bacias dos rios São Francisco, Parnaíba e nos da Baixada Maranhense; os demais rios da região, por não serem perenes, não têm um sistema de transporte fluvial que possa ser utilizado permanentemente.

Para enfatizar a necessidade e a importância de um sistema de transporte eficiente para a população sertaneja, basta citar um trecho da palestra do engenheiro Vinícius Berredo, no Instituto de Engenharia de São Paulo, em 1950: "Assim, no Nordeste, a estrada, a boa estrada, deve ser considerada, e sempre o foi, um dos mais poderosos elementos na luta contra as secas não só como fator de equilíbrio econômico, como também, o que muito vale, como fator psicológico contra o pânico, durante as crises"[10]. É igualmente relevante um trecho do relatório de Roderic Crandall, de 1910, citado no trabalho de Berredo: "Os atuais modos de transportar

9. *Idem.*
10. Dnocs, *Pensamento e Diretrizes.*

todo e qualquer material no interior dos Estados setentrionais do Brasil, afora alguns milhares de quilômetros existentes de vias férreas, são em carro de boi e as costas de animais ou a cabeça de gente"[11]. Ambos os trechos mostram que, no fim do século XX, essas afirmações ainda são verdadeiras em algumas situações de secas.

Açudes e Barragens

A preocupação com o armazenamento de água em açudes e cisternas para o combate às secas na região Nordeste começou no século XIX, tendo sido iniciada a construção de cinco barragens: três delas no Estado do Ceará e duas na Paraíba, na última década do século.

Nas primeiras quatro décadas do século XX, mais de uma centena de barragens foi construída, a maior parte de terra e homogêneas, com algumas delas atingindo altura superior a 40 m. A década de 1930 é o período que muda o comportamento construtivo das barragens de terra com a introdução da compactação mecanizada e da utilização dos conceitos de Proctor sobre compactação dos solos no projeto e no controle da construção do aterro.

A partir do início da década de 1940, os projetos de novas barragens já levavam em consideração os conhecimentos geotécnicos adquiridos até aquela época e a necessidade da realização de ensaios de laboratório e o controle dos resultados obtidos através de ensaios de campo.

A construção dessas barragens, desde as compactadas manualmente e sem nenhum projeto geotécnico até aquelas projetadas e construídas usando os conceitos de Proctor, mostra o pioneirismo da região nordestina nesse tipo de obra no Brasil.

Muitas das barragens construídas sofreram, durante o período construtivo ou depois de prontas, rupturas devido à passagem da água sobre elas, decorrente de um inverno farto de chuvas.

Algumas barragens apresentaram características, tanto de projeto quanto construtivas, que permitem avaliar a evolução ocorrida neste tipo de obra ao longo do século XX. A descrição de algumas delas será feita nas páginas seguintes.

O açude Cedro, no município de Quixadá, Ceará, a cerca de 160 km de Fortaleza, teve seus estudos iniciados logo após a Grande Seca de 1877-1880, quando o

Barragem do Cedro, Quixadá, Ceará.

> [...] Governo Imperial, no ano de 1880, solicitou ao Eng. Jules Revy o estudo das melhores áreas e respectivos boqueirões para a construção de açudes. A barragem do Cedro teve seu primeiro projeto executado no ano de 1882 pelo mesmo Eng. Jules Revy. No ano de 1889, sob a direção do Eng. Ulrico Mursa, da Comissão de Açudes e Irrigação, após cuidadosos estudos locais, foram realizadas modificações no projeto original, que obtiveram aprovação oficial do governo. Iniciaram-se, então, em 15 de novembro de 1890, os trabalhos de construção da barragem, os quais só foram concluídos no ano de 1906 [...][12].

A finalidade da construção era atender à irrigação, ao desenvolvimento das culturas de vazante, à piscicultura, ao aproveitamento das áreas a montante e ao abastecimento de água da cidade de Quixadá. Os canais projetados para atender à irrigação estimavam uma área de 10 km^2, mas que não chegou à metade, por falta de um estudo hidrológico mais adequado e também pelo desperdício da água durante sua utilização[13].

A barragem do Cedro é composta por dois trechos em alvenaria de pedra formando a barragem vertedoura e a principal, esta em arco com 254 m de raio e altura de 20 m; dois outros trechos são maciços de terra com altura máxima de 17 m, comprimento de 500 m e um volume total de 50 mil m^3 de solo compactado.

O trabalho cuidadoso na preparação e assentamento dos 60 mil m^3 de blocos de rocha, aliado ao acabamento da crista da barragem principal com correntes metálicas e à integração do açude com o pequeno vale fértil onde se implantou e com a serra que o contorna – dela sobressaindo a Pedra da

11. *Idem.*
12. Dnocs, *Barragens no Nordeste do Brasil: Experiência do Dnocs em Barragens na Região Semi-Árida.*
13. *Idem.*

Pedra da Galinha Choca, Quixadá, Ceará.

À DIREITA

Açude Lima Campos, Ceará. Compactação manual da barragem.

Barragem de Orós, Ceará.

Galinha Choca – constituem um conjunto paisagístico que é um centro turístico, instituído como monumento artístico e histórico nacional.

Em 1909, teve início a construção da barragem Eugênio Gudin, para formar o açude Acarape do Meio, a 75 km de Fortaleza; a finalidade era o abastecimento d'água de Fortaleza e de outras cidades localizadas ao longo da adutora e também a irrigação de áreas para agricultura, tanto a jusante quanto a montante da barragem[14].

A barragem é em arco, tipo gravidade com seção trapezoidal, de alvenaria de pedra, com um vertedouro na margem esquerda, e não tem um sistema drenante; a sua altura máxima é de 33 m e seu comprimento de 250 m.

Uma ensecadeira de concreto, com o objetivo de desviar o rio para um canal lateral de terra, não foi suficiente para impedir que as águas das chuvas de 1912 passassem por cima dela e provocassem danos à obra; por falta de dados, o estudo hidrológico da bacia não foi realizado. A conclusão da obra se deu em 1924, e, como curiosidade, nela trabalhou o eng. Gudin, que muitos anos depois seria ministro da Fazenda do Brasil.

Em abril de 1932, foi iniciada a construção da barragem do açude Lima Campos, concluída em dezembro do mesmo ano[15]. Está localizada no município de Icó, Ceará, a cerca de 400 km de Fortaleza, barrando o rio São João, afluente do rio Jaguaribe; o seu reservatório está interligado ao açude Orós por um túnel de 1.584 m de extensão, construído entre 1938 e 1940. Uma das finalidades da construção era o aproveitamento da água para a irrigação da área das várzeas do Icó, situada no rio Salgado.

A barragem é um maciço de terra, com 17 m de altura e 185 m de extensão, com uma cortina vertical de concreto armado e um sistema drenante colocado na base da cortina. Na construção da barragem, com um volume total de 84 mil m³, foi utilizada a técnica de compactação manual com uma produção diária média de 330 m³, aproveitando a mão-de-obra disponível, criada pela seca que se abateu sobre o Nordeste no ano de 1932.

Entre 1932 e 1935, foi construída a barragem do açude General Sampaio, localizado no município de mesmo nome, no Estado do Ceará. É uma barragem de terra zoneada, com núcleo de material impermeável. Para sua execução foi empregada, pela primeira vez no Nordeste, a técnica de compactação mecanizada.

O conjunto formado pela junção dos açudes Curema e Mãe D'Água, no Estado da Paraíba, a cerca de 400 km de João Pessoa, foi construído para regularizar o rio Açu e permitir a realização de obras para a irrigação das terras do vale[16].

A barragem de Curema é de terra zoneada, provida de uma cortina impermeável de concreto, com altura máxima de 47 m, extensão de 1.550 m e volume total de 2.700.000 m³. Foi a primeira barragem brasileira na qual se utilizou o ensaio de Proctor no controle de compactação do aterro[17].

Em conferência proferida aos alunos da Escola Nacional de Engenharia do Rio de Janeiro, em junho de 1940, sobre a construção da barragem de Curema, na Paraíba, o engenheiro civil Luiz A. da Silva Vieira destaca o início do uso dos conceitos de Proctor na compactação de solos no Brasil:

14. *Idem.*
15. *Idem.*
16. *Idem.*
17. M. Vargas, "Heritage Lecture: Soil Mechanics in Brazil".

Dessa barragem, que está atualmente em construção, vale a pena dar as características principais. O tipo é de terra com cortina impermeabilizadora central de concreto armado engastada profundamente na rocha do leito do rio, taludes escalonados a montante desde 1:2 até 1:4, talude uniforme a juzante de 1:2. O maciço de montante é formado de material escolhido oferecendo condições magníficas de impermeabilidade e estabilidade, tudo controlado por ensaios prévios no nosso laboratório de mecânica dos solos, o qual verifica também as condições finais do material depois de colocado no maciço. Essas condições finais dependem de vários fatores dos quais dois controlados na obra: a dose de água e a compressão. Para essa última está verificado que o melhor resultado se obtem com o rolo tipo pé de carneiro, com o qual se conseguem pressões de 15 a 20 kg/cm². O maciço de juzante é formado de material estável mas que oferece uma certa porosidade facilitando assim a drenagem de todo o maciço, e se apoia no pé de juzante sobre um prisma de pedra seca arrumada tomando toda a largura do leito menor do rio. A barragem terá 50 m de altura acima do leito do rio e 62 acima das fundações. O volume de terra na barragem principal e nas três barragens auxiliares é de cerca de 3 milhões de metros cúbicos[18].

O laboratório de mecânica dos solos citado é o primeiro do Brasil, instalado em uma obra e o segundo laboratório geotécnico brasileiro[19]. Ainda segundo a mesma fonte: "As barragens de terra compactada de secção homogênea e com filtro vertical, preconizadas por Terzaghi, quando projetou para a Light a barragem do Vigário, tiveram precursoras no Nordeste. Os filtros verticais de areia, ligados ao filtro de pé de jusante, ficavam todavia, por trás de um septo ou cortina de concreto armado", como na barragem de Lima Campos, construída em 1932, com compactação manual.

Em 1948, foi iniciada a construção da barragem do açude de Jacurici, localizada no município de Itiúba, na Bahia, e concluída dez anos depois. É uma barragem de terra homogênea, com 28,2 m de altura, com um sistema drenante formado por um filtro vertical com saída d'água através de drenos, a cada 20 m, até um enrocamento situado no pé do talude de jusante.

Desde o século XIX, a construção de uma barragem no Boqueirão de Orós vinha sendo analisada, porém somente na primeira década do século XX foi concluído o primeiro anteprojeto da barragem, destruído logo depois por um incêndio em 1912. A perenização do rio Jaguaribe e a irrigação das terras do Médio e Baixo Jaguaribe eram, entre outras, as finalidades desejadas para a construção do açude.

Em 1913, foram realizadas sondagens no local, quando foi constatada a existência de um bolsão de material aluvionar, com 40 m de espessura, tendo sido sugerida a construção de uma barragem com eixo curvilíneo.

Em 1919 e 1932, novos estudos e projetos foram realizados sem continuidade, até que, em 1957, o conhecimento mais detalhado do local e dos materiais de construção disponíveis levou o professor Casimiro José Munarski a propor o projeto definitivo – um maciço de terra zoneado, de argila, areia e enrocamento e com eixo curvilíneo, para desviar do bolsão de material aluvionar.

A construção da barragem do açude Orós, no Estado do Ceará, barra o rio Jaguaribe, uma das mais importantes bacias hidrográficas da região e distante 450 km de Fortaleza[20]. As obras de desvio foram iniciadas em 1921, mas somente após a elaboração do projeto executivo, em 1957, foi iniciada a construção da barragem com 54 m de altura, 670 m de extensão. Em março de 1960, quando a barragem alcançava pouco mais da metade da sua altura, chuvas intensas provocaram uma cheia excepcional, além da capacidade de vazão do túnel de desvio. Houve então transbordamento, formando-se um canal de erosão em uma fenda central no maciço da barragem, destruindo cerca de 45% do volume já construído; o trecho danificado foi reconstruído e a barragem concluída em janeiro de 1961.

A barragem Pereira de Miranda, que forma o açude Pentecoste, localizada no município de Pentecoste, Ceará,

Barragem Pereira de Miranda, Ceará.

18. Dnocs, *Pensamento e Diretrizes*.
19. A. D. F. Napoles Neto, "História da Mecânica nos Solos no Brasil".
20. Dnocs, *Barragens no Nordeste do Brasil: Experiência do Dnocs em Barragens na região Semi-Árida*.

Açude Pedras Brancas, Ceará.

À DIREITA

Barragem do açude Serrote, Ceará.

a cerca de 85 km de Fortaleza, teve sua construção iniciada em 1950, visando entre outras finalidades ao controle das cheias do rio Curu, à irrigação das terras a jusante e ao aproveitamento das terras a montante[21]. Compõe-se de um maciço de terra homogêneo compactado, de 29,4 m de altura e 1.274 m de extensão, com um filtro vertical de pedra arrumada, com uma transição de areia e saída d'água através de drenos de pedra até o pé do talude de jusante. O talude de montante deveria ser recoberto por placas de concreto, mas durante a construção parte dessa cobertura foi mudada para um rip-rap. O estudo geotécnico do solo e o hidrológico da bacia, abrangendo um período de 34 anos, foram realizados e utilizados no projeto da barragem.

O açude Cocorobó está localizado no município de Euclides da Cunha, na Bahia, a 410 km de Salvador, no rio Vaza Barris, próximo a Canudos. Dentre as suas finalidades estão a irrigação das terras do Projeto Vaza Barris, com 4,6 km² de área irrigável, o controle das cheias e o abastecimento de Nova Canudos. O lago tem uma área de 24 km².

A barragem é de terra homogênea, com uma altura máxima de 33 m e um comprimento de 643 m, tendo sido iniciada em 1951.

O estudo hidrológico levou em consideração os dados de 55 anos obtidos em 21 postos pluviométricos da região.

Logo após o final da construção da barragem, em dezembro de 1967, ocorreu um escorregamento em parte do talude de montante; terminada a reconstrução da área afetada foram instalados piezômetros, medidores de nível d'água, medidores de recalque e de deslocamentos horizontais, que indicaram pressões de água elevadas e o aparecimento de trincas no talude, as quais, depois de algum tempo de observação, foram consideradas aceitáveis.

A barragem Arrojado Lisboa, construída para formar o açude Banabuiú, a 230 km de Fortaleza, tem como finalidades fornecer água para a irrigação das terras do Projeto Morada Nova, com uma área de 100 km² irrigáveis, e o controle das cheias do rio Banabuiú.

A construção foi iniciada em 1952, é uma barragem de terra zoneada com um núcleo argiloso seguido de uma camada de areia formando um filtro inclinado e com os taludes de montante e jusante recobertos por enrocamento; foi realizado um tratamento das fundações com três linhas de injeções de cimento.

O estudo hidrológico da área foi realizado utilizando os dados referentes ao período de 1912 a 1934, obtidos nas estações pluviométricas existentes na região.

Durante a construção, devido às chuvas excepcionais de 1960 e 1961, obras emergenciais tiveram que ser executadas para evitar a passagem da água por cima do maciço

21. *Idem.*

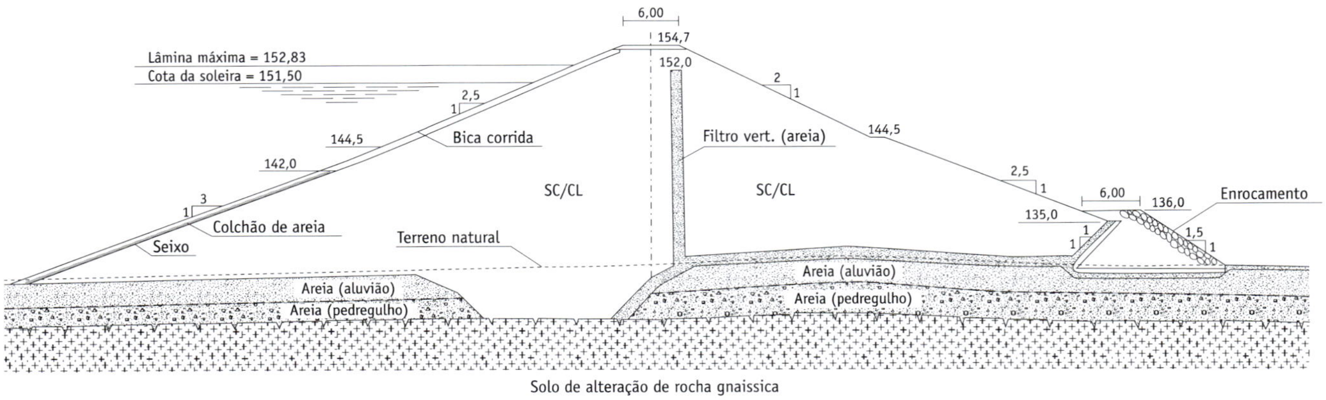

Seção transversal da barragem do açude Castro, Ceará

Açude Açu, Rio Grande do Norte.

compactado, o que foi conseguido; no entanto, após o fim do período de chuvas, o rebaixamento rápido da água do reservatório provocou o escorregamento do talude de montante. A obra só foi concluída em 1966.

Em 1979 foi iniciada a construção da barragem que forma o açude Açu, situada no rio Piranhas, no município de Açu, Rio Grande do Norte, com o objetivo de fornecer água para o projeto de irrigação do Baixo-Açu. É uma barragem de terra zoneada, com 41 m de altura e 2.553 m de extensão[22]. A fundação da barragem, na parte central do vale, é composta de sedimentos arenosos, muito permeáveis, com profundidades superiores a 20 m. Por este motivo, foi construída uma trincheira de vedação, de solo silto-argiloso, até ser encontrada a rocha sã, sob o pé de montante da barragem. Durante a construção, houve um escorregamento do talude de montante, na sua parte central, de mais ou menos 500 m, envolvendo um volume de, aproximadamente, 1,5 milhão de m³ de solo compactado, que, segundo o relatório dos consultores, foi causado por pressões neutras de construção. A barragem foi reconstruída deslocando-se o filtro, em chaminé, para montante, com o aproveitamento do mesmo material.

O estudo hidrológico da bacia foi apoiado em dados, coletados no posto do Açu durante o período de 1911 a 1971.

A barragem formadora do açude Serrote, localizada no rio Groaíras, município de Santa Quitéria, Ceará, foi iniciada em 1984; é composta por uma barragem de enrocamento com núcleo argiloso, de eixo retilíneo, com uma inflexão de 90° na ombreira esquerda, por uma tomada d'água com galeria tubular sob o aterro e um vertedouro na margem esquerda do reservatório, com 43 m de altura e 1.976 m de extensão. O objetivo da construção do açude era possibilitar a irrigação de uma área de até 300 km², controlar as cheias do rio Acaraú e abastecer um complexo industrial que estava se instalando na região.

Iniciada em 1993, a barragem do açude de Castro, município de Itapiuna, Ceará, está localizada no rio de mesmo nome. A barragem é de aterro homogêneo, com 26 m de altura máxima e 606 m de extensão, construída sobre aluviões de areia e pedregulho, com cerca de 6 m de espessura, interceptada por uma ampla trincheira de vedação, a

Vale do Rio São Francisco

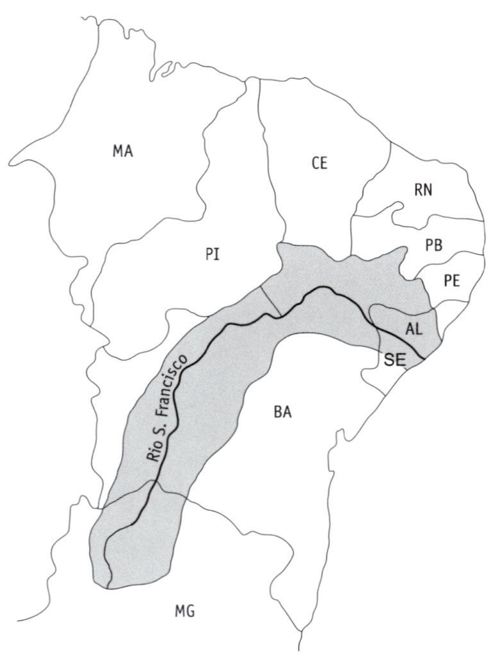

22. *Idem.*

montante do seu eixo; o sistema drenante é formado por um filtro vertical e um tapete horizontal, ambos de areia, e um enrocamento colocado no pé do talude de jusante[23].

Vale do São Francisco

Desde meados do século XIX, o vale do São Francisco vem sendo estudado por cientistas estrangeiros e brasileiros, inicialmente quanto às condições de desenvolvimento da navegação, desde a nascente até a foz e, mais recentemente, sobre o uso múltiplo da região.

O rio São Francisco tem um comprimento de 2.700 km, da nascente na serra da Canastra, em Minas Gerais, até a foz entre os Estados de Alagoas e Sergipe; a sua bacia hidrográfica, com uma área de 640 mil km², engloba parte dos Estados de Alagoas, Bahia, Goiás, Minas Gerais, Pernambuco, Sergipe e o Distrito Federal, totalizando 503 municípios, com uma população de 15,1 milhões de habitantes e uma densidade demográfica média de 23,7 habitantes/km², heterogeneamente distribuída. Essa área forma o vale do São Francisco, e metade dela está dentro da região semiárida, abrigando 33% daquela população, distribuída em 226 municípios, com uma densidade demográfica média de 15,8 habitantes /km²[24].

O rio São Francisco tem um total de 168 afluentes, de todos os portes, dos quais 99 são perenes, mas apenas dezenove têm um porte significativo, o que faz com que a vazão máxima, que acontece em março, seja oito vezes maior que a vazão mínima, em outubro.

O clima do vale é mais fortemente influenciado pelas chuvas, que se concentram em três a quatro meses do ano e têm diferentes valores da precipitação anual, chegando a 1.500 mm na nascente e a 350 mm entre parte do reservatório de Sobradinho e Paulo Afonso.

O potencial energético do vale tem nas usinas hidrelétricas seu principal componente, e na cana de açucar, turfa, lenha, outros tipos de energia, além da eólica e solar, ainda em um estágio incipiente de aproveitamento.

Quanto aos recursos hídricos, o rio São Francisco é responsável por 69% da disponibilidade de águas superficiais e 60% das águas acumuladas na região Nordeste, decorrentes de sua perenidade e dos lagos resultantes das barragens nele construídas. Quanto às águas subterrâneas, nove províncias do vale já foram identificadas e podem ser aproveitadas, tanto para o abastecimento humano e animal como para a irrigação.

No vale existem 2.130 km de vias navegáveis, dos quais 1.500 no rio São Francisco – entre Pirapora, em Minas Gerais, e Juazeiro/Petrolina, na divisa Bahia/Pernambuco, com uma eclusa na barragem de Sobradinho e outro trecho entre Piranhas e a foz. Gipsita, soja, carvão e arroz têm sido os principais produtos transportados dessa forma, mas é um ponto ainda a ser melhorado.

Com os recursos hídricos existentes, definidos os locais com terras próprias à irrigação, de acordo com critérios agronômicos e após um estudo do custo/benefício ter indicado que a irrigação deveria ser implantada, foi iniciado um projeto público para o vale, com o intuito de motivar a iniciativa privada a utilizar e a implantar projetos de irrigação, gerando empregos e dando ao Nordeste condições de se tornar um exportador de frutas, hortaliças e sementes, evitando-se, com isso, a ida de migrantes para as grandes cidades durante secas prolongadas.

Em todo esse processo é bom lembrar que alguns impactos ambientais podem ocorrer, como a modificação do meio ambiente, o aumento do teor de sais no solo, contaminação dos recursos hídricos pelo excesso de água com resíduos de agrotóxicos e, também, o consumo abusivo da água – que será no século XXI um produto raro e, portanto, caro.

Hoje o vale do São Francisco tem uma agricultura irrigada, altamente produtiva e exportadora de frutas, porém apresenta ainda baixos índices de educação, saúde e saneamento básico, requisitos necessários à melhoria das condições de vida do ser humano.

* * *

A história das obras contra as secas pode ser acompanhada pela descrição da evolução construtiva dos poços, dos sistemas de irrigação, dos meios de transporte e da construção das barragens.

Das primeiras cacimbas, geralmente rasas e com retirada manual da água, que nem sempre é de boa qualidade, aos poços profundos, com a água sendo retirada através de bombas movidas a energia elétrica, onde esta está disponível, ou com energia solar ou eólica, ainda de forma inicial,

23. I. M. Strozberg, *Avaliação de Projetos de Barragens no Estado do Ceará*.
24. Codevasf, "O Vale do Rio São Francisco".

já se manifestam alterações positivas no comportamento do sertanejo durante as secas.

A evolução dos sistemas de irrigação – da distribuição da água através de canais a céu aberto até a utilização de estruturas pivotantes – têm contribuído para a instalação de uma agricultura irrigada altamente produtiva e exportadora de frutos de boa qualidade, como se verifica no vale do Rio São Francisco e em outras regiões, com uma oferta maior de empregos e estimulando o setor privado a adotar esse tipo de agricultura.

Os meios de transporte, tanto do sertanejo como da produção agricola da região, evoluíram nesses anos, do lombo do burro através de estradas de terra às ferrovias e, posteriormente, às estradas pavimentadas, garantindo um atendimento mais rápido às regiões necessitadas quando das secas e trazendo um alívio à população sertaneja.

A evolução da engenharia brasileira pode ser acompanhada através das diferenças verificadas nos projetos e nos processos construtivos, principalmente ao longo do século XX.

De um projeto quase só geométrico e com pouco conhecimento das condições hidrológicas da região e geotécnicas do local da obra – como acontecia nas primeiras barragens construídas – a um projeto construtivo detalhado realizado com a utilização dos dados hidrológicos – obtidos em estações da região nordestina – e geotécnicos – obtidos por meio de investigações de campo e de ensaios de laboratório –, essa evolução está demonstrada.

De uma construção artesanal em alvenaria de pedra, ou uma compactação manual dos aterros com o transporte dos materiais sendo feito em carroças, aos atuais processos de construção de muros de concreto ou maciços de terra ou de enrocamento com a utilização de máquinas cada vez maiores para o transporte de materiais, a evolução da engenharia brasileira também se demonstra.

O projeto de transposição das águas do rio São Francisco para outras bacias, obra desejada desde meados do século XIX, está agora sendo realizado e é visto como parte da solução do problema das secas.

Com todas as medidas já tomadas e com outras que estarão por vir, a grande ação a ser efetivada é aquela na área do saneamento básico, na saúde. Além disso, forte enfoque na educação da população para a utilização racional da água na irrigação e uma mudança na estrutura fundiária da região transformarão o Nordeste em uma região desenvolvida, como acontece em outros países com esse mesmo tipo de problema.

O nosso agradecimento ao Departamento de Geotecnia da Escola de Engenharia de São Carlos, pela permissão de uso de suas instalações, ao professor titular Swamy Marcondes Villela pelo fornecimento de parte da bibliografia referente ao assunto e, principalmente, ao professor titular Nélio Gaioto que colaborou na realização deste trabalho na parte referente às barragens e açudes.

Referências Bibliográficas

ARROJADO LISBOA, M. "O Problema das Secas". In: *Dnocs: Pensamento e Diretrizes*. Fortaleza, Ministério do Interior/Dnocs. Ed. Comemorativa do 75° Aniversário, pp. 11-27, 1984.

BERRÊDO, V. "Obras contra as Secas". In: *Dnocs: Pensamento e Diretrizes*. Fortaleza, Ministério do Interior/Dnocs. Ed. Comemorativa do 75° Aniversário, pp. 41-88, 1984.

CODEVASF – Companhia do Desenvolvimento do Vale do São Francisco. "O Vale do Rio São Francisco". www.codevasf.gov.br, 1999.

DNOCS – Departamento Nacional de Obras contra as Secas. *Barragens no Nordeste do Brasil: Experiência do Dnocs em Barragens na Região Semi-Árida*. Fortaleza, Ministério do Interior/Dnocs, 1982 e 1990.

__________. *Pensamento e Diretrizes*. Fortaleza, Ministério do Interior/Dnocs. Ed. Comemorativa do 75° Aniversário, 1984.

GUERRA, P. de B. A. *Civilização da Seca*. Fortaleza, Ministério do Interior/Dnocs, 1981.

NAPOLES NETO, A. D. F. "História da Mecânica dos Solos no Brazil". In: *IV Congresso Brasileiro de Mecânica dos Solos e Engenharia de Fundações, Guanabara*, v.II. Tomo I, pp. 169-215, 1970.

STROZBERG, I. M. Avaliação de Projetos de Barragens no Estado do Ceará. São Paulo, Dissertação (Mestrado), Escola Politécnica da Universidade de São Paulo, 1999.

VARGAS, M. "Heritage Lecture: Soil Mechanics in Brazil". In: *XII International Conference on Soil Mechanics and Foundation Engineering*, Rio de Janeiro. Proc ..., v. 4, pp. 2289-2299, 1989.

VIEIRA, L. A. da S. "Obras no Nordeste". In: Dnocs: *Pensamento e Diretrizes*. Fortaleza, Ministério do Interior/Dnocs. Ed. Comemorativa do 75° Aniversário, pp. 29-40, 1984.

7 Mineração e Siderurgia durante a Colônia e o Império

VICENTE CHIAVERINI

Introdução

O descobrimento do Brasil pelos portugueses significou, para o reino de Portugal$ a conquista de um imenso território, caracterizado por grandes riquezas naturais. Habitado por um povo selvagem, sua exploração enfrentaria dificuldades, devido à grande área a ser explorada, de acesso nem sempre fácil e caracterizada ainda por grandes cursos de água, montanhas e florestas abundantes.

Do mesmo modo que os castelhanos ao conquistar novos territórios, um dos principais objetivos da Corte portuguesa era a descoberta de recursos minerais, sobretudo ouro e pedras preciosas.

A famosa Carta de Pero Vaz de Caminha, que registrou oficialmente o descobrimento do Brasil, escrita em Porto Seguro de Vera Cruz em 1. de maio de 1500 e dirigida ao rei dom Manuel, num de seus trechos relata o seguinte:

> Esta terra, Senhor, parece-me que da ponta que mais contra o Sul vimos até a outra ponta que contra o Norte vem, de que nós deste porto houvemos vista, será tamanha que haverá nela bem vinte ou vinte e cinco léguas de costa. Traz ao longo do mar em algumas partes grandes barreiras, umas vermelhas e outras brancas, e a terra de cima, toda chã e muito cheia de grandes arvoredos. De ponta a ponta é toda praia. Muito chã e muito formosa. Pelo sertão, nos pareceu, vista do mar, muito grande, porque, a estender olhos não podíamos ver senão terras e arvoredos – terras que nos parecia muito extensas. Até agora não podemos saber se há ouro ou prata nela ou outra coisa de metal ou ferro – nem lhe vimos. Contudo a terra em si é de muito bons ares, frescos e temperados como os de Entre Douro e Ninho, porque nesse tempo dagora assim os achávamos como os de lá. As águas são muitas, infinitas. Em tal maneira graciosa que, querendo-a aproveitar, dar-se-á tudo por causa das águas que tem.

A citação, na carta, do ouro, prata, ferro ou outra coisa de metal certamente comprova o interesse dos conquistadores na procura de minas de metais.

O autor seiscentista frei Vicente do Salvador, por sua vez, nascido na Bahia, no capítulo v de sua obra *Das Minas e Pedras Preciosas do Brasil* diz o seguinte:

> Já no capítulo terceiro comecei a murmurar da negligência dos portugueses, que não se aproveitavam das terras do Brasil que conquistam e agora me é necessário continuar com a murmuração, havendo de tratar das minas do Brasil, pois sendo contígua esta terra com a do Peru, que não a divide mais que uma linha imaginária, indivisível, tendo lá os castelhanos descoberto tantas e tão ricas minas, cá nenhuma passada dão por isso e quando vão ao sertão é para buscar índio forros, trazendo-os a força e com

engano para servirem deles e os venderem com muito encargo de suas consciências. E é tanta a fome que disto leva que, ainda que de caminho achem mostras ou neves de minas, nem as cavam nem ainda as vêm ou as demarcam.

Mais adiante frei Vicente continua: "Também há minas de cobre, ferro e salitre, mas se pouco trabalham pelas de ouro e pedras preciosas, muito menos fazem para estas outras."

Essas afirmações significam que os descobridores do Brasil não tinham, na realidade, o menor interesse apenas em recursos naturais minerais e recursos humanos.

Qual seria o motivo dessa falta de interesse? Talvez porque, por ocasião do descobrimento do Brasil, nas atividades de mineração do reino português e nas suas províncias, vigoravam as chamadas Ordenações Manoelinas, que regulavam a exploração de minas de metais, ao mencionar que entre os direitos da Coroa estavam os relativos aos veeiros de ouro ou prata ou qualquer outro metal.

Aos súditos do reino, portanto, não se oferecia qualquer incentivo para a descoberta de minas. Contudo, ainda no século do descobrimento do Brasil, verificou-se que, apesar das dificuldades e, eventualmente, falta de apoio do reino, várias tentativas foram feitas para descobrir metais e pedras preciosas, como se verá mais adiante.

Finalmente, convém ressaltar a ação das entradas ou bandeiras que, por meio de sua ousadia, com o objetivo de "caçar índios", percorreram milhares de quilômetros explorando o solo, atravessaram a linha divisória estabelecida pelo Tratado de Tordesilhas, assinado pelos reis de Portugal e Espanha, tratado esse que tinha como objetivo delimitar a ação dos dois países nos descobrimentos realizados ou a realizar.

Em sua trajetória, as bandeiras penetraram em território rico em ouro e esmeraldas, ao qual foi dado o nome de Minas Gerais. Desse modo, apesar da descoberta de minas não ter sido o principal objetivo dos bandeirantes, certamente foram eles os pioneiros da mineração brasileira.

Pouso no Sertão, **óleo de Aurélio Zinnerman (1826). Acampamento de bandeirantes no Rio Pardo.**

Mineração

Depois do descobrimento do Brasil, o primeiro personagem a entrar para a história da mineração brasileira, ou seja, a se interessar por minérios, foi o português Martim Afonso de Souza, fundador da capitania de São Vicente. Martim Afonso de Souza tentou descobrir ouro, prata e pedras preciosas no sertão, ao sul da capitania, para o que organizou três expedições, entre 1531 e 1534. Entretanto, apesar dos esforços, não houve sucesso na busca de minérios.

Ainda no século do descobrimento, Tomé de Souza chegou à cidade de Vila Velha em 1549 para assumir o governo da região. Achando o lugar muito precário como sede do governo, construiu uma nova cidade, um pouco ao norte, com o nome de Salvador da Bahia. Tomé de Souza é considerado o responsável pelo surgimento da primeira mineração brasileira: a do calcário. Esse material foi utilizado para a fabricação de cal virgem destinada à construção da primeira casa da cidade de Salvador.

Em São Paulo, continuavam os esforços para encontrar minérios. Em 1552, em Santo Amaro, às margens do córrego Jeribatuba, afluente do rio Pinheiros, foram encontrados pequenos depósitos de minério de ferro, hematita e limonita. Com isso iniciou-se o tratamento e fundição de ferro, tendo sido produzidos utensílios domésticos e ferramentas agrícolas. Admite-se que o descobridor dessas minas tenha sido Afonso Sardinha.

Os Sardinha – pai e filho – teriam ainda descoberto no morro Araçoiaba, perto de Sorocaba, mina de ferro magnético. Eles teriam sido os responsáveis pelas primeiras operações siderúrgicas do Brasil, ao construir dois fornos rústicos – tipo catalão – e uma forja com capacidade de produzir até 100 kg de ferro por dia.

Na província de São Vicente, em 1568, foi encontrado ouro por Luis Martins e esmeraldas em 1573, no interior da região limítrofe entre Espírito Santo e Bahia, por Antônio Dias Adorno. Ainda em 1568, Brás Cubas teria descoberto ouro no vale do Ribeira do Iguape. Mas as autoridades portuguesas, ao serem informadas da descoberta, não demonstraram o menor interesse.

Em 1573, foram descobertas pedras de esmeralda e safira, percorrendo-se o vale do Rio Doce e as regiões de Diamantina e Jequitinhonha, na serra que foi chamada "das Esmeraldas". No final do século, prosseguem as pesquisas, encontrando-se, entre 1588 e 1596, na região baiana, ametistas e salitre.

Já no século XVII, parecia que a Corte portuguesa estava mais interessada na possibilidade de existirem depósitos minerais muito ricos no Brasil. Em vista disso, foi promulgada uma lei que poderia ser chamada "o primeiro código de minas brasileiro", cujo objetivo era estimular as pesquisas minerais no Brasil. Embora esse código tenha sido promulgado em 1603, somente em 1644 foram retomadas as expedições com o objetivo de encontrar minas de esmeraldas, no sertão da capitania do Espírito Santo.

Nessa mesma época, existia em São Paulo uma Casa de Fundição, o que comprova a existência de atividades de mineração de minérios de ouro no interior paulista e a existência de aluviões auríferos perto da cidade de São Paulo.

Em 1674, o paulista Fernão Dias Paes parte de São Paulo para o sertão com uma enorme caravana, iniciando a história da bandeira do "Caçador de Esmeraldas". O objetivo dessa entrada era explorar duas áreas localizadas em regiões que constituem hoje o Estado de Minas Gerais. Nessa viagem, foram encontradas, perto de Itabira, "pedrinhas verdes" classificadas como "esmeraldas". Essas pedras foram levadas à Câmara de São Paulo, onde, após análise, foram consideradas apenas "pedras verdes" e "cristais" sem nenhum valor. Desse modo, a bandeira de Fernão Dias Paes teria sido um fracasso, pois as supostas esmeraldas eram pedras comuns, sem nenhum valor.

É curioso notar que trezentos anos depois da bandeira de Fernão Dias Paes, foram encontradas, perto de Itabira, na mesma região por ele explorada, "pedrinhas verdes" classificas de "esmeraldas de alta pureza e bela coloração".

Apesar do relativo fracasso da bandeira do paulista Fernão Dias Paes na procura de ouro e pedras preciosas, ele abriu o caminho para as montanhas e áreas além da Mantiqueira, descortinando o maciço central, com florestas, altas serras, formações geológicas imprevistas, cristais de rocha de uma zona rica de todos os minerais. As "Minas Gerais" eram uma realidade, estavam descobertas...

Várias outras tentativas para descobrir depósitos de ouro foram realizadas na segunda metade desse século.

Em 1698, Manuel de Borba Gato, genro de Fernão

Dias, comandou uma expedição no rio das Velhas e seus afluentes, onde encontrou minas muito ricas com ouro no leito do rio e nos leitos de seus afluentes. Outro paulista, Antônio Rodrigues Arzão, na mesma década, organizou uma bandeira que partiu de São Paulo e encontrou ouro na região onde os municípios de Ponte Nova e Caratinga estão localizados hoje.

As descobertas de ouro continuam, principalmente em Minas Gerais, onde é encontrado "ouro preto" (ouro com paládio).

A corrida para a descoberta de jazidas de ouro em todo o Brasil levou a sucessos, fracassos e até a lendas, como a dos "Tesouros dos Martírios", segundo a qual, entre 1673 e 1682, duas bandeiras partiram de São Paulo – uma chefiada por Bartolomeu Bueno da Silva, por alcunha Anhangüera, e outra por Manuel de Campos Bicudo – em direção ao sertão, onde se encontraram. Conta a lenda que ambos teriam visto uma serra resplandecente com ouro e cristais que denominaram "Martírios", pelo seu aspecto e semelhança com instrumentos dos martírios de Cristo. Ao lado da serra, teriam visto um rio onde existia ouro.

Voltaram a São Paulo sem ouro; e as tentativas de voltar à serra de Martírios no século seguinte fracassaram.

O século XVIII, por sua vez, é chamado de o século do "Ciclo do Ouro" e é considerado o mais importante período da mineração brasileira de ouro. As expedições, partindo principalmente de São Paulo, mas também da Bahia e Pernambuco, levaram à descoberta de grandes quantidades de ouro.

Admite-se que, no período entre 1700 e 1761, foram obtidas, em Minas Gerais, 715 toneladas de ouro, sem contar o volume contrabandeado em grande quantidade. Sem dúvida, Minas Gerais foi a província com a maior participação na produção de ouro no Brasil nesse período.

Devido exatamente ao fato de ter crescido muito a exploração do ouro, métodos mais sofisticados foram introduzidos para explorar jazidas, tais como tratamento das areias e dos cascalhos nos leitos e nas margens dos rios e dos córregos, amalgamação e outros métodos. A ânsia de encontrar ouro estendeu a exploração a outras províncias, como os números a seguir comprovam:

Goiás e Mato Grosso	*195 toneladas*
São Paulo, Bahia e Ceará	*75 toneladas*

Outra riqueza explorada no Brasil nesse século foi a pedra de diamante. Essas pedras eram enviadas à Corte em caixas, e eram encontradas não apenas em Minas Gerais, mas também em Mato Grosso, Goiás e Bahia.

A partir da segunda metade do século XVIII, foram descobertas outras pedras preciosas, como topázios amarelos, azuis e brancos, turmalinas e água marinha. E no final é anunciada a descoberta, na Bahia, de ocorrências de cobre. Essa época caracteriza-se ainda pelo fato de descobrir-se em Lindóia (São Paulo) e Caldas Novas (Goiás) águas minerais.

O século XVIII foi, desse modo, muito importante para a mineração brasileira, apesar da produção mineral ter diminuído, devido à exaustão das porções mais ricas dos depósitos auríferos aluvionares.

O século XIX, a seu turno, é caracterizado pelo fato de que, embora a produção mineral tenha diminuído muito, o diamante e o ouro continuaram sendo a atração dos mineradores. Depois de alcançar uma média anual de produção de 8.900 quilos no período 1725-1800, a produção de diamantes caiu para 2.361 quilos no período de 1801-1820, 1e595 quilos no período de 1821-1860, e, a partir de então, a produção anual média estabilizou-se em torno de 2 mil quilos.

Esse período caracterizou-se ainda pelo grande avanço na pesquisa mineral. Graças ao desenvolvimento tecnológico dos setores de geologia e mineração, foram feitas novas descobertas de depósitos minerais, além dos de ouro e diamante.

Tanto o ouro como o diamante tiveram, portanto, uma participação muito grande nos resultados positivos da mineração brasileira. De fato, de acordo com dados de vários especialistas, de 1800 a 1900, a produção de ouro foi de 178.164 quilos e a de diamante de 3.861.650 quilates. Convém ressaltar que a maior parte dessa produção foi de Minas Gerais.

Outro fato importante, ocorrido em 1853, em lavras de diamante do país, foi a descoberta do célebre diamante Estrela do Sul, com 254,5 quilates, o 11º maior do mundo.

O êxito obtido na mineração do ouro e do diamante serviu de estímulo e incentivo para a pesquisa mineral do país. Foram, em conseqüência, feitas novas descobertas de outros depósitos minerais, além das de ouro e diamante, tais como carvão mineral, filões de galena, mercúrio, manganês, cassiterita, cobre, chumbo, ferro.

No fim do século foi encontrada ainda monazita contendo tório, nos litorais da Bahia e do Espírito Santo.

Com a ascensão de D. João VI ao trono de Portugal, foi iniciada uma política industrial que levou à possibilidade de produzir-se ferro no Brasil, a partir de minérios encontrados em abundância no país. As informações a respeito dessa nova fase da metalurgia brasileira serão fornecidas no item seguinte, sobre siderurgia.

Na maioria dos Estados brasileiros foram encontrados todos os tipos de minérios, além de carvão, mármore, pedras preciosas, quartzo, calcário, salitre, xisto betuminoso, enxofre, amianto, gipsita, linhito e muitas ocorrências de produtos minerais ou não, embora algumas delas incluam minérios de baixa densidade econômica. Por outro lado, não foram, na realidade, confirmadas.

O fato de ser o território brasileiro muito grande e de certas áreas serem ainda pouco pesquisadas – por exemplo os Estados do Pará, Mato Grosso e Goiás – é provável que novas descobertas ainda sejam feitas.

Siderurgia

Como se pôde ver no item anterior sobre mineração, o "período de ouro" no Brasil poderia ser descrito como o da "ocupação sistemática do país".

O desbravamento do território descoberto orientou-se sobretudo de São Paulo, Rio de Janeiro e Bahia, em direção ao oeste, penetrando profundamente no interior do país e descobrindo áreas de grande potencial mineral nas várias regiões exploradas. Os séculos XVI, XVII e XVIII caracterizam-se por esse esforço de penetração e descobrimento de reservas minerais. Em toda essa ação houve muitos atrasos, devido às dimensões do território, o descontentamento com os governantes do país, desconfianças dos reis de Portugal, desentendimentos entre as "entradas" de várias procedências etc. Apesar disso pôde-se chegar ao fim do século XIX com um balanço positivo da mineração do país.

Quando o reinado português se estabeleceu no Brasil, sob o comando de D. João VI, a produção de ferro teve um período de desenvolvimento positivo e quase incompreensível considerando-se as circunstâncias da época e o desconhecimento dos brasileiros de técnicas avançadas para a produção de ferro.

O primeiro engenho de ferro montado na América foi no Brasil, em São Paulo, nos fins do século XVI. Admite-se, assim, que os engenhos de ferro montados em Virgínia, Estados Unidos, em fins do século XVI, são posteriores aos montados em São Paulo.

O ferro brasileiro produzido nesse período serviu de moeda e foi utilizado na fabricação de armas e ferramentas de trabalho.

Datam de 1552 as primeiras notícias da descoberta de ferro no Brasil, por meio de carta de Pero Fernandes Sardinha a D.João III e confirmada por Anchieta. As minas de ferro foram exploradas posteriormente por Afonso Sardinha. Essas minas situavam-se em Ubatá (atualmente Butantã), na comarca de Santo Amaro, distante três léguas de São Paulo, no sítio de Ibirapuera, ao lado do rio Pinheiros.

Em 1590, o velho Afonso Sardinha começou a explorar o ferro numa mina de sua propriedade em Biraçoiaba.

A mudança da Corte portuguesa para o Rio de Janeiro resultou na revogação do alvará de 1785 de D. Maria I, a Louca, alvará esse que evitava que se desviassem braços e atividades de mineração do ouro, o que mais interessava à Corte portuguesa, e que proibia a instalação de novas fábricas no Brasil. Essa revogação proclamou, por assim dizer, a liberdade da indústria e permitiu que se percebesse o valor da produção de ferro, metal que, pela sua abundância e qualidades, estava adquirindo grande importância para todas as nações.

Atendendo a pedidos de negociantes da colônia, no entanto, vários tributos que prejudicavam o desenvolvimento da produção de ferro, além de outros materiais, foram abolidos, permitindo a abertura de minas de ferro e fabricação de produtos de aço.

Uma atuação importante no desenvolvimento da siderurgia brasileira foi a de Manuel Ferreira da Câmara e Sá, conhecido como Intendente Câmara. Outra personalidade de grande relevância foi o visconde de Mauá, pois, a partir de 1846 e com a fundição de ponte de Areia (Niterói), iniciou a produção de canos de ferro. Com o tempo, a fundição tornou-se um estaleiro que se desenvolveu e possibilitou a produção de equipamentos para rebocadores e a construção de estradas de ferro.

Em 10 de outubro de 1808 surgia uma decisão governamental no sentido de se constituir uma siderúrgica em Minas Gerais. Nasceu assim a Fábrica de Pilar ou Real Fábrica do Morro de Gaspar Soares, Minas Gerais.

O plano inicial era de construir um alto-forno, mas, devido às dificuldades causadas pela insuficiência de água para movimentar os malhos e foles, o projeto foi modificado, construindo-se três fornos baixos do sistema catalão. Em 1815, a fábrica começou a produzir. Contudo, apesar de todos os esforços, o empreendimento não recebeu dos poderes públicos a devida atenção, sendo a fábrica definitivamente fechada em 1831.

Em fins de 1809, chega ao Brasil, vindo de Portugal, Frederico Luís Guilherme de Varnhagen, ao qual é dada a incumbência de estudar a possibilidade de se instalar uma fábrica de ferro em Ipanema, no morro de Araçoiaba, perto de Sorocaba, em São Paulo, onde já se havia produzido ferro nos tempos coloniais. Varnhagen visitou o local em companhia de Martim Francisco, irmão de José Bonifácio. Em maio de 1810, Varnhagen apresentou uma proposta para construir uma fábrica de dois fornos biscainhos assoprados por tromba de água, os quais deviam produzir ferro suficiente para construir uma fábrica grande, com um ou dois altos-fornos, refinarias e demais aparelhagem.

Nesse ínterim, chega a notícia do Rio de que o governo brasileiro havia contratado, na Europa, um grupo de metalurgistas suecos de grande confiança, pois acreditava-se que eram todos competentes e especialistas no assunto. A missão dos suecos era, entretanto, composta de dezessete pessoas que não eram técnicos metalúrgicos, mas aventureiros, que viriam ao Brasil para refazer a fortuna perdida em maus negócios na Suécia e pagar dívidas atrasadas. É claro que, em pouco tempo, sua atuação foi um total fracasso, sendo dispensados em 1814. Termina assim o primeiro capítulo da organização da Real Fábrica de Ferro de São João de Ipanema.

O segundo capítulo começa em 1815, quando a direção da fábrica é entregue a Varnhagen, o qual não só restaurou e ampliou os pequenos fornos suecos deixados por Hedberg, aumentando e melhorando sua produção, como também deu início à construção de dois altos-fornos, um dos quais começou a funcionar em novembro de 1818. Hedberg foi afastado em 1814, porém, deixou como resultado de seu trabalho, já construída, uma "casa de fundição de 650 metros quadrados, contendo fornos suecos de redução direta, fornos de refino, martelos de forjamento, enfim, equipamentos suficientes para produzir pregos, barras de ferro e de aço".

Fábrica de Ferro de São João de Ipanema. Galpão de pedra da oficina de armas brancas.

Sob a nova direção de Varnhagen, a partir de 1815 é iniciada a construção de dois altos-fornos, os primeiros do Brasil, concluídos três anos mais tarde. Na inauguração do primeiro alto-forno, o ferro correu, sem refino, diretamente para as fôrmas, fundindo três grandes cruzes.

A fábrica de Ipanema teve longa história, com suas atividades encerradas e reiniciadas inúmeras vezes. As instalações tornaram-se obsoletas, sem possibilidade de renovação e sem apoio do governo. Além disso, faltavam condições para competir com o ferro importado. Apesar de tudo, a fábrica teve uma importante atuação na Guerra do Paraguai, fornecendo às forças militares armas e instrumentos diversos. O seu fechamento definitivo deu-se em 1895, por decisão do Congresso Nacional.

A usina de Ipanema é hoje "Marco Histórico da Siderurgia Brasileira", fato esse registrado por placas comemorativas que a American Society for Metals e a Associação Brasileira de Metais lá colocaram em 22 de agosto de 1988.

Em 1825, o engenheiro francês Francisco de Monlevade monta, em Caeté, Minas Gerais, um baixo forno e uma forja do tipo catalã, equipamentos destinados a serem instalados na Fábrica de Ferro de São Miguel de Piracicaba, onde funciona hoje a Usina Siderúrgica Belgo Mineira.

Placa comemorativa na usina de Ipanema.

Finalmente, a obra realizada no tempo de d. João VI determina a primeira fase da indústria siderúrgica, apesar de não ter tido todo o apoio que merecia, principalmente por parte do governo e pela falta de continuação de administrações capazes de compreenderem o seu significado para a economia brasileira. Chega-se, assim, ao período republicano, que possibilitou um grande desenvolvimento da mineração do ferro e da siderurgia brasileira.

Considerações Finais

O início da colonização brasileira é caracterizada essencialmente por atividades agrícolas, sobressaindo-se, nesse setor, a produção de açúcar.

As bandeiras, ao entrarem no sertão, tinham como principal objetivo "caçar índios" para utilizá-los como mãoe-dee-obra escrava. A epopéia bandeirante apresentou um resultado extremamente positivo, ao expandir o território descoberto para o sul, para o norte e para o oeste, superando grandes obstáculos e chegando praticamente até os limites dos territórios já ocupados pelos castelhanos. Nas viagens no sertão, encontraram também ouro e esmeraldas, fatos esses que somente no século XVII interessaram aos conquistadores portugueses.

De qualquer modo, pode-se perceber nesse período a diferença de comportamento dos portugueses e dos castelhanos no que se refere à pesquisa e descoberta de minérios. O interesse sobre minerais brasileiros por parte da Corte portuguesa só se evidenciou nos séculos XVII e XVIII, com o crescimento da pesquisa do ouro e diamante, sendo que no século XVIII verificou-se o apogeu da mineração de ouro.

O século XIX foi muito positivo em relação à mineração, tanto no sentido de pesquisa e descoberta de minas, não só de ouro e pedras preciosas, como também diamante, esmeralda, topázio etc., além de metais como o ferro, o cobre, o chumbo, o estanho e outros, o que significou um grande passo para a expansão da mineração brasileira.

Quanto à siderurgia, pouco foi feito, além dos primeiros passos para a implantação de uma verdadeira indústria siderúrgica: a usina de Ipanema, em São Paulo.

A descoberta do ferro e sua fundição nos séculos anteriores, com a participação importante dos Sardinha, e que resultou na fundição de ferramentas de defesa e de trabalho, tais como utensílios caseiros e agrícolas, não pode, na realidade, ser definida como o passo inicial para a criação de uma indústria siderúrgica no Brasil, devido à técnica rudimentar empregada e porque, freqüentemente, o ferro utilizado era importado.

Com os sucessos e fracassos desses audaciosos empreendimentos, criou-se no Brasil a mentalidade de que aço de boa qualidade e em grande quantidade podia ser produzido no país, o que foi comprovado no século da República.

De fato, foi no período republicano que a siderurgia brasileira se consolidou. No século XX, a partir da década de 1930, já existiam, em certa abundância, altos-fornos, principalmente em Minas Gerais, que forneciam ferro-gusa para empresas produtoras de aço instaladas sobretudo no Estado de São Paulo.

O grande passo para o desenvolvimento da siderurgia brasileira foi dado durante o governo de Getúlio Vargas, por meio da implantação, em Volta Redonda, Estado do Rio de Janeiro, da Companhia Siderúrgica Nacional (CSN) para a produção de ferro-gusa, aço e produtos laminados.

A partir desse momento, grandes companhias siderúrgicas foram criadas, levando o Brasil a ser produtor de 50% em toda a América Latina e situar-se entre os dez maiores produtores de aço do mundo.

Referências Bibliográficas

FERREIRA LIMA, Heitor. *História Político-econômica do Brasil.* São Paulo, Cia. Editora Nacional, 1976.

____________. *Formação Industrial do Brasil (Período Colonial).* Rio de Janeiro, Editora Fundo de Cultura, 1961.

8 Mineração e Metalurgia a partir da República

EDUARDO CAMILHER DAMASCENO

Introdução

Quando da Proclamação da República, já era conhecido o grande potencial do Brasil em diversos minérios, especialmente de ferro, cuja fundição em pequenas forjas iniciara-se no século XVIII.

Durante o Império, a abundância de minério de ferro motivou a implantação de siderúrgicas como, por exemplo, a Fábrica de São João do Ipanema, em São Paulo, a do Morro do Pilar, onde "em 1815, fabricou-se pela primeira vez ferro gusa no Brasil"[1], a de Monlevade e a Fábrica Patriótica, em Congonhas do Campo, essas três últimas em Minas Gerais. Diamantes, pedras preciosas e ouro já eram lavrados desde o final do século XVII. Os processos metalúrgicos, então, restringiam-se à extração de ouro e de prata, como seu subproduto. No século XIX já eram mencionadas ocorrências de platina, cinábrio, cassiterita, águas minerais, cobre, chumbo e xisto pirobetuminoso[2]. As ocorrências de cobre de Caraíba (BA), e de Camaquã (RS) também já eram conhecidas. "Em 1888, iniciou-se a exploração de cobre por lavradores alemães de Pelotas. O minério era transportado em carros de boi até o porto de Rio Grande e embarcado para a Inglaterra"[3].

No final do século XIX e início do século XX, contudo, o país realizava pouca mineração e metalurgia, situação retratada por Glycon de Paiva[4]:

> A ciência geológica no Brasil era apenas cultivada no Serviço Geológico e Mineralógico do Brasil (SGMB), fundado em 1907, e na Comissão Geográfica e Geológica de São Paulo, esta de 1886. Uma única faculdade ensinava Ciências da Terra: a Escola de Minas de Ouro Preto, que formava especialistas desde 1880 [...] Até 1918, fim da Primeira Guerra Mundial, o Brasil praticamente importava todas as manufaturas de que carecia, à exceção de tecidos e alguns poucos artigos industriais. Importava-se cimento, produtos siderúrgicos em geral (300 mil t/ano), petróleo (onze mil barris diários) e seus derivados enlatados (querosene e gasolina). [...] O Brasil não tinha ainda escala para refinaria de petróleo. Mal contava com trinta milhões de habitantes [...] O Produto Mineral Brasileiro não atingia 40 milhões de dólares. Exportavam-se algum manganês, diamantes e pedras preciosas. Montavam-se, em São Paulo, as primeiras fábricas de cimento, Rodovalho e Perus.

Em 1915, iniciava-se a produção de louças e porcelanas na Cerâmica Santa Catarina em São Paulo[5].

Durante a República, em pouco mais de um século, o Brasil assistiu a significativo desenvolvimento do setor mineral e metalúrgico. Foram ampliados os conhecimentos sobre os recursos minerais já conhecidos anteriormente e adicionados tantos outros, que vieram a ser definidos em decorrência de diversos fatores: desbravamento do território, conhecimento do arcabouço geológico do país, variado

1. S. F. Abreu, *Recursos Minerais do Brasil*.
2. J. E. P. Guimarães, "História Resumida da Engenharia de Minas no Brasil".
3. S. F. Abreu, *op. cit.*
4. *Idem*.
5. J. M. Coelho, *A Importância das Matérias-primas Cerâmicas na Competitividade do Segmento de Revestimentos Cerâmicos*.

e pródigo em ambientes geológicos e fisiográficos favoráveis à acumulação de inúmeros tipos de minérios, demanda crescente, ações governamentais, iniciativas empresariais, criação de cursos de formação de recursos humanos de alto nível para a mineração e metalurgia, instalação de institutos de pesquisa e o desenvolvimento e a aplicação de metodologia de prospecção e de pesquisa mineral adequadas.

Tudo isso propiciou importantes avanços no setor. Novas jazidas foram definidas, algumas contendo minérios com características específicas, diferentes de minérios semelhantes existentes em outros países e que já contavam com tecnologias de aproveitamento eficientes. Novas minas foram implantadas, inclusive em regiões ínvias. Modernas técnicas de lavra, rotas de tratamento e de concentração de minerais e processos extrativos aplicáveis aos minérios nacionais, compatíveis com o meio ambiente, passaram a ser utilizadas pelos geólogos, engenheiros de minas e metalurgistas graduados nas universidades nacionais – na época da Proclamação da República em apenas uma e, no final do século XX, em seis escolas de engenharia de minas e em duas dezenas de cursos de geologia. A somatória de todos esses esforços transformou o Brasil em importante produtor de uma ampla variedade de minérios e de metais, situando-o entre os dez principais países mineradores e líder na América Latina.

Diversos autores trataram dos aspectos históricos e da evolução dos principais empreendimentos minero-metalúrgicos do país, destacando-se, dentre outros: S. F. Abreu, B. A. Santos, M. A. G. Souza, R. C. Machado, W. T. Sousa, J. E. P. Guimarães, T. D. S. Santos, G. A. S. C. Albuquerque, E. C. Damasceno, I.F. Machado e S. F. M. Figueirôa, dos quais foram compiladas muitas informações (*ver Referências Bibliográficas*). Uma das principais obras é o livro de Sílvio Fróes de Abreu[6], tanto a edição pioneira do INT – Instituto Nacional de Tecnologia, de 1960, como a segunda versão revisada de 1973, cujo mérito foi o de sistematizar a descrição dos recursos minerais do Brasil, abordando a sua potencialidade e usos nos diversos segmentos industriais, incluindo-se a metalurgia.

Quatro períodos se destacam na evolução da mineração e da metalurgia no Brasil, após a instalação do regime republicano: da Proclamação da República à Segunda Guerra Mundial, da Segunda Guerra Mundial ao final da década de 1950, as décadas de 1960 e 1970 e, o último, de 1980 a 2000. Esta divisão será adotada neste texto e, além disso, em cada uma delas serão descritos os principais eventos do setor mínero-metalúrgico, agrupados pelas categorias de minérios ferrosos e de ferro ligas, não-ferrosos, preciosos, não-metálicos e energéticos.

Período entre a Proclamação da República e a Segunda Guerra Mundial

Logo após a implantação da República foram criadas as escolas de engenharia no país, além da Escola de Minas de Ouro Preto e a do Rio de Janeiro, já existentes: em 1893, a Politécnica em São Paulo; em 1895, a de Recife; em 1896, a de Porto Alegre; em 1897, a de Salvador na Politécnica da Bahia e, em 1911, a Escola Livre de Engenharia em Belo Horizonte, que deu origem à Escola de Engenharia da Universidade Federal de Minas Gerais. Em 1940, foi instalado o curso de minas e metalurgia na Escola Politécnica da USP. Essas instituições de ensino, ao formarem técnicos brasileiros, passaram a contribuir, decisivamente, para o progresso tecnológico da mineração e da metalurgia no Brasil.

No início de século XX foram editadas obras sobre os recursos minerais: em 1904, João Pandiá Calógeras publicou o livro *As Minas do Brasil e sua Legislação* e, em 1915, Harder & Chamberlin publicam estudo e o primeiro mapa geológico do Quadrilátero Ferrífero, no *Journal of Geology*[7]. Em 1936, começam a ser editadas as revistas *Mineração e Metalurgia* e a REM – *Revista da Escola de Minas*.

Dentre as iniciativas do governo para fomentar a mineração e a metalurgia destacaram-se a Comissão White, instituída em 1904, e a abertura de crédito para a instalação de usinas siderúrgicas pelo presidente Wenceslau Brás, em 1918. Gonzaga de Campos, após assumir a direção do SGMB – Serviço Geológico e Mineralógico do Brasil, em 1915, criou a EECM – Estação Experimental de Combustíveis e Minérios, que daria origem ao INT, incentivou o desenvolvimento da siderurgia e o aproveitamento dos recursos minerais, especialmente carvão mineral e outros energéticos fósseis cujo suprimento preocupava a emergente indústria nacional, pois dependiam de importação. Na década de 1920, diante da nascente indústria paulista, foi criado na CGG – Comissão Geográfica e Geológica

6. S. F. Abreu, *op. cit.*
7. W. T. Sousa *et al.*, "Cronologia da Mineração no Brasil."

[...] o Serviço de Pesquisa de Petróleo – para o qual a CGG trouxe, inclusive, o especialista norte-americano Chester White – com o objetivo de resolver um problema crescente da indústria: a demanda energética, num país paupérrimo em carvão de pedra, na época[8].

Em 1931, Getúlio Vargas defendeu, veementemente, a nacionalização dos recursos minerais e criou subsídios para fomentar a indústria carbonífera determinando, por lei, a utilização de 10% de carvão nacional pelos consumidores que importavam o produto. Em 1934, foi editado o primeiro Código de Minas e criado o DNPM – Departamento Nacional da Produção Mineral. Em 1938, foi criado o CNP – Conselho Nacional do Petróleo, que passou a controlar a pesquisa, a lavra, a importação e o transporte de petróleo e de gás.

De 1939 a 1942, aconteceram outros episódios importantes: Getúlio Vargas denunciou o contrato com a The Itabira Iron Ore, empresa que controlava as minas de ferro em Minas Gerais, criou a CSN – Companhia Siderúrgica Nacional, assinou em Washington o acordo entre o Brasil, os Estados Unidos e a Inglaterra para lavra, transporte e exportação de minério de ferro de Itabira e fundou a CVRD – Companhia Vale do Rio Doce, com 85% de capital estatal. A CVRD assumiu as minas da Itabira Iron e a Estrada de Ferro Vitória-Minas – EFVM.

Em 1942, foi instalado o ITPE – Instituto Tecnológico de Pernambuco, em 1934, o IPT – Instituto de Pesquisas Tecnológicas e, em 1945, o ITI – Instituto de Tecnologia Industrial, em Minas Gerais[9].

A produção de minério de ferro, em escala comercial, iniciou-se por volta de 1930 na mina do Cauê, em Itabira (MG), apesar de já ser usado em quantidades mais modestas nas pequenas usinas siderúrgicas existentes e de modo artesanal nas forjas catalãs.

Em 1902, o governo federal autorizou a constituição da Companhia de Ferro Vitória – Minas para construir uma estrada de ferro ligando Diamantina a Vitória. Em 1903 foi iniciada a construção da estrada, que é absorvida em 1908 pela Itabira Iron Co., de capital inglês, fundada com o objetivo de promover a exportação do minério de ferro de Itabira. Essa empresa adquiriu as jazidas do Cauê, Dois Córregos e Conceição – importantes minas em operação até hoje – e solicitou ainda a inclusão de Itabira no traçado da ferrovia [...] Em 1910 as reservas de minério de ferro, especificamente do Quadrilátero Ferrífero eram estimadas em mais de cinco bilhões de toneladas de minério de alto teor [...] A Primeira Guerra Mundial propiciou o interesse necessário ao desenvolvimento inicial de Itabira[10].

O início da operação da mina da fazenda Alegria, promovido pela The Brazilian Iron and Steel Company, ocorreu em 1911; em 1934, ela foi adquirida pela Samitri – S. A. Mineração Trindade e, posteriormente, pela Belgo Mineira[11].

Quando da Proclamação da República, a lavra de minério de ferro e a siderurgia eram incipientes.

A situação no final do século XIX não era animadora para a siderurgia brasileira. As forjas catalãs estavam em plena decadência. A sempre deficitária Usina de São João de Ipanema se fechara em 1895. [...] A usina de Monlevade começava a decair, com a morte do seu fundador e se fechara em 1897. A tentativa da Usina União fracassara. Somente as Usinas Esperança e Miguel Burnier mantinham, no início do século XX, a chama viva da indústria do ferro no Brasil, na região em que se encontravam as melhores jazidas de ferro do planeta. [...] A guerra de 1914-1918 colocou a nu as deficiências industriais brasileiras [...] A oportunidade era excelente para se desenvolver algumas indústrias brasileiras, em particular a indústria siderúrgica. Havia, no Brasil, essencialmente, as Usinas Esperança – que operava com forno a lenha desde 1888, em Itabirito, MG – e Miguel Burnier, com altos-fornos de umas poucas toneladas diárias de produção e, fora disso, um certo número de fundições, nos centros maiores[12].

No entanto, o país crescia e continuava a importar produtos siderúrgicos, onerando a balança comercial, situação que começou a mudar em 1918, graças à iniciativa do presidente Wenceslau Brás ao estabelecer linhas de crédito para incentivar a produção de ferro, aço e a construção de unidades produtoras de gusa a carvão vegetal. Essa medida teve efeitos quase imediatos: dois anos depois, em 1920, a Companhia Siderúrgica Mineira promovia a primeira corrida de gusa no país, na cidade de Sabará (MG). O capital da Companhia Siderúrgica Mineira, subscrito por empreendedores mineiros, era de 350 contos de réis e a capacidade instalada de 25 t/dia. "Foi nesse final de 1925 que a Usina Siderúrgica de Sabará se tornou a primeira usina integrada da América Latina, isto é, usina que fabricava seus laminados de aço, com o gusa nela própria fabricado"[13]. Em seguida, outras empresas siderúr-

8. S. F. M. Figuerôa, *Um Século de Pesquisas em Geociências*.
9. W. T. Sousa, *op. cit.*
10. M.T. V. Melo *et al.*, "O Distrito Ferrífero de Itabira; Minas do Cauê, Conceição, Dois Córregos, Periquito, Onça, Chacrinha e Esmeril".
11. J. P. Barcelos e J. Büchi, "Mina de Minério de Ferro de Alegria, Mnas Gerais".
12. M. A. G. Souza, "Açominas – Aspiração de Várias Gerações de Mineiros".
13. *Idem*.

gicas foram se estabelecendo: a Companhia Ferro Brasileiro, em 1927, com capacidade instalada de 25 t/dia; a Eletro-Aço Altona, em Blumenau, em 1934; a Siderúrgica Barra Mansa, em 1937, com capacidade de 10 t/dia; a Companhia Siderúrgica Barbará, em 1937, e a Aços Villares, em 1939. Em 1937, a Belgo Mineira, sucessora da Companhia Siderúrgica Mineira, inaugurou as suas novas instalações em Monlevade.

> [...] em 1938 a produção de gusa não atingia ainda 190 mil t/ano [...] Nesse ano, a produção de aço foi de 92 mil t e a de laminados, principalmente barras para concreto armado, foi só de 85 mil t. Não havia produção de chapas de aço, nem de perfis mais pesados, nem de aços ligados[14].

O minério de manganês, outro insumo fundamental para a siderurgia, já era lavrado desde 1894 no Morro da Mina, em Conselheiro Lafaiete e em Miguel Burnier (MG)[15]. Artigos publicados em 1900, 1901 e 1906 descreviam o manganês do Morro da Mina[16]. "A produção de manganês em Minas Gerais foi muito relevante para o suprimento dos aliados durante a Primeira Guerra Mundial (1914-1918)"[17]. Em 1920, a CCM – Companhia Meridional de Mineração, subsidiária da US Steel, adquiriu o morro da Mina, cujo minério de manganês de caraterísticas excepcionais e de alto teor era exportado desde 1902 para siderúrgicas no exterior. Infelizmente, esse minério de qualidade iria se exaurir antes da implantação do parque siderúrgico nacional, dificultando o suprimento interno.

Data de 1934 a descoberta de manganês na serra do Navio, Território Federal do Amapá. "Considerando o interesse que essas jazidas despertavam, o presidente Gaspar Dutra baixou um Decreto-lei (nr. 9858, de 13/9/45) declarando reserva nacional o manganês descoberto e autorizando a sua exploração pelo Governo do Território do Amapá"[18]. Em 1946, a concorrência internacional para o aproveitamento da jazida foi vencida pela Icomi – Indústria e Comércio de Minérios S. A., do Grupo Antunes, associado à Bethleem Steel. Em 1956, foi iniciada a lavra daquela que viria ser a principal mina de manganês do país no século XX. O projeto da Serra do Navio foi, na época, o paradigma de uma mineração situada em região equatorial, destacando-se pela infra-estrutura que foi implantada: vila residencial, escolas, a Estrada de Ferro Amapá ligando a mina ao porto Santana, na foz do Amazonas, e o hospital, que se tornou referência mundial em doenças tropicais.

Os depósitos de ferro e manganês de Urucum, Corumbá (MS) já eram conhecidos desde a Guerra do Paraguai. No entanto, a produção de minério de manganês foi iniciada em 1906, por uma empresa belga e, em 1940, o Grupo Chamma associado à CCM promoveu a exportação, via rio Paraguai. Em 1944, foi instalado um forno de gusa na região Corumbá, com capacidade de 50 t/dia de gusa, desativado na década de 1960[19].

Outro mineral, abundante no Brasil e de interesse para o setor siderúrgico e de ferro-ligas é a cromita.

> No início do século a mina de Pedrinhas – situada em Campo Formoso, BA – era lavrada pelo engenheiro Máximo Macambira, fundador da Cromita do Brasil S. A., que, engenhosamente, lavrava e beneficiava a cromita visando abastecer as fábricas de ferro-ligas mineiras de Saramenha e Jaffet, em Mogi. Sendo, entretanto, o consumo brasileiro irrisório, a maior parte do minério era exportada para os Estados Unidos [...][20].

Data de 1916 a primeira descrição de minério de níquel em Liberdade, e de 1922 as referências sobre o morro do Níquel, em Pratápolis, ambas em Minas Gerais[21]. A mina de Liberdade operava esporadicamente, produzindo Fe-Ni em forno elétrico com capacidade de 1.500 t/dia, provavelmente, o primeiro instalado no país. Em 1933, foi iniciada a lavra de minério de níquel em Niquelândia (GO), que era exportado; nesta localidade chegou a ser instalado um forno de Fe-Ni trazido da Alemanha que, contudo, não chegou a entrar em operação. Em 1942, foi criada a CNT – Companhia Níquel Tocantins, posteriormente adquirida pela Votorantim[22].

Em 1903, e durante a Primeira Guerra Mundial, principalmente, foi registrada exportação "em quantidade comercial"[23] de concentrados de wolframita e de cassiterita, produzidos no Rio Grande do Sul. Durante a Segunda Guerra Mundial foi lavrada wolframita em Nova Trento (SC) e na mina Inhandjara, Itupeva (SP), e foram localizados diversos outros depósitos de tungstênio no Rio Grande do Norte e na Paraíba. Três minas de scheelita, além de garimpos, foram implantadas nesta última região durante a Segunda Guerra Mundial, tendo permanecido em operação até os anos de 1980, quando foram desativadas.

14. T. D. S. Santos *et al.*, "Uma Síntese da Contribuição da Escola Politécnica e do Instituto de Pesquisas Tecnológicas para o Desenvolvimento da Metalurgia".
15. W. T. Sousa *et al.*, *op. cit.*
16. R. Strong, "Morro da Mina Manganese Mine, Brazil".
17. I. F. Machado e S. F. M. Figueirôa, "500 Anos de Mineração no Brasil: Breve Histórico".
18. S. F. Abreu, *op. cit.*
19. N. L. E. Haralyi e D. H. G. Walde, "Os Minérios de Ferro e Manganês da Região de Urucum, Corumbá, Mato Grosso do Sul".
20. P. M. Duarte e C. F. Fontes, "Minas de Cromita das fazendas Limoeiro e Pedrinhas, Município de Campo Formoso, Bahia".
21. S. F. Abreu, *op. cit.*
22. A. C. Pedroso e W. H. Schmaltz, "Jazimentos de Níquel Laterítico de Niquelândia".
23. W. T. Sousa *et al.*, *op. cit.*

Mina de ferro, Itabira.

Em 1900, iniciou-se a exploração da jazida – de cobre – pela Societé Anonime des Mines de Cuivre du Camaquã, companhia belga. A lavra durou um decênio e terminou com as conturbações econômicas surgidas após a Primeira Guerra Mundial"[24].

A produção de cobre na mina de Camaquã (RS) foi retomada em 1942, após a constituição da CBC – Companhia Brasileira de Cobre, empresa formada pela associação entre a Laminação Nacional de Metais, do grupo Pignatari, e governo do Rio Grande do Sul. Os concentrados produzidos em Camaquã eram transportados até Itapeva (SP), onde se situava a metalurgia e, posteriormente, o cobre era refinado em Santo André (SP). As atividades em Camaquã foram novamente paralisadas ao final da Segunda Guerra Mundial e reiniciadas em 1952, tendo sido desativadas nos anos de 1990, pela exaustão do minério.

Mantinha-se, na época, o interesse pelo ouro, com a instalação no país de diversas empresas estrangeiras. Uma delas, provavelmente a "The Carsevenne and Development Anglo-French Gold Mining Co. Ltd."[25], por exemplo, estabeleceu-se nos vales do Calçoene e Cassiporé (AP) região limítrofe com a Guiana Francesa, em que hoje se situam as zonas auríferas de Vila do Lourenço e do Morro do Salamangone (denominação que, mal traduzida do francês, significaria, segundo a tradição local, *Minas do Rei Salomão,* tal a sua riqueza em ouro).

Nesse período foram realizadas investigações e foi fomentado o aproveitamento do carvão mineral, conhecido desde o início do século XVII no Rio Grande do Sul. Desde 1880 operava em Santa Catarina a Estrada de Ferro Dona Tereza Cristina, ligando as minas de carvão de Criciúma ao porto de Laguna. Em 1908 foram divulgados os resultados da comissão chefiada por I. C. White, que descreveu as formações carboníferas do Sul do Brasil e fixou normas para a utilização do carvão mineral[26]. Em 1916, a Companhia Carbonífera de Jacuí iniciou a exploração da mina do Leão (RS) e nos anos seguintes foram criadas, em Santa Catarina, várias outras empresas carboníferas, algumas em operação até hoje: as Companhias Araranguá, Urussanga, Próspera e Barro Branco.

Em 1918, duas iniciativas assinalaram o setor do petróleo: foi publicado o Boletim número 1 do SGMB, tratando do petróleo em Alagoas, e foi realizada pela Empresa Paulista de Petróleo, com apoio do Conselheiro Antonio Prado, uma sondagem pioneira em Rio Claro (SP). "Justificou a locação da sondagem a presença de folhelhos e calcários do Irati, desprendendo cheiro de petróleo, em fratura recente"[27]. Em 1930, com o apoio de Monteiro Lobato foi criada a Companhia Petróleos do Brasil. Petróleo em quantidade comercial, no entanto, foi encontrado em Lobato, em 1939, e o gás em Aratú, em 1942, ambas localidades do Estado da Bahia[28].

O aproveitamento de rochas oleígenas, especialmente folhelhos, erroneamente denominados *xistos,* como fonte de hidrocarbonetos por pirodestilação, sempre despertou interesse no Brasil, antes da comprovação da existência de petróleo e de gás no território nacional e durante as crises com o suprimento de petróleo. Em 1881 já eram beneficiados

24. S. F. Abreu, *op. cit.*
25. W.T. Sousa *et al.*, *op. cit.*
26. *Idem.*
27. S. F. Abreu, *op. cit.*
28. *Idem.*

folhelhos pirobetuminosos na fazenda Mombaça, Taubaté (SP), utilizando-se o gás produzido para a iluminação das ruas da cidade. Em 1891, iniciativa similar ocorreu em Maraú (BA). O uso de turfa, como insumo energético em locomotivas de uma indústria de açúcar, foi registrado em 1930.

A descoberta de bauxita ocorreu em 1916-1917, durante a Primeira Guerra. E. C. Harder, geólogo da Alcoa – Aluminum Corporation of America, relatou

> [...] jazidas de Motuca, perto de Belo Horizonte [...] e também jazidas de Mariana, no Chapadão do Canga, fronteiro à Serra do Caraça. A confirmação desta descoberta é a compra, na ocasião, de uma fazenda na área que foi denominada Fazenda Demerara, provavelmente por ter sido adquirida em nome da Demerara Bauxite Company, da Guiana Britânica de então, que iniciava na época (em 1916) a primeira mineração de bauxita da América do Sul para abastecimento da Alcoa nos Estados Unidos. A reserva da Fazenda Demerara passou para a Alcan em 1928 sendo hoje uma das jazidas de minério com que conta a fábrica de alumina de Ouro Preto [...] A primeira referência que conhecemos sobre mineração de bauxita na nossa literatura especializada é a do prof. Theodoro Vaz, da Escola de Minas de Ouro Preto, nos Anais de 1928 [...] Como se vê, o prof. Theodoro Vaz teve, em 1928, notícias das principais áreas em que hoje se encontram praticamente todas as grandes jazidas brasileiras: baixo Amazonas e oeste do Maranhão, Poços de Caldas, Ouro Preto e até Cataguazes. É interessante notar que não se referiu às jazidas de Mariana, tão próximas de Ouro Preto e que tinham sido visitadas e estudadas pelo geólogo americano E. C. Harder, 12 anos antes[29].

Nessa época, a bauxita era produzida na mina do Morro do Cruzeiro, nos arredores de Ouro Preto, e utilizada na fabricação de sulfato de alumínio, em São Paulo.

Desde 1920 era produzido minério de chumbo na mina de Furnas, Iporanga (SP), existindo registro da exportação de concentrados do metal[30]. No entanto, o aproveitamento dos minérios de chumbo, contendo prata e ouro como subprodutos, além de zinco e traços de cobre, do Alto Vale do Ribeira, Estados de São Paulo e Paraná, recebeu impulso em 1939 com a instalação da usina experimental de chumbo de Apiaí.

> A produção de chumbo foi iniciada pelo IPT em Apiaí em 1940, e não existia ainda produção de cobre, nem de zinco, nem de alumínio [...] A indústria de não-ferrosos era muito limitada, a despeito de crescente interesse pela ampliação da fabricação de chapas, perfis, tubos e fios de ligas não-ferrosas, à base de cobre, principalmente, e de alumínio [...][31].

Em 1938, entrou em operação a mina de Panelas das Brejaúvas, Adrianópolis (PR) operada pela Plumbum S. A. Em 1956, foi iniciada a produção de minério de chumbo em Boquira (BA), que, juntamente com Panelas, foram por cerca de três décadas as principais minas de chumbo no país. Junto a Panelas operava a unidade metalúrgica e de refino do chumbo, recuperando-se prata e ouro como subprodutos. Os concentrados de chumbo, produzidos em Boquira, eram transportados até a usina metalúrgica de Santo Amaro da Purificação (BA), onde era extraído o metal. O minério de Boquira continha algum zinco, cujos concentrados eram exportados.

A fabricação de cimento, já referida acima, foi iniciada em 1888,

> [...] pelo comendador Antonio Proost Rodovalho, na sua fazenda em Santo Antonio, região de Sorocaba. Operou até 1904, retomou a produção em 1907 e foi desativada em 1918. Datam da mesma época duas outras tentativas de produção de cimento: em 1892, operou por poucos meses uma pequena unidade na Ilha Tiriri, na Paraíba, e outra em Cachoeiro do Itapemirim, onde, em 1912, o Governo do Estado do Espírito Santo estabeleceu uma fábrica que funcionou até 1924 e retomou a produção em 1936. No entanto, o marco da implantação da indústria de cimento *portland* no Brasil é considerado o ano de 1924 com a implantação da Companhia Brasileira de Cimento Portland Perus [...] Em 1926 foram vendidas as primeiras toneladas de cimento[32],

produzida pela Perus. Em 1933, Ermírio de Moraes instalou uma fábrica de cimento em Votorantim, origem da S. A. Indústrias Votorantim.

O suprimento externo de matérias-primas minerais e de produtos siderúrgicos e energéticos importados caiu drasticamente durante a Primeira Guerra, fato que levou ao aproveitamento de alguns dos recursos minerais disponíveis no país, embora carentes de economicidade em situação normal. Um dos exemplos foi o da pirita obtida em Ouro Preto e usada, como fonte de enxofre, na fábrica de pólvora

29. R. C. Machado, *Apontamentos da História do Alumínio Primário no Brasil.*

30. S. F. Abreu, *op. cit.*

31. T. D. S. Santos *et al.*, *op. cit.*

32. S. L. Centurione, *A Mineração do 'Clinquer Portland' e seus Benefícios Tecnológicos.*

do Exército, em Piquete (SP). Outro exemplo é o do linhito lavrado em Jambeiro (SP), e usado pela EFCB – Estrada de Ferro Central do Brasil entre 1918 e 1920[33].

Na década de 1920 existia no Estado de São Paulo preocupação com o suprimento de fertilizantes e nutrientes minerais para a agricultura, tendo sido criado o

> [...] Serviço de Estudo e Aproveitamento das Jazidas de Apatita (de Ipanema – SP), sob a chefia de Guilherme Florence, para se ocupar do problema de socorro à terra – a que a ciência chamou adubação e no qual repousam a promessa e a garantia máxima da prosperidade do Estado e do Brasil[34].

Essa iniciativa levou à instalação, no final dos anos de 1920, de uma usina de tratamento para a produção de 200 t/mês de concentrado de apatita e 400 t/mês de superfosfato na Fazenda Ipanema, serra de Araçoiaba, atual município de Iperó[35].

Da Segunda Guerra Mundial ao Final da Década de 1950

A moderna siderurgia brasileira começou a ser implantada durante a Segunda Guerra com a CSN – Companhia Siderúrgica Nacional e a Acesita – Companhia de Aços Especiais Itabira. Em 30 de janeiro de 1941, o Governo Vargas autorizou a criação da CSN, com capital estatal; instalada em Volta Redonda (RJ), iniciou a operação em 1946, tornando-se a primeira siderúrgica a coque de carvão mineral. A Acesita originou-se da Companhia Brasileira de Mineração e Siderurgia S. A. em 1942. A seguir, outras usinas foram estabelecidas: a Pains, em 1952; a Mannesmannn, em 1954, e a Usiminas, em 1962. A proposta de criação da Cosipa – Companhia Siderúrgica Paulista foi feita em 1951 pelo engenheiro Plínio de Queiróz; fundada em 1953, com capital constituído pela Rede Ferroviária Federal, BNDES, CSN e Governo do Estado de São Paulo, somente dez anos depois foi posta em marcha a laminação[36].

Nos anos de 1950 os geólogos do Convênio USGS – United States Geological Survey/DNPM investigaram, em detalhe, a geologia e os depósitos minerais, especialmente de ferro e de manganês do Quadrilátero Ferrífero (Quadrilátero Ferrífero é a denominação usualmente dada ao quadrilátero ideal, em cujos vértices se situam as cidades de Belo Horizonte, Congonhas do Campo, Ouro Preto/Mariana e Barão de Cocais, dentro do qual está contida a maior parte dos depósitos de minério de ferro de Minas Gerais, exceto o apêndice de Itabira, a nordeste). Os resultados desses trabalhos, especialmente os mapas geológicos e as publicações, foram de grande valia, não apenas para o melhor conhecimento das jazidas e para o

Usina de beneficiamento de minério de ferro, Tubarão.

À DIREITA

Pilha de minério de ferro, Tubarão.

33. S. F. Abreu, *op. cit.*
34. S. F. M. Figuerôa, *op. cit.*
35. L. S. Leal Filho *et al.*, "A Evolução do Beneficiamento de Rocha Fosfática no Brasil"; G. A. S. C. Albuquerque e E C. Damasceno, "A produção de Fosfato no Brasil: Uma Apreciação Histórica das Condicionantes Envolvidas".
36. M. A. G. Souza, *op. cit.*

Companhia Siderúrgica Nacional – CSN – em Volta Redonda, RJ.

planejamento da mineração de ferro em Minas Gerais, mas também como modelo para os geólogos brasileiros de como executar mapeamentos geológicos destinados à localização de depósitos minerais. O Quadrilátero Ferrífero foi a primeira região do país a contar com mapas geológicos, em escala detalhada, adequados à pesquisa mineral. Além disso, vários geólogos do USGS tornaram-se, posteriormente, professores nos cursos de geologia que viriam a ser implantados no país no final da década de 1950, destacando-se G. E. Tolbert e Norman Herz, que organizaram e foram os primeiros docentes das disciplinas geologia econômica e geoquímica na USP. Outros como John van Nostrand Dorr II, Max White e Philip Guild publicaram importantes artigos de referência sobre a geologia dos depósitos minerais brasileiros.

Com a advento do Plano Siderúrgico Nacional no final da década de 1950, preconizando a produção de 20 milhões t/ano de aço, surgiram preocupações quanto ao suprimento interno de manganês, tendo em vista a iminente exaustão das reservas do morro da Mina e outras minas menores de Minas Gerais. Em diversos eventos esse cenário crítico foi discutido, destacando-se os debates promovidos pelos estudantes de engenharia de minas da UFOP e do Centro Moraes Rego da Poli/USP. Como esperado, alguns anos mais tarde, tornou-se concreta a situação paradoxal do manganês: o Brasil sempre foi importante exportador de manganês, insumo que veio a faltar para o suprimento das siderúrgicas nacionais recém-implantadas. Apesar de contar com reservas importantes, elas se localizavam em pontos muito distantes das siderúrgicas, situação agravada pela falta de transporte eficiente de granéis. Além disso, as minas da serra do Navio, Urucum e, mais tarde, Igarapé do Azul, foram projetadas e desenvolvidas para atender a exportação.

Também o setor industrial de bauxita – alumina-alumínio – teve início na década de 1940.

Mina de ferro do Cauê, Itabira, Minas Gerais, 1991. Foto de P. F. T. Damasceno.

> [...] No Brasil, o alumínio começou a ter história própria na década de 1940, em plena guerra, quando o país ficou sem suprimento do metal, assim como tantos outros produtos originários até então da Europa ou dos EE.UU[37].

Em 1920, o consumo de alumínio importado era da ordem de 1.400 toneladas, reduzindo-se a pouco mais de 150 toneladas em 1940. Esse cenário desfavorável parece ter animado empreendedores nacionais que tomaram duas iniciativas visando à produção de alumínio: a Elquisa em Saramenha, Ouro Preto, iniciada na década de 1930 e concluída em 1945; e a CBA – Companhia Brasileira de Alumínio, iniciada em 1941 pela família Carvalho Dias, Ermírio de Moraes e Plínio de Queiróz. A Elquisa obteve apoio político do governo Vargas e dos setores militares, interessados no suprimento interno do metal durante a Segunda Guerra. Chegou a produzir 800 toneladas em 1945, mas logo tornou-se inviável diante da quantidade de alumínio excedente no mercado com o término da guerra. Em 1950, a Elquisa foi adquirida pela Alcan, que, um ano depois, retomou a produção.

A CBA viria a ser instalada em 1955, na atual cidade de Alumínio (SP), com capacidade de 10 mil t/ano de alumínio, ampliada, dois anos depois, para 20 mil t/ano, contando com o suprimento de bauxita transportada desde Poços de Caldas, por ferrovia. Posteriormente passou a contar com energia elétrica própria, gerada em hidroelétricas construídas ao longo do rio Juquiá. A lavra de bauxita em Poços de Caldas,

> [...] em escala muito modesta, foi iniciada em 1939 com pás, picaretas e carrocinhas puxadas por burro, sendo o minério lavado em bicas de madeira [...]. A bauxita era vendida para as indústrias de sulfato de alumínio e refratários de São Paulo [...]. Em 1939, convencera-se Miguel Carvalho Dias, junto com o pai, o dono da fazenda em que existia bauxita [...} que era necessário um estudo sério das possibilidades de uma indústria de alumínio usando a bauxita da fazenda [...] dirigimo-nos ao IPT. [...] Foi encarregado do estudo e eventual projeto o Eng. Tharcísio Damy de Souza Santos, recém-formado, e que já se distinguira no campo da metalurgia, principalmente do chumbo [...][38].

A provável existência de bauxita no baixo Amazonas já despertava o interesse dos grandes produtores de alumínio, pelas semelhanças da fisiografia desta região com as Guianas, onde já era produzido este minério. Desde o final da década de 1950, geólogos dessas empresas propectavam na região. No entanto, a bauxita no baixo Amazonas viria a ser descoberta em Nhamundá, por J. A Staargaard, em 1956.

A cassiterita, associada ao ouro, passou a ser produzida na região de São João Del Rei (MG), em 1942.

> A descoberta resultou numa corrida ao estanho na região em torno de São João Del Rei por uma multidão de garimpeiros, seguidos de várias empresas. O minério era fundido em São João Del Rei em numerosos fornos primitivos, construídos da noite para o dia [...][39].

Com a posterior exaustão dos depósitos mais acessíveis de cassiterita, permaneceu em São João Del Rei a indústria metalúrgica do estanho e a tradição do artesanato do metal. Em 1952 foi encontrada cassiterita no seringal Oriente Novo, na região do rio Machado, Território Federal de Rondônia, e, a partir de 1958, a produção de cassiterita deslocou-se para a Rondônia. Posteriormente, novas jazidas foram localizadas no norte de Mato Grosso, no sul do Pará, em Pitinga, norte do Amazonas, e no final de 1980 em Bom Futuro, Ariquemes,

37. R. C. Machado, *op. cit.*
38. M. C. Dias, "As Origens e a Evolução da Companhia Brasileira de Alumínio".
39. S. F. Abreu, *op. cit.*

Rondônia, as duas últimas jazidas excepcionais. Logo após a descoberta, a cassiterita em Rondônia era concentrada por métodos rudimentares em garimpos que, gradativamente, foram sendo substituídos por empresas a partir de 1971. Em 1970, numa atitude inédita no país, o governo proibiu a garimpagem de cassiterita em Rondônia[40], favorecendo as empresas de mineração com a tranqüilidade e a segurança necessárias para implantar as minas.

> Em 1959, saía do então Território Federal de Rondônia o primeiro carregamento de 18 toneladas de cassiterita destinado a uma fundição do sul do país. Daquela época até agora, 1999, – quarenta anos após o carregamento inicial –, nada menos do que 391.340 toneladas de cassiterita (254 371 toneladas de estanho contido em concentrados) foram produzidas, representando 50% da produção brasileira no período[41].

A produção dessas minas da região Amazônica viria propiciar, no final dos anos de 1970, uma grande mudança no suprimento e no mercado nacional de estanho.

No início de 1960 começou a produção de minério de zinco e cádmio, como subproduto, em Vazante (MG). O tipo de minério oxidado, diferente daqueles produzidos em outro países, onde predominam variedades sulfetadas, exigiu a adoção de técnicas alternativas e específicas para a extração do metal. As empresas concessionárias CMM – Companhia Mineira de Metais e Masa – Mineração Aeriense S. A./Ingá desenvolveram rotas hidrometalúrgicas e eletrometalúrgicas para a extração do zinco. Uma das rotas tornou-se conhecida como processo Hugo Radino, que a desenvolveu, sendo a utilizada pela Companhia Mercantil e Industrial Ingá, na unidade metalúrgica de Itaguaí (RJ). A CMM desenvolveu tecnologia própria, construindo um complexo eletrometalúrgico junto à Hidroelétrica de Três Marias, no vale do São Francisco. Posteriormente, nos anos de 1970, foi desenvolvida a mina de Morro Agudo, Paracatu (MG), ocorrência conhecida desde 1952. Além da CMM e da Ingá, também a Paraibuna Metais, estabelecida mais tarde na região de Juiz de Fora, produz zinco metálico a partir de concentrados importados.

No setor de fosfatos e de fertilizantes, a Serrana S. A. de Mineração arrendou, em 1944, do governo do Estado de São Paulo, a mina de apatita no morro da Mina, Jacupiranga, atual Cajati "[...] tornando-se, logo adiante, o primeiro produtor verticalizado, a partir de rocha nacional"[42]. Em 1949, foi implantada a Elequeiróz, e entre 1952 e 1954, mais quatro unidades produtoras de superfosfato simples: a Fosfanil, a Quimbrasil, a CRA – Companhia Rio Grandense de Adubos e a Fertinil. Em 1957, foi iniciada em Olinda (PE), a produção de minério fosfático, similar ao existente na Flórida e Marrocos, pela Fasa – Fosforita Olinda S. A.

O cristal de quartzo, material com propriedades óticas e eletrônicas específicas, foi muito produzido em Minas Gerais, Goiás, Bahia e Nordeste. Durante a Segunda Guerra Mundial,

> [...] o Brasil desempenhou um importante papel no suprimento de minerais estratégicos para os aliados, principalmente a Grã-Bretanha. Esses minerais eram mica, quartzo, tungstênio, tântalo, zircônio, berilo, manganês e minério de ferro[43].

Na década de 1950 vários acontecimentos envolveram o petróleo e o gás. Em 1950, entrou em operação a Refinaria de Mataripe (BA), e, em 1953, foi decretado o regime de monopólio estatal do petróleo. Em 1954 foi criada a Petrobrás, época em que o país viveu forte sentimento nacionalista. Até 1954, o CNP havia definido uma dezena de campos de petróleo no Recôncavo Baiano.

As primeiras investigações sobre a ocorrência de minério de urânio no Brasil foram iniciadas em 1952, com apoio do USGS e da U. S. Atomic Energy Commission. Em 1956, foi criada a CNEN – Comissão Nacional de Energia Nuclear, que, por sua vez, estabeleceu, em 1962, o Departamento de Exploração Mineral[44], iniciativa que levou à localização de vários depósitos de urânio.

As Décadas de 1960 e 1970

Nas décadas de 1960 e 1970, o Brasil assistiu ao maior desenvolvimento da mineração e da metalurgia observado em de toda a sua história. Nesta época, o cenário político, econômico e tecnológico, tanto externo como interno, era extremamente favorável ao desenvolvimento. O mundo atravessava um período de progresso inusitado, com elevadas taxas de crescimento industrial e demanda crescente de insumos minerais. Os países industrializados consumiam

40. H. N. Santos e R. M. Rocha, "Histórico e Perspectiva de Lavra e Produção de Estanho em Rondônia".
41. J. Bates, "Rondônia – Quarenta Anos de Lavra de Cassiterita".
42. G.A.S.C. Albuquerque e E. C. Damasceno, "A Produção de Fosfato no Brasil: Uma Apreciação Histórica das Condicionantes Envolvidas".
43. I. F. Machado e S. F. M. Figuerôa, *op. cit.*
44. S. F. Abreu, *op. cit.*

grandes quantidades de metais e de insumos energéticos e, polarizados entre o Ocidente e a URSS, acumulavam estoques estratégicos de matérias-primas dentro dos seus territórios. No cenário interno, o governo militar propunha política de substituição das importações, de fortalecimento das indústrias nacionais de base e de auto-suficiência interna. O país construía a sua infra-estrutura, e a indústria se modernizava. Além disso, alguns dos presidentes militares souberam escolher ministros de Minas e de Energia que se preocupavam, também, com as *minas,* e não apenas com a energia, a exemplo de Mario Thibau e Antonio Dias Leite, ambos mentores de políticas que alavancaram a mineração e a metalurgia. O país passou a contar também com um maior número de profissionais especialistas em pesquisa mineral, mineração e metalurgia, formados nas universidades brasileiras. Em 1960, graduavam-se os primeiros geólogos nos cursos implantados nas Universidades Federais de Porto Alegre, Recife, Rio de Janeiro e na USP, além da Escola de Minas de Ouro Preto, que já graduava engenheiros-geólogos e metalurgistas, por iniciativa do MEC/Cage – Campanha de Formação de Geólogos. Os cursos de pós-graduação criados na USP a partir de 1964 propiciaram as condições para a realização de pesquisas aplicadas à mineração e metalurgia.

Em 1960 foi criado o MME – Ministério de Minas e Energia, "depois de 18 anos de tentativas no Congresso"[45]. Em 1963, a Petrobrás organizou o CENPES – Centro de Pesquisas Leopoldo Miguez. Em 1969, surgiu a CPRM – Companhia de Pesquisa de Recursos Minerais e, em 1978, o CETEM – Centro de Tecnologia Mineral, sucessor do LPM – Laboratório da Produção Mineral, desmembrado do DNPM.

Mário Thibau, à frente do MME, considerava que

> [...] A punjança das grandes nações está intimamente ligada a seu desenvolvimento no setor mineral. Um país só é de fato independente se possui o controle do abastecimento das matérias-primas de que necessita [...] Dentre as numerosas condições que o Brasil possui para ser uma potência mundial – território extenso, população crescente, unidade de língua, de religião e de costumes – avulta a abundância de seus recursos naturais[46].

Decorreu dessa visão o decreto de 12/3/1965, que criou o Plano Mestre Decenal para Avaliação dos Recursos Minerais do Brasil, vigente em 1967, e que preconizava: realização de

Mina do Morro do Ouro, Paracatu, 1993.

intenso programa de pesquisa mineral, aprimoramento da legislação específica, estabelecimento de política tributária, incentivos fiscais e financiamento, apoio em infra-estrutura e transporte, auxílio à tecnologia mineral, planejamento energético para viabilizar as indústrias de alumínio, ferroligas e de eletrometalurgia em geral, ênfase à prospecção e lavra de petróleo, incentivo à indústria petroquímica e promoção do carvão nacional.

> Em resumo, é objetivo do Governo Federal, por meio do Plano Mestre Decenal e outras providências, transformar efetivamente em riquezas os recursos minerais brasileiros[47].

Outros decretos editados na mesma época fixavam medidas adicionais para incrementar a explotação e exportação de minério de ferro, a implantação de ramais ferroviários e melhorias na RFF – Rede Ferroviária Federal, o estabelecimento de condições para construção e exploração dos portos de Tubarão e de Sepetiba e o aprimoramento do porto do Rio de Janeiro para o embarque de minério e apoio à CVRD como responsável pela exportação de minério de ferro, à indústria petroquímica, à industrialização do xisto e o aproveitamento dos rejeitos piritosos do carvão. Em 1966, foi promulgado o novo Código de Minas, com mudanças na legislação mineral vigente desde 1934, atraindo mais investimentos para o setor mineral.

Com esse cenário favorável, a pródiga geologia do país foi sendo melhor entendida e modelada, resultando em novas jazidas e na ampliação das reservas conhecidas anteriormente. A produção de minérios metálicos e a sua

45. I. F. Machado e S. F. M. Figuerôa, "500 Anos de Mineração no Brasil: Breve Histórico".
46. MME-Ministério das Minas e Energia, *Panorama do Setor Mineral Brasileiro*.
47. *Idem*.

em 1974, quando o governo federal decidiu instalar na Bahia um complexo mínero-metalúrgico integrado pela citada mina de cobre e a Caraíba Metais, unidade metalúrgica que viria a ser instalada em Camaçari[52]. A Caraíba Metais tornou-se a única usina produtora de cobre metálico no país, operando principalmente com concentrados importados e, em parte, produzidos nas minas de Caraíba e de Camaquã. Ainda quanto ao cobre, em 1972, a Docegeo – Rio Doce Geologia e Mineração definiu na região da serra dos Carajás novos depósitos: o de Salobo, ainda em estudos, o do Igarapé Bahia, que, embora contendo cobre, viria a tornar-se a principal mina de ouro do país, na década de 1990, Sossego e outros.

Em 1974, foi fundada a Mineração Morro Agudo, atualmente controlada pelas três empresas que produzem zinco metálico no país: CMM, Ingá e Paraibuna de Metais. Morro Agudo é o único depósito de minério de zinco sulfetado, contendo chumbo subordinado, conhecido no Brasil.

A partir de 1972 e por mais de uma década, a CVRD investigou o depósito de anatásio de Tapira (MG), visando conseguir o titânio, não tendo obtido sucesso devido à complexidade do minério. Caso contrário, o Brasil poderia ter se tornado um dos maiores produtores mundiais de titânio, levando em conta a quantidade de anatásio existente não apenas em Tapira mas, também, em outros depósitos similares conhecidos no país.

Na década de 1960 ocorreu forte crescimento da Petrobrás que contava, até então, somente com onze campos petrolíferos. Ao direcionar a prospecção para a plataforma continental foi definido, em 1968, o primeiro depósito de petróleo *offshore* no Brasil: o campo de Guaricema (SE). Posteriormente, foram delimitados outros importantes campos petrolíferos na Bacia de Campos (RJ), que viriam propiciar no ano 2000 o atendimento de três quartos da demanda interna de petróleo. Em 1986, contava a Petrobrás com 152 campos, 4.752 poços produtores de óleo e 185 de gás, além de treze refinarias. Merece destaque especial o progresso tecnológico obtido pela Petrobrás ao viabilizar a produção de petróleo, sob lâminas d'água espessas, com centenas a um milhar de metros de profundidade.

Em 1973, o primeiro choque dos preços do petróleo trouxe grandes dificuldades econômicas para as empresas altamente dependentes de insumos energéticos, especialmente as siderúrgicas, cimenteiras e cerâmicas. Em 1972, entrara em operação a Usina Protótipo de Industrialização do Xisto, em São Mateus do Sul (PR), para investigar a possibilidade de extração de óleo de folhelhos oleígenos, processo que se viabilizou, temporariamente, face ao preço elevado do petróleo no mercado internacional.

As crises do petróleo de 1973 e 1980 ensejaram também a criação de subsídios especiais para o carvão mineral, que passou a ser utilizado, principalmente, pelas empresas produtoras de cimento.

No setor de fosfatos, matérias-primas intermediárias e fertilizantes fosfatados, no início de 1960

> [...] ficou comprovada a eminente exaustão do minério residual lavrado pela Serrana S. A. de Mineração [no Morro da Mina, em Cajati], levantando-se a hipótese de lavra e concentração da apatita disseminada no protominério subjacente [...]

contendo apatita, com baixos teores de P_2O_5 e cujo aproveitamento era inviável pela inexistência de processo de beneficiamento e de concentração. Decidiu-se a Serrana a desenvolver a tecnologia.

> O prof. Paulo Abib Andery liderou equipe técnica que alavancou a tecnologia mineral brasileira em vários campos e, na área específica do fosfato, com a contribuição de idéias sobre flotação originadas pelo prof. H. M. Pinheiro, da Escola de Engenharia de São Carlos, Universidade de São Paulo, e subsídios dos estudos geológicos e mineralógicos do prof. Geraldo Conrado Melcher, seu colega da USP, desenvolveu uma nova rota de concentração que veio a ser conhecida como Processo Serrana[53].

Essa nova rota de concentração da apatita e de obtenção de concentrados fosfáticos, com teores equivalentes àqueles comercializados internacionalmente, foi um dos mais importantes avanços observados na tecnologia mineral brasileira. Esse resultado viabilizou não apenas o aproveitamento do minério do morro da Mina, mas também de outros similares, existentes em outras jazidas no país. O concentrado de apatita do morro da Mina, isento de contaminações deletérias, viria a ser utilizado na década de 1990, para a fabricação de produtos fosfatados adequados para a alimentação humana, como ácido fosfórico grau alimentar e animal. Além disso, os rejeitos da apatita passariam a ser

52. F. J. Lima e Silva *et al.*, "Depósito de Cobre de Caraíba e o Distrito Aurífero do Vale do Rio Curacá, Bahia".
53. G.A.S.C. Albuquerque e E. C. Damasceno, *op. cit.*

usados para a fabricação de cimento e gesso "químico", um resíduo insolúvel e poluente, gerado no processo de fabricação de ácido fosfórico, na indústria do papel.

Ainda nesse setor, a Ultrafértil, localizada em Piaçaguera, Cubatão (SP), iniciou em 1970 a produção de ácido fosfórico no Brasil e, em 1972, a Quimbrasil/Serrana começou a implantar a Arafertil – Araxá Fertilizantes, em Araxá (MG), para o aproveitamento do minério de fosfato da jazida do Barreiro.

Além disso, o aumento do preço do petróleo ocorrido em 1973 provocou a elevação do preço dos insumos para fertilizantes no mercado internacional, fato que veio a incentivar ainda mais a produção nacional. Em 1974, a Petroquisa – Petrobrás Química S. A. ingressou no setor de fertilizantes ao adquirir a Ultrafértil, e a CPRM definiu a nova jazida de fosfato de Rocinha, Patos de Minas (MG). Em 1976, foi criada a Petrobrás Fertilizantes S. A. – Petrofértil, e, em 1977, a Fertilizantes Fosfatados S. A. – Fosfértil, esta para lavrar a mina de Rocinha. Em 1978, a Petrofértil associou-se à Metago – Metais de Goiás S. A., detentora de concessões de minério de fosfato em Catalão (GO), criando a Goiásfertil, e, em 1979, passou a integrar o capital da Arafértil. A Petrofértil adquiriu, também, participação na ICC – Indústria Carboquímica Catarinense, projeto que previa a produção de ácido sulfúrico – insumo básico para a a indústria de fertilizantes fosfatados que adotam a via do ácido fosfórico – a partir dos rejeitos de pirita do carvão mineral. Esses diversos eventos permitiram a instalação de novas minas de fosfato: Arafertil/Barreiro, Araxá, em 1977; Fosfertil/Patos de Minas, em 1976; Fosfertil/Tapira, em 1979; Copebrás/Catalão, em 1979; Goiásfertil/Catalão, em 1982, e Trevo/Lagamar (MG), em 1984, posteriormente adquirida pela Galvani, elevando a capacidade de produção nacional para 1,4 milhões t/ano de P_2O_5.

Ainda na década de 1970 dois outros fatos relevantes marcaram o setor de fosfatos e de fertilizantes: em 1974 foi criado o Centro de Estudos de Fertilizantes – Cefer, no IPT, e foi iniciada a abertura do *shaft* de acesso à jazida de cloreto de potássio, situada à profundidade de 460 m, em Taquari-Vassouras (SE), pela Petromisa – Petrobrás Mineração S. A. Esse *shaft* foi concluído em 1982[54] e permitiu a produção de 93 mil t KCl, em 1986, uma modesta parcela da demanda nacional de cloreto de potássio. Posteriormente, no governo Collor, a Petromisa que encabeçava a lista das empresas a serem privatizadas ou desativadas, foi arrendada à CVRD, que logo em seguida aumentou a produção, aproximando-a da capacidade nominal de 500 mil t/a.

Mina de apatita, morro da Mina, Cajati (SP), 1991. Foto P. F. T. Damasceno.

Em 1976, foi fundado o Ibram – Instituto Brasileiro de Mineração, e, em 1978, o Ibrafos – Instituto Brasileiro do Fosfato.

A Nuclebrás – Empresas Nucleares Brasileiras S. A., subordinada ao MME, entidade encarregada da pesquisa e da lavra de minérios nucleares e associados e de promover a geração de energia no âmbito do Programa Nuclear Brasileiro, exercendo o monopólio da União, foi criada em 1974. O programa nuclear, que previa a construção de oito usinas nucleares até 1995 não se concretizou, apesar do seu vultoso orçamento e das reservas de minério de urânio conhecidas no país.

O Período 1980-2000

O setor mínero-metalúrgico foi muito afetado pela crise econômica dos anos de 1980, período que tornou-se conhecido como "a década perdida da mineração". Além das dificuldades econômicas enfrentadas, na Constituição promulgada em 1988 – posteriormente emendada em 1995 – foram modificadas "questões relativas à presença do capital estrangeiro"[55], fato que provocou a redução dos investimentos privados na mineração. Por isso, na década de 1980, os investimentos no setor mínero-metalúrgico foram predominantemente estatais, direcionando-se os privados

54. A.S.F. Vargas, "Minas de Potássio de Taquari-Vassouras-Petromisa".
55. I.F. Machado e S.F.M Figuerôa, *op. cit.*

quase que exclusivamente para a produção de ouro, que apresentava elevado preço na época.

A produção de minério de ferro e de aço continuaram a aumentar. Com a plena operação da mina N4E da serra dos Carajás, foram adicionadas ao mercado mais 35 milhões t/ano de minério de ferro, a partir de 1985. Nesse mesmo ano foi implantada a Aço Minas Gerais S. A. – Açominas, criada por decreto de Arthur Bernardes, há mais de 60 anos[56]. Contava, então, a indústria siderúrgica nacional com quatro dezenas de usinas. Cresceu a produção de ferro-ligas, produzidas em diversas unidades, cuja capacidade instalada totalizava, em 1988, um milhão t/ano. O país passou a exportar alguns tipos de ferro-ligas, tornando-se um dos líderes mundiais na sua produção. Cresceu, também, a produção de diversos insumos para a metalurgia, como a fluorita, magnesita, cromita e grafita. No final dos anos de 1980, a MSL – Mineração Santa Lucrécia ampliou a produção de bauxita refratária, produto com boa aceitação no mercado internacional.

No final da década de 1990, foi iniciada a produção de minério de níquel sulfetado no país na mina da Mineração Serra da Fortaleza, da RTZ, em Fortaleza de Minas (MG).

O Programa Nacional de Desestatização, a partir do início de 1990, marcou a saída do governo de diversos empreendimentos de mineração, siderurgia e metalurgia, iniciando-se o processo de privatização pelas empresas produtoras de fertilizantes. Passaram à iniciativa privada as minas de fosfato controladas pela Petrofértil, adquiridas pela Fertifós, de capital privado. A ICC foi desativada e a Petromisa, produtora de cloreto de potássio, arrendada à CVRD, como já foi mencionado. A produção de uréia e de nitrogenados, no entanto, foi mantida pela Nitrofértil, subsidiária da Petrobrás. Ainda na década de 1990 foram privatizadas a CSN, Cosipa, Caraíba Metais e a CVRD e foi alterado o monopólio do petróleo e gás.

Ao final de 1979 e início de 1980, o preço do ouro superou US$ 850/onça, provocando a retomada da produção, a implantação de novas minas e motivando a corrida aos garimpos. Até então, a produção brasileira de ouro permanecera, por quase dois séculos, de 1800 a 1980, no pífio patamar de 5 t/ano. Começou a crescer no final de 1970, atingiu 54,6 t em 1988[57] e superou 100 t/ano nos anos seguintes. Nesse *boom* do ouro surgiu a serra Pelada, em Marabá (PA), uma saga que se desenrolou em uma concessão da CVRD, em que a Docegeo realizava trabalhos de prospecção: no início de 1980 estima-se que haviam em serra Pelada 5 mil garimpeiros[58]. O garimpo espalhou-se, também, por várias outras regiões: vales do Tapajós (PA), e do Madeira (RO), Vila do Lourenço e igarapés Labourrie e Reginá (AP), território dos Yanomami (RR), Alta Floresta, Poconé e Peixoto de Azevedo (MT), e Crixás (GO), dentre outros locais. Diversas minas foram reativadas ou implantadas, destacando-se: a de São Bento, Santa Bárbara (MG), que passou a adotar processo de biolixiviação para a recuperação do ouro contido em minérios refratários; a da fazenda Brasileiro, Teofilândia (BA), pesquisada e definida pela Docegeo e que introduziu no país a rota hidrometalúrgica de extração de ouro por lixiviação em pilhas, via processo CIP; a de Novo Planeta, Alta Floresta (MT); a Novo Astro e a Yoshidome (AP); a Rio Paracatú Mineração, no Morro do Ouro, Paracatú (MG), que se destacou pelo aproveitamento de minério com teor muito baixo de ouro; e a do Igarapé Bahia (PA), que se tornou a principal mina de ouro do país nos anos de 1990.

Em maio de 1982 foi iniciada a produção de cassiterita na mina de Pitinga (AM)[59], que se tornou a principal do país e uma das maiores do mundo. Além de cassiterita, existem em Pitinga depósitos de minérios de terras-raras, zircão, ilmenita e criolita, o último, um mineral de rara ocorrência e insumo de fundamental importância no processo eletrolítico de obtenção do alumínio.

Foi observado apreciável aumento na produção de matérias-primas e de materiais de construção, destacando-se os "granitos" e mármores e os revestimentos cerâmicos, produtos que adquiriram boa aceitação no mercado externo e que passaram a ser exportados. A capacidade instalada de produção de revestimentos cerâmicos, num conjunto de 118 empresas, superou 380 milhões m^2 em 1995, índice superado apenas pela China, Espanha e Itália. Destacou-se a Cecrisa, como uma das maiores produtoras mundiais[60]. Estimou-se em mais de 1 milhão t/ano a produção de argila para cerâmica vermelha para consumo em cerca de 400 cerâmicas, apenas no Estado de São Paulo[61]. A partir de 1993 observou-se o excepcional aumento no consumo e na produção de cimento, superando 38 milhões de toneladas em 1997[62]. A indústria de cimento contava, no final da década de 1990, com 58 unidades produtoras e capacidade instalada

56. M.A.G. Souza, *op. cit.*
57. A.C. Menezes e M.C. Maron, "Ouro".
58. E.M. Meireles e A.R.B. Silva, "Depósito de Ouro de Serra Pelada, Marabá, Pará".
59. W. Koury e A. Antonietto Júnior, "A Mina de Estanho de Pitinga, Amazonas".
60. J.M. Coelho, *op. cit.*
61. A.H.T. Damasceno e L.C. Vinha, "Argilas para Cerâmica Vermelha".
62. S.L. Centurione, "A Mineralização do 'Clinquer Portland' e seus Benefícios Tecnológicos".

de 45 milhões t/ano, demandando mais de 70 milhões t/ano de calcário. Esses números mostram o enorme progresso obtido em cerca de setenta anos, desde o início das atividades pioneiras da Cimento Perus, em 1926, conforme já foi referido no início deste texto. A produção/consumo de agregados – areia e brita –, apenas no Estado de São Paulo, foi estimada em 17 milhões m^3 em 1987. A produção de cal, tanto para construção, como para a indústria continuou crescendo, o mesmo ocorrendo com o amianto.

No segmento dos energéticos foi inaugurada em 1982 a mina Osamu Utsumi, em Poços de Caldas, com capacidade para produzir 500 t/ano de U_3O_8 e suprir o programa nuclear brasileiro. No entanto, foi desativada logo em seguida pelas dificuldades encontradas no tratamento do minério. As reservas nacionais de urânio, segundo o monopólio estatal, superam 300 mil t de U_3O_8 e os principais depósitos estão situados em Itataia (CE), e em Lagoa Real, Caetité (BA). Na última localidade, a INB – Indústria Nuclear Brasileira, sucessora da Nuclebrás, iniciou em 1999 a operação de uma nova unidade de mineração de urânio, com capacidade de 400 t/ano de U_3O_8.

Em 1986 foi iniciada a lavra mecanizada de turfa em Santa Catarina e São Paulo. Em 1990 foi criada a ANP – Agência Nacional de Petróleo e privatizadas algumas áreas de concessão da Petrobras de petróleo e gás, incluindo-se a Bacia de Santos.

A Nuclemon – Nuclebras de Monazita e Associados Ltda. é a responsável pelo aproveitamento das areias monazíticas, incluídas como de interesse nuclear no monopólio. A produção, de 1982 a 1986, foi de 2 mil t/ano de cloretos de terras-raras e de 12 mil t/ano de zircão, como subproduto.

Outro produto mineral cuja produção adquiriu importância foi o caulim, minério localizado em diversos pontos do país, os de melhor qualidade no baixo Amazonas. A Cadam – Caulim da Amazônia é a concessionária da principal mina, situada no morro do Felipe, Mazagão (AP), onde é produzido o "Amazon 88", um caulim de elevado índice de alvura e excelentes propriedades tecnológicas para *coating* na indústria do papel. Essa mina foi instalada na década de 1970 e, em 1986, já produzia 550 mil t de caulim, destinado principalmente à exportação. Outras jazidas similares foram definidas pela CPRM em 1972-1973 na região do rio Capim (PA).

"Formiguinhas" do garimpo de Serra Pelada.

Considerações Finais

No período compreendido entre a Proclamação da República e a comemoração dos quinhentos anos do descobrimento do Brasil, o progresso da mineração e da metalurgia foi significativo para o país.

No âmbito dos recursos minerais ferrosos e da siderurgia, nas primeiras décadas do século XX, as atividades de mineração e de produção de ferro eram artesanais e o país dependia da importação de cerca de 300 mil t/ano de produtos siderúrgicos acabados. Ao final de século XX, o país produzia 195 milhões de toneladas de minério de ferro extraídas em diversas minas do Quadrilátero Ferrífero e na serra dos Carajás. Essa enorme quantidade de minério de ferro produzido, além de atender a demanda interna, permite elevada exportação. A excepcional qualidade dos minérios de ferro brasileiros, com teores tendendo a se igualar ao conteúdo estequiométrico de ferro contido no mineral hematita e as características granulométricas naturais, quase as ideais para os processos siderúrgicos, fazem do Brasil um dos principais exportadores de minério de ferro. Apenas o Japão, o maior produtor mundial de aço, adquire do Brasil

Porto de Tubarão. Embarque de minério de ferro.

cerca de 23% da sua demanda de minério de ferro. Esse expressivo cenário é devido não só à qualidade do minério, mas também ao desenvolvimento e operação de minas com elevada capacidade de produção, aos eficientes sistemas de transporte ferroviário e minerodutos estabelecidos e aos quatro portos caracterizados pela elevada capacidade de manuseio, carregamento eficiente de grandes volumes de minério e calado para navios de grande porte.

A produção de aço atinge 26 milhões t/ano, situando-se o Brasil entre os dez maiores produtores mundiais e o líder na América Latina. A produção de ferro-ligas, inexistente no início do século XX, também é elevada. Em algumas ligas e inoculantes, como o silício, o Brasil tem posição de destaque no cenário mundial. A produção de manganês supera 2 milhões t/ano, em grande parte exportadas. O país é autosuficiente em cromita, níquel e responde por cerca de 85% do suprimento mundial de nióbio, contido em produtos de alto valor agregado.

Embora conte o país com reservas vultosas de carvão mineral, não foram encontradas ainda jazidas de carvão coqueificável, nem solucionada, via tecnologia, a melhoria da qualidade deste insumo para a siderurgia. Cerca de 11 milhões de toneladas de carvão são importadas anualmente para atender a indústria de aço.

No setor dos não-ferrosos houve progresso, principalmente no conjunto bauxita-alumina-alumínio, no estanho e no zinco, permanecendo o suprimento de cobre, como uma das dificuldades ainda não solucionadas, devido à falta de jazidas no país. Não há produção primária de chumbo, predominando a reciclagem, além da importação. A produção de bauxita, especialmente no baixo Amazonas, aproximou-se de 12 milhões de toneladas em 1999. A construção de usinas hidroelétricas, no entanto, propiciou a energia necessária para a eletrometalurgia do alumínio, metal produzido na escala de 1,2 milhões t/ano, em parte exportado. No caso do estanho, observou-se nos anos de 1970 e 1980 uma notável inversão no cenário nacional: de importador, passou o Brasil a exportador, tendo sido o maior produtor mundial. A mina de estanho Pitinga é a maior do mundo, sendo a responsável por cerca de 10% da produção mundial deste metal. Além disso, a demanda interna de estanho é grande, pois o Brasil é o quinto consumidor e oitavo produtor mundial de chapas estanhadas, usadas na fabricação de latas, produto de elevado consumo no país. A produção de zinco, apesar das características específicas do minério de vazante e de alguma importação de concentrados, supera 150 mil t/ano.

A produção de ouro em 1988 foi, oficialmente, de 49 toneladas. A atividade garimpeira, presente no Brasil desde o período colonial, recrudesceu nesse final do século XX, dando lugar a minas e instalações metalúrgicas dotadas de modernas tecnologias para a extração do ouro.

Nos recursos minerais energéticos, apesar do progresso obtido pela Petrobrás e da recente abertura do monopólio à iniciativa privada, residem as principais dificuldades do país. A produção de petróleo e de gás são ainda insuficientes para atender a demanda, exigindo importação e vultosa sangria de moeda estrangeira. O programa nuclear, monopolizado, retrocedeu apesar das reservas apreciáveis de minério de urânio definidas no país já há algumas décadas. O carvão mineral energético, abundante em Santa Catarina e no Rio Grande do Sul, carece de uso mais intenso na geração de energia. A recente privatização das empresas geradoras de energia do Sul do país constituiu um alento para alavancar a produção de carvão energético, atualmente, da ordem de 4,2 milhões t/ano. O carvão metalúrgico é carente.

Pelotas de minério de ferro.

No contexto dos minerais não-metálicos, a grande maioria pouco usada no final de século XIX e início do XX, o progresso também foi muito grande. Os produtos minerais para fertilizantes, NPK+S, passaram a ser produzidos no país, exceto o enxofre e parte do cloreto de potássio, que continuam sendo importados. O nitrogênio é produzido a partir da uréia, subproduto de gás natural e de petróleo. O fósforo é obtido nas minas de apatita associadas aos maciços alcalinos. O país é, praticamente, autosuficiente em fosfatos, em decorrência do desenvolvimento de tecnologia genuinamente nacional para o aproveitamento dos minérios de apatita de origem ígnea existentes no Brasil. A produção de concentrados fosfáticos é da ordem de 4,2 milhões t/ano e a de cloreto de potássio atinge 326 mil t/ano. Caulim, cuja produção supera 1 milhão t/ano, amianto, argilas para cerâmica vermelha e branca, fluorita, magnesita e grafita, entre outros minerais, adquiriram grande importância econômica.

O PMB – Produto Mineral Bruto atual, excluído o petróleo, é de US$ 11 bilhões[63], 275 vezes maior do valor do PMB no início do século XX, estimado em 40 milhões de dólares por Glycon de Paiva, conforme foi citado. O valor agregado dos produtos acabados obtidos pela transformação dos minérios atinge cerca de 25% do PIB. No entanto, a balança de pagamentos de produtos minerais ainda é deficitária, dependendo o país do suprimento externo de petróleo, carvão metalúrgico, enxofre, cloreto de potássio e cobre, para citar as cinco principais carências. O valor dos produtos exportados, minério de ferro, bauxita, nióbio, estanho, caulim e outros não é suficiente para cobrir os gastos com aqueles importados.

O progresso da mineração e da metalurgia durante a República acompanhou o desenvolvimento econômico e industrial do país. "Em cem anos, o Brasil soube formular políticas de crescimento que recuperaram em parte o pífio desenvolvimento do século XIX, fruto do longo retardamento do fim da escravidão. Fez isso de formas diferentes, mantendo uma razoável coerência em seu projeto nacional [...]"[64]. No entanto, esse progresso frente ao potencial de recursos minerais existente no Brasil, poderia ter sido bem maior. Outros países de colonização também recente e reconhecidos mundialmente pela sua tradição na indústria extrativa mineral contam com potencial de recursos similar ao do Brasil. Austrália, África do Sul, Estados Unidos e Canadá, dentre outros, desenvolveram-se muito mais, tanto na produção de minérios, como no seu aproveitamento e agregação de valor. Assim, o cenário do setor mínero-metalúrgico observado na República mostra não só o muito do que foi feito mas, também, o muito que resta a fazer para "transformar efetivamente em riqueza os recursos minerais brasileiros", como afirmou o ministro Mario Thibau. Competência técnica para encarar esse desafio o Brasil tem.

Referências Bibliográficas

ABREU, S. F. *Recursos Minerais do Brasil*, vols. I e II, edição revisada. São Paulo, Edgar Blücher/Edusp, 1973.

ALBUQUERQUE, G. A. S. C. & DAMASCENO, E. C. "A Produção de Fosfato no Brasil: Uma Apreciação Histórica das Condicionantes Envolvidas". *Boletim Técnico da Escola Politécnica da USP*, São Paulo, BT/PMI/042, 25 p. 1995.

ALVES, F. "Mineração Cresce Apesar da Crise". *Revista Brasil Mineral*, ano XVI, n. 172, pp. 28-31, São Paulo, maio 1999.

BARCELOS, J. P. & BÜCHI, J. "Mina de Minério de Ferro de Alegria, Minas Gerais". In: *Principais Depósitos Minerais do Brasil*, vol. II, cap. V, Brasília DNPM, 1986, pp. 77-85.

BATES, J. "Rondônia – Quarenta Anos de Lavra da Cassiterita". *Revista Brasil Mineral*, ano XVI, n.176, São Paulo, 1999, pp. 20-22.

63. C. P. Ferraz, "Integrando a Gestão da Cadeia Mineral"; e F. Alves, "Mineração Cresce Apesar da Crise".
64. "Um Quadro Otimista do Brasil, Notas e Informações", *O Estado de S. Paulo*, 30 dez. 1999.

Centurione, S. L. *A Mineralização do 'Clinquer Portland' e seus Benefícios Tecnológicos*. Tese de Doutorado, Instituto de Geociências da usp, São Paulo, 1999, 158 p.

Coelho, J. M. *A Importância das Matérias-primas Cerâmicas na Competitividade do Segmento de Revestimentos Cerâmicos*. Dissertação de Mestrado, Campinas, Instituto de Geociências, Unicamp, 1996, 123 p.

Damasceno, A. H. T. & Vinha, L. C. "Argilas para Cerâmica Vermelha". *Revista Minérios Extração & Processamento*, ano 12, n. 140, São Paulo, 1988, pp. 43-44.

Dias, M. C. "As Origens e a Evolução da Companhia Brasileira de Alumínio". *Metalurgia,* São Paulo, ABM, vol. 42, n. 342, separata, 1986.

Duarte, P. M. & Fontes, C. F. "Minas de Cromita das Fazendas Limoeiro e Pedrinhas, Município de Campo Formoso, Bahia". In: *Principais Depósitos Minerais do Brasil*, vol. ii, cap. xvii. Brasília, dnpm, 1986, pp. 207-214.

Ferraz, C. P. "Integrando a Gestão da Cadeia Mineral". *Revista Brasil Mineral*, ano xvi, n. 182, pp.14-16, São Paulo, maio de 1999.

Figuerôa, S. F. M. (coord.) *Um Século de Pesquisa em Geociências*. São Paulo, Instituto Geológico, 1985, 96 p.

Haralyi, N. L. E & Walde, D. H. G. "Os Minérios de Ferro e Manganês da Região de Urucum, Corumbá, Mato Grosso do Sul". In: *Principais Depósitos Minerais do Brasil*, vol. ii, cap. xi. Brasília, dnpm, 1986, pp. 127-144.

Guimarães, J. E. P. "História Resumida da Engenharia de Minas no Brasil". In: Vargas, Milton & Lima, Victor de S. (org.). *Contribuições para a História da Engenharia no Brasil*. Escola Politécnica da Universidade de São Paulo, 1994, pp. 299-335.

Koury, W. & Antonietto Júnior, A. "Mina de Estanho de Pitinga, Amazonas". In: *Principais Depósitos Minerais do Brasil*, vol. iii, cap. xviii. Brasília, dnpm, 1998, pp. 201-211.

Leal Filho, L. S; Chaves, A. P. & Damasceno, E. C. "A Evolução do Beneficiamento de Rocha Fosfática no Brasil". *Cadernos IG/Unicamp*, vol. 3, n. 2, Campinas, 1993, pp. 96-108.

Lima e Silva, F. J.; Cavalcante, P. R. B.; Sá, E. P.; Silva, L. H. D. R. & Machado, J. C. M. "Depósito de Cobre de Caraíba e o Distrito Cuprífero do Vale do Rio Curaçá, Bahia". In: *Principais Depósitos Minerais do Brasil*, vol. iii, cap. ii. Brasília, dnpm, 1988, pp. 11-31.

Machado, I. F. & Figuerôa, S. F. M. "500 Anos de Mineração no Brasil: Breve Histórico". *Revista Brasil Mineral*, ano xvii, n. 186. São Paulo, agosto de 2000.

Machado, R. C. *Apontamentos da História do Alumínio Primário no Brasil*. Ouro Preto, Edição da Fundação Gorceix, 1985, 564 p.

Meireles, E. M. & Silva, A. R. B. "Depósito de Ouro de Serra Pelada, Marabá, Pará". In: *Principais Depósitos Minerais do Brasil*, vol. iii, cap. xxxviii. Brasília, dnpm, 1988, pp. 547-557.

Melo, M. T. V.; Borba, R. R. & Coelho, W. A. "O Distrito Ferrífero de Itabira: Minas do Cauê, Conceição, Dois Córregos, Periquito, Onça, Chacrinha e Esmeril". In: *Principais Depósitos Minerais do Brasil*, vol. ii, cap. ii. Brasília, dnpm, 1986, pp. 7-64.

Menezes, A. C. & Maron, M. C. "Ouro". *Revista Minérios – Extração & Processamento*, ano 13, n. 153, São Paulo, 1989, pp. 56-58.

mme – Ministério de Minas e Energia. *Panorama do Setor Mineral Brasileiro*, Brasília, 1966, 92 p.

Mousastcoshvilly, i. "Projeto Trombetas". *Geologia e Metalurgia*, n. 39, São Paulo, Centro Moraes Rego, Escola Politécnica da usp, 1976, pp. 135-57.

__________. "Um Quadro Otimista do Brasil, Notas e Informações". *O Estado de S. Paulo,* página A3, São Paulo, 30 de dez. 1999.

Pedroso, A. C. & Schmaltz, W. H. "Jazimentos de Níquel Laterítico de Niquelândia". In: *Principais Depósitos Minerais do Brasil*, vol. ii, cap. xxiii. Brasília, dnpm, 1986, pp. 307-314.

Santos, B. A. *Amazônia: Potencial Mineral e Perspectivas de Desenvolvimento*. São Paulo, T. A. Queiróz, 1981.

Santos, H. N. & Rocha, R. M. "Histórico e Perspectiva de Lavra e Produção de Estanho em Rondônia". *Geologia e Metalurgia*, n. 33, São Paulo, Centro Moraes Rêgo, Escola Politécnica da usp, 1973, pp, x2-x23.

Santos, T. D. S.; Wolynec, S. & Mariotto, C. L. "Uma Síntese da Contribuição da Escola Politécnica e do Instituto de Pesquisas Tecnológicas para o Desenvolvimento da Metalurgia". In: Vargas, Milton & Lima, Victor de S. (org.). *Contribuição para a História da Engenharia no Brasil*. São Paulo, Escola Politécnica da usp, 1994, pp. 337-372.

Silva, A B. "Jazida de Nióbio de Araxá, Minas Gerais". In: *Principais Depósitos Minerais do Brasil*, vol. ii, cap. xxxv. Brasília, dnpm, 1986, pp. 435-462.

Sousa, W. T.; Meneses, M. G. & Guimarães, A. J. "Cronologia da Mineração no Brasil". *Revista da Escola de Minas*, vol. 49, n. 3, Ouro Preto, 1996, pp. 39-45.

Souza, M. A. G. "Açominas – Aspiração de Várias Gerações de Mineiros". *Aço Minas Gerais – História*, Belo Horizonte, 1985, 240 p.

Strong, R. "Morro da Mina Manganese Mine, Brazil". *Skillings Mining Review*, vol. 85, n. 8, February 1996, pp. 4-13.

Vargas, A. S. F. "Minas de Potássio de Taquari-Vassouras – Petromisa". *Geologia e Metalurgia*, n. 43, São Paulo, Centro Moraes Rêgo, Escola Politécnica da usp, 1985, pp. 75-100.

Zandonadi, A. R. "Histórico da Cerâmica no Brasil". *Simpósio de Geologia do Sudeste*, 4. Águas de São Pedro, 1996 (Anais, no prelo).

9 A Construção das Estradas de Ferro no Império e na República Velha

MANOEL HENRIQUE ALBA SÓRIA

Introdução

"Mudam-se os tempos, mudam-se as vontades." Esse é o primeiro verso de um maravilhoso soneto de Camões, que diz que tudo muda. Diz, além disso, que hoje as coisas mudam de maneira diferente da que mudavam no passado. Cada época tem a sua característica própria de mudança. Fazendo-se um paralelo entre os progressos tecnológicos ocorridos nos últimos 150 anos, vê-se que da mesma maneira que a microeletrônica revolucionou a segunda metade do século XX, as máquinas a vapor e as ferrovias revolucionaram a segunda metade do século XIX. É esse o tema deste capítulo em que é abordada a parte da história das estradas de ferro que vai desde o seu início, no Império, até 1930, quando começa a República Nova. É o período de implantação, em que mais de 85% da rede de ferrovias do país foi construída. O texto não é uma súmula da história das ferrovias mas pretende ser uma exposição breve de alguns aspectos do assunto.

O desenvolvimento das ferrovias é um fato marcante no progresso da civilização. As ferrovias modernas nasceram juntamente com a revolução industrial, a revolução científica e a tendência moderna de emancipação do homem. Sua história é tecida em meio à exploração das minas de carvão, ao aperfeiçoamento da metalurgia do ferro, ao desbravamento territorial, ao aumento da mobilidade do homem e à possibilidade de acesso a bens de consumo. Tudo começou em torno de 1800, e o fator principal foi a invençção de máquinas que transformavam em movimento a energia química da combustão. Desde a antigüidade as rodas de veículos eram construídas de madeira e revestidas com aros de ferro. Provocavam deformações permanentes e desgastes nas estradas, limitando a velocidade e consumindo uma grande parte da energia para a tração dos carros que, na época, era feita por animais. Dessa maneira, no início da era industrial, a então incipiente engenharia de transportes deparava-se com um problema: o que fazer para transportar cargas mais pesadas, com maior velocidade e gastando menos energia. Ou, em termos mais técnicos, como reduzir a resistência de rolamento dos veículos e não deformar excessivamente a via. Hoje é fácil constatar que o engenho humano produziu duas soluções para o mesmo problema, ambas muito inventivas: os trilhos, solução mais antiga, e as rodas flexíveis de borracha (pneus), solução mais moderna. Mesmo que nosso assunto se refira à primeira solução, deve-se notar que a idéia de fazer uma via quase indeformável e equipar os veículos com rodas elásticas, ou seja, com pneus convenientemente deformáveis, possibilitou um crescimento vertiginoso do transporte terrestre.

Normalmente, o transporte sobre trilhos às máquinas a vapor, mas vias apareceram bem antes, sendo, então, os carros puxados por animais. Os registros mais antigos dos primeiros sistemas de transportes sobre trilhos datam de 1550 e mostram trilhos de paralelos de madeira, que recebem vagões com rodas também de madeira, usados em minerações. Esses primeiros trilhos eram vigas de madeira resistente, que mais tarde começaram a ser capeadas, sua superfície de rolamento, com tiras de ferro. As guias necessárias para que as rodas permanecessem sobre os trilhos poderiam ser nas rodas ou nos próprios trilhos. Para melhorar a capacidade de carga dos trilhos, eles passaram a ser construídos com ferro maciço, em diferentes seções transversais, até ser consolidado o desenho atual.

Na Inglaterra do início da era industrial, o carvão mineral firmou-se como uma alternativa à lenha para obtenção de energia, uma vez que as florestas estavam se esgotando. Mas a exploração das minas de carvão exigia a solução de dois problemas de engenharia: drenar as minas que se enchiam rapidamente de água ao serem exploradas e transportar, com eficiência, o carvão para fora das minas. Para esgotar a água foram desenvolvidas bombas impulsionadas por motores a vapor. Para retirar o carvão sem gastar muita energia, foram aperfeiçoados os trilhos e carros que rodavam sobre eles.

Esse era o panorama propício para o início da era das ferrovias com tração mecânica, que tem como um de seu marcos iniciais o ano de 1830, quando começou a operar a Ferrovia Liverpol- Manchester, na Inglaterra. Foi a primeira a oferecer transporte público de passageiros e carga, com finalidades comerciais e traçção exclusivamente mecânica. A locomotiva a vapor responsável pelo sucesso era chamada "Rocket" (foguete), concebida por George Stephenson e construída pela empresa de seu filho, Robert Stephenson. Estava estabelecida definitivamente a viabilidade de máquinas tratores móveis para o transporte sobre trilhos. A notícia do sucesso das primeiras ferrovias européias espalhou-se rapidamente e deu início a uma febre de construção em todo o mundo.

Ritmo de Construção no Brasil

O país estava nos primeiros anos do segundo reinado, quando, em 1835, o regente Feijó sancionou o decreto que concedia carta de privilégio para que se fizessem as primeiras estradas de ferro. As necessidades de transportes para os produtos brasileiros, principalmente o café cultivado no vale do Paraíba e no interior de São Paulo, mostravam a claramente a viabilidade das ferrovias ligando o interior produtivo com os portos de saída dos produtos. Mas a tentativa do marquês de Barbacena de levantar na Europa capital para a primeira ferrovia falhou. Em 1840 o médico inglês Thomas Cochrane obtém a concessão para a construção da ferrovia ligando São Paulo ao Rio de Janeiro, mas também não consegue o dinheiro necessário para o empreendimento, apesar de lutar mais de uma década para sensibilizar tanto o governo quanto as entidades financeiras.

Havia, no entanto, outros entusiastas como o empresário Irineu Evangelista de Souza que, diante da recusa de Cochrane de ceder seus direitos, resolveu construir sua estrada de ferro em outro lugar. Após obter o privilégio de concessão de uma ferrovia que ia do porto de Mauá até a raiz da serra de Petrópolis, Irineu Evangelista construiu a primeira ferrovia brasileira, a Estrada de Ferro Mauá, com 14,5 km de extensão, rampa máxima de 1,8% e bitola de 1,676 m. Era o ano de 1854, e seu realizador recebeu o título de barão de Mauá no dia da inauguração; receberia, vinte anos mais tarde, o título de visconde. A primeira locomotiva a trafegar em território brasileiro foi batizada por D. Pedro II de "Baronesa", em homenagem à esposa do empresário. Está hoje no Museu Ferroviário do Engenho de Dentro, da

A *Baronesa*, primeira locomotiva a trafegar no Brasil.

RFFSA, no Rio de Janeiro. Desse modelo de locomotiva há apenas uma outra preservada, em museu da Inglaterra.

Quatro anos depois, em fevereiro de 1858, eram inaugurados os primeiros quilômetros da E. F. Recife ao São Francisco, fruto de empreendimento organizado na Europa. Um mês após entravam em operação os primeiros 48 km da E. F. D. Pedro II, que viria a ser a grande E. F. Central do Brasil. Esse primeiro trecho não tinha dormentes pois empregava trilhos do tipo Barlow, em forma de U invertido, de 0,30 m por 0,125 m, assentados diretamente sobre o lastro. A bitola de 1,60 m era mantida por barras de ferro que ligavam os dois trilhos. Esse sistema iria ser abandonado após alguns anos e substituído pelos trilhos tipo Vignoles, similar aos atuais, assentados sobre dormentes de madeira. Em 1860 começarem a operar mais duas ferrovias: a E. F. Bahia ao São Francisco e a E. F. Cantagallo, essa no Rio de Janeiro. Em 1865, dez anos após a inauguração da primeira linha férrea, havia pouco menos de 500 km de estradas construídas.

Durante a Guerra do Paraguai, que se estendeu de 1865 a 1870, pouco foi construído, em virtude de os esforços nacionais terem-se voltado para o conflito. Talvez a mais importante via conquistada durante esse período tenha sido a Santos a Jundiaí, que começou a ser operada em 1867, pela empresa inglesa São Paulo Railway.

A partir de 1870 o país estava mais maduro para as ferrovias, impulsionado principalmente pelo avanço da lavoura do café nos estados do sudeste e do sul. O ritmo de construção nos últimos vinte anos do Império foi de cerca de 450 km por ano, de tal modo que, ao ser proclamada a República, o Brasil contava com praticamente 10 mil km de vias férreas. Grande parte desse total, mais de 6.500 km, foi entregue ao tráfego entre 1880 e 1890. O ritmo de construção continuou alto no regime republicano: foram construídos cerca de 570 km por ano. Entre 1890 e 1930, o país aumentou sua rede em 23 mil km, atingindo o total de 32.480 km de vias férreas. Este valor está muito próximo da máxima extensão da rede de estradas de ferro do país, registrada em 1960: 38.287 km[1].

1. IBGE – Fundação Instituto Brasileiro de Geografia e Estatística. Estatísticas Históricas do Brasil, Séries Econômicas, Demográficas e Sociais – 1550 a 1985, Rio de Janeiro, vol. 3, 1987.

Condições Físicas: Desafio à Engenharia e à Medicina

O Brasil apresentava aos desbravadores vários desafios, dentre os quais destacam-se as serras, as travessias de rios e

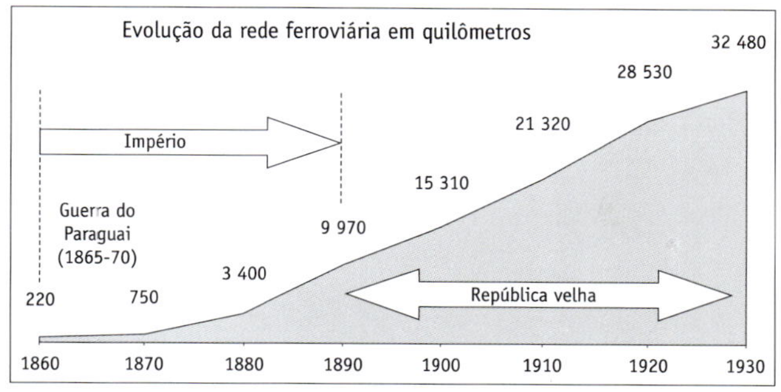

terrenos alagados e os problemas de saúde. Especialmente o sul do país, que poderia experimentar um grande desenvolvimento no fim do século XIX, encontrava-se encurralado entre o mar e a serra. A serra do Mar, essa extensa e abrupta elevação com altitudes entre 700 e 1.000 m, vai desde o estado do Rio de Janeiro até o sul de Santa Catarina, criando uma estreita faixa de terra litorânea cuja largura excepcionalmente chega a 40 km. Além de ser um degrau de difícil transposição, tem um alto índice pluviométrico, que pode chegar a 5.000 mm por ano. Por esses aspectos, apresentava um efetivo desafio ao engenho humano.

Na segunda metade do século XIX, o café começou a ser o principal produto de comércio do Rio de Janeiro, Minas Gerais e São Paulo. Mas para ser exportado precisaria chegar aos portos. As três ligações mais importantes, que tinham a serra do Mar como obstáculos, foram a Estrada de Ferro D. Pedro II (mais tarde, Central do Brasil), ligando o Rio de Janeiro ao planalto, a E. F. Santos a Jundiaí, que ligaria o planalto e interior paulista ao porto de Santos e a E. F. Paranaguá a Curitiba, em situação semelhante. Esses projetos e construções exigiam esforço excepcional, a começar pelos levantamentos topográficos. Na época as condições da ligação entre São Paulo e Santos eram um tanto precárias, e muito sujeitas aos efeitos das chuvas. O transporte de cargas era feito no lombo de burros e havia algumas linhas de diligências para passageiros. No ano de 1862, época em que se estava construindo a E.F. Santos a Jundiaí, as chuvas pesadas de janeiro prejudicaram consideravelmente o que já fora construído da ferrovia, e puseram o governo estadual em situação de calamidade pois o Caminho do Mar, que ligava São Paulo ao Litoral foi interrompido. A intervenção do governo do Estado para restabelecer o caminho exigiu grandes investimentos e a mão de obra era escassa pois todo o contingente estava empregado pela ferrovia. O Estado foi

então obrigado a concorrer com a iniciativa privada, oferecendo salários iguais ou equivalentes[2].

Quando se analisa a história das construções anteriores a 1920-1940, deve-se ter em mente que as máquinas de construção praticamente não existiam. As obras eram escavadas a mão; o solo e a rocha desmontados eram transportados por homens ou animais. A construção de túneis era morosa pois eram escavados com picareta, ponteiro, marreta e pólvora. Problemas com ventilação, drenagem para estabilização dos taludes, escoramento etc, tinham de ser resolvidos com os poucos recursos técnicos disponíveis e muito trabalho manual. Nas primeiras ferrovias não se usou dinamite, que ainda não tinha sido inventada. As máquinas perfuratrizes também não existiam e o maior auxílio possível era a ajuda de animais de carga, alavancas, roldanas e cabos.

Os terrenos alagados do litoral e das várzeas dos rios também desafiavam a energia e inventividade dos construtores. Ainda na construção da E. F. Santos a Jundiaí, no trecho do litoral de Cubatão, os construtores viam desaparecer o grande volume de terra que depositavam no mangue para erguer o leito da ferrovia, até que, por a sugestão dos operários "caipiras", lançaram estivas de galhos e ramos que impediam que o solo fosse imediatamente absorvido pela vasa para dar um suporte sobre o qual subiu-se o aterro. Isso sem contar que parte substancial das ferrovias aproveitaram-se das estradas e caminhos já existentes, uma vez que parecia

Trecho da Madeira-Mamoré durante uma visita de autoridades. Foto do norte-americano Dana Merril, entre 1909 e 1910.

2. Célio Debes, *A Caminho do Oeste (História da Companhia Paulista de Estradas de Ferro).*

que as estradas de ferro eram a solução definitiva para os problemas de transporte terrestre. Como exemplo, foram aproveitados aterros que em 1827, ou seja, quarenta anos antes da construção da ferrovia, o presidente da Província de São Paulo havia feito construir, com grande dificuldade, para consolidar a ligação por terra até Santos. Na parte do litoral da Estrada de Ferro D. Pedro II, as condições de construção eram similares. Em relatos feitos pelos construtores constatam-se as grandes dificuldades para lançar as linhas sobre terrenos pantanosos e a luta para sobrevivência aos perigos da água, brejos e doenças.

O trabalho sobre mangues no litoral e sobre terrenos de várzeas, sobre solos moles, compressíveis e sujeitos a alagamentos, era conseqüência da necessidade de escolha do traçado que acompanhava os rios. Isso estava associado ao processo de ocupação da terra que, no início, se deu a partir dos cursos d'água. Nessas regiões, as doenças atacavam sem trégua os engenheiros e trabalhadores, prejudicando ou mesmo impedindo o trabalho. Um número considerável de pessoas perdeu, assim, a saúde e a vida, numa época em que não havia antibióticos, vacinas, inseticidas e saneamento. Mesmo nas regiões de serra, como no caso da Ferrovia Paranaguá-Curitiba, diversas doenças, inclusive a malária, quebravam as energias dos trabalhadores de tal modo que, para manter 3.400 homens em serviço, foi necessário contratar 9 mil. Em certa ocasião havia 5.800 homens no hospital montado pelos empreiteiros[3]. Na expansão para o interior, uma vez que as serras foram ultrapassadas, as ferrovias passaram a ser construídas nos espigões, evitando assim os terrenos de fundação difícil e as doenças associadas às regiões alagadas e brejosas.

Essas dificuldades logísticas estendem-se mesmo dentro do século XX, e talvez o maior desafio enfrentado tenha sido imposto pela selva amazônica, no caso da construção da Estrada de Ferro Madeira-Mamoré. Após duas tentativas frustradas, uma por ingleses (1872-73) e outra por norte-americanos (1877-79), a construção teve que ser abandonada. Os principais motivos eram a insalubridade, as doenças desconhecidas, os ataques indígenas, a falta de planejamento e, como resultado, o alto custo da obra. As condições da selva eram tão difíceis que, segundo se conta, morreram mais de 6 mil trabalhadores durante a construção (há uma certa controvérsia em torno do número de óbitos). Em 1907 a construção foi retomada, desta vez por iniciativa do governo brasileiro para honrar o Tratado de Petrópolis feito com a Bolívia em 1903. Foram reconhecidas como brasileiras as terras que viriam a constituir o atual estado do Acre, e o Brasil propiciaria à Bolívia um acesso ao Oceano Atlântico, materializado pela construção da estrada de ferro que contornasse os 320 km de corredeiras que eram o obstáculo para a ligação da Bolívia com o alto Madeira. A empresa norte-americana que venceu a concorrência já tinha experiência em construção em Cuba e na Guatemala. Começou por travar uma guerra contra os mosquitos para melhorar as condições de sobrevivência na selva. Passaram, entre 1907 e 1912, cerca de 20 mil trabalhadores de 20 nacionalidades, mas a maioria era de brasileiros. Por estar num dos locais mais inóspitos e inacessíveis do mundo, essa estrada de ferro ficou conhecida: com apenas 366 km, foi um desafio à pertinácia e engenho do homem. Teve um custo muito alto, inclusive em vidas humanas, para uma vida útil muito curta. A Madeira-Mamoré começou a operar em 1912 e foi rentável até 1931, quando passou para o controle do governo. Foi desativada em 1972 e voltou a operar em 1981, em trecho com 25 km de extensão, para fins turísticos.

A Topografia e o Projeto Geométrico

A construção das estradas de ferro e dos edifícios públicos foram as atividades principais dos primeiros engenheiros civis; e para os projetistas e construtores de estradas, a topografia era fundamental. Por esse motivo é que os livros de engenharia ferroviária da época dedicam grande parte do texto à topografia. No Brasil, antes da era das ferrovias, as cartas e mapas eram raríssimos, e feitos por engenheiros militares. Pode-se mesmo afirmar que o sucesso dos engenheiros e topógrafos de campo, que são os primeiros a enfrentar os desafios de terrenos desconhecidos, condiciona, de certa maneira, a qualidade do projeto. Esses trabalhos preliminares consumiam grande parcela da energia requerida para viabilizar os projetos. As equipes de campo eram as responsáveis pela escolha do traçado, e só depois é que os mapas eram feitos. Assim, para as primeiras ferrovias, principalmente quando o terreno era difícil, eram procurados técnicos de grande experiência e reconhecimento internacional.

3. Pedro Caldas da Silva Telles, *História da Engenharia no Brasil*.

A topografia e o projeto, que hoje são fundamentais para a viabilidade da obra, no passado tinham uma importância relativa ainda maior. E as condições de levantamentos e de projeto eram muito mais precárias. Os levantamentos topográficos e projeto da Santos a Jundiaí, um trecho de 139 km, dos quais cerca de 10 km de serra, tomaram três anos da equipe inglesa encarregada do projeto, além dos levantamentos preliminares que já haviam sido feitos anteriormente por dois outros grupos que tentaram viabilizar o projeto. Esse esforço terminou por consumir a verba inicial de 25 mil libras esterlinas, mais da metade das 45 mil libras que o visconde de Mauá recebera para viabilizar a empresa.

Para caracterizar as condições geométricas de uma ferrovia, os dois parâmetros mais importantes são: rampa ou declividade longitudinal e raio das curvas horizontais. Quanto maior a rampa, mais potência terá que ter a locomotiva; quanto menor o raio, mais atrito lateral causará no contato das rodas com trilhos. Assim, dentro das possibilidades do terrenos, procura-se manter rampas pequenas e raios grandes. Para os padrões das primeiras ferrovias, rampas até 1,5% e raios maiores que 300 m seriam desejáveis. Rampas acima de 2% exigiriam potência suplementar das locomotivas, reduziriam a velocidade ou precisariam um desmembramento para a composição ficar mais leve. Rampas ainda maiores, como de 7 a 15%, só funcionam se a linha tiver sistemas especiais de tração, uma vez que a simples aderência é insuficiente para fornecer tração. O desafio do projetista é encontrar o melhor caminho para que resultem rampas mínimas e raios máximos.

Algumas das travessias das serras, feitas pelas primeiras ferrovias, ainda hoje são consideradas soluções ótimas para o problema. A transposição da serra do Mar pela ferrovia D. Pedro II (Central do Brasil), que ligaria o Rio de Janeiro a Minas e São Paulo, foi feita por um local escolhido de tal maneira que a cota a vencer era a menor possível: 447 m. A estrada deveria ter rampas pequenas pois a linha seria de simples aderência, o que era um verdadeiro tabu para as estradas de montanha. Na Europa só se empregavam, em condições similares, sistemas especiais de tração. Já nos Estados Unidos, a aderência era usada com sucesso. Por trás dessa decisão de fazer a linha por simples aderência estava o então presidente da companhia, engenheiro Christiano Benedicto Ottoni, que foi um dos mais notáveis homens do ferroviarismo brasileiro. A garganta escolhida pelo vale do rio Macacos, tinha a menor cota da região mas a linha iria requerer uma grande extensão de túneis. Esse investimento foi compensado pela excelência do traçado, que ainda hoje é assim considerado: "O traçado da serra do Mar é uma maravilha em matéria de obra de engenharia... depois de 120 anos de construída, continua funcionando com toda a eficiência, e por ela trafegam trens pelo menos 25 vezes mais pesados do que para os quais foi projetada, tudo isso sem nenhuma alteração do traçado"[4]. A subida tem uma rampa média de 1,5 % e máxima de 1,8%; o raio mínimo de curva era 191 m. O trecho originalmente tinha quatorze túneis, depois reduzidos a doze, que somavam 5.120 m. O maior deles, de número 12, chamado "Túnel Grande", tinha 2.238 m e levou sete anos para ser escavado: de 1858 a 1864. As escavações avançaram à razão de 1 m por dia. É interessante salientar a impressionante evolução nas técnicas de construção ocorrida em cinqüenta anos. Quando foi construído o segundo túnel, paralelo ao primeiro, as obras consumiram menos de onze meses.

Outra travessia da serra do Mar por simples aderência que é considerada de alto nível técnico é a Paranaguá-Curitiba, construída entre 1882 e 1885. O desnível a ser vencido era de 940 m, o que foi feito em uma distância de 40 km, resultando rampa média de 2,35 %, com máxima de até 3%. Quanto às curvas, teve que ser adotado raio mínimo relativamente pequeno, da ordem de 80 m, devido às condições muito desfavoráveis da topografia. A via exigiu muitas pontes, túneis, viadutos e muros de arrimo. As dificuldades construtivas devidas aos paredões de rocha nua, à pluviosidade e à instabilidade típica dos taludes da serra do Mar fizeram esse trecho, projeto do brasileiro Antonio Rebouças, um dos mais impressionantes do mundo. Nas palavras de um repórter anônimo do *Jornal do Comércio* do Rio de Janeiro, transcritas por Telles[5], avalia-se o impacto que essa ferrovia impõe ao passageiro: "uma estrada de ferro feita, pode-se dizer, de túneis encarreirados, de viadutos que se sucedem, pontes que se estendem uma após a outra... O trem sai de um túnel para atravessar um viaduto, deste torna a entrar em outro túnel, que deixa para cortar uma ponte, que é logo sucedida por outro viaduto, tendo ao seu lado o alcantilado vale..." São ao todo quinze túneis, 64 pontes, pontilhões e viadutos e 101 muros de arrimo para vias em

4. Eduardo Gonsalves David, *127 Anos de Ferrovia*.
5. Pedro Caldas da Silva Telles, *op. cit.*

Viaduto Carvalho, na ligação Curitiba-Paranaguá. Desenho baseado em cartão-postal do início do século XX.

meia encosta. Perfazem um total de 5.800 m de via em obras de arte. Tanto o traçado como a construção são considerados obras-primas, tanto pelos engenheiros da época como pelos especialistas que atualmente visitam a estrada. Talvez seu ponto mais impressionante seja o viaduto Carvalho, que ilustra conhecidos cartões postais da estrada. Possui cinco vãos, de 12 a 16 m, assentados sobre cinco pilares de alvenaria rentes à parede de granito. A linha descreve uma curva tão acentuada que o passageiro tem a sensação que vai ser lançado ao ar.

Uma questão importante no traçado e operação das ferrovias está na heterogeneidade do traçado. Nas linhas que ligam o litoral ao planalto, passando pela serra, por exemplo, há nitidamente, três trechos de geometria diferentes: litoral, praticamente plano; serra, com declividades grandes e curvas de raio pequenos; planalto, com declividades relativamente baixas e curvas mais amplas. Em princípio, para cada um desses trechos, seria recomendável que a composição tivesse uma relação peso-potência diferente. Se uma locomotiva com certa potência é apenas suficiente para fazer a composição trafegar com determinada velocidade na planície litorânea, será insuficiente para operar na serra. Para atender essa especificidade dos traçado, as locomotivas muitas vezes eram restritas a um trecho do percurso para o qual a sua potência era adequada. O trem era freqüentemente desmembrado nos pátios, e a composição era refeita, resultando em trens curtos e relativamente velozes.

Soluções para Rampas Íngremes

Há várias alternativas técnicas para vencer as elevações da ordem de 1.000 m que separam o litoral do interior. A mais eficiente do ponto de vista operacional é a solução por simples aderência. Desde o início do desenvolvimento das ferrovias, procurou-se saber até que ponto atrito das rodas da locomotiva com os trilhos seria suficiente para proporcionar a tração necessária para o movimento em rampas, e qual seria a ordem de grandeza do valor dessa rampa. Mas além do problema da aderência, há o da potência disponível. Mesmo que a aderência seja suficiente, pode faltar potência para imprimir a velocidade desejável ao trem. Pode-se, no caso de trechos com rampas íngremes, acrescentar mais capacidade de tração à composição colocando uma locomotiva mais potente, ou duas ou mais locomotivas. Para se transpor por simples aderência uma diferença de cotas de 800 m, como no caso da serra do Mar na região onde foi implantada a E. F. Santos a Jundiaí, seriam necessários 32 km para uma rampa de 2,5%, prolongando o caminho com ziguezagues ou outros artifícios. Face às condições da serra, às dificuldades de construção na época e ao orçamento restrito a dois milhões de libras esterlinas, o jovem engenheiro inglês Daniel Fox optou por construir apenas 8 km com rampa da ordem de 10%, economizando assim 24 km de percurso difícil, com viadutos, pontes e túneis. A linha percorreria um caminho que ele próprio havia descoberto durante os levantamentos topográficos. Mas para vencer rampas tão grandes era necessário um sistema especial de tração e foi escolhido o funicular, que usa cabos de aço para puxar o trem.

Foram construídos quatro lances de "planos inclinados", separados por patamares de 76 m onde eram instaladas as unidades de tração. O comprimento total dos quatro planos inclinados e patamares era de 8.170 m, com vários túneis e pontes. A composição era separada em grupos de quatro vagões e eram eles puxados a 10 km/h através de cabos de aço tracionados por máquinas a vapor estacionárias. Cada casa de máquinas dispunha de duas unidades a vapor de 150 cavalos-vapor a 22 rpm, e as roldanas que puxavam o cabo tinham 3 m de diâmetro. Os trens eram operados em contrapeso, isto é, uma composição subia enquanto outra descia. As diferenças eram solucionadas por tração e frenagem: entre os vagões havia um carro-freio responsável por negociar as diferenças entre pesos dos dois trens. Possuía ainda dispositivo elétrico de comunicação para os casos de emergência. Essa concepção de tração por cabos para trens não era nova, mas o desafio para vencer a formidável diferença de cotas com planos inclinados exigiu audácia e inventividade dos engenheiros. O trecho em planos inclinados, implantado nas condições da mata atlântica e funcionando eficientemente, era uma das maravilhas técnicas da época. O tempo que cada composição ocupava um plano inclinado era cerca de 15 minutos e em uma hora subia-se a serra. Os 139 km da ferrovia entraram em operação em 1867 e outro sistema de planos inclinados, paralelo ao primeiro, foi construído em 1901. Tinha rampas mais longas, declividade média menor, e sistema de tração mais moderno. Os cabos eram do tipo "sem fim", e as máquinas bastante mais potentes. Essa estrada de ferro era o gargalo do funil que conduzia os produtos agrícolas do interior do estado de São Paulo para o porto de Santos. Foi um grande sucesso operacional e uma das estradas mais lucrativas do mundo[6].

Mais tarde o sistema funicular da Santos a Jundiaí seria substituído pelo sistema de cremalheira, construído sobre a primeira linha do sistema funicular. Essa solução apresenta vantagens sobre o sistema descrito pois dispensa os cabos e as máquinas estacionárias. Além disso, a aderência entre trilhos e rodas continua sendo acionada. Instala-se ao longo da linha, entre os dois trilhos, uma barra dentada ou cremalheira. A locomotiva possui uma engrenagem ou pinhão que se acopla à cremalheira, transformando o torque da máquina em esforço trator aplicado diretamente aos dentes da cremalheira. Essa também foi a solução adotada para vencer a altura de 800 m na subida da serra até Petrópolis, pela Estrada de Ferro Leopoldina, com rampa média de 13,5% e máxima de 19%. Um dos trechos mais conhecidos e que ainda funciona com o sistema de cremalheira é a Estrada de Ferro Corcovado, construída em 1884 e eletrificada em 1912. A linha, com 3.800 m, tem rampa máxima de 30% e opera com velocidade entre 15 km/h na subida, e 12 km/h na descida.

Por trás das soluções arrojadas para os desafios das condições de topografia e terreno desfavoráveis estavam homens corajosos, tanto do ponto de vista técnico, como físico. A concepção inicial do traçado, que é fruto do levantamento topográfico e do vislumbre da obra acabada, que o projetista tem ainda no campo, custava às vezes anos de trabalho na mata. A lista desses técnicos é vasta, e cada um deles foi lembrado durante muito tempo pelos colegas, chefes e subalternos. Parte deles era de origem estrangeira, principalmente ingleses e norte-americanos, mas havia também inúmeros brasileiros. As estações e oficinas hoje desativadas, algumas transformadas em museus, mantém uma lembrança, às vezes tênue, desses homens que dedicaram parte ou toda a vida profissional ao sucesso das ferrovias. Faziam parte de uma profissão e um modo de vida que teve um apogeu e rapidamente extinguiu-se.

Pontes e Viadutos

Grande parte do registro fotográfico das vias férreas mostram-nas nos seus melhores aspectos: as pontes, pontilhões e viadutos. As fotos das obras-de-arte, como ainda hoje são chamadas as estruturas que transpõem vãos como vales e rios, silenciosamente revelam a fascinação que exercem sobre o homem, e testemunham a sua capacidade de projetar e construir.

No Brasil, o concreto armado passou a ter um papel preponderante no campo das pontes e viadutos, a partir do início de 1930, com um avanço avassalador que veio a dominar o campo em poucos anos. Mas, antes disso, as estruturas metálicas predominavam. Parte substancial dessas estruturas, algumas construídas ainda no século XIX, prestam serviço até hoje. Muitas delas perderam a utilidade ferroviária e passaram a ter uso rodoviário. Outras foram substituídas por obras em concreto armado, mais reforçadas

PÁG. SEGUINTE

Cremalheira do sistema de planos inclinados da Santos-Jundiaí. Foto de Luciana Lara Sória, em 1993.

6. Domingos Azugaray e Cátia Azugaray (eds.), *Atlas Histórico Isto É Brasil 500 Anos*.

7. Carlos Augusto de Vasconcelos, *Pontes Brasileiras, Viadutos e Passarelas Notáveis*.

para suportar os trens mais pesados. Várias foram abandonadas ou demolidas para atender novos projetos.

Muitas das ferrovias brasileiras apresentam conjuntos impressionantes de viadutos e pontes metálicas. Destacam-se, em particular, duas transposições da serra do Mar: a Santos-Jundiaí e a Curitiba-Paranaguá. As fundações dessas obras, erguidas diretamente da rocha, são de alvenaria de pedra, cantaria, e de grande massa. Em alguns casos, os pilares são também de cantaria e apenas as estruturas superiores, vigas e tabuleiros, são metálicas. Mas, na maior parte das obras de grande vão e grande altura, os pilares são também de estrutura metálica composta. Para transpor os grandes vãos, as vigas são montadas com barras em forma de treliça, havendo uma variedade considerável de opções, tanto na forma da treliça quanto na posição da superestrutura ferroviária ou número de apoios. Na foto da p. 150 são mostradas duas transposições da "Grota Funda" da E. F. Santos a Jundiaí. O viaduto do primeiro plano é da linha velha (1867), mais longo e de maior altura; o da linha nova (1901), em treliça simplesmente apoiada. Um exemplo de estrutura para vãos menores é o já citado viaduto Carvalho, mostrado anteriormente. Em virtude dos pequenos vãos, as vigas são de alma cheia, compostas de chapas e perfis rebitados.

Além das serras, o país apresenta várias situações com relevo ondulado e rios largos, às vezes com grandes várzeas, que obrigaram a construção de grandes pontes. Uma das mais antigas é a Ponte Imperial D. Pedro II, importada da Inglaterra e construída em 1885. Liga as cidades de Cachoeira e São Félix, na Bahia e foi, na época, a mais importante obra ferroviária da América do Sul[7]. O estrado é inferior com largura de 9,5 m e inclui, afora a parte central destinada aos trens, duas laterais de 2 m de largura para passagem de pedestres. Tem 365 m de comprimento vãos centrais de 91,5 m. A maior ponte em estrutura metálica já construída no Brasil é a ponte sobre o rio Paraná em Três Lagoas, ligando o Mato Grosso a São Paulo. Com 1.024 m de comprimento era, na época da construção, em 1926, a maior da América do Sul. Sua estrutura, como as das pontes metálicas construídas até essa época, foi importada. Mas nesse caso, como em muitos outros, a concepção, o projeto e execução eram brasileiros. Muitas outras pontes, igualmente importantes em sua época, foram construídas entre 1860 e 1930. A ponte de Pirapora sobre o rio São Francisco, concluída em 1922, foi um marco

Viadutos da Grota Funda, na Santos-Jundiaí. No primeiro plano vê-se a linha velha, de 1867. No fundo, a linha nova, de 1901, época em que foi feita a foto. Ambas operavam pelo sistema funicular (cabos). No alto, à direita, está a casa de máquinas, a vapor. Nota-se ainda a inexistência das obras de drenagem que foram executadas posteriormente (foto publicada por Adolpho Augusto Pinto no livro *História da Viação Pública de São Paulo*, em 1903).

importante para a Central do Brasil. Com 696 metros de comprimento tem quatorze vãos de 35 a 50 m, vencidos com treliças de banzos paralelos, típicas da época.

Como exemplo da vida relativamente curta de determinadas obras pode-se citar a ponte metálica sobre o rio Tietê, da Companhia Paulista, entre Pederneiras e Jaú, inaugurada em 1903. Também em treliça de banzos paralelos, tinha treze tramos de vigas Warren simplesmente apoiadas. Foi substituída em 1939 por uma de concreto armado com 347 m de comprimento. A velha ponte metálica foi desmontada na década de 1960, quando a rodovia foi pavimentada. A ponte ferroviária em concreto, construída em 1939, também teve vida curta; foi substituída em 1969, quando subiram as águas do lago da barragem de Bariri.

No fim da década de 1920 e durante a de 1930 passou-se à nova era das pontes ferroviárias de concreto armado. Esse início pode ser caracterizado pela construção da ligação Mairinque-Santos, da Estrada de Ferro Sorocabana. Era a segunda ligação do planalto paulista com o porto de Santos, que fez concorrência direta com a companhia inglesa São Paulo Railway, quando seus direitos de exclusividade cessaram. Para a construção em concreto das obras-de-arte da Mairinque-Santos tiveram que ser vencidas as resistências dos especialistas da época, que aconselhavam o emprego de estruturas metálicas. O conjunto, primeiro desse porte em território brasileiro, tinha um total de 31 obras, com comprimento total que ultrapassa 1.500 m. Algumas dessas pontes bateram recordes mundiais em comprimentos de vigas e vãos vencidos. O sucesso dessas e de outras obras executadas na mesma época contribuíram para consolidar a posição das pontes e viadutos em concreto armado.

O Brasil tem um considerável acervo de pontes e viadutos metálicos em várias regiões do país. No Paraná, Santa Catarina e Rio Grande do Sul, por exemplo, há "notáveis pontes para a travessia do sistema fluvial sulino", assim como são notáveis os viadutos que atravessam o interior nordestino[8].

A Ferrovia como Fator de Definição Geográfica

O caso do Estado de São Paulo serve como exemplo da influência da ferrovia na ocupação do território. Como já foi dito, a primeira ferrovia no Estado foi a São Paulo Railway (Santos a Jundiaí). Antes mesmo do início da sua construção, um grupo de paulistas influentes tentava viabilizar a extensão das linhas até Campinas (80 km), Rio Claro (180 km) e Araraquara (290 km). O argumento era que essas regiões do interior estavam produzindo café e, como o transporte para a capital e o porto era precário ou mesmo inexistente, as ferrovias abririam ampla possibilidades de comércio e incentivariam a produção. Deve-se lembrar que o automóvel e o caminhão ainda não existiam, e que a tração era totalmente feita por animais. A energia, o tempo e a organização necessários para um transporte tão ineficiente, reduzia muito a capacidade de comércio. O trem veio resgatar o produtor do isolamento geográáfico e fixar novas fronteiras para os setores produtivos. Assim, a partir de 1870, várias ferrovias foram sendo construídas, numa velocidade de nunca imaginada anos antes. Mesmo a integração com transporte hidroviário, que hoje pode parecer novidade, foi empregada como no caso da estação de Porto Ferreira às margens do rio Mogi-Guaçu.

No Estado de São Paulo, assim como no Paraná, Santa Catarina e norte do Rio Grande do Sul, uma vez ultrapassadas as regiões de serra que acompanham o litoral, o terreno mergulha suavemente para oeste ou noroeste, em direção à grande calha formada pelo rio Paraná (São Paulo e Paraná) e pelo rio Uruguai (Santa catarina e Rio Grande do Sul). Na parte da bacia do Paraná em território paulista, o principal afluente é o Tietê, que corre na direção noroeste. Também para noroeste correm outros rios do estado que definem os espigões orientados nessa direção: Turvo, Mogi-Guaçu, Pardo, São José dos Dourados, Aguapeí e do Peixe. Correndo em direção norte e noroeste, nos espigões entre vales desses rios, estão as ferrovias que penetraram no interior em direção ao Mato Grosso e Minas Gerais. Pode-se dizer que, em números grosseiros, essas diretrizes que irradiavam da vizinhança de São Paulo, guardavam entre si distâncias da ordem de 50 a 100 km. A influência territorial das ferrovias foi tanta, que as regiões do Estado de São Paulo eram, até pouco tempo atrás, informalmente conhecidas segundo a ferrovia que as servia. Dizia-se por exemplo: tal cidade fica "na Noroeste", ou o então, "na Alta Sorocabana". Em 1930, o Estado de São Paulo tinha 7.100 km de ferrovias. Se essas ferrovias fossem dispostas em quadrados para cobrir toda a área de 248 mil km² do estado, resultaria um reticulado com 80 km de lado. Isso quer dizer que, nessas condições ideais, um produtor estaria a uma distância de no máximo 40 km de qualquer ferrovia. Essa possibilidade de abertura e ocupação territorial deu-se no período de grande fluxo de imigrantes. Aliás, coincidentemente, a construção das estradas de ferro oferecia mercado de trabalho imediato para os imigrantes, uma vez que o trabalho escravo não era permitido e a construção não era ainda mecanizada. Muitos municípios do estado nasceram ou desenvolveram-se em função das estradas de ferro. Posteriormente, na era do automóvel, as estradas de rodagem foram construídas com diretrizes paralelas às antigas ferrovias, atendendo as mesmas cidades que já haviam sido criadas. É curioso notar que, devido a vários fatores, dentre os quais o processo de controle de tráfego, a manutenção das linha e a precariedade do transporte rodoviário, as ferrovias tinham estações relativamente próximas (10-15 km). No posterior "rearranjo" territorial provocado pelo surto rodoviário, várias dessas estações intermediárias deixaram de ter importância, criando uma nova malha com nós mais espaçados.

Um fato notável da distribuição geográfica das estradas de ferro no Estado de São Paulo, que deve ser o caso de outros lugares de atividade agrícola, é que havia um número considerável de ferrovias de comprimento pequeno: umas poucas dezenas de quilômetros[9]. Em São Paulo, elas representavam cerca de 3% do comprimento total da rede, mas sua importância era fundamental pois serviam de estradas captadoras que levavam o produto agrícola até uma ferrovia mais importante. Algumas ferrovias de comprimento total menor que 300 km, também serviam de alimentadoras

8. Jerônimo Monteiro Filho, *Traçados de Estradas 1 – Ferrovias*.
9. Ivanil Nunes, *As Ferrovias em São Paulo – 1860/1960*, Curso de Ciências Sociais, Unesp, http: //www.angelfire.com/ar/ufa/, 1993.

para a rede principal. Desse modo, embora houvesse uma aparente proliferação exagerada de estradas regionais, esse papel de alimentadoras capilares explica a sua existência. Ocorreu, entretanto, que quase todas essas pequenas, e a maioria das grandes, foram construídas durante o período cafeeiro da nossa história. Com o declínio acentuado do valor comercial do café, essas estradas, e em primeiro lugar as pequenas, passaram a perder a sua importância. Além disso, a partir de 1930, e com mais força após a Segunda Guerra Mundial, o país ingressou no rodoviarismo, dando o golpe de misericórdia nas ferrovias deficitárias, que não fossem estrategicamente justificadas. Assim é que, na segunda metade do século XX, um número considerável de pequenas ferrovias e ramais foi desativado.

PÁG. ANTERIOR

Aspecto da construção de um dos treze tramos da ponte sobre o rio Tietê, no interior de São Paulo, inaugurada em 1903. Foto do acervo do Museu da Companhia Paulista, Instituto de Recuperação do Patrimônio Histórico no Estado de São Paulo, publicada por Delellis e Massarani no livro *A Era do Trem*, 1999.

Energia Propulsora

As fases da história do homem bem poderiam ser caracterizadas pelo tipo de energia que ele usa para substituir a força animal. As quedas d'água e o vento foram as primeiras, e demorou muito para aparecerem as máquinas a vapor. Bastante tempo demorou também para a aplicação desse novo tipo de fonte de movimento aos veículos, que inicialmente eram muito pesados e de pequena eficiência termo-mecânica. Devido ao seu peso, aplicavam ao solo pressões incompatíveis com os terrenos comuns, e por isso eram inviáveis. A viabilidade dos primeiros veículos impulsionados a vapor só foi possível porque os trilhos já tinham sido anteriormente inventados para facilitar o movimento em terrenos difíceis. Os combustíveis dessas máquinas eram o carvão e a lenha. Os motores eram de combustão externa, isto é, a queima se dava em compartimento separado daquele em que o movimento era gerado. Se comparada com a tração animal, que reinou por milênios, pode-se dizer que a era dos veículos a vapor, essencialmente locomotivas, foi muito curta: cerca de 150 anos. Na Inglaterra, que viu os primeiros trens a vapor em 1825, os últimos trens comerciais a vapor circularam em 1968. Praticamente no mundo todo as locomotivas a vapor foram substituídas; ou pelas elétricas, ou pelas diesel-elétricas.

Para que as locomotivas a vapor tivessem um bom desempenho, o combustível deveria ser bom. E o bom combustível para as ferrovias no Brasil era o carvão que vinha da Inglaterra, país com extensa experiência na sua exploração. O carvão foi o combustível que forneceu a energia necessária para o início da era industrial e, mesmo atualmente, é uma das fontes mais importantes de energia da Europa. As locomotivas foram desenvolvidas para o uso do carvão, que fornece grande quantidade de calor por unidade de massa: tipicamente, de 7 mil a 9 mil kcal/kg. Embora o carvão fosse velho conhecido dos europeus, a exploração do carvão no Brasil só se iniciou em 1872, no Rio Grande do Sul e, em Santa Catarina, a partir de 1885. As reservas de carvão mineral do Brasil são muito pequenas em termos mundiais, mas seriam suficientes para o consumo interno por longo prazo. Ocorre, entretanto, que o carvão brasileiro não é tão bom para a queima. Mesmo o carvão de Santa Catarina, de melhor qualidade, tem cerca de 29% de cinzas, depois de pré-lavado na boca da mina, contra o teor de menos de 5% dos carvões ingleses e norte-americanos. As experiências com o carvão nacional não se mostraram promissoras: quando as locomotivas eram operadas com carvão nacional, criava-se rapidamente uma crosta de cinzas nas grelhas, obrigando a freqüente parada e interrupção do funcionamento da locomotiva, para a remoção do "cascão"[10]. Durante a Primeira Guerra Mundial e no período que a antecedeu, o preço do carvão no mercado internacional aumentou e as despesas com combustível passaram a representar uma parcela considerável dos custos diretos das ferrovia, chegando a 40%, mesmo após a mistura de carvão importado com o carvão nacional beneficiado. A lenha, um combustível alternativo que fornece uma energia específica da ordem de 4 mil a 5 mil kcal/kg, pouco mais da metade da energia do carvão importado, era de uso relativamente restrito. Mas também a lenha, renovável apenas a médio e longo prazo, não era solução viável para a substituição do carvão importado pois estava escasseando-se e ficando cada vez mais cara.

Em contraposição ao alto custo do carvão nas primeiras décadas do século XX, tanto os motores elétricos como as linhas de transmissão foram aperfeiçoando-se de tal modo que a tração elétrica para trens e bondes tornou-se viável. No Brasil, a primeira a adotar a tração elétrica, em 1910, foi a pequena Estrada de Ferro Corcovado, construída para fins turísticos, com pouco menos de 4 km de extensão. Era de propriedade da Companhia de Carris, Luz e Força do Rio de Janeiro Ltda. A primeira das grandes ferrovias a eletrificar parcialmente suas linhas foi a Companhia Paulista de Estradas de Ferro, que em 1920 colocou em tráfego suas primeiras linhas eletrificadas. Desde a década anterior, a empresa sabia que, para atender as demandas de tráfego, teria de adquirir pelo menos vinte locomotivas a vapor de grande potência. Em 1916, a estrada iniciou estudos que concluíram pela eletrificação, e que as novas locomotivas seriam elétricas. A experiência com os primeiros 44 km foi tão boa que em 1925, o capital amortizado na eletrificação já havia sido quase totalmente recuperado. Além disso as locomotivas elétricas mostraram marcante superioridade sobre as máquinas a vapor quanto à regularidade da marcha e à rapidez nas manobras. Mas foi a partir da década de 1930 que a eletrificação tomou maior impulso, sendo a solução adotada para as linhas de tráfego mais pesado, principal-

10. Eduardo Gonsalves David, *op. cit.*

mente próximo aos grandes centros urbanos. Entretanto, a despeito da grande potencialidade hidroelétrica do país, a eletrificação das vias esbarrava na questão do investimento inicial, e as grandes usinas hidroelétricas ainda estavam para serem construídas.

Apenas alguns testemunhos do sucesso da eletrificação permanecem hoje no transporte interurbano, como no caso da Estrada de Ferro Campos do Jordão, com 48 km de comprimento, construída em 1914 e eletrificada em 1924. Poucas décadas após o auge da eletrificação, as locomotivas diesel-elétricas substituiriam as máquinas a vapor nas linhas não eletrificadas. O fim da década de 1990 assistiu a retirada das instalações de eletrificação de linhas pioneiras, como as da Companhia Paulista (depois FEPASA). Quanto às locomotivas a vapor, nosso país chegou a ter praticamente 3.500. Dessas, 2.300 ainda operavam em 1960, apenas 94 em 1972 e 20 em 1980.

Bitola

Uma das grandes questões que agitou o meio técnico ferroviário desde muito cedo diz respeito à bitola. A primeira estrada de ferro tinha a bitola mais larga que já se construiu aqui, e a única com esse valor:1,676 m (5 pés e 6 polegadas). O projeto e o material rodante era todo inglês. Também de tecnologia inglesa foram as próximas estradas, cujas bitolas eram de 1,60 m (5 pés e 3 polegadas). Entre elas estavam a E.F. Recife ao Cabo, a D. Pedro II e a São Paulo Railway. Pouco se sabe sobre a escolha das bitolas das primeiras ferrovias, embora alguns especialistas acreditem que se deva à disponibilidade de material para bitola de 1,60 m, pois o Parlamento inglês havia aprovado a bitola de 1,435 m e proibido a construção com bitolas diferentes, a partir de 1846.

A questão da bitola é muito interessante, pois é função de um número considerável de parâmetros. No início, quando as locomotivas a vapor eram um tanto rudimentares, havia necessidade de um grande área para troca de calor e aquecimento da água. Isso levou a locomotivas bastante largas, chegando-se à bitola de 2,134 m (7 pés). Com o crescente aperfeiçoamento das locomotivas e o aumento da extensão das estradas, o custo de implantação da via passou a preponderar. As a bitolas menores permitem gabaritos de túneis e pontes mais estreitos, e curvas de raios um pouco menores. Mas há limites superiores e inferiores, ditados pela dimensão geral do veículo. A bitola é, em certa medida, um número que governa todo o conjunto, determinando, até certo ponto, o "tamanho" do veículo e da via. Parecia portanto natural que, em função da importância da via, uma bitola conveniente fosse adotada. Foi o que aconteceu no início, quando a questão de integração das estradas de ferro parecia remota. Mas os engenheiros rapidamente deram-se conta de que havia uma necessidade imperativa de integração entre as diversas linhas, para não ser necessário o transbordo de carga de um trem para outro. A questão é de tanta importância que nos Estados Unidos, onde havia dezessete bitolas diferentes em 1861 (início da Guerra da Secessão), a bitola estava unificada em 1886, por força de lei de 1863. O valor adotado foi 1,435 m (4 pés e 8,5 polegadas), o mesmo que a Inglaterra havia escolhido. No Brasil não foi adotado um valor único. A bitola de 1,60 m era defendida por alguns e combatida por outros, que atribuíam à bitola larga os altos custos de implantação que inviabilizavam muitos projetos. A partir da década de 1870 passou-se à construção quase que exclusivamente com bitolas estreitas. Parecia aos técnicos da época que a bitola de 1 m era mais compatível com as condições econômicas vigentes. A última estrada iniciada com bitola larga foi a Cia. Paulista, que começou a operar em 1872. Bitolas ainda menores foram advogadas durante certo período, e o país chegou a ter 1.400 km de estradas de ferro com bitolas de menos de 1 m.

Mas o debate sobre a questão aqueceu-se no período entre 1870 e 1880, principalmente quanto ao prolongamento das vias existentes: valeria a pena "quebrar" a bitola de 1,60 m para 1,0m, criando pontos de transbordo e estrangulamento de tráfego? No Primeiro Congresso de Estradas de Ferro do Brasil, em 1892, resolveu-se que nos prolongamentos da D. Pedro II e da Paulista seriam mantidas as bitolas originais de 1,60 m. Mas a bitola estreita prevaleceu em termos de extensão das vias, de tal modo que em 1930, mais de 90% da rede era de bitola métrica.

Fora do calor do debate, parece, hoje, que a discussão sobre as bitolas mascarava o ponto crucial da questão: as condições geométricas da via. São características como raio mínimo, rampa máxima, sucessão de curvas e rampas etc, que impõem restrições à marcha do trem, criando resistências que limitam a capacidade de transporte. Percebe-se portanto, que por trás da defesa da bitola métrica, estava a defesa de uma construção mais singela, com padrões menos exigentes de geometria, e que por isso podiam restringir a capacidade de transporte. Mas essas estradas poderiam ser implantadas mais rapidamente, com uma economia considerável. Era isso que a comunidade queria: construir mais, mesmo que a via tivesse um desempenho um pouco inferior.

Um fator muito importante nessa questão é a indisponibilidade, na época, de máquinas de construção que viabilizassem projetos com grande movimento de terra. A história mostra que as estradas construídas com geometria precária foram reconstruídas ou retificadas, assim que as máquinas de terraplenagem permitiram a construção mais rápida e a custos menores. Por esse motivo a construção de variantes e retificação de trechos problemáticos era assunto freqüente na engenharia ferroviária no começo do século XX. De certa maneira isso significava uma construção em etapas; não planejada de início, mas imposta pelo progresso da mecanização da construção.

Edifícios

Em alguns casos, as estações ferroviárias foram marcos arquitetônicos típicos de uma era, tanto na cidade grande como nas pequenas comunidades. O primeiro ponto a se considerar é o fato de precisarem estar dentro do espaço urbano, dada a dificuldade de transporte da época, e ao mesmo tempo atraírem a ocupação urbana. Por esse motivo, e para ganhar a confiança e simpatia do usuário, as estações deveriam ser tão ou mais imponentes que os demais edifícios que atraiam a atenção do cidadão comum: a igreja, as indústrias emergentes, os edifícios públicos etc. O transporte ferroviário adotou do transporte marítimo a organização quase militar: uniformes, hierarquia, sinais etc. E a estação, com seu chefe uniformizado e seus serviços democraticamente abertos a todos os cidadãos era uma marca da presença e da confiabilidade da ferrovia. Em virtude de as primeiras estradas de ferro terem forte influência inglesa, a arquitetura das estações e demais edifícios expressam essa característica, com maior ou menor intensidade, dependendo da época e do lugar onde foram construídas. Dois aspectos dessa arquitetura destacam-se: o uso do tijolo aparente e o uso de ferro fundido como estrutura e adornos.

Havia, naturalmente, estações muito modestas que não passavam de barracões ao longo da linha. Mas, em contrapartida, houve as grandes e monumentais obras. Havia também as "colônias" ou "vilas" das companhias de estrada de ferro. Eram conjuntos de residências construídos especialmente para os funcionários que mantinham vínculo permanente com a empresa, à semelhança das colônias das fazendas. Também os edifícios de oficinas são dignos de nota. Estas eram, a rigor, unidades industriais de manutenção, montagem e até fabricação de material rodante que, pelo seu porte, destacavam-se entre os edifícios industriais da época. Tal é o caso da oficina da D. Pedro II em Engenho de Dentro, no Rio de Janeiro, e da Companhia Paulista em Jundiaí, em São Paulo. A arquitetura das estações era algo novo entre nós. Nota-se, mesmo nas pequenas estaçções, o aspecto dual da obra, que tinha uma parte para abrigar os serviços de escritório, sala de espera e similares, geralmente de alvenaria, e uma interface com a linha, geralmente com estrutura metálica ou de madeira e cobertura metálica. Nas estações muito singelas havia uma só frente, voltada para a linha; o edifício dava as costas para a comunidade. Já nas estações de médio e grande porte havia uma frente para a comunidade e outra para a linha. No caso das grandes estações a frente era monumental, com um imponente salão de entrada. No início do século XX, quando parecia que as ferrovias eram a solução única e definitiva para o transporte, inclusive de passageiros, foram construídas estações que eram edifícios dos mais imponentes da época, e que marcaram o espaço urbano de maneira indelével. Assim são a Estação da Luz e a Estação Júlio Prestes, ambas na cidade de São Paulo. A primeira, mais antiga, construída pela São Paulo Railway, foi inaugurada em 1901. Projeto inglês, de autoria creditada a Charles Henry Driver[11], era, para a época, uma obra colossal em tijolo aparente e estruturas de ferro fundido, trazida quase que integralmente da Inglaterra.

A segunda estação, da Estrada de Ferro Sorocabana, é projeto do brasileiro Christiano das Neves que recebeu prêmio em congresso de arquitetura pela sua qualidade. Embora a estação efetivamente construída fugisse do projeto original, conservou sua estética e dimensões monumentais: seu salão principal, com 1.000 m², foi durante muito tempo a mais ampla sala de uso público da cidade de São Paulo. Construída entre 1926 e 1938, foi inaugurada incompleta, em

11. Beatriz Mugayar Kühl, *Arquitetura do Ferro e Arquitetura Ferroviária em São Paulo*.

1930. Rivalizava-se com a Estação da Luz numa época em que a Sorocabana construía a segunda ligação com o porto de Santos, em concorrência com a São Paulo Railway. Atualmente as atividades ferroviárias da estação estão restritas e o prédio foi reformado para o uso como complexo cultural. Abriga agora a maior e mais moderna sala de concertos da cidade, com capacidade para 1.500 pessoas e é sede da a Orquestra Sinfônica de São Paulo. Conta ainda com nove salas de ensaio, sala com 250 lugares para música de câmara e dois restaurantes de categoria internacional. Essas duas estações – Luz e Júlio Prestes – serviam ferrovias diferentes, mas estão localizadas a 300 m uma da outra, na mesma área da cidade que abriga os edifícios públicos mais importantes do fim do século XIX e primeiras décadas do século XX.

Empresas e Empreendedores

A construção de ferrovias foi o primeiro dentre os grandes empreendimentos de engenharia no país a gerar interesse social, político e econômico. As estradas de ferro ofereceriam o serviço de transporte em um nível jamais imaginado em termos de volume, rapidez, confiabilidade etc. Esse serviço poderia, em tese, ser executado por qualquer empresa que para tanto se qualificasse.

Em todo empreendimento de vulto há muitos interesses envolvidos, e só o estudo detalhado da história revela alguns dos aspectos desses interesses. Numa visão resumida e um tanto ingênua, podem aqui ser destacados de três grupos que representam interesses distintos: o Estado, os prestadores do serviços (proprietários da ferrovia) e os clientes (fazendeiros, industriais, comerciantes etc). Há ainda mais dois grupos não completamente distintos, que podem ou não mesclarem-se com os três primeiros: o dos políticos e dos patriotas. A história de como as ferrovias foram construídas e operadas mostra um tecido intrincado de jogo entre interesses de diversos grupos, destacando ações e homens que montaram essa história. Praticamente todo empreendimento tem uma história complexa, e aqui não há espaço para a análise de todas elas. Apenas alguns exemplos de ações serão destacados, com o intuito de exemplificar como empreendimentos que podem parecer simples ao homem de hoje, tomaram tempo e energia de empresários, políticos, governantes etc.

A primeira ferrovia construída em território brasileiro foi obra de um só homem, a mais proeminente figura do início da era das ferrovias e da industrialização brasileira: Irineu Evangelista de Souza, o visconde (antes barão) de Mauá, homenageado como patrono do Ministério dos Transportes e lembrado em nomes de ruas e praças. Os poucos mais de 14 quilômetros foram construídos pela sua iniciativa particular, sem qualquer ajuda externa ou favorecimento do governo. Mauá foi o maior empreendedor do Brasil no século XIX e esteve à frente de iniciativas pioneiras como estaleiros para barcos a vapor, siderúrgica, companhia de gás, cabo submarino, companhias de bondes, companhia de navegação do Amazonas etc. Participou da implantação de ferrovias como a D. Pedro II, a Recife ao São Francisco, a Bahia ao São Francisco, a Santos a Jundiaí e outras. Muitas vezes envolveu-se tão diretamente que investiu seus próprios recursos, como no caso da Santos a Jundiaí, cuja construção parara no fim por absoluta falta de verba. Parecia obstinado em aplicar as mais modernas técnicas com o fim de propiciar o progresso. Foi banqueiro, acumulou fortuna, semeou avanços tecnológicos, faliu e morreu pobre.

Mesmo antes da primeira ferrovia ser implantada, algumas tentativas de estabelecer empresas para esse serviço foram feitas. Em 1835, a Assembléia Legislativa de São Paulo recebia para análise a proposta da casa comercial Aguiar, Viúva, Filhos e Cia. e de Pratt e Reid para construir uma ferrovia que partindo de Santos subisse ao planalto até São Paulo e seguisse para Itu. Essa iniciativa feita por particulares, apenas alguns anos após a implantação da primeira ferrovia na Inglaterra, mostra que a situação da ligação entre o interior e o porto de Santos era vital para a saúde empresarial dos agricultores de São Paulo e que a empresa particular era a única saída, uma vez que o Estado não dava conta da tarefa de manter as vias existentes e o porto. Embora em 1838 a empresa tivesse obtido do Estado o privilégio para a construção e exploração da ferrovia, foram outros que a construíram, mais de vinte anos mais tarde.

O reconhecimento da dificuldade de levantar capital para a construção das primeiras linhas resultou em uma lei de 1852 pela qual o governo garantia juro de até 5% sobre o capital investido, dando também aos empreendedores outras regalias, como uma zona de privilégio de 30 km em torno da estrada, para evitar concorrência, e direito à desapropriação. A lei também proibia o trabalho escravo nas ferrovias. Com esse incentivo, deu-se início ao investimento em estradas de ferro no Brasil, liderado inicialmente pelo capital inglês. A primeira companhia organizada na Europa para construção de ferrovias no Brasil foi a Estrada de Ferro Recife a São Francisco, que iniciou o tráfego em 1858, e foi a segunda ferrovia brasileira. A terceira estrada a entrar em operação seria a D. Pedro II (Central do Brasil), no mesmo ano.

Já para a difícil missão de transpor a serra do Mar na ligação de São Paulo com o porto de Santos, o governo do estado de São Paulo concedia mais 2% de garantia de juros, perfazendo o total de 7%. Depois da frustrada primeira tentativa, a concessão foi dada ao visconde de Mauá e aos marqueses de Monte Alegre e São Vicente. Estes cederam-na à empresa inglesa São Paulo Railway Company, que construiu e operou a ligação Santos a Jundiaí. A concessão inicial tratava da estrada de ferro entre a cidade de Santos e São João do Rio Claro, na província de São Paulo. Entretanto o projeto original ia apenas até Jundiaí, e a sua construção iniciou-se em 1860, pela empresa contratada, Robert Sharp & Filhos. Em 1867, após grandes dificuldades, tanto de natureza econômica quanto de engenharia, foram entregues ao tráfego os 139 km da estrada. Essa foi, durante mais de sessenta anos, a única ligação por ferrovia ao porto de Santos. Na década de 1920, os paulistas, cansados desse monopólio mantido pela São Paulo Railway e amparados pela legislação, começaram a estudar uma nova ligação ao porto de Santos, que foi efetivamente construída na década de 1930: era a Mairinque-Santos, da Estrada de Ferro Sorocabana, de bitola métrica e simples aderência.

Outra questão que envolvia a São Paulo Railway era o prolongamento da estrada de ferro na direção do interior. Mesmo antes do início das obras da Santos a Jundiaí, os empresários e políticos do estado reivindicavam uma extensão da via. Alguns falavam até Campinas, outros até Rio Claro e Araraquara. Não restava dúvida quanto ao potencial da região, que se assentava como produtora de açúcar e depois café. Mas a empresa inglesa parecia estar satisfeita com o quinhão do mercado que detinha, e não se movimentava para atender a essa nova demanda. Mais uma vez, políticos, empresários e cidadãos paulistas uniram-se para criar uma empresa que levasse a ferrovia para o interior: a Companhia Paulista de Estradas de Ferro. Isso só foi conseguido após muita pressão dos governantes, políticos, empresários e fazendeiros, uma vez que a "Inglesa" precisou ser interpelada pelo governo paulista para manifestar-se oficialmente. Respondeu que não se interessava pelo prolongamento até Campinas, e ainda mostrou descrédito quanto à iniciativa, fato que acendeu o brio dos paulistas. Com esse panorama e após campanha em campo onde foram mobilizadas as forças emergentes, foi criada uma companhia, sem capital estrangeiro e sem dinheiro do governo. Um grande número de notáveis brasileiros participaram dessa difícil obra de convencer o empresário, fazendeiro ou comerciante, a aplicar seu dinheiro em uma obra de engenharia que prestaria um serviço e daria lucro. Destaca-se a figura de Saldanha Marinho, presidente da Província, que conseguiu aglutinar os líderes do comércio, indústria e agricultura em torno do empreendimento. A ligação Jundiaí a Campinas foi inaugurada em 1872. A Companhia Paulista tornou-se uma importante empresa, uma espécie de modelo de funcionamento pela sua organização, pontualidade e confiabilidade. "Pode-se acertar o relógio pelos trens", era a expressão popular a respeito da "Paulista". O mesmo impulso da prosperidade oferecido pela expansão do crescimento econômico fez criar outras grandes estradas de ferro em São Paulo, que partiam em direção às lavouras de café: a Sorocabana, a Mogiana, a Ituana, a Araraquarense, a Noroeste, além de várias outras menores.

Mas a presença das empresas estrangeiras no emergente mercado de transportes deve ser ressaltada. Os empresários estrangeiros viam grandes negócios nas ferrovias brasileiras. A garantia de lucro (juros de no mínimo 5%), a exclusividade (noventa anos e depois cinquenta anos) e a inexperiência inicial dos brasileiros no assunto eram atraentes. Os ingleses tinham a tecnologia e o capital; os brasileiros sabiam que precisavam do serviço. Consta que a "Inglesa", São Paulo Railway, chegou a render dividendos anuais de 20 a 22%. Também era inglesa a mais extensa das estradas de ferro em território nacional, na década de 1930, a Estrada de Ferro Leopoldina. Operava uma rede complexa, com mais de 3 mil km, nos Estados do Rio de Janeiro, Minas Gerais e Espírito Santo. Também era operada pelos ingleses a "Great Western", no Nordeste brasileiro. E os ingleses eram agressivos em termos de negócios. Quando o visconde de

Mauá foi à falência, em parte por não lhe ser reconhecida uma inversão de capital feita na Santos-Jundiaí, foram os ingleses que adquiriram quase todas as suas empresas. Em lugar dos nomes brasileiros passaram a ter nomes ingleses: Amazon Steam Navigation, Leopoldina Railway, The Rio de Janeiro Gás Co. Só não foi para mãos inglesas a Companhia de Bondes do Jardim Botânico que tornou-se a primeira empresa norte-americana no Brasil, com o nome Botanical Garden Rail Road. Em São Paulo, por exemplo, as ferrovias criadas por iniciativas de brasileiros com capital nacional, paulatinamente passaram a ter participação majoritária de acionistas estrangeiros. Um dos grupos mais influentes era o do norte-americano Persival Farquhar, que foi arrendatário da Sorocabana e teve influência na Paulista e Mogiana. Parece que a participação de capital estrangeiro, principalmente inglês, francês e norte-americano intensificou-se até por volta de 1930.

Além das empresas proprietárias e prestadoras de serviço, os estrangeiros foram responsáveis pelos primeiros projetos e obras das ferrovias. No início havia uma predominância dos ingleses, que desenvolveram pioneiramente a tecnologia. Mas a partir de uma certa época no fim do século, os norte-americanos passaram a ter um papel importante no projeto e construção. Lá as ferrovias desenvolveram-se mais rapidamente que aqui e as condições de construção no Brasil eram mais similares às dos Estados Unidos do que às da Inglaterra. Empresas norte-americanas tinham mais experiência com construção nas florestas tropicais e estavam mais acostumadas à inexistência de mapas e projetos. Também o mercado de locomotivas, carros e vagões, cedeu espaço para os norte-americanos, pouco antes do fim do século XIX.

Embora excelentes técnicos estrangeiros tenham dado muito para o progresso do nosso sistema ferroviário, havia abusos claros e até uma certa truculência por parte de alguns não tão bem intencionados. A literatura aponta casos de orçamentos abusivamente altos, mais do que o dobro do razoável. A superavaliação da obra beneficiaria o concessionário porque ele tinha uma garantia de juros sobre o capital empregado. E, no início, não havia engenheiros suficientes para rever e criticar o projeto, nem para supervisionar a qualidade da obra. O governo, por necessitar que a empresa estrangeira investisse aqui seu dinheiro, ficava em certa medida à mercê dos estrangeiros. Essa questão foi sendo resolvida paulatinamente à medida que engenheiros eram formados nas novas escolas, e muitas vezes aperfeiçoados no exterior. Desse modo a engenharia civil nacional cresceu em formação e experiência, dando ao país muitos expoentes do projeto, construção, administração e operação das ferrovias. Alguns desses homens ilustres foram homenageados com nomes de ruas, praças e mesmo cidades.

Garantias, Subvenções e Lucros

A história econômica das ferrovias brasileiras no período de 75 anos aqui analisado é um rico emaranhado de empreendimentos que envolvem leis e decretos governamentais, empresas nacionais e estrangeiras, subvenções, falências, sucessos empresariais etc.

Começa com o incentivo do regente Feijó no governo de D. Pedro II e a conseqüente busca de capital no exterior. Logo após a primeira experiência bem sucedida do futuro visconde de Mauá, investidores ingleses aqui chegaram atraídos pelas garantias de juros e reserva de mercado oferecidas pelo governo imperial. Nos locais onde a clientela era garantida, como, por exemplo, no caso da São Paulo Railway, o investimento era muito rentável. A partir de 1870, com o crescimento surpreendente da produção agrícola, novas empresas, principalmente de capital nacional, formaram-se para construir as estradas de ferro das quais os fazendeiros eram os principais acionistas. Mas havia também a situação em que interessava ao país ou às forças políticas a construção de determinada ferrovia e, para isso, buscava-se financiamento no exterior. Os empresários estrangeiros, principalmente ingleses, interessados em vender seu produtos e, ao mesmo tempo, lucrar com investimentos externos garantidos pelo governo, ou investiam diretamente ou emprestavam a empresas nacionais com aval da união. Na década de 1930 cerca de metade da dívida externa do país correspondia a empréstimos contraídos para construção de ferrovias entre 1888 e 1927.

Determinadas ações do governo produziam resultados discutíveis. Antes de 1873 vigorava a garantia de juros, que era uma espécie de prêmio à ineficiência, pois de qualquer maneira o investidor teria lucro mínimo garantido. Além disso, empreiteiros inescrupulosos tendiam a supervalorizar a obra ou descuidar-se na economia da construção. O custo de implantação de estradas com traçados semelhantes variava de 30 a 130 contos por km. Para tentar contornar essa situação, o governo estabeleceu, em 1873, a subvenção quilométrica: era paga dos cofres públicos a quantia fixa de 30 contos para cada quilômetro construído. Se a estrada custasse mais, era por conta da empresa; se custasse menos, era lucro. O resultado é que se tornou um incentivo às estradas mal construídas e ao alongamento do percurso. Nessa época, houve claros abusos que o governo era incapaz de fiscalizar. Várias dessas estradas tiveram vida curta e precisaram ser reconstruídas parcialmente. Aliás, a construção de variantes que melhoravam e corrigiam o traçado original foi uma tônica, tanto para as estradas construídas às pressas, como para as bem construídas que se tornaram inadequadas. A disponibilidade de equipamentos mais pesados de construção, aliada à necessidade de traçados mais eficientes em termos de rampas e curvas, fez com que a maior parte das ferrovias se preocupassem em construir variantes para os trechos críticos.

A história econômica do conjunto de todas as ferrovias brasileiras até 1930 mostra uma receita anual maior que a despesa. Isso não quer dizer, naturalmente, que todas deram lucro. Houve casos de estradas construídas em situações em que o mercado de transporte não era estável, e essas tiveram vida efêmera. Nos casos em que interessava ao governo manter a ferrovia em funcionamento o governo encampava a empresa deficitária e assumia a dívida. Houve casos, como o da Central do Brasil, com uma rede extensa, que só apresentou lucro até 1907, quando tinha apenas 1.600 km. Conforme a rede foi crescendo até o pico de 2.900 km, o déficit anual foi aumentando.

Parece que o papel do Estado, como órgão cedente, regulador e, muitas vezes, proprietário da via, não era claramente definido. Havia casos em que ferrovias deficitárias eram encampadas pelo governo para garantir o serviço, outros em que o Estado impunha tarifas impraticáveis pelo mercado, bem como redes com excessivo comprimento de linhas que serviam mercados em decadência etc. Esses problemas certamente ampliaram-se por um motivo físico: o desgaste natural da rede e do material rodante, com o passar do tempo e com o uso. Após algumas dezenas de anos do investimento inicial, agora em uma situação diversa de mercado, as ferrovias deveriam investir em remodelação da rede e do parque de veículos. Em muitos casos, o investimento não era mais viável e a ferrovia entrava em decadência.

Concorrência com Outros Meios de Transportes

Quando as estradas de ferro nasceram, praticamente não tinham concorrentes. A tração animal, o transporte de carga em lombos de burros, as viagens de diligências ou a cavalo, logo mostraram-se ineficientes diante da velocidade e capacidade das ferrovias. Isso durou menos de cem anos, até consolidar-se a tecnologia dos automóveis, caminhões e aviões.

Se se pensar em termos de impacto de um invento ou descoberta, a invenção do pneu, esse elemento quase nunca lembrado por aqueles que analisam os efeitos de novas tecnologias, foi crucial para a perda de importância das ferrovias. A rodovia roubou uma fatia considerável do mercado e obrigou as estradas de ferro a aperfeiçoarem sua vocação. Em outras palavras, as ferrovias buscaram atender fatias do mercado onde os caminhões e automóveis não eram tão eficientes. Pode-se dizer que no Brasil esse processo começou em 1925, com a instalação da General Motors em São Paulo, montando 25 carros por dia, ou ainda, pela posse de Washington Luiz, a quem é atribuído o lema "governar é construir estradas". Durante seu governo foram construídas as estradas de rodagem Rio-São Paulo e Rio-Petrópolis, com posterior ligação com Belo Horizonte. Também coincide com o período 1925-1930 a grande crise do café, que tem o auge com a quebra da bolsa de Nova York em outubro de 1929.

O maior impacto do transporte rodoviário sobre o ferroviário, no entanto, talvez seja a "natureza sociológica" da via, se assim se pode dizer. A ferrovia é privada, construída e operada por uma empresa, que é proprietária dos veículos e da via. A empresa é responsável pelos lucros e prejuízos advindos da administração, e ainda pode estar sujeita a imposições do governo que concede a licença de exploração. Teoricamente o usuário paga pelo uso do veículo, da via, pessoal etc. Na rodovia, o Estado constrói a via e a oferece ao usuário. O usuário é proprietário apenas do veículo. Além disso, seu veículo pode operar basicamente em qualquer via. Essa prática de subvencionar parte do transporte oferecendo a via, talvez seja impraticável no caso das estradas de ferro, por envolver condições operacionais intransponíveis.

Mas, no caso das rodovias e das ruas, parece natural. Outro aspecto é que a ferrovia é "fechada" ao longo de sua linha, abrindo-se à comunidade apenas nas estações. Já as rodovias são abertas, permitindo um maior e menos especializado contato com a comunidade. Esses aspectos moldaram as expectativas dos usuários, que admitem tacitamente que a via é pública, no caso das rodovias e ruas.

Fruto da concorrência imposta pelos transportes aéreo e rodoviário, as ferrovias voltaram-se às atividades para as quais elas são mais eficiente: transporte de cargas densas a longa distância e transporte de grande volume de passageiros em áreas urbanas e suburbanas.

Aspectos Sociais

Em muitos aspectos tecnológicos e sociais as estradas de ferro foram pioneiras ao implantar no país práticas novas, advindas das necessidades impostas por essa nova realidade. Algumas práticas de assistência social iniciaram-se ainda no século XIX, mas eram exceções. A São Paulo Railway, que era inglesa, oferecia aos seus empregados, já em 1883, semana de 52 horas, férias remuneradas e outros benefícios sociais. Com o aumento do número de trabalhadores, o problema de relacionamento empregado-empregador começou a tomar volume. A Companhia Paulista, por exemplo, era o maior empregador do Estado de São Paulo, nos últimos anos do império. Mas as condições não eram sempre ideais, surgindo no início do século as primeiras greves por aumento de salários. Visando formar mão-de-obra qualificada a partir de seus próprios funcionários, a Cia. Paulista fundou a Escola de Aprendizes, em 1901, para treinar os filhos dos ferroviários. Na época, e até mais da metade do século XX, ser ferroviário era participar de uma espécie de família, onde a empresa praticava uma espécie de assistencialismo, criticado por alguns e exaltado por outros. Em virtude desse tipo de relação, a Cia. Paulista conseguiu mão de obra muito bem qualificada e um dos o melhores padrões operacionais do país. A pontualidade, limpeza, conservação da via, uniforme e educação dos funcionários eram motivo de orgulho. A presença da empresa era tão forte que durante toda a sua existência, as tentativas de estabelecer um sindicato autônomo falharam.

No ambiente anteriormente agrário, as ferrovias foram as pioneiras em estabelecer benefícios sociais aos seus funcionários: as "caixas de pensões", aposentadoria, férias remuneradas e as primeiras preocupações com o lazer e bem-estar. A obrigatoriedade das pensões e aposentadorias para funcionários só seria consolidada em 1923, com a Lei Elói Chaves, primeiro embrião de previdência no país.

Mas, por outro lado, as ferrovias acabaram por contribuir para o desmatamento, ao usar intensivamente a lenha. Com o fim escolher o melhor modo de suprir madeira para dormentes e combustível, a Paulista implantou, em 1904, o Horto Florestal de Jundiaí que, após quatro anos de pesquisa, chegou à conclusão de que o eucalipto deveria ser plantado em larga escala[12]. As pesquisas foram conduzidas por Navarro de Andrade, fundador do horto e responsável pelo aprimoramento dos eucaliptos aqui plantados. Em 1909 foi criado o Horto de Rio Claro que leva seu nome. Nas primeira décadas do século a Cia. Paulista adquiriu muitas glebas de terra ao longo da sua linha para fins de reflorestamento. Esse foi o empreendimento que introduziu o reflorestamento com eucalipto no Brasil.

Uma função social importante criada pelas ferrovias foi a mobilidade pessoal. Até então, as viagens em lombo de animais, em carroças ou diligências eram penosas e demoradas. Havia, por exemplo, linhas regulares de diligência entre São Paulo e Santos, com partidas três vezes por semana, que davam direito ao passageiro, se lhe aprouvesse, fazer parte da viagem a cavalo. As estradas de ferro propiciaram, em pouco tempo, viagens mais confortáveis e rápidas. Mais do que isso, puseram à disposição do cidadão comum, uma ampla possibilidade de viajar, que antes era impossível. Durante quase cem anos as ferrovias prestaram esse serviço que, por algumas gerações, fez parte do universo de possibilidades de viajar. A partir da década de 1970, as ferrovias paulatinamente deixaram de oferecer os serviços de transporte de passageiros.

O último remanescente desses trens de longo curso no estado de São Paulo, o lendário "trem da morte" que transportava passageiros de Bauru até a Bolívia, fez sua última viagem na década de 1990.

História das Ferrovias Brasileiras na Internet

Nos últimos anos, muitas estradas de ferro foram desativadas e seus trilhos retirados. Estações e até grandes oficinas

12. Marco Aurélio Álvares da Silva, Horto Florestal Navarro de Andrade, http://www.geocities.com/MotorCity/Street/4741/museurc.html, 1999.

desativadas correm o risco de tornarem-se escombros ou serem demolidas. Algumas ferrovias que foram privatizadas estão procurando explorar o mercado de transportes com as precárias condições da via permanente que receberam. Paradoxalmente, isso parece ter despertado a atenção de várias pessoas para a parte da nossa história que se está perdendo. Com a disponibilidade da comunicação eletrônica via internet, vários sites apareceram para colher e divulgar resumos históricos e fotografias do nosso passado ferroviário. Uma busca rápida pela rede pode localizar esses sites, geralmente mantidos por pessoas que, por louvável iniciativa própria, dedicam parte de seu tempo à tarefa de resgatar e divulgar informações.

Referências Bibliográficas

Azugaray, Domingos & Azugaray, Cátia (eds.). *Atlas Histórico Isto É Brasil 500 anos*. São Paulo, Três, 1998.

Cintra, Jorge Pimentel. "História Técnica das Rodovias e Ferrovias Brasileiras. In: Vargas, Milton & Lima, Victor de Souza (coords.). *Contribuições para a História da Engenharia*. São Paulo, EP-USP, 1994.

David, Eduardo Gonçalves. *127 Anos de Ferrovia*. Rio de Janeiro, Associação de Engenheiros da E. F. Central do Brasil, 1985.

Delellis, Rosana & Massarani, E. Von L. *A Era do Trem*. São Paulo, Lu Fernandes & Nastari, 1999.

Debes, Célio. *A Caminho do Oeste (História da Companhia Paulista de Estradas de Ferro)*. Edição Comemorativa do Centenário de Fundação da Companhia Paulista, São Paulo, CPEF, 1968.

IBGE. *Estatísticas Históricas do Brasil – Séries Econômicas, Demográficas e Sociais – 1550 a 1985. Vol. 3*. Rio de Janeiro, Fundação Instituto Brasileiro de Geografia e Estatística, 1987.

Irlan, Michael J. "A Gateway to Brasil". In: *Mikes Railway History*. http://mikes.railhistory.railfan.net/, revised 11.1999.

Kühl, Beatriz Mugayar. *Arquitetura do Ferro e Arquitetura Ferroviária em São Paulo*. São Paulo, Ateliê Editorial, 1998.

marrocos@ronet.com.br – http://www.ronet.com.br/~marrocos/ – Site da Internet sobre Porto Velho, Rondônia, atualização de 07.03.2000.

Martins, Ignácio de Assis. *Estradas*. São Paulo, Melhoramentos Caieiras, 1922.

Matos, Odilon Nogueira de. *Café e Ferrovias*. 4. ed. Campinas, Pontes, 1990.

Monteiro Filho, Jerônimo. *Traçados de Estrada 1-Ferrovias*. Rio, Borsol, 1955.

Pinto, Adolpho Augusto. *História da Viação Pública de São Paulo*. São Paulo, Typographia e Papelaria de Vanorden & Cia, 1903.

Saes, Flávio Azevedo Marques de. *As Ferrovias de São Paulo 1870/1940*. São Paulo, Hucitec, 1981.

Telles, Pedro Caldas da Silva. *História da Engenharia no Brasil*. 2 vols. Rio de Janeiro, Livros Técnicos e Científicos, 1984.

Vasconcelos, Carlos Augusto de. *Pontes Brasileiras, Viadutos e Passarelas Notáveis*. São Paulo, Pini, 1993.

10 | Estradas de Rodagem: Pequeno Histórico

WLASTERMILER DE SENÇO

Introdução

Os caminhos que mais tarde se transformariam em vias de transportes rodoviários, como as estradas de rodagem, na verdade apareceram com o próprio homem. Recuando ao Gênesis, encontra-se referência a um caminho: o caminho do Éden trilhado por Adão e Eva, quando expulsos do Paraíso. No capítulo VI, versículo 14 do livro sagrado, encontra-se referência ao uso do betume: "e Deus disse a Noé 'Farás uma arca de madeira alisada e nela farás diversos repartimentos pequenos e *betumá-la-á* por dentro e por fora'". Embora utilizado como impermeabilizante, o betume, material fundamental em pavimentação de estradas, ajudou Noé a enfrentar o Dilúvio.

O homem pré-histórico, na sua busca de alimentação e água, procurava deixar os caminhos entre sua caverna e os campos de caça ou poços de água em condições de facilitar sua passagem. Estava, assim, atendendo ao princípio fundamental do transporte: melhorar o caminho por onde devia passar, quando tinha necessidade de se deslocar periodicamente entre seus pontos extremos ou intermediários.

Quando montou um animal, o homem deu um passo adiante nessa evolução, conseguindo maior rendimento das viagens à custa, obviamentes de melhorias que teve de introduzir nos caminhos. Mais tarde, atrelou um rústico veículo a esse animal, melhorando ainda mais o rendimento das viagens, com a contrapartida de ter de aperfeiçoar ainda mais os caminhos. Essa passagem foi conseguida graças a uma das mais importantes conquistas no ramo dos transportes, que foi a invenção da roda, verdadeiro passo de gigante na evolução.

O passo seguinte seria o ataque à natureza. Até então, o homem estava inteiramente condicionado pelo meio ambiente e pela topografia dos terrenos por onde circulava. Ao encontrar uma elevação ou uma depressão, via-se na contingência de contorná-las, ao encontrar um curso d'água, procurava lugares mais rasos, que permitissem passagem. As maiores necessidades, criadas com o acúmulo de volumes e de cargas a serem transportados com mais freqüência a distâncias cada vez maiores, obrigaram o homem a exercer controle sobre o meio, alterando os caminhos, cortando ou aterrando e construindo obras de passagem sobre os cursos d'água.

Em vista disso, os caminhos e as estradas precisavam ser transitáveis em qualquer época do ano. A forma natural de resolver esse problema, evitando que, em muitas regiões, as estradas não dessem passagem praticamente por metade do ano, foi revestir o leito carroçável, dando-lhe estabilidade, inclusive na época das chuvas. A regra básica inicial era bastante simples: se os terrenos arenosos oferecem boas condições nas chuvas e excessiva poeira nas secas, e se os terrenos argilosos, ao contrário, oferecem boas condições nas secas e lama nas chuvas, pode-se conseguir uma estabilização misturando areias e argilas, em proporções tais que as argilas evitem o aparecimento de poeira nos terrenos arenosos. A busca de melhores materiais para a estabilização do leito carroçável levou à utilização de revestimentos de pedras, de misturas betuminosas ou de concreto de cimento, ou seja, à pavimentação, segundo os conceitos atuais. Atende-se assim, com a pavimentação, a outro princípio fundamental na evolução dos transportes terrestres: a necessidade de que os deslocamentos sejam possíveis em qualquer época do ano, obrigando a estabilização do leito das estradas.

Resumindo, na evolução das estradas de rodagem, dois princípios determinaram o estágio alcançado nos dias de hoje:

1) A necessidade de deslocamentos periódicos entre dois pontos, que promoveu a construção de caminhos ou estradas.
2) A necessidade de que esses caminhos ou estradas dessem passagem o ano inteiro, que promoveu o uso de investimentos e, mais tarde, de pavimentação do leito carroçável.

Vários povos desenvolveram vias e pavimentos em seus domínios, como as construídas pelos egípcios há mais de cinco mil anos, com pavimento de pedras, para facilitar o transporte de grandes blocos de pedra, destinados à construção das pirâmides. No entanto, foram os romanos, sem dúvida, que atingiram um alto nível de desenvolvimento nesse campo, nível esse que a humanidade levou, posteriormente, cerca de doze séculos para restabelecer.

A expressão latina *via vita* já relacionava a estrada com a própria vida, tal a importância atribuída pelos romanos às suas estradas. Nos municípios, os administradores das estradas eram magistrados e, nas províncias, os próprios governadores. Um bem elaborado e construído plano rodoviário ligava a capital à Germânia, à Gália, à Bretanha etc., justificando o adágio *todos os caminhos levam a Roma*.

O pavimento romano era projetado e construído em camadas$ com materiais que se equivalem aos objetivos hoje colimados pelos pavimentos modernos.

O mais célebre trecho de pavimento romano é o da via Ápia – ligação de Roma com Brindisi – construído pelo censor Ápio Cláudio, em 312 a. C., e transitável até hoje, constituindo-se numa grande atração turística. Estradas como a via Ápia eram administradas com tanta eficiência e cuidado que, ainda hoje, causam admiração. Para cada tipo de veículo era fixado o número necessário de cavalos; os veículos que transportavam passageiros à noite tinham de dispor de acomodações para dormir. A rede rodoviária romana dispunha de marcos de sinalização – em geral, de mármore – indicando, de milha em milha, a distância da capital e do próximo ponto de troca de animais, onde se fazia também a entrega e o recolhimento da correspondência. Não é exagero dizer que a manutenção do Império Romano, por tantos séculos, deveu-se, em grande parte, à sua excelente rede de estradas.

Com a queda do Império Romano e o início da *noite de dez séculos*, a Idade Média, as estradas de rodagem deixaram de ter a mesma importância, pois era um período de cavaleiros andantes em que a comunicação entre os diversos feudos não era necessária, sendo mesmo considerada perigosa. Os senhores, encastelados em seus domínios, possuíam até exércitos próprios, além do poder de vida e morte sobre seus súditos.

Os comerciantes e os monges eram talvez os únicos que mantinham interesse na conservação das estradas: os primeiros, para facilitar a comercialização de suas mercadorias; os segundos, com interesse limitado aos caminhos que levavam aos santuários e percorridos pelos peregrinos. Do ponto de vista rodoviário, a Idade Média foi um autêntico desastre. Nada se fez e tudo o que já existia foi relegado ao abandono.

Com o Renascimento e as grandes descobertas marítimas, houve necessidade de restauração, pelo menos parcial, do patrimônio deixado pelos romanos, além da construção de novas vias para o transporte interior das mercadorias que abarrotavam os portos europeus.

Nessa mesma época, Hernán Cortez e Francisco Pizarro derrotavam Montezuma, no México, e Ataualpa, no Peru, respectivamente. Em ambos os casos, a par da malícia e do engenho utilizados, as tarefas foram facilitadas pelas excelentes redes rodoviárias encontradas, principalmente, nos Andes. Os astecas e os incas jamais poderiam supor que os seus milhares de km de excelentes estradas seriam os caminhos percorridos pelos invasores, com seus cavalos e suas armaduras, sem grandes dificuldades.

Já no Brasil recém-descoberto nada foi encontrado que indicasse terem os silvícolas possuído aptidões rodoviárias. Mesmo a exploração do pau-brasil, na primeira metade do século XVI, nada deixou em termos de abertura de vias, pois a madeira, após o corte, seguia pelo curso dos rios até a foz, onde era embarcada para Portugal. A descoberta dos corantes químicos liquidou a pouca importância desse comércio em relação à abertura de vias terrestres.

No Nordeste brasileiro, o ciclo da cana-de-açúcar também pouco contribuiu para o desenvolvimento de vias. A cana era plantada ao redor do engenhos, que por sua vez, eram instalados em áreas próximas aos rios, facilitando a descida das caixas de açúcar para o mar.

No ciclo do ouro, foram restabelecidas algumas trilhas deixadas pelos indígenas mas, em termos de rede de estradas, nenhum plano sério foi desenvolvido.

O Século XIX

No sul do país, o rápido desenvolvimento da cultura do café fez com que, no século XIX, fossem construídas algumas estradas para facilitar o acesso ao porto de Santos. Nessa época, a preferência era pelas estradas de ferro, justificando falar-se em *febre ferroviária*, como disse o visconde de Taunay.

O século XIX foi realmente marcado por acontecimentos, descobertas e invenções, que influenciariam sobremaneira o século XX. Em 1807, Robert Fulton subia o rio Hudson, pilotando a Clermont, barca movida a vapor. O progresso da navegação a vapor foi extremamente rápido, tanto que, em 1819, o Savanah se constituía no primeiro barco a vapor a fazer a travessia do Atlântico, ligando a América à Europa.

Em 27 de setembro de 1825, George Stephenson inaugurava, na Inglaterra, a ligação férrea entre Stockton e Darlington. A estrada de ferro permitia o transporte em condições melhores quanto ao conforto, segurança, rapidez e economia, que são as qualidades que se deseja num transporte, já que o termo de comparação rodoviário era a diligência puxada por tração animal, o que punha esse meio de locomoção em posição de muita inferioridade.

O Império Turco expandiu-se com a construção da estrada de ferro Bagdá; a Rússia incorporou a imensa Sibéria com a construção da estrada de ferro Transiberiana. Nos Estados Unidos, as planícies e as pradarias facilitaram sobremaneira a extensão das linhas férreas e a movimentação dos cavalos de ferro, combatidos debilmente pelos peles vermelhas. Em 1869, na cidade de Ogden, no Estado de Utah, uniam-se os trilhos lançados do Atlântico para oeste, e do Pacífico para leste. Era a Union Pacific a ligar o país de costa a costa.

No Brasil, ao longo do reinado de D. Pedro II, principalmente a partir da segunda metade do século XIX, aconteceu um surto ferroviário bastante acentuado, seguindo os modelos europeus e americanos. Após os empreendimentos de Irineu Evangelista de Souza, o barão de Mauá, no setor ferroviário, desenvolveu-se o que o visconde de Taunay chamou de *febre ferroviária*, como já citado, ou seja, depois da São Paulo Railway, a fundação da Companhia Paulista de Estradas de Ferro (1868), da Estrada de Ferro Sorocabana (1870) e da Companhia Mogiana de Estradas de Ferro (1871). Justificava-se, assim, plenamente a expectativa de que, no século XX, a estrada de rodagem seria apenas um terminal de ferrovia, e sua construção estaria condicionada aos projetos ferroviários.

Essa expectativa não se realizou, porque alguns pioneiros, em barracões de fundo de quintal, vinham construindo e aperfeiçoando um veículo rodoviário que seria, no século XX, o grande ditador da moda e dos costumes: o automóvel.

A cronologia dos fatos que culminaram com a instalação das grandes fábricas e a produção em massa do automóvel tem início ainda no século XVII:

1650: Hans Hautch, Alemanha. Projetou um veículo de três rodas, provavelmente acionado por um dispositivo de relojoaria.

1769: Nicolas Joseph Cugnot, França. Acionou uma carreta militar, com vapor. Na experiência realizada no pátio do quartel da artilharia, manteve uma velocidade de 12 km/h, durante nove minutos. Ao terminar a exibição, no entanto, projetou o veículo contra os muros da guarnição.

1801: Richard Trevitick, Inglaterra. Instalou uma linha de transporte urbano, também com veículo a vapor.

Início do século XIX: por falta de meios de propulsão mais rápida, o automóvel teve, nesse período, um aperfeiçoamento bastante lento. No entanto, as maiores velocidades atingidas chamaram a atenção das autoridades e o Parlamento Britânico promulgou a lei The Locomotive Act ou The Man and Flag Act, que estabelecia, entre outras coisas:

que os veículos autopropelidos não poderiam desenvolver velocidades acima de 4 milhas por hora e que os veículos deviam ter à sua frente, a pé, um cidadão fardado, portando de dia uma bandeira roxa e, de noite, uma lanterna roxa.

1850: Jean Joseph Lenoir, França. Patenteou um motor estacionário a gás.

1861: Nicolaus August Otto, Alemanha. Com base nos estudos de uma miniatura do motor de Lenoir, descobriu, por acaso, a importância de comprimir a mistura, gás e ar, antes da ignição e patenteou o motor de quatro tempos.

1882: Gottlieb Daimler, Alemanha. A serviço da fábrica Deutch, de Nicolaus Otto, visitou a Rússia, transmitindo a Wilhelm Maybach, seu eterno companheiro de pesquisas, o avanço dos russos na utilização de derivados do petróleo como combustível.

1885: Gottlieb Daimler, Alemanha. No mês de agosto, consegue a patente de um veículo acionado por motor, tendo a gasolina como combustível. Essa patente pode ser considerada como a certidão de nascimento do automóvel. No mesmo ano, Karl Benz patenteou também um triciclo a gasolina e iniciou o aperfeiçoamento de seu Victória, um dos veículos mais conceituados do século XIX.

1889: Feira Mundial de Paris, França. A Feira visava comemorar o centenário da Revolução Francesa, e a fábrica de automóveis Panhard-Levassor, francesa, apresentou diversos tipos de modelos de automóveis, enquanto a fábrica de motores de Daimler exibiu o lendário Stradalwagen – concepção de Daimler e Maybach – que causou tal impressão, a ponto de a Panhard-Levassor passar a utilizar, em seus veículos, os motores Daimler. Nessa ocasião, Daimler mudou sua fábrica de motores de Stuttgart para Canstat.

1894: Primeira corrida de automóveis, França. Realizou-se pela primeira vez uma corrida *para veículos sem cavalos*, no percurso Paris-Rouen. No mesmo ano, o barão Theodor Von Liebieg, percorreu a distância entre Reichenberg, na antiga Tchecoslováquia, até Reims, na França, para assistir a uma missa, inaugurando as viagens internacionais de turismo, em automóvel, num total de 2.500 km. O veículo utilizado foi um Victória, fabricado por Karl Benz, com quem o barão Liebieg manteve correspondência sobre os eventos da aventura.

1895: Rudolph Diesel, Alemanha. Passou a utilizar o óleo diesel como combustível para veículos pesados.

20.4.1899: Camille Jenatzy, França. O piloto belga, Camille Jenatzy, em pista francesa, pilotando um carro elétrico, conseguiu percorrer um quilômetro em 34 segundos, o que dá a velocidade de 105,882 km/h. Pela primeira vez, o homem ultrapassava a barreira dos 100 km/h, que se constituía numa façanha almejada por todos os aficionados do automobilismo no final do século XIX.

Entre esse final de século e o início do século XX, o francês Emil Jelineck encomendou da fábrica de Daimler e Maybach um carro que *tivesse todos os melhoramentos já conquistados pela indústria automobilística*, pois as pessoas de posse, principalmente da Riviera Francesa, estavam *cançadas daquelas carroças sem cavalos*. Daimler e Maybach projetaram e construíram o Daimler-Phoenix, veículo que foi apresentado no Circuito de Nice, em março de 1900, vencendo a corrida, mas não atendendo às exigências que levaram ao projeto. Em dezembro de 1900, morreu Gottlieb Daimler, ficando a incumbência de aperfeiçoar o Daimler-Phoenix com Maybach, que apresentou um modelo definitivo no Circuito de Nice em março de 1901. Para a competição, o carro foi batizado com o nome da filha mais velha de Emil Jelineck, Mercedes.

Em 1904, Henry Ford, nos Estados Unidos, transferiu sua fábrica para Detroit, local anteriormente escolhido por Ramsay Olds para produzir veículos, tornando-se a cidade, em pouco tempo, a capital mundial do automóvel. Detroit havia sido fundada por Antoine Cadillac, em terrenos cedidos pelo cacique dos índios Otawas, Pontiac. Em Detroit, Ford produziu e lançou no mercado o seu modelo T, um carro econômico que, em pouco tempo, tornou-se o mais vendido nos Estados Unidos.

Na mesma época, o americano William Crappo Durant conseguiu unir diversas fábricas, fundando a General Motors. Após ser demitido da presidência da empresa, foi novamente reintegrado no cargo, pois havia conseguido uma boa fatia do mercado, lançando um veículo projetado em Flint, Michigan, por Louis Chevrolet, que se tornou o segundo mais vendido, só perdendo para o modelo T, de Ford. Mais tarde, Durant foi novamente destituído da presidência da General Motors, vindo a falecer em 1947.

Ainda no início do século XX, duas forças se uniram na Inglaterra para o lançamento de um notável veículo. O mecânico Henry Royce e o empresário Charles Stewart Rolls fundaram a Rolls-Royce, fábrica que suportou grandes ônus para manter o lema *nossos carros não enguiçam*. O Silver Ghost da Rolls-Royce, lançado em 1906, manteve sua linha arquitetônica intacta até 1925.

Outros nomes, como os irmãos Renault, Walter P. Chrysler, Enzo Ferrari, Peugeot, Duryea, os irmãos Dodge e Henry Lelland participaram da evolução do automóvel, na medida em que o veículo foi ganhando popularidade e ficando ao alcance de novas camadas da população, não devendo ser esquecida a participação de Ferdinand Porsche, na elaboração do protótipo Volkswagen, cuja produção inicial destinou-se ao esforço de guerra alemão, na década de 1940, sendo, posteriormente, modificado para o *fusquinha* pacífico dos dias atuais.

Para completar o quadro da situação dos transportes, no início do século XX, não pode ser esquecida a epopéia do aparecimento de um meio de transporte mais pesado que o ar.

O sonho de voar, tão antigo como o próprio homem, revela, desde o início, relação com o trágico, através da lenda de Ícaro, filho de Dédalo, que se aproximou demais do sol, o que fez com que a cera de suas asas derretesse.

Os chineses atribuem ao imperador Shun (2258-2208 a.C.) a honra de ter sido o primeiro homem a voar. Diz a lenda que duas princesas o ensinaram a voar como um pássaro.

Do lado hindu, a epopéia *Ramayana* fala num carro celeste, pilotado por Pushpaka, que seria a primeira manifestação alada do homem.

Simão da Samária, por sua vez, fraturou o pescoço num circo romano tentando voar em público, com asas voadoras por ele mesmo construídas.

Não deixa de causar algum espanto, finalmente, a previsão feita por Nostradamus (1503-1566) para o século XX:

> Na 326ª passagem do planeta Marte, quando o reino nórdico e o reino do sul se chocarem duas vezes de maneira sangrenta, então carros surgirão voando pelos ares. As pessoas esperarão esses carros tal como hoje aguardam os navios nos portos.

Deixando de lado lendas e previsões, consta que o mesmo Hans Hautch, que em 1650 fizera um veículo com dispositivo de relojoaria, fez também voar um veículo, provavelmente com o mesmo dispositivo de propulsão. Daí para cá, alguns fatos marcantes podem ser relembrados:

1896: Otto Lilienthal, Alemanha. Voou em Berlim, utilizando uma asa voadora. Os russos atribuem a um seu compatriota vôo semelhante, no mesmo ano.

1898: Alberto Santos Dumont, Brasil. Fazendo suas experiências na França, empregou um motor a gasolina, num dirigível, o *Santos Dumont 1*. Subiu até 400 m de altura, nos céus de Paris, descrevendo um "oito" praticamente perfeito, e demonstrando ser possível dirigir um balão.

1901: Alberto Santos Dumont. Ganhou o prêmio instituído por Henri Deutsch Meurthe para quem conseguisse, em 30 minutos, voar de Saint Cloud até a Torre Eiffel e retornar, num percurso de cerca de 11 km. Santos Dumont realizou três tentativas para vencer o prêmio.

1904: corriam boatos na Europa de que os irmãos Orville e Wilbur Wright teriam voado na América com um *aeroplano*, em 17 de dezembro de 1903. Como as experiências corriam em segredo, nada de concreto era possível afirmar sobre os resultados.

1906: Alberto Santos Dumont. Numa prova realizada em 23 de outubro, ganhou a Taça Archdeacon, instituída para quem voasse numa extensão superior a 25 m, com um aparelho mais pesado que o ar. O avião utilizado foi o *14-Bis*, no qual Santos Dumont percorreu 60 m, a uma altura de 2 m.

1906: Alberto Santos Dumont. Ganhou o prêmio *Aero Clube de Paris,* instituído para o primeiro vôo com mais de 100 m de extensão. No dia 12 de novembro, o *14-Bis* percorreu 220 m, a 10 m de altura.

1907: Irmãos Wright. Em Paris, batem com seus aviões todos os recordes existentes. Santos Dumont, com o *Demoiselle*, chegou a atingir a velocidade de 100 km/h.

Com as ferrovias dominando os transportes terrestres, a aviação dando passos alentados no domínio do ar e com o desenvolvimento extraordinário da marinha mercante e da marinha de guerra, o início do século XX deixava pouco espaço para o transporte rodoviário, pois os veículos até então produzidos mais serviam como propiciadores de lazer e de esporte.

Segundo o filósofo Keynes, o período entre o final do século XIX e o ano de 1914, constituiu-se no apogeu do mundo liberal. Tudo girava em torno da Europa, melhor dizendo, da *Fábrica Européia*. A matéria-prima das colônias supria o parque industrial europeu, o qual, por sua vez, abastecia o mundo de produtos manufaturados.

O jovem Gavrilo Prince provavelmente não imaginava que seu tresloucado gesto de assassinar, em Sarajevo, o herdeiro do Império Austro-Húngaro, o Arquiduque Francisco Ferdinando, em 28 de junho de 1914, viria fazer desabar esse mundo tão pacífico e conformado do início do século XX. O gesto desse jovem, ao resultar na deflagração das hostilidades da Primeira Guerra Mundial, transformou basicamente todas as estruturas e, entre elas, a dos transportes. O veículo até então utilizado em competições esportivas e atividades ligadas ao lazer, passou a servir de transporte de cargas, medicamentos, feridos, mortos, armamentos, tropas e toda a gama de necessidades de uma guerra. Quando foi necessário movimentar, em poucas horas, cerca de 10 mil homens para reforçar as defesas de Paris, os veículos da capital francesa cumpriram a tarefa, chamando a atenção para as possibilidades dos veículos rodoviários como utilitários.

A utilização de veículos blindados como armas essencialmente ofensivas, os tanques de guerra, mostrava outro campo fértil à imaginação militar, que viria a espantar o mundo com a *Blitzkrieg* do início da Segunda Guerra Mundial.

Quando a Primeira Guerra terminou, em 1918, a indústria que havia se adaptado ao esforço de guerra voltava a trabalhar para as necessidades de tempos de paz. Estados Unidos, Inglaterra, França, Itália e outros países lançaram-se na produção de veículos cada vez mais ao alcance de novas camadas da população.

No Brasil, os carros começavam a chegar, cabendo a Francisco A. Pereira Rocha, em 1871, a glória de ser o primeiro brasileiro a possuir um automóvel. O veículo que, segundo testemunhas, mais parecia um rolo compressor dos dias de hoje, era movido a vapor e tinha grandes dificuldades para vencer as ladeiras íngremes de Salvador, onde residia o pioneiro. Em São Paulo, o primeiro veículo chegou em 1893, para as mãos de Henrique Santos Dumont, como um presente de seu sobrinho Alberto Santos Dumont. Era um veículo movido a gasolina que encantou as damas que freqüentavam os chás das 5h na rua Direita e do chamado triângulo central – ruas XV de Novembro, São Bento e Direita. No Rio de Janeiro, o primeiro veículo foi importado por José do Patrocínio, o *Tigre da Abolição*, e tratava-se de uma máquina movida a vapor. O veículo despencou na serra da Tijuca quando, inadvertidamente, o proprietário entregou a direção ao poeta Olavo Bilac.

O aumento da frota de veículos brasileira passou a exigir melhoria dos antigos caminhos e a construção de vias que pudessem atender às novas possibilidades de velocidade e transporte de cargas. As reivindicações para a construção de vias melhores do que aquelas utilizadas pelos veículos de tração animal passaram a ser mais veementes e mais constantes.

No final da década de 1920, exatamente em 24 de outubro de 1929, quebrava-se o equilíbrio econômico do mundo, com o colapso da Bolsa de Valores de Nova York. A Grande Depressão, que atingiu todo o mundo ocidental, trouxe à luz as malfadadas deficiências da política do *laissez-faire*, obrigando a administração Franklin Delano Roosevelt a lançar mão do *New Deal*, rígida disciplina aos investimentos públicos e particulares. Os monumentais projetos levados avante, combatendo principalmente o desemprego, tiveram como princípio avaliador das propriedades estudos de rentabilidade econômica, como por exemplo, no desenvolvimento dos programas da *Tennesse Valley Authority*, um vasto programa de obras de saneamento, produção de energia, irrigação, estradas e outros, no vale do Tennessee.

Esses estudos teriam nova e inevitável necessidade de utilização após o término da Segunda Guerra Mundial, em 1945, quando as redes rodoviárias da Alemanha, Inglaterra, França, Itália, Japão, Estados Unidos e outros países encontravam-se em péssimo estado, quer pela ação de bombardeios, quer pelo absoluto abandono.

A opção por recuperar primeiro as rodovias, principalmente no caso americano, deveu-se à maior maleabilidade dos veículos rodoviários em contornar eventuais trechos impedidos, em comparação com os veículos ferroviários.

Essa ênfase dos americanos, priorizando as rodovias, com certeza deve ter influenciado as primeiras medidas tomadas no Brasil visando a melhoria da infra-estrutura dos transportes, tendência já demonstrada por Washington Luiz Pereira de Souza, no seu mandato de presidente do Estado de São Paulo (1920-1924), com um plano de rodovias verdadeiramente fantástico para a época – 1.600

km de novas estradas – com os novos traçados paralelos às ferrovias, iniciando uma concorrência que daria às rodovias a condição de transporte preferido.

O Desenvolvimento Rodoviário Brasileiro

Na verdade, como já foi dito, nossos silvícolas não eram comerciantes, pouco fazendo em termos de vias de transporte. Nossa história rodo e ferroviária é marcada principalmente pelos eventos do século XIX.

A estrada União e Indústria

Em 1841, o imperador D. Pedro II incumbiu o engenheiro alemão Frederico Koeler de projetar um caminho de boa qualidade entre o porto de Estrela, no Rio de Janeiro, e Petrópolis, caminho dos membros da família real em seus dias de lazer, para atingir a fazenda Córrego Seco.

Irineu Evangelista de Souza, o barão de Mauá, conhecido hoje como o maior empresário brasileiro do século XIX, construiu a primeira estrada de ferro do país, ligando o porto Mauá até a Raiz da Serra, estrada que foi inaugurada em 1854, fazendo com que a ligação entre o Rio de Janeiro e Petrópolis tivesse um trajeto variado: começava por via marítima, até o porto Mauá; daí, seguia-se por estrada de ferro até Raiz da Serra e, finalmente, por diligência, percorria-se a Estrada Normal da Serra da Estrela.

No mesmo ano de 1854, era dada a concessão por 50 anos ao comendador Mariano Procópio Ferreira Lage para construir e custear uma estrada que, partindo de Petrópolis, seguisse pelas margens do rio Paraíba, conhecida como estrada União e Indústria, com direito a cobrar pedágio por burro carregado. A via foi construída em etapas, ligando Petrópolis a Juiz de Fora. Foi inaugurada em 1861, com uma grande festa em que compareceram além dos membros da família real, os mais altos dignatários da corte. Tinha 144 km de extensão, era inteiramente macadamizada e permitia velocidade de 20 km/h. O francês Revert Henrique Klumb publicou o folheto *Doze Horas em Diligência – Guia do Viajante de Petrópolis a Juiz de Fora*, em 1872, que foi o primeiro guia rodoviário publicado no Brasil. A estrada União e Indústria foi absorvida em grande parte pela atual BR-040.

No ano de 1926, sendo presidente da República Washington Luiz Pereira de Souza, eram acerbas as críticas quanto ao estado de abandono da ligação entre Rio de Janeiro e Petrópolis. Atendendo aos apelos de então, o Presidente atacou a recuperação e ampliação da via, deixando-a com oito m de plataforma e inaugurando-a em 1928, recebendo a estrada um tráfego de quase 2 mil veículos no dia seguinte à inauguração, o que, para a época, era algo até preocupante. O trecho da serra, com extensão de 22 km, recebeu pavimento de concreto, passando a ser apresentada como a melhor estrada da América do Sul.

A ligação Rio-São Paulo (via Dutra)

Em 5 de maio de 1928, o presidente Washington Luiz saía em carro aberto do Palácio Guanabara para a importante cerimônia de inauguração da estrada Rio-São Paulo, hoje conhecida com estrada Velha Rio-São Paulo. Completava-se um sonho, iniciado ainda no século XVIII, quando, em 1724, a Província de São Paulo decidiu pela construção da via, o que, naturalmente, não ocorreu. A Rio-São Paulo tinha 508 km de comprimento e passava pelas áreas centrais das cidades do Vale do Paraíba e parte da Baixada Fluminense. A viagem entre as duas capitais podia ser feita em apenas dois ou três dias. O traçado lembrava e lembra muito a histórica viagem feita em 1822, por D. Pedro, que viajou doze dias para chegar em São Paulo e aqui, alguns dias depois, proclamar a Independência. Sua pavimentação teve início em 1949, no trecho São Miguel-Mogi das Cruzes.

Já por volta de 1931, a idéia de uma via com pista dupla era vencedora, pois o tráfego entre Rio e São Paulo crescia vertiginosamente, acrescido do tráfego que usa essas cidades como corredor de passagem. A nova via conhecida como BR-2, hoje BR-116, passou a levar o nome do primeiro presidente democrático pós-Segunda Guerra Mundial, o marechal Eurico Gaspar Dutra.

Sua construção foi incrementada no final dos anos de 1940, com a utilização de modernos equipamentos de terraplenagem e com as possibilidades decorrentes da criação, em dezembro de 1945, do Fundo Rodoviário Nacional, iniciativa do engenheiro Maurício Joppert, ministro de Viação e Obras Públicas. A duplicação e pavimentação foi completada em 1967, com 404 km de extensão.

A via Anchieta

Em 1934, foi autorizada a construção de uma nova ligação, em pista dupla, entre São Paulo e a Baixada Santista. A via Anchieta teve suas obras iniciadas em 1939, e durante os anos de guerra foi mantido um razoável ritmo de obras, permitindo sua entrada em operação em 22 de abril de 1947, portanto, há mais de cinqüenta anos.

O impacto causado pela nova estrada, na verdade, jamais foi superado. A ousadia e o arrojo da engenharia paulista fizeram com que técnicos de todo o país e de várias partes do mundo se deslocassem para ver de perto a nova estrada. Sua beleza plástica foi exibida em filmes e fotografias, cada uma delas sob um novo ângulo. A vista do mar causava sempre admiração naqueles que desciam ou subiam pela primeira vez e também naqueles que se orgulhavam de ter subido e descido várias vezes. O atestado de bom motorista estava ligado à prova de já ter guiado na Anchieta.

Nenhuma auto-estrada construída posteriormente foi recebida com tanto entusiasmo.

O aspecto de modernidade ficou mais patenteado pela presença, na fila de veículos que descia a serra, dos modernos *coachs* de frente plana e de cor simbolicamente verde-amarela, dando uma visão do que seria, daí para a frente, o tráfego nas principais vias do país.

Um degrau de quase 800 m foi vencido numa curta distância horizontal de pouco mais de 6 km, resultando num traçado desenvolvido, com rampa ao redor de 6%, numa extensão de 13 km. A beleza da via, cantada até em versos, transformava a descida num autêntico passeio, alegrado pela visão do mar logo nos trechos iniciais. É mesmo inegável que, ainda hoje, uma viagem pela via constitui-se num motivo de prazer e realização, afetado apenas pelos freqüentes congestionamentos, inexistentes naqueles anos do início da operação.

Os primeiros caminhos

A história das ligações entre o planalto e a baixada confunde-se, em muitos lances, com a própria parte da história do Brasil, ocorrida no Estado de São Paulo.

Logo após a fundação de São Vicente, muitos paulistas procuravam o caminho mais curto para o mar, descendo a serra e atingindo o canal para, daí, por mar, chegar ao Rio de Janeiro ou Lisboa.

Antes de 1500, os índios já haviam trilhado esse caminho, quer seguindo o vale do rio Moji, quer o do rio Cubatão, os dois cursos d'água que permitiam chegar ao planalto com melhores condições.

Quando João Ramalho se estabeleceu no planalto, passou a transpor a serra, saindo do Perequê, em Cubatão, acompanhando o vale do Moji, virando à esquerda, seguindo pelo rio Grande até a Garganta de Botujuru. O caminho passou a ter o nome de *Caminho de João Ramalho*, em homenagem ao lendário precursor.

O padre José de Anchieta, seguindo ordens do padre Manoel da Nóbrega, começou a construir, em 1553, outro caminho, partindo do porto de Santa Cruz, no rio Cubatão, e seguindo pelo rio Pedras em direção aos campos de Tibiriçá. O caminho exigia que, em certos trechos, a subida fosse feita agarrando-se nas raízes das árvores, com a visão nada animadora do precipício que ficava aos pés, cada vez mais profundo e amedrontador. Em 1560, quando Martim Afonso de Souza visitou o planalto em companhia de João Ramalho, o caminho foi descrito como *o pior caminho do mundo*, segundo relato do frei Gaspar da Madre de Deus.

Melhorado gradativamente, o caminho do Padre José já se apresentava, no século XVII, como uma via consolidada$ e as mercadorias eram transportadas em lombos de burros. O transporte pessoal dos senhores era feito em redes sustentadas por índios.

Esse caminho, ao longo dos séculos, teve seu nome adaptado aos fatos históricos de nossa colonização e desenvolvimento: assim, foi o caminho do Padre José, o caminho do Planalto, a estrada das Lágrimas, o caminho de Piratininga, a estrada de Lorena, o caminho da Maioridade, o caminho das Diligências, a estrada do Vergueiro e, ainda, a estrada de Santos.

Os nomes, no entanto, que chegaram até nossos dias foram os de estrada Velha ou caminho do Mar, lembrando a todos que lá embaixo está o mar azul, pólo eterno de atração que tem um fascínio cada vez maior, na medida em que, aqui em cima, o tumulto, a agitação, o *stress* mais nos condiciona. O caminho do Mar para o oceano e o velho e lendário Anhembi para o interior foram as grandes artérias de conquista e integração no início da história brasileira. No fim do século XVI, tentava-se reconstruir o caminho do Padre José, que já era chamado estrada Velha. Nesse trabalho, eram chamados os escravos de propriedade dos donos dos sítios e fazendas. Para se chegar à estrada Velha, era necessário seguir o rio Tamanduateí até o rio Ipiranga, atravessando a ponte de Tabatinguera sobre esse rio. Quem vinha da região do rio Pinheiros seguia pelo caminho do Ibirapuera, até o Ipiranga, e daí até a estrada.

O nome de caminho do Mar foi atribuído no século XVII, sendo que, no final do século XVIII, mais precisamente em 1790, recebia o grande melhoramento de ter parte de seu traçado pavimentado em lajes de pedra.

O governador da Capitania de São Paulo, Capitão-General Bernardo José de Lorena, iniciou a reconstrução do caminho do Mar. A subida da serra de Cubatão foi feita num trecho sinuoso de 9 km de extensão, com cerca de 180 curvas, o que dava a média de vinte curvas por quilômetro. O pavimento seguiu o processo adotado pelos romanos: camadas de mistura de pedras com saibro, com revestimento em duas grandes lajes de pedras irregulares, com as juntas tomadas por argila. Lorena foi aclamado com entusiasmo pelo povo paulista, pelo grande impulso que havia dado ao transporte entre o planalto e o litoral. Foi erigido em sua homenagem um marco em pedra no qual estava escrito:

> Fesse este caminho no felis
> governo do Ill. Ees. m. s. r.
> Bernardo Joze de Lorena
> General desta Capitania

O caminho do Mar tem seu traçado ligado indelevelmente à história da proclamação da Independência. Em sua viagem a São Paulo, em 1822, D. Pedro deixou o Rio de Janeiro, saindo pela quinta da Boa Vista, em 10 de agosto, seguindo a maior parte da viagem pelo vale do Paraíba, chegando à Penha em 24 de agosto.

Esse pouso da comitiva do então regente resultou na instalação do Paço de Nossa Senhora da Penha de França, fato comemorado por ocasião do sesquicentenário da Independência (1972), com uma placa de mármore colocada na frente da Igreja de N. S. da Penha, onde se lê:

> O príncipe D. Pedro regente do reino do Brasil chegou a esta freguesia em 24 de agosto de 1822 e aqui instalou o Paço de Nossa Senhora da Penha de França. Partiu no dia seguinte para a cidade de São Paulo sendo recebido triunfalmente. Proclamou a Independência do Brasil em 7 de setembro de 1822.
>
> Homenagem dos penhenses
> Agosto de 1972

Na volta de uma viagem a Santos pelo caminho do Mar, D. Pedro proclamou a Independência do Brasil, às margens do Ipiranga.

A travessia de Cubatão exigia a construção de um aterro, só terminado em 1827, pelo governador Lucas Antonio Monteiro de Barros.

A partir de 1857, o caminho do Mar passou a sofrer a concorrência da estrada de ferro São Paulo Railway (SPR), cuja construção fora iniciada vinte anos antes e que teve como grande baluarte o barão de Mauá. Após o término do primeiro trecho da estrada de ferro, ficava mesmo a impressão de que a estrada de rodagem não era mais concorrente, ficando sua função restrita a servir como terminal das ligações ferroviárias.

De fato, com a fundação da Companhia Paulista de Estradas de Ferro, em 1868, da Estrada de Ferro Sorocabana, em 1871 e da Companhia Mogiana de Estradas de Ferro, em 1872, repetia-se, aqui, a tendência mundial de predomínio da ferrovia, o que não permitia mais lugar de destaque para o transporte feito em carruagens a cavalo ou lombo de burros.

Alguns, no entanto, seguindo as pesquisas de pioneiros europeus, como Gottlieb Daimler, Wilhelm Maybach, Karl Benz, entre outros, ainda acreditavam na importância da estrada de rodagem em geral e na importância do caminho do Mar em particular. O senador Vergueiro, secretário da Agricultura do Estado, iniciou a execução de um novo traçado na serra, introduzindo ainda melhoramentos em alguns trechos, para permitir o tráfego de carruagens, diligências e facilitar o transporte do café para o porto de Santos. A estrada do Vergueiro tinha 5 m de largura e vencia a serra numa distância de duas léguas e meia. A viagem entre Cubatão e São Paulo passou a ser feita em sete horas, das quais três eram gastas para vencer o trecho da serra.

A estrada do Vergueiro foi macadamizada em 1913, no governo do conselheiro Rodrigues Alves, graças aos esforços de Artur Rudge Ramos e aos apelos veementes do presidente do Automóvel Clube de São Paulo, Washington Luiz Pereira de Souza, que alertavam as autoridades sobre a necessidade de atender o tráfego cada vez maior dos veículos que começavam a chegar, importados principalmente da Europa.

Ao assumir o governo do Estado, para o quadriênio 1920–1924, Washington Luiz adotou a política da concorrência entre a rodovia e a ferrovia, desenvolvendo um arrojado plano de mais de 1500 km de rodovias, adotando o lema *governar é abrir estradas* – cujos troncos seguiam linhas gerais paralelas aos traçados ferroviários.

Em 1923, o caminho do Mar foi encampado pelo Estado, cessando a cobrança do pedágio que até então se fazia.

Uma nova estrada

As deficiências do caminho do Mar em relação à demanda cada vez mais intensa de transporte rodoviário – o número de caminhões aumentava de 222 em 1920 para 4.395 em 1924 – fez com que o governo de Washington Luiz planejasse uma nova ligação entre o planalto e o litoral. No entanto, envolvido em um vastíssimo programa de obras por todo o Estado, não pôde concretizar suas intenções. Para comemorar o centenário da Independência, em 1922, construiu então os quatro monumentos existentes no caminho do Mar, quais sejam, o Pouso do Paranapiacaba, a Casa da Maioridade, o Marco de Lorena e o Cruzeiro Quinhentista.

Em 1925, foi inaugurado ali o primeiro trecho da estrada da América do Sul em concreto de cimento, numa extensão de 8 km. Mesmo com a melhoria introduzida, já se levantavam mais reclamos sobre a necessidade de se construir entre São Paulo e Santos uma via que permitisse o transporte com segurança, rapidez e economia dos produtos de exportação e dos produtos que entravam no país pelo porto de Santos. Não apenas outra via que servisse mais ao passeio do que à indústria e ao comércio, mas uma via semelhante às que já se construíam na Europa e nos Estados Unidos. Em resumo, uma estrada para tráfego intenso e pesado.

No início da década de 1930, o Estado de São Paulo possuía mais de 70 mil veículos registrados, sendo 26 mil caminhões. A nova estrada era uma preocupação constante, mesmo em face das sabidas dificuldades representadas pela transposição da serra, com uma obra de alto padrão, e realmente fazia com que técnicos e autoridades sentissem a gravidade de uma decisão que não podia tardar, mas representava um arrojo sem precedentes em nossa história rodoviária.

Em 1934, as idéias já começavam a tomar forma: deveria ser construída uma nova estrada, com plataforma de 9 m, raio mínimo das curvas no trecho de serra de 50 m e rampa máxima de 6%. No trecho do planalto, as retas seriam de extensão da ordem de 2 km e raio mínimo das curvas, entre 250 e 500 m. Eram esses os dados que o engenheiro Álvaro de Souza Lima, diretor do DER, fornecia às autoridades estaduais em sua proposta para a construção da estrada.

Condições excepcionais em termos técnicos, para a época, lembrando que o desafio do degrau de cerca de 800 m de altura, continuava sendo uma barreira enorme, mormente sabendo-se da precariedade dos equipamentos então em uso. A construção da nova estrada foi, finalmente, autorizada pelo decreto nº 7.162 de 24 de maio de 1935, mediante financiamento, se necessário, admitindo-se desde logo que seria cobrada uma taxa de utilização (pedágio) até que fossem amortizados o capital e os juros do investimento. O modelo pesquisado para a fixação das características técnicas foi o padrão dado às rodovias americanas na época, principalmente a *Pennsylvania Turnpike*, onde, a exemplo de muitas outras estradas, o pedágio já era cobrado.

A homenagem dada a José de Anchieta foi estabelecida pelo decreto nº 10.231, de 27 de maio de 1939, atribuindo-se à nova via, cuja construção ainda não fora iniciada, o nome de via Anchieta. O entusiasmo era grande e a nova via já era vista como a grande Porta de São Paulo, porta que deveria ser monumental, de linhas modernas, por onde deveriam ingressar em São Paulo e no Brasil os brasileiros e os estrangeiros que entrassem pelo porto de Santos. Teria de ser monumental porque não teria sentido fazer uma *cancelinha como entrada de um palácio*.

A construção da estrada começou em 10 de julho de 1939, quando já muita gente manifestava seu descrédito devido à demora de mais de quatro anos. Chefiava então o DER, Joaquim Timóteo de Oliveira Penteado.

Com o início da Segunda Guerra Mundial, logo a seguir, as atenções foram naturalmente desviadas para as notícias da Frente Oriental, da capitulação da França, da retirada de Dunquerque, do Afrika Korps, de Pearl Harbor, da invasão da Itália, do Dia D, da rendição incondicional da Alemanha, de Hiroshima, de Nagasaki e da rendição incondicional do Japão, os principais fatos do período de setembro de 1939 a agosto de 1945.

Na serra, na baixada e no planalto, no entanto, com dificuldades imensas, viadutos, túneis, pontes, cortes, aterros, bueiros, valetas, camadas de macadame hidráulico, placas de concreto iam compondo o quadro da grande obra.

Dario de Castro Bueno, Ariovaldo de Almeida via na, Eduardo Celestino Rodrigues, Jorge Azem, Oscar Soares de Souza, Stephano da Collina, Hélio Lindemberg Quintanilha, Paulo Dutra da Silva, Alberto Pereira Rodrigues, Carlos Lichtenfelds e outros, enfrentavam, com seus comandados, no escritório e no campo, o trabalho das empresas que iam paulatinamente vencendo os excepcionais obstáculos de uma construção marcada pelas dificuldades naturais do terreno, pelas dificuldades do clima, caracterizado pelas chuvas, garoas e nevoeiros, pelos caminhos de serviço quase intransponíveis, em certas épocas. Enquanto as notícias da guerra eram propaladas pelo rádio e pelos jornais, milhares de homens tinham como maior motivação a obra que estavam construindo.

Ao lado do progresso das obras, outra atividade pioneira era desenvolvida. Num casarão da rua D. Veridiana, Luiz Filinto da Silva comandava uma equipe que introduzia no país os conhecimentos de mecânica dos solos, aplicados às obras rodoviárias, seguindo os ensinamentos de Karl Terzaghi, apresentados no livro *Erdban Mekanick*. A equipe de técnicos ali preparada estendeu suas atividades em outras obras e foi responsável pelas primeiras normas e especificações de serviços, documentos que nortearam a elaboração de outros, semelhantes, vigentes até hoje.

Os trabalhos de construção da via Anchieta foram divulgados por diversos tipos de publicações e também serviram como temas de teses e comunicações em congressos, seminários e simpósios por todo o país, despertando grande interesse de técnicos de outros Estados, e, mesmo, de técnicos estrangeiros.

Assim, quando se deu a inauguração, estava virada uma página da história da ligação entre o planalto e o litoral e, mais do que isso, uma página na história do rodoviarismo brasileiro. A via inaugurada era constituída de duas pistas, com duas faixas de tráfego cada uma, no planalto, e uma pista na serra, e teve o prosseguimento com a segunda pista na serra e as obras de acesso às cidades de Santos e São Vicente.

Numa análise com base em taxa de retorno, a via Anchieta cobriu em tempo relativamente curto, em termos de benefícios, os custos das obras correspondentes. A equipe que nela trabalhou irradiou sua experiência, por longos anos, para a formação de novos técnicos em rodovias, e, convém repetir, a admiração que, ainda hoje, a via nos causa pode dar uma idéia do que representou esse acontecimento, há ciqüenta anos.

Evolução do tráfego

Em qualquer tipo de estudo sobre a via Anchieta, é sempre necessário distinguir as três características que ela atravessa: o planalto, a serra e a baixada. Ao se examinar o crescimento do tráfego na via, ao longo dos anos, verifica-se que, no início dos anos de 1950, as três regiões apresentavam certa uniformidade de demanda, ou seja:

1951. Planalto: 6.013 veículos por dia, sendo 35% de veículos comerciais e 65% de automóveis; serra: 5.121 veículos por dia, sendo 34% de veículos comerciais e 66% de automóveis; baixada: 6.541 veículos por dia, sendo 40% de veículos comerciais e 60% de automóveis.

1960. Verificou-se uma profunda alteração na composição do tráfego: planalto: 19.625 veículos por dia, sendo 32% de veículos comerciais e 68% de automóveis; serra: 9.265 veículos por dia, sendo 40% de veículos comerciais e 60 % de automóveis; baixada: 9.018 veículos por dia, sendo 34% de veículos comerciais e 66% de automóveis.

Enquanto o tráfego no planalto praticamente triplicou após nove anos, na serra esse tráfego não chegou a dobrar, e na baixada aumentou menos de 50%. Fica muito bem caracterizado o gigantesco impulso dado pela via à região do ABC, cujo deslanche industrial teve um grande incremento, gerando, por sua vez, um grande acréscimo na solicitação da via.

Com a implantação da indústria automobilística, o volume de tráfego passou a oferecer números bem mais elevados:

1970. Planalto: 44.497 veículos por dia, sendo 21% de veículos comerciais e 79% de automóveis; serra: 23.425 veículos por dia, sendo 32% de veículos comerciais e 68% de automóveis; baixada: 25.657 veículos por dia, sendo 37% de veículos comerciais e 63% de automóveis.

Nessa época, a via Anchieta recebeu um tratamento de injeção de lama de solocimento sob as placas de concreto, para preencher os vazios aí existentes, provocados pela infiltração de água e conseqüente desgaste por erosão. Após esse serviço, a via foi recapeada com revestimento de concreto betuminoso usinado a quente, deixando a via de apresentar, na superfície, a coloração esbranquiçada do concreto de cimento e assumindo uma coloração característica dos pavimentos de asfalto.

A rodovia dos Imigrantes

Com a criação da Dersa (Desenvolvimento e Empreendimentos Rodoviários S.A.), em 1969, entidade tipo empresa pública, tendo como acionista principal o DER-SP, procurou-se minimizar as amarras da legislação que emperra os órgãos de administração direta e mesmo as autarquias do Estado, e a administração da via Anchieta foi transferida para esse novo órgão.

A Dersa teve como incumbência seguinte a construção de uma nova rodovia ligando o planalto ao litoral, que recebeu o nome de rodovia dos Imigrantes, em homenagem ao primeiro percurso dos imigrantes desembarcados no porto de Santos, em direção às fazendas de café do interior do Estado.

As obras tiveram início em 1970 e a rodovia foi inaugurada em 1976, melhorando sobremaneira a ligação com o litoral, fazendo com que se realizasse a demanda reprimida existente pela falta de capacidade da via Anchieta. A rodovia vence a serra do Mar em condições técnicas tais que lhe dão lugar de destaque, em comparação com rodovias semelhantes de todo o mundo. O trecho de serra, graças aos doze túneis existentes, desenvolve-se com total conforto e segurança, com curvas de amplos raios e rampas bastante suaves.

O Sistema Anchieta-Imigrantes (SAI), que passou a atender quase toda a demanda de tráfego entre o planalto e o litoral, apresentou, em 1995, um tráfego de 12.700 mil, com uma média mensal em torno de 875 mil automóveis e 180 mil veículos comerciais. Do total anual, os automóveis representaram o apreciável número de 10.460.000, e os veículos comerciais 2.150.000, numa proporção de 83% e 17%, respectivamente.

A via Anchieta, juntamente com a Imigrantes, apresentou, no ano de 1995 e seguintes, números também impressionantes em sua operação. O mês de maior solicitação tem sido o de janeiro, com 50.400 veículos por dia em média, sendo 44.800 automóveis e 5.600 veículos comerciais. O mês de menor demanda tem sido o de maio, com 24.600 veículos por dia, sendo 18.700 automóveis e 5.900 veículos comerciais. A média de veículos por dia, tráfego diário médio (TDM), tem sido da ordem de 34.600, sendo 28.700 automóveis e 6.900 veículos comerciais. Os picos dos últimos anos têm sido nos dias de Carnaval, quando, em apenas um dia, geralmente o sábado de Carnaval, chega-se a 93.500 veículos na pista sul.

Acrescente-se a esses números o movimento das marginais da via Anchieta, com maior número de faixas de tráfego do que a própria via, com volume diário médio de 40 mil veículos por dia, na pista norte (km 10 ao km 18), e 60 mil na pista sul (km 10 ao km 28).

Com as operações chamadas 5x2 (cinco faixas de tráfego numa direção e duas na outra) ou 4x3 (quatro faixas numa direção e três na outra), nos dias de maior solicitação, o Sistema Anchieta-Imigrantes tem proporcionado aos usuários senão uma condição ideal de tráfego, pelo menos um melhor aproveitamento da capacidade do sistema.

A via Anhangüera

Dentre os troncos que compõem a malha rodoviária do Estado de São Paulo, a via Anhangüera é geralmente considerada a sua espinha dorsal. Sua direção geral norte-sul integra não só regiões altamente desenvolvidas do interior paulista com a área metropolitana da capital, como também serve de porta de entrada e saída para o centro do país – pelo Triângulo Mineiro e Brasília –, e para a Baixada Santista, pelas via Anchieta e Imigrantes. Foi o caminho seguido por Bartolomeu Bueno da Silva, ao deixar a vila de Piratininga, embrenhando-se mata adentro na direção de Campinas, numa viagem de cinco dias através da cerrada vegetação da serra de Jundiaí.

A primeira ligação de caráter rodoviário entre São Paulo e Campinas, de certa forma uma exigência dos veículos

motorizados que compunham uma frota relativamente numerosa para as necessidades de então, foi construída entre 1916 e 1921, já revelando o entusiasmo pelas estradas de Washington Luiz Pereira de Souza e Rudge Ramos. Nessa construção foi utilizada a mão-de-obra de sentenciados, numa tentativa de aproveitar a ociosidade dos que cumpriam penas. A lei que possibilitou esse aproveitamento – que pouco entusiasmo provocou – permitia o trabalho em estradas, por opção do sentenciado, até que ficasse concluída a penitenciária do Carandiru.

O prosseguimento da via até Ribeirão Preto fez parte do grandioso programa de construção de estradas empreendido no mandato de Washington Luiz, como governador do Estado (1920-1924), com traçado seguindo o mesmo espigão da Companhia Mogiana de Estradas de Ferro, gerando a concorrência, para o transporte de carga, entre o trem e o caminhão.

Com o crescimento da frota de veículos pelas novas necessidades das cidades lindeiras à via, tornou-se quase obrigatória a construção de uma via de melhor padrão e mais capacidade, aproveitando em parte, o traçado dos anos de 1920. A via Anhangüera, assim, veio atender a essa necessidade, tendo sua construção iniciada em 1940, no trecho entre São Paulo e Jundiaí, com pavimento de concreto. Devido às dificuldades inerentes aos anos da Segunda Guerra Mundial, esse trecho só foi concluído em 1948, com apenas uma pista entregue ao tráfego. A duplicação só teve início em 1953, e, a partir de então, a via Anhangüera teve suas obras executadas por trechos até atingir Igarapava, na divisa com Minas Gerais, com uma extensão de 427 km. Ao mesmo tempo em que novos trechos eram pavimentados, outros trechos eram duplicados, chegando a pista dupla em Igarapava por volta do final dos anos de 1980. Na altura de Cordeirópolis, próximo a Limeira (Km 153), inicia-se a rodovia Washington Luiz, em demanda a S. José do Rio Preto-Icém.

De 1975 a 1978, entre São Paulo e o km 103 da via Anhangüera (Campinas), foi construída a rodovia dos Bandeirantes, que forma com a primeira o Sistema Anhangüera-Bandeirantes, responsável pelo tráfego de veículos entre a área metropolitana da Capital e o interior do Estado de São Paulo. Esse sistema já está privatizado.

Rodovia Presidente Castelo Branco

A rodovia Presidente Castelo Branco representou, sem dúvida, um avanço técnico nos projetos e na construção de estradas de rodagem, deixando de lado a simples duplicação de rodovias, para entrar no ramo das auto-estradas, ombreando com as estradas de mais alto nível, quer européias, quer americanas. As normas de projeto então adotadas serviram de modelo para a posterior elaboração de projetos para as rodovias dos Imigrantes, dos Bandeirantes, Ayrton Senna e Carvalho Pinto.

Os projetos e as obras tiveram início a partir de 1963, visando a uma nova ligação da capital do Estado de São Paulo com a região Oeste do Estado – seu primeiro nome foi estrada do Oeste, com diretriz entre a rodovia Raposo Tavares e a rodovia João Ribeiro de Barros, recebendo a denominação de rodovia Presidente Castelo Branco logo após a morte do presidente em um acidente aéreo. A primeira parte da rodovia foi inaugurada em novembro de 1968, correspondente ao trecho São Paulo-Torre de Pedra, com extensão de 170 km, com duas pistas de três faixas cada uma. O segundo trecho, com 58 km de extensão foi inaugurado em 1971, chegando até Avaré. Daí, a rodovia prosseguiu até a estância de Águas de Santa Bárbara, com mais 74 km de extensão. No seu traçado, ao lado de cidades conhecidas como São Roque, Sorocaba, Tatuí e Itu, algumas cidades pouco conhecidas tiveram uma grande promoção como Bofete, Cesário Lange e a aldeia de Aputribu.

Um dos aspectos marcantes da rodovia Castelo Branco, além de suas curvas e rampas suaves e balanceamento entre trechos retilíneos, é o seu canteiro central em forma de V, com largura de 13 m em Alphaville e de 25 m em Sorocaba.

Na fase inicial da construção da via, foi realizado em caráter definitivo um trecho de 1 km na região de Sorocaba, ficando como amostra do que seria a futura via. Esse trecho pode ser considerado como o mais visitado em termos de obra rodoviária de todo o país. Professores e alunos, autoridades municipais, estaduais, federais e até internacionais, assim como políticos e administradores de todos os escalões, compareceram a esse trecho, para constatar o gabarito da rodovia.

A rodovia Presidente Castelo Branco tem início em São Paulo, na foz do rio Pinheiros no rio Tietê, num dispositivo de interseção com as marginais conhecido pelo nome de *Cebolão*. Trata-se de um trevo direcional com pontes de traçados superpostos, com capacidade de quase 400 mil veículos por dia, constituindo-se na junção de mais alto nível da América Latina.

A estrada Rio-Santos

A estrada Rio-Santos desenvolve-se em 209 km no Estado do Rio de Janeiro e 248 km no Estado de São Paulo e tem uma dupla função: em caráter econômico, como forma de escoamento da produção agrícola e industrial da Baixada Santista e da Baixada Fluminense, e, em caráter tipicamente turístico, para o Litoral Norte de São Paulo e para a Baixada, no Rio de Janeiro. As ligações com o planalto são feitas por diversas vias que vencem o desnível da serra do Mar.

O cenário, para o viajante, chega a ser deslumbrante, e a infra-estrutura já apresenta níveis bastante razoáveis, passando por Mangaratiba, Angra dos Reis, Parati, Ubatuba,

Caraguatatuba, Ilha Bela, São Sebastião, Bertioga, Guarujá até Cubatão, cujo acesso é feito pela estrada Piaçaguera-Guarujá.

É uma via que apresenta um crescimento de tráfego bastante acentuado, na medida em que novos núcleos turísticos vão se desenvolvendo e que novos acessos ao Planalto são consolidados. O planejamento de sua duplicação já atingiu seu ano ótimo, inclusive com alguns remanejamentos de traçado.

A ponte Rio-Niterói

Embora seja mais lembrada como uma obra de arte, a ponte Rio-Niterói – velho sonho embalado desde o século XIX – tem função importantíssima, ligando, finalmente, as regiões urbanas do Rio e de Niterói, separadas pelas águas da baía da Guanabara. O intenso intercâmbio diário entre os dois grandes centros não poderia mais prescindir de uma ligação terrestre. As filas para as barcas, cada vez mais extensas e irritantes, exigiam dos motoristas uma dose grande de paciência, além da grande perda de tempo a que submetiam os usuários da travessia.

Quando de sua inauguração, em 1974, a ponte Rio-Niterói passou a receber um tráfego inicial de cerca de 16 mil veículos por dia, logo superado por um crescimento acima das previsões. Hoje, passam pelo pedágio da ponte mais de 115 mil veículos por dia, em média.

A ponte Rio-Niterói tem 13.290 m de extensão, dos quais 8.836 m sobre o mar, e uma plataforma de 26,60 m de largura, podendo ser considerada uma das maiores obras da engenharia rodoviária brasileira de todos os tempos. A ponte já está privatizada, com previsão da execução de várias melhorias para os próximos vinte anos.

11 Transporte Aéreo, Aeroportos e Indústria Aeronáutica

NICOLAU DIONÍSIO FARES GUALDA

Introdução

A evolução dos usos e dos costumes da humanidade sempre esteve intimamente ligada às descobertas e invenções relacionadas aos meios de transporte. A domesticação e o emprego de animais para o transporte, a invenção da roda e o domínio das técnicas de construção e operação de barcos à vela foram fundamentais para que os homens da Antigüidade ampliassem seu campo de ação territorial, descobrindo e conquistando novos territórios, praticando novas formas de produção, desenvolvendo o comércio com outros povos e evoluindo social, cultural e economicamente.

Por ocasião da descoberta do Brasil, os meios de transporte eram ainda bastante rudimentares. Praticava-se a navegação por barcos de madeira movidos à vela e o transporte terrestre baseado na tração animal. Avanços notáveis nos meios de transporte surgiriam no final do século XVIII e início do século XIX, com o emprego da máquina a vapor, assim como do ferro e do aço na construção de embarcações e veículos terrestres. O fim do século XVIII marcou também o início das primeiras experiências bem sucedidas do homem de elevar-se aos céus, por meio de balões.

Os Primeiros Balões

O balão é formado por um invólucro impermeável inflado com ar aquecido, hidrogênio ou hélio e uma nacela ou cesta presa por cordas à rede que envolve a parte superior do invólucro. Consta que a primeira ascensão de um balão cativo, isto é, de um balão preso ao solo, foi conseguida por Arlandes, em 1783, na França, e que o balão cativo foi utilizado pela primeira vez em observações militares na batalha de Fleurus, em 1794.

Foram vários os brasileiros que se dedicaram a inventar artefatos capazes de permitir o que viria a se tornar a navegação e o transporte aéreo. O primeiro desses brasileiros foi Bartolomeu Lourenço, que, em 1709, requereu uma espécie de patente de invenção do que foi chamado de passarola, naveta ou barqueta, construída com estrutura de arame, tendo a proa em forma de cabeça de ave, asa dos lados e o leme em forma de cauda. Apesar de apoiado pelo Marquês de Fontes e de Abrantes, D. Rodrigo, e pelo Rei D. João V, B. Lourenço não logrou colocar seu invento em operação. O padre Bartolomeu de Gusmão, como ficou conhecido, foi ainda responsável pela execução de algumas experiências, em Lisboa, no ano de 1709, destinadas a mostrar à corte portuguesa a utilidade de um invento seu, um pequeno balão formado por um invólucro de gomos de papel que, segundo ele, poderia ser utilizado para levar mensagens aos exércitos e a pontos remotos. Uma demonstração para membros da corte, na sala dos Embaixadores da Casa da Índia, teria chegado a assustar os presentes, uma vez que o artefato, ao subir, chocou-se com um candelabro, incendiando-se.

Balões de observação, fabricados em Paris, viriam a ser utilizados por Duque de Caxias na Guerra do Paraguai em 1867. Entusiasmado com os resultados do uso desses balões cativos nesse conflito, o alferes Júlio Cesar Ribeiro de Souza passou a desenvolver o projeto de um "balão planador", que pudesse ser dirigido no ar. Apoiado pelo próprio D. Pedro II, partiu para Paris e encomendou à Casa Lachambre a construção do seu artefato, batizado de Vitória. De forma alongada e sem propulsor, porém dotado de leme, o Vitória permitiu a Júlio César elevar-se aos ares em 8 de novembro de 1881. Uma patente do seu sistema de navegação aérea por meio de balão planador lhe foi conferida por quinze anos e registrada no Conservatoire National des Arts e Métières, de Paris. Apesar de continuar seus estudos e projetos, Júlio César não chegou a dominar a dirigibilidade dos balões, como pretendia.

Outros brasileiros lançaram-se à tarefa de projetar e construir balões dirigíveis. O gaúcho Augusto Severo construiu, em 1894, um imenso balão, o Bartolomeu de Gusmão, do tipo dirigível, com forma cilíndrica, 60 m de comprimento, motor e duas hélices. Esse imenso artefato, no entanto, não conseguiu subir aos ares quando da sua apresentação às autoridades, no Rio de Janeiro.

Na mesma época, porém, outro brasileiro, Alberto Santos Dumont, foi para Paris e passou a dedicar-se ao projeto e à construção de balões e dirigíveis. Seu primeiro balão, o Brasil, tinha forma esférica, seis metros de diâmetro, não possuía motor, e subiu aos céus em 1898. No mesmo ano, Santos Dumont pôs em operação o seu N° 1, balão dirigível de formato cilíndrico dotado, pela primeira vez, de um motor. Suas experiências continuaram com os de N° 2 a 7 e de 9 a 14. O N° 8, provavelmente por superstição, não foi construído. O N° 5, com invólucro de seda envernizada de 34 m de comprimento, motor de 16 cavalos vapor e uma armação metálica de 18 m de comprimento, em que se instalava a nacela para abrigar o motor e o tripulante, permitiu a Santos Dumont, em 12 de julho de 1901, dominar a dirigibilidade dos balões. Ao tentar ganhar o Prêmio Deutsch de la Meurthe, a ser conferido a quem conseguisse dirigir seu balão por um percurso predeterminado em meia hora, acabou sofrendo grave acidente, em que o N° 5 foi destruído. O N° 6 permitiu-lhe conquistar o ambicionado prêmio, em 6 de setembro de 1901, partindo do parque Saint Cloud, em Paris, contornando a Torre Eiffel e pousando no local de partida em menos de meia hora. A partir daí, uma série de experiências e peripécias se seguiram, incluindo um vôo de balão sobre uma parada militar, em Paris, em 14 de julho de 1903, e uma salva de 21 tiros de pistola para saudar o presidente da França. Para mostrar a facilidade com que se poderia dirigir um balão, consta que Santos Dumont permitiu a uma jovem cubana e a um menino americano que navegassem sozinhos no N° 9, enquanto ele os seguia de automóvel.

Por essa época, Augusto Severo também acabou partindo para Paris, onde chegou a construir um outro balão dirigível de estrutura rígida, o enorme Pax, com um volume de dois mil metros cúbicos de hidrogênio, dois motores somando 40 cavalos vapor de potência e duas hélices, uma de 5 e outra de 6 m de diâmetro. Em 12 de maio de 1902 o Pax subiu, alcançou a altitude de 400 m e, de repente, incendiou-se, caindo verticalmente e matando seu inventor. Tudo indica ter sido o Pax um precursor dos famosos dirigíveis de estrutura rígida construídos na Alemanha pelo Conde Ferdinand Von Zeppelin. O Zeppelin I, de alumínio, com 128 m de comprimento e quatro motores de 85 cavalos vapor cada um, voou pela primeira vez em 1909.

No Brasil, Armando Álvares Penteado chegou a requerer ao Ministério da Viação e Obras Públicas, em 1903, isenção de impostos por quinze anos para organizar um sistema de transporte urbano na cidade de São Paulo utilizando dirigíveis. Tal serviço, no entanto, não chegou a ser organizado.

Os Primeiros Aviões

O avião é definido como todo aparelho mais pesado que o ar, com asas e com um ou mais propulsores, para navegação aérea. Credita-se ao engenheiro britânico George Cayley os esboços dos princípios básicos de funcionamento de um artefato mais pesado que o ar, no início do século XIX, e ao francês Clement Adler as primeiras experiências, a partir de 1890, com motores em máquinas voadoras. Somente no início do século XX, porém, é que tanto os irmãos Wright, nos Estados Unidos da América, como Alberto Santos Dumont, na França, conseguiram sair do chão e voar em aparelhos mais pesados do que o ar.

A polêmica sobre quem foi o primeiro a projetar, construir e operar um avião reside no fato de que o feito dos irmãos Wright, ocorrido, ao que consta, em 17 de dezembro de 1903, teria sido realizado numa área rural, sem a presença de público e de autoridades, não tendo sido divulgado e oficializado, enquanto o de Santos Dumont, em 23 de outubro de 1906, em Paris, com o 14-bis, foi motivo de homologação oficial e premiação.

Os primeiros testes com o 14-bis no ar foram feitos por Santos Dumont pendurando-o, por meio de cordas, ao seu balão dirigível N° 14, construído para esse fim em 1905. Daí, certamente, a denominação 14-bis. O 14-bis, com estrutura de varas de junco e superfícies de seda coberta com verniz, 10 m de comprimento e 12 m entre pontas de asas, rodas de bicicleta e um motor de 24 cavalos vapor, foi testado inicialmente no gramado do campo de pólo de Bagatelle, em Paris, em 4 de setembro de 1906, sem sucesso. Em nova tentativa, em 13 de setembro, com um motor de 50 cavalos o 14-bis, com 160 kg, voou a uma altura de meio metro e por uma distância de 7 m, a 30 km/h. Foi, segundo a revista francesa *Nature*, "a primeira vez que um homem elevou-se ao ar por seus próprios meios". O grande feito público, homologado pelo Aeroclube de Paris, no entanto, ocorreu no campo de Bagatelle, em 23 de outubro, com o 14-bis decolando por meios próprios, alcançando alguns m de altura e percorrendo uma distância de cerca de 60 m antes de aterrizar. Santos Dumont recebeu a ambicionada Taça Archdeacon por ter sido o primeiro a oficialmente conseguir voar com um aparelho mais pesado que o ar por meios próprios.

O vôo do 14-bis.

Ao 14-bis juntaram-se, entre 1906 e 1907, o N° 15, que, ao contrário do 14-bis, tinha a configuração mais parecida com a dos aviões atuais, com o leme atrás e com asa, motor e aviador na frente; o N° 16, com duas asas e dois motores; o N° 18, com flutuadores e deslizador para pousar na água; e os N° 19, 20 e 21, que corresponderam a diferentes versões do famoso Demoiselle, cujos planos e orientação para sua construção passaram a ser anunciados e comercializados pela Popular Mechanics Company, de Chicago, por US$ 2.00. Os Demoiselles tinham forma muito parecida com a dos atuais ultraleves. Santos Dumont utilizava-os para viajar e visitar amigos na França e não quis patenteá-los, por entender que eram inventos de um brasileiro a serviço da humanidade. Decolava em um gramado com cem m de comprimento e em 13 de setembro de 1909 estabeleceu um recorde, ao

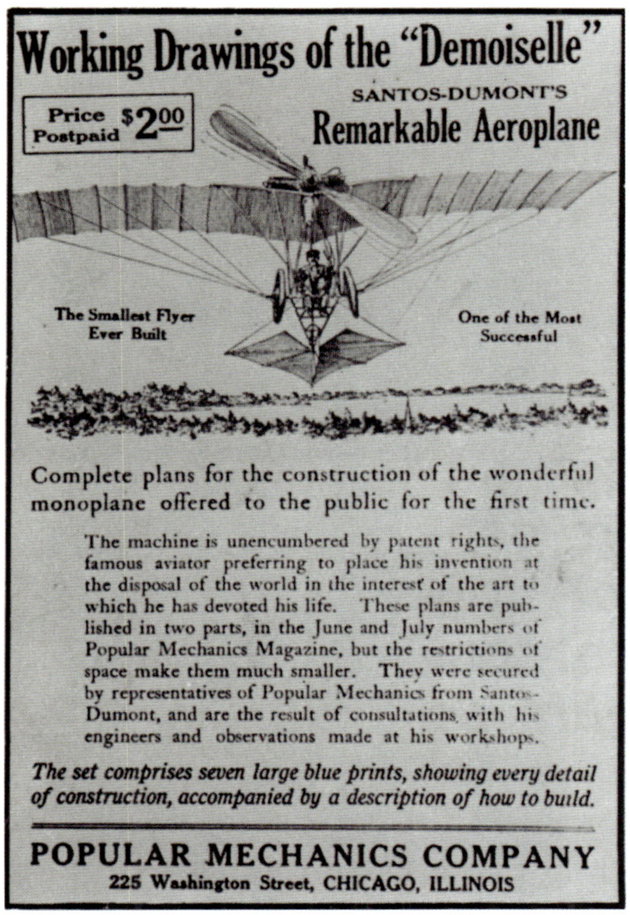

Working Drawings of the "Demoiselle"

Price Postpaid $2.00

SANTOS-DUMONT'S Remarkable Aeroplane

The Smallest Flyer Ever Built

One of the Most Successful

Complete plans for the construction of the wonderful monoplane offered to the public for the first time.

The machine is unencumbered by patent rights, the famous aviator preferring to place his invention at the disposal of the world in the interest of the art to which he has devoted his life. These plans are published in two parts, in the June and July numbers of Popular Mechanics Magazine, but the restrictions of space make them much smaller. They were secured by representatives of Popular Mechanics from Santos-Dumont, and are the result of consultations with his engineers and observations made at his workshops.

The set comprises seven large blue prints, showing every detail of construction, accompanied by a description of how to build.

POPULAR MECHANICS COMPANY
225 Washington Street, CHICAGO, ILLINOIS

Anúncio dos planos de construção do Demoiselle.

percorrer, em cinco minutos, a 96 km/h, a distância de 8 km entre os jardins de Buc e de Saint Cyr, em Paris. Os seus Demoiselles foram copiados e construídos, dentre outros, pela fábrica de automóveis Clement-Bayard.

Em 1909, o Aeroclube da França homenageou os primeiros dezoito aviadores do mundo, incluindo Santos Dumont, os irmãos Wright, Blériot, Curtiss, Farman, Delagrange e Lathan, concedendo a cada um deles um brevê simbólico. Mais de 300 aviadores foram brevetados pelo Aeroclube no ano seguinte.

Santos Dumont pilotou um Demoiselle pela última vez em 18 de setembro de 1909, recolhendo-se, a seguir, a um sanatório para repouso, deprimido talvez pelo fato de outros terem passado a ser os novos admirados, como Louis Blériot, que, em 25 de julho de 1909, pilotando o seu Blériot XI, atravessou pela primeira vez o Canal da Mancha, em um vôo de apenas 37 minutos, ou Latham, que em 1910 conseguiu atingir a altitude de 1.000 m com seu avião.

Importantes avanços técnicos passaram a ser introduzidos no projeto, na construção e na operação de aviões desde então. Cerca de dez mil aviões foram construídos entre 1906 e 1914, destinados principalmente a competições e lazer.

Um avião foi utilizado como arma de guerra pela primeira vez em 1911, quando o capitão italiano Carlo Piazza atacou uma posição líbia utilizando um Blériot. A França, já em 1910, passou a equipar o seu exército com aviões para atividades militares e criou, em 1912, sua primeira esquadrilha para combater nos Bálcãs. Em 1914, no início da Primeira Guerra Mundial, já possuía 216 aviões militares, chegando esse número a 3.600 ao final do conflito. Os Estados Unidos da América criaram sua primeira divisão aeronáutica do exército em 1907.

No Brasil, a Marinha adquiriu, em 1916, alguns hidroaviões Curtiss dos Estados Unidos e formou sua primeira turma de pilotos em 1918, no Rio de Janeiro, com o apoio de instrutores franceses. Em 1919, foi criada a Escola de Aviação Militar no Campo dos Afonsos, e em 1921 a Escola de Aviação Naval no Galeão, também no Rio de Janeiro. Em 1941 foi criado o Ministério da Aeronáutica, que levou à aglutinação da Aviação Naval e do Exército na Força Aérea Brasileira e ao qual passou a se subordinar tanto a aviação militar como a civil do país.

O governo de São Paulo fez construir, em 1920, uma pista de pouso e um hangar no Campo de Marte, providenciou a formação dos primeiros pilotos e adquiriu aviões que passaram a formar uma esquadrilha da Força Pública do Estado de São Paulo. Santos Dumont não se conformava com a utilização de aviões como máquinas de guerra e suicidou-se, no Brasil, em 1932, deprimido pelo fato de aeronaves terem sido utilizadas pelas forças federais para bombardear posições paulistas na Revolução Constitucionalista daquele ano.

Giulio Piccolo e seu avião Blériot.

A aviação civil, por sua vez, ganhou adeptos no Brasil após os feitos de Santos Dumont, Blériot e outros. O surto da aviação coincidiu com o surto do automóvel e com o início da prática do futebol entre nós. Até então existiam, na cidade de São Paulo, áreas destinadas a corridas de cavalos e de bicicletas, como o Prado da Moóca, com 1.450 m de raia, e o Velódromo Paulista, na rua Rangel Pestana, no centro da cidade. No Prado da Moóca e no Velódromo passaram a ocorrer as primeiras corridas de automóveis, as primeiras partidas de futebol e as primeiras exibições aéreas, uma vez que ambos apresentavam retas de 100 a 200 m de comprimento, suficientes para operação dos primeiros aviões do início do século XX. Peripécias e exibições passaram a ser também realizadas na Água Branca, no campo de futebol da Companhia Antarctica Paulista, conhecido como Parque Antártica, onde hoje se situa a Sociedade Esportiva Palmeiras.

Credita-se a Armando de Álvares Penteado a importação e a montagem, em 1908, do primeiro avião, para seu filho. O avião, um Voisin, no entanto, não chegou a voar, pois um engano na colocação da hélice, montada ao contrário por seu motorista, levou, quando do seu funcionamento, à sucção de ferramentas que danificaram o motor e a asa do avião.

Enquanto isso, na vila de Osasco, próxima a São Paulo, o francês Demetrie Sensaud de Lavaud, que havia aprendido a voar na França, e o torneiro mecânico brasileiro Lourenço Pellegati construíram, com estrutura de bambu, hélice feita de uma peça única de cedro e um motor de 28 cavalos, o primeiro avião da América do Sul, o monoplano São Paulo. Prepararam uma pista de 200 m de comprimento com uma lâmina improvisada puxada por um burrico e realizaram, com sucesso, em 7 de janeiro de 1910, um vôo de seis segundos, vencendo uma distância de 106 m. O feito de Lavaud e Pellegati antecipou-se em 17 dias ao que havia sido amplamente anunciado para ser o primeiro vôo a ser realizado no Brasil, por Gastão de Almeida, no Prado da Moóca, com um avião biplano Voisin importado da França. O Voisin não conseguiu levantar vôo.

No Velódromo ocorreu o primeiro acidente aéreo no Brasil, onde perdeu a vida o piloto italiano Giulio Piccolo, após frustrada tentativa de exibição aérea com seu Blériot, em 25 de dezembro de 1910. "Eros" Ruggerone, também italiano e parceiro de Piccolo, após frustradas tentativas, logrou realizar a primeira exibição aérea bem sucedida, no Hipódromo Paulistano da Moóca, em janeiro de 1911.

Eduardo Pacheco Chaves, filho de um rico comerciante de café de São Paulo, passou a dedicar-se à aviação e, graças ao apoio do pai, obteve o brevê de piloto na escola de Aviação de Etampes, na França, em julho de 1911 e, de volta ao Brasil, adquiriu aviões Blériot e construiu o primeiro campo de aviação de São Paulo, na fazenda Guapira, além do atual bairro de Santana, onde hoje se situa o parque Edu Chaves.

Em 1912, Edu Chaves encomendou um novo Blériot, visando a realizar, pela primeira vez, o percurso aéreo São Paulo-Santos-São Paulo, vencendo o obstáculo da serra do Mar, para o que havia um prêmio de trinta contos de réis oferecido pelo governo do Estado de São Paulo. Edu Chaves montou seu avião na praia do Gonzaga, em Santos, testando-o ali mesmo, em 7 de março de 1912, naquilo que se constituiu o primeiro vôo realizado naquela cidade. Entretanto, o francês Roland Garros, que veio para São Paulo para tentar a realização do então perigoso percurso aéreo, antecipou-se a Edu Chaves e ganhou o ambicionado prêmio no dia seguinte, partindo do Parque Antártica, descendo em Santos e retornando ao ponto de partida. A Edu Chaves restou ir ao encontro de Roland Garros, nos céus de Santos, sobrevoar a cidade com seu avião ao lado do avião do francês e, posteriormente, decolar também de Santos, fazendo seu avião chegar em São Paulo junto com o do francês.

Roland Garros realizou também, dentre outros feitos, a primeira travessia do Mediterrâneo, em 1913, indo de Saint-Raphael, na costa francesa, a Bizerta, na Tunísia, num vôo de 730 km, 500 dos quais sobre o mar. Credita-se também a Garros a obtenção do sincronismo do giro da hélice do avião com o disparo de metralhadora instalada no mesmo.

Edu Chaves, por sua vez, tentou, em 1912, realizar o percurso São Paulo-Rio de Janeiro. Seu avião, porém, após ter sido reabastecido em Guaratinguetá, sofreu pane e perdeu-se no mar. Edu sobreviveu ao acidente e, para surpresa do presidente Hermes da Fonseca e do público presente a uma festividade no Campo dos Afonsos, no Rio de Janeiro, lá aterrissou em 5 de julho de 1914, num vôo pioneiro e sem escala, de três horas e quarenta minutos, iniciado no campo da fazenda Guapira.

O início da Primeira Guerra Mundial levou Edu Chaves a tentar, em vão, ingressar na Força Aérea Francesa, para combater por aquele país. Impedido por razões diplomáticas, ingressou na Legião Estrangeira, onde serviu até o final do conflito.

Em 24 de dezembro de 1920, Edu Chaves, pilotando um Curtiss Oriole da Força Pública do Estado de São Paulo e acompanhado de seu mecânico Robert Thierry, decolou do Campo dos Afonsos, buscando vencer um desafio relacionado ao percurso Rio de Janeiro-Buenos Aires. Após alguns contratempos e escalas, venceu o desafio, pousando em El Palomar, Buenos Aires, em 29 de dezembro. Seu oponente, o argentino Eduardo Miguel Hearne, acompanhado do mecânico Camilo Brezzi, havia partido de Buenos Aires em 19 de dezembro, com destino ao Rio de Janeiro, mas uma pane no motor do avião e um acidente, em 25 de dezembro, na região de Sorocaba, impediram os argentinos de terminar a viagem.

No período entre as duas guerras mundiais foram alcançados importantes feitos para o progresso da aviação. Alcock e Brown, por exemplo, fizeram a primeira travessia do Atlântico, indo do Canadá (Terra Nova) à Irlanda (Clifden), em 1919. O aviador da Armada portuguesa, capitão-tenente Sacadura Cabral e o navegador capitão-de-mar-e-guerra Gago Coutinho, partindo do rio Tejo, em Lisboa, em 30 de março de 1922, com um hidroavião Fairey Aviation com motor Rolls Royce de 350 cavalos, após algumas escalas e reparos, pousou no Recife, cruzando pela primeira vez o Atlântico Sul por via aérea.

Em 1926, o aviador brasileiro João Ribeiro de Barros adquiriu na Itália um hidroavião bimotor usado, Savoia-Marchetti 55, de quatro lugares. Batizou-o com o nome de sua cidade natal, Jahú, e, com uma tripulação complementada pelo co-piloto tenente Arthur Cunha, pelo observador capitão Newton Braga e pelo mecânico Vasco Cinquini, propôs-se a realizar a primeira viagem aérea entre a Itália e o Brasil. Partiu de Gênova em 18 de outubro de 1926, com destino às principais cidades brasileiras, porém, devido a muitos problemas ao longo da viagem, conseguiu pousar em Recife somente em 13 de maio de 1927, em Salvador, em 23 de junho, no Rio de Janeiro, em 5 de julho e em São Paulo, na represa de Santo Amaro, em 2 de agosto de 1927. Apesar dos atrasos, foi saudado com muita festa por onde passou. Coube, então, aos italianos De Pinedo, Carlo de Prete e Zachetti a primazia de realizar pela primeira vez a ligação aérea Itália–Brasil, pois, partindo depois de Ribeiro de Barros, em 8 de fevereiro de 1927, com um avião similar recém-construído, apesar de também enfrentarem problemas, chegaram ao Recife em 23 de fevereiro e ao Rio de Janeiro em 26 do mesmo mês.

Charles Linderberg, por sua vez, conseguiu, em 1927, o feito memorável de cruzar o Atlântico Norte sem escala e fazer o percurso entre Nova York e Paris, de 5.870 km, em 33 horas e meia, com o Spirit of Saint Louis, um monomotor com rodas incapaz de pousar com segurança no mar em caso de acidente. Esses feitos levaram a um grande impulso no estabelecimento de linhas aéreas regulares de aviação unindo os diversos países e continentes. Cabe lembrar que Charles Linderberg e Ribeiro de Barros foram os únicos aviadores do continente americano a receber, na época, o troféu Harmon, outorgado pela Ligue Internationale des Aviateurs, de Paris.

As Primeiras Companhias Aéreas

O primeiro serviço aéreo regular de passageiros foi inaugurado em 1º de janeiro de 1914, nos Estados Unidos da América, ligando Saint Petersburg a Tampa, na Flórida, utilizando um hidroavião bimotor Benoist XIV, num percurso de 32 km, com duração de 20 minutos e para o que era cobrada a tarifa de US$ 5. Outras empresas iniciaram, em seguida, o transporte regular de passageiros na Europa e na própria América do Norte. A linha Berlim–Leipzig–Weimar, por exemplo, foi inaugurada em fevereiro de 1919, utilizando dois aviões Junkers para quatro passageiros.

O dirigível Graf Zeppelin, o primeiro a fazer vôos comerciais transoceânicos e intercontinentais, sobrevoando a cidade de São Paulo.

A principal atividade da aviação comercial, entretanto, logo passou a ser, em todo o mundo, o correio aéreo. França e Alemanha, principalmente, passaram a disputar a primazia da operação de linhas de correio aéreo, que naturalmente evoluíram para o transporte de passageiros.

A Alemanha teve o porte e a produção de seus aviões limitados pelo Tratado de Versalhes, após a Primeira Guerra Mundial, de onde vem a sua dedicação ao aperfeiçoamento e construção de dirigíveis e planadores. Os dirigíveis alemães de estrutura rígida passaram a competir com as aeronaves francesas, inglesas, italianas e americanas. Linhas aéreas atravessando o Atlântico e alcançando o Brasil e a Argentina foram estabelecidas por empresas francesas e alemães.

Em 14 de janeiro de 1925 a empresa francesa Latécoère, construtora dos aviões do mesmo nome, realizou o primeiro vôo regular entre Rio de Janeiro e Buenos Aires, com

O DC-3.

tivos, o que levou ao surgimento, entre 1945 e 1950, de nada menos que 23 novas empresas aéreas brasileiras. Uma delas, a Real – Redes Estaduais Aéreas Ltda., fundada pelo piloto Lineu Gomes e pelo industrial paulista Vicente Mammana Netto, iniciou seus serviços com três Douglas C-47, ligando São Paulo ao Rio de Janeiro. Conseguiu absorver muitas das pequenas empresas surgidas no pós-guerra, chegou a ser considerada uma das dez maiores empresas aéreas do mundo e, antes de encerrar suas atividades, nos anos de 1960, realizava vôos internacionais para localidades como Los Angeles e Tóquio.

As três maiores companhias aéreas brasileiras, no início dos anos de 1950, eram a Panair do Brasil, a Cruzeiro do Sul e a Real. A Varig, até 1946, restringia seus vôos a cidades do Rio Grande do Sul, passando a oferecer serviços a outras cidades do país após adquirir aviões DC-3 e C-47 e, principalmente, após absorver a Aero Geral, em 1952. A Vasp, da mesma forma, viria a ganhar uma dimensão nacional ao absorver, em 1962, a Loide Aéreo Nacional, que, como a Aero Geral, havia surgido no pós-guerra.

Em 1954 formou-se uma empresa de produtores de carne e derivados, ligada à Sadia–Concórdia, de Santa Catarina. Utilizando dois aviões C-47 e um Curtiss C-46, realizava vôos entre as fazendas e os frigoríficos. Em 1956 ocorreu o primeiro vôo da Sadia Transportes Aéreos de Congonhas para Joaçaba, em Santa Catarina, levando também passageiros. Dirigida por Omar Fontana, um dos proprietários dos frigoríficos envolvidos, a Sadia atingia, ainda em 1957, a região de Brasília, que estava sendo construída, transportando carne, derivados e passageiros. Neste mesmo ano, a Sadia associou-se à Real, cedendo a esta 50% de suas ações e passando Omar Fontana a participar da diretoria da Real. A Sadia passaria a se consolidar com o fim da Real e com a absorção da Transportes Aéreos Salvador, que servia a cidades do Nordeste.

Novas aeronaves começaram a substituir com vantagem os DC-3 e C-47, nos anos de 1950 e 1960. A Vasp adquiriu aviões Scandia suecos e turbohélices Viscount ingleses, a Varig e a Cruzeiro passaram a utilizar bimotores Convair e a Sadia, que depois se transformou na Transbrasil, adotou o turbohélice Dart Herald inglês como seu equipamento básico. Com o surgimento das aeronaves a jato, a Varig passou a operar, no fim dos anos de 1950 e início dos anos de 1960, aviões Caravelle franceses e B-707 americanos, enquanto a Panair do Brasil passou também a utilizar Caravelles e DC-8, estes semelhantes aos B-707. A Cruzeiro também adquiriu Caravelles. Dessa forma, tanto linhas domésticas como internacionais passaram a ser operadas por modernas aeronaves a jato. Uma exceção diz respeito aos turbohélices Electra II adquiridos pela Varig, que viriam a se tornar muito úteis na aviação brasileira, passando, nos anos de 1970, a ser a aeronave padrão da ponte-aérea Rio–São Paulo, pela possibilidade de operar nos aeroportos de Congonhas e Santos Dumont com segurança e economia operacional. Convém lembrar que a ponte-aérea Rio–São Paulo foi uma iniciativa pioneira de empresas brasileiras, no início da década de 1950, que se juntaram para oferecer um serviço regular entre São Paulo e Rio de Janeiro, com diversos vôos ao longo do dia. Esse tipo de serviço acabaria sendo adotado em diversas ligações importantes entre cidades da América do Norte e da Europa.

A disputa por linhas e passageiros internacionais chegou a ser ferrenha entre Varig e Panair do Brasil, até que o governo brasileiro, em ato para muitos surpreendente e questionável, decretou, em 10 de fevereiro de 1965, a suspensão das concessões das linhas da Panair do Brasil, alegando que a empresa se encontrava em condição pré-falimentar, o que poderia comprometer a imagem do país. Os vôos internacionais da empresa passaram a ser realizados pela Varig e os domésticos pela Cruzeiro do Sul. A Varig deixava, assim, de ter outra empresa brasileira como sua concorrente nas linhas internacionais, condição essa que prevaleceu até os anos de 1990, quando houve uma pequena abertura para que outras empresas brasileiras realizassem vôos internacionais regulares para algumas cidades não servidas pela Varig.

A adoção de aeronaves a jato como aeronaves padrão da aviação doméstica brasileira, notadamente as aeronaves Boeing 727 e 737, derivadas do B-707, com capacidade de cem a 150 passageiros, levou as principais ligações da aviação comercial brasileira a se concentrarem nos aeroportos com maior demanda de passageiros e com infra-estrutura adequada ao porte dessas aeronaves. Por isso, muitas localidades do interior do Brasil deixaram de contar com a opção do transporte aéreo e o governo brasileiro decidiu, nos anos de 1970, incentivar a criação da chamada aviação regional, destinada a ligar os aeroportos do interior do Brasil entre si e aos aeroportos da rede principal do país. Incentivou, para tanto, a construção de uma aeronave brasileira adequada para tal, o bimotor turbo-hélice Bandeirante, com dez a doze lugares, que passou a ser construído pela Embraer em São José dos Campos, junto ao Centro Técnico da Aeronáutica. Essa aeronave, juntamente com antigos bimotores turbo-hélices Dart Herald e Fokker, para cerca de trinta a cinqüenta passageiros, passaram a compor a base da frota das novas empresas de aviação brasileiras voltadas para a aviação regional, como a TAM, a Rio-Sul, a Nordeste e a Taba, que iniciaram, em 1976, essa nova fase do transporte aéreo nacional.

Algumas dessas empresas da aviação regional, principalmente a TAM e a Rio-Sul, cresceram tanto no último quarto do século XX que passaram a competir com as empresas da aviação regular, operando aeronaves de médio porte, como os bi-jatos Fokker 100, Boeing 737, e Airbus A320. A TAM passou a operar também aeronaves de grande porte, como o Airbus A330, para mais de 200 passageiros, em vôos para os Estados Unidos e a Europa.

A TAM, na verdade, que evoluiu da empresa Táxi Aéreo Marília, do interior de São Paulo, para a empresa TAM – Transportes Aéreos Regionais, pode hoje ser considerada a segunda maior empresa aérea brasileira, atrás apenas da Varig. Se for considerado que a Rio-Sul é uma subsidiária da Varig, pode-se dizer que essas duas companhias operam hoje nos três segmentos da aviação comercial brasileira, a saber, aviação regional, aviação doméstica e aviação internacional. A Varig detém cerca de 74 % dos vôos internacionais e cerca de 36% dos vôos domésticos brasileiros. A TAM vem, aos poucos, e graças à visão e ao dinamismo do seu idealizador e condutor, o já falecido comandante Rolim Amaro, assumindo o lugar que estava, na história, reservado à Vasp, sendo atualmente a empresa com maior participação no tráfego aéreo doméstico brasileiro, com cerca de 40% dos passageiros desse mercado, além de pequena participação no mercado internacional.

A Transbrasil nunca chegou a se firmar totalmente no cenário brasileiro, passando por dificuldades financeiras ao longo das últimas décadas. A Vasp chegou a ser a grande rival da Varig até a década de 1980. Impedida pelo DAC de realizar vôos internacionais, que até então só eram destinados à Varig, mantinha, em contrapartida, uma grande participação nos vôos domésticos. A Vasp foi sempre combatida por ser, basicamente, uma empresa com participação majoritária do governo do Estado de São Paulo. Uma das preocupações existentes em relação à construção de um grande aeroporto internacional em São Paulo, na década de 1970, é que ele proporcionaria uma base muito forte à

AO LADO

Congonhas em 1936, à beira da Auto Estrada, Santo Amaro (atual Av. Washington Luís).

ABAIXO

Convite de inauguração do Campo de Aviação de Congonhas (1936).

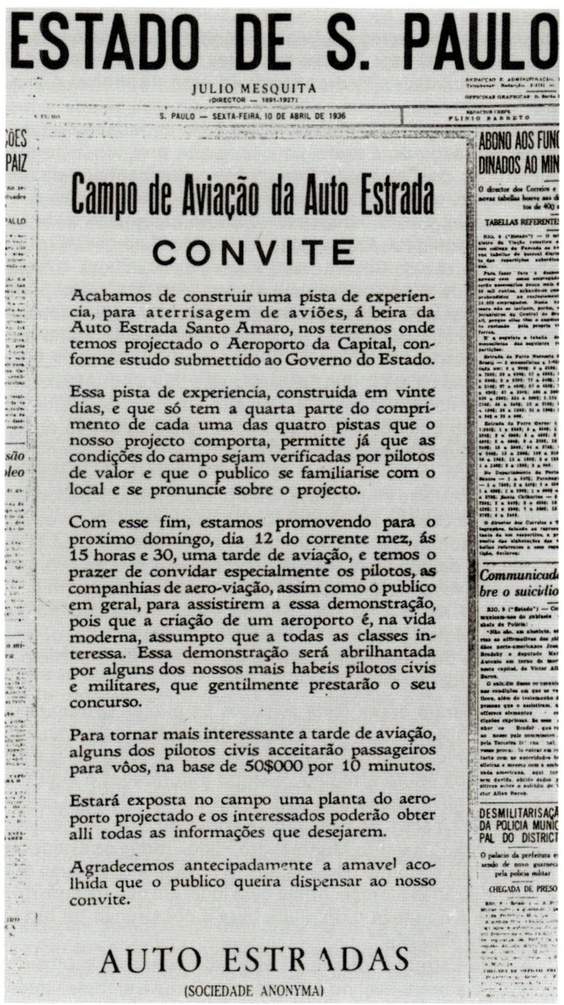

ESTADO DE S. PAULO

JULIO MESQUITA
(DIRECTOR — 1891-1927)

S. PAULO — SEXTA-FEIRA, 10 DE ABRIL DE 1936

REDACTOR CHEFE PLINIO BARRETO

Campo de Aviação da Auto Estrada

CONVITE

Acabamos de construir uma pista de experiencia, para aterrisagem de aviões, á beira da Auto Estrada Santo Amaro, nos terrenos onde temos projectado o Aeroporto da Capital, conforme estudo submettido ao Governo do Estado.

Essa pista de experiencia, construida em vinte dias, e que só tem a quarta parte do comprimento de cada uma das quatro pistas que o nosso projecto comporta, permitte já que as condições do campo sejam verificadas por pilotos de valor e que o publico se familiarise com o local e se pronuncie sobre o projecto.

Com esse fim, estamos promovendo para o proximo domingo, dia 12 do corrente mez, ás 15 horas e 30, uma tarde de aviação, e temos o prazer de convidar especialmente os pilotos, as companhias de aero-viação, assim como o publico em geral, para assistirem a essa demonstração, pois que a criação de um aeroporto é, na vida moderna, assumpto que a todas as classes interessa. Essa demonstração será abrilhantada por alguns dos nossos mais habeis pilotos civis e militares, que gentilmente prestarão o seu concurso.

Para tornar mais interessante a tarde de aviação, alguns dos pilotos civis acceitarão passageiros para vôos, na base de 50$000 por 10 minutos.

Estará exposta no campo uma planta do aeroporto projectado e os interessados poderão obter alli todas as informações que desejarem.

Agradecemos antecipadamente a amavel acolhida que o publico queira dispensar ao nosso convite.

AUTO ESTRADAS
(SOCIEDADE ANONYMA)

ABONO AOS FUNC[...] DINADOS AO MIN[...]

DESMILITARISAÇ[...] DA POLICIA MUNIC[...] PAL DO DISTRICT[...]

Vasp, cuja base era o limitado Aeroporto de Congonhas. A Vasp acabou sucumbindo, nos anos de 1970 e 1980, aos desmandos e equívocos do seu controlador, o governo do Estado de São Paulo. Contribuiu para isso, em muito, a compra de inadequadas aeronaves Airbus A-300, bimotores de grande porte, no fim dos anos de 1970. Em vez de adquirir a versão mais moderna, B-4, optou-se pela versão B-2, que, além de não permitir autonomia para vôos de média duração, como na rota São Paulo-Manaus, possuía, por exemplo, equipamentos eletrônicos híbridos, analógicos e digitais, o que dificultava e encarecia a sua manutenção. A Vasp foi sendo desmantelada, até ser privatizada nos anos de 1990, porém, em uma situação tal que, mesmo recebendo autorização para realizar vôos internacionais e para operar no novo Aeroporto Internacional de São Paulo-Guarulhos, não vem conseguindo ser mais a grande empresa aérea do passado, e tende mesmo a desaparecer, juntamente com a Transbrasil.

O novo século viu surgir a Gol Transportes Aéreos, da família Constantino, tradicional operadora de transporte de passageiros por ônibus.

A Evolução da Infra-estrutura Aeroportuária Brasileira

Pode-se considerar que a infra-estrutura aeroportuária brasileira teve início com as pistas naturais propiciadas pelas praias do litoral brasileiro, de Belém ao Rio Grande, onde começaram a operar os aviões da Latécoère, em janeiro de 1925. Essas primeiras pistas improvisadas foram, aos poucos, sendo transformadas em pistas gramadas e complementadas por hangares e postos de auxílio meteorológico e de radiocomunicação (ainda que rudimentares para os padrões atuais). O início do Correio Aéreo Militar, em 1931, levou à necessidade de implantação de campos de pouso no interior do país, para viabilizar as linhas para Goiás, para o vale do São Francisco, para o vale do Tocantins e para Assunção, no Paraguai. A Varig e a Vasp, ao operarem com aviões com rodas, ainda nos anos de 1930, oferecendo serviços regulares conectando capitais como Porto Alegre, Curitiba, Florianópolis, São Paulo e Rio de Janeiro a outras capitais e a cidades do interior, levaram, naturalmente, à necessidade de implantação de uma primeira rede de campos de pouso no Brasil, cobrindo tanto o litoral como parte do interior.

Um salto qualitativo nessa rede ocorreu durante a Segunda Grande Guerra, quando a ameaça alemã levou a que os americanos investissem na adequação dos principais campos de pouso da costa brasileira, para permitir a operação de esquadrilhas de aviões destinadas à defesa e à proteção do Atlântico Sul. A ajuda americana iniciou-se em 1941, com os recursos repassados através da Panair do Brasil, subsidiária da Pan American Airways, para construir, reformar ou aparelhar os aeroportos de Macapá, Belém, São Luís, Fortaleza, Natal, Recife, Maceió e Salvador. Pistas, torres de controle e hangares foram construídos em praticamente todas as capitais costeiras, criando a base da atual infra-estrutura aeroportuária do país.

Acordos e intercâmbios técnicos foram então viabilizados, permitindo a transferência de tecnologia de estabilização de solos, assim como de dimensionamento e execução da pavimentação de pistas e pátios de aeronaves utilizando técnicas empíricas desenvolvidas ou adaptadas pelo Corps of Engineers do exército americano, visando a uniformização do projeto e da construção dos aeroportos necessários para a operação adequada dos novos aviões de utilização militar, como os DC-3, os DC-4 e as fortalezas (B-24) e super-fortalezas (B-29) voadoras. Esses novos aviões apresentavam peso máximo variando de 13,6 a 54,5 toneladas, suportados por trens de pouso com apenas duas rodas, que impunham solicitações aos pavimentos muito superiores às suportadas pelas rodovias pavimentadas, para as quais já existiam métodos de dimensionamento consagrados nos Estados Unidos e a partir dos quais foram geradas as novas técnicas propostas pelo Corps of Engineers.

O emprego dessas novas técnicas permitiu, por exemplo, que professores e pesquisadores da Escola Politécnica e do Instituto de Pesquisas Tecnológicas da Universidade de São Paulo, juntamente com outros engenheiros e técnicos convocados pelo Exército Brasileiro, dentre os quais podem ser citados os professores José Augusto Martins, Milton Vargas, Paulo de Menezes Mendes da Rocha, Ary Torres, Ernesto Pichler, Lourenço Tonani, Otelo Machado e o engenheiro Olavo José Fachini, projetassem e supervisionassem a construção, iniciada em 1943, das novas pistas pavimentadas da Base Aérea de Cumbica, que passou a servir, logo ao final da Guerra, como o aeroporto internacional de São Paulo.

Pavimentação da pista de pouso de Cumbica.

Entre 1945 e 1949 foram feitas grandes obras de terraplanagem na área do campo de pouso de Congonhas, seguidas da pavimentação em concreto de sua pista de pouso principal, com o que Congonhas passou a contar com um aeródromo adequado à operação de aeronaves Douglas DC-3 e Junkers. Congonhas, por se situar em uma colina, apresentava a grande vantagem, em relação ao Campo de Marte e a Cumbica, de não ser suscetível a inundações e alagamentos, enquanto estes, por vezes, experimentavam problemas causados, respectivamente, pelos transbordamentos dos rios Tietê e Baquirivu.

A pavimentação de outros aeródromos, como o Afonso Pena, de Curitiba, permitiu a aplicação dessas recomendações do Corps of Engineers, associada a valiosos e frutíferos experimentos para combinar adequadamente diferentes tipos de solos disponíveis na região.

Engenheiros brasileiros passaram, portanto, a dominar e a adaptar às condições brasileiras essas novas recomendações de ensaios do solo e de projeto e construção de pavimentos aeroportuários. Essa experiência adquirida tanto no exterior como no Brasil, por ocasião da Segunda Guerra, foi fundamental para o prosseguimento de estudos e pesqui-

O Superconstellation.

sas que permitiram adaptação posterior dos pavimentos de pistas e pátios para suportar a crescente solicitação imposta por novas e maiores aeronaves, como os DC-7, com peso total de 73,5 toneladas, ou os B-36, com 136 toneladas de peso máximo e carga estática por roda de 68 toneladas.

A Segunda Guerra Mundial teve influência marcante no transporte aéreo brasileiro. Por um lado, a Vasp passou a ter problemas por operar com aeronaves alemãs, enquanto as empresas de origem estrangeira passaram a limitar ou cancelar seus vôos no Brasil (caso da Air France e da Panair) ou a se transformar em empresa brasileira (caso da Condor). Por outro lado, novos aviões com maior confiabilidade e flexibilidade operacional surgiram, permitindo outra dimensão de oferecimento dos serviços de transporte aéreo. Esse foi o caso do DC-3, avião bimotor para 27 passageiros e três tripulantes, colocado em operação em 1940 e até hoje utilizado em alguns lugares do mundo.

A tecnologia desenvolvida por ocasião da Segunda Guerra Mundial teve reflexos diretos na regulamentação e no desenvolvimento do transporte aéreo e da infra-estrutura aeroportuária mundial. Ao final da guerra já operavam aviões a jato, os caças Messerschmitt alemães, que inspiraram a construção dos primeiros aviões comerciais a jato. Os grandes aviões bombardeiros desenvolvidos ao longo do conflito, providos em geral de quatro motores e hélices, deram origem a aeronaves civis de relativo grande porte, que possibilitaram um incremento significativo no transporte aéreo internacional. Muitas dessas aeronaves empregadas na aviação civil eram adaptações diretas de aviões militares que deixaram de ser necessários, com o fim do conflito. Passou a ser relativamente barato adquirir um desses bombardeiros e transformá-los em aviões civis. Daí o surgimento e a expansão, por exemplo, da Real Aerovias, fundada nessa época pelo comandante Linneu Gomes. A Real foi, por algum tempo, uma concorrente da Varig, ambas operando quadrimotores Superconstellation, derivados de sobras de guerra.

Esse novo quadro impunha o estabelecimento de regras e recomendações para a aviação civil. Por isso, em 1944, representantes de 52 nações, a convite do governo dos Estados Unidos da América, reuniram-se em Chicago na denominada Convention on International Civil Aviation, para a discussão de assuntos de interesse mútuo na área de transporte aéreo. Essa reunião serviu de ponto de partida para a criação da Icao – International Civil Aviation Organization (ou, em português, Oaci – Organização da Aviação Civil Internacional), que passou a ser um organismo da Organização das Nações Unidas, hoje com sede em Montreal, Canadá. A partir da convenção de 1944 passaram a ser estabelecidas normas e recomendações para a prática da aviação civil internacional e, em particular, para o planejamento e o projeto de aeroportos. O Conselho da Icao aprovou, em 29 de maio de 1951, o documento denominado Standards and Recommended Practices for Aerodromes, atendendo ao disposto no artigo 37 da Convenção de 1944, o qual, também denominado Anexo 14 à Convenção, passou a ser a base para o planejamento e o projeto de aeródromos. O aeródromo é definido como a área necessária ao pouso, à decolagem e à movimentação das aeronaves, incluindo construções e equipamentos necessários (o termo aeroporto é mais abrangente, e inclui, além do aeródromo, instalações como o terminal de passageiros e o terminal de cargas, que não são essenciais para a operação da aeronave mas sim para o conforto e a proteção de passageiros e cargas). O Brasil participou da Convenção e passou a ser um dos membros efetivos e destacados da Icao, desde a sua criação. Por

Vista panorâmica do Aeroporto Santos Dumont (Rio de Janeiro).

isso mesmo, passou a seguir suas recomendações para a melhoria e uniformização da infra-estrutura e das regras operacionais do transporte aéreo internacional.

A constante evolução da tecnologia aeronáutica, tanto em termos de características das aeronaves, como de novos equipamentos de orientação e proteção ao vôo, assim como a experiência adquirida na operação efetiva de novas aeronaves em diferentes condições operacionais, passaram a exigir uma constante atualização das normas e recomendações para a operação de aeronaves e para o planejamento e a construção de aeroportos, levando a estudos e pesquisas em universidades e instituições específicas, e a uma atuação constante da Icao na atualização de suas publicações.

As décadas de 1950 e 1960 foram marcadas por tentativas, algumas bem sucedidas e outras não, de desenvolvimento de aeronaves comerciais turbo-hélices e a jato puro. Algumas aeronaves a jato, como os Comet ingleses, sofreram muitos acidentes e não tiveram sucesso, assim como os primeiros quadrimotores turbo-hélices Electra da Lockheed. O governo americano investiu na construção de um bombardeiro a jato, o B-52, cuja versão comercial correspondeu aos Boeing 707 e Douglas DC-8, aviões de enorme sucesso, cujas primeiras versões entraram em operação no final dos anos de 1950 e vieram revolucionar o transporte aéreo internacional, pela autonomia, segurança, conforto e velocidade oferecidos. Desses aviões derivaram versões para o tráfego mais doméstico, como o trirreator B-727 e o birreator B-737, que também contribuíram, pelas mesmas razões, para um salto considerável no transporte aéreo, até porque os russos, então inimigos dos americanos, passaram a construir aviões semelhantes, difundindo a sua utilização em todo o mundo.

Uma mudança considerável no transporte aéreo foi causada pelo surgimento, no final dos anos de 1960, das aeronaves a jato de grande porte, os chamados *wide-bodies*, como o Douglas DC-10 e o Lockheed L-1011 Tristar, ambos trimotores de longo alcance para até cerca de 300 passageiros, e o maior de todos, até hoje, o Boeing 747, quadrijato apelidado de Jumbo, com cerca de 70 m de comprimento e 60 m de envergadura, capaz de transportar em torno de quatrocentos passageiros, chegando a um peso total de 350 toneladas.

A infra-estrutura aeroportuária, em todo o mundo, que havia passado dos campos de pouso com 200 a 300 m de comprimento do início do século XX aos aeródromos do pós-guerra, voltados inicialmente para aviões do tipo DC-3, exigindo pistas de pouco mais de 1.000 m de comprimento, começou a enfrentar problemas de adaptação para atender a aeronaves maiores, como o Constellation, na década de 1950. Essas dificuldades aumentaram significativamente com o surgimento das primeiras aeronaves comerciais a jato para cerca de 150 a 200 passageiros, como o Boeing 707 e o Douglas DC-8, na década de 1960, que passaram a exigir pistas de decolagem de até 4.000 m de comprimento, 45 m de largura e 1 m de espessura de pavimento. Novos aeroportos tiveram de ser construídos em todo o mundo para permitir a operação dessas aeronaves, localizados forçosamente mais distantes dos centros urbanos, dadas as grandes áreas exigidas para a sua localização e a grande poluição sonora advinda da operação desses jatos de primeira geração. O projeto das aeronaves *wide-bodies* teve de levar em consideração a inconveniência e até mesmo a impossibilidade de se construir pistas ainda mais longas e com maior capacidade de suporte estrutural. Por isso, novas concepções de motores, asas e trens de pouso foram utilizadas no projeto dessas aeronaves gigantes, a ponto de um Boeing 747 poder operar nas mesmas pistas em que operava um Boeing 707, produzindo muito menos ruído e sem necessitar de ampliação nas pistas ou de reforço nos seus pavimentos.

O transporte aéreo no Brasil procurou sempre acompanhar a evolução das aeronaves e do transporte aéreo mundial. Por isso mesmo, a infra-estrutura aeroportuária brasileira precisou ser, ao longo dos tempos, adaptada às novas exigências de operação impostas pelas novas aeronaves e pelos novos e sofisticados equipamentos de proteção e controle do tráfego aéreo.

A infra-estrutura aeroportuária brasileira encontrava-se, no final da década de 1960, totalmente despreparada para atender às exigências das novas aeronaves de grande porte empregadas principalmente no transporte aéreo internacional. O Ministério da Aeronáutica formou, então, em 1968, a CCPAI – Comissão Coordenadora do Projeto Aeroporto Internacional, que, a partir de estudos contratados junto a consultoras nacionais e internacionais, concluiu pela necessidade da construção de dois aeroportos internacionais de grande porte, um no Rio de Janeiro e outro na Grande São Paulo, a serem localizados, respectivamente, na ilha do

ACIMA

O A-300.

AO LADO

O B-767.

ABAIXO

O B-747.

Governador, onde já operava o Aeroporto Internacional do Galeão, e na região da Base Aérea de Cumbica, no município de Guarulhos.

Uma conclusão dos estudos, bastante contestada até hoje, foi de que o primeiro aeroporto a ser construído deveria ser o do Rio de Janeiro, por ter esta cidade um potencial de tráfego de passageiros maior que o de São Paulo. Para se ter uma idéia da inconsistência dessa conclusão, o tráfego atual de passageiros nos aeroportos do Galeão e Santos Dumont, somados, são da ordem do tráfego atual do limitado aeroporto de Congonhas (cerca de 11 milhões de passageiros em 2001) e aquém da movimentação de passageiros do Aeroporto de Guarulhos (cerca de 13,5 milhões de passageiros em 2001).

Aspectos políticos, certamente, foram determinantes na opção pela construção do principal aeroporto internacional do país no Rio, inaugurado oficialmente em 20 de janeiro de 1977. A facilidade na obtenção de recursos, na época, permitiu que o Aeroporto do Galeão fosse implantado, com o que se entendeu serem as mais modernas e adequadas soluções para um aeroporto desse tipo. Embora algumas soluções adotadas possam ser criticadas, há que se considerar o pioneirismo desse tipo de construção no Brasil e que, principalmente, passou o Brasil a contar, desde 1977, com um aeroporto à altura dos mais modernos do mundo, favorecendo a operação de aeronaves mais modernas, seguras e econômicas para o transporte aéreo internacional, e inaugurando uma nova era para o transporte aéreo brasileiro.

A implantação do segundo aeroporto internacional de grande porte brasileiro, em São Paulo, deveria ser iniciada logo em seguida à inauguração do Aeroporto do Galeão. Isso, entretanto, não ocorreu, para o que contribuiu a falta de definição adequada, por parte do governo do Estado, quanto ao local para implantação do novo aeroporto. Contrariando a tendência natural de utilização do sítio de Cumbica, e de manutenção do Aeroporto de Congonhas

Aeroporto de Congonhas envolvido pela malha urbana.

para vôos de curta duração, o governo paulista buscou uma solução que implicaria a desativação de Congonhas e a implantação do novo aeroporto na região de Caucaia do Alto, com necessidade de grandes investimentos para a sua implantação e para a construção de uma rodovia de acesso à região, além de colocar em risco a região de mananciais no seu entorno. Como conseqüência, em vez de um aeroporto em São Paulo, optou-se por implantar um moderno aeroporto em Manaus, associado ao desenvolvimento da Zona Franca naquela região.

Assim, o Brasil, no início de 1978, possuía um sistema aeroportuário desequilibrado, com dois aeroportos modernos, um no Rio e um em Manaus, um aeroporto adequado, em Brasília, e aeroportos bastante restritos, não só em São Paulo, como em outros importantes centros geradores de tráfego, como Belo Horizonte, Porto Alegre, Recife, Salvador e Fortaleza.

Dado o início de um novo governo brasileiro, do general João Figueiredo, em que o brigadeiro Délio Jardim de Matos, ministro da Aeronáutica, era figura de proa, e possível candidato futuro à Presidência da República, coube ao Departamento de Aviação Civil, por meio da Cecia – Comissão de Estudos e Coordenação da Infra-estrutura Aeroportuária, a elaboração de um estudo abrangente das necessidades dos cinqüenta principais aeroportos do país. Para tanto, foi reunido um grupo de civis e militares do próprio DAC, assessorado por professores e pesquisadores da USP, do ITA e da Coppe. O autor deste capítulo teve a oportunidade de atuar como consultor e coordenador dos trabalhos de elaboração de modelos para análise da capacidade desse conjunto de aeroportos, visando à identificação de suas necessidades de curto, médio e longo prazos.

O estudo, desenvolvido ao longo de 1978, concluiu pela necessidade premente de implantação de novos aeroportos em São Paulo e Belo Horizonte, e de melhoramentos em praticamente todos os principais aeroportos brasileiros. Ficou patente que o grande gargalo da aviação brasileira era o Aeroporto de Congonhas, que, além de não permitir a operação de aeronaves de grande porte, permanecia fechado durante a noite, para evitar o ruído inaceitável dessa operação noturna. O estudo foi complementado, em 1979, pela elaboração de diretrizes para a implantação de aeroportos regionais na Amazônia. Esse estudo fez com que fossem destinados, no Plano de Desenvolvimento do Governo Figueiredo, verbas orçamentárias para a adequação imediata da infra-estrutura aeroportuária brasileira. Como conseqüência, foram formadas comissões encarregadas de planejar e implantar os novos aeroportos de São Paulo e de Belo Horizonte, contratando-se empresas brasileiras para planejamento, projeto e construção dos novos aeroportos.

No caso de São Paulo, a comissão de sigla Copasp ficou encarregada do conjunto de aeroportos da chamada Área Terminal São Paulo, incluindo os aeroportos de Congonhas, Viracopos, Campo de Marte, São José dos Campos, Santos e Cumbica. Dessa forma, foi preciso, inicialmente, realizar um estudo de demanda para a área toda e analisar o potencial de expansão de cada um dos aeroportos existentes na área, a partir do que foi possível definir a vocação futura de cada um desses aeroportos e planejar, de forma integrada, o crescimento desse sistema de aeroportos. Planos Diretores foram desenvolvidos pela Copasp para os aeroportos de Viracopos, Congonhas, Campo de Marte e Guarulhos, passando-se a contar com diretrizes de crescimento da infra-estrutura da Área Terminal São Paulo no curto, no médio e no longo prazos. Para tanto, a Copasp montou um corpo próprio de técnicos que se encarregou de conceber os planos e as configurações básicas dos aeroportos em questão e contratou empresas brasileiras de projeto que passaram a detalhar os planos e concepções produzidos pelo corpo técnico da comissão.

Este autor teve o privilégio de atuar, de forma significativa, como assessor da Copasp, na elaboração dos planos diretores desenvolvidos, assim como na concepção e no projeto do novo Aeroporto Internacional de São Paulo — Guarulhos. Foi testemunha, portanto, das grandes dificuldades que cercaram o desenvolvimento do projeto e a implantação desse aeroporto. Essas dificuldades prenderam-se, principalmente, ao fato de o país ter adentrado um período de recessão e de dificuldade na obtenção de recursos externos, aliado à determinação do Ministério da Aeronáutica no sentido de que não fosse construído, em Guarulhos, um aeroporto verdadeiramente internacional (provavelmente para que este não tirasse tráfego do Galeão, como acabou acontecendo). Chegou a ser, em determinada época do projeto, proibida a consideração de aeronaves do tipo B-747, como passíveis de operar no futuro aeroporto.

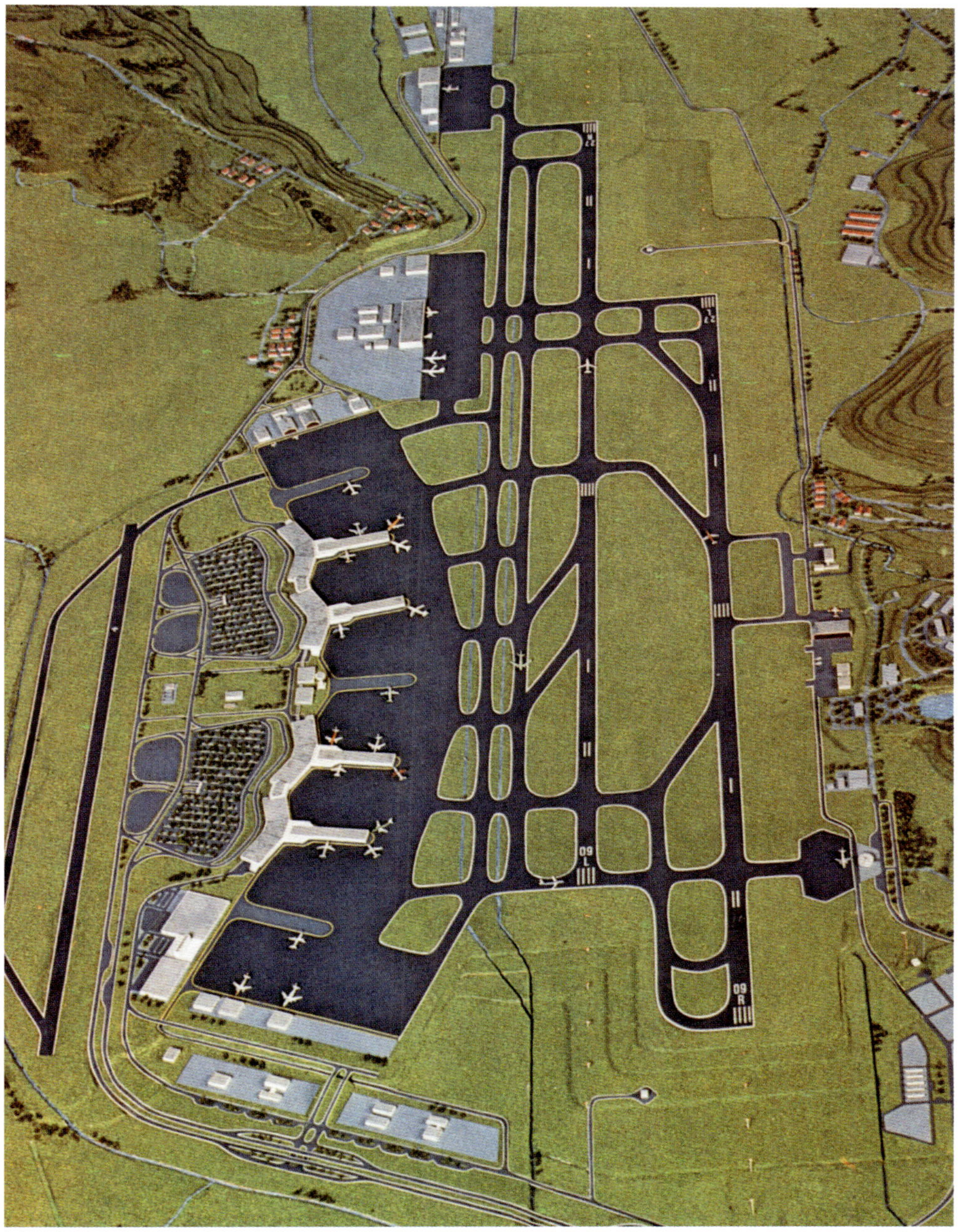

Foto da maquete do Plano Diretor do Aeroporto de Guarulhos (1982).

Felizmente, os técnicos da Comissão, apoiados pelo governo do Estado, lograram contornar essa determinação do Ministério e fazer construir, tão disfarçada e economicamente quanto possível, o aeroporto internacional que São Paulo possui hoje. A constatação, seis meses antes da inauguração da primeira fase do aeroporto, quando os tapumes começaram a mostrar o que realmente estava sendo construído, levou a que o brigadeiro Theodósio Pereira da Silva, presidente da Copasp, fosse destituído do cargo. Entretanto, sua visão e desprendimento fizeram com que fosse, naquele ano de 1984, agraciado com o título de Engenheiro do Ano pelo Instituto de Engenharia de São Paulo.

O Aeroporto Internacional de São Paulo–Guarulhos foi inaugurado em 20 de janeiro de 1985, contando com uma das três pistas de pouso e um dos quatro terminais de passageiros previstos no seu Plano Diretor. O crescimento vertiginoso da demanda no aeroporto levou à construção de uma segunda pista de pouso e de um segundo terminal de passageiros, colocados em operação apenas cinco anos mais tarde. Já se sente a necessidade de pelo menos mais um terminal de passageiros, pois os dois atuais se encontram utilizados no limite de sua capacidade, constituindo-se em restrição ponderável ao crescimento do tráfego aéreo de São Paulo e do país.

O Aeroporto de Congonhas, praticamente ocioso por ocasião da inauguração de Guarulhos, já se encontra novamente saturado, dado o crescimento da aviação regional para ele direcionada. O Plano Diretor do aeroporto, no entanto, se seguido, levará à construção de um moderno terminal de passageiros que, aliado à adoção de aeronaves de maior porte, permitirá um incremento substancial na atual capacidade do aeroporto.

O Plano Diretor do Aeroporto de Campinas, por sua vez, foi desenvolvido de forma a permitir que este venha a ser o principal aeroporto internacional de São Paulo em meados deste século, quando, mantidas as previsões de crescimento do tráfego aéreo, Guarulhos já terá toda a sua capacidade potencial esgotada. Ademais, o Plano de Viracopos antecipa e prevê a compatibilidade do aeroporto com novas aeronaves de porte bem maior do que as atuais e que, certamente, necessitarão de maiores espaços para manobras e estacionamento e de maior capacidade de suporte do pavimento das pistas e dos pátios do aeroporto.

Os demais aeroportos do país têm sido também objeto de expansão e modernização. Este é o caso, por exemplo, dos aeroportos de Brasília, Curitiba, Fortaleza, Recife e Salvador. O Aeroporto do Galeão, por sua vez, teve mais um dos seus terminais de passageiros construído e recentemente inaugurado, passando a contar com dois dos quatro terminais inicialmente previstos. Terminais de carga foram também construídos, expandidos ou modernizados em toda a rede aeroportuária brasileira, nos últimos anos.

O aprimoramento e a adequação da infra-estrutura do transporte aéreo levou ainda à implantação de redes de monitoração e controle do tráfego aéreo por meio de radares, conferindo um grau de proteção adequado a uma aviação de primeiro mundo. Esta rede de auxílio e proteção à navegação aérea, iniciada com o projeto Cindacta, que cobria a parte central e sudeste do Brasil, vem sendo expandida, de forma a cobrir também áreas como a região Amazônica (Projeto Sivam).

Pode-se dizer, dessa forma, que apesar de questionáveis em relação a algumas diretrizes adotadas, de maneira geral os programas de adequação da infra-estrutura aeroportuária brasileira lograram permitir que o país conte, hoje, com um sistema aeroportuário de nível compatível com as necessidades dos usuários e das empresas de transporte aéreo, certamente em nível melhor do que a dos demais meios de transporte do país.

Durante a redação deste capítulo, iniciou-se um processo de desmilitarização da gestão da infra-estrutura aeroportuária brasileira e de tendência de privatização dos aeroportos brasileiros. Caminha-se para a implantação de uma Agência Nacional de Aviação Civil (Anac). Trata-se, certamente, de uma mudança radical na gestão da aviação civil brasileira, que esteve, desde os seus primórdios, atrelada aos órgãos militares incumbidos da aviação militar.

Importante considerar que a engenharia e a arquitetura brasileiras foram chamadas e têm respondido de forma adequada às necessidades de planejamento, projeto, construção e operação dos aeroportos brasileiros, tendo ganho maturidade e abrangência no processo de planejamento, projeto, construção e operação do Aeroporto Internacional de São Paulo–Guarulhos. Desde então, o Brasil tem sido auto-suficiente e respeitado internacionalmente nesse setor. O autor deste capítulo, por exemplo, lecionou, a convite da Universidade de Leeds, da Inglaterra, disciplinas de pós-graduação em Planejamento de Aeroportos naquela renomada instituição, nos anos de 1996, 1997 e 1998.

A Indústria Aeronáutica Brasileira

A indústria aeronáutica brasileira teve início em 1935, no que viria a ser a Companhia Nacional de Navegação Aérea – CMNA, criada pela associação do capitão Guedes Muniz (engenheiro aeronáutico diplomado pela Escola Superior de Aeronáutica de Paris) com o empresário Henrique Lage, sob os auspícios do presidente Getúlio Vargas, bem impressionado pelas demonstrações feitas por Guedes Muniz, em 1931, com o M-5, avião por ele construído na França. Seguiram-se os projetos do M-6 e do M-7, este um monomotor biplano. 27 aviões M-7 chegaram a ser produzidos e utilizados tanto pela aviação militar brasileira como por aeroclubes do país. Seguiram-se o projeto e a fabricação do M-9, maior e mais ágil. Vinte desses aviões chegaram a ser produzidos.

Paralelamente, a Marinha do Brasil, tendo à frente o primeiro sul-americano a obter o título de engenheiro aeronáutico, o oficial da marinha Raymondo Vasconcellos Aboim (diplomado pelo Imperial College de Londres, em 1925), passou a construir, no Rio de Janeiro, a partir de acordo com a Alemanha, o avião monomotor de instrução Focke Wulff Fw 44 e o bimotor bombardeiro Fw 58. Um total de quarenta Fw 40, batizado de Pintassilgo, foram produzidos e utilizados pela Marinha até a criação do Ministério da Aeronáutica, quando foram doados para aeroclubes do país. 25 Fw 58 (batizado de Galeão 2FG) foram produzidos de 1939 até 1942. Estes foram muito utilizados durante a Segunda Guerra para patrulhamento do Atlântico e, posteriormente, foram utilizados no Correio Aéreo Nacional. Entre 1944 e 1947, na fábrica do Galeão, já sob o comando do Ministério da Aeronáutica, foram montados 220 aviões de treinamento norte-americanos do tipo PT-19, aqui denominado Galeão 3FG.

Os anos de 1930 marcam ainda a participação do IPT – Instituto de Pesquisas Tecnológicas de São Paulo, por meio do engenheiro Frederico Abranches Brotero e da equipe por ele aglutinada, da qual fizeram parte Silvio de Oliveira, Romeu Corsini, Clay Presgrave do Amaral e Orthon Hoover, não só em pesquisas e fabricação de chapas e hélices de madeira para aviões, como no projeto e construção de protótipos de aviões e planadores.

O industrial Francisco Pignatari passou a fabricar planadores e aviões projetados pelo IPT. Para tanto, construiu inicialmente uma Seção de Aviação em sua fábrica de Utinga (SP) de onde saíram trinta planadores Alcatraz, de concepção alemã, e vinte Saracura, projetados pelo IPT. Em 1942, fundou a CAP – Companhia Aeronáutica Paulista, onde foram produzidos, de início, dezenove monomotores de treinamento do tipo Planalto, projetado pelo IPT. Um aprimoramento do Planalto, denominado Ypiranga pela equipe do IPT, deu origem ao CAP–4, o famoso Paulistinha, do qual cerca de setecentas unidades foram fabricadas e utilizadas não só no Brasil, mas também na Argentina, no Chile, no Paraguai, no Uruguai, em Portugal, na Itália e nos Estados Unidos. Outras aeronaves foram construídas na CAP, como o CAP-5 – Carioquinha, o CAP-6 – Tufão, e o CAP-9 – Carioca.

A CMNA de Henrique Lage chegou a produzir dois aparelhos semelhantes ao Planalto e ao Paulistinha, o HL-1 e o HL-6. Aviões da CAP e da CMNA foram adquiridos e doados a aeroclubes do país por ocasião da campanha movida por Assis Chateaubriand e denominada "Dêem asas ao Brasil". O fim da campanha e a oferta de sobras de guerra levaram ao fim dessas duas fábricas.

Em 1950, o Ministério da Aeronáutica fez inaugurar o primeiro prédio do ITA – Instituto Tecnológico da Aeronáutica, destinado a formar engenheiros aeronáuticos e a ser a base da instalação do Centro Técnico da Aeronáutica, o que viria a dar novo impulso à indústria aeronáutica do país.

Em 1955, José Carlos de Barros Neiva, que vinha fabricando planadores, adquiriu os direitos de fabricação do CAP-4 e passou a fabricar, em Botucatu (SP) uma nova versão do mesmo, denominada Paulistinha-56, chegando a fabricar cerca de 240 aviões desse tipo. A Neiva desenvolveu um projeto e um protótipo de um avião de ligação de estrutura metálica, o Regente, e, em 1963, recebeu uma encomenda da Força Aérea Brasileira para fornecimento de 120 aviões desse tipo. Por outro lado, desenvolveu um avião de treinamento, o T-25 Universal, que acabaria recebendo também uma encomenda significativa de 150 unidades por parte da FAB. A Neiva seguiu seu curso normal até o final da produção dessas unidades. Novos projetos, como o do bimotor executivo Bi-Universal e do turbo-hélice Carajá não chegaram a se concretizar, e a empresa passou a enfrentar dificuldades. A Neiva acabaria sendo absorvida, nos anos de 1980, pela Embraer – Empresa Brasileira de Aeronáutica.

A Embraer foi oficialmente criada nos últimos dias de 1969 e iniciou suas atividades em 2 de janeiro de 1970, sob a presidência de Osíres Silva, oficial-aviador da aeronáutica que veio a se formar engenheiro aeronáutico pelo ITA, havia trabalhado nos planos de vôo do avião Regente da Neiva e, no CTA, participado no projeto, construção e testes do bimotor turbo-hélice Bandeirante. A Embraer, na verdade, foi criada pelo governo brasileiro para possibilitar a produção de aeronaves de interesse nacional, aproveitando a capacitação do CTA para desenvolvimento de projetos e protótipos de aeronaves.

As produções em série na Embraer iniciaram-se com as encomendas, pelo Ministério da Aeronáutica, de 80 EMB- 110 Bandeirantes e 120 EMB-326GB Xavante, avião militar fabricado sob licença da Aeromacchi italiana. As diversas versões que se seguiram do Bandeirante tiveram sucesso inimaginável no âmbito da nascente e florescente aviação regional, não só no Brasil, onde Varig, Vasp e Transbrasil passaram a operá-lo, mas também no exterior, notadamente em países da Europa e nos Estados Unidos, em versões para até dezenove passageiros. Além de fabricar uma linha diversificada de aviões monomotores sob licença da Piper americana, a Embraer desenvolveu e passou a fabricar aviões para funções específicas, como o avião de treinamento militar Tucano e o avião agrícola Ipanema, todos muito bem recebidos pelo mercado. Passou então a Embraer a desenvolver aviões menores do que o Bandeirante, porém, com cabine pressurizada, como o EMB-121 Xingu, que teve 41 unidades vendidas, em 1981, para a Força Aérea Francesa, consolidando a imagem da Embraer no exterior.

O crescimento da aviação regional em todo o mundo levou ao projeto e à produção do EMB-120 Brasília, para trinta passageiros, ou seja, o dobro da capacidade do Bandeirante, e mais confortável, com cabine pressurizada. Quando o Brasília foi apresentado ao público, em julho de 1983, já estavam operando mais de quatrocentos Bandeirantes, em 26 países. Em dezembro de 1986 já haviam sido vendidas 62 aeronaves Brasília e havia opções de compra de cerca de noventa unidades, principalmente de empresas estrangeiras, notadamente dos Estados Unidos da América.

O passo seguinte foi o desenvolvimento e a produção do ERJ-145, aeronave para cinqüüenta passageiros com duas turbinas a jato na cauda e cabine pressurizada. O sucesso dessa aeronave no mercado internacional vem consagrando a Embraer como a sexta maior fabricante mundial de aeronaves, tendo como grande concorrente internacional a Bombardier canadense. A linha de aeronaves ERJ da Embraer inclui hoje dois derivados do ERJ-145, o ERJ-135, para 37 passageiros, e o ERJ-140, para 44 passageiros.

Dentro da perspectiva de que o mercado mundial de transporte regional deverá adquirir, nas próximas duas décadas, 20 mil aviões de mais de trinta lugares, a Embraer está construindo uma nova fábrica em Gavião Peixoto, no interior do Estado de São Paulo, para produção de jatos de maior porte, como o ERJ-170, para setenta lugares, o ERJ-190-100, para 98 lugares, e o 190-200, para 108 lugares.

A Embraer vem produzindo cerca de dezesseis aeronaves por mês, exportando quase toda a sua produção e alcançando a cifra anual de perto de dois bilhões de dólares em exportações. Assim, a pátria de Santos Dumont, que já foi conhecida como a terra do pau-brasil, do ouro e do café, comemorou seus quinhentos anos tendo o avião como o principal item da sua pauta de exportações.

Referências Bibliográficas

Grande Enciclopédia Larousse Cultural. Nova Cultural Ltda., 1998.

Gualda, Nicolau D. F. *Terminais de Transportes – Contribuição ao Planejamento e ao Dimensionamento Operacional*. Tese de Livre Docência. São Paulo, Escola Politécnica da Universidade de São Paulo, 1995.

Horonjeff, Robert & McKelvey, Francis X. *Planning and Design of Airports*. 3. ed. New York, McGraw Hill, 1983.

International Standards and Recommended Practices, Aerodromes. Anexo 14 da Convention on International Civil Aviation, International Civil Aviation Organization. Vol. 1 – Aerodrome Design and Operations, Montreal, 1990.

Santos, Rubens Rodrigues. *Aeroportos: Do Campo de Aviação à Área Terminal*. São Paulo, Contar, 1985.

Silva, Osires. *A Decolagem de um Sonho: A História da Criação da Embraer*. São Paulo, Lemos, 1998.

Vargas, Milton. "Pavimentos Flexíveis para Pistas e Aeroportos – Método Californiano de Dimensionamento". *Revista Politécnica*, São Paulo, ano XLVI, n. 157, jul. 1950, pp. 7-29.

12 Navegação Fluvial

CARLOS EDUARDO D'ALMEIDA

Introdução

A navegação pelos rios teve enorme importância no processo da colonização do continente sul-americano e, em particular, do território brasileiro.

Foi subindo os rios, partindo da costa de fácil acesso para os europeus, que, ainda no século XVI, os primeiros colonizadores penetraram no interior do continente, povoando vastas regiões da Argentina e do Paraguai, alcançando a Bolívia, o Peru e as riquezas dos incas pela bacia do Prata e adentraram a Amazônia fundando povoações cujos nomes até hoje lembram a origem de seus desbravadores.

Mais tarde, os bandeirantes usaram os cursos d'água para atingir o Brasil Central, partindo de São Paulo, Tietê abaixo.

Até os meados finais do século XIX, a via de acesso dos comerciantes, dos militares e dos cientistas para chegar às regiões remotas de Mato Grosso, Pará, Amazonas e Acre eram os afluentes e formadores do rio Paraguai e do rio Amazonas, passando de uma bacia hidrográfica a outra pelas regiões planas do centro do país, conhecidas sugestivamente por "águas emendadas", em que canoas e batelões eram arrastados a seco por braço escravo. Do mesmo modo, eram feitas as transposições das numerosas cachoeiras e corredeiras dos trechos superiores dos grandes rios amazônicos, como o Madeira, o Tapajós, o Juruena e o Arinos.

Apesar do uso difundido da navegação fluvial em todo o país, praticamente nenhuma obra de maior vulto foi executada no Brasil visando melhorar este meio de transporte até o século XX.

Na Europa, no fim do século XVII, já haviam sido construídas numerosas obras importantes, inclusive sob a direção de Leonardo Da Vinci, considerado, no mundo ocidental, como o inventor das eclusas de câmara. Algumas delas$ apesar de muito modificadas, existem até hoje.

Contrariamente ao que ocorreu no Brasil, nas colônias inglesas da América do Norte, onde os grandes rios tiveram, também, papel importante na colonização de regiões do interior do continente, grande número de obras de engenharia foram realizadas no passado para a navegação. Em 1652, já existiam pequenos canais artificiais no estado de Massachussetts, e em 1785 foi aberto o primeiro canal artificial importante dos Estados Unidos. Quarenta anos depois (1825), os grandes canais estendiam-se por 680 milhas, em vários estados, com numerosas eclusas, como no Middlesex Canal, que tinha 22 eclusas em 50 km de percurso. O canal La Salle, no Canadá, que propiciou uma via fluvial com quase 2 mil km de extensão, começou a ser aberto em 1727 e, no final do século, com vários ramais, servia de ligação permanente entre os Grandes Lagos, o rio Otawa e outros rios canadenses. Em 1824, foram inauguradas no Welland

Canal, as primeiras eclusas para vencer as quedas do Niágara unindo os Grandes Lagos ao mar pelo rio São Lourenço, onde várias outras obras grandiosas de engenharia hidráulica foram então executadas.

Possivelmente, por falta de uma tradição de navegação fluvial nos países ibéricos que nos colonizaram, nada de semelhante ocorreu no continente latino-americano e, por esse motivo, a história da engenharia da navegação interior entre nós só tem início em meados do século XX, com apenas uma incipiente história anterior.

Projetos e Utopias do Passado

Se faltaram obras de engenharia fluvial no Brasil no século XIX, não faltaram planos, estudos e até projetos de grandes empreendimentos, espelhados no que se fazia, como referido, em outros países. Esses grandiosos empreendimentos não saíram do papel e, na maior parte das vezes, não passaram de simples propostas ou mesmo, projetos de leis, sem qualquer conseqüência prática.

Antes mesmo da Guerra do Paraguai, o futuro Duque de Caxias pregava, na corte e na província, a ligação entre as várias lagoas e lagos do litoral dos Estados do rio Grande do Sul e Santa Catarina, formando uma "Intercostal Water Way" como as norte-americanas do golfo do México e da costa leste americana. Posteriormente, no início do século XX, uma empresa francesa elaborou um projeto detalhado de ligação dessas lagoas litorâneas que, porém, nunca foi executado.

Durante a Guerra do Paraguai, o geral Couto de Magalhães levou uma embarcação a vapor da bacia do rio Paraguai para a bacia do Araguaia-Tocantins, seguindo a diretriz de um possível canal de navegação muito defendido na época e que acompanhava uma das rotas fluviais dos bandeirantes. Os engenheiros militares envolvidos na empreitada esboçaram um projeto de canal, que eles mesmos julgaram inexeqüível.

O grande sonho, porém, sempre foi a ligação da bacia do Prata com a Amazônica, pelas famosas "águas emendadas" do Brasil Central, unindo os rios percorridos não só pelos bandeirantes mas também pelos comerciantes e viajantes científicos dos séculos XVIII e XIX. Muitos "estudos" foram apresentados por leigos, conhecedores da região, como o general Rondon e seu discípulo, o general Jaguaribe de Matos, ou por ilustres engenheiros, estes sem conhecimento local, o que se explica por serem estes sertões ainda hoje pouco desbravados.

O número de "projetos" de interligação das bacias do Prata e Amazônica aumentou muito nas primeiras décadas do século XX, quando obras de porte comparável foram iniciadas na Rússia e na Alemanha. Somente, porém, após 1950, os levantamentos topográficos das principais ligações apontadas como mais viáveis desde 1700 mostraram as reais dificuldades existentes, pois infelizmente, as conexões se limitam a ligar, por canais, pequenos cursos d'água que escoam, em sentidos opostos, nos terrenos alagadiços do alto Planalto Central Brasileiro.

O engenheiro militar Eduardo José de Morais, autor do livro *Navegação Interior no Brasil – Notícias dos Projetos Apresentados para Junção de Diversas Bacias Hidrográficas do Brasil ou Rápido Esboço da Futura Rede Geral de suas Vias Navegáveis*, publicado no rio de Janeiro em 1894, deve ser considerado como o grande divulgador dos estudos de engenharia para a navegação interior no Brasil. Sua publicação, além de referências preciosas aos planos da época, apresenta projetos, inclusive com integração de vários modos de transporte, orçamentos e estudos de "viabilidade econômica".

As Mais Antigas Obras de Engenharia nas Vias Navegáveis Brasileiras

Como apresenta, com detalhes, o engenheiro Eduardo José de Morais em sua obra, alguns pequenos melhoramentos foram, de fato, realizados nos rios brasileiros nos séculos XVIII e XIX. Esses melhoramentos eram constituídos por limpezas dos leitos, remoção de areia em locais rasos e derrocamentos de pedrouços isolados. Tendo sido realizados sem maiores estudos ou projetos, não podem ser classificados como obras de engenharia.

Ao que tudo indica, a mais antiga obra de engenharia para a navegação fluvial no Brasil foi a abertura do Valo Grande de Iguape, em São Paulo, destinada a permitir que as pequenas embarcações que trafegavam pelo rio Ribeira de Iguape tivessem acesso direto ao porto de Iguape. O Valo, após muitos anos de discussão, foi aberto conforme o projeto, de 1826, do tenente-coronel do Corpo de Engenheiros

Euzébio Gomes Barreiro. Os levantamentos topográficos executados na época e, aliás, repetidos regularmente durante os quase 21 anos que durou a obra, são detalhados e precisos, como se pode constatar quando foram refeitos há poucos anos, agora visando o fechamento do Valo. Constam do projeto elaborado pelo engenheiro Barreiro e dos processos de acompanhamento das obras, medições precisas de níveis d'água, de maré e das correntes, levantamentos das erosões com cálculos de volume e outros procedimentos que as modernas técnicas recomendam. O projeto previa uma vala com quatro palmos de largura e dois palmos de profundidade, em uma seção retangular, e declividade de fundo apropriada. Como é sabido, essa pequena vala aumentou brutalmente, em largura e em profundidade, devido ao jogo das marés e da pouca resistência do terreno. Esse aumento foi previsto no projeto, com uma precisão muito aceitável. Se tivessem sido tomadas as providências então indicadas, muitos dos inconvenientes que resultaram da obra e que incomodaram os habitantes locais por mais de 150 anos teriam sido evitados.

A primeira eclusa brasileira foi construída no canal de Macaé a Campos, na Baixada Fluminense, em 1884. Ela tinha cerca de 5 m de largura por 25 m de comprimento, e era destinada à passagem de embarcações transportando cana-de-açúcar. Não se conhece o autor do projeto nem o responsável pelas obras no canal. A eclusa foi reformada em 1920 e suprimida, alguns anos depois, com as obras de saneamento realizadas na região pelo DNOS.

Ainda no final do século XIX foi construída, pelo engenheiro Costa Gama, a eclusa rio Branco, no rio Cai (Rio Grande do Sul). A obra, implantada junto à uma barragem móvel que pertencia a uma empresa particular, tem a câmara em alvenaria, com largura de 8,85 m, comprimento de 37 m e portas de madeira. Vence um desnível de 1,5 m. Foi completada em 1905, remodelada em 1930 e operou regularmente por mais de cinqüenta anos. Hoje é conservada como museu da navegação fluvial gaúcha.

Outra obra dos primórdios da navegação fluvial no Brasil é a barragem móvel do rio Negro, contruída por volta de 1930 no trecho superior do rio Iguaçu (Paraná) pelo Departamento Nacional de Portos, Vias e Canais (DNPVN) para regular o nível das águas entre Porto União de Vitória e o Porto Amazonas.

Trata-se da única barragem móvel brasileira do tipo de agulhas, muito em voga no passado, na Europa e nos Estados Unidos, devido à facilidade com que pode ser operada manualmente. A barragem do rio Negro levou cerca de dez anos para ser concluída e acabou sem nenhuma utilidade, por causa da interrupção total da navegação no rio Iguaçu antes de sua conclusão. Em conseqüência, a estrutura foi abandonada, restando hoje no local apenas algumas ruínas.

Apesar de posterior, pois foi contruída em 1945, pode-se incluir como obra dos primórdios da navegação fluvial brasileira a pequena barragem eclusada de Sobradinho. Construída em um dos braços do rio São Francisco, pouco abaixo de onde mais tarde seria construída a grande barragem de mesmo nome. Esta pequena obra, realizada pelo DNPVN, tinha por função manter elevado o nível d'água montante, afogando as corredeiras locais, que constituíam o grande obstáculo para a navegação do Médio São Francisco. A barragem era um dique de enrocamento, de baixa altura, que ruiu por problemas geotécnicos pouco após ser concluído.

A eclusa, situada na margem esquerda, é conservada como relíquia ao pé da grande eclusa de Sobradinho. Tem uma câmara com 60 m de comprimento e 12 m de largura, com desnível máximo de 3,5 m.

Sistema Tietê-Pinheiros na Capital Paulista

Sob a orientação do engenheiro Billings, a São Paulo Light realizou, entre 1935 e 1944, as obras de reversão das águas do rio Pinheiros para a Usina Hidroelétrica de Cubatão. No canal que substituiu o antigo leito do rio, que de afluente do Tietê passou a correr para a vertente marítima, foram construídas duas usinas elevatórias, Traição e Pedreira, dentro do plano que previa a navegabilidade dos rios da capital e que incluía a canalização do rio Tietê, projetada em 1922 pelo engenheiro Saturnino de Brito.

Na elevatória de Pedreira, que daria acesso à represa, concluída em 1937, foi parcialmente construída, e nunca concluída, uma eclusa com 24,5 m de queda que teria sido a mais alta eclusa do mundo na época. A eclusa da elevatória de Traição com comprimento de 34,5 m, largura de 7,5 m e queda máxima de 3,8 m foi completada, porém não foram instalados os equipamentos eletromecânicos. Funciona, pode-se dizer, manualmente, para dar passagem às embarcações de serviço movimentadas pelo canal.

No sistema Tietê-Pinheiros foi projetada e parcialmente construída, em 1927, uma barragem móvel eclusada, do tipo cilindro, e que faz parte da estrutura da ponte do Limão. Ainda no sistema Tietê-Pinheiros foi recentemente concluída a barragem móvel da Penha, cuja eclusa está inacabada.

As Obras da Bacia do Jacuí no Rio Grande do Sul

A Canalização por barragens móveis do trecho médio do rio Jacuí e do trecho baixo de seu afluente, o rio Taquari, constitui, até hoje, o único conjunto de obras de barramento no Brasil implantado unicamente para a navegação fluvial.

A primeira unidade, concluída em 1958 pelo DNPVM, foi a barragem eclusada do Fandango, próxima à cidade de Cachoeira do Sul. É do tipo móvel, com sistema de alças, e dispõe de uma eclusa com 15 m de largura por 165 m de comprimento, e queda de 4,5 m. Em seguida, foram completadas as barragens de Anel de Dom Marco (1968), Amarópolis (1970) e Bom Retiro (1976), esta última no rio Taquari, afluente do Jacuí.

As quatro barragens eclusas foram projetadas e construídas por técnicos franceses seguindo, em linhas gerais, os esquemas das modernas barragens eclusas do rio Sena, a não ser pelas dimensões das eclusas, que, com exceção da de Fandango, têm 17 m de largura e 150 m de comprimento. As quedas máximas dessas barragens são de 7,1 m, 5,0 m, 5,5 m e 4,0 m, (Anel de Dom Marco, Amarópolis, Fandango e Bom Retiro, respectivamente).

Vista geral da usina elevatória de Traição que reverteu o curso do rio Pinheiros.

Primeira eclusa da hidrovia Tietê-Paraná em Barra Bonita.

O rio Jacuí até Fandango e o rio Taquari, graças a esse sistema de barragens, oferecem uma via franca e segura para embarcações com até 2,5 m de calado.

A Hidrovia Tietê-Paraná

Os conceitos de aproveitamento integral das águas para usos múltiplos foram, pela primeira vez, aplicados no Brasil na canalização do médio e baixo Tietê, a partir de 1953. Dentro desses conceitos, as barragens, além de usinas hidroelétricas, devem ser providas de eclusas para permitir que as embarcações vençam os desníveis localizados. Os represamentos são sucessivos garantindo o aproveitamento energético total e propiciando continuidade à via navegável.

O aproveitamento integral do rio Tietê foi concebido pelos engenheiros do Departamento de Águas e Energia Elétrica do Estado de São Paulo, inicialmente por meio do serviço do Vale do Tietê. A barragem de Barra Bonita, localizada mais a montante do trecho e a primeira do conjunto, foi concluída em 1963. As eclusas projetadas junto às barragens foram as primeiras de alta queda (mais de 20 m) construídas no Brasil.

A eclusa de Barra Bonita, com 25,5 m de desnível, uma das maiores quedas do mundo à época, não foi completada junto com a barragem, cabendo a primazia das eclusas de alta queda à da barragem de Bariri, terminada em 1968. Seguiram-se as demais eclusas, num total de oito obras, sendo que as duas duplas e últimas do conjunto (Nova Avanhandava e Três Irmãos), foram completadas recentemente.

O projeto das eclusas do Tietê segue a concepção das obras francesas do rio Ródano, que era a mais avançada na época. As câmaras das eclusas medem 12 m de largura por 120 m de comprimento, tendo seus sistemas de enchimento e esgotamento hidraulicamente balanceados sido estudados em modelos reduzidos em laboratórios do exterior. Apenas as últimas obras foram estudadas em laboratórios nacionais.

A partir de 1961, os mesmos critérios de uso múltiplo das águas foram adotados para o aproveitamento do rio Paraná pela Comissão Interestadual da Bacia do Paraná-Uruguai. A primeira obra completada nesse rio, a barragem de Jupiá, em 1968, integrou os dois rios, vencendo as cachoeiras de Urubupungá, no Paraná, e de Itapura, no Tietê. A eclusa, também só recentemente completada, foi construída parcialmente junto com a barragem, e transpõe uma queda máxima de 24,5 m. A eclusa de Jupiá foi a primeira de projeto integralmente nacional. A obra seguiu a concepção norte-americana, tendo a câmara, bem maior que as das do rio Tietê (17 m x 210 m), sido adaptada aos comboios de empurra que acabaram por ser adotados na navegação fluvial de todo o mundo.

O aproveitamento integral do rio Paraná inclui ainda a barragem não eclusada de Ilha Solteira e as barragens eclusadas de Porto Primavera, que entrou em operação há menos de dois anos, e a barragem de Ilha Grande, ainda não construída.

Entre os represamentos de Três Irmãos (rio Tietê) e de Ilha Solteira (rio Paraná) foi aberto um canal artificial que integra os dois aproveitamentos hidroelétricos e interliga a navegação do Tietê com a do Alto Paraná e com os rios Grande e Paranaíba, evitando a construção de uma eclusa de mais de 40 m de altura em Ilha Solteira. Esse canal, com 7 km de extensão, foi o primeiro grande canal de navegação do Brasil, tendo sido projetado e construído integralmente por técnicos nacionais. Conta com cortes em terra de mais de 40 m de altura e foi completado em 1996, dando acesso ao chamado Tramo Norte da Hidrovia Tietê-Paraná.

As Eclusas de Sobradinho e Tucuruí

Entre as obras realizadas para a navegação fluvial no Brasil que merecem ainda especial atenção na história da engenharia nacional, devem-se incluir, apesar de recentes, as eclusas de Sobradinho, inaugurada em 1978, e a de Tucuruí, ainda em construção. Ambas tiveram suas concepções e projetos elaborados pela engenharia nacional e são classificadas como duas das mais importantes obras do tipo de todo o mundo.

A eclusa de Sobradinho, construída no rio São Francisco, vence a queda total de 34,5 m que, na época de sua entrada em operação, era a terceira maior queda do mundo e ainda hoje só é ultrapassada em quatro eclusas. A camada de Sobradinho tem 140 m de comprimento e 17 m de largura.

A obra de transposição da barragem de Tucuruí, no rio Tocantins, está destinada a vencer um impressionante desnível de 72 m. É constituída por duas eclusas separadas por um canal intermediário de 5.400 m. As câmaras têm 210 m de comprimento por 33 m de largura, podendo acomodar comboios com uma capacidade total de carga de até 22 mil toneladas.

A eclusa superior tem queda máxima de 37,8 m e, quando completada, será a segunda maior em altura de mundo, ultrapassada apenas por uma eclusa russa de concepção não tradicional. A eclusa de jusante vencerá um desnível máximo de 35 m e será a quinta queda do mundo, ultrapassando a eclusa do Sobradinho. O volume d'água movimentado em uma eclusagem de queda máxima na eclusa superior atingirá 262 mil m^3, sendo quatro vezes maior que o volume da maior câmara existente.

Porto de descarga de soja no rio Tietê.

Os circuitos hidráulicos da eclusa de Tucuruí, que incluíram numerosas inovações, foram projetados com assistência de consultores norte-americanos.

Várias outras obras importantes estão em construção ou sendo projetadas para a navegação interior no Brasil, especialmente na região central do país e na Bacia Amazônica. Elas serão, sem dúvida, merecedoras de serem citadas na futura história da engenharia brasileira.

13 Engenharia Naval

YAPERY T. B. GUERRA

Introdução

O engenheiro naval respeita o produto de sua criatividade e tecnologia porque o navio, sem dúvida, é aquele que mais se aproxima da criação máxima da natureza – o ser humano, o *Homo sapiens*. Na verdade, o navio, como o homem, nasce num berço, é batizado, tem personalidade jurídica própria, movimenta-se por seus próprios meios; comunica-se com seus semelhantes e com os portos por intermédio dos códigos coloridos de bandeiras ou através dos aparelhos da eletrônica moderna; viaja operando em águas nacionais e internacionais; tem período de vida útil, quando transporta riquezas ou carga bélica eficiente; sabe lutar como ninguém, quando necessário; como o homem, também adoece, eventualmente, quando é recolhido a hospitais, no caso, os estaleiros de reparo. À medida que o tempo passa, vai aos poucos envelhecendo, perdendo vitalidade e eficiência e, passado o período de vida útil, morre e é recolhido aos famosos cemitérios de navios, algumas vezes com cerimônias que lembram os enterros dos humanos, como ocorre com as mostras de desarmamento dos navios de guerra.

Como se não bastasse essa incrível semelhança, o navio possui também uma alma – sua tripulação –, que lhe dá características próprias, tais como valentia, eficiência, e, até mesmo, sorte e alegria. Mesmo navios iguais, construídos em série, pelo mesmo estaleiro e segundo um mesmo projeto, apresentam performances diferentes – há os que têm sorte e os que não têm, há os que são eficientes e os que não são. Ademais, quando a tripulação dele se afasta, passa o navio da condição de entidade viva e produtiva, para a de um corpo inerte, de estrutura de ferro e aço sem ação, que se deteriora rapidamente pela corrosão, do mesmo modo como se decompõe o corpo humano, quando a alma dele se afasta para viver a vida depois da vida. O navio é, pois, um produto semelhante ao homem e deve ser estudado, projetado e construído para as águas onde vai operar, como condição primeira para garantir-lhe eficiência bélica, nos casos de navios de guerra, e eficiência econômica para os que são projetados para transportar cargas comerciais.

Em conseqüência, parece lógico que a análise que se segue comece pela gênese do navio e prossiga pela análise da evolução da sua construção e dos seus projetos ao longo da história.

Passado Remoto

A gênese do navio perdeu-se na bruma do tempo. Sabe-se, no entanto, que o homem primitivo carregava seus pertences através da água usando toras de madeira, mantidas juntas por cipós, na forma de jangadas. Há evidências de que, usando esse meio de transporte, ele cruzou mares e, até mesmo, oceanos. Não demorou muito, porém, para que o homem descobrisse que poderia melhorar seu transporte sobre água, usando troncos de árvore escavados, na forma de canoas. No entanto, a dificuldade de escavar troncos com as ferramentas primárias de que dispunham, levaram-no a construir esqueletos de madeira com costelas de forma semi-circular (cavernas), amarradas umas às outras, e o conjunto coberto com couro ou peles de animais secados ao sol. Barcos desse tipo ainda são usados nos dias de hoje, por pescadores do País de Gales e da Irlanda. Os índios norte-americanos também usavam a construção com cavernas e impermeabilizavam o casco com casca de árvores. Nenhuma dessas embarcações tinha porte suficiente para ser chamada de navio, na medida em que podiam transportar apenas alguns passageiros, e pouquíssima quantidade de carga.

O passo seguinte foi construir unidades maiores, embora usando o mesmo princípio. A estrutura básica do navio passou a ser constituída de uma peça longitudinal forte construída como uma imitação da espinha dorsal humana, uma série de cavernas transversais (a exemplo das costelas humanas), uma peça vertical avante (para "cortar" a água) e outra peça vertical semelhante à ré, servindo de popa. Toda a estrutura era inicialmente coberta por caniços colados juntos e depois por tábuas de madeira encaixadas umas nas outras ou coladas, de modo que uma tivesse sempre uma parte sobreposta a outra. Parafusos de ferro passaram a ser usados nas estruturas, tão logo foram postos à venda pelos fabricantes. A não ser pelo uso de longarinas para reforçar a estrutura no sentido longitudinal, os navios passaram a ser assim construídos enquanto durou o reino da madeira na construção naval. Mas, mesmo depois do uso do ferro na construção naval, já no começo do século XIX, o velho princípio de construção manteve-se o mesmo, apenas as quilhas, cavernas, longarinas, conveses e outras peças estruturais passaram a ser dimensionadas de acordo com os princípios e leis da resistência dos materiais.

O mais antigo navio, de que se tem conhecimento preciso, foi construído no ano 3908 a.C. para o funeral do faraó Cheops, descoberto numa vala perto de seu túmulo e coberto com areia. O navio tinha comprimento de 40,54 m, boca máxima de 7,92 m, foi construído com cerca de 600 peças de madeira diferentes e ao que tudo indica, nunca foi utilizado para outra coisa a não ser para o funeral. Em outras palavras, nunca foi ao mar, nem flutuou no Nilo, mas há evidências suficientes para afirmar que os egípcios usaram navios muito semelhantes no seu comércio através do Mediterrâneo. Também há evidências de que tais navios, embora normalmente propelidos por remos operados por escravos, usaram também a força propulsora dos ventos, ficando à meia nau uma vela retangular, de papiro ou algodão, pendurada de uma verga, ligada ao mastro na posição indicada, isto é, na posição da caverna mestra. Sabe-se também que tais navios eram governados por remos grandes pendurados por fora do casco, a boreste, e situados entre o taboado do costado e o painel da popa.

Os fenícios, que dominaram a costa do Mediterrâneo durante mais de setecentos anos antes de Cristo, isto é, de 1 mil a cerca de 200 anos a.C., melhoraram o projeto egípcio, construíram pequenos navios para navegar naquele mar e navios maiores (Tarshish Ships), com os quais se aventuraram a outros mares através do estreito de Gibraltar, indo até a Sicília e, segundo Heródoto, em torno da África, até o Oceano Índico. Pinturas em túmulos, perto de Roma, mostram que, a partir de 450 a.C., os romanos, para reforçar a estrutura de seus navios, introduziram o uso de anteparas, o que também permitiu o aumento da capacidade de transportar carga. Os navios ficaram mais bojudos em razão do aumento da boca e, por esse motivo, passaram a ser chamados navios redondos. Foi também nessa fase que apareceram os primeiros navios com dois mastros, para aumentar-lhes a velocidade e reduzir o tempo de singradura. A viagem ficava mais curta, os navios podiam fazer mais viagens, o comércio aumentava e os lucros subiam.

Também nessa fase descobriu-se a possibilidade de navegar à vela com a proa mais próxima da linha do vento, isto é, à bolina, pela exposição das velas à ação do vento em ângulos diferentes do que se fazia no passado, isto é, com vento sempre de popa ou do través para ré (pelas alhetas de bombordo ou boreste).

Os escandinavos desenvolveram uma forma diferente de casco, com comportamento mais adequado para enfrentar ondas do Atlântico Norte – cascos mais alongados, com proa e popa altas, afilados nas extremidades e arredondados a meia nau, forma de casco ainda usada nos botes salva-vidas, nos dias atuais. Os árabes descobriram que as velas triangulares apresentavam melhores qualidades propulsivas em relação às velas retangulares e, mesmo nos dias presentes, os barcos árabes, chamados *dhows*, podem ser vistos com suas velas triangulares no Mar Vermelho. A novidade foi logo adotada pelos egípcios, que a usam no Nilo, nas suas felucas. Os chineses desenvolveram um tipo diferente de barco – juntaram com tábuas duas canoas e, sobre elas, construíram paredes de madeira de modo a formar uma verdadeira caixa de fundo chato. Para servir de proa, construíram uma forma afilada separada, adicionada à estrutura. A popa foi construída com o propósito de manter o local seco com mar de popa. Na linha central, construíram outra caixa impermeável, que continha o remo usado para dirigir, de modo que o dispositivo foi o precursor do leme, usado depois nos países europeus. A mais importante contribuição chinesa para a construção naval, na época, foi o uso de anteparas transversais, não só para dividir compartimentos na parte interna do navio, mas também para reforçar a estrutura do casco. Esses barcos, chamados juncos, eram equipados com um ou dois mastros, dotados de velas retangulares feitas de palha, com as quais podiam navegar com a proa perto da linha do vento. Eram, na realidade, superiores em condições de navegabilidade aos navios construídos, na época, nos outros países, e isso explica o fato de serem usados até hoje nos mares da costa e nos rios da China.

Pelo que foi relembrado até aqui, fica patente a maneira rudimentar com que era feita a construção de navios, baseada unicamente no conhecimento transmitido oralmente de pai para filho, sendo a construção em si feita por carpinteiros navais.

Idade Média

Do que restou do barco chamado Nydam, encontrado em 1863, e de um outro encontrado num cemitério, em Sutton Hoo, Inglaterra, pode-se verificar que os barcos com que os vikings faziam suas viagens eram embarcações compridas, de carvalho, com cerca de 24,38 m de comprimentos, boca estreita e pequeno calado, com um leme rudimentar, de modo a permitir que pudessem ser içados para terra. Eram propelidos por remos, mas, na maioria dos casos, usavam velas de tecido com cores vermelhas ou vermelho e azul. Um século depois, esses barcos ainda usavam remos ou velas; tinham o mesmo comprimento; proa e popa afiladas e com o mesmo formato, mas na proa havia sempre colocada uma estatueta que a tradição chama de figura de proa. Nas bordas havia chumaceiras para dezesseis remos (aberturas nas bordas que servem de apoio aos remos). Um mastro, colocado a meio navio, carregava uma vela retangular e uma peça de madeira colocada em ângulo reto com a peça de governo era a precursora da cana do leme. Os navios que Alfredo, o Grande, fez construir para a incipiente marinha inglesa eram de modelo semelhante, embora de porte maior. Também os usados por William da Normandia para invadir a Inglaterra eram do mesmo tipo, apenas maiores, alguns dos quais com cerca de sessenta remos.

No século XIII, a maioria dos navios em operação nas águas do Atlântico Norte era do tipo redondo já descrito, com boca bem grande e grande calado, o que lhes dava grande capacidade de carga; contudo, eles eram os primeiros navios construídos para operar com velas, os remos sendo usados esporadicamente. Por esse motivo, o número de velas foi aumentando e alguns usavam dois mastros e nas versões de guerra eram construídas estruturas na popa e na proa (castelos) de onde os soldados lançavam setas ou lanças. Desse dispositivo se originou o nome de castelo de proa para os compartimentos do convés, na região da proa. Somente no século XIV apareceram barcos que mereceram a classificação de navios. Tinham deslocamento de quinhentos toneladas e dois mastros. Os destinados à guerra, tinham estruturas na popa, com um pequeno convés, chamado convés de popa e outro na proa que manteve o nome de castelo de proa. Cada um desses navios de guerra era tripulado por noventa marinheiros, e carregavam sessenta lanceiros e 130 arqueiros. Os países do Mediterrâneo, nessa época, evoluíram para as caravelas, inicialmente com dois mastros e depois com três, com velas retangulares nos dois mastros de vante e uma vela latina no mastro de ré, isto é, dois mastros de galera e um de barca, como são classificados agora. Esses navios foram construídos para navegar em águas calmas, mas Colombo comprovou que podiam fazer cruzeiros mais longos, quando veio para a América com as caravelas Santa Maria, Pinta e Nina. Mesmo nessa fase a construção naval era rudimentar, com tecnologia simples passada de pai para filho.

O canhão apareceu no século XIV, e foram montados em navios de mil toneladas de deslocamento e colocados na superestrutura do convés, no castelo de proa e no convés de popa. Eram suficientemente leves para ficar nessas posições sem afetar a estabilidade. À medida que o calibre dos canhões foi aumentando, e, conseqüentemente, o seu peso, um novo desenvolvimento surgiu na construção naval – a criação do convés inferior, abaixo do convés principal, e a abertura nas bordas do navio, no mesmo nível desse segundo convés, para utilização dos canhões. O mais conhecido, e talvez o primeiro navio de guerra projetado e construído para esse mister, foi o Henry Grace à Dieu ou *Great Harry*, lançado em 1514, com quatro mastros, dois com velas retangulares e dois com velas latinas e tripulado por setecentos homens, para a marinha inglesa. Foi também neste século que apareceu a roda de leme, que tinha de ser guarnecida por vários homens, mas ainda assim tornava mais confortável o governo do navio.

Esse foi o período heróico da navegação a vela, onde a coragem e a audácia dos marinheiros da época superaram as deficiências dos navios e construíram o mundo como hoje conhecemos. Suas experiências nos mares e oceanos tornaram possível e formaram os fundamentos da engenharia naval moderna. Em 1066, William, da Normandia, cruzou o Canal da Mancha e conquistou a Inglaterra; em 1191, o Rei Ricardo I da Inglaterra viajou para a Palestina para tomar parte nas Cruzadas; em 1248, os genoveses capturaram Rodes; em 1263, os noruegueses tentaram, pela última vez, invadir a Escócia e em 1274, Kublai Khan fez uma tentativa frustrada de conquistar o Japão. Em 1364, os dinamarqueses (Dietrich Pining) chegaram ao Senegal e, em 1497, o veneziano John Cabot chegou a Newfondland. Infelizmente, porém, os dados disponíveis sobre essas viagens são tão raros e imprecisos que não permitem comentários mais detalhados. Apenas do último século da Idade Média encontram-se documentos que permitem análise das viagens dos descobrimentos, das quais a primeira, e para alguns a mais importante, foi a de Cristóvão Colombo, nascido, em Gênova, em 1451.

Jovem e iletrado, Colombo embarcou em navios que operavam no Mediterrâneo. O primeiro navio, em que embarcou e que saiu daquele mar pelo estreito de Gibraltar, foi afundado por um esquadrão francês ao largo de Lagos, em 1476. Colombo salvou-se nadando e voltou a Lisboa em um navio português. Com esforço aprendeu a ler. De suas leituras e convivência com outros marinheiros conhecia a importância e o valor comercial das especiarias e outras riquezas da Índia. Depois de muita persistência e recusas repetidas de ajuda, por parte dos Reis Henrique VII, da Inglaterra, e Carlos VIII, da França, conseguiu o apoio dos reis da Espanha, Fernando e Isabel, e saiu de Palos, em 1492, com uma frota de três pequenos navios: Santa Maria, uma caravela de cem toneladas de deslocamento, com tripulação de quarenta homens, e duas outras caravelas, a Nina, de noventa toneladas, e a Pinta, ambas com dezoito homens de tripulação. Depois de enfrentar calmarias e ameaças de motim da tripulação, chegou ao Haiti e à República Dominicana, onde perdeu a Santa Maria, construiu uma fortaleza na baía de Caracol e voltou a Palos. Em 1493, Colombo fez uma segunda viagem, com uma frota de dezessete navios, carregando 1.500 colonos, e ancorou seis semanas depois na ilha de Guadalupe. Dali foi até o Haiti onde descobriu que os nativos tinham dizimado a tripulação do forte Caracol. Descobriu, porém, no local, grande quantidade de pepitas de ouro de tamanho avantajado, que valiam fortunas, e mandou a carga preciosa para Espanha em doze de seus navios. A terceira viagem teve como ponto de partida a ilha de Cabo Verde, em 4 de julho de 1498. A capitânia era a caravela Santa Maria da Guia e a frota era composta de mais duas caravelas. Quatro semanas depois, aportou numa ilha a que deu o nome de Trindade, e foi até a Venezuela, na América do Sul. Colombo enfrentou muitos problemas, tanto com os colonos quanto com os nativos das terras descobertas, e morreu aos 54 anos frustrado por não ter descoberto a outra rota para as Índias que tanto procurara.

Ligada a essas viagens de Colombo e talvez como conseqüência delas, estão as viagens pela quais os portugueses descobriram o caminho das Índias, e Cabral o Brasil, no dia 22 de abril de 1500. As viagens portuguesas começaram em 1419, quando colonizaram a ilha da Madeira; Gonçalo Cabral descobriu os Açores em 1432; Cadamosto de Veneza descobriu Cabo Verde, em 1462, e Pedro de Cintra colonizou Serra Leoa, em 1462. Outros navegadores, viajando ao longo da costa africana, já tinham ido até o Golfo da Guiné, onde colonizaram a ilha de Fernando Pó. Diego Cam chegou ao Congo, em 1484, e a Angola em 1486. Dali até o Cabo da Boa Esperança, era apenas um pulo, mas essa honra coube a Bartolomeu Dias, que tinha recebido de D. João II, meses antes de morrer, a incumbência de preparar uma nova viagem à Índia pela rota do Cabo da Boa Esperança. A respeito desses preparativos, diz Eduardo Bueno no seu livro *O Descobrimento das Índias*: "Primeiro o rei incumbiu um certo João de Bragança da missão de cortar na lua certa as melhores madeiras que pudesse encontrar para a fabricação de dois navios – pinheiros, carvalhos ou sobros. Depois, confiou ao próprio Bartolomeu Dias a tarefa de supervisionar a construção das embarcações". Elas deveriam estar preparadas "para sofrer a fúria dos mares daquele grão Cabo da Boa Esperança". Dias decidiu reforçar a madeira, e a estrutura das caravelas em relação às que, até então, usavam os portugueses em suas viagens. Além disso, decidiu usar tanto velas latinas (triangulares) como velas redondas (quadrangulares), o que, na prática, resultou na invenção das naus com as quais os lusos realizaram suas grandes descobertas.

Quando as naus ficaram prontas, morreu D. João II, subindo ao trono o rei D. Manoel, que, por ser aliado dos nobres e da Igreja, nomeou Vasco da Gama para substituir Dias. Para ajudar Vasco, foram escolhidos Pero de Alencar, que havia conduzido a caravela de Bartolomeu Dias ao redor do Cabo da Boa Esperança, como navegador da nau São Gabriel sob o comando de Paulo da Gama, e Nicolau Coelho para comandar a São Rafael. A frota era completada por uma nau de abastecimento, comandada por Gonçalo Nunes. É interessante notar que essa frota partiu no dia 8 de julho de 1497, atingiu Calcutá e teve três dos seus comandantes designados para a frota de Cabral que descobriu o Brasil. Foram eles, Pero de Alencar, Pero de Escolar e Nicolau Coelho. Pedro Álvares Cabral recebeu instruções para explorar as descobertas de Vasco da Gama e partiu em março de 1500, tendo Bartolomeu Dias como segundo em comando. Cabral, como é sabido, afastou-se da costa da África para evitar calmarias e com isso, acidentalmente descobriu o Brasil, chegando a Porto Seguro em 22 de abril de 1500. Depois de tomar posse da nova terra em nome de D. Manoel, continuou a viagem, enfrentou fortíssima tempestade ao montar o Cabo da Boa Esperança, quando perdeu nove navios, inclusive Bartolomeu Dias que afundou com sua nau.

Era Moderna

Como pode ser verificado, o fato de não poderem os navios e embarcações que se movem na superfície dos oceanos, mares, rios, lagos e canais terem forma geométrica definida tornou a construção naval uma arte essencialmente empírica, característica que, em parte, continua nos dias presentes, apesar do imenso progresso e desenvolvimento das ciências físicas e matemáticas dos últimos dois séculos. Pudesse o navio ter uma forma geométrica definida, o estabelecimento ou verificação de suas condições de estabilidade, da capacidade de volume ou peso, da resistência aos esforços que devem suportar as diferentes partes de sua estrutura, tudo enfim que constitui a complexidade dele como um todo, se reduziria a uma expressão bem mais simples.

O navio, porém, é uma construção destinada a mover-se em superfície que limita meios de densidades diferentes, o que introduz fatores diversos de resistência à propulsão, que determinam formas especiais às carenas para reduzir essa resistência e essas formas especiais são definitivamente não geométricas. Esses problemas começaram a ser objeto de aprofundadas investigações por parte de cientistas do porte de Newton, D'Alambert, Euler, Condorcet, Bossut, Borda e outros nas tentativas de resolver teórica ou experimentalmente as questões que interessam ao projeto de carenas e que formaram o primeiro estágio da tecnologia moderna que abrange a mecânica dos fluidos, com seus fólios, suas descontinuidades, suas fotografias de barreiras transônicas, seus túneis para estudos dos fenômenos de cavitação, seus túneis aerodinâmicos, aplicações da teoria de modelos reduzidos, modelos de hidráulica experimental em outras ramificações que interessam à aeronáutica, à balística, aos portos de mar, as hidroelétricas e a outros setores da ciência aplicada dos nossos dias.

De todos os nomes ilustres que se ligam à engenharia naval como ciência, destaca-se o do almirante engenheiro naval Juvenal Greenhalgh em seu livro *Arsenal de Marinha do Rio de Janeiro na História*, Bouger e Euler. O primeiro no livro *Traité du Navire*, escrito em 1746, lembra que até então o estudo da estabilidade dos corpos flutuantes se cingia aos rudimentos que datavam de Arquimedes. O grande geômetra grego deixara claro que essa estabilidade depende do empuxo do fluido deslocado e do peso do corpo flutuante e das posições dos pontos de aplicações destas forças. Mas, a propriedade do flutuante – sua estabilidade – segundo a qual, quando afastado de sua posição de equilíbrio em águas tranqüilas, tende a voltar a seu estado inicial, depende da posição que Bouger chamou de metacentro. A estabilidade fica condicionada à bem conhecida regra da situação acima ou abaixo do centro de gravidade. Bouger estudou aplicações de sua teoria em vários problemas do navio, a distribuição de sua artilharia a bordo etc., lançando seguras bases científicas para a arquitetura naval. Euler, por sua vez, em *Sciencia Navalis* empregou os recursos de sua inteligência privilegiada, em benefício da nova disciplina, e ganhou um prêmio do governo francês, por proposta de Condorcet. Pela publicação do livro *Theorie Complète de la Construction et de la Manoevre de Vasseaux, mise la portée des gens qui s`appliquent a la Navigation*, Euler, que já introduzira o conceito de momento de inércia e enriquecera a ciência com as equações que lhe perpetuam o nome, ampliou as bases da teoria. A estabilidade de forma ao lado da de peso, a teoria geral dos metacentros, baseada na evoluta metacêntrica e, em geral, as matérias expostas nos clássicos antigos de Pollard e Dudubout, encontram seus pontos de partida nos fundamentos lançados por Bouger e Euler.

Modernamente, não paira mais nenhuma dúvida de que a engenharia naval, como é conhecida, ensinada e praticada nos dias presentes, é uma conseqüência lógica da evolução da Física, da mecânica dos fluidos, da resistência dos materiais, da termodinâmica, dos fundamentos da transferência de calor, da mecânica, da eletricidade, da física nuclear, da química orgânica ou, em resumo, de toda ciência aplicada. Mas, mesmo assim e apesar do progresso, ainda não é possível dispensar o empirismo do uso dos tanques de provas para resolver problemas de determinação de potências para carenas projetadas, nem túneis de cavitação para estudo de hélices, o que mantêm a componente empírica da engenharia naval e mostra a importância das viagens marítimas do passado para o progresso de hoje. Na verdade, aquelas viagens constituíram-se nos tanques de provas de antanho, onde os navios eram testados nos mares e oceanos, com os navegantes pagando, muitas vezes, com a vida, a audácia de terem tentado, enfrentando as condições reais, com grandes ondas, ventos e tempestades. Desses testes na vida real, com navios frágeis e deficientes, resultaram dados práticos de grande valia para o projeto e a construção dos navios de guerra e mercantes que cruzam os mares. Além dos conhecimentos científicos usados a partir do século XVIII, duas inovações aparecidas no século XIX produziram grande transformação nos projetos dos navios de guerra e mercante. Em 1802, com o advento da revolução industrial na Inglaterra, William Clyde construiu a primeira embarcação a vapor, para ser utilizada no rio Clyde, na Escócia. Um ano depois, Robert Fulton construiu um barco semelhante para ser usado no rio Sena. Em 1807, Fulton construiu um outro barco maior, com o qual conseguiu completar a viagem de 150 milhas entre Nova York e Albany, em 32 horas. As máquinas da época tinham pouca potência, não eram confiáveis, suas caldeiras tinham consumo exagerado de carvão, e nas rotas, não se dispunha de facilidades para reabastecimento de combustível. Como conseqüência, as máquinas só eram utilizadas para singraduras curtas, como a travessia do Canal da Mancha, para rebocadores, navios de rio e de correio. Para os demais, eram utilizadas como auxiliares das velas.

A exceção conhecida para esse quadro foi a construção do navio a vapor de casco de madeira, em 1838, construído por Isambard K. Brunel. O navio de nome Great Western, tinha 1.321 toneladas de deslocamento, era propelido por rodas de pás, e completou sua viagem inaugural, entre Bristol e Nova York, em quinze dias transportando 24 passageiros de primeira classe. Foi o primeiro transatlântico de passageiros em serviço. A roda de pás tinha várias desvantagens. Eram facilmente danificadas em mau tempo e, nos navios de guerra, ficavam não só muito vulneráveis aos tiros inimigos, mas também porque pela sua posição nos lados do navio reduziam o número de canhões que podiam ser utilizados. Os estaleiros britânicos relutaram em usar hélices até que o Almirantado Inglês fez um teste simples, mas eficiente, que dirimiu as dúvidas, em 1845. Conectou duas fragatas iguais pela popa, uma propelida por hélice, a HMS Rattler, outra por roda de pás, a HMS Alecto. Apesar de a Alecto operar com toda potência avante, foi rebocada com velocidade de 2,7 milhas por hora. A partir daquele teste, a grande maioria dos navios passou a adotar a hélice e, com o advento de máquinas alternativas a vapor mais eficientes e caldeiras de alta pressão, que foram fabricadas na segunda metade do século XIX, o vapor superou a vela como meio de propulsão.

A outra grande inovação do século XIX foi o uso do ferro para a construção do casco dos navios, seguida, em 1860, pelo uso do aço para o mesmo fim. Ambas permitiram a construção de navios maiores. À concepção básica da estrutura dos cascos dos navios, aprovada por cerca de 2 mil anos de experiência no mar, Brunel adicionou longarinas para reforçar longitudinalmente o conjunto e anteparas transversais impermeáveis à água, que além de reforço estrutural, melhoravam as chances de sobrevivência do navio no caso de avaria abaixo da linha d'água. O Titanic, construído muito depois, afundou porque suas anteparas não eram estanques e teve avaria abaixo da linha d'água, atingido que foi por um iceberg. Seu segundo navio, misto, de carga e passageiros, foi construído com essas modificações, tinha 3.270 toneladas de deslocamento e era propelido por hélices. Na época, alguns construtores não acreditavam que navios de ferro pudessem flutuar e, por isso, construíram navios compostos – usavam quilha e cavernas de ferro, casco revestido de placas ou tábuas de madeira. O terceiro navio construído por Brunel, o Great Eastern, lançado em 1858, tinha comprimento de 21,34 m, deslocamento de 19 mil toneladas, era propelido por hélice e roda de pás, tinha capacidade para transportar 4 mil passageiros (ou 10 mil soldados) além de 6 mil toneladas de carga. Nele foram introduzidas duas inovações – duplo fundo para garantir sobrevivência do navio em caso de encalhe e máquina de governo a vapor. Essas duas inovações passaram a ser comuns nos projetos de navios daí em diante.

A engenharia naval nessa época já tinha atingido o estágio tecnológico e científico como a conhecemos nos dias atuais. O uso do aço nas estruturas já tinha permitido o projeto e a construção de navios maiores com maior capacidade de carga e passageiros; o uso de óleo como combustível, por sua vez, permitiu o projeto e a construção de caldeiras expressas e superaquecedores, com a produção de vapor superaquecido, o que com o aparecimento das engrenagens redutoras permitiu não só o uso de turbinas, mas grande melhora nas suas performances; foram projetados e construídos novos tipos de navios mercantes de carga geral, transportadores de containers, petroleiros, navios para transporte de carga refrigerada, transportadores de gás, graneleiros, quebra-gelos, navios fábrica, pesqueiros, navios oceanográficos, enfim, navios para todos os propósitos como são usados atualmente. Progresso igualmente importante ocorreu no campo dos navios de guerra com o projeto e a construção de encouraçados, porta-aviões, cruzadores, destroyers, fragatas, corvetas, submarinos, navios auxiliares, hospitais, embarcações de desembarques, navios transportes etc. e toda uma gama de barcos usados pelas marinhas do mundo inteiro. Contudo, a mais importante inovação tecnológica introduzida foi o uso da energia nuclear para propulsão naval, que veio revolucionar a engenharia naval em termos de melhora de raio de ação e permitiu o projeto e a construção do submarino verdadeiro, isto é, aquele construído para operar permanentemente submerso, vindo à superfície apenas esporadicamente. A introdução da energia nuclear na propulsão naval foi o mais significativo avanço tecnológico dos últimos sessenta anos.

A Engenharia Naval no Brasil

A história da Engenharia Naval no Brasil confunde-se com a própria história da Marinha Brasileira. O Arsenal de Marinha do Rio de Janeiro foi fundado em 1763, mas, durante todo o período colonial, fez apenas uma construção de vulto – a nau São Sebastião. O trabalho era artesanal, braçal e voltado exclusivamente para naus de madeira e à vela. O mesmo aconteceu com outro arsenal de porte existente na época – o da Bahia, que foi, de longe, o mais importante centro de construção naval no Brasil no período colonial e conservou essa primazia até a primeira metade do século XIX. Enquanto o do Rio de Janeiro mantinha-se como centro de reparos navais, era do baiano, o sucessor da velha Ribeira das Naus de Thomé de Souza, que saíam os navios para a esquadra brasileira em formação.

Até 1840, tanto o Arsenal do Rio de Janeiro como o da Bahia mantiveram o mesmo aspecto, a mesma organização do período colonial. Em 1824, iniciou-se a construção, no Rio, de um dique seco, escavado na rocha, para reparo de navios, construção essa que se prolongou até o ano de 1861. Esse dique, o primeiro construído no Brasil e na América do Sul, constituiu-se em importante progresso, pois acabou com as demoradas e perigosas operações de "virar de carena" para reparo ou limpeza nas obras vivas e isto, é claro, depois da retirada de máquinas e mastreação, antes da operação.

Por ocasião da Independência, em 1822, o nome do Arsenal foi mudado para Arsenal Imperial da Marinha, mas continuou a ser conhecido como Arsenal da Corte. Depois da nau São Sebastião, lançada ao mar em 1767, o Arsenal só voltou a construir outro navio em 1824, e, durante todo esse período, teve como atividade principal o reparo de navios da esquadra real, depois, da brasileira e também de navios mercantes, brasileiros e estrangeiros surtos no porto. Até meados do século XIX, como mencionado, o centro de construção naval continuou sendo o Arsenal da Bahia. A atividade de reparo no Rio foi muito ativada depois da Independência, quando foi necessário pôr em condições de combate e de navegação muitos navios deixados pelos portugueses e que constituíam o núcleo principal da esquadra brasileira. Somente em 1824, foi reiniciada a atividade de construção naval com a corveta Campista, lançada ao mar em agosto de 1827. Foi aquela corveta projetada pelo primeiro construtor (como eram chamados os profissionais graduados em construção naval) do Arsenal, primeiro-tenente José dos Santos. Em 1826, foi iniciada a construção de outra corveta, D. Januária, com projeto do mesmo construtor, e lançada ao mar, em 1830, com o nome de D. Amélia em homenagem à nossa segunda Imperatriz. Depois dessa, vieram o brigue Calíope, em 1839; o patacho Argus, em 1840, e a corveta Enterpe, em 1842, com projeto do construtor José Joaquim dos Santos Pimenta.

Durante todo esse período até aqui considerado, os profissionais de construção naval eram chamados erroneamente de construtores. Embora profissionais competentes, nenhum deles tinha formação regular de engenharia naval, sendo antigos operários que ascendiam a mestres e depois a construtores e cujo aprendizado era feito nas aulas de geometria e desenho do próprio Arsenal, pelo estudo como autodidatas e pela experiência. Somente a partir de 1852, teve o Arsenal da Corte engenheiros navais com curso de formação de engenharia (feitos no estrangeiro), mas a necessidade de melhor formação para os profissionais de construção naval já era sentida há muito tempo, tanto assim que o relatório anual do Ministro da Marinha, em 1834, diz textualmente: "alheios às teorias da ciência [...] nossos construtores estão longe de poderem ser considerados hábeis engenheiros, e daqui pode resultar grave detrimento para o material da nossa Marinha de Guerra; a criação de uma Escola de Construção Naval [...] me parece aconselhada pelos interesses da Marinha e da Fazenda Pública. Novamente, em 1851, outro ministro da Marinha escreveu : "não é menos indispensável cuidar da instituição de uma Escola de Construção Naval, que até hoje tem andado por mão de práticos apenas aptos a executar planos levantados por engenheiros que possuíam todos os conhecimentos da difícil ciência".

Quando da introdução da máquina a vapor na construção naval, ela sofreu oposição principalmente por parte das Marinhas de Guerra, porque, como já mencionado, os propulsores da época, de rodas, eram volumosos, pesados, extremamente vulneráveis e porque sua localização, nos bordos dos navios, reduziam o poder de fogo das unidades. Agravava ainda o problema a construção primitiva das máquinas a vapor e das caldeiras que as faziam grandes e pesadas e reduziam muito o volume interno destinado à munição e às peças de artilharia. Até 1840, quase nada desse progresso tecnológico tinha atingido a construção naval no Brasil. Muito poucos eram os barcos a vapor e os cálculos eram feitos pelas velhas fórmulas empíricas herdadas dos portugueses e, em razão desse atraso tecnológico, é que foi proposta, mais uma vez, a criação de um curso de engenharia naval.

Entre 1840 e 1865, o Arsenal da Corte esteve sob a direção de engenheiros estrangeiros, alemães, belgas e ingleses, que introduziram modificações radicais, não apenas nos equipamentos mecânicos, mas também na tecnologia aplicada naquele parque industrial. Depois de 1865, a direção do estabelecimento passou às mãos dos engenheiros brasileiros Carlos Braconnot e Antônio Gomes de Matos, ambos formados em engenharia mecânica na Europa, de onde trouxeram e introduziram no Arsenal o que de mais avançado havia na época na construção de caldeiras e máquinas a vapor. Ao mesmo tempo, com o retorno à direção da Diretoria de Construção Naval do engenheiro João Batista Level, diplomado em engenharia naval na Europa, em 1852, houve verdadeira revolução na construção naval no Brasil. Level, engenheiro notável, foi, na realidade, o primeiro dirigente com curso regular de engenharia naval no Arsenal da Corte. Autor do projeto da corveta imperial Marinheiro, construída no Arsenal, foi com ela que se inaugurou o dique seco, cuja obra se iniciara em 1824. Entre 1840 e 1865, foram construídos cinco corvetas, um brigue-escuna, um navio, um rebocador, um brigue, uma galeota, um cúter e uma barca.

De 1860 em diante, já com desenhistas no seu quadro de pessoal, até 1890, o Arsenal da Corte atingiu o máximo do seu desenvolvimento, aproximando-se dos estaleiros mais

Engenharia Naval, freqüentariam dois anos e um semestre em São Paulo e completariam sua formação com mais um ano no exterior. Eventualmente, os oficiais da Marinha Brasileira freqüentariam o curso completo em São Paulo, quando então, receberiam o diploma de engenheiro naval expedido pela USP.

Para o funcionamento do curso, a Marinha comprometeu-se a fornecer professores para as disciplinas especializadas em construção naval, dentre oficiais da Marinha ou professores especialmente contratados no exterior, durante o período necessário à formação de professores nacionais, de acordo com esquema estabelecido; garantir bolsas de estudo, no exterior, a assistentes designados pela Escola Politécnica, para obtenção de mestrado e garantir a continuidade e competência do corpo docente.

A solução dada pela Marinha ao problema da formação de engenheiros navais foi uma solução inteligente. Ao contrário do que ocorreu com o Exército, que fundou o Instituto Militar de Engenharia, hoje situado na Praia Vermelha, Rio de Janeiro, da Aeronáutica, que criou o Centro Técnico de Aeronáutica, em São José dos Campos, duas excelentes escolas de engenharia que exigiram altos investimentos para suas instalações e são de elevados custos de operação (além do tempo requerido para as respectivas consolidações), a Marinha optou pela utilização de uma escola de engenharia de reputação invejável – a Escola Politécnica da Universidade de São Paulo, de alto gabarito, com um corpo docente respeitado e, com ela, em pouco mais de três anos, viu formada a primeira turma de engenheiros navais. Na verdade, a Marinha apenas ajudou a Escola Politécnica a estabelecer o curso e as disciplinas especializadas, uma vez que as disciplinas básicas já eram ministradas na Politécnica, com eficiência e tradição, há muitos anos. Não apenas do ponto de vista econômico, mas também e principalmente do ponto de vista técnico a solução da Marinha não poderia ter sido melhor. Seguiu o exemplo das marinhas dos países mais desenvolvidos que não dispõem de escolas de engenharia próprias e usam para formação de seus engenheiros escolas pertencentes a universidades famosas, tais como a Universidade de Michigan e o MIT, nos EUA, e o King's College, usado pela Marinha Inglesa.

Para a execução do convênio e organização do curso, o ministro da Marinha da época, o almirante-de-esquadra Antônio Alves Câmara Júnior, nomeou coordenador o então capitão-de-mar-e-guerra e engenheiro naval Joaquim Carlos Rego Monteiro, detentor do grau de Master of Science em Engenharia Naval pelo King's College, engenheiro de alto gabarito e larga experiência. O comandante Monteiro escolheu para auxiliá-lo na tarefa o então capitão de corveta e engenheiro naval Yapery Tupiassu de Britto Guerra, que possuía os graus de engenheiro naval, engenheiro mecânico e Master of Science em engenharia naval pela Universidade de Michigan nos EUA. Pouco tempo depois, o comandante Rego Monteiro foi promovido a contra-almirante e o ministro da Marinha confirmou a designação do comandante Yapery Tupiassu de Britto Guerra para a função de coordenador do curso de Engenharia Naval, com a missão adicional de fundar e colocar em funcionamento o recém-criado Escritório Técnico de Construção da Marinha em São Paulo, como seu primeiro diretor.

A complexa responsabilidade de coordenador incluía a representação da Marinha junto à Escola Politécnica, a organização geral do curso e do Escritório Técnico, a influência direta nos programas das disciplinas gerais e específicas, que devessem ser ajustadas às exigências de crédito em instituições universitárias estrangeiras. Cabia ao coordenador a tarefa de obter do Conselho Departamental da Politécnica as modificações ou estabelecimento de novos programas de interesse do curso de Engenharia Naval. Cônscio de sua responsabilidade e para estabelecer os programas em bases sadias, em pé de igualdade com instituições de respeito na comunidade acadêmica internacional, a Marinha, por meio do coordenador, contratou e trouxe a São Paulo o prof. Laureñs Troost, chefe do Departamento de Engenharia Naval do MIT e depois presidente do Conselho de Pesquisas, da Holanda. O prof. Troost permaneceu, em São Paulo, o tempo necessário para estabelecer as bases dos programas a serem seguidos nas disciplinas especializadas de Engenharia Naval e foi substituído pelo prof. George Manning, professor titular e segunda pessoa em importância no departamento de Engenharia Naval do MIT.

O prof. Manning, além de ensinar e cooperar na organização geral do curso, escreveu em co-autoria com o capitão-de-fragata (EN) Yapery Tupiassu de Britto Guerra o livro-texto, em dois volumes, *Fundamentos de Arquitetura*

Naval, que se constituiu no primeiro livro-texto sobre engenharia naval publicado no Brasil e editado pela Imprensa Naval, em 1962. Foi o segundo escrito e editado em língua portuguesa, sendo o primeiro, de autoria do frade dominicano Fernando Cavalcanti, denominado *Da Construção de Naus*, publicado no século XVI, quando a construção naval era uma arte empírica. Além disso, o prof. Manning, depois de seu regresso aos EUA, autorizou a tradução para o português do seu livro *Teoria e Técnica do Projeto do Navio*. A tradução e adaptação foi feita pelo então capitão-de-mar-e-guerra (EN) Yapery Tupiassu de Britto Guerra, e o livro foi publicado pela Missão Norte-Americana de Cooperação Técnica no Brasil–USA-AID, em 1964.

Na fase de organização e consolidação do curso, a Marinha colocou à disposição da Escola Politécnica os seguintes professores brasileiros e estrangeiros: Frederick Walton, ex-diretor do Centro de Pesquisas de Máquinas da Marinha Norte-Americana; Eugene Almendinger, ex-professor do MIT para projetos de navios ; Stephen Ray Towne, oficial da reserva do Corpo de Engenheiros da Marinha Norte-Americana; Heinrich Peters, ex-professor do MIT, de nacionalidade alemã; George Max Gronau, especializado em tecnologia de construção naval, de nacionalidade alemã; Yapery Tupiassu de Britto Guerra, oficial do Corpo de Engenheiros da Marinha, para as disciplinas de Arquitetura Naval I, do terceiro ano do curso e arquitetura naval II do quinto ano; Cecil Godfrey Holmes, oficial do Corpo da Armada da Marinha, para a disciplina de arte naval, depois denominada introdução à engenharia naval; Carlos Alberto Teixeira Mendes, oficial do Corpo de Engenheiros da Marinha, para a disciplina de propulsores.

Depois da formatura da primeira turma de engenheiros navais, cooperaram com o curso os seguintes professores: José Carlos de Castro Waeny, oficial do Corpo de Engenheiros da Marinha, para eletricidade; Gabriel Francisco de Andrade Vilela, do Corpo de Engenheiros da Marinha, para máquinas marítimas; Roberto Vinícius Fiúza de Oliveira, oficial do Corpo de Engenheiros da Marinha, para construção naval.

A primeira turma de estudantes, matriculada no curso de Engenharia Naval, dado histórico, era composta dos seguintes oficiais de Marinha e civis: capitão-tenente Antônio Paruolo Filho; capitão-tenente Elbert Denys Pereira; capitão-tenente Manoel Bernardo Guimarães Mattos; primeiro-tenente Hugo Freiederich Schieck; primeiro-tenente Mozart Padilha de Sousa; primeiro-tenente Walter Sanches; engenheiro civil Mário Marioto; engenheiro civil Pedro Cuyumijian; Antônio Naclerio Novaes; Renzo Antonio Soneghet; Roberto Arnaldo Strehler; Seito Higashi; Sérgio de Almeida Martins; José Rosa de Sousa Neto; Weber Cintra Chagas.

Atestando o grande interesse despertado pelo curso de Engenharia Naval, nele se matricularam o prof. John Seattle Addison, lente de desenho topográfico da Politécnica e, como ouvinte, o professor dr. Roberto Moreira, catedrático da cadeira de estradas.

Os programas detalhados das disciplinas especializadas do curso sofreram influência marcante do ensino ministrado, tanto no MIT, como na Universidade de Michigan. Esta última, vetusta "Alma Mater" do primeiro chefe do departamento de Engenharia Naval da Poli, dava-lhe oportunidade de contato direto com seus renomados professores, fontes permanentes de orientação e conselho, e do MIT, por influência dos professores contratados, que aqui vieram ajudar a colocar o curso, depois departamento, em bases didáticas e tecnológicas sadias. A orientação geral seguida, em São Paulo, utilizou a experiência de ensino do MIT e da Universidade de Michigan, combinada com a cultura técnica e também de ensino de engenharia acumulada durante dezenas de anos pela Escola Politécnica, de modo que combinou a experiência didática de duas entidades educacionais norte-americanas com a vivência profissional da Politécnica para a adaptação do curso à realidade brasileira. Dessa combinação de experiências, resultou um curso bem orientado, sério, que exigia dos estudantes o máximo e dava-lhes oportunidade de tornarem-se profissionais de sucesso.

As primeiras negociações para adaptação de programas não foram fáceis. O Conselho Departamental e a própria Congregação da Politécnica eram conservadores, e como tal resistiam a mudanças. Uma das necessidades mais prementes foi o estabelecimento de disciplinas especiais de mecânica dos fluidos, até então ministradas de maneira inadequada para a Engenharia Naval, como parte do programa de hidráulica. O Conselho Departamental resistiu à mudança, considerando que tanto para a Engenharia Civil, como para o programa de Engenharia Mecânica – Eletricista, como existia na época, o programa de hidráulica era perfeitamente satisfatório. No entanto, para a Engenharia Naval, a mecânica dos fluidos, de que a hidráulica é um caso particular, é absolutamente indispensável como base científica para os estudos de propulsão, termodinâmica, transferência de calor etc. Apesar das dificuldades iniciais, a disciplina de mecânica dos fluidos foi criada e o primeiro a ministrar suas aulas foi o prof. dr. Lucas Nogueira Garcez, catedrático de hidráulica e didata de excepcionais qualidades.

O curso foi projetado para formar engenheiros para a indústria de construção naval. A finalidade precípua era preparar profissionais capazes de pesquisar, projetar, construir e reparar navios ou embarcações, de um modo geral. Como mencionado, os currículos sofreram influência não só de universidades norte-americanas, mas também da mentalidade européia por meio de professores contratados, e foi adaptado à realidade brasileira através do corpo docente da Politécnica. Procurou-se um equilíbrio entre os métodos de ensino europeu e norte-americano, de modo a obter uma resultante adaptável à realidade nacional. Da combinação desses sistemas, resultou um currículo pesado e muito trabalho. O estudante, em paralelo com o curso teórico indispensável à sua formação técnica, fazia um curso prático de desusada intensidade, calculando, projetando e experimentando em laboratórios diversos. Em continuação às aulas teóricas, filmes técnicos eram mostrados, versando sobre assuntos dados em aula. Além de demonstrações práticas em laboratórios, problemas e exercícios eram propostos e resolvidos sob a orientação direta de professores e assistentes.

No capítulo, "A Engenharia Naval no Brasil", do livro comemorativo dos cem anos da Escola Politécnica, escrito pelo autor do presente trabalho, encontra-se uma análise bem mais extensa e detalhada dos métodos de ensino utilizados nos primeiros anos de funcionamento do curso de Engenharia Naval, incluindo carga horária dos professores, número de horas trabalhadas em projetos pelos estudantes fora das aulas, de modo a que os alunos aprendessem, não apenas o que deve ser feito, mas também como deve ser feito etc. Vale aqui relembrar que o curso de Engenharia Naval transformou-se no primeiro departamento oficialmente criado na Escola Politécnica e que tal prática foi depois estendida para as outras especialidades de engenharia da Poli e a seguir para toda a Universidade de São Paulo. O departamento de Engenharia Naval também foi o primeiro a implantar o estágio obrigatório em seus programas, prática que depois se estendeu aos demais departamentos da Escola.

Seção Naval do Instituto de Pesquisas Tecnológicas do Estado de São Paulo

A Seção Naval do IPT constituía-se, como até hoje, no principal laboratório do Departamento de Engenharia Naval. O seu tanque de provas, que entrou em funcionamento antes do advento do curso de Engenharia Naval, foi construído de acordo com projeto do prof. G. Kempf, diretor do Laboratório de Hidrodinâmica de Navios, de Hamburgo. A pedido do prof. Francisco João Humberto Maffei, diretor da Escola Politécnica e superintendente do IPT, o prof. Kempf projetou o tanque e a construção foi acompanhada pelo engenheiro civil Aldo Andreone, encarregado da Seção Naval daquele Instituto, que se tornou pioneiro no Brasil na operação de tanques de provas de modelos de navios. A construção foi financiada pelo Conselho Nacional de Pesquisas, por decisão do seu presidente, almirante Álvaro Alberto da Mota e Silva, e pela Marinha, por interferência do então capitão-de-fragata engenheiro naval Aniceto Cruz Santos.

O Laboratório de Pesquisas com Modelos de Navios, comumente chamado de Tanque de Provas, permite a execução de provas com modelos de navios para determinação de formas eficientes de carenas, lemes e hélices em condições mais ou menos ideais, isto é, em águas calmas, profundas, ausência de ventos, superfície molhada hidraulicamente lisa, e escoamento homogêneo nas proximidades do propulsor etc. Além disso, permite a execução de provas cujo propósito é predizer as qualidades da carena e hélices. É, portanto, ferramenta de estudo e pesquisa para o ensino de Engenharia Naval e, no ano da instalação do curso, a Seção Naval do IPT já possuía um tanque para provas de arrasto de 60 m de comprimento, uma oficina de confecção de modelos e estava em construção com recursos fornecidos pela Marinha, a extensão do tanque para 140 m. Um Laboratório de Estabilidade foi instalado precariamente numa das salas do Escritório Técnico da Marinha na praça Coronel Fernando Prestes.

Com esse conjunto de laboratórios, o curso podia propiciar aos estudantes conhecimentos teóricos e práticos das técnicas de provas com modelos de navios providos de propulsão própria e provas com modelos de hélices como aparelhos independentes. Não havia ainda meios para análise de hélices na faixa de cavitação, em razão da não existência no Brasil de túneis de cavitação. Do conhecimento dessa realidade, nasceu a idéia da aquisição do túnel de cavitação. O coordenador, aproveitando a estada na Politécnica do prof. Troost, que tinha dirigido a instalação e fora superintendente do Nederland Ship Model Basin, da Holanda, solicitou àquele profissional o detalhamento do tipo de equipamento a ser adquirido para completar os laboratórios do IPT. De posse do relatório, convenceu as autoridades navais a fazer o investimento necessário, e o túnel foi encomendado e adquirido de uma firma especializada de Hamburgo, Alemanha.

Navio Oceanográfico Pesqueiro Prof. Wladimir Besnard

O desenvolvimento da indústria de pesca no Brasil, com aplicações de vultosos recursos em navios, fábricas e redes de distribuição de pescado exigia, como ainda exige, conhecimentos básicos que assegurem exploração eficiente e racional dos recursos pesqueiros para prevenir os perigos da pesca predatória e permitir a utilização da população de peixes e recursos marinhos da maneira mais eficiente e econômica possível. Por outro lado, o progresso científico, que já ocorria na época, no Brasil, em outros campos do conhecimento humano, parecia recomendar que se estendesse a oportunidade de desenvolvimento correspondente às ciências do mar, de que o país tanto depende. Para atender a esse objetivo, um navio oceanográfico representava elemento indispensável para a pesquisa e preparo educacional e científico de equipes especializadas naquele campo da ciência.

Um navio desse tipo, além de propiciar pesquisas nos campos da oceanografia física, química e biológica, deveria também oferecer meios para estudo de biologia dos animais marinhos de interesse econômico direto, pesca experimental, por todos os métodos conhecidos, inclusive aqueles ainda não usados nos mares brasileiros, procura de novas áreas de pesca, auxílio na localização de cardumes, bem como a possibilidade de prospecção do solo submarino, tendo em vista a localização de recursos minerais.

Por outro lado, os requisitos de um navio de pesquisa pesqueira são diferentes daqueles que se exigem de um navio de pesca comercial, onde o objetivo é o lucro máximo. Naquele, as considerações comerciais normais são necessariamente relegadas a segundo plano em relação à pesquisa científica e o navio, como um todo, deve atender às necessidades dos laboratórios e dos cientistas que nele embarcam, em adição aos da tripulação comercial completa, sem restringir demasiadamente o espaço disponível dos porões.

Dessas considerações, verifica-se que os requisitos a que deve atender um navio de pesquisas pesqueiras são marcadamente diferentes daqueles que se exigem para um navio oceanográfico.

Dadas as divergências de requisitos, pensava o prof. Wladimir Besnard, diretor e fundador do Instituto Oceanográfico, o ideal seria o Instituto possuir dois navios, um para cada finalidade. Tal ideal estava absolutamente fora da realidade, de vez que, até então, a instituição nunca tivera nada que se parecesse com um navio de verdade. Procurou, então, o prof. Besnard, coordenador do curso de Engenharia Naval, na tentativa de encontrar uma solução conciliatória que tornasse viável o sonho de dar ao Instituto um navio de pesquisas.

Depois de longa conversa, o fundador do Instituto convenceu o coordenador a aceitar a tarefa de fazer o projeto básico de um navio que pudesse satisfazer a maioria dos requisitos dos vastos programas de pesquisas, tanto de oceanografia quanto de biologia marinha. A idéia era tentar achar um meio termo difícil de encontrar. Aceito o desafio, ficou combinado que o Instituto apresentaria ao Escritório Técnico os requisitos do armador e ao coordenador a responsabilidade pela execução do projeto. O projeto foi desenvolvido por mim, com a colaboração de três quintoanistas da época, Mário Marioto, Antonio Naclerio Novaes e Pedro Cuyumijian, pertencentes à primeira turma de Engenharia Naval da Escola Politécnica, os três, posteriormente, professores daquele departamento especializado. A partir de um rascunho de Arranjo Geral, preparado em conjunto com técnicos do

Navio oceanográfico pesqueiro Prof. Wladimir Besnard.

Instituto Oceanográfico, foi iniciado o estudo da forma, que tinha como objetivo primordial a determinação do plano de linhas mais conveniente para a velocidade fixada e para conter os volumes necessários às acomodações de pessoal e equipamentos exigidos pelo Instituto. Paralelamente, com a interferência dos técnicos do Instituto, o Plano de Arranjo Geral Definitivo era estudado e preparado pelos projetistas, com a finalidade de incluir no navio todos os laboratórios e equipamentos necessários à pesquisa. Terminada essa fase, os projetistas concluíram o Plano de Arranjo final, com os ajustes ditados pelos espaços, áreas de conveses e volumes disponíveis no projeto de forma.

Do desenvolvimento do projeto, resultou um navio com as características abaixo indicadas:

Comprimento na linha d'água	45,33 m
Comprimento entre perpendiculares	42,60 m
Boca	9,15 m
Calado (moldado à meia nau)	4,20
Superfície molhada	490 m²
Volume de deslocamento	790 m³
Coeficiente de bloco	0,447
Coeficiente prismático longitudinal	0,555
Coeficiente de seção mestra	0,806
Velocidade de cruzeiro	10,5 nós

Do Plano de Linhas, foi construído modelo reduzido que foi exaustivamente testado no Tanque de Provas do IPT, sob a orientação do engenheiro Aldo Andreone, e os resultados comparados com os modelos de navios de pesca de arrasto, ensaiados em outros países e os resultados da comparação foram lisonjeiros para o navio oceanográfico, especialmente em baixas velocidades, as de arrasto, onde deve operar a maior parte do tempo. Além disso, ao longo de toda a curva de velocidades, o navio situava-se na média dos resultados dos demais. O estudo da estabilidade do navio, como pesqueiro de arrasto, constitui um capítulo especial, sabido que este tipo de navio é normalmente submetido a condições particularmente desfavoráveis na operação do recolhimento das redes depois da captura. Neste particular, a colaboração dos estudantes que, na época, cursavam a disciplina de Teoria do Navio da Politécnica, foi inestimável. Com a supervisão dos professores, traçaram as Curvas Hidrostáticas, a Curva de Comprimento Alagável e as Curvas de Estabilidade Estática do navio. Estes dados foram posteriormente utilizados para uma reanálise rigorosa da estabilidade do navio, antes do projeto de construção ser desenvolvido pelo estaleiro.

Como resultado de concorrência internacional, o navio foi construído pelo Estaleiro Miellen Karlsen, de Bergen, Noruega, tendo fiscalizado a construção, como representante do Instituto de Engenharia Naval, Vicente Maria Verrone, integrante da primeira turma de formandos do Departamento de Construção Naval da Escola Politécnica da Universidade de São Paulo.

O navio oceanográfico Prof. Besnard, uma jóia preciosa para a pesquisa científica e tecnológica, de valor inquestionável para o desenvolvimento da ciência do mar e das economias do Estado e da nação, no dizer do então governador do Estado de São Paulo, Roberto Costa de Abreu Sodré, foi o primeiro navio resultante do Departamento de Engenharia Naval da Escola Politécnica, projetado por professores e estudantes do departamento. Mais de trinta anos são passados desde a sua construção, uma vida útil longa demais para navios de sua classe. Durante todos esses anos, mesmo empregado fora daquelas missões para as quais fora projetado, como as missões na Antártida, por exemplo, o valente navio nunca decepcionou aqueles que o projetaram e, até hoje, mesmo na idade provecta, continua prestando relevantes serviços ao Instituto Oceanográfico, à Universidade de São Paulo e ao Brasil.

Referências Bibliográficas

Albuquerque, L. Porto. *Impressões sobre a Construção Naval no Brasil durante a Monarquia*. Serviço de Documentação da Marinha. S.d.

Greenhalgh, Juvenal. *O Arsenal de Marinha do Rio de Janeiro na História*. Rio de Janeiro, A Noite, 1951.

Guerra, Yapery Tupiassu de Britto. "Contribuição à História do Curso de Engenharia Naval da Escola Politécnica". *Revista do Clube Naval*, Rio de Janeiro, Março de 1993.

Martin, J. H. & Benett, Geoffrey. *Pictorial History of Ships*. Hong Kong, Mandarin Publishers Limited, s.d.

Nunes, Max Justo. *Cochrane e a Construção Naval no Brasil*. Serviço de Documentação da Marinha.

Sant'ana, Moacir Medeiros de. "Indústria da Construção Naval". In: *Contribuição à História do Açúcar em Alagoas*. Recife, Instituto do Açúcar e do Álcool, 1970, pp. 71-80.

Silva Teles, Pedro da. *História da Engenharia no Brasil (Séculos XVI a XIX)*. Rio de Janeiro, Livros Técnicos e Científicos, 1984.

Construção de Navios de Guerra no Brasil – Período Republicano. Serviço de Documentação da Marinha. S.d.

Agradecimentos

O autor agradece à sra. Maria de Fátima Pereira Nunes, secretária do Núcleo de Assuntos Estratégicos da Fiesp, pela eficiente colaboração recebida no preparo do presente trabalho.

14 As Obras Hidráulicas

GIORGIO BRIGHETTI

Introdução

As obras hidráulicas estão inseridas em todos os empreendimentos de engenharia que envolvam a água. Juntamente com outras especialidades da engenharia contribuem para o bom desempenho do projeto. O projeto das obras hidráulicas, como é o caso de uma barragem, envolve especialistas em engenharia de solos, fundações, estruturas, transporte, hidráulica, mecânica, elétrica, ambiental, de construção e de gerenciamento. De maneira geral, entretanto, essa obra passa a ser conhecida pelas suas finalidades, por exemplo, quantos quilowats (kW) gerados, para a geração de energia elétrica, ou quantos litros (ou m^3/s) para o abastecimento ou quantos hectares (ha) irrigados, ficando em segundo plano os problemas específicos que muitas vezes exigiram soluções especiais de repercussão mundial no seu meio técnico, para viabilizar o empreendimento. Sempre que o empreendimento envolve água, seja doce ou salgada, de maneira geral, exige-se que a participação da engenharia hidráulica, que, dependendo da magnitude do seu envolvimento, passa a ser ou não primordial à sua atuação.

As obras hidráulicas propriamente ditas estão inseridas dentro de um contexto mais amplo de uma obra de engenharia, podendo ter um maior ou menor destaque em função de sua importância. Dentro da área do projeto, essa importância pode ser avaliada em função do número de horas/homem alocadas ao projeto, mas, de maneira geral há uma divisão da responsabilidade do empreendimento com as demais áreas da engenharia envolvidas.

No caso do sistema de captação de um grande projeto de irrigação, como é o caso do Projeto Jaíba no rio São Francisco, ao norte de Minas Gerais (a estação de recalque para mais de 50 m^3/s com a instalação de vários conjuntos de bombas, o projeto de canais de distribuição, exigiram a participação do engenheiro hidráulico no seu dimensionamento), pode ser considerada uma obra hidráulica de vulto, entretanto o projeto é conhecido por ser um grande projeto de irrigação com uma área de 100 mil ha.

As primeiras obras hidráulicas no Brasil surgiram no período colonial, com a instalação das primeiras rodas de água para as usinas de açúcar, nos séculos XVI e XVII, introduzidas pelos colonizadores.

Adutoras

No século XVII, as principais obras de que se tem conhecimento dizem respeito ao abastecimento de água das maiores cidades da época, como Rio de Janeiro, Salvador, São Paulo, Recife e Porto Alegre. O primeiro sistema de abastecimento do Rio de Janeiro trazia água do rio Carioca, que tem suas nascentes no morro do Corcovado, resultando um aqueduto construído com manilhas de barro até o chafariz no campo de Santo Antônio, passando a se chamar largo da Carioca.

A esse aqueduto seguiram-se os Arcos da Carioca, uma ponte canal em arcos no estilo romano, ainda hoje um dos mais vistosos monumentos da cidade. Esse foi o período dos chafarizes que funcionavam como "bicas" estrategicamente localizadas para o abastecimento da população. Somente no fim do século XIX e início do século XX tiveram início as grandes obras de abastecimento, com a execução de redes de distribuição.

No fim do século XIX as principais cidades do país já dispunham das primeiras redes de distribuição predial, cuja água era trazida por adutoras de maior porte, como foi o caso das captações do rio do Ouro no Rio de Janeiro.

Vários episódios ocorridos por sua época testemunharam a maioridade da engenharia hidráulica nacional no projeto de obras de abastecimento. O episódio mais interessante foi conseqüência da grande falta de água no Rio de Janeiro no período 1888-1889, associado a um surto de febre amarela, que exigia obras urgentes, mas as propostas mais otimistas exigiam prazos longos, de no mínimo 210 dias. Apareceu então um desafio, publicado nos jornais pelo engenheiro Paulo de Frontim, para a solução do problema em seis dias. Previa executar-se a captação de 15 milhões de litros por dia de mananciais próximos do rio do Ouro. A proposta foi aceita e executada dentro do prazo. Setecentos operários, mais a utilização da Estrada de Ferro Rio do Ouro para o transporte dos tubos e materiais de construção, além da utilização da infra-estrutura da Inspetoria de Obras Públicas e especialmente uma perfeita organização do trabalho, viabilizaram a execução da obra.

Uma das primeiras obras de vulto no século XX para o abastecimento da cidade do Rio de Janeiro foi a construção da adutora que captava água do ribeirão das Lajes, com uma extensão de 75 km de tubos de concreto armado, com diâmetro de 1,50 a 1,70 m, com extensos sifões protegidos por cinco torres de equilíbrio. Sua construção foi decidida em 1937 e parcialmente construída até 1940.

Em São Paulo, em meados do século XIX, uma planta geral da cidade, realizada pelo Serviço Técnico de Águas e Esgotos, mostrava a extensão da rede de distribuição predial: havia 73 km e a principal adutora trazia a água da serra da Cantareira. Em 1905, iniciaram-se as obras de adução do rio Cabuçu e Barrocada, concluídas em 1910. Em 1914, começaram as obras do Cotia, concluídas em 1917. Em 1925, realizou-se a adução das águas puras do rio Claro, com projeto de Henrique Novaes, baseado nas idéias de Euclides da Cunha, a partir da construção de uma barragem e uma adutora de 86 km, ainda hoje em operação.

Primitivo chafariz do Largo da Carioca, século XVIII (aquarela de W. Smyth).

Nas últimas décadas do século XX, grandes empreendimentos foram realizados para viabilizar o abastecimento de águas das grandes metrópoles, iniciando-se um novo conceito, que é o do gerenciamento dos recursos hídricos, utilizando água de bacias vizinhas e criando conflitos salutares. Surgiram os sistemas Cantareira em São Paulo, a ampliação do Sistema Guandu no Rio, adutoras em Salvador etc., chegando-se aos projetos atuais no Nordeste para a transposição da água do São Francisco para abastecer os Estados mais atingidos pela seca.

Em todas essas obras a engenharia hidráulica participou no projeto das barragens, dos canais, galerias de adução, elevatórias, estações de tratamento e sistemas de distribuição, com especial importância no estudo dos transientes hidráulicos.

Portos Marítimos

Os principais portos brasileiros, em operação no início do século XX, estão localizados em regiões escolhidas

Vista noturna do porto de Santos.

durante o período de colonização, principalmente durante a ocupação e exploração das capitanias hereditárias. Esses portos estavam localizados em regiões que apresentavam boas condições de abrigo natural, dentro dos conceitos e necessidades da época. Região abrigada era considerada aquela que estava resguardada da ação do mar e protegida de ações bélicas. O porto devia ter calado para o fundeio das embarcações, canal de acesso adequado, pelo menos nas condições de maré alta, abrigado da ação das ondas e de difícil acesso, ou de fácil defesa, no caso de possíveis ataques vindos por mar.

Estudos realizados durante a Segunda Guerra Mundial mostraram que de doze locais considerados ideais para a construção de portos, inclusive visando a sua proteção de ação militar, dez eram ocupados por portos com sua origem no período de colonização e em dois locais não existiam portos, devido às grandes dificuldades do acesso terrestre.

Sem dúvida, outros fatores intervieram com maior ou menor intensidade, tais como fertilidade e facilidade de ocupação do solo, disponibilidade de água potável etc.

A maioria das capitais dos estados litorâneos possui locais adequados para a instalação de portos para atender as demandas das embarcações da época, com excessão de Curitiba e São Paulo.

O parâmetro hidráulico, oceanográfico, mais importante era o conhecimento da variação da maré local. Esse parâmetro dava origem a outro que era guardado a "sete chaves", um verdadeiro segredo de Estado, o "Estabelecimento do Porto", ou seja, o intervalo de tempo entre a passagem da lua pelo meridiano e a ocorrência de maré de amplitude máxima, da qual resultava a profundidade suficiente para dar acesso ao porto.

Os portos brasileiros foram abertos ao comércio internacional em 1808, mas até a última década desse século, não havia cais para atracação direta. Os navios ancoravam em área protegida e pequenas embarcações faziam a movimentação das cargas, utilizando-se de cais rudimentares.

A partir de 1850 linhas regulares de navegação ligavam o Brasil à Europa, utilizando-se dessas instalações portuárias precárias. Os primeiros estudos para melhoria dos portos datam dessa época, mas havia muitas dificuldades para a sua realização. Somente o projeto da doca da Alfândega do Rio de Janeiro é executado, sendo a primeira obra no Brasil a utilizar o cimento Portland num cais em alvenaria de pedra, fundada sobre estacas de madeira cravadas por bate-estaca.

Em 1869, o governo do Império recorreu à iniciativa privada, oferecendo garantias em vários portos; mas, somente as obras do Rio de Janeiro foram viabilizadas parcialmente em área restrita.

Apesar do insucesso dessa lei, em 1886 o governo ampliou as vantagens da lei anterior criando impostos de importação e exportação para o financiamento e operação

PÁG. AO LADO

Molhes de Rio Grande – Rio Grande do Sul, situação atual.

de novos portos. Em 1888, é criada a empresa privada nacional Melhoramentos do Porto de Santos que, em 1892, com a inauguração dos primeiros 100 m de cais, passou a denominar-se Companhia Docas de Santos. Em 1895, o cais já tinha a extensão de 2.300 m; em 1909, de 4.720 m, tornando-se capaz de viabilizar a exportação da maior safra de café produzida no país de 13.130.728 sacas.

Nesse período, em 1896, é criada a disciplina Navegação Interior, Portos de Mar e Faróis na Escola Politécnica no Rio de Janeiro, um marco na formação dos engenheiros, necessários para os projetos e execução das obras marítimas.

Por essa mesma época é criada a Companhia de Melhoramentos do Brasil (no Rio de Janeiro), que inicia a construção de um cais com 3 mil m entre o Arsenal da Marinha e o canal do Mangue. Essa obra repousa sobre arcadas que se assentam sobre terreno firme, encontrado a 9 m abaixo do nível mínimo do mar. Foram concluídas em 1910.

Entre o fim do século XIX e início do século XX surgiram outros cais de atracação com infra-estruturas de transporte e armazenagem, destacando-se o porto de Belém, de Manaus, em função da produção de borracha, Recife, Rio Grande, Porto Alegre, Vitória, Salvador, além de outros.

Todas essas obras estavam localizadas em regiões abrigadas naturalmente da ação do mar, em locais já utilizados praticamente desde as primeiras ocupações após o descobrimento, e tiveram o seu valor como obra envolvendo novas tecnologias de construção civil, principalmente no que se refere aos aspectos das fundações e estruturas.

As grandes obras hidráulicas na área marítima começaram a aparecer em função do esgotamento das áreas disponíveis, protegidas naturalmente, para a ampliação dos portos existentes, ou pela necessidade de se encontrar locais para instalações de portos que se adaptassem às necessidades do transporte marítimo do século XX. Fazia-se necessária a execução de obras sob a ação direta do mar, interagindo-se com a sua hidrodinâmica, sendo indispensável o conhecimento do movimento das ondas locais e dos grandes volumes de água e sedimentos através das correntes marítimas, junto à costa.

Um dos primeiros casos dessa interação com os movimentos do mar é o projeto dos molhes de Rio Grande, para melhorar o acesso às lagoa dos Patos e, conseqüentemente, aos portos das cidades de Rio Grande e Porto Alegre.

A desembocadura lagunar situa-se em costa arenosa, com transporte litorâneo longitudinal de sedimentos em ambas as direções junto à praia, resultando um pequeno incremento de sudoeste para nordeste. A barra existente na desembocadura apresentava-se extremamente instável em planta, e com profundidades variando entre 2,5 a 7,0 m, com valores mais freqüentes entre 4 e 5 m. Essas informações foram obtidas a partir de sondagens anuais (levantamento da cota dos fundos) efetuadas desde 1883.

A característica mais importante dessa desembocadura é a dinâmica marcante da vazão de água doce sobre o escoamento resultante das marés, na determinação de suas características hidráulicas e morfológicas. Onze rios de grande porte desaguam no sistema lagunar, sendo que a área, somente da lagoa dos Patos, é cerca de três vezes maior do que o Zuiderzee, na Holanda. A amplitude da maré média mensal é inferior a meio metro, fazendo com que o efeito dos ventos sobre os níveis de água sejam significativos.

A proposta mais antiga da construção dos molhes data de 1872 e foi formulada pelo engenheiro britânico John Hawkshaw. Em 1883, o engenheiro H. Bicalho foi contratado pelo governo imperial para executar as sondagens de campo e projetar as obras de melhoramento da barra. Sua proposta foi a construção de dois molhes com 4 km cada um, a qual foi submetida ao engenheiro holandês P. Caland, responsável pelas obras do porto de Rotterdam, que aprovou a proposta com pequenas alterações.

A finalidade dos molhes era estabilizar o canal de acesso, mantendo as profundidades necessárias e dando proteção às embarcações contra a ação das ondas.

A construção dos molhes teve início somente em 1908, executados com enrocamento lançado, estendendo-se a obra até 1916. Até a década de 1950 aproximadamente, os molhes de Rio Grande foram as maiores estruturas da engenharia hidráulica construídos no Brasil, e na época equiparavam-se às maiores estruturas costeiras do mundo.

Essa obra aprofundou o canal de acesso para 8 a 10 m, mas uma nova barra formou-se ao largo, por não se ter procedido à dragagem do material existente entre os molhes, naturalmente escavado pelas correntes e depositado na desembocadura dos mesmos. Em 1962, procedeu-se a um melhoramento do canal com dragagem para a cota de menos 12 m na barra externa, mantendo-se desde então periódicas

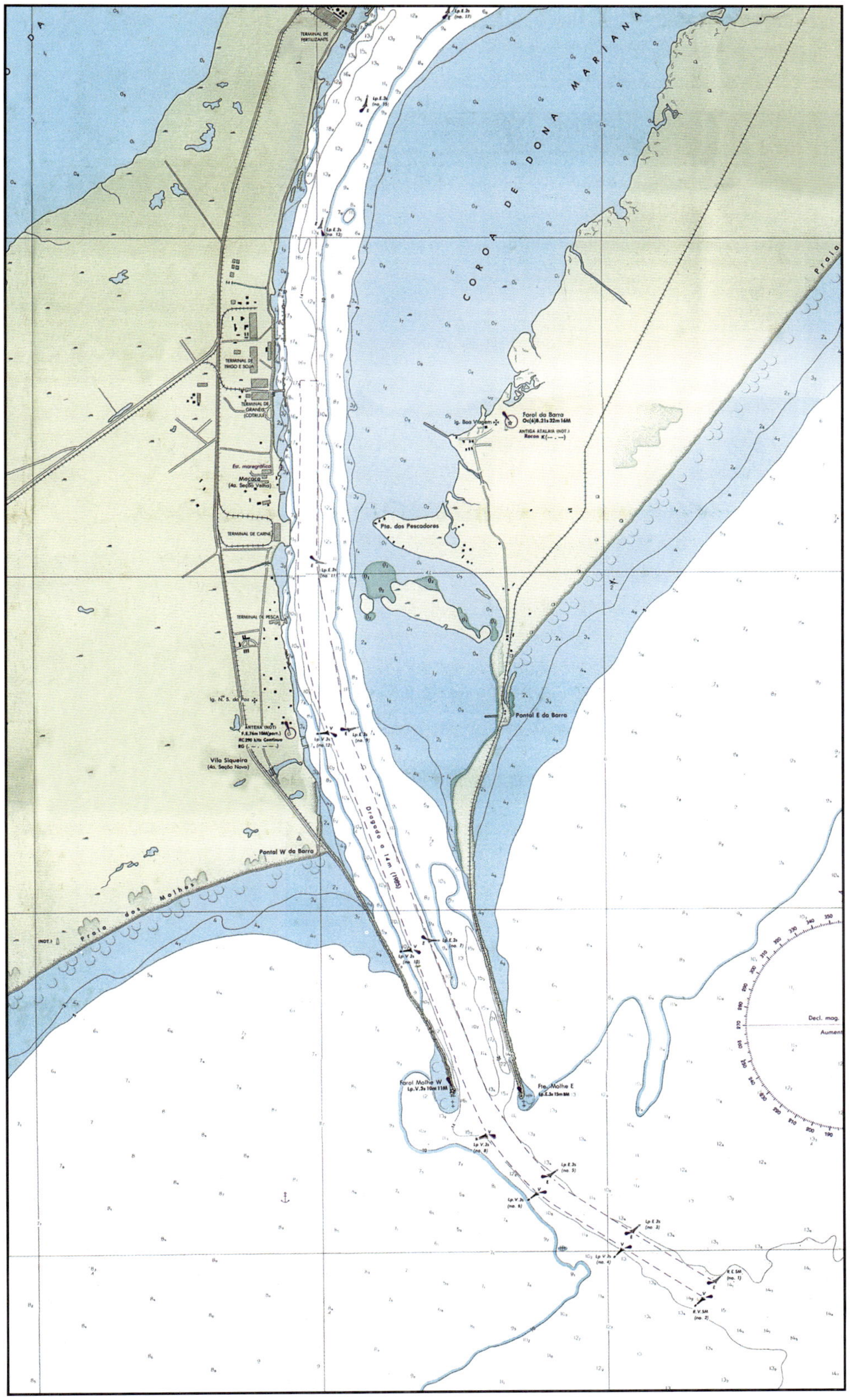

dragagens. Recentemente procedeu-se a um grande serviço de manutenção no enrocamento. A construção de molhes produziu um pequeno desequilíbrio na região costeira com um alargamento da praia do Cassino, a sudoeste do molhe oeste, e estreitamento por erosão na praia de São José do Norte, a nordeste do molhe leste, como era previsto.

Somente para seguir uma certa evolução cronológica, outro caso interessante é o do porto de Mucuripe em Fortaleza, no Ceará, em que a falta do conhecimento e de estudos da hidrodinâmica da movimentação dos sedimentos junto à costa deu origem a uma série de problemas tanto para o porto como para as praias da cidade.

O porto de Mucuripe enquadra-se no tipo de porto externo à costa, isto é, não está localizado em região abrigada naturalmente e necessita, para a proteção da área portuária, de obras auxiliares que recebam o impacto das ondas, denominadas "quebra-mar". O quebra-mar é uma estrutura que avança mar adentro, construída com maciço, de enrocamento lançado ou de parede vertical, que tem a função de proteger a área portuária contra a ação das ondas do mar, criando uma área abrigada para a operação de carga e descarga dos navios.

Após a fracassada obra da muralha de Hawkshaw no antigo porto de Fortaleza, que sofreu violento processo de assoreamento em 1929, iniciou-se a concepção do novo porto de Fortaleza na região da Ponta de Mucuripe, protegido por um quebra-mar que partia dessa conformação rochosa, avançando mar adentro na direção noroeste por 1.900 m. As instalações portuárias ficariam assim abrigadas a oeste do quebra-mar denominado de Molhe do Titan, nome proveniente do guindaste utilizado para a colocação dos grandes blocos de proteção do dique na face sob a ação direta das ondas do mar.

As obras foram iniciadas em 1939 e prolongaram-se até 1946. Durante a construção do quebra-mar, observaram-se mudanças significativas da costa, praias com uma tendência de assoreamento intenso, inclusive na parte interna do quebra-mar (região portuária), erosões intensas das praias de Fortaleza, em especial nas de Iracema.

Estudos contratados junto ao laboratório da Sagreah em Grenoble, em 1953, concluíram pelo prolongamento do dique de 500 m, passados, dos iniciais 1.400 m, para 1.900 m com pequena inflexão para oeste na sua direção, e a construção de um espigão a leste na praia do Futuro para a retenção das areias em trânsito que se acumulavam na bacia portuária.

Na verdade, hoje, após o ocorrido, sabe-se que existia uma movimentação significativa de sedimentos junto à costa pela ação das ondas e do vento, que davam origem a correntes marítimas que se dirigiam da praia do Futuro, que está a leste da ponta de Mucuripe, para oeste na região das praias de Fortaleza, entre elas a de Iracema, mantendo um equilíbrio dinâmico da costa nas praias da região.

Com a construção do dique (quebra-mar), interrompeu-se o transporte litorâneo, mas não se eliminaram as causas, principalmente a ação das ondas oblíquas incidindo na região, responsáveis pelas correntes litorâneas locais, criando como conseqüência um forte desequilíbrio na região, com assoreamento no trecho a leste do espigão na praia do Futuro e junto à área portuária. Nas praias de Fortaleza, inclusive, houve um forte recuo das mesmas, atingindo a área urbanizada, numa extensão da ordem de 30 km, com uma destruição de uma área costeira de aproximadamente 6 milhões de m^2 com recuo da costa de até quatrocentos metros na praia de Iracema.

Para a estabilização do assoreamento da bacia portuária, o espigão de 400 m na praia do Futuro foi estendido para 990 m, com o conseqüente avanço da linha desta praia do Futuro em até 500 m. A estabilização das praias de Fortaleza foram estudadas pelo Laboratório de Hidráulica do Instituto Nacional de Pesquisa Hidráulica no Rio de Janeiro, dando origem à implantação de um campo de onze espigões, com o comprimento de cerca de 150 m cada, desde a praia de Pirambui até a margem leste do rio Ceará (1970 a 1974). Como medida complementar, em áreas adjacentes aos espigões, foram depositadas as areias dragadas para a manutenção da profundidade do porto de Macuripe, que varia de 5 a 11 m. O terminal petroleiro localiza-se no extremo oeste da bacia portuária e tem profundidade de 11 m.

Os insucessos são fontes de aprendizado contínuo e de evolução da engenharia costeira. No caso do Ceará, o novo porto de Pecem construído a oeste do atual porto de Mucuripe (mais de 30 km), também necessitou de quebra-mares para viabilizar a sua operação. Eles foram projetados e estão em fase de construção, porém, iniciando bem além da zona de arrebentação, sendo o porto ligado por uma ponte que permite o livre fluxo das correntes marítimas e dos sedimentos nesse trecho de mar, junto à costa.

Uma obra de vanguarda na construção de portos abrigados por quebra-mares é o porto de Salvador, projetado e

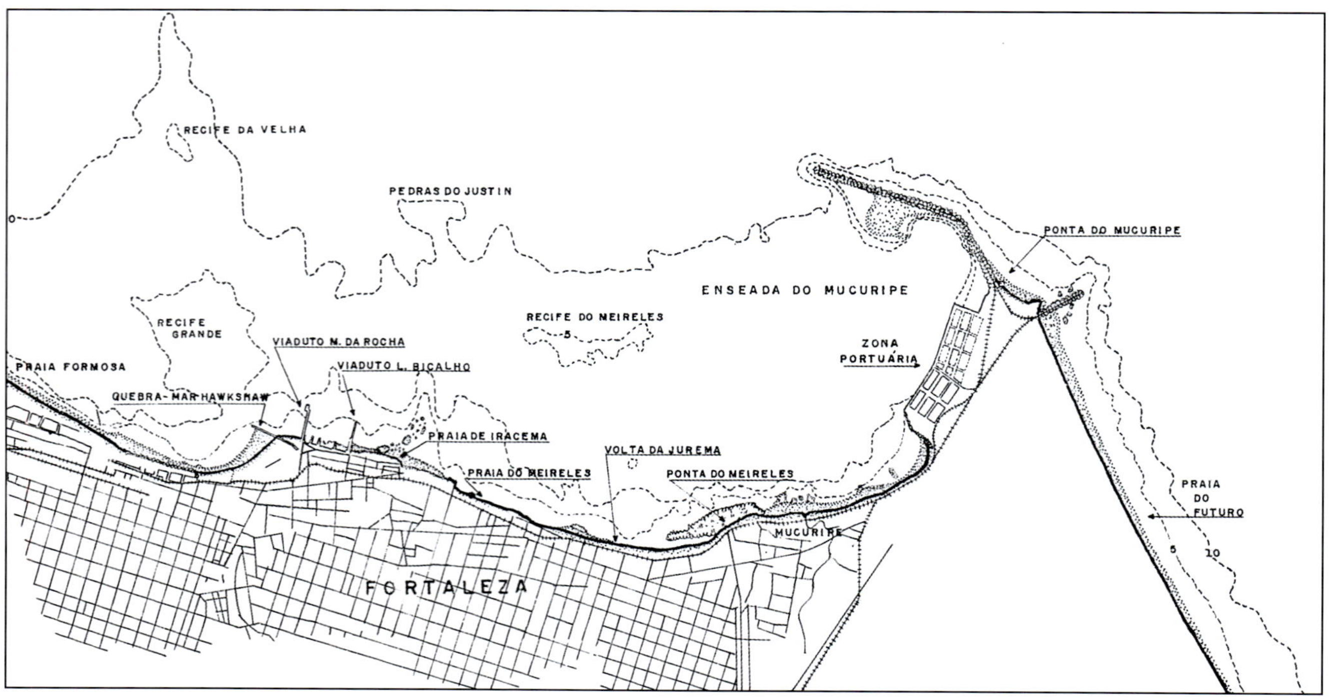

Porto de Mucuripe – Fortaleza, Ceará. Alterações nas praias da região.

construído em meados do século XX e localizado na Baía de Todos os Santos em uma região parcialmente abrigada, mas que exigia obras complementares para proteger a área de operação portuária. O porto de Salvador, além dos quebra-mares de parede vertical, foi projetado também para possibilitar a recuperação de uma extensa região insalubre, viabilizando uma grande área de retroporto. Esse projeto permitiu uma recuperação e ampliação da parte baixa da cidade. Para ampliar o seu acesso, foi construído o Elevador Lacerda, destacando-se também o mercado Modelo, porto de pesca, e o Trapiche, atualmente utilizado para a saída das embarcações de turismo.

Na década de 1980 a Vale do Rio Doce iniciou os estudos para o projeto e construção do porto de Ponta da Madeira, em São Luís do Maranhão, próximo ao atual porto de Itaqui. Um local de grandes profundidades naturais (20 a 30 m), mantidas pela ação intensa das correntes marítimas, conseqüências das grandes amplitudes das marés na região da bacia de São Marcos, que podem atingir valores acima dos 6 m. Mas, se por um lado a intensidade das correntes é importante para a manutenção de canais profundos, a sua ação sobre as embarcações exigem a utilização de cabos especiais de fixação e estruturas avantajadas (cais) para resistir a essa magnitude de esforço na atracação dos navios junto ao porto. Para minimizar essas correntes, foram projetados diques perpendiculares à costa para que se criassem entre eles uma região parcialmente abrigada da ação das correntes, movimentando-se as águas com menores velocidades, e, por conseguinte, gerando menores esforços sobre os cabos, que fixam as embarcações e menor custos das obras portuárias (cais). Se, portanto, foram diminuídos os esforços, com menores velocidades de escoamento, existe ainda a possibilidade na decantação dos sedimentos transportados em suspensão, aumentando-se os riscos de assoreamento na região abrigada.

Estudos desenvolvidos no Centro Tecnológico de Hidráulica e Recursos Hídricos – que é o Laboratório de Hidráulica da Escola Politécnica da Universidade de São Paulo, a operar há mais de quarenta anos em convênio com o Departamento de Águas e Energia Elétrica (DAEE) de São Paulo – permitiram otimizar os efeitos dos esforços e dos assoreamentos, tendo sido concluídos recentemente os estudos para a ampliação do porto com introdução de um novo berço de atracação. Os estudos não se limitaram somente aos resultados do modelo reduzido, tendo sido necessário um acompanhamento contínuo da obra e mesmo após a sua execução foram realizadas as adaptações finais ao sistema com alterações, nos diques e no sistema de amarração dos navios, aumentando a segurança na atracação e minimizando o assoreamento.

Eis algumas características do porto de Ponta da Madeira: trata-se de um porto exportador de minérios (especialmente de ferro) da Companhia Vale do Rio Doce (CVRD), provenientes da região de Carajás, no Pará, que são transportados por ferrovia especial com mais de 700 km até São Luís. O porto também está equipado para receber e exportar cereais a granel, em especial a soja proveniente de Balsas, no Sul do Maranhão, e da futura Hidrovia do Araguaia-Tocatins, que, utilizando a ferrovia como parte do transporte intermodal, viabilizam a sua exportação.

Estabilidade das Praias

Um ramo da engenharia hidráulica na área da água salgada, que atualmente está adquirindo cada vez mais importância,

Ponta da Madeira: operação de carregamento com minério de ferro do navio Berge Stahl (capacidade de 380.000 t).

À DIREITA

Ponta da Madeira: estudo em modelo reduzido da ampliação das instalações portuárias.

é a engenharia costeira, ligada ao transporte litorâneo de sedimentos, indispensável para o projeto de obras portuárias, e de extrema importância para o estudo específico da proteção e ampliação das praias. O incremento da ocupação da área litorânea para o veraneio, lazer e turismo tem exigido cada vez mais obras para a manutenção do equilíbrio das praias. A ação direta do homem fez com que essas praias tivessem seu equilíbrio rompido, fazendo-se necessárias intervenções para a sua estabilidade.

Cada vez mais tem se mostrado necessária a participação da engenharia hidráulica para a estabilização de praias que geralmente tiveram o seu equilíbrio alterado pela ação do homem. É o caso das praias de Caiobá, no Paraná, que, além das causas naturais (desaparecimento natural de grandes bancos de areia) é alvo de intensa urbanização, com a ocupação da região junto à praia. Essa pode ter sido a origem das erosões intensas ocorridas a partir de 1980. É o caso das praias de Santa Catarina, em especial a de Canasvieira, Piçarras, Barra Velha e outras, de Ilha Bela, em São Paulo, causadas pelos canais de drenagem e avanço sobre a praia das edificações e trapiches. Obras específicas com maiores intervenções, como é o caso das obras portuárias por exemplo, podem criar instabilidades nas vizinhanças, como em Olinda, em que há provável interferência do porto de Suape, e as praias de Fortaleza por causa do porto de Mucuripe, e outra centena de casos de menor magnitude e ainda pouco conhecidos.

No caso específico da praia de Copacabana, a necessidade de uma série de melhorias urbanas na avenida Atlântica, tais como a ampliação das redes de águas pluviais, esgoto, água, luz, telefonia e sistema viário, exigia o alargamento da avenida, com ocupação de parte da praia e o conseqüente deslocamento da mesma para que fosse mantida a forma da costa com as mesmas características originais. Para viabilizar o empreendimento, primeiro se fazia necessário conhecer a hidrodinâmica costeira, ou seja, o transporte litorâneo, para se garantir a estabilidade da nova praia. Outro aspecto importante era o método mais econômico para se trazer os 4,4 milhões de m³ de areia necessários para a conformação da nova praia. Para ambos os casos, foram necessários levantamentos de campo, definindo as características das ondas (sua direção e intensidade), perfis de praia, granulometria da areia e das fontes futuras de empréstimo.

Os estudos em modelo reduzido executados no Laboratório Nacional de Engenharia Civil (LNEC) de Lisboa, em Portugal, foram imprescindíveis para o projeto de empreendimento, tanto para a verificação da estabilidade da praia, como para a definição da técnica a ser utilizada na sua execução. Entre as alternativas estudadas, a que melhores resultados apresentou, inclusive no aspecto econômico, consistia em trazer parte da areia com auxílio de draga autotransportadora para formar a nova praia, na região da ação das marés e ondas. A areia era retirada da região em frente à praia de Botafogo e depositada nas proximidades da praia nas preamares (marés altas). As ondas do mar, por sua vez, arrebentando sobre elas nas marés menores, arrastavam-nas

ACIMA

Praia de Copacabana – Rio de Janeiro, situação natural.

ABAIXO

Praia de Copacabana – Rio de Janeiro, após alargamento.

para a costa, conformando naturalmente a nova praia. Essa técnica e os locais predeterminados para a descarga da areia foram obtidos por meio de ensaios em modelo reduzido.

O restante da areia tinha procedência também nas proximidades da praia de Botafogo e era retirada com auxílio de draga de sucção e recalque e transportada através de tubulações que passavam pelo túnel Rebouças e seguiam até a praia de Copacabana. Equipamentos de terraplanagem efetuaram a sua distribuição e arrumação final.

Obras Fluviais

No caso das obras fluviais, a engenharia hidráulica tem se destacado principalmente nos projetos para a minimização de inundações, especificamente em áreas urbanas, com obras de melhoria das calhas dos rios, aumentando a sua capacidade de descarga líquida. As primeiras obras para a contenção de cheias datam do fim do século XIX. As mais importantes são a retificação dos rios da bacia do rio Tietê, iniciada com obras no rio Tamanduateí, em São Paulo, e depois com vários projetos no rio Tietê, sendo um dos mais abrangentes o do engenheiro Saturnino de Brito. As obras nessa bacia datam do início do século XX e continuam até hoje, sempre defasadas com o descomunal crescimento da cidade.

É interessante analisar a evolução do conceito de obras hidráulicas nessa área de controle de cheias e drenagem urbana, ao longo do último século. Nos primeiros projetos elaborados para o rio Tietê, em particular, procurava-se resolver problemas localizados (corte dos meandros da Vila Anastácio, do rio Vermelho em Osasco, e na região da ponte das Bandeiras). Depois, o projeto foi ampliado desde a Penha (região da ponte da rua Gabriela Mistral) até Osasco e mais recentemente atingindo a barragem Edgard de Souza em Santana de Parnaíba para jusante e a região de Mogi das Cruzes para montante.

Nenhum desses projetos foi executado sem antes ter havido grandes discussões, debates e contestações, na maioria das vezes sem grandes fundamentos técnicos, como foi o caso da influência da barragem Edgard de Souza no regime do rio Tietê (na região da capital), que deu origem a estudos

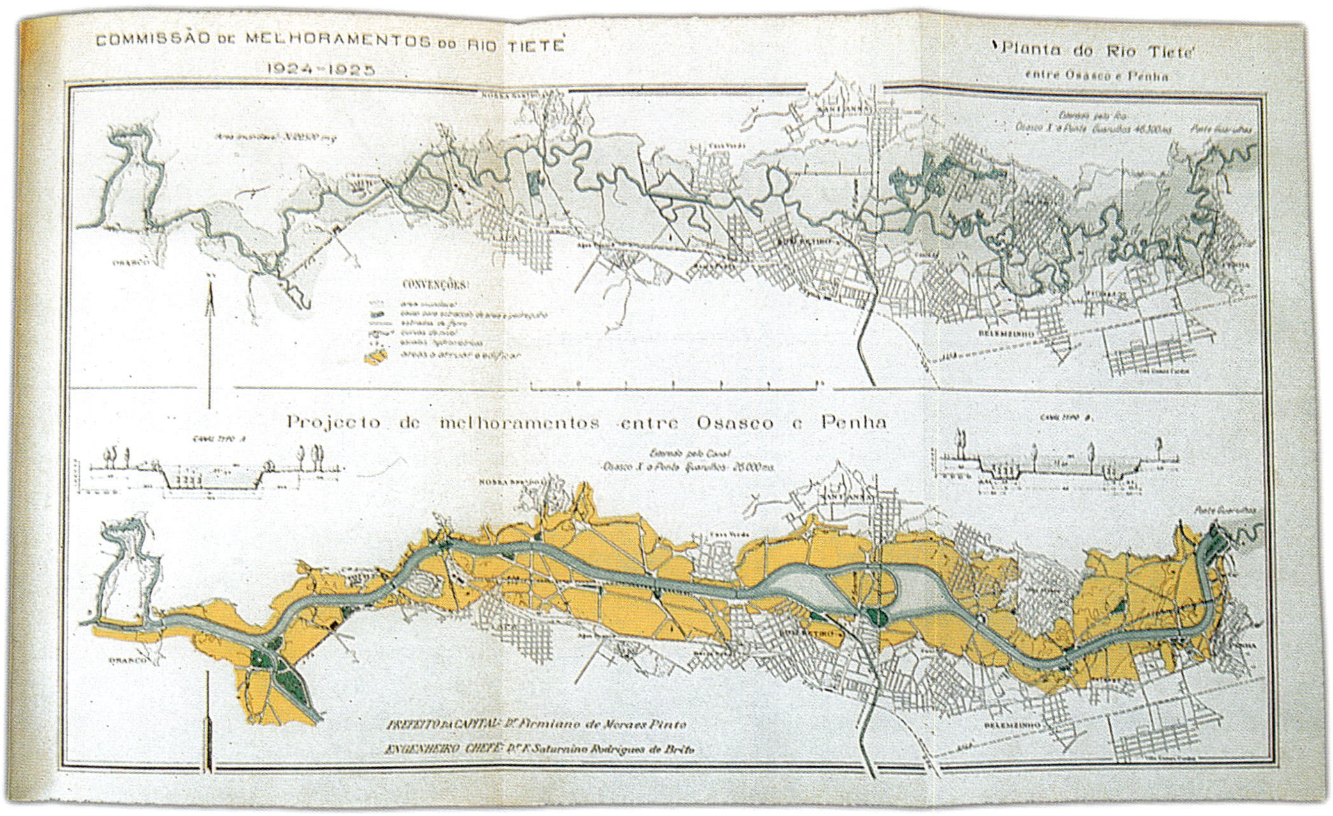

Projetos de Retificação do Rio Tietê.

Fotomontagem (ponte das Bandeiras) do novo canal com seção ampliada do rio Tietê (início das obras em fevereiro de 2002).

em modelo reduzido para a retificação do rio Tietê no trecho entre a barragem e a ponte velha de Osasco. Um grupo defendia a necessidade da retirada da barragem, pois ela seria a causadora das enchentes na capital e, outro grupo, no qual se incluía o Laboratório de Hidráulica, sustentava a teoria de que a barragem, desde que estivesse com suas comportas totalmente abertas, não seria a causadora das enchentes na região metropolitana. Mesmo a retirada da barragem, no modelo reduzido, e a comprovação de que o controle era do canal, isto é, a seção, declividade e rugosidade do rio natural ou canalizado impunham as cotas dos níveis de água resultantes na região metropolitana, não foram suficientes para se chegar a um consenso.

Todas essas discussões, que tinham mais um caráter político do que técnico, provinham de outras, mais antigas, do sistema Light, e de correntes contrárias aos governantes da época. Tiveram, porém, uma importância muito grande, pois permitiram conhecer melhor e divulgar a hidráulica e a hidrologia dos rios da bacia do Alto Tietê.

Em 1966, foi elaborado um projeto mais amplo para a bacia do Alto Tietê, com o projeto de várias barragens nas cabeceiras (Ponte Nova, Biritiba-Mirim, Taiaçupeba, Jundiaí, Paraitinga) com a função principal de auxiliar na contenção das cheias na região metropolitana de São Paulo. Alguns desses reservatórios, atualmente, também estão sendo utilizados para abastecimento, e o novo projeto e obras para ampliação da calha do rio Tietê estão em andamento de jusante para montante, a partir da barragem Edgard de Souza, para minimizar os efeitos das cheias na região metropolitana.

Na década de 1980, foram executadas descarga de fundo na barragem Edgard de Souza com a função de possibilitar ou minimizar o efeito da barragem, sem uma ação imediata sobre as cheias na capital. Somente agora, quando concluídas as obras de ampliação e rebaixamento da calha, no trecho entre as barragens Edgard de Souza e da Penha, esses efeitos se farão sentir, com o rebaixamento dos níveis de água na região metropolitana, à medida que as obras forem se deslocando para montante.

No que se refere à drenagem dos rios de menor porte, era usual a técnica da canalização do rio para facilitar e acelerar o escoamento das águas para jusante, além de possibilitar a construção de sistemas viários de fundo de vale. Com isso, os vales de inundação foram sendo eliminados, facilitando assim a ocupação e urbanização dessas áreas.

Se foi resolvido o problema local das inundações, as maiores vazões afluentes a jusante nos trechos já canalizados e com sua seção limitada pela urbanização local (rua, avenidas, prédios, interceptores de esgoto, redes de água, luz, telefone etc.) começaram a tornar esses trechos sujeitos novamente às inundações.

Com as canalizações de montante, os rios no trecho de jusante começaram a receber mais água, esgotando a sua capacidade de descarga, com conseqüências previsíveis de inundações e necessidade de aumentar cada vez mais as dimensões dos receptores principais. O rio Tamanduateí, quando canalizado (em projeto da década de 1970), tinha capacidade de 500 m^3/s, com período de retorno das cheias para cem anos. Agora, esse período de retorno resume-se a uma dezena de anos e, anualmente, o seu nível chega no limite do trasbordamento, aumentando significativamente a probabilidade da ocorrência de novas inundações nessa região. O crescimento da megametrópole, no entanto, faz-se na direção das cabeceiras dos rios da bacia, aumentando cada vez mais o volume de água que chega aos trechos já canalizados e com sua capacidade de vazão limitada. Qual a solução? Evitar a chegada nesses trechos de mais água em função das canalizações de montante. Atualmente, a construção dos piscinões é uma solução ainda viável, apesar das poucas áreas desocupadas disponíveis. São reservatórios intermediários junto ao curso do rio, que tem a finalidade de absorver parte dos grandes volumes escoados durante o pico das cheias (realizada antes pelas várzeas ou áreas urbanas que eram inundadas) e descarregá-los quando as chuvas diminuem de intensidade. Seu dimensionamento hidráulico, função dos dados hidrológicos, é muito complexo, pois, para que se tenha eficiência máxima, deverá absorver somente as vazões correspondentes aos picos das cheias, com o risco de que, se começar absorver água para vazões menores, ele poderá estar cheio quando da chegada da vazão de pico (vazão máxima) e perder assim a sua função, diminuindo significativamente a sua eficiência.

Na maioria das vezes, a magnitude da obra hidráulica está diretamente ligada às dimensões e à importância do empreendimento como um todo, mas, na realidade, a sua importância pode estar ligada à complexidade dos aspectos hidráulicos. Assim é, por exemplo, o projeto Jaíba de irrigação localizado ao norte de Minas Gerais e que capta a água do rio São Francisco para irrigar 100 mil ha, já mencionado anteriormente. Tem a magnitude e a complexidade dos maiores projetos em nível mundial na área de irrigação e um dos maiores do Brasil.

A engenharia hidráulica e as obras hidráulicas têm uma participação significativa nesse empreendimento, desde a captação, canal de adução, sistema de recalque, canais de distribuição, elevatória intermediária e dispositivos reguladores das vazões de irrigação. Entretanto, a maior complexidade do problema está no emboque da captação, ou seja, onde deve estar localizada a captação de água do São Francisco, pois é necessário que a água sempre tenha livre acesso, e com os volumes necessários ao sistema de recalque, para que sejam atingidos os objetivos. Para o sucesso desse empreendimento, é necessário conhecer a morfologia do rio, a localização do canal mais profundo, a sua mobilidade e estabilidade, a fim de que, nesse local possa se projetar a tomada. Entretanto, nos últimos dez anos o "Velho Chico" deu uma de "Jovem Imaturo" e mudou totalmente o seu traçado junto à tomada, deslocando naturalmente o canal principal para a outra margem e no local da tomada se formou um grande banco de areia. Trata-se de uma situação aparentemente inusitada, mas se se analisar o comportamento das grandes cheias nos últimos trinta anos, pode-se verificar que, quando ocorrem vazões excepcionais (acima de 11 mil m^3/s), o rio extravasa, inundando todo o vale e ocupando o leito maior com lâminas de água significativas (acima de 5 m), sendo, portanto, essas cheias as responsáveis pelas mudanças do comportamento do rio no seu leito menor.

Outros fatores também podem ter cooperado para essas mudanças, tais como a barragem de Três Marias, a maior ocupação e diversidade do uso do solo da bacia hidrográfica, e principalmente a destruição da mata ciliar (vegetação da margem do rio). Vários estudos foram feitos – com a construção inclusive de um modelo reduzido no Instituto de Pesquisa Hidráulicas (IPH) de Porto Alegre –, com a finalidade de, além de permitir o melhor conhecimento da morfologia do rio, definir as obras que fixassem o traçado na posição antiga do rio, indispensável para a boa operação de todo o projeto de irrigação. Nos últimos anos, o "Velho Chico" mostrou evidência de retorno gradativo à posição primitiva, mas as obras se fazem necessárias para evitar possíveis novos desvios ou "deslizes".

No caso das obras hidráulicas, como foi o caso do porto de Mucuripe em Fortaleza no Ceará, nem tudo é sucesso, mas dos insucessos devem se tirar lições importantes, para cada vez mais se conhecer a natureza. Nesse caso, vale a premissa de Leonardo da Vinci, que dizia: "Quanto tiveres de interagir com a água, mais vale a experiência do que a

Rio Ribeira de Iguape - Valo Grande.

ciência". Outro caso interessante de obra, do qual resultaram conseqüências danosas, foi o da abertura do valo Grande em Iguape. Dentro da engenharia, esse episódio é pouco lembrado atualmente, pois o fato ocorreu em meados do século XIX e teve grande repercussão para região da cidade de Iguape, em que é assunto de discussão até os dias de hoje, especialmente nos meios técnicos.

A cidade de Iguape está localizada no litoral sul do Estado de São Paulo, e era um porto importante no século XIX, com a mesma magnitude de movimentação de cargas do porto de Santos. Está localizado em região interna, no mar Pequeno, e seu acesso era feito pela barra de Icapera, com Ilha Comprida servindo de proteção natural contra a ação do mar.

O seu desenvolvimento ocorreu em função do rio Ribeira, via de transporte e fonte de água abundante. No seu trecho final, passa junto a cidade, a apenas 3 km, e desemboca a 30 km ao norte. Esse rio alimentava grandes várzeas com a produção significativa de arroz e, além disso, seu subsolo, na cabeceira da bacia, apresentava inúmeras riquezas minerais. Apesar da utilização do rio como via de transporte principal, era necessário um percurso por via terrestre entre o porto da Ribeira, localizado no rio, e o porto de Iguape. As cargas eram transportadas nesse trecho, de aproximadamente 3 km, com a utilização de carros de boi.

Surgiu então, na primeira metade do século XIX a idéia ou ansiedade da abertura de um canal para ligar o rio Iguape com o porto, a fim de se eliminar os transbordos e o transporte terrestre. Começaram discussões acirradas na Câmara para definir o local da abertura do "valo", ao norte, em terrenos mais resistentes inclusive com afloramentos rochosos, ou ao sul, sobre terrenos arenosos e friáveis. Em 1827, a Câmara decidiu pela abertura do canal ao lado sul da cidade. Em 1825, o engenheiro Paulo Freire de Andrade já tinha previsto um alargamento descomunal da vala, que se pretendia abrir, por ação das águas do rio e das marés, colocando em risco a própria cidade de Iguape.

Em 1848 o valo foi aberto com a extensão de 1.128 braças, e largura do lado do mar de 80 a 100 palmos, e do lado do Ribeira, de 50 a 60 palmos, com profundidades média de 25 palmos.

Logo após a abertura começaram os desbarrancamentos, tendo-se tentado, sem sucesso, o fechamento do valo de 1888 a 1889. No fim do século XIX, o valo, já com a denominação de Valo Grande, tinha uma largura média de 100 m e profundidades de 10 m. Quando do seu fechamento, em

1978, o valo tinha 200 m de largura e profundidades médias superiores aos 10 m.

Conseqüências da abertura: destruição de parte da cidade, assoreamento do porto e do mar Pequeno, rebaixamento da linha d'água a montante, impossibilitando a produção de arroz por inundação. O porto tornou-se inviável e desapareceu a principal riqueza agrícola.

Para o fechamento (apoiado em idéias ambientalistas), não se considerou, apesar do alerta dos profissionais do laboratório, que o braço do rio entre o Valo Grande e a foz teve a sua seção diminuída ao longo de mais de cem anos, já que, com as vazões do rio, eram dois terços das águas escoadas através do Valo Grande e um terço pelo leito antigo. Com o fechamento, mesmo que o leito do rio tivesse a mesma capacidade, os níveis d'água atingiriam valores equivalentes aos do século XIX, quando a várzea era utilizada para a produção de arroz por inundação. A ligação do rio para o mar passava dos 3 km, com o Valo Grande, para os antigos 30 km.

Com o fechamento, ocorreram grandes inundações e subida natural do lençol freático, impossibilitando a produção de bananas, destruição de toda a nova base agrícola da região.

Após grandes discussões no Consema, Conselho Estadual do Meio Ambiente, optou-se pelo rebaixamento da barragem e pela construção de uma ponte, "extravasor", em que os pilares eram suporte de comportas que regularizariam as vazões de água doce e salgada, em função das necessidades ambientais da região, além de possibilitar o controle das inundações do rio Ribeira de Iguape a montante. A ponte está construída com soleira de fundo fixo, mas as comportas ainda não foram instaladas. Existem as paredes laterais para a implantação de uma pequena eclusa para dar continuidade à navegação para pequenas embarcações.

Navegação Interior

No caso da navegação interior, também para a viabilização do empreendimento, são necessárias obras hidráulicas para possibilitar a livre passagem das embarcações e, com segurança, ao longo dos rios, eliminar as deficiências naturais, tais como profundidade, largura e traçado, sem alterar as condições de equilíbrio morfológico do cursos de água natural, principalmente nos períodos de águas baixas. No caso da hidrovia do Araguaia/Tocantins, uma via de transporte que deverá ter mais de 2 mil km, ligando o Brasil Central ao Norte/Nordeste do Brasil (Belém no Pará ligado diretamente pelo rio Tocantins e São Luís do Maranhão, utilizando o transporte intermodal através da ferrovia de Carajás), necessita-se de obras regularizadoras, para tornar o rio navegável durante todo o ano. É no período de seca, de junho a novembro, que se apresentam as maiores deficiências à navegação, com a necessidade de dragagens de alguns baixios, execução de obras de regularização de traçado, que fixem um canal navegável, derrocamento de alguns afloramentos rochosos, e obras maiores como abertura de canais na região, entre Xambioá e Santa Isabel, que foram projetados para tornar navegável as quatro principais corredeiras nos períodos de cheia e de estiagem. No caso específico da hidrovia Araguaia/Tocantis, temos uma outra obra hidráulica de grande magnitude, que são as obras para a transposição da barragem de Tucuruí pelos comboios e embarcações da hidrovia. A obra de transposição é constituída por duas eclusas, em seqüência, com um canal intermediário, vencendo um desnível total da ordem de 70 m. As eclusas, as maiores do Brasil, têm uma dimensão em planta de 33 m de largura por 210 m de comprimento, com um desnível máximo de 37 m. A vazão máxima no pico de enchimento chega a 500 m^3/s, equivalente à cheia máxima do rio Tamanduateí ou dez vezes a água utilizada para o abastecimento da Grande São Paulo.

A operação de elevação e descida das embarcações é efetuada ligando as câmaras (eclusas) ao nível da água de montante e jusante, por meio de aquedutos, com a operação de válvulas (comportas) sendo possível o enchimento e o esvaziamento das mesmas, obtendo-se a subida e descida das embarcações. Essa operação deverá ser efetuada em tempos relativamente curtos, e com a máxima segurança para as embarcações, pois quanto menor o tempo de operação, maior é o volume das cargas que trafegarão pela hidrovia. Para se atingir essa condição de operação, faz-se necessário que a água adentre ou saia da câmara uniformemente distribuída, sem criar grandes turbulências, e principalmente desníveis da linha d'água na superfície, evitando, assim, o deslocamento da embarcação no seu interior, que originariam esforços excessivos nas amarras. Para tanto, a distribuição da água dentro da câmara se faz através de uma série de aquedutos que se bifurcam, obtendo-se a máxima homogeneidade e simetria do escoamento.

A primeira eclusa foi construída no rio Tietê no início da década de 1960, na barragem de Barra Bonita, depois vieram as do sistema Jacuí/Taquari, Sobradinho, no rio São Francisco, que era a mais alta depois das do Paraná (Jupiá e Porto Primavera) e, atualmente, as eclusas de Tucuruí no rio Tocantins. Na verdade, a primeira eclusa de que se tem conhecimento foi construída junto à elevatória de Traição no canal do rio Pinheiros (na década de 1940), mas é uma eclusa de operação, isto é, serve para permitir a passagem de equipamentos de dragagem e barcaças, de uma cota para outra do canal, sem fins comerciais.

Aproveitamentos Hidroelétricos

No último século, em todo o mundo, a geração de energia a partir dos aproveitamentos hidráulicos teve um grande desenvolvimento, chegando a serem esgotados, em alguns países, esses recursos.

A geração de energia elétrica em escala pública e particular teve início a partir de 1859 com os primeiros geradores térmicos e, a partir de 1886, com o desenvolvimento de geradores de corrente alternada pela Westinghouse Electric, foi dado o primeiro passo para os aproveitamentos hidroelétricos.

No Brasil, a usina Ribeirão do Inferno em Diamantina, construída em 1884 com dois geradores de 6 kw cada, era privada, e foi o primeiro aproveitamento a utilizar a energia da água para a geração de energia elétrica.

Logo em seguida, em 1889, ainda em Minas Gerais, entrou em operação a usina de Marmelos Zero, com geradores de 150 kw, que, além de fornecer energia elétrica para as tecelagens de Bernardo Mascarenhas, seu idealizador, fornecia energia para a iluminação de Juiz de Fora.

Todos esses aproveitamentos são denominados "a fio d'água", isto é, não existe reserva para a regularização das vazões, de maneira que um pequeno barramento desvia parte da água do rio, para um canal de adução e, aproveitando-se um desnível natural da topografia, a água é conduzida através de tubulações de aço até a turbina, movimentando o seu rotor que, acoplado ao sistema de geração (dínamo, alternador etc.), produz a energia elétrica. A potência gerada é proveniente do volume de água que passa pela turbina e pela queda, ou seja, o desnível entre o nível de água do rio e a posição da turbina. De maneira geral, nesse tempo, a obra hidráulica de peso era a turbina, isto é, a geometria do rotor (pás) para dar a maior rotação possível, além do dimensionamento das tubulações.

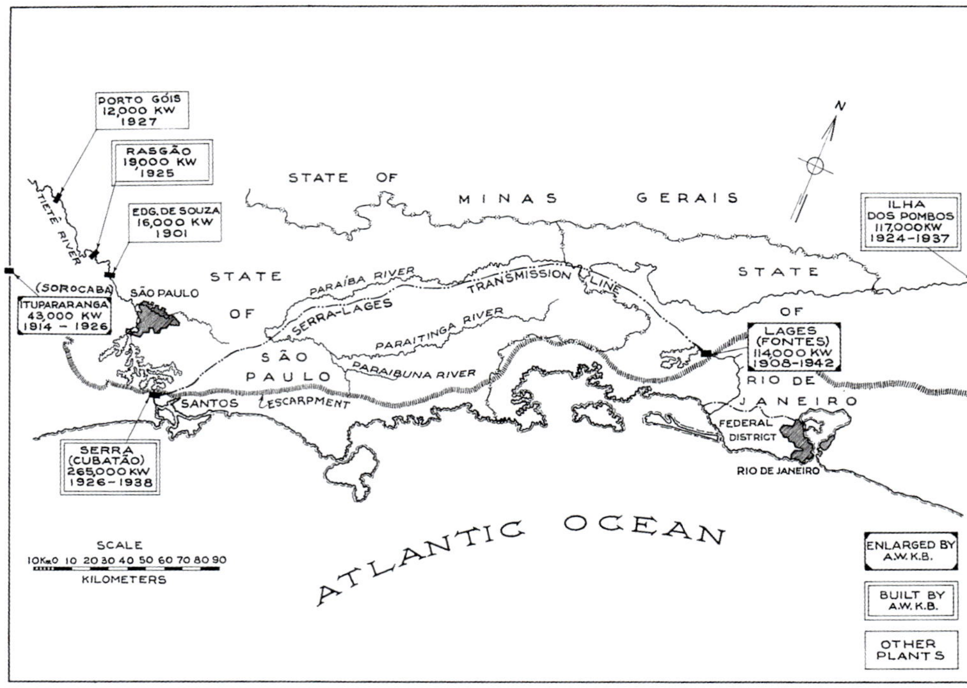

Aproveitamentos hidroelétricos para as cidades de São Paulo e Rio de Janeiro no início do século xx. Participação do engenheiro Billings (1824-1945).

Outra parte importante era o projeto mecânico da turbina, das tubulações e das comportas, válvulas e registros do sistema para o controle da adução, promovendo um grande desenvolvimento do setor hidromecânico. O excesso da água do rio que não era utilizada, escoa livremente pelo leito natural do rio.

Com a necessidade de se aumentarem os volumes de água a serem utilizados na geração de energia através das turbinas, passou-se a regularizar as vazões naturais do rio através da construção de reservatórios, a partir do barramento dos rios, mas aproveitando-se ainda a queda natural. Esgotadas as quedas naturais, passaram a ser criadas artificialmente através da construção de barragens que passaram a ter dupla função, ou seja, regularizar as vazões a serem turbinadas, com a criação de grandes reservatórios, além de criarem os desníveis artificiais para que, por meio de maiores quedas, aumentasse a potência gerada.

A partir desse momento, as obras hidráulicas, necessárias para o desvio dos rios durante a construção das barragens e usinas hidroelétricas e o projeto dos extravasores, passaram a ter uma importância significativa nos projetos desses aproveitamentos. Se com a construção de barragens por meio de reservatórios regularizou-se as vazões do rio e possibilitou-se, através da queda, maior potência gerada, os excessos de água durante as cheias tiveram de ser encaminhados de volta ao leito primitivo. A altura das barragens, entretanto, fazia com que a água atingisse o leito do rio, com energia muito superior ao que ocorria quando do seu escoamento natural, fazendo-se necessário criar estruturas que dissipassem parte dessa energia para que a água voltasse ao rio, com energia semelhante ao que ocorria antes da existência das obras.

A preocupação em se criar sistemas dissipadores de energia eficientes deu origem a intensas pesquisas nos laboratórios de hidráulica espalhados pelo mundo, surgindo os mais variados tipos de estruturas, tais como as várias formas de bacias de dissipação, as conchas submersas, os saltos de esqui, e tantas outras. Esses sistemas sempre estiveram diretamente ligados à concepção da obra, e como a água em excesso era captada do reservatório e encaminhada aos dissipadores, surgiram vários tipos de sistemas extravasores, com características compatíveis com a estrutura de barramento, com a topografia e com as características geológicas do terreno, sempre obedecendo a critérios de segurança e economia.

Os extravasores passaram a ser combinações do sistema de captação da água excedente, ou seja, os vertedores, completados por estruturas que levam essa água até o sistema dissipador e daí para o leito natural do rio.

Foi um período de grande desenvolvimento da engenharia hidráulica, não somente no projeto dos extravasores, mas também dos sistemas de desvios, necessários na fase de execução das obras. Sempre foi uma preocupação a obtenção de obras de menor custo em função das características geológicas, topográficas e dos materiais disponíveis para a sua execução. A grande quantidade de barragens executadas nesse período permitiram uma evolução tecnológica significativa de quase todos os ramos de engenharia, com especial destaque para a engenharia de estruturas, de construção (materiais), geotécnica (fundações e uso dos solos), hidráulica, hidromecânica, elétrica, de produção e transmissão, entre outros. Na última metade do século XX, o Brasil passou de importador de tecnologia para projetar e construir barragens, para exportador de tecnologia, com participação em projetos e construção de barragens em várias partes do mundo.

Nesse período, tivemos o desenvolvimento, junto com a hidráulica propriamente dita, de outra ciência, a hidrologia, para melhor se conhecer o regime de vazão dos rios, tanto para o dimensionamento dos volumes utilizados na geração, bem como do volume de água para dimensionar o sistema extravasor. A área de planejamento também teve uma grande evolução, tanto no planejamento geral dos empreendimentos, como na sua forma de execução. Os empreendimentos passaram a ser analisados não individualmente, mas visando ao aproveitamento global do potencial hidroelétrico do rio como um todo, incluindo o de seus afluentes.

Uma das primeiras grandes obras hidráulicas na área da geração de energia elétrica desse último século, a partir do aproveitamento dos recursos hídricos de uma bacia hidrográfica, foi o aproveitamento dos rios Tietê/Pinheiros, com a construção do reservatório Billings no altiplano para aumentar a geração em Henry Borden no pé da serra, ao nível do mar. O rio Pinheiros foi retificado e, de afluente do rio Tietê, passou a receber água do mesmo e de seus tributários, e por meio de duas estações elevatórias (Traição e Pedreira) águas eram levadas para a Billings. Essa obra entrou em operação em 1948, atingindo a potência de 500 MW. Entre 1950 e 1955, com o alteamento da usina de Santana de Parnaíba, que passaria a se chamar Edgard de Souza, e a construção do reservatório de Pirapora, as águas do rio Tietê desde as suas cabeceiras até esse reservatório poderiam ser desviadas para a represa Billings, possibilitando a ampliação da casa de força de Cubatão, através de escavação de rocha da nova usina, atingindo-se a potência de 829 mil kw. Nesse mesmo período, foi implementado o sistema Lages/Ilha dos Pombos para atender às necessidades da cidade do Rio de Janeiro.

Durante o governo de Lucas Nogueira Garcez (1951-1955), em São Paulo, criou-se o Departamento de Águas e Energia Elétrica, com a finalidade específica de elaborar um plano geral do sistema elétrico do Estado de São Paulo, resultando o atual conjunto de obras do sistema Tietê/Paraná.

Em 1945 é criada a Companhia Hidroelétrica do rio São Francisco (Chesf), a primeira paraestatal de eletricidade brasileira. Sua primeira obra foi a usina hidroelétrica de

Paulo Afonso, com três geradores de 65 MW instalados em caverna escavada na rocha. Um dos grandes feitos da obra foi a escavação das cavernas e túneis de adução e descarga. Outro feito foi o "desvio do rio", com ensecadeiras celulares, que foi concebida e efetuada pelo engenheiro Octávio Marcondes Ferraz, diretor técnico da Chesf, por processo original, incluindo a submersão de uma embarcação a montante das obras de desvio e utilização de uma treliça suportada por cabos, com redes metálicas para a retenção do enrocamento lançado na água a montante. O sistema tinha a função de reter os blocos de enrocamento para o fechamento do rio que, devido às altas velocidades do escoamento, não se mantinham estáveis por si só. Esta foi uma obra executada totalmente por técnicos nacionais, podendo ser considerada um marco inicial para se conseguir a independência tecnológica no projeto e execução de barragens. Essa evolução tecnológica nas áreas de projeto e obras foi tão intensa que, nas duas últimas décadas, o Brasil passou a ser exportador das suas experiências tanto no projeto como na construção de obras de grande porte.

Nesse mesmo período, muitas barragens começaram a ser construídas no nordeste para minimizar os efeitos das longas estiagens, surgindo grandes reservatórios como o de Orós no Ceará, e uma infinidade de outros menores.

É também função do engenheiro hidráulico avaliar a vida útil do reservatório com relação à deposição de sedimentos em seu interior e também as conseqüências no leito do rio, a jusante das barragens, pois foram alteradas as suas leis naturais das descargas líquidas e sólidas, podendo ocorrer alterações no equilíbrio dinâmico do leito do curso de água. A engenharia hidráulica participa do estudo do novo equilíbrio morfológico do rio a jusante do empreendimento, mas também as conseqüências na foz do rio quando esta ocorre no mar.

É o caso específico do rio São Francisco, em que o aporte de sedimentos e da água pelo rio tinha predominância sobre a ação do mar, especificamente a ação das ondas, com um progressivo avanço da parte terrestre sobre o mar. Com a construção das barragens, esse balanço sofreu alterações tanto no volume dos sedimentos transportados pelo rio quanto em relação à distribuição das descargas líquidas no tempo, observando-se na atualidade uma predominância da ação do mar sobre a costa. É o mar procurando recuperar áreas perdidas, provocando erosões nas margens e praias na região da foz do rio São Francisco, fazendo-se necessário projetar e executar obras de contenção.

Em decorrência de todas as obras acima mencionadas, a partir de 1960 surgiram no Brasil os grandes escritórios de engenharia e as empresas com capacidade para a construção de grandes aproveitamentos como Sobradinho, ilha Solteira, Água Vermelha, Itaparica, Foz do Areia, Tucuruí, Itaipu, Xingó, Salto Santiago e muitos outros. Da mesma forma, nesse período surgiram os laboratórios de hidráulica, como o do Instituto Nacional de Pesquisas Hidráulicas (INPH) do Rio de Janeiro, especializado em obras marítimas. O laboratório de hidráulica da Escola Politécnica, denominado Centro Tecnológico de Hidráulica e Recursos Hídricos, vem operando em convênio com o Departamento de Águas e Energia Elétrica – DAEE, desde a sua criação. Há ainda o laboratório do Paraná (CEHPAR) e o laboratório do Rio Grande do Sul – Instituto de Pesquisas Hidráulicas – IPH. Esses laboratórios de hidráulica, além de darem significativo suporte aos projetos das obras hidráulicas, foram responsáveis pela formação de técnicos que militaram e militam, ainda hoje, nas grandes empresas de projeto, construção e concessionárias de energia elétrica.

Referências Bibliográficas

ACKERMAN, J. Adolph. *Billings and Water Power in Brazil*. New York, American Society of Civil Engineers, 1953.

CARTAS DA MARINHA – *Brasil – Costa Sul*. Rio de Janeiro, Ministério da Marinha/DNH, 1946/1954.

DAEE. *Comportamento Hidráulico do Rio Tietê*. 1982.

__________. *Projeto da Calha do Rio Tietê na Região Metropolitana de S. Paulo (Maubertec)*. São Paulo, 2001.

GEOBRAS. *Complexo Valo Grande Mar Pequeno Rio Ribeira de Iguape*. São Paulo, 1965.

MINISTÉRIO DOS TRANSPORTES. *Departamento Nacional de Portos e Vias Navegáveis – Portos do Brasil*. Rio de Janeiro, 1970.

MOTOYAMA, S. (org.). *Tecnologia e Industrialização no Brasil: Uma Perspectiva Histórica*. São Paulo, Ed. Unesp/Ceeteps, 1994.

TELLES, P. C. S. *História da Engenharia no Brasil (Séculos XVI a XIX)*. 2 ed. Rio de Janeiro, Clavero, 1994.

VARGAS, Milton (coord.). *Contribuições para a História da Engenharia no Brasil*. São Paulo, EP-USP, 1994.

VARGAS, M. (org.). *História da Técnica e da Tecnologia no Brasil*. São Paulo, Ed. Unesp/Ceeteps, 1994.

VERA CRUZ, Daniel. "Artificial Nourishment of Copacabana Beach". *Memória*, nº 414, LNEC, Lisboa, 1972.

15 Usinas Hidroelétricas, Linhas de Transmissão

MILTON VARGAS

O Ciclo da Light

Em 1879, apenas sete anos após Gramme ter inventado o dínamo elétrico, a estação da E. F. D. Pedro II no Rio de Janeiro era iluminada regularmente por lâmpadas de arco e, em Ouro Preto, Henry Gorceix demonstrava ao imperador o uso da energia elétrica para a iluminação. Entretanto, só depois das quase legendárias instalações hidroelétricas do Ribeirão do Inferno, em Diamantina – construída em 1884 por Armand de Bovet, cobrador de Gorceix na organização da Escola de Minas de Ouro Preto –, e do Ribeirão dos Macacos, em Nova Lima, em 1887, é que foi inaugurada, em 1889, a célebre usina de Marmelos Zero, de Juiz de Fora, obra de Bernardo Mascarenhas, considerado o pioneiro da energia hidroelétrica na América Latina. Entretanto, apenas dez anos depois, em 1899, é que foi iniciada a primeira construção hidroelétrica de grande porte no Brasil, a de Parnaíba, sobre o rio Tietê, com a qual se inicia o que chamaremos "O Ciclo da Light" na história da energia elétrica no Brasil. Deve-se lembrar ainda que, naquele ano, já havia quatro cidades brasileiras com serviços públicos permanentes de iluminação e cerca de 4.600 cavalos de energia já instalados, sendo um pouco menos da metade de origem hidroelétrica[1].

Em 1899, a própria rainha Vitória da Inglaterra dá o direito de incorporação à The São Paulo Tramway Light and Power, para a instalação de linhas de bondes e distribuição de eletricidade em São Paulo. É então que se projeta e constrói, sob a direção do eng. Hugh L. Cooper, a usina de Parnaíba, na cachoeira do Inferno no rio Tietê, a qual seria capaz de gerar até 20 mil cavalos de força na estiagem mais severa. Para barrar o rio constrói-se um dique vertedor de alvenaria de pedra, com 244 m de comprimento e altura máxima de 22 m, fundado sobre rocha. Assim, formou-se uma represa de 13 km de comprimento e largura média de 300 m. Dois tubos de aço de 3,6 m de diâmetro e 700 m de comprimento alimentavam uma bacia compensadora, logo a montante da usina, cuja capacidade era de 16 mil m^3 de água, formada por diques de alvenaria, entre duas encostas de morros. Além da construção das ensecadeiras, assentam-se diques de 32 mil m^3 de alvenaria de granito e foi necessário escavarem-se cerca de 100 m^3 de terra e rocha. Dessa bacia de compensação é que a água era conduzida às três turbinas de 2 mil cavalos cada, acopladas a alternadores General Eletric de mil kW nominais. A montagem exigiu o manuseio de cerca de 450 t de máquinas. A linha de transmissão da energia gerada tinha 33 km, até a subestação de São Paulo, e tinha 24 kV de tensão. A inauguração solene deu-se em 23 de setembro de 1901. Em 1912, em ampliações sucessivas, a usina de Parnaíba atingiu sua capacidade de geração nominal de 16 mil kW. Para manter essa capacidade

1. Mario Savelli, "Sinopse Histórica da Energia no Brasil".

geradora foi necessário regularizar a vazão do rio Tietê, pela construção, em 1906, do reservatório de Guarapiranga, a montante do rio Pinheiros, formado por uma barragem de terra, lançada por processo hidráulico, com cerca de 1.600 m de comprimento e altura máxima de 18 m.

Em 1905, organiza-se a The Rio de Janeiro Tramway Light and Power C° Ltd., co-irmã da Light de São Paulo, para suprir o Rio com serviços de bondes e energia elétrica. É então projetado o aproveitamento hidroelétrico de Ribeirão das Lages, constituído por um reservatório, num vale desse rio nas serras das Araras, na cota 370 m acima do nível do mar, formado por uma barragem de gravidade de 32 m de altura máxima e cerca de 234 m de comprimento. Na margem da represa havia uma tomada d'água subterrânea que conduzia a água a seis turbinas Pelton, instaladas na usina de Fontes, no sopé da serra. O sistema de geração foi inaugurado em 1908, com capacidade nominal de 24 mil kW. A linha de transmissão da energia ao Rio tinha 81 km sob uma tensão de 44 kV. Em 1913, a Light construiu uma barragem de gravidade sobre o rio Piraí e o túnel de Tocos, com 9,5 km de comprimento, aduzindo para o reservatório de Lages águas das cabeceiras do rio Piraí. Isso permitiu a instalação, em Fontes, de mais dois grupos geradores elevando a capacidade dessa usina para 64 mil kW, a qual tornou-se, então, uma das maiores da América Latina.

Em 1910, veio ao Brasil o engenheiro F. Pearson, da Pearson Engineering Corporation, de Nova York, para estudar a viabilidade de mais uma usina hidroelétrica no Tietê a jusante de Parnaíba. Optou ele, entretanto, pela construção da barragem e usina de Ituparanga sobre o rio Sorocaba. É uma barragem de gravidade, com 395 m de comprimento e 31 m de altura máxima. Um canal com 2.260 m de extensão e 14 m² de seção, seguido de um túnel de 530 m de comprimento e 4,5 de diâmetro, aduz água a três tubos alimentadores de turbinas Francis de 17.400 cavalos. Em agosto de 1914, as três unidades estavam instaladas com uma capacidade nominal de 30 mil kW. A energia era transmitida a São Paulo, via Parnaíba, sob 88 mil volts, e a Sorocaba e São Roque, sob 44 mil. Aliás, a partir de 1919, essa usina passou a fornecer energia elétrica para a Cia. Paulista de Estradas de Ferro. Com o aumento de demanda, em 1925, foi instalada mais uma turbina Francis, acionando um alternador de 20 mil kVA.

A próxima grande obra hidroelétrica foi a da ilha dos Pombos, sobre o rio Paraíba, próximo a Porto Novo da Cunha, projetada e construída sob a orientação do engenheiro A. W. R. Billings, entre 1920 e 1923. A capacidade inicial de aproveitamento era de cerca de 160 mil kW. No trecho entre Paquequer e Porto Novo, o rio é dividido em dois canais pela ilha dos Pombos, formando-se um desnível e uma cachoeira que foi aproveitada. Há uma barragem vertedouro, de cerca de 600 m de comprimento e 19 m de altura máxima, a montante, que desvia o rio pelo canal superior e uma outra a jusante logo à cabeceira da usina. Sucessivamente a capacidade geradora de ilha dos Pombos foi sendo ampliada, até atingir 162 mil kV, em 1949.

Em 1924, houve uma crise de energia elétrica em São Paulo, ocasionada, por um lado, pelo crescimento da demanda industrial, e de outro, pelo período seco vindo desde 1919. Conseqüentemente, houve falta de energia e a Light viu-se obrigada a aumentar a capacidade da usina de Itupararanga e da Termoelétrica de Paula Souza; além disso, construiu em tempo recorde a Hidroelétrica de Rasgão, inaugurada em novembro de 1925. Felizmente, a partir de 1925, os verões tornaram-se cada vez mais chuvosos, até a grande cheia de 1929. A usina de Rasgão foi construída no local em que o rio Tietê faz uma grande volta, chegando a passar a 600 m de distância do início da volta com uma diferença de nível de 10 m. Ali existia um corte primitivo abandonado, aberto por mineradores coloniais de ouro – daí o nome Rasgão. Num local estreito do rio foi construída uma barragem de gravidade, com vertedouro, com 126 m de comprimento e 26 m de altura máxima. O antigo rasgão foi transformado em canal adutor e, a jusante, foi construída, uma usina com 22 m de queda útil, com capacidade nominal de 22 mil kW, em cerca de um ano e meio de trabalho. Todo o projeto e a construção foram orientados pelo engenheiro Billings.

A partir de 1923, Billings começa a estudar, em colaboração com o engenheiro F. S. Hyde, a sua grande obra, que foi a usina de Cubatão, que se completaria com a reversão para o mar das águas do rio Grande, da bacia do Tietê, através do rio das Pedras, que descia a serra do Mar. Adotada a solução, os levantamentos para projeto tiveram início em 1925, quase simultaneamente à construção. Em 1926, estava construída a barragem do rio das Pedras, com gravidade de 51 m de altura e 173 m de comprimento, numa garganta do alto da serra, formando o reservatório do rio das Pedras, o que permitia instalar em Cubatão um gerador de 28 mil kW.

A etapa seguinte, iniciada em 1926, foi a da construção da barragem do rio Grande, pelo processo hidráulico, com 1.500 m de comprimento e 25 m de altura máxima (formando a represa Nova, próxima a São Pulo). Diga-se de passagem que, em 1936, quando essa barragem foi alterada, houve uma ruptura do seu talude de montante, provocada pela queda de um muro de arrimo de pé. Há um relatório de autoria de Billings descrevendo o fenômeno da ruptura como "liquefação" do material arenoso do aterro hidráulico – isso muito antes do fenômeno de liquefação ter sido conhecido e rigorosamente estudado. Assim, formou-se o reservatório do rio Grande (hoje represa Billings) que atingia local bem próximo do reservatório do rio das Pedras. Nesse lugar, foi construída uma barragem de alvenaria com vertedouro, a barragem de Summit, com 145 m de comprimento e 31 m de altura máxima. Essa barragem aduzia água a um canal de cerca de 5 km de comprimento até o reservatório do rio das Pedras, o qual fornece a água que cai, em tubulação de aço, de uma altura de 718 m, para alimentar turbinas Pelton instaladas em Cubatão. Em 1936, já tinham sido instalados quatro geradores, perfazendo uma capacidade de 13 mil kW, transportados a São Paulo numa linha de transmissão de 88 kV.

Encaixada na barragem de Pedreira, foi construída uma usina reversível que poderia tanto bombear água proveniente da represa Guarapiranga para a represa Billings, quanto operar como usina geradora, vertendo água da represa Billings para o rio Pinheiros, já parcialmente canalizado. Essa usina poderia também bombear água do rio Pinheiros para a represa Billings e, assim, o rio Pinheiros seria revertido.

Cabe ressaltar aqui que um dos problemas colaterais mais importantes surgidos durante a construção da usina de Cubatão foi o da profilaxia da malária. Essa doença era endêmica na Baixada Santista e, segundo os prognósticos dos especialistas, a concentração dos 4 mil operários necessários para a construção no pé da serra resultaria em epidemia, que não só comprometeria o sucesso da obra como também haveria o perigo da malária alastrar-se pelo planalto paulista, região imune a essa doença. Coube ao malariologista dr. Abel Vargas (que tinha adquirido experiência nesse serviço na ampliação do ribeirão das Lages) prevenir com métodos simples, porém, extremamente eficientes, a ocorrência de tal epidemia em Cubatão.

Até a Revolução de 1930, surgida no contexto da crise da economia cafeeira, o governo evitava qualquer interferência em questões econômicas. Porém, a adoção de um novo modelo econômico, entre 1930 e 1945, essencialmente baseado na industrialização, levou à necessidade de intervenção nas questões econômicas, inclusive as relacionadas com a energia elétrica. A constituição de 1934 incorporou essas inovações econômicas, adotando princípios nacionalistas e intervencionistas no seu capítulo "Da ordem econômica e social". Decorre desses a promulgação, em julho de 1934, do Código de Águas, regulando o setor de água e energia elétrica. Por esse código, as fontes de energia hidráulica eram incorporadas ao patrimônio nacional e seu aproveitamento dependia da concessão assinada pelo presidente da República. Findo o prazo de concessão, os aproveitamentos hidráulicos reverteriam ao Estado. Esse Código foi incorporado à legislação do Estado Novo, com introdução de várias restrições de caráter nacionalista, inclusive a determinação de que as concessões de aproveitamentos hidroelétricos só seriam dadas a brasileiros ou empresas constituídas por acionistas brasileiros. Em 1939, foi criado o Conselho Nacional de Águas e Energia (CNAEE), encarregado de controlar os sistemas elétricos, regulamentar o Código de Águas e resolver os dissídios entre a administração pública e os concessionários.

Por volta do início da Segunda Guerra Mundial, tornou-se notória a necessidade de ampliação do sistema à vista da inevitabilidade de crescimento da indústria nacional para substituição de importações. É aí que intervem mais definitivamente o talento de Billings. Apesar das restrições governamentais, havia que modernizar e ampliar o Ribeirão das Lages e Cubatão. Depois de prolongadas discussões com o governo, a barragem de Lages é alterada em 65 m de altura e seu comprimento passa a ser de 284 m, transformando-se de uma barragem de gravidade para de contrafortes – o que constitui obra notável de engenharia. São construídos então vários diques, dentre eles: o Cacaria e o Dique 4, que permitem alterar o nível do reservatório. Assim, a usina de Fontes passa a gerar 190 mil kW.

Em 1945, inicia-se a construção do sistema de reversão Paraíba-Piraí. É construída a barragem Vertedor Santa Cecília no Paraíba, logo a montante de Barra do Piraí. Por um sistema de bombas, canais e túneis 160 m³/s de água do Paraíba são lançados no rio Piraí. Este, por sua vez, é revertido e uma estação de bombeamento, na cidade de Piraí, lança no reservatório do Vigário, logo a montante da cidade. Esse reservatório é formado pela barragem e dique de terra do Vigário, a primeira posteriormente denominada Terzaghi, em homenagem ao próprio criador da mecânica dos solos que, entre 1947 e 1959, projetou e controlou sua construção. Essa barragem e dique têm grande importância para a engenharia brasileira, pois apresentam os protótipos das barragens de solo residual compactado, com filtro vertical de areia, construídas na maioria dos aproveitamentos hidroelétricos posteriores no Centro-Sul do Brasil. O sistema de reversão Paraíba-Piraí alimenta uma usina subterrânea constituída por um túnel inclinado em rocha descendo a serra e uma caverna, em Fontes, no pé da serra, onde se instalaram as máquinas da usina Nilo Peçanha, com seis geradores de 60 mil kW cada.

Finalmente, foi inaugurada, em 1962, uma outra usina hidroelétrica: a Central Pereira Passos, 4 km a jusante da de Fontes, com 100 mil kW, produzidos pelo barramento das águas de descarga de Fontes e Nilo Peçanha, pela barragem de terra de Ponte Coberta com 52 m de altura e 231 m de comprimento.

Em São Paulo o projeto de reversão do rio Pinheiros, por meio de uma estrutura de reversão em foz com o Tietê, e retificação de seu leito, foi concluído em 1947. Então, além da estação elevatória da Pedreira, foi concluída uma estação semelhante no bairro da Traição, hoje Cidade Jardim, na cidade de São Paulo, permitindo a instalação em Cubatão de mais quatro geradores, para atingir a capacidade geradora de 500 MW. O rio Pinheiros corre atualmente em sentido contrário ao seu curso natural, bombeando águas do Tietê para a represa Billings.

Ainda nessa época, a Light sofre uma transformação. O seu Departamento de Novas Construções – chefiado pelo próprio Billings, que, até então, projetava e construía pessoalmente as obras da Light – é substituído por um escritório de projetos: a Cobast, que atua como projetista. Suas obras, nesse sentido, passam a ser feitas por empreiteiros, entre os quais se distingue a Morrison-Knudsen. Esse escritório teve notáveis engenheiros hidroelétricos brasileiros, entre os quais se distinguiram Adolfo Santos Junior e Mario Savelli. A direção dos projetos e construção das obras da Light passam ao engenheiro Adolf Ackerman, tendo Billings se aposentado.

Em 1948, entra em funcionamento uma linha de transmissão Lages-Cubatão, fornecendo ao sistema de São Paulo 50 mil kW por meio de uma estação conversora de 50/60 ciclos instalada em Aparecida, São Paulo. Nesse ano, pretendia-se ampliar ainda mais a Casa de Força de Cubatão, porém, durante as escavações para as fundações, houve um escorregamento de "tálus" existente no sopé da serra, comprometendo toda a obra. Foi o momento em que o prof. Karl Terzaghi (a quem se deve o posterior desenvolvimento da mecânica dos solos no Brasil) foi contratado pela Light, como consultor para resolver o problema do escorregamento da serra.

O escorregamento de "tálus" foi totalmente controlado por meio de drenagem profunda e cobertura da zona de escorregamento com pintura asfáltica (que até hoje pode ser vista por trás da usina, em Cubatão). Aliás, deve-se lembrar que 1947 e 1948 foram anos de intensa pluviosidade em São Paulo e que problemas semelhantes de escorregamentos de terra ocorreram durante a construção da via Anchieta nas cotas 90 e 450 da serra de Cubatão.

Esses escorregamentos, entretanto, não afetaram as tubulações de adução de água à usina, pois estavam assentadas sobre um espigão que se mostrou resistente à erosão. Esses fenômenos constituíram uma das razões para que Ackerman projetasse e construísse a nova ampliação de Cubatão, com a usina subterrânea Henry Borden, constituída, como em Lages, por um túnel adutor, descendo a serra e uma caverna no pé da mesma, onde foram instalados, até 1961, seis geradores capazes de produzir 390 mil kW de energia elétrica. Nessa época, a energia produzida na usina a céu aberto atingia 500 mil kW.

No sistema de São Paulo, a antiga usina de Parnaíba sobre o rio Tietê foi modernizada e ampliada, tomando o nome de Edgard de Souza, entre 1950 e 1955, ficando o nível d'água do seu reservatório na mesma cota que a do Canal de Pinheiros, a jusante da estação de bombas de Traição, podendo ela então funcionar como estação elevatória.

Assim no início da década de 1960, a Light atingia uma capacidade geradora de cerca de 2,5 milhões de kW para alimentar a indústria paulista e carioca e servir, naquela época, uma população de cerca de 15 milhões de pessoas.

Fora do sistema da Light, a construção hidroelétrica no Brasil era menor, excetuando-se as das Empresas Elétricas Brasileiras – subsidiárias da companhia americana American Foreign Power Company Incorporated (Amforp). Uma delas foi a Companhia Paulista de Força e Luz – que tinha construído, em São Paulo, os aproveitamentos de Avanhandava, no rio Tietê, e Marimbondo, no rio Grande, e que, em 1957, inaugurou sua primeira grande obra: a de Peixoto, sobre rio Grande, projetada pela Ebasco Services Inc., associada à Amforp. A barragem de Peixoto tem uma altura máxima de 70 m, em duas seções de gravidade dispostas em ângulo, uma de 170 m, outra de 180 m de comprimento. Entre as duas há uma barragem abóbada, e a casa de força gera 400 mil kW de energia. Organiza-se nessa época ainda a Companhia Auxiliar das Empresas Elétricas Brasileiras (CAEEB), destinada a administrar todas as concessionárias sob seu controle, isto é, praticamente as empresas das principais cidades brasileiras fora da Light.

Em maio de 1959, o governo do rio Grande do Sul encampou a Companhia de Energia Elétrica do rio Grande do Sul, subsidiária da Amforp, pelo preço simbólico de um cruzeiro, o que suscitou protestos dos Estados Unidos. O governo Goulart instituiu então uma comissão para resolver a questão, comprando as ações da CAEEB. O tratado de compra foi assinado em Washington, em novembro de 1964. Assim, a CAEEB foi incorporada à Eletrobrás.

O restante da energia elétrica no Brasil, que atingia, em 1960, cerca de 1,5 milhões de kW, era gerado ou por pequenas usinas hidroelétricas ou por térmicas – das quais a maior era a de Piratininga, com capacidade de 450 mil kW, montada, em 1954, pela Light, próximo a Santo Amaro, e que era alimentada pelo "fuel-oil" produzido na Refinaria Arthur Bernardes.

Em 1979, as Lights – já todas anteriormente incorporadas à Light Serviços S/A – tiveram seu controle acionário adquirido pela Eletrobrás. Porém, pode se dizer que a época que denominamos "ciclo Light" – na qual a construção e geração hidroelétrica eram controladas por firmas estrangeiras – já tinha entrado em declínio desde que, no início da década de 1950, a construção de grandes usinas, projetadas e construídas por brasileiros, tomara impulso.

A Transferência da Tecnologia Hidroelétrica

Paulo Afonso

Durante todo o período Vargas, de 1930 a 1945, a participação estrangeira na geração de eletricidade pela Light e Amforp abrangia cerca de 65% do total instalado no país, porém, tornara-se visível que a demanda de energia era maior que a oferta. As discussões, suscitadas pelas implicações do Código de Águas, dividiam-se em dois grupos: o dos que culpavam as exigências governamentais como causa da estagnação dos investimentos estrangeiros no setor; e o que atribuía a responsabilidade às companhias estrangeiras, por não expandirem seus sistemas. Esses últimos propunham que o próprio Estado interviesse, construindo grandes usinas hidroelétricas ou encampando as companhias estrangeiras.

Durante o governo Dutra (1946-1950) a economia brasileira foi amplamente estudada por missões americanas e planejada por planos governamentais que priorizavam o incremento da geração elétrica, com fonte de energia para a industrialização. Surge então a idéia do aproveitamento hidroelétrico de Paulo Afonso por parte de uma companhia estatal.

Como foi visto, a quase totalidade das obras hidroelétricas brasileiras, até a década de 1950, foram projetadas e construídas por estrangeiros. Entretanto, havia no país companhia de eletricidade e escritórios de projetos hidroelétricos muito ativos na implantação de usinas de pequeno porte – entre as companhias brasileiras de eletricidade, as do dr. Eloy Chaves, e, entre os escritórios, o O.M.F., dirigido pelo engenheiro Otávio Marcondes Ferraz. Pois foi esse engenheiro que quebrou o "tabu" da construção hidroelétrica estrangeira, tendo sido escolhido pelo governo federal, ao se organizar, em 1948, a Companhia Hidroelétrica do São Francisco (Chesf), para o projeto e construção da usina de Paulo Afonso I.

Terminado o projeto, a construção teve início imediatamente, em 1949, sob a direção do engenheiro Marcondes Ferraz. O rio foi barrado a montante da cachoeira de Paulo Afonso e conduzido por dois longos diques de alvenaria que convergem para a Casa de Força, instalada numa caverna, no granito que forma a parede direita do *canion* a jusante da cachoeira. O barramento do rio, por meio de ensecadeiras celulares, foi concebido e efetuado por Marcondes Ferraz, por processo original, incluindo a submersão de uma embarcação a montante da obra e uma treliça suportada por cabos com redes metálicas para reter um enrocamento lançado na água a montante da treliça. O método adotado gerou forte polêmica com o assessor do banco financiador da obra, o engenheiro Ackerman, mais tarde diretor da Light. O comprimento total das barragens é de cerca de 3,1 km, sendo 2,8 de vertedouros de superfície e 300 m de comportas, com capacidade de verte até 11 mil m³/s.

Pode-se dizer que, no projeto e escavação da caverna de Paulo Afonso I, apareceu, no Brasil, uma nova técnica, até então desenvolvida apenas na Europa: a mecânica das rochas. Isso se deu quando o engenheiro Ernesto Pichler, do IPT de São Paulo, foi incumbido de realizar ensaios de pressão em câmara escavada na rocha, para determinar o seu módulo de elasticidade.

Na caverna de Paulo Afonso I, inaugurada em 1955, foram instalados três grupos geradores de 65 mil kW cada um, o que, na época, parecia excessivo para o Nordeste. Contudo, logo em 1955, foi necessário o início da construção de Paulo Afonso II, com três unidades de 85 MW e três de 95 MW. Em 1972, foi posta em operação Paulo Afonso III, com quatro grupos de 24 mil km, perfazendo um total de 1.700.000 kW instalados. A energia é transmitida por duas linhas principais para Recife (405 km) e para Salvador (456 km) sob uma tensão de 220 kV; porém, é distribuída, a partir dessas linhas principais, para quase todo o Nordeste.

Em 1971, foi iniciada a construção da usina de Moxotó, a 3 km a montante de Paulo Afonso I, com a vazão correspondente às três usinas já construídas, e 21 m de queda, permitindo assim a geração de 440 MW, por meio de quatro turbinas Kaplan.

A transferência de tecnologia foi feita da seguinte forma: Paulo Afonso I foi projetada e construída pela própria Chesf, com seus engenheiros sob a orientação geral do dr. Marcondes Ferraz, e com consultoria de especialistas franceses ligados à Sogreah, muitos dos quais integram-se, depois, à engenharia brasileira de barragens, como o engenheiro André Balança. No projeto de Paulo Afonso II e III houve uma contribuição maior da engenharia francesa, chegando mesmo a constituir-se a companhia de projetos Sofrelec do Brasil Engenharia S/A, em Recife, com essa finalidade. Foi esse escritório que estudou a viabilidade e elaborou, em conjunto com a Sofrelec (Societé Française d'Etudes et de Réalisations d'Équipements), o projeto da usina de Moxotó, em 1971. Nessa época, já se pensava na usina de Paulo Afonso IV, a ser alimentada pelo canal de descarga de Moxotó e aproveitando a regularização proveniente da construção de Sobradinho. Em 1972, a Sofrelec foi incumbida da elaboração de um estudo de viabilidade e, posteriormente, do projeto básico dessa última usina.

Em 1975, a Chesf resolveu confiar a uma firma inteiramente brasileira, a Themag Engenharia Ltda. de São Paulo, a revisão do projeto básico e elaboração do projeto executivo de Paulo Afonso IV. Sua caverna abriga seis grupos de 410 MW, trabalhando sob uma queda nominal de 112 m e recebendo água de um reservatório formado por diques de terra e enrocamento, que convergem para a casa de força e que é alimentada por um canal que aduz as águas de descarga da usina de Moxotó. Essa usina entrou em operação em 1981, perfazendo a potência instalada em Paulo Afonso a um total de 4.500 MW.

Em 1979, a Chesf inaugura o aproveitamento de Sobradinho a montante de Juazeiro, cuja barragem de terra tem cerca de 4 km de comprimento e altura máxima de 43 m, com vertedor para 22.800 m³/s e casa de força para gerar 1.000 MW, projetada pela Hidroservice e construída pela Servix.

Em 1986, a Chesf inaugurou, a montante de Paulo Afonso, a usina de Itaparica, projetada pela Hidroservice e construída pela Mendes Junior – para gerar 2.400 MW.

O último grande empreendimento da Chesf é a usina de Xingó, com potência instalada de 3 mil MW. Xingó está localizada no *canion* do São Francisco, 2 km a montante da cidade de Canindé. O projeto é da Promon e a construção do Consórcio CBPO/Construtora Mendes Junior. A segunda etapa consistirá na instalação de mais quatro geradores. Então, sua capacidade geradora chegará a 5 mil MW.

Pertence ainda à Chesf, embora não sobre o rio São Francisco, a usina de Boa Esperança – projetada pela Geotécnica S/A e construída pela Mendes Junior entre 1964 e 1970 sobre o rio Paraíba, a cerca de 80 km da cidade de Floriano, Piauí – gera 240 MW.

Cemig

No segundo governo de Getúlio Vargas (1951-1954), criou-se uma Assessoria Econômica, sob a chefia de Rômulo de

Almeida, ligada diretamente ao Gabinete Civil da Presidência da República. Pode-se dizer que esse foi o início da doutrina desenvolvimentista que dominou a mentalidade brasileira nos anos de 1950. Essa doutrina enfatizava a necessidade de incrementar a produção de energia, principalmente a exploração do petróleo nacional e a nacionalização progressiva da produção hidroelétrica, com a criação de empresas públicas estaduais e federais, no modelo do que estava sendo feito em Paulo Afonso.

O governo estadual de Juscelino em Minas Gerais, entre 1951 e 1955, foi o primeiro a responder a essa política, criando as Centrais Elétricas de Minas Gerais – Cemig, implementada por Lucas Lopes em 1952 para prover o Estado da energia elétrica que lhe faltava. Suas primeiras realizações foram: em primeiro lugar, completar a barragem de Salto Grande sobre o rio Santo Antônio, iniciada antes de sua organização, porém, só completada em 1956, com 100 MW de potência, construída pela Construtora Nacional, com projeto da própria Cemig; em seguida, a usina de Itutinga, que foi iniciada logo após sua formação e completada em 1955; depois a de Camargo, iniciada em 1954 e completada em 1958. Ambas situam-se sobre o rio Grande, geram cada uma 45 MW e foram projetadas pela International Engineering Co., de São Francisco, Califórnia, e construídas pela Morrison Knudsen, americana. Portanto, projeto e construção foram estrangeiros, porém, a transferência de tecnologia deu-se para os engenheiros da Cemig, que, aliás, tornaram-se nomes ilustres da engenharia hidroelétrica nacional, entre eles o engenheiro Flávio Lyra da Silva.

Em 1957, a Cemig iniciou a construção da Barragem de Três Marias – obra importantíssima na história da construção hidroelétrica no Brasil. Ela teve como projetista a Geotécnica S/A e como consultor o prof. Arthur Casagrande, grande impulsionador da técnica de barragens de terra no Brasil. Trata-se de uma barragem de terra de seção homogênea com filtro vertical de areia, de 2.600 m de comprimento com 64 m de altura máxima, que forma um reservatório de 5 bilhões de m^3 no rio São Francisco. O seu vertedouro tem uma capacidade de 8.700 m^3/s. Associada à barragem, foi construída uma casa de força, para gerar 388 MW de energia elétrica.

Com a experiência adquirida nessas obras, a Cemig construiu as usinas de Jaraguá, sobre o rio Grande, com projeto do consórcio Geotécnica S/A-Eletroprojetos-Eletrowatt e construção da Mendes Junior; Volta Grande, também sobre o rio Grande, com projeto do consórcio Tams-Engevix-Leme e construção da Mendes Junior, e São Simão, sobre o rio Parnaíba, com projeto da Cia. Internacional de Engenharia e construção da Impregillo, italiana.

Em 1953, a assessoria econômica do presidente Getúlio Vargas, sob a direção de Jesus Soares Pereira, dedicou-se ao estudo dos entraves que impediram o desenvolvimento das gerações de energia elétrica no Brasil e elaborou projetos de leis para corrigi-los. Logo depois do suicídio de Vargas promulgou-se a lei que instituía o Fundo Federal de Eletrificação, cujos recursos seriam geridos pelo Banco Nacional de Desenvolvimento Econômico (BNDES), fundado em 1952, e foram aprovados pelo Congresso dois outros projetos da Assessoria Econômica. O primeiro referia-se ao Plano Nacional de Eletrificação, e o segundo era relativo à criação da Centrais Elétricas Brasileiras S/A (Eletrobrás), uma empresa pública encarregada de executar o Plano Nacional de Eletrificação, atuando diretamente ou por intermédio de subsidiárias. Esse projeto, entretanto, levou sete anos para ser aprovado pelo Congresso, e foi transformado em lei somente em 1961, no governo Jânio Quadros, devido à oposição, durante o governo Kubitschek, de um grupo antiestatizante.

Furnas

Em fevereiro de 1957 foi criada, por escritura pública, a Central Elétrica de Furnas S/A, cujos primeiros sócios proprietários foram a Light, a Cia. Paulista de Força e Luz, o Departamento de Águas e Energia Elétrica de São Paulo e a Cemig. Sua finalidade era construir a barragem e usina de Furnas sobre o rio Grande, a fim de minorar os efeitos da crise de energia elétrica que, nesse tempo, afligia o Rio de Janeiro e São Paulo. A barragem é do tipo de enrocamento, com núcleo de argila de 125 m de altura máxima e 550 m de comprimento da crista, e foi projetada sob a consultoria do prof. Arthur Casagrande, da Universidade de Harvard, nos Estados Unidos. A casa de força abriga oito grupos capazes de gerar 1.200 MW e o vertedor é para 13 mil m^3/s. O projeto foi elaborado pelo consórcio da Cia. Internacional de Engenharia, do Rio de Janeiro, e pela International Engineering Co., de São Francisco, Califórnia, e a construção foi levada adiante pelo consórcio Wimpey, de Londres, e pela Companhia Construtora Nacional, de São Paulo. Assim, a transferência de tecnologia foi feita por meio de consórcios entre companhias estrangeiras e nacionais e pela direção da obra, toda nacional, a cargo de Furnas. Dirigiram a obra os engenheiros brasileiros John Cotrin e Flávio Lyra.

Com a experiência adquirida, Furnas iniciou, em 1964, a construção do aproveitamento de estreito, também sobre o rio Grande, a jusante de Furnas, agora como projetista e construtor nacional e, da mesma forma, em 1970 deu início à construção de porto Colômbia. Finalmente, em 1971, iniciou-se Marimbondo, de forma que, em 1975, a Cia. de Furnas já gerava cerca de 2.500 MW de energia elétrica. Essa capacidade, porém, foi quase dobrada com a construção de Itumbiara, sobre o rio Paraíba, completada em 1982, com 2 mil MW, projetada pelo consórcio Cie-Hidroservice e construída pela Mendes Junior.

Furnas construiu ainda, entre 1961 e 1969, a barragem em abóbada de concreto do Funil, projetada pela firma portuguesa Coba, com 85 m de altura e 385 m de cristas, sobre o rio Paraíba, no município de Rezende (RJ), cujo reservatório é formado, ainda, pela barragem de terra de Nhangapi. Em 1969, Furnas foi, também, incumbida de gerenciar o projeto e a construção da primeira usina nuclear brasileira, Angra I.

Cabe aqui mencionar a construção, em 1966, da usina de Cachoeira Dourada, no rio Parnaíba, pela Celg, com projeto da Eletroprojetos-Eletrowatt e construção pela Mendes Junior, com barragem de terra de 2,8 km de comprimento e altura máxima de 26 m, vertedor para 16.000 m³/s e casa de força de 500 MW.

No Rio Grande do Sul, Santa Catarina e Paraná

A primeira etapa do plano de eletrificação do Estado do rio Grande do Sul, elaborado em 1943 pela recém-criada Comissão Estadual de Energia Elétrica (CEEE), contempla o aproveitamento do rio Jacuí, a partir da barragem de Ernestina, em concreto protendido, construída pela Franki, sob a orientação do prof. Costa Nunes, e cuja casa de força entrou em operação em 1954, para gerar 4,8 MW. Em 1956, entra em operação a usina da Canastra sobre o rio Santa Maria, gerando 42,5 MW, e, em seguida, em 1962, a usina Maia Filho, sobre o rio Jacuí, com capacidade de 150 MW. Entre 1961 e 1973 a CEEE projeta, por meio da International Engineering Co. e constrói, pela construtora Metronac, o aproveitamento de Passo Real, sobre o rio Jacuí. Ele é constituído por uma barragem de enrocamento com núcleo de argila de 3.850 m de comprimento e 58 m de altura máxima; vertedor de superfície para 5.400 m³/s e casa de força com a capacidade de gerar 125 MW. Finalmente, como resultado de toda a experiência adquirida, a CEEE realiza, entre 1973 e 1974, a sua grande obra, a Barragem e usina de Itaúba, para 500 MW, sobre o rio Jacuí. Trata-se de uma barragem de enrocamento com núcleo de argila, com 385 m de comprimento e 90 m de altura máxima; vertedor de superfície para 7.400 m³/s de vazão total; e casa de força com quatro turbinas Francis acopladas a geradores de 139 mil kVA de potência nominal. Itaúba foi projetada pela Engevix S/A e construída pela Camargo Correa, portanto, com tecnologia nacional.

No Paraná, a construção hidroelétrica, em grande escala, foi iniciada com a criação da Companhia Paranaense de Energia Elétrica (Copel), quando essa entrou em operação em 1961, com a implantação de um sistema estadual interligado e a construção do aproveitamento hidroelétrico Capivari-Cachoeira. Esse é constituído pela reversão para o mar do rio Capivari, no planalto, através de um túnel de 17 m de comprimento, descendo a serra do Mar até o Rio Cachoeira, na baixada de Paranaguá. A barragem de terra sobre o rio Capivari é de seção homogênea compactada com excesso da umidade, devido ao clima úmido da região, com 58 m de altura máxima e 370 m de comprimento, projetada por Milton Vargas e Serge Hsu com vertedouro para 750 m³/s e construída pelo consórcio Metropolitano/Noreno. O túnel de adução e a usina, capaz de gerar 250 MW, foram construídos pela Cia. Construtora Nacional e pela Cetenco, tendo a Copel como consultor o engenheiro M. Bouvard. Dirigiram a obra os engenheiros Nelson Pinto, Douglas Souza Luz e Arturo Andreoli.

Em seguida, a Copel empreendeu a construção da Foz de Areia sobre o rio Iguaçu, entre 1975 e 1981. A obra é constituída por uma barragem de enrocamento com parâmetro de concreto, 153 m de altura máxima e 830 m de comprimento; vertedor de 11 mil m³/s e casa de força capaz de gerar 2.500 MW. O aproveitamento foi projeto da Milder-Kaiser em consórcio com a Kaiser Engineers, e construído pelo CBPO.

Em dezembro de 1968 é fundada, sob forma de Sociedade Anônima, a Centrais Elétricas do Sul do Brasil S/A (Eletrosul), com a finalidade de construção de usinas geradoras e linhas de transmissão e distribuição elétrica. Sua primeira tarefa foi a construção da usina hidroelétrica de Passo Fundo, de dezembro de 1969 a setembro de 1972, projetada pela Eletroconsult, firma suíça, e construída pelo consórcio nacional Rabello-CCBE-Giobbi, sobre o rio Passo Fundo, Rio Grande do Sul. A obra é constituída por uma barragem de terra de 46 m de altura máxima e 636 m de comprimento; vertedouro para 3.250 m³/s; e casa de força capaz de gerar 220 MW.

De junho de 1976 a junho de 1980, a Eletrosul construiu o aproveitamento de Salto Santiago, sobre o rio Iguaçu, projetado pela Milder Kaiser e construída pela Camargo Correa. A barragem é do tipo de enrocamento com núcleo de argila, com uma altura máxima de 80 m e um comprimento da crista de 2.080 m. O vertedor de superfície é para uma razão total de 24 mil m³/s; e a casa de força abriga seis unidades geradoras de potência nominal de 370 mil kVA cada uma.

Usinas do Estado de São Paulo

Rios Paranapanema, Pardo e Tietê

Entre 1950 e 1954, durante o governo Garcez, foi feita uma planificação geral do sistema elétrico do Estado de São Paulo por meio do Departamento de Águas e Energia, sob consultoria da Edison de Milão, na pessoa do engenheiro italiano Claudio Marcello. Além dele, participaram do projeto consultores e construtores brasileiros e professores da Escola Politécnica, do Instituto de Pesquisas Tecnológicas e profissionais das empreiteiras de obras mais notáveis.

A atuação do governo do Estado de São Paulo na construção hidroelétrica teve início em 1953, com a criação da usinas Elétricas do Paranapanema (Uselpa), que tomou para si o encargo de prosseguir no projeto e construção da usina de Salto Grande, sobre o Paranapanema, a qual vinha sendo estudada desde 1946. Trata-se de uma barragem de gravidade de forma longa e irregular, com 1 km de comprimento, apenas 25 m de altura máxima, vertedouro de superfície para 5.600 m³/s e casa de força capaz de gerar 70 MW. Foi projetada e construída pela Servix Engenharia e pela Construtora Nacional. Em 1956, a Uselpa iniciou a construção de Jurumirim, barragem de gravidade de 55 m de altura e 484 m de comprimento; dique de 17 m de altura e 459 m, de comprimento; vertedor para 3 mil m³/s; casa de força para 97 MW, projetada e construída pela Servix. De 1960 até 1971, foi realizado o aproveitamento de Xavantes, cuja barragem de terra, com 90 m de altura e 50 m de comprimento, tem um desenho inusitado, perfeitamente adaptado às condições geológicas locais e aos materiais de empréstimo disponíveis, concebido pelo prof. Casagrande. O vertedouro é para 3.200 m³/s e a casa de força é capaz de gerar 414 MW. Foi projetada pela Engevix, que substituía, na época, o departamento de projetos da Servix; foi construída pela CBPO. Foi notável nessa obra a instrumentação instalada para observação do seu comportamento, e o acompanhamento da obra feito pelo IPT, sob a orientação do consultor prof. A. Casagrande.

Em 1971, a Uselpa iniciou a sua última obra: o aproveitamento de Capivara sobre o rio Paranapanema para gerar 640 MW, com barragem de enrocamento de terra de 59 m de altura e 1.500 m de crista e vertedouro para 17.200 m³/s. Foi projetada pela Engevix e construída pela CBPO. Este aproveitamento foi terminado já sob jurisdição da Cesp a qual empreendeu, sobre o mesmo rio, mais dois aproveitamentos: Taguaraçu e Rosana.

Em 1955, foi constituída a Cherp, encarregada dos aproveitamentos do rio Pardo. A construção de Limoeiro, o primeiro desses aproveitamentos, já se tinha iniciado em 1953, e sua construção foi continuada pela Cherp ao mesmo tempo em que iniciava o de Euclides da Cunha, 6 km a montante. Os projetos das duas barragens de terra – a primaveira, com 660 m de comprimento e 41 m de altura máxima, a segunda com altura máxima de 60 m e 350 m de crista – foram elaborados pela própria Cherp, sob orientação e acompanhamento do IPT, e construídas pela Camargo Correa. O vertedor de superfície de Limoeiro é para 1.600 m³/s e o salto de "ski" de Euclides da Cunha é para 2.340 m³. A casa de força de Limoeiro, a jusante da barragem, gerando 32 MW, e a usina subterrânea de Euclides da Cunha, 110 MW, foram projetadas e construídas pela Noreno e Camargo Correa.

Uma das ocorrências mais tristes da história da construção hidroelétrica brasileira foi a destruição parcial das barragens de Euclides da Cunha e de Limoeiro, por transbordamento durante chuvas violentas, em janeiro de 1977. Devido ao pequeno volume do reservatório de Euclides da Cunha e a precipitação ter-se dado justamente em cima dele, seu nível d'água cresceu tão rapidamente que não houve tempo possível de evacuá-lo. A água transbordou durante oito horas sobre a barragem de terra, abrindo uma enorme brecha na ombreira direita. O grande volume d'água solto pela brecha formou uma onda que atingiu a barragem Limoeiro, transbordando, destruindo a sua ombreira direita e, ainda mais, abrindo uma brecha no morro que constituía a margem do reservatório de Limoeiro frontal à posição de Euclides da Cunha.

De 1959 a 1966, a Cherp executou o aproveitamento hidroelétrico de Graminha, no município de Caconde, São Paulo. Trata-se de uma barragem de terra em seção homogênea, com filtro vertical de areia, de 60 m de altura e 640 m de comprimento, projetada pela Geotécnica S/A. O vertedor é do tipo tulipa, para 700 m³/s e a casa de força subterrânea gera 80 MW. Toda a obra foi construída pela Camargo Correa.

A partir de 1960, a Cherp foi encarregada também das obras hidroelétricas do rio Tietê. A usina e barragem de Barra Bonita já estava em construção desde 1957 e teria capacidade para gerar 140 MW; foi projetada e estava sendo construída pela Tenco. Trata-se de uma barragem de gravidade com 45 m de altura e 480 m de comprimento, munida de vertedor de superfície para 4.200 m³/s.

Em seguida, a Cherp, de 1959 a 1969, incumbiu-se do aproveitamento de Bariri, a fim de gerar 143 MW. A barragem de terra tinha 860 m de comprimento e 46 m de altura máxima, em seção homogênea e filtro vertical de areia. A conexão da barragem de terra com estruturas de concreto, por meio de "abraço", foi a primeira a ser projetada no Brasil. O vertedouro é para 5.600 m³/s. O conjunto todo foi projetado pela Edison de Milão, com consultoria nacional e acompanhamento da obra pelo IPT. A construção foi executada pela Camargo Correa.

Finalmente, a Cherp iniciou, em 1966, sua última obra no rio Tietê: a de Promissão, para uma capacidade de 264 MW – projetada pela Brasconsult e construída pela Cetenco. É uma barragem de terra com 3 mil m de comprimento, porém, somente com 28 m de altura máxima, conjugada a um vertedor de superfície para 6.700 m³/s.

Cabe aqui mencionar os nomes dos engenheiros Mário Lopes Leão, da Uselpa, e Francisco Souza Dias, da Cherp, cujo propósito de formação de tecnologia nacional nas obras mencionadas anteriormente foi notável. São de Souza Dias as seguintes palavras: "[...] as obras realizadas e que tive a oportunidade de mencionar funcionaram também como escolas formadoras de especialistas". Deve-se acrescentar que o grande mestre dos engenheiros brasileiros nessas barragens de terra foi o prof. Arthur Casagrande, da Universidade de Harvard.

Depois da constituição da Cesp, em 1977, reunindo todas as companhias do Estado de São Paulo, foi ainda realizado, sobre o rio Tietê, o aproveitamento de Nova Avanhandava, no município de Birigui, com projeto iniciado pela Brasconsult, terminado pela Internacional e construída pela CBPO, com capacidade nominal de 300 MW. Constituiu-se essa obra, além da casa de força, por um vertedor para 7 mil m³/s, uma barragem de terra compactada seção homogênea com filtro vertical de areia com 2 km de comprimento e 55 m de altura. A última usina do Tietê, a de Três Irmãos, foi projetada pela Promon Engenharia e construída pela Andrade Gutierrez.

A Cesp projetou, por meio da Hidroservice e da Milder Kaiser, respectivamente, os aproveitamentos de Taguaruçu e de Rosana, no rio Paranapanema. Taguaruçu foi construída pela Mendes Junior. A construção de Rosana foi iniciada pela CBPO e terminada pela Andrade Gutierrez.

Bacia do Paraíba

Desde que a Light concebeu, por volta de 1945, o desvio do rio Paraíba para gerar energia em Ribeirão das Lages, a regularização desse rio tornou-se importante. A barragem de Santa Cecília, logo a montante da Barra do Piraí, foi completada em 1953, com a mesma finalidade de regularização, concluída em 1960, próxima da cidade de Santa Branca, São Paulo. Trata-se de uma barragem de terra homogênea de 325 m de comprimento e 54 m de altura, com vertedor para 1.300 m³/s, projetada pela Geotécnica S/A e construída por Cavalcanti Junqueira S/A. Ainda com a finalidade de regularização, a Cesp construiu, entre 1963 e 1971, as duas barragens de Jaguari, barrando o rio Jaguari, afluente do rio Paraíba, próximo de Jacareí. Essas barragens foram projetadas pela Hidroservice e construídas pela Camargo Correa.

Ainda era cogitação da Light a construção da barragem do Funil, próxima a Itatiaia; ela só veio a ser construída, no entanto, pela Furnas, como foi relatado anteriormente.

Havia, desde os tempos da Light, a idéia de se construir próximo à confluência dos rios Paratinga e Paraibuna, os formadores do Paraíba, uma represa que permitiria a reversão para o mar das águas do Paraíba, realizando-se um aproveitamento em Caraguatatuba, semelhante ao de Cubatão. Essa idéia não pode ser realizada por motivos ecológicos, pois se roubaria água do vale do Paraíba. Entretanto, com a finalidade de regularização do Paraíba, a Cesp deu início, em 1964 (terminou em 1978), a construção das duas barragens gêmeas Paraibuna e Paratinga, pouco acima da confluência dos dois rios. São duas barragens de terra homogêneas, com filtros verticais de areia, ambas com cerca de 580 m de comprimento e 94 e 104 m de altura, respectivamente. Foram projetadas pela Hidroservice e construídas pela Camargo Correa.

As usinas sobre o rio Paraná

Em 1953, exorbitando do âmbito puramente estadual, foi criada a Comissão Interestadual da Bacia Paraná-Uruguai (CIBPU), visando ao estudo do aproveitamento integral de toda parte brasileira da Bacia do Prata. Consultado o engenheiro Marcello, em 1955, a CIBPU chegou a concluir pela viabilidade técnica e econômica de se planejar uma barragem em Jupiá, junto à ponte da E.F.N.B. sobre o rio Paraná, próximo a Três Lagoas e outra em Ilha Solteira, cerca de 60 km a montante, para aproveitamento do Salto de Urubupungá. A Societá Edison, de Milão, em 1960, fez um projeto base da usina e barragem de Jupiá e um estudo para Ilha Solteira. Nesse mesmo ano, a CIBPU procurou comprometer a obra, construindo uma primeira ensecadeira em Jupiá. Em 1961, foi constituída a Centrais Elétricas do Urubupungá (Celusa), e para ela foram transferidos os projetos e a construção do sistema de Urubupungá.

Com o propósito deliberado de que as obras em questão fossem essencialmente brasileiras, a diretoria técnica da Celusa, na pessoa de seu diretor, o engenheiro Souza Dias, convocou os antigos consultores da Cherp e da Uselpa para formar uma firma projetista totalmente nacional. Assim nasceu a Themag Engenharia, que projetou o sistema. Por outro lado, com base no projeto da Edison, foi aberta concorrência pública para a construção em dezembro de 1961. Permitia-se, porém, variantes ao projeto. Venceu a concorrência a firma Camargo Correa, com variante mais econômica, a qual revertia totalmente a concepção italiana. No projeto italiano havia um vertedouro de superfície no leito central do rio; na variante, o vertedouro era de fundo, na margem mato-grossense, e o rio era fechado, no canal central, por uma barragem de terra com ensecadeiras de enrocamento incorporadas. Coube à Themag estudar os dois projetos básicos e decidir sobre eles.

Desse estudo concluiu-se:

1) Projeto e construção de ensecadeira de enrocamento de terra na margem de Mato Grosso, permitindo a construção da usina, com quatorze unidades, constituída por turbinas Kaplan e geradores de potência nominal de 112 mil kVA cada um; e do vertedor de fundo para 45 mil m^3/s de vazão máxima, mais um vertedor de superfície com vazão máxima de 5 mil m^3/s.
2) Barragem de terra à margem de São Paulo com 2.300 m de comprimento, incluindo uma seção no leito do rio (em que foi feito o fechamento) do tipo de dois enrocamentos lançado dentro d'água e terra compactada entre eles, com altura máxima de 42,5 m;
3) Barragem de terra do lado de Mato Grosso com 2 mil m de comprimento e altura máxima de 30 m.

Para suprir a Themag com os dados para projetos, a Celusa montou no local um Laboratório de Solos e Concreto, supervisionado pelo IPT de São Paulo. O prof. A. Casagrande foi contratado como consultor permanente para assuntos de solos e fundações, e o prof. Roy Carlson, para assuntos de concreto. Atuou, como supervisora dos projetos, por parte dos bancos financiadores, a firma sueca V.B.B.

O rio Paraná, um dos maiores do continente, foi fechado em 8 de setembro de 1966 pelo lançamento de pontas de pedras de até 2 t de peso, numa operação em que a empreiteira Camargo Correa mostrou-se capaz de operação precisa e regular. Bombeada a água entre as ensecadeiras, construídas por diques de enrocamento, impermeabilizados por lançamentos de argila, dentro d'água, dos dois lados do rio, foi compactada a seção de terra entre as ensecadeiras assim incorporadas à barragem.

Antes de terminar a construção de Jupiá, iniciou-se, em 1965, o projeto de Ilha Solteira, não mais baseado em projeto básico estrangeiro, porém, sobre idéias e concepções inteiramente nacionais.

A construção de Ilha Solteira foi iniciada em 1968, num local logo a montante da ilha do mesmo nome, a cerca de 60 km a montante da usina de Jupiá. Foi projetada pela Themag Engenharia, construída pela Camargo Correa e montada pela Tenenge. No leito central do rio foram construídos a tomada d'água, para a casa de força com vinte geradores de 170 mil kVA de capacidade nominal cada um deles e o vertedor de superfície com comportas para uma vazão máxima de 38.500 m³/s. Na margem direita foi construída uma barragem de terra compactada homogênea com filtro vertical de areia com 6.100 m de comprimento e altura máxima de 74 m e, na margem esquerda de enrocamento, com camada impermeável de argila a montante, tendo um comprimento de 3.400 m e uma altura máxima de 50 m. Em ambas as barragens de terra, tanto no projeto como no acompanhamento das construções, contou-se com a consultoria do prof. A. Casagrande.

Em localização intermediária entre o sistema de Urubupungá e as usinas do rio Grande, está o aproveitamento de

Usina Jupiá.

Usina Porto Primavera.

Água Vermelha, sobre o rio Grande, quase na confluência com o Paraná, ainda da Cesp. Tem uma capacidade instalada de 1.380 MW; foi projetado pelo consórcio Promon-Themag e construído pela Camargo Correa. Tem vertedor de superfície com oito comportas sectores para uma vazão de 2.500 m^3/s cada e casa de força com seis grupos turbinagerador com capacidade de 250 mil kVA cada. A barragem de terra compactada homogênea com filtro vertical de areia tem 1 km de comprimento na margem esquerda, e 2,5 km na direita, com altura máxima de 50 m.

Em 1972, foi feito, pela Themag Engenharia, um estudo comparativo da construção de uma barragem, logo a montante das Sete Quedas, do rio Paraná, chamada Ilha Grande Alta, com a alternativa da construção de duas barragens: Ilha Grande Baixa, no próprio local da anterior, e outra, Porto Primavera, no Estado de São Paulo. A construção de duas barragens era mais vantajosa, pois a área a ser submergida era muito grande.

Em 1973, iniciaram-se os estudos para a construção da usina hidroelétrica de Porto Primavera, sobre o rio Paraná, próximo à confluência do Paranapanema, com projeto da Themag e construção da Camargo Correa, para aproveitar o degrau existente entre a barragem de Jupiá e o remanso do projetado reservatório de Ilha Grande Baixa. A usina tem dezoito grupos geradores de 100 mil kVA cada, vertedouro de 52.800 m^3/s e eclusa de 210 m de comprimento, com elevação máxima de 22,6 m.

O projeto básico de Ilha Grande Baixa foi elaborado pela Themag Engenharia para a Eletrosul, porém o aproveitamento não foi realizado.

Usina de Itaipu

Finalmente, cabe relatar o projeto e a construção da última e maior usina hidroelétrica do rio Paraná: a de Itaipu, aproveitando a diferença de nível de 120 m existente entre Guaíra e Foz do Iguaçu, no trecho fronteiriço com o Paraguai.

Por volta de 1967, tinha sido constituída uma Comissão Mista Técnica Brasileira-Paraguaia a qual, em 1970, contratou o consórcio International Engineering Co. (IECO), de São Francisco, e a Eletroconsult S/A de Milão (ELC), para os primeiros estudos e projeto básico desse aproveitamento. Deve-se dizer aqui que, nesse momento, houve uma regressão da engenharia hidroelétrica brasileira pois não havia necessidade de se contratar uma firma estrangeira dada a experiência já alcançada pela engenharia nacional nos projetos anteriormente descritos. Entretanto, a experiência nacional adquirida foi aplicada, uma vez que tomaram parte no projeto o responsável técnico pela obra, engenheiro John Cotrin, e o presidente do Conselho dos Consultores, o engenheiro Flávio Lyra, dois profissionais brasileiros que acabaram de realizar aproveitamentos da Cemig e de Furnas. Desses estudos resultou a decisão de se construir uma barragem única a 14 km a montante da ponte internacional Foz do Iguaçu-Presidente Stroessner.

Em 1974, foi constituída a Itaipu Binacional, companhia destinada a construir e operar o aproveitamento, tendo como diretor geral o general Costa Cavalcanti, e como diretor adjunto o engenheiro Enzo Debernardi, pelo Paraguai. O consórcio IECO-ELC foi mantido como coordenador geral do projeto, mas foram selecionadas também quatro projetistas brasileiras: a Promon, a Themag, a Engevix e a Hidroservice para detalhamento do projeto executivo, que trabalhariam em consórcio com os projetistas paraguaios do Grupo Consultor Alto Paraná.

Na concorrência para a construção, realizada em 1975, formam-se dois consórcios de firmas construtoras: um brasileiro, Unicon, reunindo a Cetenco, a CBPO, a Camargo Correa, a Mendes Junior e a Andrade Gutierrez; e outro paraguaio, a Conempa, reunindo oito firmas, sob a liderança do consórcio brasileiro.

A obra foi iniciada com a escavação em rocha de um canal de desvio com capacidade de 35 mil m³/s – tendo uma estrutura especial de desvio e ponte de serviço –, isolado do rio por meio de duas ensecadeiras em arco de concreto de 70 m de altura. Terminada a escavação as ensecadeiras foram dinamitadas e o rio desviado. O rio foi então fechado por uma ensecadeira a montante, constituída por dois diques de enrocamento e um núcleo de argila lançada na água, entre os enrocamentos, e um aterro superior compactado. A jusante constituiu-se uma ensecadeira por diques de enrocamento de argila lançada, semelhante à de montante.

No leito ensecado foi construída parte da casa de força (a outra parte foi construída no canal de desvio) com dezoito unidades geradoras para 715 MW cada uma, e espaço para mais duas unidades de reserva. No planalto, margem direita a vertedouro para 62 mil m³/s. Além dessa estrutura, na margem direita há uma barragem de terra. Entre as duas estruturas, e por trás da casa de força, foi construída a barragem lateral e a principal, ambas de contrafortes, com cerca de 2 km de comprimento total 90 m de altura máxima.

A estrutura de desvio ficou incorporada à barragem principal, a qual avança para a margem esquerda até ser abraçada por uma barragem de enrocamento, com núcleo de argila, com cerca de 4,3 km de comprimento e 70 m de altura máxima. O enrocamento dessa barragem origina-se da escavação do canal de desvio.

A obra é, portanto, extremamente compacta a respeito da inusitada potência hidroelétrica por ela aproveitada.

A Eletronorte e Tucuruí

A Eletronorte foi constituída em 1973, como uma subsidiária da Eletrobrás para o desenvolvimento da energia hidráulica, principalmente da Amazônia. Ela contou desde o início com a direção do notável engenheiro militar Raul Garcia Llano, que lhe assegurou o sucesso. De início a Eletronorte completou, em 1975, a construção da usina hidroelétrica de Paredão (Coaracy Nunes) sobre o rio Araguari, em Macapá, projetada pela Eletroconsult e construída pela Technint/Ecel, para gerar 70 MW. Em 1981, iniciou a construção de duas pequenas usinas: Balbina, sobre o rio Uatamã, no Estado do Amazonas, para gerar 250MW; e a de Samuel, sobre o rio Jamari, em Porto Velho, Rondônia, para gerar 216 MW. É de se notar aqui que, na Amazônia, já existe, em construção pela Celpa, a usina de Curuá-Una, para gerar 40 MW, atualmente em estudo de ampliação.

PÁG. AO LADO

Usina de Itaipu.

PÁG. AO LADO

Usina de Tucuruí.

Em 1974, a Eletronorte iniciou os estudos de viabilidade técnica e projeto básico pela Engevix, do aproveitamento de Tucuruí, sobre o rio Tocantins, 320 km ao sul de Belém, no Pará, para gerar 8 mil MW, em duas etapas sucessivas. No início de 1975, o projeto básico foi iniciado pelo consórcio Engevix – Themag e, em 1976, iniciaram-se as obras a cargo da Camargo Correa.

Foi construída uma ensecadeira principal na margem esquerda, a fim de abrigar a construção de um vertedouro de superfície para a descarga recorde de 110 mil m^3/s, dispondo de adufas para desvio do rio; a tomada d'água e casa de força da primeira etapa para gerar 3.960 MW (doze unidades de 330 MW); e uma barragem de ligação entre as estruturas de concreto e o morro Tapera, existente na margem esquerda. Haveria ainda que se construir, nessa primeira etapa, um dique ligando o morro Tapera à encosta esquerda; e uma longa barragem de terra, através do canal do rio, prolongando-se pela margem direita, com 9,5 km de comprimento e 106 m de altura máxima.

Em 1979, o projeto foi modificado, substituindo-se a barragem de terra de seção homogênea, no leito principal do rio, por uma barragem de enrocamento com núcleo de argila, a fim de aproveitar-se a rocha escavada da profunda bacia de dissipação, que foi necessário projetar a jusante do vertedouro; e, ainda, substituindo o dique de terra, entre o morro Tapera e a encosta esquerda a montante do morro, por uma barragem em forma de "Y" ligando a encosta esquerda, a jusante do morro, com o morro Tapera (um dos ramos do "Y") e com o futuro prolongamento, de segunda etapa, da casa de força. Essa última modificação permitiria a construção de um sistema de duas eclusas para vencer o desnível de 70 m formado pelo represamento.

O sistema de transmissão de Tucuruí, projetado e gerenciado pela Themag Engenharia, é de especial importância para o país, pois, por meio dele, foi interligado todo o sistema elétrico do Norte e Nordeste do país. Ele é constituído por dois circuitos de 500 kV. O primeiro ligando a usina, para o norte, à vila do Conde, com 280 km, e daí, com dois circuitos de 230 kV, até Belém de mais de 70 km. O segundo, de Tucuruí até Marabá, e de 500 kV, com 367 km. Segue daí para Presidente Dutra, de onde se construiu uma linha de 500 kV para São Luiz. Ligada às usinas de Boa Esperança e Sobradinho foi construída uma outra linha de 500 kV.

Na linha de Tucuruí a Belém surgiu um problema inusitado: da travessia dos rios Mojú e Guamá, ambos navegáveis, exigindo torres de grande altura; e com terrenos moles de grande profundidade, exigindo fundações por estacas de aço profundas. Pode-se dizer que, com a construção de Tucuruí, em plena selva amazônica, com geologia e hidrologia desconhecidas – e que tiveram de ser deslindadas previamente ao projeto – constitui-se o coroamento da técnica hidroelétrica nacional. Com os complexos problemas logísticos de transporte e de acampamento, a tecnologia do projeto, construção, montagem e fabricação de equipamentos atingiu o seu completo desenvolvimento em nosso país, com técnicos e meios inteiramente nacionais.

Em suma, foi um longo caminho percorrido pela tecnologia nacional desde as primeiras pequenas usinas de Minas Gerais, São Paulo e rio Grande do Sul, projetadas e construídas por organizações nacionais, a partir da década de 1950 – passando pela quebra do tabu da necessidade de auxílio estrangeiro para as grandes obras, em Paulo Afonso I – até a construção da maior hidroelétrica do mundo, que é Itaipu.

Referências Bibliográficas

ELETROBRÁS. Rio de Janeiro, Ed. Assessoria de Comunicação Social da Eletrobrás, s.d.

MAGALHÃES GOMES, F.A. "A Eletrificação no Brasil". *História e Energia*. São Paulo, Eletropaulo, 1986.

PANORAMA *do Setor de Energia Elétrica no Brasil*. Rio de Janeiro, Centro da Memória da Eletricidade no Brasil/Eletrobrás, 1988.

SAVELLI, Mario. "Sinopse Histórica da Energia no Brasil". *Revista Mundo Elétrico – 75 Anos de Energia Elétrica no Brasil* (Separata), dez. 1976.

VARGAS, M. "História da Construção Hidroelétrica no Brasil". *Engenharia*, nº 505 (*Revista do I.E.*), São Paulo, 1994.

"Xingó Começa a Operar em Outubro". *O Empreiteiro*, ago. 1974.

16 A Física da Eletricidade e a Revolução da Eletrotécnica no Século XX

ERNESTO JOÃO ROBBA

Introdução

Para melhor compreensão dos recursos que a energia elétrica disponibiliza quotidianamente, quer para os consumidores residenciais, quer para os comerciais, ou os industriais, mister se faz tecer alguns comentários quanto às condições de vida, em geral, anteriormente ao advento da energia elétrica. Assim, antes do advento da energia elétrica, toda a economia baseava-se quase que exclusivamente em atividades do setor primário, Era do Brasil-fazenda, quando toda a atividade industrial reduzia-se a pequenas indústrias artesanais, nos campos, dentre outros, da carpintaria, marcenaria, ferrajaria. Lembre-se dos engenhos e moendas, movidos à roda d'água, para a produção de farinhas, pela moagem de cereais, e para produção do álcool, pela moagem da cana-de-açúcar. A inexistência da energia elétrica tinha grande influência no suprimento de água potável, visto que não se dispunha de bombas para o recalque necessário à distribuição da água. As pessoas dispunham em suas casas de poços, que alcançavam o lençol freático, dos quais a água era retirada por bombeamento manual ou por meio de caçamba acionada por sarilho manual. Os lavatórios, com pias e torneiras, eram substituídos por jarras e bacias, o banho era, em geral, tomado em bacias e o banheiro com vaso sanitário era substituído pela latrina, usualmente construída fora da casa, contando com escavação no solo, poço negro, para dejeções. A iluminação dos interiores de edificações era feita com velas de cera, lamparinas ou lampiões a querosene.

Quanto à sua constituição, os sistemas elétricos de potência têm a função precípua de fornecer energia elétrica aos usuários, grandes ou pequenos, com a qualidade adequada, no instante em que for solicitada, isto é, o sistema tem as funções de produtor, transformando a energia de alguma natureza, por exemplo, hidráulica, mecânica, térmica ou outra, em energia elétrica e de distribuidor fornecendo aos grandes e pequenos consumidores, com a qualidade exigida, a quantidade de energia demandada, instante a instante, e, em não sendo possível seu armazenamento, o sistema deve contar, como será analisado a seguir, com capacidade de produção e transporte que atenda ao suprimento, num dado intervalo de tempo, da energia consumida e à máxima solicitação instantânea de potência ativa. Deve, pois, dispor de sistemas de controle da produção de modo que a cada instante seja produzida a energia necessária para atender à demanda e às perdas na produção e no transporte. Identificar-se-á, em tudo quanto se segue, os blocos de produção de energia por sua designação corrente de "bloco de geração"; destaque-se a impropriedade do termo, uma vez que não há geração de energia, mas sim, transformação entre fontes de energia diferentes.

Aqui, no Brasil, diante do grande potencial hídrico existente, predomina a produção de energia elétrica pela transformação de energia hidráulica em elétrica, nas usinas hidroelétricas, e estando os centros de produção, de modo geral, afastados dos centros de consumo é imprescindível a existência de um elemento de interligação entre ambos que esteja apto a transportar a energia demandada. Sendo o montante das potências em jogo relevante e as distâncias a serem percorridas de certa monta, torna-se inexeqüível o transporte dessa energia na tensão de geração. Assim, sucede ao bloco de geração o de elevação da tensão, no qual a tensão é elevada do valor com o qual foi gerada para o de transporte, "tensão de transmissão". O valor dessa tensão é estabelecido em função da distância a ser percorrida e do montante de energia a ser transportado.

Por outro lado, em se chegando aos centros de consumo, diante da grande diversidade no montante de energia demandado por cada tipo de consumidor, variável desde a ordem de grandeza de centenas de MW até dezenas de kW, é inviável o suprimento de todos os usuários na tensão de transmissão. Exige-se, portanto, o abaixamento do nível de tensão para valor compatível com a demanda do usuário, "tensão de subtransmissão". O abaixamento de tensão é feito por meio das "subestações de subtransmissão", que são supridas pelas linhas de transmissão, suprindo, por sua vez, linhas que operam em nível de tensão mais baixo, "tensão de subtransmissão". Ulteriores abaixamentos no nível de tensão, em função das características dos consumidores, são exigidos. Assim, o sistema de subtransmissão supre, por meio das "subestações de distribuição", que são responsáveis por novo abaixamento no nível de tensão para a "tensão de distribuição primária" ou "média tensão". A rede de distribuição primária, por sua vez, irá suprir os transformadores de distribuição primária, dos quais se deriva a rede de distribuição secundária ou rede de baixa tensão, cujo nível de tensão é designado por "tensão secundária" ou "baixa tensão".

Assim, os sistemas elétricos de potência podem ser subdivididos nos três grandes blocos:

- geração, que perfaz a função de converter alguma forma de energia em energia elétrica;
- transmissão, que é responsável pelo transporte da energia elétrica dos centros de produção aos de consumo;
- distribuição, que distribui a energia elétrica recebida do sistema de transmissão aos grandes, médios e pequenos consumidores.

Este modelo é apresentado no diagrama de blocos da figura abaixo.

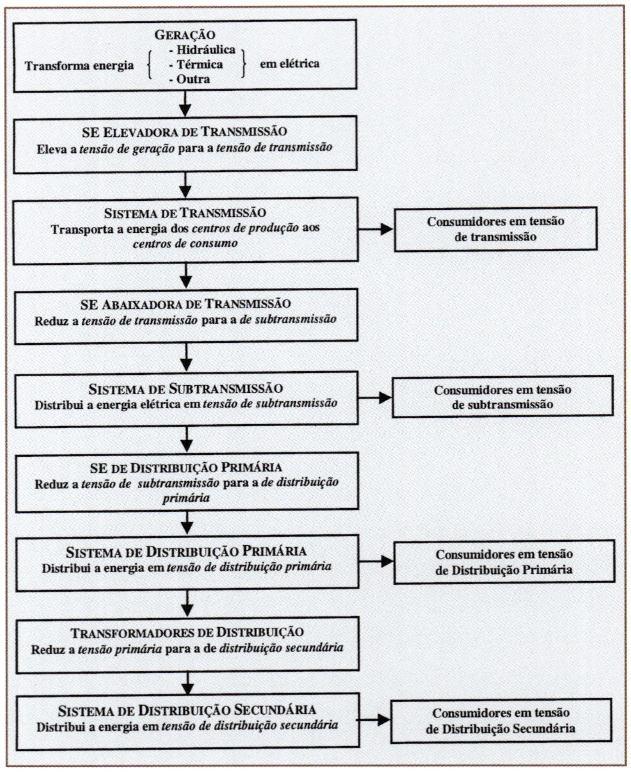

Diagrama de blocos do sistema.

Conceituação Física

Eletrostática

A eletricidade, que conta com as três grandes áreas – eletrostática, eletrodinâmica e eletromagnetismo – desenvolveu-se, historicamente, pela eletrostática, na qual, o mais antigo fenômeno conhecido, relatado por Tales de Mileto, século VII a. C., é a propriedade que o âmbar amarelo adquire, pelo atrito, de atrair corpos leves. Foi somente no século XVI, no entanto, que Gilbert reconheceu essa propriedade em diversas outras substâncias, levando-o a classificar os materiais em isolantes e condutores. Nessa mesma época Otto von Guericke obteve, por meio de sua máquina eletrostática, constituída por esfera giratória de enxofre, a primeira centelha elétrica. Em 1727, Gray observou que os condutores, desde que estivessem adequadamente isolados, podiam ser eletrizados e, na mesma época, Du Fay evidenciou a existência de carga positivas, "eletricidade vítrea", e cargas negativas, "eletricidade resinosa". Por volta de 1750, Franklin, baseado em suas observações sobre o poder das pontas, desenvolveu os pára-raios de pontas para a proteção contra descargas elétricas. O estudo quantitativo da eletrostática foi desenvolvido experimentalmente por Coulomb, em 1785, e, posteriormente, analiticamente, por Laplace, Biot, Gauss e Poisson. Finalmente, a teoria da influência, desenvolvida por Faraday, marcou o coroamento da eletrostática.

Eletrodinâmica

Os primeiros eventos pertinentes à eletrodinâmica datam de 1790, quando Galvani, ao lavar e tirar a pele de rãs, observou e relatou contrações musculares nas pernas das rãs quando em contato com dois metais diferentes. Analisando essa observação, Volta concluiu que a contração muscular da rã era devida à circulação pelo músculo de corrente elétrica, que era gerada pelo contato entre dois metais diferentes e, em 1800, descobriu a pilha elétrica. A descoberta da pilha elétrica viabilizou as experiências de Nicholson e Carlisle de decomposição da água e as de Thenard, que demonstrou que a corrente elétrica podia levar um fio metálico à incandescência. Os trabalhos básicos referentes à circulação de corrente levaram Ohm, em 1827, a enunciar a lei que leva seu nome, lei de Ohm, segundo a qual a queda de tensão num trecho de circuito é diretamente proporcional à intensidade de corrente que o percorre e o coeficiente de proporcionalidade, resistência ôhmica, depende das características do material condutor. Trabalhos posteriores de Pouillet, generalizando a lei de Ohm, e de Kirchhoff, fixando a distribuição das intensidades de correntes num circuito com derivações, estabeleceram os princípios básicos de análise de circuitos. Kohlrausch observou que a resistência elétrica dos condutores é variável com o tipo de condutor, e que, para um dado condutor, é diretamente proporcional ao seu comprimento e inversamente proporcional à área de sua seção reta. Isto é, definiu o grau de resistência dos condutores, que representa a resistência de um condutor cujo comprimento e área da seção reta são unitários. Merecem destaque os trabalhos de Joule, em 1860, referentes aos efeitos térmicos das correntes elétricas.

Eletromagnetismo

Os estudos pertinentes ao eletromagnetismo, que seguiram os de eletrodinâmica, foram iniciados por Oersted, em 1827, que observou o desvio sofrido na posição de equilíbrio de uma agulha magnética, situada em proximidade de um fio condutor percorrido por corrente elétrica. Segundo ele, a posição de equilíbrio era deslocada do norte magnético para uma posição tangencial a uma circunferência, contida num plano perpendicular ao fio, com centro no fio; esse efeito não mais era sentido quando a distância da agulha ao fio excedia um valor máximo que era função da intensidade de corrente. Oersted concluiu, portanto, que a corrente elétrica circulando pelo fio criava um campo magnético, o qual foi medido por Biot e Savart. Posteriormente, Laplace, a partir desses resultados, enunciou a lei elementar e Ampère (1822) a lei geral do fenômeno. Esses dois físicos procederam ao estudo da interação entre correntes elétricas e campos magnéticos enunciando as leis gerais do eletromagnetismo, que foram generalizadas por Maxwell em 1861. As pesquisas de Faraday pertinentes aos fenômenos de indução, em 1831, levaram à demonstração da possibilidade de se converter energia mecânica em elétrica. Os trabalhos foram complementados por Lentz e Henry, que publicou, em 1832, um estudo sobre a auto-indução. A base teórica do atual eletromagnetismo é devida a Maxwell que, em 1873, publicou seu *Tratado de Eletricidade e de Magnetismo*.

Aplicações Industriais

As múltiplas aplicações industriais da eletricidade foram concebidas a partir dos fenômenos de indução pesquisados por Faraday. Assim, a primeira aplicação de conversão de energia mecânica em elétrica teve lugar com a construção, por Pixii, por volta de 1833, do primeiro gerador de corrente contínua e a conversão inversa, energia elétrica em mecânica ocorreu em 1834, com a construção por H. von Jacobi do primeiro motor de corrente contínua. O primeiro dínamo industrial de corrente contínua com entreferro reduzido e comutação melhorada foi construído em 1869 por Gramme, segundo alguns historiadores, ou por Pacinotti, segundo outros. Para a viabilização da aplicação industrial da energia elétrica, que não pode ser armazenada, é indispensável que ela seja transportável facilmente desde o ponto de sua produção até o centro de consumo. A facilidade de transporte da energia elétrica à distância foi demonstrada, em 1873, por H. Fontaine. Grande abertura no horizonte de utilização ocorreu, em 1885, com as pesquisas de G. Ferraris e N. Tesla acerca da produção de "campos girantes" pela circulação de correntes alternadas polifásicas por enrolamentos estáticos. Essa descoberta viabilizou a construção das máquinas síncronas e assíncronas, cujo princípio de funcionamento baseia-se na produção, utilizando-se enrolamentos fixos de um campo girante em seu entreferro. As primeiras máquinas utilizavam tensão alternada bifásica, a qual foi rapidamente substituída por tensão alternada trifásica. O emprego de corrente alternada, em substituição à corrente contínua, e a invenção do transformador, em 1882, que permitia elevar ou reduzir o valor eficaz da tensão, abriu novas perspectivas para o transporte de energia.

Iluminação

No campo da iluminação observa-se que a operação das lâmpadas incandescentes baseia-se no aquecimento de um condutor pela circulação de corrente. Ora, aumentando-se a temperatura de um corpo acima de certo valor ocorrerá oscilação de seus átomos com liberação de energia na faixa do infravermelho; ulteriores aumentos na temperatura levam à liberação de energia luminosa na faixa do visível, comprimento de onda de 0,4 a 0,7 μ. As primeiras lâmpadas incandescentes, que foram desenvolvidas por Edison por volta de 1840, eram constituídas por um filamento de bambu carbonizado montado no interior de um bulbo de vidro no qual era feito o vácuo. A temperatura de operação do filamento era limitada a cerca de 2.000 K originando rendimento muito baixo, da ordem de 1 a 3 lm/W, pois, nessa temperatura, a maior porcentagem de emissão ocorre no infravermelho. O aumento na temperatura de operação ocasionava o aumento da vaporização do filamento com a redução sensível de sua vida útil e enegrecimento das paredes do bulbo de vidro. Por volta de 1909, o problema pode ser contornado por procedimento, desenvolvido por Coolidge, que tornou o tungstênio mais dúctil, viabilizando sua utilização em filamentos de lâmpadas incandescentes, que passaram a operar com temperatura em torno de 2.400 K, saltando sua eficiência luminosa para a ordem de grandeza de 8 a 9 lm/W. Nessas lâmpadas, o fio de tungstênio, que tinha comprimento muito grande, era enrolado sobre hastes verticais de suporte, ficando com o aspecto de uma gaiola de esquilo, ocorrendo grande dissipação de calor. O passo seguinte, no desenvolvimento, foi o de se aumentar a temperatura de operação do filamento de tungstênio, tendo-se verificado que, em se operando em temperatura próxima à de fusão, 3.655 K, o rendimento da lâmpada alcançava valores da ordem de 56 lm/W, porém, sua vida útil sofria drástica redução pela evaporação do filamento. Assim, os pesquisadores, nessa etapa, foram forçados a uma solução de compromisso entre a vida útil e o rendimento. A consideração que a vaporização de um metal aumenta com sua temperatura, porém, diminui com a pressão a que está submetido, orientou as pesquisas para o preenchimento do bulbo da lâmpada com um gás inerte, gás argônio ou mistura de argônio com nitrogênio, em substituição ao vácuo. A presença do gás, por um lado, reduziu a evaporação do filamento, porém, por outro, ocasionou o aumento da dissipação de calor para o meio externo, exigindo maior aporte de potência para a manutenção da temperatura desejada. Destaca-se que T. A. Edison, em suas pesquisas com este procedimento, não conseguiu obter emissão sensível de luz. O problema foi contornado, em 1913, por Langmuir, que conseguiu substituir o filamento, em tungstênio, enrolado sobre as hastes verticais, gaiola de esquilo, por filamento em forma de espiral, que apresenta superfície de transferência de calor muito reduzida. Essa montagem viabilizou o preenchimento do bulbo com gás inerte, conseguindo operar a lâmpada na temperatura de 2.800 K, sem a ocorrência de redução da vida útil pela evaporação do filamento e com rendimento da ordem de 7 a 20 lm/W, isto é, o problema da transferência de calor pelo gás ao meio foi contornado. Em 1934, conseguiu-se nova redução da área de dissipação de calor construindo-se o filamento na forma de espiral dupla.

Evolução Histórica da Eletricidade no Brasil

As primeiras aplicações da eletricidade, no Brasil, não se referem à eletrotécnica, mas sim às comunicações, isto é: telégrafo elétrico, 1852, e telefones no Rio de Janeiro, 1875. Cronologicamente, seguem-se aplicações em iluminação pública da estação da Estrada de Ferro D. Pedro II, no Rio de Janeiro, 1879, e de Campos (RJ), em 1883. A usina de Marmelos, próxima a Juiz de Fora (MG), foi a primeira usina hidroelétrica construída no Brasil, em 1889. A primeira responsável, em São Paulo, pelo fornecimento de energia elétrica, era a Companhia de Água e Luz do Estado de São Paulo, que contava com uma hidroelétrica com potência instalada de 50 kW, duas unidades geradoras, e uma termoelétrica com 200 kW, duas unidades geradoras. Em 1899, a companhia canadense The São Paulo Tramway, Light & Power Company Ltd. obteve a concessão para a distribuição de energia elétrica, gás e telefonia. Na área de energia elétrica, substituiu a Companhia de Água e Luz. Seus investimentos tiveram por objetivo a instalação de usinas hidroelétricas que forneceriam energia às áreas da iluminação pública, da tração elétrica para transporte coletivo urbano, bondes, e da distribuição de energia aos consumidores residenciais, comerciais e industriais. Tendo em vista o atendimento à demanda de energia elétrica, a S. Paulo Tramway inaugurou, em 1901, a usina hidroelétrica de Parnaíba, no rio Tietê, com duas unidades geradoras de 1,0 MW, na época, as maiores potências unitárias do mundo. Destaque-se que a Light expandiu seu grupo e sua área de atuação abrangendo também o Estado do Rio de Janeiro, onde inaugurou, em 1908, a usina hidroelétrica de Fontes, com potência instalada de 24 MW. O Grupo Light foi o responsável pelo desenvolvimento do suprimento de energia elétrica ao eixo Rio de Janeiro – São Paulo, que deu lugar ao grande desenvolvimento populacional e industrial da região.

Em 1900, o Estado de São Paulo, contava com onze usinas hidroelétricas e térmicas, totalizando potência instalada de cerca de 2,5 MW. O incremento na implantação da energia elétrica levou a sociedade a solicitar técnicos e ao estabelecimento de normas e regulamentos para a nova área. Nesse sentido, foi fundada, com sede no Rio de Janeiro, em 1909, a primeira instituição nacional, o Comitê Eletrotécnico Brasileiro, que tinha por objetivo a reunião dos profissionais da área e o desenvolvimento das normas e regulamentos que gerenciariam a produção e a utilização da eletricidade. Por outro lado, a sociedade e as instituições de ensino, sentindo a necessidade de contar com profissionais habilitados na nova área, iniciaram o oferecimento de cursos, de nível superior, em eletricidade. A Escola Politécnica de São Paulo oferecia, no período de 1893 a 1925, curso para formação de engenheiros industriais, profissionais com preparo geral, sem grandes especializações, porém, qualificados para o atendimento das necessidades das indústrias da época, voltadas para a mecânica e para a química. O diretor da Escola Politécnica, eng. civil Antonio Francisco de Paula Souza, em seu relatório do ano de 1900, encaminhado ao exmo. sr. dr. Bento Pereira Bueno, secretário de Estado, apresenta o arrazoado a seguir:

> O desenvolvimento que vão tomando todos os dias, as applicações da eletricidade, especialmente os que se referem à transmissão da força e à iluminação, fazem prever que n'este ramo da engenharia se offerecerá em breve, em todo o Brazil e especialmente em nosso Estado, vasto campo à actividade industrial.

A Congregação da Escola Politécnica criou, em 1901, a cadeira de Eletrotécnica, como disciplina autônoma, sem caráter especializado, nem finalidade industrial que era obrigatória a todos os alunos, quaisquer que fossem suas especializações. Posteriormente, em 1907, o governador do Estado, Jorge Tibiriçá, em mensagem enviada ao Congresso, ressaltou que: "Em vista das múltiplas applicações que cada dia vae tendo a eletricidade, torna-se mister a creação de um curso especial dessa matéria nesta Escola".

Assim, em 1907, a Escola Politécnica submeteu ao Congresso a proposta, projeto nº 15, de criação de um curso especial para a formação de engenheiros eletricistas. A matéria foi objeto de várias revisões e discussões sendo, finalmente, aprovada a 27.1.1911, decreto nº 1992, a instalação do curso de engenheiros mecânicos-eletricistas. Papel preponderante no desenvolvimento da eletrotécnica nacional foi desempenhado pelo Gabinete de Eletrotécnica, criado em 1912, posteriormente transformado em Laboratório de Máquinas e Eletrotécnica, que, ao par das aulas práticas, constituiu-se no primeiro laboratório brasileiro de ensaios de tipo e de padrão de equipamentos industriais e, na época da Primeira Guerra Mundial, 1914-1918, iniciou o apoio à então incipiente indústria elétrica nacional. Na década de 1920 foi responsável pelo apoio tecnológico à implantação da eletrificação de estradas de ferro paulistas. Atualmente, esse laboratório é o instituto especializado Instituto de Eletrotécnica e Energia da Universidade de São Paulo.

Em 1913 foi fundado, em Minas Gerais, o Instituto Eletrotécnico e Mecânico de Itajubá, primeira escola superior especializada em eletricidade no país. Em 1920 foi iniciado, pela Comissão de Forças Hidráulicas, no antigo Serviço Geológico e Mineralógico do Brasil, Ministério da Agricultura, estudo sistemático do potencial hidroelétrico nacional.

Em 1924, o grupo norte-americano American and Foreign Power Utility Company, *Amforp*, começou a operar no Brasil encampando e unificando grande número de pequenas usinas do Estado de São Paulo, agregando-as na Cia. Paulista de Força e Luz, e assumindo a geração e distribuição da energia elétrica em várias capitais estaduais. Quando de sua estatização, em 1964, no governo do marechal Castelo Branco, contava com as empresas: Cia. Força e Luz Nordeste do Brasil (Natal e Maceió), The Pernambuco Tramways Light and Power (Recife), Cia. de Energia Elétrica da Bahia (Salvador e Recôncavo Baiano), Cia. Central Brasileira de Força Elétrica (Vitória e região central do Espírito Santo), Cia. Brasileira de Energia Elétrica (Niterói, São Gonçalo, Petrópolis etc.), Cia Paulista de Força e Luz (interior de São Paulo), Cia. Força e Luz do Paraná (Curitiba), Cia. de Energia Elétrica Rio-Grandense (Porto Alegre), The Rio Grandense Light and Power Syndicate (Pelotas).

Em 1922, veio ao Brasil o engenheiro norte-americano A. W. K. Billings, formado por Harvard, especialista de renome mundial em obras de hidroelétricas, que foi o responsável pela maior parte das usinas hidroelétricas instaladas nessa época, quais sejam: usina de Ilha dos Pombos (RJ) e ampliação da usina de Lajes e usina do Rasgão (SP). Especial destaque merece a usina de Cubatão, inaugurada em 1927, pela concepção no suprimento de água, isto é, foi construído um canal, a partir do rio Pinheiros, interligando o rio Tietê ao reservatório da represa Billings, cujo nível é superior ao do rio Tietê em cerca de 70 m. A água do rio Tietê era bombeada para a represa Billings, na usina de Traição, pelo canal do Pinheiros. A água desta represa é turbinada na usina de Cubatão, desnível de cerca de 800 m, ou seja, o projeto previu a elevação da água de 70 m para sua utilização numa queda de 800 m. A usina de Cubatão, a céu aberto, contava com potência instalada de 70 MW.

Até a década de 1950, todo o sistema elétrico brasileiro caracterizava-se por usinas isoladas que atendiam conjuntos de cargas em seu municípios e nos vizinhos. Ocorria, ainda, um número relativamente alto de pequenas usinas térmicas que supriam pequenos povoados, com custos operacionais relativamente altos. Tal situação apresentava sérios inconvenientes: a confiabilidade do sistema era muito baixa, pois, contingências na usina interrompiam o suprimento da área atendida, e, o que é mais grave, não se dispunha de recursos para usufruir dos ciclos hidrológicos diferentes das diversas regiões brasileiras. Exemplificando, na região de São Paulo o inverno é a época da seca, ao passo que, na do Paraná, é a das chuvas. Nessas condições, é usual que durante o inverno São Paulo importe energia do Paraná e que, ao contrário, a exporte na época das chuvas.

A primeira interligação de sistemas ocorreu em 1946, quando foi construída a linha de transmissão interligando o sistema do Rio de Janeiro, usina de Fontes com 140 MW, com o de São Paulo, usinas de Cubatão com 280 MW e Ituporanga com 54,9 MW. Destaque-se que o sistema elétrico do Rio de Janeiro operava com freqüência de 50 Hz, padrão europeu, enquanto o de São Paulo operava em 60 Hz, padrão americano. Para permitir a interligação, contava-se, em Aparecida do Norte, com estação conversora de freqüência, que dispunha de um conjunto Ward Leonard constituído por um motor síncrono que acionava gerador de corrente contínua, o qual supria um motor de corrente contínua acoplado a gerador síncrono. Assim, quando São Paulo enviava energia ao Rio de Janeiro, o motor síncrono operava com velocidade proporcional a 60 Hz e o motor de corrente contínua operava com velocidade proporcional a 50 Hz. A situação inversa é obtida lembrando-se que as máquinas síncronas podem operar como geradores ou motores. Observa-se que a velocidade de um motor síncrono é diretamente proporcional à freqüência da rede que o supre e inversamente proporcional ao seu número de pólos, isto é, operando a 60 Hz gira a 3.600, 1.800, 1.200, 900,... rotações por minuto conforme disponha de 2, 4, 6, 8,... pólos. Na freqüência de 50 Hz, aquelas velocidades serão de 3.000, 1.500, 1.000, 750,... rpm.

O grande desenvolvimento industrial da região do Rio de Janeiro e de São Paulo ocasionou, em 1950, uma crise energética, a qual impôs a aceleração das obras de geração, destacando-se a construção das usinas subterrâneas de Cubatão (Henry Borden) e Fontes (Nilo Peçanha). Ainda como reflexo da crise energética foi criada, em 1945, a

Companhia Hidroelétrica do São Francisco, Chesf, que foi responsável pela construção da Usina de Paulo Afonso, rio São Francisco, e pela construção do sistema de transmissão para o suprimento de toda a região nordeste do Brasil, com a conseqüente desativação de várias usinas térmicas de pequeno porte que já haviam se tornado obsoletas. Em 1952, foi criada a Centrais Elétricas de Minas Gerais, Cemig, responsável pela construção da usina de Três Marias. Seguiu-se a exploração do Rio Grande por Furnas e as usinas do conjunto Jupiá – Ilha Solteira, pela Centrais Elétricas de São Paulo, Cesp.

O surgimento das grandes usinas impunha que o sistema de transmissão contasse com reforços no sentido de permitir sua operação interligada, porém, o grande entrave para a interligação era a existência de regiões em que a freqüência era 50 Hz e outras em que era 60 Hz. Assim, foi iniciado o programa de padronização da freqüência, e os estudos desenvolvidos concluíram pela normalização da freqüência em 60 Hz.

Desenvolvimento do Sistema de Transmissão

O esgotamento das reservas hídricas, próximas aos centros de consumo, impôs a exploração de fontes mais afastadas, exigindo o desenvolvimento de sistemas de transmissão de grande porte, envolvendo o transporte de grandes montantes de energias a grandes distâncias. Este fato exigiu que as tensões de transmissão fossem aumentadas, com grande esforço de desenvolvimento tecnológico. Atualmente, no mundo, há linhas operando em tensões próximas a 1000 kV e estudos estão sendo desenvolvidos na utilização de linhas hexafásicas, em substituição às trifásicas. Outra área que ganhou grande impulso é o da transmissão através de elos em corrente contínua, atendidos por estação retificadora, do lado da usina, e inversora, do lado do centro de consumo. O Brasil apresenta-se dentre os pioneiros nessa tecnologia, tendo em operação em seu sistema o elo em corrente contínua de Itaipu, que é um dos maiores do mundo pela potência transportada e pela distância percorrida. Opera com dois bipolos nas tensões de + 600 kV e – 600 kV, em relação à terra, que corresponde à tensão entre linhas de 1.200 kV. Desenvolve-se desde Itaipu até Ibiúna (SP), cobrindo uma distância de 810 km e transportando uma potência de cerca de 6.000 MW. O sistema de transmissão de Itaipu é constituído por linhas de corrente alternada, operando em 760 kV, e pelo elo em corrente contínua. A construção do elo de corrente contínua, pioneiro no mundo pela distância percorrida e pela potência transportada, deveu-se ao fato de o Paraguai, que opera na freqüência de 50 Hz, ter exigido que sua metade das máquinas em Itaipu fossem para a freqüência de 50 Hz. Os estudos realizados na época demonstraram ser impossível, sem prejuízo sensível de rendimento, a construção de turbinas hidráulicas aptas a operar com as velocidades correspondentes a 50 e a 60 Hz. Por outro lado, o Paraguai não dispunha, como ainda não dispõe no presente, de centros de consumo que absorvessem a demanda de 6.300 MW, ou seja, toda a energia gerada por Itaipu deveria ser transportada para o sudeste brasileiro. Nessas condições, a única solução viável era a transmissão através de elo em corrente contínua, atendido por estação retificadora, do lado da usina, e inversora, do lado do centro de consumo.

Para distâncias relativamente pequenas, que representam a maioria do sistema de transmissão, as linhas são trifásicas e operam em tensão variável de 230 a 500 kV, percorrendo centenas de quilômetros. Subestações, SEs, de transmissão ocupam-se em realizar as interligações e compatibilizar os vários níveis de tensão.

Exige-se elevada confiabilidade dos sistemas de transmissão, de vez que são os responsáveis pelo atendimento dos grandes centros de consumo. Esse objetivo é atendido por meio de rigorosos critérios de projeto e de operação e da existência, obrigatória, de capacidade de transmissão ociosa e de interligações.

Estrutura Administrativa dos Sistemas de Potência

Em 1961, foi criada, pela lei nº 3.890-A de 25 de abril de 1961, a holding estatal Centrais Elétricas Brasileiras S. A., Eletrobrás, com a função precípua de executar a política do governo do Brasil nos setores de produção, transmissão e distribuição da energia elétrica, coordenando e financiando projetos em todo o país. Quando a Eletrobrás iniciou sua operação, em 1962, a potência instalada no Brasil era de 5.800 MW, e 24 anos depois, em 1986, alcançou o montante de 42.860 MW, isto é, houve expansão da potência instalada com taxa de crescimento de 9,7 % ao ano. Essa alta taxa de crescimento é devida às grandes obras que foram realizadas no período, das quais se destaca a usina de Itaipu, com 12.600 MW, e a de Tucuruí, com 7.620 MW. A usina de Itaipu foi projetada e construída pela Itaipu Binacional, formada a 26 de abril de 1973 pela associação, com mesma participação acionária, da Eletrobrás com a Administración Nacional de Electricidad do Paraguai, Ande.

Os sistemas elétricos de potência estavam, desde a década de 1960 até há alguns anos atrás, estruturados como monopólios estatais e federais. Assim, aqui no Brasil, a responsável por todo o sistema elétrico de potência era a Eletrobrás, diretamente ligada ao Ministério de Minas e Energia, e o controle do desempenho do sistema estava afeto ao Departamento Nacional de Águas e Energia Elétrica – DNAEE, também federal. A Eletrobrás contava com subsidiárias, responsáveis basicamente pela área de geração e de transmissão, destacando-se:

- Centrais Elétricas de Furnas S/A, Furnas, responsável pela exploração da geração na bacia do Paraná e do suprimento da região central do Brasil.
- Companhia Hidroelétrica do São Francisco, Chesf, responsável pela exploração da bacia do São Francisco e do suprimento do Nordeste do Brasil.
- Centrais Elétricas do Norte, Eletronorte, responsável pela exploração da geração e do suprimento na região norte do país.
- Centrais Elétricas do Sul, Eletrosul, responsável pela exploração da geração nas regiões Sul e Sudeste do país e do suprimento aos Estados do Rio Grande do Sul, Santa Catarina e Florianópolis.

Nesse quadro, o sistema de distribuição estava sob a responsabilidade de concessionárias estaduais. Posteriormente, a partir da década de 1990, iniciou-se um movimento de privatização das subsidiárias e das concessionárias, que se encontra em fase de conclusão. A entidade reguladora é a Agência Nacional para a Energia Elétrica, Aneel.

A necessidade de redução do custo da energia para os consumidores finais levou, em âmbito mundial, a uma evolução no sentido de profunda restruturação do setor elétrico, o qual deixará de ser um monopólio para passar a ser uma grande indústria, cujo produto é a energia elétrica, isto é, a idéia básica é no sentido de se criar um mercado competitivo de energia elétrica, separando-a, comercialmente, dos serviços de transmissão e distribuição.

Dentre os vários modelos previstos, em âmbito mundial, destaca-se o apresentado na figura desta página, em que se conta com: empresas privadas controlando a geração, $G_1, G_2, \ldots, G_n$, que vendem a energia ao despacho de carga ou diretamente aos grandes consumidores; um monopólio único controlando o despacho de carga e as redes de transmissão e distribuição de energia elétrica; empresas privadas de vendas por atacado, $D_1, D_2, \ldots, D_n$, e empresas de vendas ao varejo, $R_1, R_2, \ldots, R_n$, que adquirem a energia do monopólio do despacho de carga e são responsáveis pelo estabelecimento, com os consumidores, $C_1, C_2, \ldots, C_n$, de contratos de fornecimento. Os consumidores, grandes, médios ou pequenos, poderão escolher dentre os atacadistas e varejistas aquele que oferece as melhores condições de venda da energia.

Nesse modelo, o despacho de carga recebe das empresas de venda por atacado e ao varejo as solicitações de demanda e a adquire dos produtores. Evidentemente, a aquisição de energia é feita a partir daquelas usinas que apresentam menor custo; isto é, aquelas usinas que, por estarem obsoletas, apresentam custos de venda muito alto, somente venderão

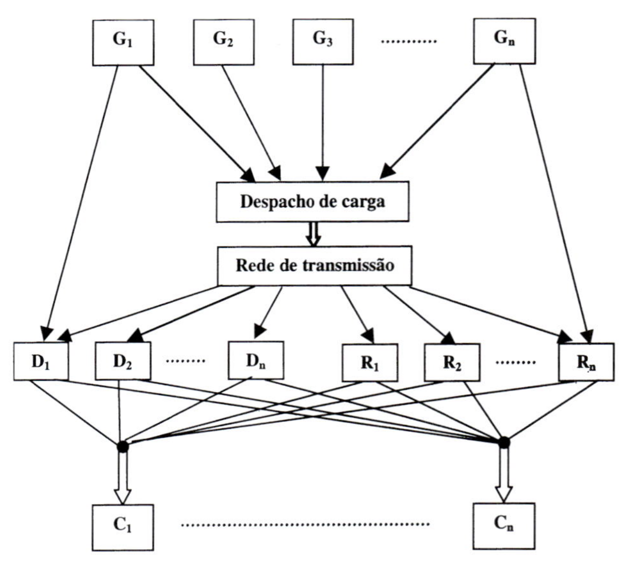

Estrutura administrativa.

energia quando houver déficit e rapidamente tenderão a ser desativadas. Como resultado desse processo, haverá uma redução no custo de aquisição de energia pelos consumidores finais.

Evidentemente, o modelo apresentado ainda conta com um monopólio que, poderá, com o tempo, vir a ser substituído pela livre concorrência. Na Noruega, Austrália e Argentina já existem em funcionamento modelos análogos ao apresentado, que, no entanto, ainda incorporam algum tipo de monopólio.

Qualidade da Energia

Nos primórdios da implantação da eletricidade, a única exigência que se fazia era a da existência da energia elétrica, independentemente de sua confiabilidade e da flutuação no nível de tensão. Com o crescimento do mercado, os consumidores começaram a apresentar exigências quanto ao nível de tensão e sua flutuação; posteriormente, quanto à continuidade de suprimento. A criação do mercado competitivo de energia elétrica, privatização do sistema elétrico de potência, impôs o estabelecimento de índices de desempenho do suprimento de modo que seja possível a contratação desse tipo de serviço. Assim, o fornecimento de energia elétrica aos consumidores deve obedecer a dois critérios básicos: continuidade de fornecimento; qualidade da energia, que é caracterizada pelos quatro parâmetros principais: freqüência, forma de onda da tensão e corrente, amplitude da tensão e assimetria entre as tensões das três fases.

Quanto à continuidade do suprimento, foram estabelecidos, pelo DNAEE, portaria nº 46 de 17 de abril de 1978, índices que permitem quantificar a continuidade do suprimento, dos quais se destaca:

- *Índice de duração equivalente por consumidor*, DEC, que exprime o espaço de tempo em que, em média, cada consumidor de um conjunto de consumidores considerado ficou privado do fornecimento de energia elétrica no período considerado. O DEC, que tem dimensão de tempo – usualmente o minuto ou a hora –, representa o tempo em que um consumidor médio de uma área em estudo teve seu suprimento interrompido, isto é, sendo o período de análise o ano e a duração das contingências em minutos, representa os minutos que o consumidor médio ficou desligado durante o ano.
- *Índice de duração equivalente por potência instalada*, D_k, que exprime o espaço de tempo em que, em média, a potência instalada de cada uma das cargas do conjunto considerado ficou privada do fornecimento de energia elétrica no período considerado. O D_k, que tem dimensão de tempo, representa o tempo médio em que a potência instalada na área em estudo teve seu suprimento interrompido.
- *Índice de duração média por consumidor*, d, que representa o tempo médio de interrupção para os consumidores que sofreram interrupção.
- *Índice de freqüência equivalente de interrupção por consumidor*, FEC, que exprime o número de interrupções que, em média, cada consumidor considerado sofreu, no período considerado. Destaque-se que este parâmetro é adimensional, representando o número de interrupções sofridas pelo consumidor médio da área em estudo.

Observe-se que todos esses indicadores da operação da rede representam valores médios que, como tal, deveriam ser acompanhados de sua dispersão. A título de exemplo, considere-se uma área que conta com 100 mil consumidores: durante um ano cem deles sofreram cem horas de interrupção — seis mil minutos de interrupção no ano; isto é, o DEC global do conjunto, 6 minutos/ano, está ótimo, porém os cem consumidores atingidos ficaram durante 1,14% do tempo sem energia. O indicador "duração média por consumidor", 6 mil minutos, exprime melhor o desempenho da rede no atendimento aos consumidores.

O desenvolvimento atual da eletrônica de potência, retificadores a tiristores, retificadores chaveados etc., e a utilização de lâmpadas de descarga em gases, lâmpadas fluorescentes, lâmpadas a vapor de sódio ou mercúrio, entre outras, deram lugar ao surgimento de muitas fontes de geradores de harmônicas, o que está impondo a definição de critérios e cuidados especiais quanto à qualidade da energia.

17 Microeletrônica e a Revolução Industrial dos Séculos XX e XXI

JOÃO ANTONIO ZUFFO

Um Novo Engenheiro para uma Nova Sociedade

Vivemos tempos de profundas mudanças sociais e econômicas, talvez as mais drásticas e profundas ocorridas em toda história da humanidade. Tais mudanças de abrangência planetária, repercutirão de forma mais intensa e penosa nos países de menor desenvolvimento educacional e econômico, dos quais nosso país, o Brasil, constitui exemplo típico.

O moto propulsor de tais mudanças é a rápida evolução e consolidação das ciências e das tecnologias ligadas à informação, as quais, por sua vez, estão fortemente embasadas nas ciências da computação e sobretudo nas tecnologias da informática.

Consideremos dados referentes ao rápido crescimento, de natureza exponencial, das diferentes áreas da informática. Tradicionalmente, a microeletrônica tem seguido uma lei de crescimento que é denominada Lei de Moore, por meio da qual o número de componentes numa pastilha de silício tem dobrado a cada dezoito meses, ou seja, um ritmo de expansão de 58,74% ao ano[1]. Mantido esse ritmo, até que se atinja os limites teóricos de redução de tamanho de componentes, deve-se atingir, em 2020, um número superior a um trilhão de bits numa memória colocada em uma única pastilha ou *chip* de silício. A título de comparação, observe-se que hoje não existe, em nível mundial, por maior que seja, um supercomputador com tal capacidade de memória principal.

Ao mesmo tempo que crescem em complexidade, as pastilhas de silício tem seu preço caindo rapidamente, a ponto de se poder considerar que seu preço tenda a zero a longo prazo. Esse fenômeno está fazendo com que essas pastilhas sejam inseridas em todos os objetos, utensílios, equipamentos e mesmo brinquedos, tornando-os, de certa forma, inteligentes.

Outrossim, em nível mundial, as telecomunicações estão se expandindo num ritmo ainda mais rápido do que o apresentado pela microeletrônica. A este ritmo de crescimento tem sido atribuído diferentes valores por diferentes fontes, embora ele gire em torno de, no mínimo, 78% ao ano. Nesse ritmo prevê-se que em 2005 a Teia de Âmbito Mundial (*Wide World Web* – WEB) tenha ligado tudo a todos. Em outras palavras, prevê-se que, dentro de cinco anos, todo planeta esteja interligado, formando uma gigantesca rede neural, que conecte os seres humanos, os microcomputadores, as estações de trabalho, os supercomputadores, as pastilhas de silício, os objetos e os utensílios inteligentes, enfim, qualquer objeto que se possa imaginar. Os terminais capilares dessa gigantesca teia serão constituídos por sensores e atuadores inteligentes, comportando-se todo este

1. A rigor, um crescimento mais realista tem indicado que o número de componentes vem dobrando a cada dois anos, ou seja, uma expansão de 41,42% ao ano. Temos adotado um crescimento em torno de 45% ao ano.

sistema como se fosse um organismo vivo, extremamente sensível, de âmbito planetário. É nesse ambiente exuberante e turbulento que se desenvolverão as novas atividades socioeconômicas de toda a humanidade. Em particular, a internet tem se expandido na faixa de 250% ao ano, atingindo, no início de 2001, mais de 300 milhões de usuários em todo o planeta.

Um aspecto muito importante nessa evolução alucinante consiste não só na expansão do número de microcomputadores – expansão esta que deverá atingir em nível mundial o número de 1,5 bilhão de unidades em 2005 –, mas também no aumento da complexidade e funcionalidades desses equipamentos. Nessa linha deveremos assistir à fusão dos micros com outros eletrodomésticos, tais como: televisão, telefones, sistemas de sonorização ambiental, realidade virtual, dentre outros, operando todos estes futuros sistemas em esquemas multimídia.

Mais ainda, para cada micro pessoal prevê-se que existirão de dez a cem pastilhas de silício suplementares, que estarão inseridas em equipamentos, utensílios, móveis e brinquedos. Com isso, o número dessas patilhas, ainda em 2005, poderá atingir a 150 bilhões de unidades, ou seja, 25 pastilhas complexas para cada habitante do planeta Terra.

Em breve, as pastilhas estarão implantadas no gado, criando cercas eletrônicas virtuais; nos animais, identificando-os; nos pacientes, monitorando sua saúde; enterradas no solo, monitorando a fermentação do adubo e a qualidade da terra em esquemas de agricultura de precisão; nos coches de alimentação de criações — enfim, estarão em todos os lugares em que se possa imaginar. Na área industrial, essa proliferação de pastilhas terá conseqüências profundas no aumento de precisão no controle de processos e no próprio aumento da produtividade industrial, tornando-a extremamente eficiente e flexível. Nos veículos e equipamentos, a proliferação de sensores e atuadores fará com que se tornem sensíveis e adaptáveis ao meio ambiente.

Num prazo mais longo, os próprios micros serão inseridos em equipamentos, em utensílios, em residências e veículos, tornando-se os próprios micros invisíveis ao usuário externo. A complexidade dos sistemas digitais está se expandindo numa razão tal que apresenta uma taxa de crescimento da capacidade de processamento de mil vezes a cada dez anos. É comum dizer, na área, que o maior supercomputador de hoje será, em dez anos, o micro pessoal de mesa.

A tendência de Sistemas Complexos Inseridos (*embedded*) é, em nossa opinião, irreversível, e em pouco tempo deveremos ter um ou mais sistemas complexos inseridos nos mais diferentes e exóticos equipamentos e utensílios.

O uso de sistemas especialistas de inteligência artificial, de sistemas conversacionais, e de sistemas de reconhecimento de configurações e de imagens está se generalizando. Estes sistemas foram originalmente utilizados em áreas profissionais de engenharia, de medicina e mesmo de direito, com grande sucesso. Agora, a utilização e o uso desses sistemas está atingindo outras áreas. Empresas, por exemplo, já utilizam sistemas especialistas no levantamento do perfil psicológico de seus clientes, procurando dessa forma, antecipar possíveis desejos de compra. Executivos internacionais já começam a utilizar "clones eletrônicos" que os substituam em decisões menos importantes. Dessa forma, conseguem otimizar seu tempo e dispor de maior quantidade horário livre para o lazer.

Já estão em desenvolvimento também clones educacionais com o perfil psicológico dos estudantes a eles associados, de modo a otimizarem e personalizarem o ensino à distância. Em breve, "clones eletrônicos" pessoais estarão disponíveis a qualquer cidadão.

Destacamos que a tendência de personificação de produtos e serviços na era do conhecimento e da informação se tornará cada vez mais forte, acompanhando, de certa forma, a necessidade psicológica de o ser humano se individualizar num meio extremamente saturado de informações de novidades.

Repetimos que a revolução científico-tecnológica provocada pela informática está gerando as mais profundas e drásticas mudanças econômicas e sociais sofridas pela humanidade em toda a sua história. Essas mudanças serão muito mais surpreendentes que o foram as mudanças, por exemplo, trazidas pela transição da era agropastoril para a era industrial. Temos, todavia, agora, mais um elemento complicador, no sentido de que as transições ocorrerão num intervalo de tempo muito mais curto, numa ordem de grandeza menor do que na transição anterior. Além disso, a nova era da informação e do conhecimento, a que chamamos de Infoera, está se caracterizando por uma série de fenômenos inusitados para as pessoas habituadas ao comportamento econômico-liberal e com a estrutura social-hierarquizada impostos pela era industrial.

Consideremos alguns desses fenômenos:

1) Deve-se ter presente que a geração de produtos e serviços na Infoera apresenta um comportamento intrinsecamente deflacionário. Em outras palavras, o preço de todos bens e produtos e serviços ligados à Infoera tende a zero a médio e longo prazos. Vários elementos contribuem para isso: a) o crescente uso de computadores na simulação e otimização de produtos e serviços; b) a propagação das tecnologias de microeletrônica a outros setores industriais, como o da microfotônica, proporcionando benefícios de redução de custos existentes na área de microeletrônica; e c) a substituição de estrutura e massa física por conhecimentos tornando equipamentos e produtos mais leves, inteligentes e econômicos.
2) As possibilidades de expansão do mercado mundial são, hoje, muito mais limitadas do que o eram na era industrial. No início da era industrial existia enorme percentual da população mundial constituído de pessoas afastadas do processo de industrialização, que, no entanto, dispunham de alto pode aquisitivo. Faziam parte desse percentual elementos de nobreza remanescente, os burgueses abastados e a oligarquia rural. Ao mesmo tempo que este pessoal era seduzido para a sociedade de consumo, paulatinamente novos contigentes de consumidores eram incorporados ao processo consumista, pelo aumento da renda *per capita* da classe média e da própria classe proletária.
3) Assistiremos ao desvanecimento do emprego assalariado. Nos próximos anos, o desemprego tecnológico será crescente e possivelmente avalassador. Todo trabalho não especializado está sendo desvalorizado em nível mundial. Todo trabalho repetitivo, mesmo o de natureza intelectual, em breve será feito por máquinas quase que integralmente. Caberá aos seres humanos a realização de trabalhos intuitivos e de trabalhos criativos. Em todo planeta governos conscientes dessa possibilidade estão se mobilizando no sentido de encontrarem o lugar a ser ocupado pelo ser humano, num mundo extremamente informatizado.
4) Ocorrerá o desvanecimento do comércio tradicional e da intermediação convencional. Por intermédio dos negócios e do comércio eletrônicos usando moeda eletrônica e dinheiro virtual, o consumidor final poderá adquirir produtos, bens e serviços do produtor ou fornecedor inicial, em qualquer parte do mundo. A saturação de mercado em nível mundial e a crescente participação de novos atores no cenário produtivo mundial tornarão inevitável uma concorrência cada vez mais acirrada, e, a partir daí, provocarão a eliminação de setores não essenciais ao processo de produção e distribuição.
5) O trabalho associado aos trabalhadores do saber por meio do teletrabalho se internacionalizará radicalmente. As empresas do futuro correrão incessantemente atrás da inovação e geração de novos produtos. Para este fim necessitarão de uma imensa base de recursos humanos, altamente especializada, flexível e facilmente mobilizável. Por isso irão buscar estes recursos em qualquer parte do planeta em que se encontrem.
6) Ocorrerá a desestruturação do comércio tradicional e da intermediação convencional, substituídos que serão pelos negócios eletrônicos. Destacamos, de início, o crescimento da WEB. Este crescimento facilitará o oferecimento de uma plêiade de serviços virtuais, que mais cedo ou mais tarde envolverão todos os ramos da atividade humana.
7) Reorganização das empresas em instituições em rede e produção flexível. A estrutura hierárquica herdada da era industrial será destruída ponto por ponto, instituição por instituição, dando origem a uma estrutura horizontal baseada em regras de micromercado e microcontabilidade. A reorganização empresarial tornou-se inevitável face à necessidade de respostas rápidas e solicitações de mercado.
8) Com a restruturação das instituições em redes, inúmeros cargos administrativos e gerenciais desaparecerão. Desaparecerão também setores de vendas e promoções e serão implantados departamentos de conhecimentos e interação com os clientes. Assim, as empresas deverão dispor de uma sólida e robusta infra-estrutura de processamento de dados e de telecomunicações, de modo a permitir uma grande integração entre seus diferentes

setores, ao mesmo tempo que permita um grau de autonomia e flexibilidade extremamente elevados.

9) Será generalizada a produção personalizada em massa, com o surgimento de clientes participativos e a emergência de uma sociedade artesanal distribuída em âmbito mundial. A figura do cliente participativo interagindo com o corpo de engenharia de uma empresa poderá afetar profundamente o papel do engenheiro de desenvolvimento de produtos, no sentido de que o trabalho deste último deverá atender os ditames do cliente. Ao mesmo tempo, sistemas especialistas recolherão e classificarão informações úteis resultantes dessa interação, as quais poderão ser utilizadas em desenvolvimentos futuros.

10) Ocorrerá a reorganização do trabalho em termos de cooperativas voltadas a serviços, sobretudo aqueles ligados ao saber e à criação. No futuro, a sobrevivência e competitividade das empresas dependerá fundamentalmente de sua capacidade de inovação e de sua flexibilidade no atendimento de clientes. Para esse fim, além de uma robusta infra-estrutura de informática, as empresas deverão dispor de uma sólida, ampla e flexível base de recursos humanos, base esta que possa ser rapidamente mobilizada. Essa flexibilidade e essa amplitude são impossíveis de serem obtidas com esquemas de trabalho assalariado e contratos de prestação de serviços permanentes.

11) Ocorrerá uma crescente desurbanização, com intensa deterioração das condições de vida nas médias e grandes cidades. Da mesma forma que as tecnologias da era industrial eram concentradoras de população, as tecnologias da Infoera são descentralizadoras. Vive-se nos países desenvolvidos uma fase denominada de *ex-urbia*. Na verdade, com a era industrial, assistimos uma fase de urbanização intensa. Na era pós-industrial, com a deterioração da qualidade de vida nas grandes cidades, assistimos nos países desenvolvidos uma fuga para os subúrbios. Com o crescente desenvolvimento das telecomunicações e do teletrabalho surgirá uma forte tendência mundial à dispersão populacional e para o desenvolvimento de comunidades afins.

12) O estudo de nível superior, que antes envolvia apenas a graduação de quatro ou cinco anos, durante a era pós-industrial passou a incorporar também a pós-graduação com os graus de mestre e doutor envolvendo, com isso, pelo menos mais cinco anos de estudos. Com o advento da era do conhecimento e da informação, a condição de estudante deverá estender-se por toda a vida, por meio de esquemas de ensino à distância e de estudo automatizado. A educação continuada deverá generalizar-se a todas as camadas sociais, e cursos de tipo "Bem na Hora" (*Just in Time*) deverão atender às necessidades de especialização dos profissionais.

13) O desenvolvimento de poderosos sistemas *software* modificará profundamente o exercício de todas as profissões. Sistemas especialistas nas mais diferentes áreas do conhecimento conectados em rede mundial poderão habilitar pessoas, mesmo leigas, a desenvolverem trabalhos, hoje confinados apenas a profissionais habilitados.

14) Ocorre hoje um enorme descompasso entre o desenvolvimento de *hardware* e das telecomunicações e o desenvolvimento de *software*, sobretudo no desenvolvimento de conteúdos para o preenchimento dessa imensa capacidade de comunicações. O mercado de trabalho futuro será fortemente influenciado por estas necessidades, que intrisicamente estão associadas à criação e à intuição.

15) A existência de escritórios virtuais e o teletrabalho autônomo ampliar-se-ão dramaticamente, bem como o trabalho interativo, formando-se grupos virtuais de desenvolvimento que poderão ter âmbito planetário. Apoiados por gigantes sistemas de *softwares* voltados à agregação e gestão de conhecimentos, estes grupos virtuais poderão se tornar extremamente eficientes no desenvolvimento de projetos ligados à geração e interpretação da informação. Exemplo disso é o projeto Genoma, de decodificação de código genético humano, no fundo um projeto ligado à tecnologia de informação.

Estas são apenas algumas das inúmeras e profundas transformações científicas e econômico-sociais que, possivelmente, ocorrerão nos próximos trinta anos, ou seja, durante a vida profissional da maioria dos profissionais em engenharia. Estes, por exercerem a sua profissão num setor que se situa no próprio olho deste furacão tecnológico, estão imanentemente e talvez inconscientemente assumindo uma responsabilidade ímpar perante toda a sociedade brasileira. Sem dúvida, a era da informação e do conhecimento, ao mesmo tempo que apresenta séria ameaça de submissão de toda a humanidade aos caprichos de uma pequena elite intelectual-financeira, abre também horizontes e imensas perspectivas de desenvolvimento, permitindo que se sonhe com uma nova idade de ouro, onde o ser humano passe a ser valorizado exatamente por suas características humanas.

A Engenharia e a Revolução da Informação e do Conhecimento

A revolução da informação e do conhecimento está provocando algumas reações sociais, que, embora pudessem ser previstas, surpreenderiam mesmo os líderes mais esclarecidos da era industrial. A principal destas reações resulta da conscientização social sobre a necessidade de preservação do sistema ecológico planetário, e a necessidade inadiável de preservação do meio ambiente. São cada vez mais freqüentes, por exemplo, os alertas de cientistas e membros de organizações não governamentais sobre o aquecimento global e o buraco na camada de ozônio e, em particular, sobre a ocorrência de desastres ecológicos regionais, cada vez mais freqüentes.

Uma segunda causa de reação social resulta do crescente esgotamento de recursos naturais, tais como: o desaparecimento de áreas verdes naturais com o crescente desflorestamento, o esgotamento dos lençóis petrolíferos, o esgotamento de fontes de água natural potável, o desaparecimento de espécies animais e vegetais, e o conseqüente empobrecimento do patrimônio genético planetário.

Algumas referências indicam que, mantido um ritmo de consumo atual, o esgotamento dos lençóis petrolíferos ocorrerá num prazo de dez a quinze anos. Na verdade, este esgotamento não ocorrerá de forma repentina, mas se traduzirá na prática por uma crescente elevação de preços. Racionalmente, não nos parece lógico utilizar uma fonte de matéria-prima nobre, como é o petróleo, apenas como fonte de combustíveis fósseis na geração de energia para o transporte individual, já que esta matéria-prima pode ser empregada na síntese de um sem número de materiais extremamente úteis à vida moderna.

A crise do petróleo da década de 1970 acenou-nos com a possibilidade de substituição do petróleo como combustível, por um grande número de outras alternativas muito interessantes, desde o uso de biomassa renovável, como o caso do açúcar, até o uso de energia eólica e energia solar na geração de eletricidade e no acionamento direto de veículos. Todas estas alternativas exigirão do engenheiro do século XXI conhecimentos profundos de ciências e tecnologias avançadas, além de forte conscientização social, que tornarão essa profissão interdependente das ciências e das humanidades.

A água natural potável é considerada, por muitas fontes, como outro recurso natural seriamente ameaçado de esgotamento, que deverá se tornar escasso em um curto intervalo de tempo. Na Infoera, embora deva provocar desurbanização a longo prazo, as grandes cidades, principalmente nos países emergentes, continuarão a crescer e a expandir-se por considerável intervalo de tempo no futuro, ainda que juntamente com esse crescimento se observe um acelerado empobrecimento de suas populações e uma intensa deterioração de sua qualidade de vida. Some-se a isso os crescentes custos associados à obtenção de água potável, resultando daí um formidável problema tecnológico, que somente uma engenharia de precisão e altamente desenvolvida poderá resolver.

Tem-se observado que a era da informação e do conhecimento tem trazido uma crescente concentração de riquezas e de poder político a uma elite cada vez menor. Nesse tipo de tendência, as decisões de desenvolvimento e de investimentos estarão concentradas nas mãos de um pequeno número de pessoas, mais interessadas no lucro imediato, do que no interesse nacional de um determinado país. Outrossim, em termos mercadológicos, já dissemos, as empresas devem, para a sobrevivência, dispor de uma enorme flexibilidade e capacidade de inovação. Associado à crescente capacidade de comunicação em nível planetário, a internacionalização do desenvolvimento e execução dos projetos torna-se-á corriqueira, e a competência será garimpada onde existir. Com isso, não é difícil inferir que ocorrerá uma gigantesca internacionalização dos projetos de engenharia, e que existirão enormes sistemas sofisticados de *software* com capacidade de reconhecer as boas idéias, em qualquer parte do planeta onde possam surgir.

Ao mesmo tempo em que num futuro próximo assistiremos ao declínio das engenharias convencionais, como os casos da engenharia civil, engenharia elétrica e engenharia mecânica, devido ao intenso desenvolvimento de sistemas automáticos de projetos e supervisão, assistiremos também ao nascimento de um grande número de novos ramos da engenharia, desde a engenharia molecular e a engenharia genética, até a engenharia de efeitos especiais e a engenharia ligada às artes. Em particular, deverá ocorrer um crescimento explosivo de mercado para as engenharias voltadas para as áreas de serviços, de conhecimentos, de saber e de entretenimento.

Em muitos países existe uma grande preocupação governamental sobre o lugar a ser ocupado pelos seres humanos, face à gigantesca automação não só industrial mas também social, que já está ocorrendo. Porém, alguns fatos significativos já estão despontando, mostrando o caminho do futuro. No Laboratório de Sistemas Integráveis da Escola Politécnica da Universidade de São Paulo, LSI-EP-USP, observamos, por exemplo, uma intensa aproximação de engenheiros, não só com arquitetos e médicos, mas também com o pessoal envolvido em artes e propaganda. A interação dessas pessoas torna-se fundamental no desenvolvimento de novas técnicas de visualização científica, no uso de TVs digitais, na criação de efeitos especiais, e no desenvolvimento de interfaces avançadas homem-máquina mais amigáveis, interfaces estas que utilizem não só sistemas de reconhecimento de voz e conversas, mas também de reconhecimento de reconfigurações e imagens.

Observe-se que na seção anterior, quando destacamos o crescimento dos setores da informática, referimo-nos a setores ligados sobretudo a *hardware*. Quando, porém, se trata de setores ligados a *software*, que envolvem intensas interações entre seres humanos, ainda resta muita coisa a ser feita em termos de produtividade, principalmente no que se refere a programas que envolvem milhões de linhas.

Estudos e estatísticas diversas ao avaliarem o aumento da produtividade anual em nível mundial na área de *software*, constataram que esse aumento tem sido da ordem de 4%, número este insignificante quando comparado aos mais de 50% do crescimento anual da microeletrônica ou aos mais de 78% de crescimento das telecomunicações. Esse enorme descompasso entre *hardware* e *software* explica a grande procura existente nos países desenvolvidos por especialistas no desenvolvimento dos mais diferentes sistemas programacionais. Explica também a crescente procura por especialistas na área de redes e sobretudo na área da internet. Mais ainda, indica uma explosão futura na procura de especialistas ligados à geração de conteúdos, onde, por conteúdo, entendemos a geração não só de *software*, mas também de pacotes de entretenimento, educacional ou não, para preencher a enorme quantidade de canais de comunicações futuros.

Tradicionalmente, o ensino de engenharia, com exceção da engenharia civil, tem se voltado sobretudo para a área de produção industrial, nos mais diferentes setores da atividade humana. Porém, é preciso ter consciência que na era da informação e do conhecimento já existe um enorme e crescente mercado de engenharia para o setor terciário da economia. Tal mercado é formado pelo setor bancário, pelos setores de atendimento a clientes na área empresarial, e pelo setor de entremetimento (rádio, TV e cinema). Com o crescimento da procura na geração de conteúdos, este mercado deverá se expandir rapidamente, vindo a constituir-se, talvez em futuro próximo, no maior setor de oferecimento de empregos aos engenheiros. Urge, portanto, o oferecimento de disciplinas opcionais, que habilitem nossos engenheiros mais rapidamente a atender à crescente demanda futura.

A Infoera apresenta ao trabalhador do conhecimento e do saber uma vantagem intrínseca. Enquanto nas eras industrial e pós-industrial as ferramentas de trabalho pertenciam às empresas e não aos trabalhadores, na era da informação o conhecimento é intrínseco ao trabalhador do saber, tendo este uma independência e um grau de liberdade de inéditos em toda história humana. A forma de trabalho autônomo, ou cooperado, já é uma norma em setores de alta tecnologia, como, por exemplo, no Vale do Silício, na Califórnia-EUA. Ali, o compromisso dos trabalhadores do saber não é com uma empresa em particular, mas sim com o projeto de desenvolvimento para o qual são contratados e estão envolvidos. O nome e a dignidade de um trabalhador do saber estão ligados ao sucesso da conclusão do projeto. O abandono de um projeto significa o fim da carreira para quem teve a ousadia de tomar essa atitude. Porém, findo o projeto de desenvolvimento, o trabalhador do saber está livre para agregar-se a outro projeto, mesmo que o mesmo pertença a uma empresa concorrente. Esse esquema de trabalho, associado à fervilhante vida social voltada ao desenvolvimento e às inovações, permite uma rápida circulação de informações e a integração de conhecimentos na geração de produtos inovativos.

Temos repetidamente citado a automação social, pensando na informatização crescente das instituições, das empresas e mesmo naquela presente nos lares. Existem alguns setores, porém, que, certamente, nos próximos anos, ganharão imensa importância na automação de nosso dia-a-dia. Queremos destacar, em particular, os sistemas inteligentes de transporte (ITS - *Inteligent Transport Systems*). Estes sistemas estão em desenvolvimento em todo mundo e deverão, em breve, ser adotados em larga escala em muitos países. A automação e a informatização de ruas, vias e estradas poderá modificar profundamente as condições de tráfego e a natureza dos veículos em curto intervalo de tempo. Um sistema com essa finalidade em desenvolvimento nos EUA é constituído por pinos de aço cravados no solo das ruas e estradas, pinos estes capazes de armazenar muitos bits de informações. Nas ruas, vias e estradas, estes pinos são inseridos de metro em metro, fazendo com que estas estradas se comportem como se fossem trilhas graváveis e regraváveis de discos ou de fitas magnéticas. Os veículos, por sua vez, comportam-se como cabeças leitoras/gravadoras, lendo informações sobre a estrada.

Como dissemos, sistemas deste tipo têm sido testados com sucesso nos EUA e em outros países desenvolvidos, e não é difícil imaginar o gigantesco mercado de trabalho que significam, não só para a engenharia de transportes futura, mas para todos os demais campos da engenharia.

O rápido processo evolutivo das tecnologias de informática, sobretudo de microeletrônica, irá eliminar, num prazo relativamente curto, todo o trabalho de natureza repetitiva e não criativa, mesmo que esse tipo de trabalho seja de natureza intelectual. Já existem, e em breve existirão em grande número, sistemas especialistas de inteligência artificial extremamente sofisticados. Estes sistemas atuarão de forma decisiva no auxílio a projetos e no acompanhamento de desenvolvimentos em engenharia.

Os sistemas especialistas de inteligência artificial são sistemas que possuem agregados de *software*, delineados especialmente para captarem os conhecimentos, e os procedimentos dos maiores especialistas nas mais diferentes áreas, de modo a colocar estas informações à disposição de pessoas menos experientes. Estes sistemas especialistas conectados em rede mundial poderão acessar gigantescas bases de conhecimento, aumentando de forma inusitada a produtividade de um engenheiro que deles se utilize. Mais ainda, com a crescente queda de custos que se verifica na Infoera, sobretudo na área de informática, sistemas especialistas dos mais diferentes tipos estarão, em breve, disponíveis a qualquer cidadão. Dessa forma, uma pessoa com razoável base de conhecimentos em física, química e matemática e com razoável bom senso será capaz de realizar projetos de engenharia extremamente sofisticados, hoje reservados apenas aos maiores especialistas da área.

Três conseqüências emergem da existência de sistemas especialistas sofisticados em engenharia:

a) O gigantesco aumento de produtividade dos engenheiros reduzirá a necessidade de maior número de profissionais, reduzindo naturalmente a demanda de engenheiros, sobretudo nas áreas de exercício da engenharia convencional.
b) Desenvolvimento de projetos extremamente detalhados, em esquemas de engenharia de precisão, permitindo uma previsão muito mais exata do tempo de execução das obras e dos custos envolvidos.
c) Redução drástica do custo de desenvolvimento de projetos, modificando profundamente o mercado das empresas de engenharia. O engenheiro do futuro atuará muito mais como conselheiro e supervisor do que como administrador.

Se com sistemas especialistas sofisticados qualquer leigo poderá desenvolver projetos de engenharia, qual o lugar dos engenheiros no futuro?

Para responder tal questão, lembro uma frase lapidar do prof. Lucas Nogueira Garcez, pronunciada no início da década de 1960, quando paraninfo de uma das turmas da Escola Politécnica: "Os engenheiros constroem a realidade". Este, sem dúvida, será o *motu faciendi* da futura engenharia.

Não há dúvida de que é fundamental, hoje, repensar a formação do engenheiro face ao imenso desafio do futuro. Da mesma forma que os engenheiros atuais pouco se parecem com os engenheiros das décadas de 1940 e 1950, quando predominavam a régua de cálculo e a máquina de calcular mecânica, os engenheiros do futuro pouco se parecerão com os engenheiros atuais, embora os princípios básicos e a ética da engenharia permaneçam imutáveis. Sem dúvida, a engenharia do futuro será cada vez mais científica, embora não afastada e mesmo fortemente acoplada às artes e humanidades. Destacamos que é sobretudo na engenharia que o ser humano deverá exercer com toda plenitude sua capacidade criativa e intuitiva. Estamos, sem dúvida, assistindo o fim do imenso abismo, que se abriu na Renascença, entre as ciências e as humanidades. E os principais fatores a determinarem este fim são a computação gráfica e a computação visual.

O enorme crescimento da *WEB* criará a figura do cliente participativo e possibilitará a emergência de uma sociedade artesanal distribuída em nível planetário. Nessa sociedade, os clientes participarão ativamente do desenvolvimento de produtos a eles personalizados, e a experiência desenvolvida será coletada por imensos sistemas especialistas, com gigantescas bases de conhecimentos. Nesse tipo de sociedade, grande parte dos engenheiros serão quase que "super-artesões" com a função de combinarem, de forma harmônica, as ciências, as tecnologias e as artes. Deverão ser extremamente criativos, sem, todavia, sacrificarem, em nenhuma circunstância, o rigor científico.

A necessidade de inovação permanente por parte das empresas torna imprescindível uma intensa atividade de pesquisa científico-tecnológica, em grande parte suportada pelo governo. A geração de novos conhecimentos e sua integração em *software* e conteúdos é condição *sine qua non* não só para a manutenção do nível de empregos nobres e na área de engenharia, mas também para a manutenção do emprego em todas as demais áreas de atividade. Se o Brasil, por seu governo, suas instituições e empresas, não investir decididamente em pesquisas científicas aplicadas e em tecnologias nas mais diferentes áreas do conhecimento, certamente será alijado da categoria de países desenvolvidos. Para a engenharia nacional, a ausência de pesquisa científica tecnológica criará uma condição extremamente deletéria, colocando-nos no mesmo nível dos países menos desenvolvidos de todo o planeta.

As exigências da sociedade da informação, ou "info-sociedade", para os engenheiros, serão consideravelmente diferentes das exigências atuais. A existência de poderosos sistemas de computação gráfica, computação visual e realidade virtual, mudarão profundamente todas as profissões, (e não só a engenharia), eliminando algumas, mudando, fundindo e reestruturando outras. Novas áreas da engenharia tornar-se-ão dominantes, sobretudo aquelas ligadas à biologia, ao meio ambiente, à ecologia e às áreas ligadas à prestação de serviços e geração de conteúdos. Obrigatoriamente, a engenharia do futuro deverá estar totalmente em harmonia com a natureza.

Finalmente, destacamos que existe forte tendência tecnológica de substituição de massa física ou peso de utensílios e equipamentos por inteligência e conhecimentos. Por exemplo, nos veículos, o uso de novos materiais, o emprego de fibras ópticas, os comandos elétricos e supervisão computadorizada sofisticadas estão reduzindo violentamente seu peso físico, e, ao mesmo tempo, aumentando drasticamente sua eficiência. O veículo do futuro reconhecerá seu dono e se adaptará automaticamente às condições ambientais, proporcionando ao seu proprietário o máximo de conforto e segurança. O mesmo ocorrerá com todos os demais bens, utensílios e equipamentos, sendo que o próprio lar e as condições de vivência serão substancialmente afetadas pela parafernália eletrônica.

Estes exemplos mostram que, a engenharia do futuro, além de ser uma engenharia científica, será uma engenharia de precisão, em que o cuidado com os desenvolvimentos será crucial para o bom nome do profissional. Cabe a nós, da Escola Politécnica, seguindo a ética e pioneirismo histórico de nossos antecessores, estabelecer parâmetros da atuação de nossos futuros engenheiros para criação, consubstanciação e construção da realidade do amanhã.

As Especialidades Face a um Mundo em Permanente Mutação

As metodologias de ensino estão sendo profundamente afetadas pela crescente densificação da rede de comunicações mundial. Muitas universidades no exterior já possuem elevado percentual de alunos acompanhando disciplinas remotamente, realizando teletrabalhos e teleprovas. Escolas e universidades virtuais estão se difundido numa velocidade muito grande, e mesmo assombrosa, de forma que, em pouco tempo, o ensino personalizado à distância pode se tornar a forma dominante de se diplomar estudantes. E certamente o será, no decorrer do século XXI.

O ensino à distância deverá se tornar um paradigma educacional em um curto intervalo de tempo, devido às exigências da própria info-sociedade. Dada a imensa velocidade de inovação dessa sociedade, o profissional estará envolvido permanente e obrigatoriamente em esquemas de educação continuada e personalizada, de modo a acompanhar, mesmo que precariamente, as tendências e a evolução tecnológica. Não se deve pensar em estudar cinco anos de graduação e simplesmente receber o diploma. Será preciso estudar cinqüenta anos, investindo continuadamente na atualização e na evolução profissional.

Já citamos o desenvolvimento mundial dos sistemas especialistas para o apoio profissional. Destacamos contudo que já existem em desenvolvimento também "clones educacionais", que, conhecendo o perfil psicológico do estudante ao qual são dedicados, auxiliam o ensino à distância, tornando este ensino personalizado e extremamente adequado à vocação profissional do interessado.

Nas escolas e universidades virtuais, os alunos desenvolvem a maior parte de suas atividades no próprio lar, acessando, por intermédio da internet, professores, "clones educacionais", orientadores vocacionais, bibliotecas e mesmo laboratórios virtuais. Nesse ponto faz-se necessária uma advertência no sentido de se estabelecer critérios de controle de qualidade sobre cursos virtuais, já que sua proliferação é extremamente rápida. De modo geral, esses cursos têm sido desenvolvidos no exterior e têm sido adquiridos por entidades nacionais como pacotes fechados, muitas vezes não adequados à nossa realidade e cultura.

Na sociedade da informação e do conhecimento são, portanto, essenciais o desenvolvimento e a consolidação de um profundo acervo cultural científico-tecnológico, calcado num rico acervo de patentes, publicações e numa extensa base de recursos humanos competentes. Face a essa condição, à necessidade de manutenção de nosso acervo cultural em artes e humanidades, à contínua atualização e atuação em tempo real em praticamente todas as atividades científicas e tecnológicas, que características deverão ter os engenheiros no futuro? Como formar um novo engenheiro, em termos da nova engenharia imposta pela info-sociedade?

Num ambiente turbulento como o da Infoera, em que a inovação continuada é a norma de sobrevivência socioeconômica para os indivíduos, empresas e sociedades, é fundamental fixar os conhecimentos de nossos profissionais em uma base sólida e pouco mutável, mas suficientemente ampla e genérica, que municie estes futuros profissionais com uma bagagem de conhecimentos robusta. Esta bagagem de conhecimentos deverá lhes fornecer capacidade de adaptação e de compreensão de novos produtos e desenvolvimentos, proporcionando-lhes ainda flexibilidade adaptativa e criativa, de modo a habilitá-los a enfrentar problemas futuros inusitados.

Essas condições de contorno a que já nos referimos apontam para uma formação básica científica e humanística sólidas. Apontam também para um tipo de formação que desenvolva a iniciativa própria, que desenvolva a criatividade e a intuição. Quando se fala em sólida base científica, não se está pensando apenas nos aspectos teóricos, mas também nos desenvolvimentos tecnológicos práticos, que, embora cientificamente rigorosos, possam resultar em bens, serviços e benefícios a toda sociedade. É exatamente a compreensão mais profunda e precisa do universo real, que dará aos futuros engenheiros vantagens decisivas sobre as pessoas leigas.

Obviamente, o curso básico sólido de formação dos engenheiros deve ser complementado com um elenco de disciplinas opcionais, tanto formativas como informativas, que encaminhem o profissional no sentido de sua vocação.

No exercício da vida profissional, essas disciplinas opcionais, formativas e informativas, transformar-se-ão em esquemas de educação continuada, geralmente à grande distância e em esquemas de cursos do tipo "Bem na Hora" (*Just in Time*). Estes últimos, por sua vez, destinar-se-ão a possibilitar rápida especialização do profissional, apoiando-o na solução de problemas e dificuldades diárias. Por isso, tais cursos deverão ser oferecidos em qualquer parte do planeta, assentados na gigantesca infra-estrutura de telecomunicações.

Esses cursos se apoiarão ainda em sistemas de teleconferências e de interatividade, utilizando "clones educacionais", os quais poderão ser fortemente personalizados. Integrados a eles, sistemas especialistas de apoio profissional dos mais diferentes tipos. Os engenheiros do futuro, contando com sólidos conhecimentos básicos, porém sem grandes especializações, poderão resolver qualquer situação tecnológica que hoje exige grandes especialistas com experiência de muitos anos. Destacamos que o fenômeno da não necessidade de especialização não atingirá apenas a engenharia, mas todas as demais profissões tecnoliberais, as quais se dissolverão e se amoldarão em novas áreas de atividade.

Cumpre salientar que a Escola Politécnica da Universidade de São Paulo, fazendo jus ao seu pioneirismo histórico, vem remodelando seu *curriculum* no sentido de moldá-lo a esta nova sociedade. Nesse sentido, a EP-USP, após um ano básico, está agrupando seus alunos em quatro áreas ou opções básicas: Eletricidade, Civil, Mecânica e Química. A partir daí, com o tempo, serão desenvolvidos elencos das disciplinas opcionais, que, à medida do possível, deverão ser adequadas à vocação individual de cada aluno.

A simples modificação curricular, todavia, não atenderá a todas as imposições mutacionais da info-sociedade. É fundamental a simplificação e a mudança do espírito cartorial vigente, que tem norteado a regulamentação do exercício profissional. Assim como existe apenas um tipo de médico e apenas um tipo de advogado, o Crea deverá urgentemente tomar providências no sentido de modificar a legislação e simplificar drasticamente a regulamentação da profissão de engenheiro, reduzindo em muito o número de especializações e aumentando as funções de cada especialização. Observe-se que qualquer especialização na sociedade da informação e do conhecimento, em curto prazo, pode estar obsoleta. No futuro, deverão ser estabelecidas normas gerais de comportamento ético do profissional, de maneira que este não se aventure a realizar projetos em área que não tenha adquirido competência. Deve-se analisar a capacidade de aquisição de competências, e não as competências já adquiridas. As punições aos faltosos devem ser exemplares, baseadas em falhas ocorridas e não em restrições ao exercício profissional. O profundo sentido de ética profissional deve ser a luz norteadora do exercício profissional futuro.

A falta de flexibilidade do estilo cartorial vigente, hoje adotado pelas entidades de regulamentação profissional, fica evidenciado pelo precário reconhecimento das atividades de pós-graduação existentes, embora tais atividades tenham sido estabelecidas há mais de trinta anos no Brasil. Imagine-se agora a rididez cartorial face ao ambiente turbulento e febril imposto pela info-sociedade. Os burocratas de plantão estarão na posição de Pero Vaz de Caminha escrevendo sobre redes neurais e computação hermenêutica. Mantido o atual sistema de supervisão profissional, corremos o risco de tornar a nossa engenharia não competitiva em nível mundial, alijada dos grandes desenvolvimentos nacionais. O subdesenvolvimento não é só de natureza material. Grande parte depende da mentalidade das pessoas e de suas elites.

Salientamos que os projetos de engenharia auxiliada por computador (*Computer Aided Engineering*), já há muitos anos é uma realidade em muitos setores da engenharia. Setores especializados, como, por exemplo, projetos de circuitos integrados, envolvendo centenas de milhões de dispositivos, ou então projetos complexos de engenharia mecânica, de engenharia aeronáutica, e de engenharia naval, que utilizam comumente sistemas especialistas no delineamento e nos projetos de sistemas, com um aumento de produtividade assombrosa. Estes sistemas permitem a colocação muito rápida de produtos no mercado, permitindo a sobrevivência empresarial face a uma concorrência implacável.

Na área de engenharia civil, por exemplo, existem sistemas de *software* extremamente sofisticados que permitem, diante das condições de terreno, cálculos estruturais complexos, e uma vez adotada uma determinada estrutura, permitem também o vestimento desta estrutura com diferentes acabamentos externos e internos. Com isso, atuando interativamente, é possível otimizar o projeto e os custos da construção, e, ao mesmo tempo, oferecer ao cliente diferentes opções de projetos, com custos extremamente reduzidos. Estes sistemas viabilizam também o oferecimento de uma engenharia de precisão, em que, além do projeto completo, em termos de acabamento, instalações hidráulicas, elétricas e de telecomunicações, é possível prever condições de iluminação e ventilação ambientais, bem como condições de conforto térmico, em temos de diferentes situações climáticas. Mais ainda, os sistemas especialistas modernos serão capazes de prever edifícios e lares inteligentes, os quais usarão intensamente pastilhas de silício (*chips*), associadas a sensores e atuadores, todos interligados em rede, possibilitando que o edifício reaja e se adapte às condições ambientais dos mais diferentes tipos.

Na era pós-industrial houve uma tendência excessiva para a ultra-especialização em muitas áreas profissionais, inclusive e principalmente nas áreas de engenharia, proliferando uma grande quantidade de especializações. Essa excessiva proliferação de especializações acabou produzindo um número significativo de profissionais com profundos conhecimentos em áreas muito estreitas do saber humano. Prevalecia a tendência do conhecimento de tudo sobre nada. Essa tendência mostrou-se deletéria, no sentido de que os profissionais mostraram-se pouco adaptáveis às novas tecnologias, tendo dificuldade para acompanhar a rápida evolução tecnológica. Tornou-se, assim, fato comum um engenheiro ou pesquisador abandonar a área profissional O alto investimento feito na formação de um profissional competente desvanecia-se em poucos anos, pois pessoas ultraespecializadas tornavam-se rapidamente obsoletas.

A formação dos engenheiros na Infoera, em nossa opinião, repetimos, deverá evoluir para uma formação básica muito sólida em ciências e humanidades, tal como ocorre nas demais áreas do conhecimento humano, como na matemática, na física e mesmo no direito ou na medicina. É urgente providenciar a redução do número de especializações em engenharia, ao mesmo tempo que as disciplinas informativas. Deve-se deixar que os profissionais se especializem de acordo com as solicitações do mercado, baseados em cursos de educação continuada e cursos do tipo *Just in Time* ("Bem na Hora"). É claro que procedimentos desse tipo exigem uma fiscalização muito séria dos cursos ministrados, e acompanhamento contínuo não só da qualidade dos engenheiros formados, mas também de sua própria evolução e desempenho profissionais.

Já discorremos sobre o forte desenvolvimento que está ocorrendo em nível mundial das escolas e universidades virtuais, tanto em nível de graduação como em termos de pós-graduação. Existem, porém, outras tendências dignas de nota:

a) Em termos de pesquisas tecnológicas e de ciência aplicadas, dificilmente os desenvolvimentos estruturam-se em torno de uma única pessoa. Desenvolvimentos tecnológicos avançados, mesmo em universidades, exigem infra-estruturas complexas e equipes de engenheiros e pesquisadores que permitem consolidar um ambiente cultural científico-tecnológico capaz de maturar o espírito inovativo. A figura do pesquisador isolado é coisa do passado. A pesquisa individual deixou de ser a regra e passou a ser a exceção. Lamentavelmente, as universidades brasileiras e a maioria de seus pesquisadores ainda não acordaram para este fato.
b) Secularmente, as universidades são o repositório do conhecimento e do saber. Porém, na info-sociedade elas terão um novo papel cardinal a desempenhar: auxiliar a info-sociedade a desenvolver-se e a inovar. As universidades serão, em breve, o esteio original da inovação e da capacidade competitiva das empresas.
c) A educação continuada e estendida maciçamente a toda a população será a norma, e a ocupação principal nos países civilizados. Nesse ambiente cultural fervilhante, o papel da universidade tornar-se-á central, no sentido de adotar e estabelecer regras que norteiem o desenvolvimento individual para o bem comum.

Observe-se que em nível mundial ocorre uma aproximação das universidades com o meio social, no sentido não só de realizar desenvolvimentos técnico-científicos avançados, mas também no sentido de prover a sociedade a ela ligada de conhecimentos modernos. Daí a generalização do oferecimento de cursos em educação continuada, de mestrados e doutorados profissionalizantes, e de cursos do tipo "Bem na Hora". Porém, esta ação não tem sido suficiente para o atendimento de um mercado educacional em expansão explosiva. Com isso, assistimos também ao espocar do ensino e da educação corporativas, e mesmo de universidades corporativas, em que as próprias empresas procuram formar seus funcionários em áreas de maior necessidade de especialistas. Novamente, esta tendência aponta para uma formação básica robusta e flexível dos estudantes, no sentido de que estes possam rapidamente se adaptar às diferentes demandas sociais.

Quando nos referimos à formação básica de engenheiros, não estamos apenas pensando em aulas teóricas, mas também em abundantes aulas práticas e aulas de laboratório, com intenso uso de recursos computacionais visando à otimização do aprendizado. Esse novo tipo de curso e suas disciplinas deverão ser acompanhados de intensos *homeworks* personalizados, usando-se ao máximo a existência de "clones educacionais" e a densa teia de telecomunicações. Durante o desenvolvimento do curso de graduação, os estudantes deverão, inclusive, ser incentivados a cursar algumas disciplinas profissionais opcionais do tipo "Bem na Hora", a fim de adquir ainda como estudantes desenvoltura no desempenho profissional.

Insistimos que, daqui por diante, o profissional técnico-científico deverá ser um estudante e um estudioso por toda a vida. Isso significa que a educação continuada, cursos do tipo "Bem na Hora" e a reciclagem permanente serão partes inseparáveis não só da vida do futuro engenheiro, mas também da vida do próprio cidadão comum. Em vez de ser casos excepcionais como o são hoje em dia, os estudantes extracurriculares e a educação personalizada tornar-se-ão elementos fundamentais no aumento da produtividade social e riqueza de uma nação.

Confrontados com os demais cursos na área de exatas, os atuais cursos de graduação em engenharia podem ser considerados bastantes ineficientes, no sentido da transmissão e da absorção destes conhecimentos por seus estudantes. O interessante de tudo é que uma das principais funções dos engenheiros é exatamente otimizar os processos de produção, buscando continuamente maior produtividade e redução de custos. Esta função, aparentemente, é pouco empregada nos cursos de graduação.

Consideremos as razões que nos levaram a tais conclusões. No Brasil, os cursos de engenharia têm duração de cinco anos, sendo ministrados praticamente em tempo integral. Todavia, em novos campos de trabalho no mercado, a não ser pelas garantias legais, os profissionais de engenharia aparentemente não têm tido maior adaptabilidade e competência do que os bacharéis formados por cursos de menor duração e dedicação, tais como arquitetura, matemática, ciência da computação, química, física, ou mesmo bacharéis formados nas áreas de ciências humanas. Estes cursos apresentam, em geral, duração de quatro ou cinco anos, sendo ministrados em tempo parcial, de modo que os cursos de engenharia deveriam ter sua duração repensada, buscando ampliar consideravelmente sua eficiência e tendo em conta não só modificações atuais da sociedade, mas também as grandes modificações que deverão ocorrer nos próximos anos. Dentre as alterações que nos parecem razoáveis, sugerimos as seguintes:

a) Redução dos anos letivos de ensino de engenharia para quatro anos básicos, eventualmente divididos em períodos anuais, quadrimensais. Nessa engenharia básica seria ministrada forte dose de disciplinas básicas tais como: matemática contínua e discreta, física, química e informática, dentre outras, voltadas para aplicações práticas, porém ministradas com o máximo rigor científico. Seriam ministradas também disciplinas voltadas à área de humanidades, sobretudo em artes, apoiadas em computação gráfica e em modernos sistemas de visualização científica. Complementando, seriam também fornecidos aos alunos grandes elencos de disciplinas opcionais, bem como alguns cursos de especialização do tipo "Bem na Hora", visando a intenso desenvolvimento prático fortemente personalizado.
b) O aprofundamento na área de engenharia incorporando o título de mestrado poderia ser fornecido nos dois anos seguintes. Dessa forma, poder-se-ia desenvolver com muito mais eficiência a iniciativa e a criatividade do estudante. Hoje observa-se o desenvolvimento intenso de cursos de mestrado do tipo *lato sensu*. Esses cursos, consolidados juntamente com o mestrado convencional *strictu senso,* podem cristalizar o novo sistema, complementando a formação de um engenheiro sênior.
c) O próprio doutoramento deve ser incorporado ao sistema de ensino em tecnologia, já que para que uma sociedade seja plenamente desenvolvida na Infoera, é indispensável que se sustente em robustos sistemas de pesquisa e desenvolvimento tecnológico. Reafirmamos que o profissional do futuro não deve pensar em completar seus estudos em cinco anos, mas pensar em estudar cinqüenta anos.

Lamentavelmente, as entidades legais de classe brasileiras, como o caso do Crea e Confea, não têm atribuído funções legais significativas e reconhecido em sua verdadeira dimensão os cursos de pós-graduação, apesar de estes cursos terem sido estabelecidos no país há mais de trinta anos. Na verdade, já existem, formados no país e no exterior, mais de dez mil engenheiros com o título de mestre ou doutor.

Entretanto, esta nova situação é simplesmente ignorada pela estrutura burocrática. Muitas pessoas ainda encaram a pós-graduação como uma complementação do sistema de ensino para a formação apenas de professores na universidade. Ignoram completamente as necessidades de recursos humanos para a realização de pesquisas e de desenvolvimento, tão necessários ao país.

Não poderia haver erro maior e atitude mais perniciosa para uma nação. A pós-graduação é hoje um sistema efetivo e eficiente para a formação de pesquisadores que irão contribuir para o desenvolvimento técnico científico e humanístico de toda a sociedade. Esses pesquisadores irão atuar não só nas universidades, mas também em instituições de pesquisa e empresas, contribuindo decisivamente para a consolidação dos tão sonhados ambientes culturais científicos e tecnológicos, aproximando-os das artes e humanidades. Este amálgama sintetizará e configurará o lugar a ser ocupado pelos seres humanos num mundo altamente informatizado.

A Tecnologia da Informação e a Microeletrônica: Um Pouco da História e Perspectivas Futuras

A invenção do transistor bipolar em 1948, por John Bardeen, Walter H. Brattain e William Shockley, foi considerada pelo presidente da Microsoft, Bill Gates, a invenção mais importante do século XX. A partir daí, os semicondutores passaram a ser utilizados de forma cada vez mais intensa em utensílios, equipamentos, instrumentos e mesmos em sistemas industriais e de defesa. A evolução das tecnologias de semicondutores foi extremamente rápida na década de 1950, surgindo, então, os rádios portáteis transistorizados e os computadores mais eficientes baseados que eram nas tecnologias em estado sólido. Rapidamente, passou-se dos dispositivos baseados em germânio para os dispositivos baseados em silício. Essa transição foi particularmente importante, dado que as características do silício possibilitaram o rápido desenvolvimento da microeletrônica. Nessa linha, a primeira pastilha de silício com alguns componentes semicondutores foi construída pelo engenheiro Jack St. Clara Kilbe, embora se admita que o primeiro circuito integrado tenha sido apresentado em 1959 por engenheiros da Fairchild Inc. chefiados por Gordon Moore e Robert Noyce.

A tecnologia de semicondutores e de microeletrônica constituiu-se, durante toda a era pós-industrial, como o insumo primordial para a obtenção das células básicas da argamassa e dos tijolos que permitiram a construção de um gigantesco edifício, que hoje constitui a infra-estrutura básica onde se desenvolveram as tecnologias da informação. A Escola Politécnica desde cedo envolveu-se com as tecnologias de semicondutores por meio do antigo Departamento de Engenharia de Eletricidade.

Já na graduação foram introduzidos, em 1961, alguns cursos elementares de transistores, que eram ministrados pelo prof. Marcos Eisencraft. Um passo importante foi dado em 1965 pelo prof. Luiz de Queiroz Orsini na adoção da coleção SEEC-Notes, em cursos de extensão universitária, usando-os para a introdução de transistores no Departamento de Engenharia Elétrica. No meu caso, formado pela turma de 1963, fui contratado pela EP-USP em março de 1966, tendo já uma experiência de dois anos no trabalho de pesquisa e desenvolvimento em equipamentos transistorizados na indústria. Desde meu ingresso, envolvi-me no desenvolvimento de pesquisas na área de semicondutores, resultando deste trabalho a defesa de minha tese de doutoramento, em novembro de 1968.

Um segundo passo muito importante no desenvolvimento da área de semicondutores no DEE resultou da vinda em 1967 do prof. Richard Louis Anderson. Este professor foi convidado pelo prof. Carlos Américo Morato de Andrade para passar o ano sabático no DEE-EP-USP, e aqui acabou ficando por dois anos. O prof. Anderson foi um pioneiro no desenvolvimento de heterojunções e contribuiu grandemente para o desenvolvimento da área de semicondutores na EP-USP. O prof. Anderson, logo de início, introduziu disciplinas modernas na área de física dos semicondutores e logo atraiu um conjunto de professores, seus orientandos, envolvidos em seus trabalhos de doutoramento e ligados sobretudo à área de fabricação de semicondutores.

No início de 1968 ocorreu outro fato importante. Houve uma visita na USP de uma comissão de dirigentes de agências financiadoras, Fapesp, CNPq e BNDES. Quando dessa visita, o prof. Anderson e uma comissão de professores do DEE, constituída por mim e pelos professores Marcos Eisencraft, Carlos Ignácio Mammana, Roberto Marconato, propôs a criação de um laboratório de microeletrônica no país, idéia entusiasticamente aprovada pelos dirigentes das entidades financiadoras. Então, foi formulado um projeto de pesquisas que, uma vez financiado, permitiu a aquisição de um acervo de equipamentos pertencentes a uma empresa americana (*Fairchild*), que estava desativando uma de suas fábricas.

Depois de muitos percalços, o Laboratório de Microeletrônica do DEE-EP-USP foi inaugurado em abril de 1970. Na época, eu estava pessoalmente envolvido na área de pós-graduação, ministrando disciplinas referentes a projetos e processos de fabricação e construção de circuitos integrados. Com isso, envolvi-me com as tecnologias de projeto, projetando um CI simples. No ano seguinte, em abril de 1971 implementei este projeto em laboratório, resultando no primeiro circuito integrado brasileiro, o qual operou dentro dos parâmetros originalmente previstos. Tal circuito envolvia uma tecnologia denominada de ECL (*Emitter Coupled Logic*) e o circuito projetado continha apenas seis transistores e cinco resistores.

O pioneirismo prosseguiu ainda dentro do Laboratório de Microeletrônica com a construção de uma memória *ROM* e *MOS* canal N pelo prof. Edgar Charry Rodrigues, apoiado por seus orientandos, hoje os profs. Joel Pereira de Souza, Jacobus Swart e Wilhelmus Van Noije. Após o ano de 1974, as verbas governamentais destinadas à microeletrônica foram minguando progressivamente, e a distância entre os desenvolvimentos feitos no Brasil e no exterior foram se ampliando. Não obstante, ainda na década de 1970, o LME conseguiu transferir tecnologia de fabricação de diodos e transistores a uma empresa nacional, a Transit, que conseguiu sobreviver por alguns anos, até encerrar suas atividades no início da década de 1980.

No final de 1975, baseado em idéias desenvolvidas no decorrer de minha livre-docência, tendo consciência da crescente complexidade dos CIs, fundei o Laboratório de Sistemas Integráveis, LSI. Como seu próprio nome indica, destina-se a integrar sistemas complexos em poucas pastilhas de silício. Durante toda década de 1980 e 1990, este laboratório desenvolveu-se enormemente, operando desde a área de sistemas digitais com ênfase em sistemas distribuídos e suas aplicações, passando pelo projeto de CIs, até tecnologias avançadas em microeletrônica.

Em toda existência do LSI houve uma interação muito grande com o setor industrial, havendo o desenvolvimento de muitos equipamentos e produtos, que foram transferidos à indústria brasileira. A atuação do LSI é particularmente destacada nas áreas de computação distribuída, com projeto de construção e aplicações de computação de alto desempenho na área de projeto de pastilhas de CIs e processos de microeletrônica.

Na área de processamento distribuído, o LSI domina amplamente a tecnologia, tendo desenvolvido, em 1997, uma máquina que, em termos de porte, chegou a ser a maior desse tipo fora dos EUA. As informações sobre essa máquina foram colocadas na WEB. Com isso, fomos convidados a apresentá-las na Supercomputing'97 SC'97, realizada em San Jose, Califórnia, EUA, onde tivemos um *stand* de 100 m² ao lado da Nasa e Caltech e em frente ao Departamento de Defesa Americano (DOD), causando grande impacto. A tecnologia dessa máquina, ainda em 1997, foi transferida para Elebra Sistemas de Defesa. Diante do sucesso na feira de 1997, fomos convidados a apresentar uma nova máquina em 1998, em Orlando, na Flórida, e em 1999 em Portland-Oregon. Em particular, em 1999 surgiu a possibilidade de acordo com a Motorola International, no sentido de se desenvolver, com nossa tecnologia, um processador distribuído baseado em microprocessadores produzidos pela Motorola, máquina esta apresentada no SC 2000, realizado em New Orleans, EUA. A partir de 2000, novas gerações de computadores de alto desempenho foram transferidas para a ITAUTCOM.

Acompanhando o desenvolvimento de máquinas semelhantes, existem em desenvolvimento, no LSI, miríades de aplicações de alto desempenho, destacando-se as aplicações em Computação Gráfica e Computação Visual, bem como aplicações em TV digital. Os desenvolvimentos neste setor são particularmente importantes na área industrial, existindo um convênio de grande porte com a NEC do Brasil na área de desenvolvimento de protocolos MPEG e de caixas sintonizadoras (*Set Top Box*).

As atividades na área digital também estão altamente desenvolvidas na área de redes voltadas à comunicação de dados. De fato, o LSI, hoje, possui uma rede interna ATM, par trançado classe 5, com uma extensão de 16 km, operando em 155 MHz, e uma rede de fibra óptica com uma extensão de 1 km operando em 622 MHz. Possui também um enlace de 310 MHz em conexão através de microondas com o Centro de Pesquisas da NEC, no bairro do Paraíso, em São Paulo, configurando-se, com isso, um pioneirismo na operação contínua de internet II. O Laboratório possui também um sofisticado conjunto de equipamentos para avaliação e gerência de redes ATM operando em ambientes heterogêneos.

A grande experiência do LSI na área de redes e processamento de alto desempenho levou-nos a propor um projeto de grande porte, visando ao estabelecimento de uma rede somente em telemedicina, na área de oncologia infantil, envolvendo cerca de vinte instituições hospitalares. Uma fase inicial desse projeto foi implementada, a partir de fevereiro de 2000, interligando o Instituto da Criança do HC com o Hospital de Base em Rondônia.

Na área de projetos de pastilhas de silício, o LSI tem se destacado no desenvolvimento de metodologias de projeto, sendo que as velocidades atingidas em tecnologias CMOS situam-se entre as maiores de todo planeta. No laboratório, existem ainda grupos operando nas áreas de automação, visão robótica e ciência cognitiva, bem como grupos trabalhando com imagens médicas e *software* de apoio conseguindo-se resultados em pesquisa acadêmica de projeção internacional.

Um dos maiores grupos do laboratório está atuando, todavia, na área de materiais e microeletrônica. Esse grupo, além de desenvolver tecnologia CMOS, atua fortemente na área de microsensores, microatuadores e microfluido-dinâmica. A projeção nacional dessa área do laboratório é tão grande que mais de 60% dos trabalhos do Congresso Nacional de Microeletrônica nos últimos anos provém do LSI.

Tal projeção levou a Motorola Semicondutores International a escolher o LSI como entidade receptora da doação de uma significativa quantidade de equipamentos voltados para a fabricação de CIs. Este programa iniciou-se em agosto de 1998 e conta com a participação da Universidade de Campinas, por meio do Centro de Componentes Eletrônicos (CCE).

A partir da ação inicial da Motorola, denominada de *LatinChip*, tendo em conta ainda a imensa evolução das tecnologias da informação que estamos prevendo para os próximos anos, e levando em consideração, finalmente, as competências existentes no LSI e as necessidades da indústria brasileira, delineamos um programa que, embora econômico, estende as competências e a abrangência de ação do *LatinChip*. Denominamos este programa de Programa de Integração de Sistemas de Informação, Proisi. O Proisi tem, de início, duas finalidades básicas:

1) Sendo programa integrado destina-se a viabilizar economicamente o *LatinChip*, levando em conta que: a) a área de tecnologias de informação apresenta gigantesca possibilidade de expansão, podendo gerar uma significativa quantidade de recursos; b) a maior parte de nossas empresas necessita de apoio, não só no fornecimento da pastilha de silício, mas também no delineamento do sistema e projeto do CI propriamente dito; c) com a crescente complexidade possibilitada, a tendência mundial é a colocação de sistemas complexos em uma única pastilha de silício (*Systems on Chip*), tornando inseparáveis as atividades em *software*, *hardware*, projeto de CIs e a sua implementação; e d) não existem empresas de difusão de microeletrônica no país, sendo, por isso, as atividades de difusão extremamente deficitárias. Cumpre assinalar que, em todo o mundo, centros de desenvolvimento em microeletrônica têm grande parte de seu orçamento financiado pelos governos locais.
2) O custo de implementação das demais atividades representa apenas uma pequena fração de custo de manutenção das atividades de microeletrônica. Apesar disso, além de decisivamente viabilizar economicamente as atividades de microeletrônica, as atividades na área de tecnologia de informação poderão trazer benefícios sociais muito significativos, desde a geração de empresas e delineamento de novas profissões, até a fixação de uma cultura científica-tecnológica e humanística compatível com a Infoera.

Associado ao Proisi será criado um Instituto Interuniversitário que abrigará todas as facilidades, núcleos e grupos de pesquisa a serem desenvolvidos nos programas de desenvolvimento e de pesquisas. Esse instituto será apoiado por uma plêiade de entidades que flexibilizarão seu relacionamento com a sociedade. Pode-se considerar, de certa forma, o Instituto como o *hardware* sobre o qual correrão os programas (*software*), tais como o Proisi e seu subprograma, o *LatinChip*. Pretende-se ainda que esse instituto tenha forte componente virtual, assumindo uma estrutura moderna de teledesenvolvimento.

Na evolução dos fatos, o projeto que deveria ser desenvolvido com a Motorola acabou não se materializando, apesar do empenho das partes envolvidas. Todavia, a idéia de um Sistema Brasileiro de Tecnologia da Informação – Sibrate – continua de pé, e não temos dúvida de que será implementada.

Implementados o Proisi e o Instituto agregado, a Escola Politécnica da USP estará equipada com um dos melhores e mais avançados centros de desenvolvimento e pesquisa em nível mundial, e no novo milênio poderá continuar a contribuir ainda mais para o desenvolvimento da engenharia brasileira, no contexto internacional.

Referências Bibliográficas

ZUFFO, J.A. *A Infoera: o Imenso Desafio do Futuro*. São Paulo, Saber Eletrônica, 1997.

______. *A Sociedade e a Economia no Novo Milênio – Os Empregos e as Empresas no Turbulento Alvorecer do Séc. XXI* (3 livros). São Paulo, Manole, 2003.

18 Eletrônica, Telecomunicações e Computação

ANTONIO HÉLIO GUERRA VIEIRA

Os Primeiros Grandes Vultos

As telecomunicações e a computação evoluíram vertiginosamente a partir da segunda metade do século XX. Mas o Brasil vem utilizando sistemas de telecomunicações elétricas praticamente desde que foram inventados, no século XIX. Já na pré-história das telecomunicações do país, dois grandes homens, o padre Roberto Landell de Moura e o marechal Cândido Mariano da Silva Rondon, avultam como personagens notáveis, de dimensões universais. Landell de Moura, um gaúcho, era dotado de clara inclinação para a engenharia, além da vocação religiosa — tanto que se ordenou padre depois de ter estudado na Universidade Gregoriana de Roma matérias relacionadas à sua vocação sacerdotal e também à física, à matemática e à biologia. De volta ao Brasil depois da ordenação, exerceu funções como sacerdote em Mogi das Cruzes e em Campinas, tendo se radicado em São Paulo. Daí se tem notícias de seus experimentos com transmissão sem fios de sinais, entre a avenida Paulista e o bairro de Santana. Procurou, de várias maneiras, e sem sucesso, demonstrar ao governo brasileiro e ao empresariado local a utilidade e a viabilidade de seus inventos. Fez, inclusive, um pedido ao governo Rodrigues Alves para que fossem usados dois navios da Marinha Brasileira para demonstrar a possibilidade de comunicação mesmo sem visibilidade, com vantagens óbvias para a navegação, o que lhe foi negado. A proposta foi considerada insensata e a ajuda foi recusada (em pedido semelhante, no entanto, feito na Itália, toda a frota da Marinha italiana foi posta à disposição de Marconi). O padre Landell, inconformado, embarcou para os Estados Unidos, onde, na segunda metade do século XIX, assistia-se a um surto de empreendimentos baseados em inovações tecnológicas. Além da rede de ferrovias, extensas estradas de ferro varrendo e cortando todo o país, muitos inventos estavam sendo anunciados, patenteados e sobretudo bem comercializados. As aplicações da eletricidade começaram a ganhar importância a partir dessa época, como a lâmpada incandescente, o telefone e, mais tarde, os sistemas de comutação telefônica manuais e automáticos.

O padre Landell de Moura patenteou seus inventos nos Estados Unidos, no United States Patent Office. Pela avaliação desse órgão não se tratava, como disseram membros do governo Rodrigues Alves, de "proposta de um maluco". Landell de Moura voltou ao Brasil com três patentes, o que era um bom atestado da validade de seus inventos. Mesmo assim, sua idéia de que fossem explorados por empresários locais não teve sucesso. O contexto brasileiro na época não era favorável a esse tipo de ousadia e tratava-se de uma proposta de explorar, naturalmente com algum risco, uma novidade que envolvia alta tecnologia para a época. O

Brasil era "um país eminentemente agrícola". Foi a mesma dificuldade que Paula Souza enfrentou quando da criação da Escola Politécnica de São Paulo. Por transcrições das discussões havidas na Assembléia Legislativa do Estado, sabe-se que a oposição à criação de uma Escola Politécnica, proposta de Paula Souza, vinha, sobretudo, das áreas que achavam que o país devia assumir sua condição de país agrícola e não perder tempo "com iniciativas como a proposta de Paula Souza". É difícil entender como, no século XIX, razões dessa natureza tenham sido invocadas quando surgiu um padre com um invento extraordinário, embora de difícil compreensão para o comum dos mortais e que realmente significava uma revolucionária inovação. Na retrógrada Campinas da época, essa sim uma cidade essencialmente agrícola, o padre Landell foi considerado um feiticeiro, tendo por isso ocorrido a invasão da sua casa e a destruição dos protótipos e laboratórios onde estavam os inventos prontos e demonstrados.

O padre Landell não conseguiu sucesso empresarial no Brasil. Num certo momento, ameaçou fazer como Marconi e oferecer seus inventos à Inglaterra e empresas inglesas. Marconi não conseguiu sucesso com os empresários italianos e acabou transferindo para a Inglaterra as patentes da técnica da transmissão de sinais por ondas eletromagnéticas.

Roberto Landell de Moura não é estudado e divulgado no Brasil como merece. Tem poucos biógrafos e modestos levantamentos de documentos sobre seu trabalho. Sua obra demonstra que não se deve subestimar a inteligência, a criatividade e a competência dos técnicos brasileiros no cenário internacional.

Cândido Mariano da Silva Rondon, por sua vez, foi o outro grande vulto das telecomunicações no Brasil. Goiano de ascendência indígena, o relato de sua vida excitou a imaginação dos jovens adolescentes brasileiros da primeira metade do século XX. Misto de aventureiro, no sentido romântico da palavra, de realizador, de homem de ação, desbravou uma imensa área geográfica, percorreu 100 mil km e implantou linhas telegráficas até a Amazônia. Fez, pela primeira vez, contato com tribos indígenas até então isoladas, ao mesmo tempo em que estendia linhas telegráficas em postes que ia plantando do Sul até o extremo Norte. Rondon realizou um trabalho de gigante, tido como da mesma dimensão, importância e dificuldade da construção do canal do Panamá. Os relatos sobre contatos feitos por ele com os índios xavantes, bororos e outras tribos selvagens, algumas hostis, outras amigáveis, foram divulgados a partir de 1930 e deles se depreende o respeito de Rondon pelo índio e pela cultura índia, que o transformaram em um dos maiores indianistas brasileiros.

Implantação da Telefonia

As telecomunicações elétricas modernas tiveram início no século XIX, com o telégrafo e a telefonia. O telégrafo foi implantado pelo governo brasileiro com a participação do Exército Nacional, e a implantação da telefonia, que se seguiu, tem um interessante desenvolvimento.

Os princípios teóricos da telefonia foram propostos por Charles Bourseul na França. Johann Philip Reis, por sua vez, um físico alemão que estudava o funcionamento do ouvido humano, foi quem permitiu a implementação desses princípios por meio de dispositivos. Só em 1864, dez anos depois do trabalho de Bourseul, é que Reis conseguiu fazer um trabalho que reproduzia à distância, não ainda a voz, mas sons musicais. Apresentou esse trabalho à Sociedade de Física de Frankfurt e publicou seus resultados. Intitulou o processo de "telefonia por meio de corrente elétrica" e começou a fazer demonstrações em outras cidades da Alemanha e outros países, como Paris e Nova York. Reis não pôde ir muito longe com seu trabalho porque não tinha recursos. Entretanto, cabe a ele o mérito de ter introduzido a palavra telefone e aberto o caminho para a invenção do telefone para reproduzir a voz humana.

Muitos outros pesquisadores trabalharam nessa direção na mesma época. Yates, um fabricante de material elétrico, na mesma linha de Reis, chegou a reproduzir precariamente sons articulados. O italiano Antonio Menucci, que vivia em Havana, o norte-americano Elisha Gray e muitos outros também procuraram trabalhar na direção da reprodução de voz humana por meios elétricos. É o escocês Alexander Graham Bell, no entanto, professor de física nos Estados Unidos, quem conseguiria inventar o telefone numa versão muito parecida com os de hoje. Em 1876, apenas doze anos depois das experiências de Reis e 22 anos depois das idéias divulgadas por Bourseul, Bell anunciou seus resultados e patenteou um dispositivo capaz de receber e transmitir a voz humana.

Bell tinha 29 anos e passou imediatamente a divulgar seu invento. Fez demonstrações na American Academy of Arts. Passou a chamar sua invenção de telégrafo falante e expôs o seu invento durante a Exposição Internacional do Centenário da Independência dos Estados Unidos, na Filadélfia. O estande de Bell foi visitado pelo imperador Pedro II, que assistiu a uma apresentação bem sucedida. A visita, divulgada na imprensa, ajudou a promover o invento e despertou grande curiosidade, muito aproveitada por Bell.

A partir dessa data iniciou-se em todo o mundo a exploração comercial do telefone. Em janeiro de 1879, uma central telefônica, a primeira central comercial, foi montada em Nova Haven, nos Estados Unidos. O telefone chegou à Inglaterra graças a um presente pessoal de Graham Bell, de dois aparelhos, para a rainha Vitória. Em 1879, foi instalada mais uma central telefônica, desta vez em Paris. Em 1883, outra foi instalada em Londres. Em 1890, havia uma em Tóquio; em 1895, em Hamburgo; e em 1904, uma em Munique. A distribuição de telefones através de fios e centrais de comutação telefônica manuais ocorreu nessa época em praticamente em todas as cidades do mundo.

Embratel 18 anos.

O Brasil acompanhou de perto a evolução inicial da telefonia. Em 1877, d. Pedro II instalou uma linha do Palácio da Quinta da Boa Vista, onde hoje funciona o Museu Nacional, até as residências de seus ministros. Os telefones foram montados pela Western and Brazilian Telegraph Company, que explorava os telégrafos no Brasil. Em 1887, a firma Rodde & Chaves, estabelecida no centro do Rio, instalou uma linha para uso próprio, interligando o seu estabelecimento ao quartel do Corpo de Bombeiros. O Ministro da Agricultura instalou também linhas telefônicas do Ministério para as principais repartições da cidade.

A regulamentação do serviço telefônico deu-se por um decreto de D. Pedro II, de 1879, em que concedeu a Frederico Allen Gower o privilégio de introduzir o telefone e explorar o serviço telefônico no Império durante dez anos. No mesmo ano, pouco depois, Charles Paul Mackie obteve outro decreto com a primeira concessão para explorar linhas telefônicas na cidade do Rio de Janeiro, em seus subúrbios, em Niterói, e de interligar as cidades por um cabo submarino. Também essa concessão foi dada por dez anos e estabelecia muitas condições para a exploração dos serviços telefônicos. Essa empresa não chegou a ser organizada porque, um ano depois, o próprio Charles Paul Mackie e outros formaram, em Nova York, uma sociedade anônima chamada Telephone Company of Brazil para trabalhar em telefonia no Brasil. A Telephone Company of Brazil requereu nova concessão para serviços telefônicos na Corte brasileira. Nessa ocasião, o imperador solicitou um parecer ao Conselho de Estado, que concluiu que as linhas telefônicas, assim como as linhas telegráficas, eram de domínio exclusivo do Estado e que, portanto, ao governo e só a ele, cabia o direito de conceder autorização para a instalação de linhas para uso de terceiros, com quaisquer finalidades. Daí resultou um decreto, de 1881, que concedeu à Telephone Company of Brazil, aqui chamada Companhia Telefônica do Brazil (CTB), autorização para construir linhas telefônicas no Rio de Janeiro, subúrbios, cidade de Niterói, postas em comunicação inclusive por cabo submarino.

A CTB foi a primeira entidade a explorar o serviço de telefonia com fins comerciais no Brasil e foi resultado também do primeiro decreto que criava uma jurisprudência que caracterizava o Estado como poder concedente.

Nessa época, foram solicitadas no Brasil várias patentes, uma delas de um sistema chamado Portatil Telephone Calligraphic, pedida por Morris N. Kohn, que, mais tarde, obteve o privilégio de instalar telefones em navios ancorados nos portos brasileiros e concessão para explorar linhas telefônicas em Santos, Ouro Preto e outras cidades. Em dezembro de 1881, d. Pedro autorizou Carlos Monteiro e Souza a explorar linhas telefônicas no Pará. Então, começaram a aparecer problemas com a implantação e exploração dessas linhas, o que levou à assinatura, em 1882, de um decreto, que foi a primeira Lei Geral das Telecomunicações do Brasil.

Anos de 1920 e 1930: Início da Radiodifusão

Os anos de 1920 e 1930 foram marcados pelo início da radiodifusão no Brasil. Roquete Pinto, do Rio de Janeiro, é o pioneiro dessa fase. Nessa época, são ministrados os primeiros cursos de Eletrônica, matéria que passou a fascinar os jovens estudantes, atrair os professores de Engenharia Elétrica e a se constituir como uma atividade tecnicamente viável e lucrativa. Os cursos versavam sobre o funcionamento das válvulas eletrônicas, sobre sua associação em circuitos que incluíam resistores, capacitores, indutores, antenas, enfim, todas as técnicas que têm a ver com transmissão e a recepção das ondas de rádio. A matéria, na década de 1930, era oferecida dentro de cursos de Engenharia Elétrica.

Ao mesmo tempo, instalou-se uma indústria de equipamentos e componentes de interesse da radiodifusão, principalmente a indústria de receptores de rádio. Os receptores passaram a ser vendidos em grande número e se transformaram rapidamente num eletrodoméstico presente nos lares brasileiros e em objeto de desejo de todas as famílias. Programas musicais, de notícias, novelas e propaganda eram veiculados com sucesso pelo rádio. Além da indústria de montagem dos receptores, inicialmente componentes importados e aos poucos com componentes nacionais, também se estabeleceram linhas de montagem de transmissores projetados, desenvolvidos e construídos no próprio país. A indústria de transmissores era particularmente adequada à produção local, já que era quase artesanal. Eram poucos os transmissores de potência elevada, e quase sempre eram projetados e construídos por encomenda.

Alguns componentes sofisticados, como válvulas de potência, chegaram também a ser fabricados ou recondicionados no Brasil. Depois de esgotadas, as válvulas de potência eram abertas, os cátodos reconstituídos, feito novamente o vácuo e, finalmente, seladas. Isso envolvia uma tecnologia não trivial.

Outro componente sofisticado também fabricado no Brasil eram os cristais de quartzo, usados até hoje para estabilização da freqüência de transmissão. Os cristais eram orientados, cortados segundo eixos adequados para a função e montados. Um exemplo de fabricante de cristais de quartzo foi a Sociedade Técnica Paulista (STP).

Anos de 1940 e 1950: A Indústria durante a Segunda Guerra Mundial

Os anos de 1940 e 1950 assistiram ao aumento da produção de aparelhos de rádio, à implantação da televisão no Brasil e à fabricação de televisores. Nos anos de 1940, a instalação de indústrias foi favorecida pelas dificuldades de importação decorrentes da Segunda Guerra Mundial, pela proteção das Forças Armadas, e pelo interesse estratégico de manter autonomia em relação a alguns produtos de interesse para a defesa nacional.

A fabricação de rádios e televisores tem muito em comum. Utilizam a mesma técnica e as mesmas linhas de montagem. A partir da experiência na fabricação de rádios foi iniciada a fabricação de televisores, uns e outros com componentes cada vez menos importados. Estabeleceram-se fábricas de válvulas. As partes do circuito que envolviam bobinas e fios de cobre passaram a ser produzidas em massa no Brasil, tanto para circuitos sintonizados de radiofreqüência como para outras finalidades, como os *Flybacks* para geração de sinais de varredura e de alta tensão utilizadas nos tubos de imagem da TV. Os próprios tubos de imagem passaram a ser fabricados aqui. Nessa época viabilizaram-se indústrias de pequeno porte e fabricantes locais, muitas vezes originadas de oficinas de consertos.

A implantação da televisão no Brasil teve um importante papel no incentivo à tecnologia nacional, uma vez que as estações de radiodifusão de televisão tinham todo interesse em induzir a fabricação em grande escala de televisores, para que seus índices de audiência pudessem ser altos.

Data dessa época a criação dos primeiros cursos específicos de engenharia eletrônica e telecomunicações no Brasil. O interesse por conhecimentos de eletrônica era já muito grande antes desses cursos, e era de certa forma atendido por algumas iniciativas de importância histórica. Destaque-se a revista *Antena*, editada no Rio de Janeiro, distribuída em todo o território nacional e que era lida com avidez por técnicos e jovens interessados por eletrônica, que já se anunciava como o futuro da tecnologia. Além das publicações como a revista *Antena*, apareceram também muitos cursos técnicos oferecidos por correspondência. Tiveram um papel mais importante do que têm hoje, porque era a maneira mais eficaz de difundir conhecimentos especializados de forma sistemática, com distribuição de apostilas e sugestão de experiências práticas. O Instituto Radiotécnico Monitor, dos anos de 1940, mantido por Nicolás Goldberger, distribuía apostilas pelo correio a preços módicos, e com as apostilas seguiam periodicamente ferramentas, alicates de ponta e corte, solda, ferro de soldar, o instrumental básico para montagens eletrônicas na época. Oferecia multímetros e um kit completo de radiorreceptor para ser montado pelo estudante. Junto com as apostilas, a intervalos predeterminados, seguiam também folhas de questões para avaliar o aproveitamento e as respostas eram corrigidas. No fim do curso, era emitido um Diploma de Radiotécnico, assinado por Nicolás Goldberger, com carimbos e o selo de Educação e Saúde, o que dava uma certa aparência oficial ao documento. Muitas vocações foram despertadas (inclusive a do autor destes apontamentos) e muitas carreiras foram iniciadas graças a esses cursos.

Já havia competência para que se oferecesse um curso completo de engenharia eletrônica, bem como uma forte demanda para que as principais escolas incluíssem cursos de engenharia eletrônica e engenharia de telecomunicações. As mudanças e inovações dos cursos a partir dessa época foram decisivas para o desenvolvimento da eletrônica e das telecomunicações no Brasil e, mais tarde, o da computação. Impôs-se uma revisão do ensino da engenharia elétrica. Como não era possível formar em cinco anos engenheiros que tivessem as bases para trabalhar em sistemas de potência e também em sistemas de baixos níveis de corrente, como se chamou no início a eletrônica, passaram a ser oferecidos cursos de engenharia elétrica com ênfase em eletrotécnica e, separados, cursos de engenharia elétrica com ênfase em eletrônica. Esses cursos conduziam a diplomas iguais (apenas suas ênfases eram anotadas) que davam aos seus portadores as mesmas atribuições. Algumas escolas optaram por chamar os cursos de engenharia eletrônica de engenharia de telecomunicações.

Nessa fase, anos de 1940 e 1950, foi particularmente interessante também o que ocorreu com a indústria "profissional" em contraposição à indústria de entretenimento. A radiodifusão e as comunicações ponto-a-ponto via rádio, durante os anos de 1940, sofreram restrições para importações decorrentes da Segunda Guerra Mundial. O Brasil tinha interesse estratégico em dispor de produtos para a defesa. A indústria passou a produzir aparelhos e sistemas com alto grau de complexidade, como aparelhos receptores e transmissores extremamente sofisticados, em todas as faixas de freqüência, inclusive as mais elevadas. Identificou-se o estudo da ionosfera como único meio de radiopropagação de alcance mundial disponível. Outros aparelhos eletrônicos, como, por exemplo, ecobatímetros, foram também desenvolvidos, fabricados e usados em embarcações, o que exigiu o desenvolvimento de cristais piezelétricos, geradores e receptores de sinais sonoros. Muitas dessas tecnologias foram desenvolvidas em colaboração com a universidade e algumas deram origem a indústrias altamente competitivas que se estabeleceram tão logo a guerra terminou.

Um exemplo de fabricante de material nacional nessa fase foi a empresa Cacique, em São Paulo, que fabricava transmissores, receptores, ecobatímetros e outros produtos profissionais. A Cacique, posteriormente, foi adquirida pela Phillips e transformou-se na Inbelsa. Nasceu, nessa época, a S. Eletro Acústica, que dominava e ainda domina a tecnologia de crescimento de cristais piezelétricos, e a tecnologia de transdutores para som em geral.

Anos de 1960 e 1970: TV em Cores

A televisão foi introduzida no país na década de 1950 e, a partir da década de 1960, passou a transmitir em cores. A televisão colorida muito contribuiu com sua sofisticação para o desenvolvimento dos técnicos e dos engenheiros eletrônicos no Brasil. Até hoje um receptor de TV em cores é o eletrodoméstico de maior complexidade. Sua fabricação e manutenção exigiram um esforço maior para a compreensão dos circuitos desses aparelhos. A TV em cores no Brasil foi introduzida após a opção por um dos vários sistemas de transmissão da informação de cor. Os Estados Unidos desenvolveram um sistema chamado NTSC. O sistema americano foi desenvolvido e instalado rapidamente no país de origem e passou a partir daí a ser proposto para outros países, inclusive o Brasil.

A França procurou desenvolver um sistema próprio, chamado Secam. O sistema Secam se beneficiou por ser um desenvolvimento posterior ao NTSC e pôde corrigir alguns defeitos que este apresentou.

A Alemanha, por sua vez, desenvolveu um sistema chamado PAL, igual ao sistema americano, exceto por um detalhe. Esse sistema corrigiu uma deficiência do sistema NTSC, evitando que desvios de cor ocorressem no processo de transmissão e recepção. As cores derivavam e quando isso ocorria os resultados para o telespectador podiam ser realmente muito desagradáveis, especialmente para cores fáceis de se reconhecer, como cor da pele humana. Pode-se aceitar uma paisagem um pouco mais azulada, mas dificilmente se aceita uma cor verde ou azul.

O sistema PAL explorava uma espécie da barganha: as variações de fase ocorridas no processo de transmissão e recepção, que resultavam em variação de cor no NTSC, no sistema PAL, só implicavam redução de saturação e a cor era preservada. O efeito de cores absurdas como a pele verde já mencionada e outros efeitos desagradáveis eram evitados. Tolera-se muito mais uma redução na saturação do que uma mudança de cor.

O sistema Secam também não apresenta esse fenômeno de deriva das cores, nem mesmo o de variações da saturação, mas é um sistema tecnologicamente muito complexo.

Essas questões foram estudadas no Brasil sob contrato pelo Conselho Nacional de Telecomunicações (Contel), órgão competente para assumir esse tipo de decisão, com a Escola Politécnica, em 1965. Na área da eletrônica, foi o primeiro contrato de prestação de serviços que se firmou na Escola. O relatório do grupo encarregado do trabalho foi aprovado e a recomendação pelo sistema PAL foi, finalmente, decisão do Contel. Implantou-se esse sistema em todo o Brasil.

Nesse caso, houve um conflito de interesses. A França tinha um interesse político na adoção do sistema Secam. Para os americanos, a adoção do NTSC no Brasil permitiria a exportação de aparelhos televisores prontos, sem nenhuma modificação para uso. Os alemães poderiam explorar as patentes do PAL. Entretanto, na negociação da comissão contratada pelo Contel na Escola Politécnica, os proprietários das patentes relacionadas com sistema PAL abriram mão de todos os seus direitos sobre essas patentes. O Brasil finalmente pôde adotar esse sistema sem nenhuma despesa adicional em função da propriedade industrial das patentes envolvidas.

Havia uma outra pequena diferença no sistema PAL adotado no Brasil, decorrente do fato de ele usar seus parâmetros dimensionados para uma rede de distribuição de energia elétrica em 50 Hz. Como os televisores deveriam funcionar no Brasil numa rede de 60 Hz, alguns parâmetros tiveram de ser modificados, o que foi feito pela mesma comissão, dando origem à versão PAL-M. Dessa maneira, instalou-se uma barreira não alfandegária para televisores importados, seja dos Estados Unidos, seja da Europa, aproveitada pela indústria brasileira, que rapidamente se tornou a única fornecedora no mercado nacional. O mercado era realmente muito grande, o que propiciou o desenvolvimento de indústrias, muitas de capital nacional, e a geração de grande número de empregos.

Algumas técnicas permitiram a adaptação de televisores NTSC no mercado brasileiro. Era necessária a instalação de uma linha de retardo no circuito, o que permitiu alguma importação, mesmo onerada pela adaptação. Permitiu também a fabricação de televisores originalmente desenvolvidos e aperfeiçoados para o sistema NTSC. A adaptação da linha de retardo para os televisores importados abriu um pequeno mercado para os técnicos nacionais. Um televisor Secam era e é praticamente impossível de ser convertido para o sistema PAL-M brasileiro.

A decisão brasileira acabou levando outros países da América do Sul à adoção do sistema PAL. A deriva de cor que se observava nos Estados Unidos não ocorreu. A qualidade da transmissão e da recepção da TV em cores do Brasil passou a ser reconhecida como excepcional.

Torre de Transmissão.

Anos de 1960 e 1970: Telefonia e Computação

Os anos de 1960 encontraram um sistema telefônico brasileiro absolutamente estagnado. A falta de investimentos, decorrência em parte das baixas tarifas impostas pelo governo, fizeram com que a demanda por telefones não fosse atendida durante um longo período. O valor das linhas no mercado paralelo chegou a níveis não imagináveis. As centrais telefônicas já obsoletas, muitas no velho sistema Strowger de relés rotativos, eram insuficientes e estavam saturadas. A demora para conseguir linha para uma ligação era absurda. A situação era insustentável, pois a falta desse recurso e infra-estrutura essencial estrangulavam o desenvolvimento dos negócios das empresas e não propiciavam um mínimo de conforto para os cidadãos.

Diante desse quadro, e na conjuntura política favorável da época, as companhias telefônicas que operavam no Brasil começaram a ser desapropriadas e estatizadas. A nacionalização mais espetacular foi a compra compulsória da Companhia Telefônica Brasileira (CBT), resquício dos primórdios da telefonia no Brasil. A partir dos anos de 1960, ocorreu a modernização do Sistema Brasileiro de Telecomunicações e foi criado o Ministério das Comunicações, herdeiro das competências até então do Contel. O modelo adotado para o Sistema Brasileiro de Telecomunicações foi o modelo europeu da época, particularmente o modelo alemão. O programa inicial mais importante foi a criação da Embratel, empresa à qual foi atribuída a instalação de um sistema de comunicações interurbanas da alta capacidade, cobrindo todo o território nacional. A Embratel se serviu sobretudo de uma rede de microondas que ela própria instalou. Um sistema de microondas é relativamente rápido de ser instalado. Num prazo muito curto os efeitos desse plano de modernização do Sistema Brasileiro de Telecomunicações se fizeram sentir e entusiasmou os usuários. As ligações interurbanas, antes completadas com tempo de espera de horas, passaram a ser instantâneas, por DDD, discagem direta à distância. O sistema DDD nasceu nessa época.

Junto com comunicações de voz, seguiu-se o sistema telex, um recurso de comunicações muito usado nas empresas. Embora lento, era muito útil para os negócios. O sistema Embratel viabilizou redes de canais de televisão. Permitiu o acompanhamento em tempo real de eventos de toda natureza e a transmissão simultânea em todo o país de noticiários e de espetáculos muito apreciados pelo público, como jogos de futebol, inclusive do exterior. A Copa do Mundo de Futebol de 1970 foi transmitida para o Brasil através de satélites, e o sinal distribuído pela Embratel.

O Sistema Brasileiro de Telecomunicações estruturou-se nessa época a partir de uma nova empresa, a Telebrás, *holding* que passou então a controlar, a disciplinar e a expandir as empresas estaduais, praticamente todas elas já estatizadas. As redes telefônicas foram ampliadas e grande parte da demanda reprimida foi atendida. Passou-se também a usar satélites comerciais de comunicações já em órbita, pertencentes a várias organizações, como a Comsat, da qual participava o governo brasileiro. O Sistema Telebrás e esses satélites disponibilizam canais de várias capacidades para comunicações dentro do país e para outros países e outros continentes.

A primeira fase da modernização das comunicações no Brasil foi, assim, respaldada por um esforço excepcional das instituições de ensino para prover a engenharia requerida para esse trabalho.

Data também dos anos de 1960 e 1970 a instalação generalizada de computadores no Brasil. Vieram para universidades e outras instituições das mais variadas, como Jockey Club de São Paulo, bancos, e outras. O sistema bancário sempre foi um grande usuário e os bancos passaram a oferecer a seus clientes um serviço diferenciado. As vanguardas dos principais bancos brasileiros no uso de computadores tem se mantido desde essa época. As máquinas eram muito caras e fisicamente muito grandes. A tendência inicial era fazer computadores de porte cada vez maior. As *mainframes* exigiram instalações grandes e caras, e seu preço de venda era de muitas dezenas de milhões de dólares.

O Brasil, no início, recebeu alguns computadores a válvula, rapidamente substituídos por versões transistorizadas. Os modelos a válvula tinham limitações tão grandes que não poderiam ir muito longe. A partir do momento em que os transistores passaram a ser usados, houve uma verdadeira descontinuidade na evolução dos computadores, tanto em termos de capacidade de computação, como em termos de custo. Nos anos de 1960, a Escola Politécnica de São Paulo recebeu o seu primeiro computador, já transistorizado, um IBM Modelo 1620. Foi o início do desenvolvimento da USP e da Politécnica em computação.

Um pouco mais tarde, a Politécnica comprou o modelo IBM 1130, mais avançado, também transistorizado, do mesmo fornecedor. O objetivo da Politécnica, já nessa ocasião, era envolver seu pessoal e os seus alunos mais adiantados com os circuitos da máquina e treinar professores para um curso pioneiro no Brasil, oferecido a partir dos anos de 1970. Era um curso de Engenharia Eletrônica voltado para os Sistemas Digitais, nome escolhido porque o uso do termo Engenharia de Computação parecia prematuro.

O curso de Sistemas Digitais da Escola Politécnica foi oferecido a partir dos anos de 1970 e formou as primeiras e as sucessivas gerações de profissionais e jovens empresários na área de computação no Brasil. Contribuíram decisivamente para o desenvolvimento desse grupo alguns projetos ambiciosos. No então criado Laboratório de Sistemas Digitais da Escola destaca-se um projeto desenvolvido em contrato com a Marinha do Brasil, com o objetivo de projetar e fabricar o protótipo industrial de um computador de pequeno porte. Foi desenvolvido inteiramente pelo LSD, inclusive o *software* básico, a partir de conhecimentos desenvolvidos pela própria equipe, com colaboração de alguns especialistas que foram trazidos do exterior. Participou do projeto, na área de *software*, a PUC do Rio de Janeiro. O projeto criou a competência necessária para o curso de Engenharia de Sistemas Digitais da Politécnica, mais recentemente para o curso de Engenharia da Computação e para muitos outros trabalhos desenvolvidos pelo grupo inicial do LSD ou dos seus *spin-offs* posteriores.

O G-10, computador desenvolvido para a Marinha, foi o primeiro protótipo industrial de computador desenvolvido no Brasil. Passou a ser reproduzido por uma empresa no Rio de Janeiro e dele foram feitas várias versões. Antes do G-10, alguns exercícios, pequenos projetos didáticos, já haviam sidos realizados no Brasil, como o de alunos do ITA, um pequeno computador implementado como exercício de laboratório. Na própria Escola Politécnica, um pequeno computador de 8 bits foi projetado e construído com a finalidade de treinar estudantes de pós-graduação (Patinho Feio), com componentes improvisados no mercado local.

O Patinho Feio está documentado e encontra-se no Museu da Escola Politécnica.

A essa altura, primeira metade dos anos de 1970, já se podia prever que a tecnologia das centrais telefônicas e a tecnologia das telecomunicações tendiam a se aproximar da tecnologia dos computadores. A fusão das telecomunicações e dos computadores foi definitivamente confirmada no fim do século XX. Já no começo dos anos de 1970, um grupo do Laboratório de Sistemas Digitais demonstrou na pratica a viabilidade de uma central telefônica digitalizada, a partir do microfone, e só voltando à forma analógica no fone do receptor. Todo o processo de digitalização, de processamento do sinal e de comutação usou tecnologia de computação e se mostrou perfeitamente viável, mesmo para os componentes da época.

O grupo montou um protótipo de central, interligada com a rede nacional de telecomunicações, que constituiu, provisoriamente, a estação 214 do sistema urbano de São Paulo. A construção desse protótipo piloto criou condições para que se preparasse um projeto ambicioso, de grande porte, com base na experiência conseguida com o desenvolvimento do computador G-10, para uma central telefônica comercial, segundo padrões internacionais, destinada a ser usada como uma central de comutação do Sistema Brasileiro de Telecomunicações. O projeto, chamado Siscom, foi negociado com o Ministério das Telecomunicações. Chegou-se a um projeto altamente profissional com uma expectativa de resultado sem risco para o investimento. Estava praticamente acertada a sua contratação, quando o Ministério das Telecomunicações resolver se servir do projeto e criar com ele um centro de pesquisas na Telebrás, mais tarde Centro de Pesquisas e Desenvolvimento (CPqD), instalado numa fazenda de gado leiteiro desapropriada, nos arredores de Campinas. O projeto foi descontinuado na Escola Politécnica e desenvolvido com muitos membros da equipe original da própria Escola Politécnica que se transferiram o CPqD. Conseguiram um protótipo industrial que recebeu o nome comercial de Sistema Trópico. O Sistema Trópico, em suas versões mais evoluídas, tem sido utilizado fartamente no Brasil e continua sendo produzido.

O G-10 foi um dos últimos computadores desenvolvidos antes da era do Personal Computer. O PC beneficiou-se da disponibilidade de circuitos integrados em escala maior e dos microprocessadores que começaram a aparecer a partir de meados dos anos de 1970, sem ter havido tempo para serem usados, bem como o *flop disk* e outros dispositivos de memória, no projeto do G-10.

O PC foi proposto com uma arquitetura aberta. Podia ser reproduzido, o que contribuiu para seu extraordinário sucesso. Os computadores do porte do G-10, na sua versão PC, e suas redes ou associações, destronaram os *mainframes* do começo dos anos de 1960 e levaram a computação a milhões de usuários.

Nos anos de 1970 e 1980, o Brasil adotou uma política equivocada de reserva do mercado brasileiro para produtos físicos de informática (*hardware*) fabricados no Brasil. A reserva de mercado não incluiu o *software*, e isso é uma das muitas objeções que se faz a essa política. Nessa época já se sabia que o computador ia ter preços cada vez menores, poder de computação crescente, uma arquitetura padronizada e características muito semelhantes. A qualidade de praticamente todos os computadores de diferentes firmas fabricantes é equivalente, e não há porque diferenciar um computador feito nos Estados Unidos, na China, no Japão, na Europa ou no Brasil. A competitividade de uma dada marca resulta do preço da economia de escala, difícil de alcançar no Brasil, com mercado interno insuficiente e inexperiência na comercialização internacional desses produtos.

O enorme nicho que realmente se confirmou seria a produção de *software*. Foi a produção de *software* que levou à criação de empresas dentre as maiores do mundo, como a Microsoft. Essa oportunidade não foi sequer vislumbrada pelo grupo responsável pela política de reserva de mercado de *hardware* no Brasil. Pelo contrário, a reserva praticada induziu à "liberalização" (pirataria) e a descrédito do Brasil e dos seus técnicos no mercado mundial de *software*. Alguns brasileiros, para criar empresas nessa área, tiveram de se instalar fora do Brasil, especialmente nos Estados Unidos, para ter um mínimo de garantias legais para seus produtos. A produção brasileira de *software* ficou totalmente desprovida das mais elementares regras de proteção da propriedade intelectual e não conseguiu progredir. Foi a área que se mostrou muito promissora para países como o Brasil, com um número significativo de técnicos bem formados e uma vantagem competitiva conjuntural, que eram os salários relativamente baixos. Outros países, como a Índia e a Irlanda, beneficiaram-se dessa situação e se transformaram em grandes centros de produção de *software*.

Os efeitos perversos da política de reserva de mercado prolongaram-se até depois da vigência da Lei da Informática. A partir da abertura do mercado, observou-se um extraordinário aumento do número de usuários de computação e o aparecimento de muitas empresas de software. Todos os efeitos benéficos do uso da informática, à disposição de praticamente todas as atividades humanas, hoje aumentam a eficiência da infra-estrutura nacional, do setor produtivo, do ensino, da produção intelectual.

Anos de 1980 e 1990: Globalização, Privatização, Fim do Monopólio, Desregulamentação

Dos anos de 1980 e 1990, especialmente os últimos, testemunharam mudança extraordinária na ordem internacional econômica. O Brasil também foi envolvido pela avassaladora onda liberal, com a desregulamentação de quase todos os setores da atividade. Esgotada a lei da informática, o Brasil criou regras para propriedade intelectual de *software* e foi elaborada uma nova lei das telecomunicações. A Lei Geral das Telecomunicações acabou com o monopólio estatal e privado. Na prática, levou à privatização dos sistemas estatais de telecomunicações e às chamadas empresas espelho, privadas, para evitar o monopólio.

Chegou ao fim o sistema estatal Embratel/Telebrás e de todas as concessionárias estaduais igualmente estatais de serviço telefônico. O processo foi conduzido com sucesso por meio de leilões de privatização. Sempre que se vendia a concessão de uma área, ou que se vendia uma concessionária, fazia-se um leilão logo em seguida para se criar uma empresa espelho. A telefonia fixa em São Paulo, explorada pela Telesp, foi comprada pela Telefonica da Espanha, mas pode também explorar telefonia na mesma área outra empresa que comprou esse direito. Hoje a Telefonica e a Vésper oferecem telefonia fixa em São Paulo e competem entre si. Esse modelo vale também para o sistema interurbano. A Embratel foi leiloada e comprada pela MCI. A Intelig, outro grupo empresarial, deverá competir com a Embratel na oferta de linhas para tráfego interurbano interestadual e

Antena de Retransmissão (Embratel).

internacional. As telecomunicações nessa primeira década do século XXI são caracterizadas também pela explosão da demanda e a explosão da oferta, com a grande participação de ambos os lados, das linhas de transmissão de dados. Essa explosão do mercado é reforçada pela utilização da tecnologia de fibras óticas, cujos preços desabaram com os dos computadores. A fibra ótica tem o preço vertiginosamente reduzido desde sua recente introdução, e substitui com uma enorme vantagem as redes de fios de cobre. Substitui também as redes de microondas e os satélites. O sistema global de comunicações de voz e dados entre continentes, entre todos os países, todas as grandes cidades, as capitais e centros de consumo, brasileiros ou internacionais, hoje se faz essencialmente por cabos de fibra óptica. Os cabos submarinos usam fibra óptica e continuam sendo lançados com velocidade crescente. As estradas e as linhas de transmissão de energia elétrica reúnem condições favoráveis para que se distribuam ao longo delas cabos de fibra óptica. As concessionárias de serviços rodoviários no Brasil e as empresas de energia elétrica cedem por bom preço o direito de empresas de telecomunicações utilizarem os cabos de fibras óticas distribuídas ao longo da estrada ou da linha de transmissão.

Enquanto isso, surge a internet, que dispensa comentários ou explicações. A partir do fim dos anos de 1960 e começo dos anos de 1970, a Agência Americana de Defesa lançou um projeto chamado Arpa que resultou na Arpanet, rede precursora da internet, graças à participação destacada de dois professores americanos, Kleinrock e Vincent Cerf. Desde seu lançamento, a internet só cresceu, sem restrições, e está disponível em todo o mundo. A novidade da primeira década do século XXI é o oferecimento de conexões grátis, sem taxa mensal para acesso à rede.

Graças à internet, é possível, a partir de um PC ou de uma estação de trabalho, ter acesso a um potencial imenso de computação situado em qualquer lugar do mundo, com muita condição de economia de escala, porque esses recursos de computação, conectados e acessível pela internet, podem ser compartilhados entre muitos usuários sem que seja necessária a proximidade física de uma super-máquina centralizada. É como se um grande computador fosse agora distribuído em um grande número de pontos ou nós e, dessa forma, todos pudessem se servir dele.

A internet é uma rede de telecomunicações, com a central de comutação distribuída. Sua estrutura é quase invulnerável, independente de defeitos que possam se estabelecer localmente em pontos ou em áreas isoladas dessa teia de distribuição de dados que cobre o mundo. A redução dos preços de computadores e a melhoria de sua performance levou a um número não imaginável de usuários da rede. No passado, todo estudante de engenharia ganhava uma régua de cálculo ao entrar na faculdade. Depois, passou a ganhar uma máquina de calcular programável. Numa palestra recente feita para estudantes do primeiro ano da Politécnica, todos, sem exceção, responderam positivamente quando consultados se tinham computador em casa conectado à internet.

As oportunidades de trabalhos e de negócios no setor crescem com a mesma tendência vertiginosa e muitos jovens criativos e competentes estabelecem-se com sucesso por conta própria. Amealham em curtíssimo prazo fortunas que no passado não eram construídas honestamente em tão pouco tempo.

Tendências

Computadores e sistemas de telecomunicações caminham juntos, usam a mesma tecnologia, e essa área só depende da criatividade do sucesso profissional para os negócios serem rentáveis. Nesse quadro, prevalece a importância do *software*, uma vez que o *hardware* é cada vez menos oneroso num sistema. Começam então a aparecer as vantagens competitivas do Brasil na era do *software*.

A aplicação da tecnologia de computação e a disponibilidade de memórias de porte crescente e preços decrescentes permitem que os sistemas de comutação telefônica deixem de ser onerados pela duração das chamadas. Começam a ser oferecidas conexões a preço fixo, independente do tempo de duração. Esse é o fim da cobrança por duração. Do mesmo modo, o custo decrescente da transmissão por fibras óticas e por satélites implica uma tarifação independente da banda passante utilizada. Em matéria de 1977, a revista *The Economist* chamou esse fenômeno de "A Morte da Distância" nas telecomunicações. O quadro é altamente favorável e aberto para inovações, para a venda de novos serviços e aperfeiçoamentos nos serviços existentes, no interesse de operadores e usuários de sistemas de computação e de telecomunicações.

O Brasil e os brasileiros poderão aproveitar ainda mais as oportunidades de negócios na medida em que a globalização elimina fronteiras. Os negócios criativos e originais, empresas aqui criadas e instaladas, podem realizar lucros no mundo inteiro. Os negócios no setor têm crescido em ritmo alucinante, como a atual explosão do comércio eletrônico. As melhores oportunidades de colocação da mão-de-obra estarão na indústria de *software*. Nichos para empreendedores, sem limites, aguardam inovações. Há carência de profissionais para trabalhar em telecomunicações e computação no mundo inteiro. A curto prazo, há uma forte elevação de salários, valorizando aqueles cursos que dão efetiva competência nesse setor. A competência é decisiva no mercado de trabalho, que é desregulamentado. Há uma desvalorização do diploma, por contraste com a valorização da competência, e se assiste a um fenômeno similar à morte do diploma. O diploma era e ainda é indicador da competência, mas a proliferação de escolas de engenharia sem controle eficaz de qualidade reduz sua importância. A competência tem de ser provada caso a caso, e reiteradamente. Mesmo as grandes escolas só manterão prestígio na medida em que, de fato, oferecerem oportunidades para criação e aumento de competência dos alunos. O futuro é auspicioso.

19 Controle e Automação

PLÍNIO B. DE LAURO CASTRUCCI

Introdução Histórica e Conceitual

Meados do século XIX. A Revolução Industrial tem na indústria têxtil européia um de seus mais ativos setores. A força motriz dos teares é a *máquina a vapor*, mas um fator crítico para qualidade e produtividade é a constância da velocidade de rotação, que depende da pressão do vapor na caldeira, por sua vez perturbada pelo ritmo do foguista, pela qualidade do carvão e do clima, por outros usos inesperados do vapor etc. A solução é sempre o regulador automático de velocidade, inventado por J. Watt em 1780, considerado o mais importante exemplo histórico desse tipo de sistema, pelo pioneirismo e pelas conseqüências macroeconômicas. Só na Inglaterra, em 1880, contavam-se perto de 75 mil reguladores de Watt!

À medida que se melhoravam os materiais e o acabamento dos componentes, no entanto, mais freqüente se tornava um sério problema: os sistemas tendiam a oscilar, isto é, sua velocidade tendia a variar ciclicamente em torno do valor desejado. Engenheiros e físicos notáveis estudaram a questão; Maxwell (1831-1879) e Vyschnegradsky esclareceram o aspecto teórico por meio de equações diferenciais. Mas, na prática, aperfeiçoavam-se os reguladores por intuição, chegando até às funções hoje chamadas de controle integral e controle derivativo. E todas as indústrias dependiam de alguns técnicos "milagrosos", intuitivos, que viajavam continuamente pela Europa "curando oscilações"...

Em 1915, a Bell System provou a viabilidade técnica da *telefonia transcontinental* por meio de um "link" entre Nova York e São Francisco; empregava meia tonelada de fio de cobre por milha de linha aérea, e seis ampliadores-repetidores eletrônicos para tornar aceitáveis a atenuação e a distorção total. Reduzir o custo em cobre exigia ampliadores de muito maior ganho e de complicadas respostas em freqüência. H. Black, dos Bell Laboratories, propôs empregar realimentação; teve imensas dificuldades em dominar as oscilações porque o sistema possuía perto de cinqüenta componentes armazenadores de energia, complicadores do problema; obteve sucesso em 1932!

No mesmo ano, Nycquist publicou seu famoso *Critério de Estabilidade*, resultado da aplicação magistral da Transformada de Laplace e do Teorema do Argumento de Cauchy; gerou a teoria certa para fundamentar um ramo da engenharia, principalmente porque permitia *prever* oscilações com segurança, a partir de medidas nos componentes, e porque permitia *projetar* subsistemas *controladores/estabilizadores*.

Assim, pode-se dizer que a *engenharia* de controle automático nasceu no século XX e que seus conceitos básicos têm sido bem divulgados desde 1940. Resumindo-os:

a) *Controle (automático)* de sistemas dinâmicos implica o uso deliberado de medidas das saídas dos sistemas, a fim de, após convenientes amplificações e filtragens, gerar sinais de entrada; estabelece-se assim uma *realimentação* ou *retroalimentação* de sinais em torno dos sistemas originais, um *feedback*; esse é um conceito de incalculável poder tecnológico no aperfeiçoamento de inúmeros processos, em busca de rapidez e/ou precisão e/ou economia.
b) Dá-se o nome de realimentação *negativa* àquela em que, pelo menos numa faixa de freqüências, o erro da saída do processo em relação ao seu valor ideal passa por uma *inversão intencional de sinal algébrico* antes de ser aplicado à entrada; essa forma é a realimentação que serve ao controle dinâmico. Quando o valor ideal é fixo, o controle é dito *regulador*; quando é um sinal qualquer fornecido ao sistema, tem-se um servomecanismo ou *servocontrole*.
c) A realimentação *positiva* também é muito útil, mas para outros fins: quando ocorre na freqüência zero, produz saltos muito rápidos na amplitude da saída; em outras freqüências, gera oscilações permanentes.
d) Outro princípio fundamental em controle é a *alimentação avante*, o *feedforward*; consiste em injetar na entrada do processo um sinal proporcional a alguma perturbação externa relevante (uma carga, por exemplo), e com polaridade tal que ajude a reduzir os efeitos da perturbação; o termo "avante" enfatiza que a ação é, de certa maneira, antecipativa.

Observe-se a figura abaixo: R é o valor ideal para a variável de saída C; E é o chamado erro atuante do sistema de controle; P é uma perturbação relevante.

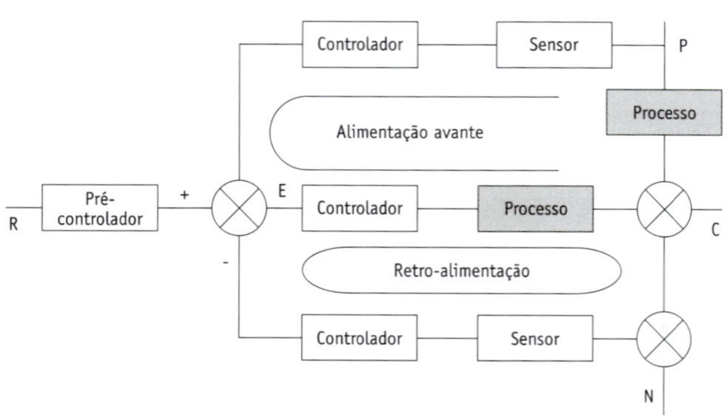

Na década de 1950, já se definiam com clareza dois campos de aplicação: *controle de posição* e *controle de processo*. O primeiro concentrava-se em maximizar velocidade e precisão do movimento de objetos; durante a Segunda Guerra Mundial, motivados pela necessidade de defesa antiaérea, os melhores pesquisadores dedicaram-se intensamente ao seu desenvolvimento. O segundo preocupava-se com a regulação dos processos de produção química e térmica, sendo seus maiores desafios o grande número de variáveis interligadas, os fenômenos não-lineares dos processos e uma confiabilidade compatível com o vulto dos perigos públicos em caso de acidente.

O matemático N. Wiener estudou o controle de processos lineares sujeito a perturbações e sinais gaussianos, em regime estacionário; já antes de 1940 estabelecera um método pioneiro, inteiramente analítico, para calcular a resposta em freqüência do controlador, causal, e, portanto, fisicamente realizável, capaz de minimizar um funcional que traduzia *erros de saída e esforços de controle, médios quadráticos*, conjuntamente. Mas foi por volta de 1960 que os *computadores,* rápidos e "em tempo real", levaram a uma explosão das possibilidades técnicas; surgiu o controle ótimo *durante transitórios* e a otimização *econômica* dos processos industriais. Desenvolveram-se depois os principais instrumentos de projeto e de realização de *leis de controle ótimo em sistemas de múltiplas entradas e saídas*; seus grandes beneficiários foram a aeronáutica e a astronáutica.

Obviamente, cálculos mais sofisticados exigem melhores modelos matemáticos dos processos controlados, assunto que recebeu muita atenção sob o nome de *identificação de sistemas.*

Um outro e não menos importante método de automatização é o do *controle lógico* e aplica-se aos *sistemas de sinais discretos, movidos a eventos* (sinais discretos são 0/1, *on/off* etc.; eventos são intervenções instantâneas sobre os sistemas, de parte da natureza ou do homem): o método do *controle lógico.* Começou no início do século XX quando contatores, disjuntores, relês de proteção, chaves etc., tinham de ser interconectados de maneira a ligar e desligar partes dos sistemas de eletrificação, na complexa missão de proteger equipamentos e usuários, ininterruptamente.

O controle lógico dos sistemas discretos a eventos não se beneficiou dos avanços teóricos do controle dinâmico, devido a certas diferenças fundamentais: os sinais são, em geral, binários e as operações sobre eles são não-lineares; enquanto em controle dinâmico o perigo maior é a instabilidade, geralmente associada ao crescimento ilimitado dos sinais, em controle lógico o perigo é o conflito, o *deadlock*, a parada total da evolução dos sinais.

Ao projetar *redes lógicas combinatórias* (ou seja, sem memórias nem temporizações), o auxílio analítico disponível foi, desde o início, a Álgebra Booleana (do matemático G. Boole, 1815-1864). Passou a ser amplamente utilizada a partir de 1950 para descrever, analisar e simplificar redes, mas sempre em conjunto com algumas técnicas de "organização do raciocínio" e "registro padronizado e compacto" (Tabelas da Verdade e Diagramas de Relês).

Quanto às *redes lógicas seqüenciais* (com memórias, temporizações e entradas em instantes aleatórios), os marcos teóricos são muito recentes e estão imersos na literatura das ciências da computação. Ainda estamos muito longe do nível de resultados existentes em controle dinâmico: o chamado controle supervisório só veio a ser conceituado com rigor matemático, por W. M. Wonham, em 1989! Embora menos rigorosas, as Redes de Petri (1962), têm sido muito úteis, devido à sua grande capacidade de modelamento, de simulação em computadores e por permitir alguma análise algébrica, determinística e estatística.

E o que é *automação*? Etimologicamente, *automation* foi inventada pelo *marketing* da indústria de equipamentos, na década de 1960, e, aliás, foi muito mal recebida pela comunidade acadêmica de língua inglesa. O neologismo, sem dúvida sonoro, buscava apenas enfatizar a participação do computador no controle automático.

Hoje entende-se por automação qualquer sistema *apoiado em computadores* que vise a substituir tarefas de trabalho humano e/ou que vise a soluções rápidas e econômicas para as indústrias e os serviços modernos.

Os pequenos computadores especializados, os *programmable logic controllers*, permitem tanto o controle lógico quanto o dinâmico, com a enorme vantagem de permitirem ajustes mediante simples reprogramações, na própria instalação.

Os "computadores de processo" são mais poderosos e permitem: a) coletar informações importantes sobre o processo a ser controlado para criar o seu modelo matemático; b) sintetizar leis de controle ótimo, *off-line*; c) simular desempenhos; d) implantar sofisticadas leis de controle de operação em tempo real, regras de segurança e regras heurísticas tradicionais; e) facilitar interfaces com os supervisores e administradores.

O motivo desta breve introdução conceitual e histórica aos temas de controle e automação é tão-somente fixar algumas idéias gerais que permitam selecionar e julgar adequadamente as contribuições da engenharia nacional nessas áreas. Convém resumir: esta tecnologia é muito recente e tem enormes reflexos econômicos; aplica-se a muitos campos de realização física (mecânica, elétrica, química e bioquímica, hidráulica, pneumática etc.), por isso sua teoria tem de ser abstrata e foi umbilicalmente ligada à matemática; embora o "controlador do sistema" seja fisicamente "pequeno", ou se realize por apenas algumas linhas de programa de computador, a sua engenharia abarca todos os outros subsistemas que tenham dinâmica; a insignificância física do "controlador" esconde os seus dramáticos efeitos no desempenho dinâmico total.

Um relato histórico exige sempre a simplificação dos fatos; sua dificuldade é selecionar um critério de escolha. Quanto à historia da engenharia de automação no Brasil, a realidade é complexa demais: além de surgir em toda parte neste imenso país, há uma enorme variedade de campos de aplicação, e há inúmeras formas relevantes de engajamento dos engenheiros – a característica onipresente parece ser a do trabalho *em equipe com outros especialistas*.

Por todas essas razões e pelas limitações de espaço, serão, a seguir, relatados apenas *casos isolados, significativos*, do conhecimento do autor, o qual espera compensar com detalhes interessantes a omissão de outras tantas realizações feitas no Brasil.

Atividades Pioneiras de Controle no País (1960-1970)

Como vimos, só existe *engenharia* de controle quando se trabalha com o Critério de Nycquist, ou com alguma das teorias equivalentes, posteriores. A primeira vez em que presenciei tal atividade no Brasil foi quando da instalação do tanque de provas de modelos de embarcações, no Instituto de Pesquisas Tecnológicas de São Paulo, em 1959; o controlador eletrônico da velocidade da ponte rolante que movia o modelo, feito na Alemanha com válvulas e thyratrons, chegara semi-destruído, e não estabilizava o sistema em várias situações operacionais. O reprojeto do controlador foi então feito com os Gráficos de Nycquist. Na foto abaixo, o controlador está no armário sobre a ponte rolante.

Na época, os controladores de posição/velocidade/energia elétrica eram pouco padronizados; em cada equipamento se incluía um ampliador eletrônico especial, com função de comparar sinais, ampliar erros para aumentar a precisão do controle, e produzir as respostas em freqüência demandadas pela estabilidade. Assim, o controle da realimentação era um detalhe de projeto na engenharia eletrônica interna às indústrias de equipamentos.

Um campo de certa importância nacional era o dos estabilizadores de tensão de rede CA, tradicionalmente atendido pela Sociedade Técnica Paulista (STP) com reguladores de escova deslizante; os movimentos do motor eram lentos e determinados por relês eletromecânicos. Mas chegaram os grandes computadores e os Centros de Processamento de Dados, os quais exigiam maior rapidez de resposta às perturbações da rede elétrica (além de um neutro de trifásico, ausente em muitos locais). Uma solução bem sucedida foi a da Amplimag, por volta de 1965, incorporando transistores e ampliadores magnéticos, novidades ditas "de estado sólido". Os necessários filtros de harmônicas, o atraso de meio ciclo de rede na resposta dos ampliadores magnéticos, a existência de três malhas de realimentação (uma por fase) dinamicamente interagentes, todos eram fatores complicadores da estabilidade. No intuito de tornar a realimentação mais rápida, introduziram-se sensores de concepção original, que incluíam um *sample and hold* das sucessivas integrais dos semiciclos da tensão alternada. Tais estabilizadores, com tiristores em vez de ampliadores magnéticos, em potências nominais de até 300 kVA, são ainda hoje fabricados por várias indústrias.

No campo do controle de processos, salientavam-se então as instalações utilizando controladores eletrônicos analógicos, já padronizados, de ação Proporcional + Integral + Derivativa (PID); eram importados por empresas como Foxboro, Brown-Boveri, e outras, ou eram aqui fabricados, pioneiramente pela Engematic. Ao mesmo tempo, ocorriam realizações notáveis em controle de velocidade para processos, como na Klabin, Paraná (celulose e papel).

Automação nos Anos de 1970

A implantação da linha metroviária Norte-Sul de São Paulo teve o mérito de envolver muito cedo a engenharia nacional, tanto a acadêmica quanto a praticante, na *automação de sistemas de grande porte*. Coerente com a então vigorosa política nacional para o desenvolvimento, a Presidência da Companhia do Metropolitano imprimiu a suas negociações duas diretrizes de grande alcance: a) trazer a mais atual tecnologia disponível em nível internacional; b) impor em edital a obrigação dos fornecedores atenderem a quaisquer solicitações de esclarecimento técnico, de parte da Companhia e de seus assessores.

A questão superior era o compromisso de atender com qualidade à inusitada demanda projetada de transporte, que exigia composições de 2 mil passageiros, correndo a velocidades máximas de 100 km/h, a intervalos mínimos de 90 segundos; eram metas impossíveis com controle manual ou tradicional![1] Em conseqüência, as especificações do sistema tiveram de romper com a tradição daqui e do exterior em matéria de transporte sobre trilhos.

À concorrência internacional (1972) apresentaram-se dois consórcios norte-americanos, um francês e um inglês,

1. Em 1985, o Metrô de São Paulo era o de maior demanda do mundo por km de linha. *Revista Engenharia* nº 469, 1988, p. 34.

Metrô de São Paulo, centro de supervisão em tempo real.

sendo vencedor o da Westinghouse Electric Corp., Welco; a homologação foi contestada, judicialmente, sob a alegação de que a *tecnologia* ainda não estava suficientemente testada; a questão levou a novidades jurisprudenciais, mais tarde relatadas em livro[2]. De fato, o Bay Area Rapid Transport, Bart, de São Francisco, EUA, idêntico ao de São Paulo, era então o único outro sistema totalmente automatizado, com sinalização eletrônica, com supervisão e controle centralizado em computadores (um em *hot stand-by* do outro), mas também estava em construção.

A USP e a Unicamp foram então contratadas para, junto com o Battelle Memorial Institute (EUA), penetrar nos detalhes de *hardware* ou *software* que julgassem importantes ou que a Companhia solicitasse. Esta, por sua vez, constituiu equipes de engenheiros jovens e capazes, dos quais muitos jamais deixaram a especialidade metroviária.

O sistema tinha uma estrutura complexa, hierarquizada, inusitada para a época. A estrutura geral permanece até hoje: o registro histórico da demanda de transporte nas estações, hora a hora, é a base para a *programação* da partida dos trens e do perfil de suas velocidades no trajeto; ocorre nos computadores centrais do Centro de Supervisão e Controle Centralizado (SSCC), que ficam no Centro de Controle Operacional. Cada linha é dividida em trechos de 50 a 60 m, chamados blocos de via, providos de um sensor eletromagnético de presença de trem, e com uma velocidade recomendada pelo programa central. Os sinais de ocupação dos blocos são *sinais vitais* para a segurança contra choques e, por isso, os componentes devem ser comprovadamente *fail-safe* (mesmo em caso de falha, devem garantir a segurança de vida das pessoas).

Três subsistemas de controle automático intervêm no nível da movimentação dos trens: o ATP (proteção dos trens), o ATC (controle) e o ATO (operação). O ATC envolve controladores de bordo dos trens e controladores das estações: cada trem confirma o bloco de via em que está e informa sua velocidade real, em mensagem a um microcomputador da estação próxima; este retransmite os dados para o trem que trafega imediatamente atrás; o computador deste, então, calcula a distância em relação ao trem adiante, e *regula sua velocidade* para manter distância de segurança entre trens. Assim, o programa geral de velocidades definido pelo Centro de Supervisão e Controle Centralizado, pode ser sobrepujado por essa malha de controle local. A figura abaixo mostra a interconexão do ATP com os ATCs nos trens, e as distâncias de segurança.

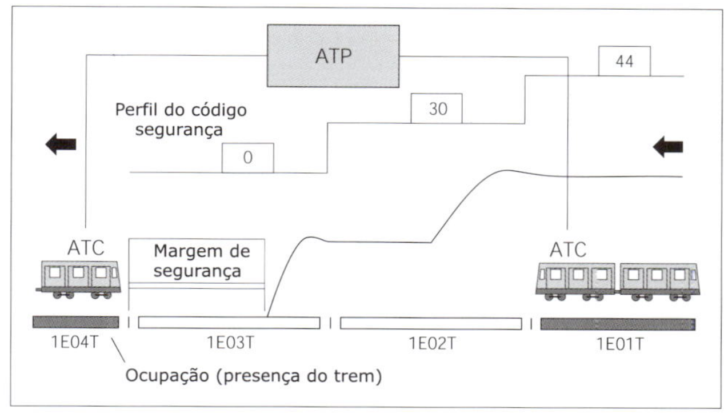

ATP (proteção dos trens) e ATCs (controle nos trens).

Já o ATO não se prende à segurança dos trens propriamente ditos, mas às dos passageiros; responde pelas paradas precisas nas plataformas, pela abertura e fechamento das portas, e, em conjunto com o ATP, é a interface entre cada trem e o SSCC que fica no Centro de Controle Operacional CCO.

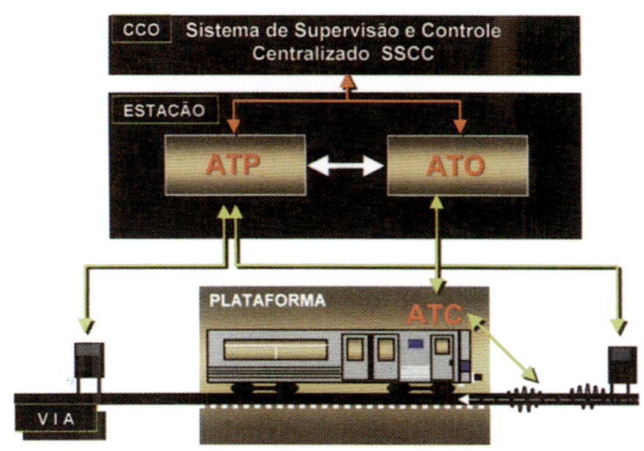

ATO (operação de trens e plataformas).

2. Eli Lopes Meirelles, *O Sistema de Sinalização e Controle dos Trens do Metrô de São Paulo – Jurisprudência*, São Paulo, Forense, 1973.

Outros subsistemas do metrô, como os de energia elétrica e o de ventilação das estações, têm automações igualmente dignas de nota, e estão descritas na literatura[3].

Durante a instalação do Bart em São Francisco, ocorreu um acidente sem vítimas, fato que despertou uma atenção redobrada e importantes debates sobre aspectos técnicos da automação. Por exemplo, pode um circuito *eletrônico* ser *fail-safe*? Na tradição ferroviária, tais componentes eram eletromecânicos e apoiavam sua infalibilidade na onipresença da força da gravidade; o que a substitui no relê vital eletrônico? Qual seria a função do "maquinista" numa composição inteiramente comandada da central? Se lhe fosse reservada apenas uma intervenção eventual, estaria ele atento e capaz de agir? Em parte como resposta a essa questão, mais tarde ele recebeu uma missão adicional, de segurança: observar o público e o fechamento das portas nas estações, e dar a aprovação final para a partida. A questão da confiança do público na segurança dos trens tornou-se primordial, até porque uma manchete de jornal já os chamara de "trens-fantasma"...

Foi nessa época que se classificaram as falhas possíveis e se definiram degradações correspondentes na operação: em caso de falha menor, que não comprometesse sinais de ocupação de via por trens e nem de parada nas estações, o operador poderia conduzir trens em velocidades normais; no caso de falha mais grave, os trens seriam evacuados e depois conduzidos manualmente a 20 km/h.

Todas essas preocupações, longe de serem detalhes acidentais ou específicos do metrô, ou de serem consideradas graves somente pela novidade dele, são *problemas essenciais* da engenharia de controle e automação; repetem-se em âmbito mundial em aeronáutica, em plantas industriais de grande porte etc., e são os temas eternos da divisão de funções entre homem e máquina, e da confiabilidade *versus* complexidade.

14 de setembro de 1974 foi o primeiro dia de serviço ao público na linha Norte-Sul; 7 km de percurso, das 9 às 13 horas. Desde então o sistema tem sido ampliado, sempre com base na mesma automação, e em 2000 transportou 2,5 milhões de passageiros por dia; seus trens já percorreram 188 milhões de km.

Na indústria em geral, em controle de velocidade e posição, também houve algumas notáveis realizações. Seleciono uma: por volta de 1972, um engenheiro, formado pelo Instituto Tecnológico de Aeronáutica e especializado na Westinghouse (EUA), projetou e instalou um novo regulador de velocidade, reversível, a tiristores, para modernização do acionamento do motor (7 mil HP!) do laminador desbastador da Companhia Siderúrgica Nacional (CSN).

No meio acadêmico, cabe salientar que várias escolas já se engajavam no ensino e na pesquisa do controle automático, tanto que em 1975 fundaram, em São Paulo, a Sociedade Brasileira de Automática, SBA, filiada à International Federation of Automatic Control (IFAC); seu sucesso inicial vem sendo mantido com a presença de todos os grupos do país em congressos bianuais, de padrão internacional.

As realizações em controle de processo estavam, nessa época, muito pulverizadas, mas é historicamente interessante a sua conexão com a política industrial no país. No início dos anos de 1970 instalaram-se vários pólos industriais financiados do exterior, sob condição de os equipamentos serem fabricados *no país de origem do capital*. O resultado foi um parque industrial com instrumentação extremamente diversificada. Com as dificuldades de importação que se seguiram, os técnicos nacionais de manutenção e operação tiveram de exercitar muita criatividade e de criar competência e laboratórios para consertos.

Em 1975, na Cosipa, da reunião de um grupo de engenheiros de instrumentação formou-se a Comissão de Intrumentação do Instituto Brasileiro de Petróleo, que passou a realizar Seminários de Instrumentação e a agir em âmbito nacional para tratar de normalizacão; influenciou bastante a política governamental para o setor, que incluiu uma reserva de mercado para fabricantes nacionais: empresas estatais e de capital misto só poderiam adquirir instrumentação e controle de empresas que possuíssem o Certificado de Registro de Fabricação (CRF). Tal certificação implicava maioria de capital nacional, plano de nacionalização gradativa, de qualidade etc.

Nessas condições, a Engematic, fundada por técnicos provenientes de diversos setores da indústria, foi um dos embriões da nascente indústria nacional. Várias multinacionais tiveram um papel importante na formação dos técnicos brasileiros: Foxboro, Fisher, Taylor, Hartmann-Braun e Yokogawa. Elas também se mobilizaram para satisfazer aos requisitos do Ministério da Indústria e do

3. *Revista Engenharia*, números inteiramente dedicados ao Metrô de São Paulo: nº 469, 1988; nº 488, 1992; nº 494, 1993; nº 529, 1988; nº 536, 1999.

Metrô de São Paulo, linha Leste-Oeste, controlador de grupo motor-gerador.

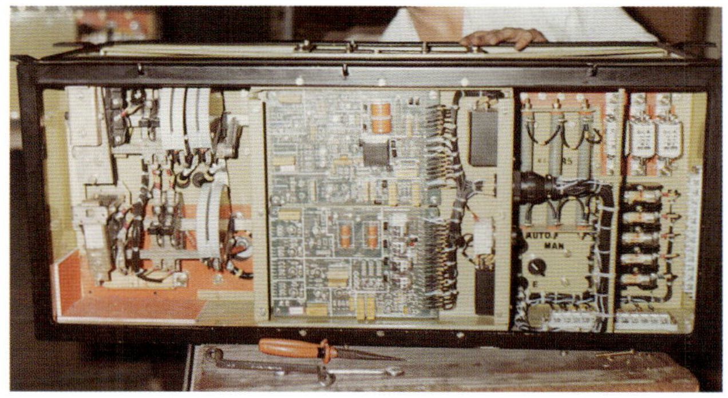

Comércio, daí resultando: Engematic, com tecnologia da Hitachi; Ecil, com Leeds & Northrup, depois com Yokogawa; IEF, com Bristol; Transmitel, com sensores da Rosemount. Empresas 100% nacionais tiveram acesso facilitado ao CRF e passaram a ter parte do mercado: Hiter com válvulas de controle de processos, Actron na área analítica, Engistrel em alarmes.

Ao final da década, o governo militar criou a Secretaria Especial de Informática (SEI), e esta definiu – Controle Digital de Processos como item estratégico, mantendo a restrição das importações e um estímulo para os Sistemas Digitais de Controle Distribuido (SDCDs), e para os Controladores Lógicos Programáveis (PLCs).

Década de 1980: Maturidade da Indústria de Equipamentos

A linha Leste-Oeste do Metropolitano de São Paulo solicitou da engenharia nacional muito mais do que a Norte-Sul, porque encarregou a indústria brasileira de *projetar e produzir*: a) os carros, inclusive os sistemas de controle de tração e de energia auxiliar (Mafersa, Cobrasma, CMW, Bardella-Borriello, Sigla, Amplimag e outras) ; b) os sistemas de alimentação 88 kV e conversão para 750 VCC (40 MVA); c) o *software* do Centro de Controle Operações (Esca), e d) o computador central (Cobra/Sisco). Impossível apresentar todos os sistemas de controle e de automação aí incluídos; limito-me a relatar alguns exemplos e um desafio de qualidade.

O grupo motor-gerador BBE-Amplimag de cada carro era constituído de um motor de corrente contínua, alimentado por 750 VCC, com velocidade regulada através do campo de excitação, e de um alternador trifásico de 20 kVA nominais, 220 V, 60 Hz, de tensão estabilizada por meio de seu enrolamento de campo. As duas malhas de realimentação, fortemente interligadas pela dinâmica do sistema, tinham de compensar o efeito das variações da tensão da rede CC, de +10 a -15%, sobre a velocidade do grupo, e o efeito das variações da carga do alternador, de 0 a 100%, sobre a sua tensão; o problema maior era o transitório decorrente da partida dos compressores de ar condicionado (30 kVA reativos); estes reativos demandavam imediata resposta na corrente de excitação do alternador, somente possível por meio de um importante *feed-forward*. A eletrônica era analógica. O volume do sistema de controle lógico (chaves de partida e proteção, e fusíveis) superava o do sistema de controle regulatório; as restrições de espaço e, conseqüentemente, de resfriamento eram severas.

A linha Leste-Oeste foi implantada durante forte crise econômica e, por isso, estendeu-se de 1979 a 1988. Antes mesmo de completada, a demanda atendida atingiu 65 mil passageiros por hora por sentido, ultrapassando em 20% a capacidade planejada originalmente! A Companhia resolveu então, em colaboração com a CMW, aperfeiçoar o Sistema de Sinalização para reduzir o intervalo entre trens para 66 segundos; foi um projeto metroviário pioneiro. O ATC de bordo passou a ter malha de realimentação adicional, visando aumentar a precisão com que o *tempo de percurso* entre estações reproduzia o estipulado pelo Centro de Controle da Operação.

Equipamentos eletrônicos para uso móvel devem atender a fortes pré-requisitos mecânicos, essenciais para garantir-lhes vida útil razoável: normas técnicas exigem que, numa certa faixa de freqüências, não haja *ressonâncias* mecânicas internas. É preciso pesquisar exaustivamente, com o equipamento completo, sobre mesa vibratória especial; ressonâncias proibidas devem ser "transferidas" para freqüências superiores por meio de reforços estruturais; massas devem ser "isoladas" por meio de amortecedores. Nos equipamentos do metrô foram também feitos ensaios de vida, aplicando-lhes por dias seguidos uma reprodução das vibrações normais, previamente medidas em uma linha real.

O Instituto de Pesquisas Tecnológicas de São Paulo foi providencial nesse controle de qualidade, por ter a tempo

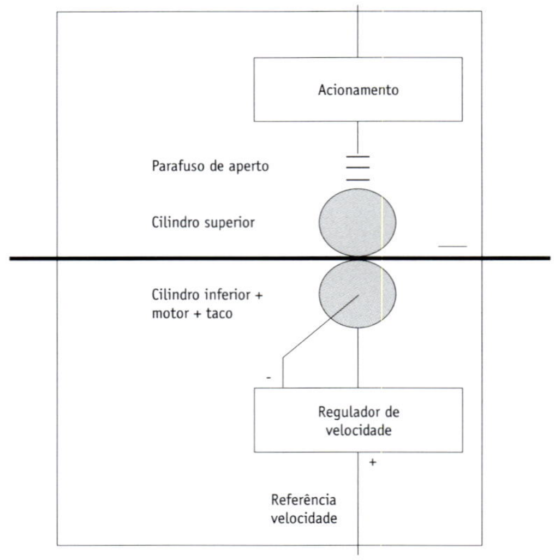

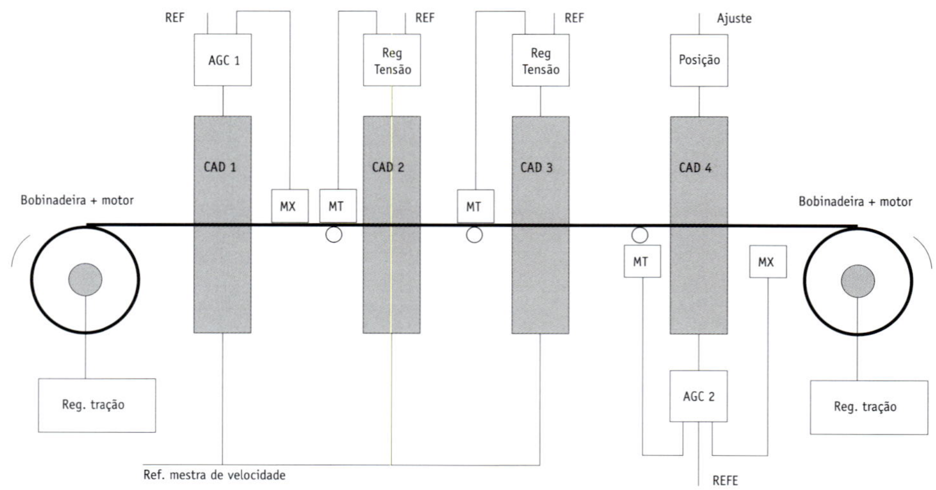

AGC = Controle automático de espessura
MX = Medidor espessura por raio-X
MT = Medidor tensão mecanica da tira
CAD = Cadeira
REFE = Referência espessura desejada
REF = Referências extraídas de banco de dados

À ESQUERDA

IPT, mesa vibratória e instrumentação.

AO LADO

Esquema de uma cadeira de laminador.

ABAIXO

Cosipa, esquema de laminador de tiras a frio.

sua mesa vibratória, eletro-hidráulica; ela era capaz de aplicar, aos equipamentos completos, movimentos senoidais de 100 Hz exigindo forças instantâneas máximas de 2.500 kgf! Todo esse processo de controle da qualidade foi importante para o progresso geral da indústria na ocasião; hoje, as empresas e os engenheiros envolvidos podem orgulhar-se do fato de que a Companhia do Metrô tenha, em vinte anos de intensa operação, *comprovado* um MTBF (*mean time between failures*) plenamente satisfatório.

Nessa mesma década de 1980, foram muito importantes as atividades de projeto e construção eletrônica da Tectronic (depois Powertronics, da Avibras). Forneceu à Cosipa a modernização de um *laminador de encruamento*, a tiristores, com quatro reguladores: o da velocidade da cadeira reversível; os de tração da tira de aço na bobinadeira e na desbobinadeira e o servomecanismo do parafuso de aperto da cadeira. Todos interagem intensamente via material em processo.

Laminadores de aço a frio, de múltiplas cadeiras, são máquinas tão notáveis no mundo que os especialistas nomeiam cada uma como se fosse um fato histórico[4]; pois o da Cosipa, de quatro cadeiras, recebeu da Tectronic um novo Controle Automático de Calibre (*Automatic Gauge Control*). Trata-se de um dos mais complexos problemas práticos de controle multivariável, como bem ilustram os desenhos esquemáticos das figuras ao lado; são quatro reguladores de velocidade, mais dois de tração/tensão da lâmina de aço via posicionamento dos parafusos das cadeiras, mais os reguladores de espessura de entrada e de saída, baseados em medidas por raio-x, e mais dois reguladores de tensão da lâmina nas bobinadeiras. A arquitetura geral do controle apoiou-se em patente internacional de autor brasileiro[5].

A Coordenadoria de Projetos Especiais (Copesp), atual Centro de Tecnologia da Marinha (CTMSP), instalou-se no *campus* da USP em São Paulo no final da década de 1970, por iniciativa da Marinha do Brasil, com o objetivo de desenvolver propulsão para submarinos nucleares, meio de defesa considerado insuperável para a proteção da imensa fronteira

4. Tselikov e Zyukin, *Modern Development of Rolling Mills*, Mir Publishers, Moscou, 1975, p. 340.
5. Eng. José Vicente de Sousa e Silva.

marítima do país. Sob a tensão mundial decorrente da Guerra Fria, restrições internacionais vedavam toda e qualquer transferência de tecnologia que desse acesso ao ciclo de produção do combustível nuclear ou à propulsão nuclear. E esse foi o objetivo definido para a Copesp; era realmente ambicioso, mas fazia parte de uma filosofia de desenvolvimento, em que o mecanismo de causação circular que envolve tecnologia, indústria e mercado deve, de quando em vez, ser excitado por projetos de excepcional dificuldade, por projetos-desafio.

O *ciclo do combustível*, que partia do minério de urânio existente no país, tinha como etapa crítica o enriquecimento isotópico, ou seja, o aumento da concentração do isótopo U235 a partir do gás de hexafluoreto de urânio, UF6; cotejando prós e contras das tecnologias em uso e em desenvolvimento no cenário internacional, as autoridades decidiram-se pelo método de enriquecimento por ultracentrifugação, principalmente pela provável eficiência energética. O Brasil havia tentado adquirir essa tecnologia no Acordo Brasil-Alemanha de 1974, mas não teve sucesso. Então, em 1978, sob o governo Figueiredo, instalou-se o chamado Programa Paralelo, isolado das correntes administrativas normais e da tecnologia internacional, principalmente para não colocar em risco o Acordo em que as áreas energéticas e diplomáticas da época depositavam esperanças.

O Programa da Marinha chegou a ter mais de 600 cientistas e engenheiros, em dois subprogramas: o da instalação de *propulsão nuclear* e o da *ultracentrifugação*; neste havia grupos de termodinâmica, materiais, mecânica, eletrônica, controle de cascata (*automação* para supervisão e segurança das centrífugas – *centenas* –, em cascata) e química UF6.

O UF6, único composto de urânio gasoso em pressões e temperaturas ambientais, é altamente reativo e corrosivo; reage violentamente com água ou até mesmo com vidro!

O rotor de uma centrífuga é um cilindro vertical, de aproximadamente 2 m de altura por 20 cm de diâmetro; o rendimento do processo gás-dinâmico cresce com a potência quarta da velocidade de rotação, mas mesmo assim é fundamental atingir rotações da ordem de 1.000 Hz (60 mil rpm); duas são as principais barreiras técnicas: as elevadas forças centrífugas resultantes, que exigem ligas especiais de aço, combinadas ou não com fibra de carbono; as ressonâncias mecânicas próprias do cilindro, dependentes de materiais e dimensões, ressonâncias que, em última análise, têm de ser dominadas pelo controle ativo das correntes elétricas nos mancais de levitação magnética.

Em setembro de 1982 conseguiu-se a primeira amostra de urânio enriquecido, num protótipo de cascata de nove centrífugas. O cilindro rotativo do protótipo de 1982 foi obtido por meio de um caríssimo processo de usinagem de tarugos maciços de aço *maraging* (IPT), com mais de 98% de perda de material; ele já operava entre 300 e 500 Hz, apoiado em mancais de suspensão magnética; os ampliadores eletrônicos eram resfriados a água. Para operar seu pesado rotor, de quase 30 kg, a meros 500 Hz, utilizavam-se picos de até 2 kW nos controladores. A melhoria dos rendimentos tinha de ficar para mais tarde...

As únicas ultracentrífugas até então existentes aqui haviam sido trazidas da Alemanha no final da década de 1950 pelo almirante Álvaro Alberto – nessa época presidente do Conselho Nacional de Pesquisas –, instaladas e operadas pelo professor Ivo Jordan. Eram tamanhas as objeções internacionais a essa importação que, dizem, o IPT "emparedou-as", encerrando-as em uma sala sem portas; dali só viriam a sair quase vinte anos depois. Usavam mancal hidrodinâmico a óleo para operar um rotor de alumínio, a 500 Hz, não servindo, portanto, como modelo tecnológico para o Programa.

Em setembro de 1984 funcionou, no pequeno Laboratório de Cascatas da Copesp, uma mini-cascata de nove centrífugas. Em 8.2.1988, em Iperó, a 25 km de Sorocaba, no centro experimental Aramar, funcionou a primeira cascata industrial, inaugurada em abril de 1988 pelos presidentes Sarney e Alfonsin. Ela dispunha de cerca de 50 ultracentrífugas, ainda totalmente metálicas, operando a 600 Hz.

No modelo seguinte, a freqüência de operação atingiu os 800 Hz, graças principalmente à redução de peso nas extremidades do rotor, que aumentou a freqüência crítica. Uma grande cascata de cerca de quinhentas máquinas desse tipo foi construída durante a gestão do presidente Fernando Collor.

A almejada *centrífuga supercrítica*, entretanto, era o grande desafio. Provou-se que, dado um rotor *muito* bem balanceado dinamicamente, a potência necessária para passar pela crítica podia ser proporcionada pelos mancais magnéticos. Por outro lado, reduzir a freqüência do primeiro modo de flexão pelo emprego de um *fole* na região central do rotor mostrou-se de grande valia (havia notícias de máquinas estrangeiras com múltiplos foles, que passavam por diversas críticas). A introdução de sensores menos ruidosos, menos sensíveis a *crosstalk* e aos fluxos dispersos dos mancais e do motor, e a seleção de locais recomendados pela teoria de controle levaram finalmente à primeira super-crítica, capaz de operar a 1.000 Hz. O primeiro protótipo de ultracentrífuga supercrítica com cilindros de fibra de carbono operou em junho de 1994. Uma mini-cascata com duzentas dessas máquinas foi inaugurada no final de 1998.

Nessas rotações verificou-se que o arrasto aerodinâmico produzia aquecimento indesejável e prejuízo para as características de diversos componentes da centrífuga (principalmente resinas); torna-se obrigatório girar em ambiente de vácuo.

Toda a tecnologia da Copesp deverá ser transferida à Indústria Nuclear do Brasil (INB), em Rezende (RJ), para produção de combustível para centrais núcleo-elétricas.

A figura ao lado mostra (esquematicamente) os vários mancais e sensores do cilindro de uma centrífuga, num corte vertical: a) atuação radial; b) sensoreamento de posição radial; d) atuação axial; e) sensor axial; g) mancais mecânicos de "esbarro" ou partida; h) motor.

Nas ultracentrífugas, o *sistema de controle dinâmico* tem como principal meta manter a estabilidade quando o rotor se *acelera através das suas freqüências de ressonância*. Por mais que se balanceie dinamicamente o rotor, os desequilíbrios de massa restantes giram sicronicamente com o rotor e as forças centrífugas resultantes excitam vibrações violentas ao passar pelas rotações críticas. Para se ter uma idéia do desafio, a velocidade relativa entre o estator e o rotor atinge a ordem dos 1.000 km/h (acima da de um avião a jato), e a distância entre eles é de poucos décimos de milímetro!

Como foi dito na introdução, quanto mais exigente é a especificação de um controle à realimentação, mais dependente é seu projeto da disponibilidade de bons modelos matemáticos para a máquina controlada. No caso, o grupo de dinâmica da Copesp, orientada por um consultor da Unicamp, criou um excelente método de trabalho: partindo de um modelo de equações diferenciais que incorporava o caráter contínuo, flexível, do cilindro e os efeitos de alta rotação, montou um equivalente aproximado, linear a parâmetros concentrados, com elevado número de graus de liberdade; reduziu esse número por análise modal; e, finalmente, validou o modelo por meio de ensaios de vibração. Estabelecido o método, naturalmente ele tinha de ser repetido a cada alteração de desenho ou de material. Não menos importante para os trabalhos de modelamento foi o grupo de eletrônica de potência e a existência de instrumentação digital de última geração.

Foi adotado para a dinâmica horizontal um modelo linear multivariável, com doze variáveis de estado (posição e velocidade em duas direções horizontais e ortogonais, X e Y, em três níveis de altura: nos mancais superior e inferior e a meia altura do rotor), quatro entradas (correntes elétricas nos dois mancais superiores e nos dois inferiores), e quatro variáveis de saída (distâncias de entreferro nas direções X e Y, nos dois mancais). A dinâmica vertical demonstrou-se mais simples e muito independente da horizontal.

O controlador multivariável dessa dinâmica foi desenvolvido sob orientação de consultores da EP-USP. Foi possível tratar separadamente o problema em cada um dos dois planos verticais XZ e YZ, porque, felizmente, era inexpressivo o efeito giroscópico (pelo qual forças de mancal em X produzem acelerações em Y, e vice-versa). O projeto de controle em cada plano era ainda de tipo multivariável; empregou-se a teoria do controle ótimo linear com critério quadrático, com observador parcial do vetor de estado; para combater a excitação das ressonâncias, oriunda dos desbalanceamentos do rotor, foi fundamental empregar o Princípio do Modelo Interno na estrutura dos controladores. E, finalmente, para garantir a estabilidade perante incertezas dos parâmetros do rotor etc., estudaram-se as margens de estabilidade pela teoria do controle robusto de Doyle e Stein (1981). Muito da literatura específica sobre este problema (controle de estruturas flexíveis) encontrava-se em revistas de aeronáutica. Os cálculos algébricos foram apoiados em pacotes de computação Matlab; dadas as não-linearidades inerentes aos mancais, rodavam-se freqüentes simulações no Simulink.

Acompanhar um desenvolvimento como esse, complexo, de fronteira, pontilhado de decisões estratégicas, sem ter apoio na experiência de terceiros, é uma experiência profissional inesquecível: são centenas de opções que se

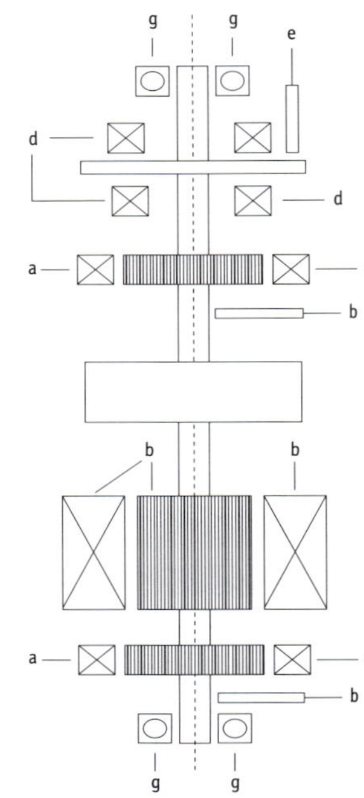

Copesp, esquema de rotor de ultracentrífuga.

apresentam aos diferentes especialistas, cada uma afetando várias outras, e todas requerendo testes isolados e depois em conjunto. O insucesso de uma idéia representa às vezes destruição total de um protótipo. É vital a *coordenação* dos esforços e dos recursos, a manutenção do entusiasmo, do clima de cooperação entre equipes.

Quanto ao controle lógico das cascatas que, em conjunto com o controle dinâmico em cada centrífuga, constitui de pleno direito um grande sistema de automação, o grupo encarregado esforçou-se por engajar a indústria local de controle de processo, sem êxito; várias multinacionais consideraram-se impedidas. Foi então encetado um desenvolvimento próprio de controladores digitais, a partir de componentes disponíveis no mercado (CPUs 8085 e 8031, e computadores XT); a rede de comunicação baseava-se em RS232 e 422, e em protocolo próprio; a primeira cascata em Aramar (1988) contava com 400 pontos analógicos e 779 pontos digitais.

Na área dos *transportes urbanos*, em 1984, a Tectronic entregava em São Paulo o primeiro controle de motor de trólebus usando um *chopper* (variador de potência em CC por chaveamento), a tiristores. Foram produzidos mais de quatrocentos, que estão rodando no Brasil, 22 na Argentina.

Paralelamente, em *controle de processos*, ocorreu o fim da reserva de mercado criada nos anos de 1970; as associações de indústrias nacionais com multinacionais desapareceram, os cedentes de tecnologia assumiram o controle das empresas; outras multinacionais vieram para o mercado. Constata-se hoje, até internacionalmente, que a tendência na fabricação de equipamentos é a centralização em apenas poucas corporações.

Das poucas empresas que sobreviveram, a Smar, de Sertãozinho (SP), ocupa um lugar de destaque no desenvolvimento da engenharia nacional; fundada no início dos anos de 1970 para manutenção na indústria sucro-alcooleira, a empresa evoluiu gradualmente até o projeto e a fabricação de atuadores e controladores universais P+I+D. Os grandes concorrentes não prestaram muita atenção ao pequeno, pulverizado e longínquo setor de açúcar e álcool; e a crise do petróleo fez com que o país mantivesse um dos mais ambiciosos programas de energia alternativa do mundo. A Smar, tirando proveito desses fatos, investiu em organização e em tecnologia própria, atingiu notável sucesso e até exportou para os EUA.

Realizações nos Anos de 1990: Poucas, mas Avançadas

Desenvolvidos no exterior para fins militares, os *veículos submarinos de operação remota* (*Remotely Operated Underwater Vehicles* – ROVs) vêm sendo usados nas últimas décadas na exploração de petróleo em águas profundas. São essenciais em profundidades nas quais os mergulhadores não podem trabalhar. Esse é o caso do campo de petróleo da Petrobrás, Marlim, na Bacia de Campos, onde as profundidades de atuação superam 1.500 m. Para desenvolver o controle automático de posição de um ROV, têm sido mantidos desde 1991 convênios entre Cenpes/Petrobrás e GSCAR/Coppe/UFRJ.

Os ROVs operam conectados a uma embarcação de superfície por meio de um cabo umbilical que transmite energia e comunicação; a tarefa do operador na embarcação de superfície é difícil, longa e cansativa, principalmente devido à complexidade do comportamento dinâmico do ROV, que tem seis graus de liberdade altamente interativos.

O *controle automático de posição,* DPSROV, tem por objetivo permitir que, no nível hierárquico superior, o piloto defina apenas as rotas desejadas, os desvios de obstáculos etc. Isso implica em que: a) o controlador de posição desacople entre si as respostas dinâmicas dos vários graus de liberdade do veículo, de maneira que, por exemplo, o ângulo de rumo possa ser alterado sem perturbar a posição, e vice-versa; b) haja boas respostas aos comandos do operador, em cada grau, em termos de rapidez e precisão; c) garanta o bom desempenho a despeito de incertezas no comportamento dinâmico do veículo e de perturbações em virtude das correntezas ou da interação com o ambiente. Um bom modelo matemático do ROV é uma ferramenta importante para o projeto e a simulação do sistema de controle.

Para medir posição e atitude do ROV, foi adotado um Braço Mecânico Passivo (BMP), mostrado na página a seguir, por vários motivos: precisão e custo adequados, a funcionalidade para operar em inspeção e principalmente em intervenção, e o fato de a região de trabalho especificada estar limitada a alguns metros. Em cada junta rotativa do

BMP há um transdutor de ângulos, a partir de cujos sinais o computador na embarcação de superfície calcula posição e atitude, em relação ao ponto de fixação do braço à estrutura. A fixação se faz por um conjunto de três eletroímãs.

O computador na superfície recebe os comandos do operador, executa os algoritmos de controle cujos resultados são os sinais de comando transmitidos aos motores, e ainda exibe gráficos e dados numéricos[6].

O DPSROV teve desempenho bastante satisfatório em tanques de teste (1993), no Cetec de Solda (1996) e no mar (1998), com dois tipos de ROVs, um de porte médio (290 kg) e outro de pequeno porte (40 kg). O controle automático foi capaz de manter o ROV estacionado ao redor da posição desejada, com erro sempre inferior a 5 cm.

O sistema de propulsão híbrida é um dos mais promissores na indústria automobilística em geral, pois é de excelente rendimento em termos de combustível fóssil – o motor diesel trabalha em rotação constante e ótima –, emite baixíssima poluição, tem grande autonomia e tem a excelente aceleração que é característica da tração elétrica. Recentemente andei no primeiro *veículo brasileiro de transporte coletivo com motorização híbrida*; é o Electra 2000, articulado, de chassis Volvo-Marcopolo. Seu projetista é o mesmo engenheiro que se dedicava aos laminadores e aos trólebus em décadas passadas.

O sistema de propulsão é de projeto inteiramente nacional e patenteado; consta de um motor diesel que aciona um gerador CC (apenas 120 kw máximos) o qual energiza os motores CC de tração e carrega as baterias (apenas 600 kg); mas o veículo dispõe de 360 kw de potência máxima nos eixos motores, sendo 120 kw provenientes do gerador e do motor Diesel, e 240 kw oriundos das baterias. Do ponto de vista da engenharia de controle, o sistema baseia-se em seis malhas principais de realimentação: aceleração (sobre a corrente do motor de tração), velocidade (pela tensão do gerador), limitação da corrente de armadura do motor, tensão do alternador que carrega as baterias, corrente nas baterias, e rotação do motor diesel. Constatei que as transições entre os diversos modos de trabalho do sistema, tais como motor acelerando, motor freiando e carregando bateria, bateria somando potência ao gerador CC etc., são muito suaves; os *jerks* são imperceptíveis.

Petrobras/Coppe, veículo submarino de operação remota.

Uma outra obra recente e notável, agora na área de controle de processos, foi o sistema *multivariável preditivo* que a Petrobrás implementou na *Unidade de Destilação a Vácuo de Petróleo* (*Crude Vacuum Unit*), da refinaria Alberto Pascualini, Canoas, Rio Grande do Sul. A capacidade da refinaria é de aproximadamente 100 mil barris/dia de petróleo. A instalação do controlador ocorreu em 1994, porém, o mesmo sistema foi posteriormente instalado em outras refinarias da Petrobrás, em diferentes tipos de processo (Destilação Atmosférica de Petróleo, Craqueamento Catalítico em Leito Fluido, Coqueamento Retardado de Resíduo etc.). Na verdade, o sistema tornou-se um produto da Petrobrás, que o tem até licenciado para outras empresas.

O gasoil é resíduo da torre de destilação do petróleo cru, e a otimização do processo é um dos mais importantes na economia de uma refinaria de petróleo; benefícios da otimização podem atingir milhões de dólares por ano em cada unidade. Grandes perturbações ocorrem no fluxo e na composição do resíduo a tratar. O gasoil deve ser aquecido visando a otimizar lucro global da operação, desde que não se atinja algum limite de segurança (máxima temperatura superficial do material dos tubos, máxima temperatura do gasoil na saída o qual pode formar excesso de carvão-coque dentro dos

6. L. Hsu *et al.*, "Passive Arm Based Dynamic Positioning System for Remotely Operated Underwater Vehicles", em *Proc. IEEE Conf. Robotics & Automation*, Detroit, maio de 1999, pp. 407-412.

tubos etc.). Um acidente de *ultrapassagem dos limites* pode, por exemplo, interromper a produção por semanas.

O desenvolvimento contou com a assessoria de professores do Departamento de Química da Escola Politécnica da Universidade de São Paulo. O controle preditivo começou com Richalet em 1978, mas a versão empregada nesse projeto é mais recente, chamada de *Linear Dynamic Matrix Control*, com Algoritmo Simplex Revisado.

O objetivo econômico é expresso como um funcional compondo preços dos produtos e custos da matéria-prima e da energia consumidas; a otimização do funcional define as referências (*set-points*) para as variáveis controladas dinamicamente. É comum, em controle preditivo, que a cada momento o computador de processo calcule a evolução futura das variáveis controladas, dentro de um dado horizonte de tempo; nesses cálculos, o computador pode utilizar vários modelos dinâmicos do processo, conforme a região da operação atual, e várias propostas de ações de controle; finalmente, ele escolhe as ações a serem aplicadas.

O modelo matemático do processo, fundamental para a previsão das variáveis no horizonte próximo, considerou cinco variáveis de entrada u_i, dez variáveis de saída y_i, e uma perturbação d1. Os seus parâmetros foram ajustados por regressão não-linear de modelos Armax, sobre séries temporais medidas na planta – em operação manual[7].

Uma representação esquemática da unidade está na figura ao lado. Note-se a natural interação entre todas as variáveis da planta, via processos térmicos e físicos da torre.

Na mesma área de controle avançado de processos, pode-se citar o *software* para identificação de modelos, otimização econômica e dinâmica, para o *controle do reator de ciclo-hexanol* da usina química de Paulínia, Rhodia; foi desenvolvido em convênio entre a Rhodia e o Departamento de Química da Unicamp, com investimento Fapesp, a partir de 1995. Já se passaram as fases de implantação e de teste[8].

* * *

Em 1999, na Base de Alcântara no Maranhão, ocorreram os primeiros lançamentos do *Veículo Lançador de Satélites*, VLS1, desenvolvido pelo Instituto de Aeronáutica e Espaço IAE, do Centro Técnico Aeroespacial CTA, em São José dos

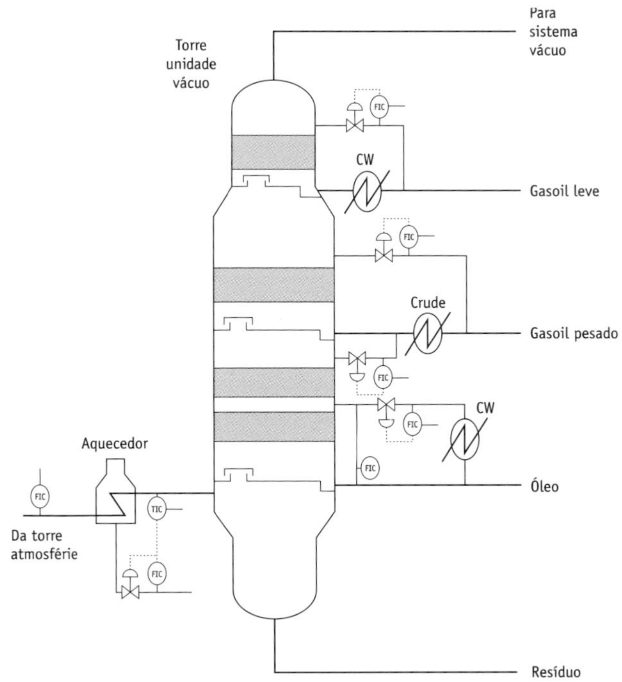

Petrobras, esquema de unidade de destilação a vácuo (refinaria Alberto Pascualini).

Campos (SP). O VLS1 tem na decolagem 19 m de comprimento, 50 t de massa e requer o empuxo de 1.000 kN; a propulsão principal decorre de 41 toneladas de combustível sólido! É um foguete de quatro estágios de propulsão, sendo que no inicial queimam-se quatro propulsores, fixados em torno do corpo central. Os satélites, de massa entre 100 e 350 kg, devem ser lançados em órbitas que ficam entre 250 e 1.000 km de altura.

Os VLS são resultado de um longo programa de desenvolvimento e de lançamento de veículos, de complexidade gradualmente crescente, que começou há mais de duas décadas; cada família de veículos tem incorporado partes e técnicas das anteriores: os foguetes iniciais foram de simples estabilização aerodinâmica (o Sonda II para teste de propulsão; o Sonda III, tendo como estágio final um Sonda II); mais de setenta lançamentos de Sonda III foram realizados, com cargas científicas.

A seguir veio o Sonda IV, *de controle ativo*, que voou de 1984 a 1989. Finalmente, chegou-se ao complexo lançador de satélites VLS, projetado entre 1991 e 1996 e, nos últimos anos, implementado e testado em terra. Nos dois lançamentos preliminares de 1999, houve falhas relacionadas com a propulsão, um tipo de dificuldade que, sabidamente, também existiu nos programas internacionais.

7. Almeida E. Zanin A. C. e Odloak D., "Advanced Control and Optimization...", *Anais do I Simpósio de Automática Aplicada*, XI Congresso da Sociedade Brasileira de Automática, EP-USP-IPT, São Paulo, 1996.
8. *Revista Pesquisa Fapesp*, out. 1999, pp. 36-37.

O programa chegou a ter mais de mil técnicos, de muitas especialidades; no que nos concerne, contou com grupos de Controle, de Eletrônica e de Automação (atividades de comunicação e controle na base de Alcântara); o de Controle, de não mais do que dez especialistas, encarregou-se exclusivamente de desenvolver os algoritmos computacionais de controle dinâmico e de conduzir experimentos de identificação de modelos matemáticos dinâmicos e de simulação híbrida. Esta última é ferramenta muito importante porque permite verificar cada protótipo de subsistema físico, em funcionamento conjunto com outros subsistemas físicos e com o simulador digital do modelo do veículo; para maior realismo dos testes, acelerações e vibrações calculadas no modelo podem ser aplicadas a qualquer subsistema por meio de mesas especiais, no laboratório.

O processo de lançamento pode ser entendido em suas linhas gerais examinando-se a figura ao lado.

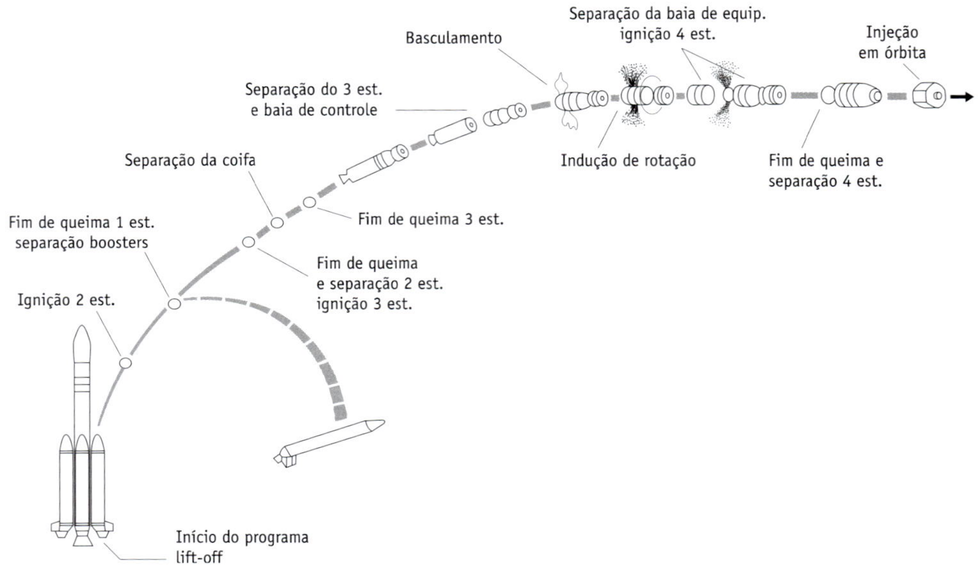

IAE, CTA, fases do lançamento do VLS.

Sendo o propelente do tipo sólido, não há controle do empuxo durante cada estágio do vôo. Portanto, o vetor-velocidade deve ser controlado através da atitude do veículo; utilizam-se atuadores do tipo tubeira móvel que deslocam o vetor empuxo em relação ao corpo do foguete, e assim, criam as forças e os torques necessários; esta é a chamada *pilotagem*. Ao cabo do primeiro estágio, os quatro propulsores laterais são separados; como o empuxo de um único propulsor não permite gerar torque nos três eixos, é necessário ter uma atuação auxiliar – impulsores *on-off* a propelente líquido – para obter rolagem do VLS.

Mas as dispersões propulsivas, o arrasto aerodinâmico e as forças do vento ambiente causam importantes perturbações, algumas de natureza estocástica; a malha de controle, que age no terceiro estágio para corrigir os erros acumulados entre a trajetória real e a desejada, é chamada *de guiagem*.

Considerações Finais

O dirigismo econômico em vigor nas décadas de 1960 e 1970 foi extremamente favorável à expansão da indústria nacional de equipamentos industriais, que, como se sabe, é "intensiva em engenharia", e teve naturais reflexos na engenharia de controle e automação. Algumas empresas do setor de equipamentos metroviários chegaram a empregar mais de mil engenheiros; o parque industrial nacional chegou a 700 mil m² de área coberta e a uma capacidade de produção anual de US$ 2 bilhões.

Mas a súbita alta do petróleo, seguida pela dos juros internacionais, desequilibrou a economia nacional, sustou o crescimento em geral, e, por decorrência previsível, reduziu drasticamente a fabricação de equipamentos. Essa indústria, antes estimulada, gradualmente extinguiu-se. Permaneceu, porém, algo de muito valor, a competência tecnológica, que a radical abertura do país às importações, na última década, ainda não permitiu utilizar plenamente.

Em automação, o campo que se abriu foi o da automação de serviços, especialmente o de bancos.

As atuais condições de oferta mundial de *hardware* e de *software*, padronizados, amadurecidos, baratos, oriundos de múltiplas fontes internacionais, tornam desinteressante produzir localmente muitos dos elementos dos sistemas de automação; no entanto, permanece com imenso significado econômico para o país a engenharia de concepção, integração e otimização de sistemas automáticos.

A automação causa, de imediato, *desemprego* de algum tipo de mão-de-obra ou de competência profissional, mas emprega mais técnicos.

A motivação principal da automação não é, como se poderia pensar, a redução de mão-de-obra; é fácil verificar esse fato na maioria dos casos relatados nesse texto. O que as organizações visam com a automação é, em geral:

a) realizar tarefas impossíveis ou perigosas (ex.: siderurgia, transportes);
b) atingir novos níveis de qualidade e regularidade (ex.: química, usinagens), de capacidade de serviço (ex.: transporte de massa) e
c) atingir segurança contínua (ex.: monitoração de processos industriais de grande periculosidade, químicos e físicos, operação dos sistemas de serviço público essencial, como a energia elétrica).

A análise macroeconômica dos efeitos da automação sobre o emprego, todavia, é complexa e de resultado obscuro. Considere-se o seguinte raciocínio: o aumento de produtividade certamente gera algum desemprego local, mas permite à indústria reduzir preços, o que aumenta as vendas e a produção, o que aumenta a demanda por insumos e por serviços de comercialização, gerando portanto muitos outros empregos. Ou então, o aumento de produtividade dá à indústria mais lucros, que geram mais impostos, donde mais investimentos e/ou consumos, que são todos criadores de empregos. Qual é o resultado líquido de todos esses elos de causa e efeito? Desconheço a existência de uma análise satisfatória da questão, que aliás tem um precedente histórico na Revolução Industrial.

A verdade é que os fenômenos macroeconômicos decorrentes das fases de rápida inovação tecnológica, *os transitórios,* precisam ser mais bem entendidos para que sejam bem administrados.

* * *

Para concluir, desejo registrar meus agradecimentos aos engenheiros que para este trabalho entrevistei, e de cujas informações espero ter sido fiel relator: Antônio Vicente de Souza e Silva, ex-Tectronic; Dálvio G. Garcia, Rockwell; Darcy Odloak, EP-USP, Departamento de Química; Flavio Betti, Copesp/CTMSP; Liu Hsu, UFRJ, Coppe; Marcos A. V. Peluso, ex-Smar; Othon Luiz Pinheiro da Silva, vice-almirante, presidente Copesp 1978-1994; Peter L. Alouche, Metrô de São Paulo; Plínio Assmann, presidente, Companhia do Metropolitano de São Paulo 1971-1977; Roberto Moura Sales, EP-USP, Departamento de Eletrônica; Tadashi Nakagawa, ex-Metrô de São Paulo; Waldemar de Castro Leite Filho, CTA-Instituto Aeroespacial.

20 A Mecatrônica Casando Duas Potências Tecnológicas

LUCAS ANTONIO MOSCATO

Os antecedentes da mecatrônica, entendida, de forma ampla, como a engenharia da automação industrial, remontam aos anos de 1950, quando, nos Estados Unidos, iniciou-se o desenvolvimento dos primeiros robôs industriais. No Brasil, toda a atividade de desenvolvimento da eletrônica digital, a partir do final da década de 1960, contribuiu decisivamente para que o país pudesse iniciar seu desenvolvimento em robótica, nos anos 1980, e atingisse o estágio atual na área de automação.

No início da década de 1950, J. F. Engelberger (pai da robótica), G. Devol (dono da patente do robô industrial, depositada em 1954), J. Denavit, R. S. Hartenberg e outros lançaram as bases da moderna robótica com os desenvolvimentos científicos e industriais que conduziram ao robô industrial de hoje: um braço manipulador articulado, com visão artificial, controle e sensoriamento inteligentes, coordenação de tarefas, múltiplas aplicações etc.

Inicialmente, em universidades e institutos de pesquisa, os trabalhos concentraram-se na construção de protótipos mecânicos, controlados pelos computadores daqueles anos (que estavam longe de terem a capacidade dos atuais microcomputadores), com a mobilidade mecânica bastante limitada: constituíam, na verdade, uma evolução dos equipamentos de controle numérico, que também estavam em suas primeiras fases de desenvolvimento e aplicação nas indústrias. Muito importante foi o desenvolvimento de Denavit e Hartenberger, ocorrido na primeira metade da década de 1950, que envolveu o tratamento do equacionamento mecânico do comportamento cinemático e dinâmico de estruturas mecânicas móveis e que possibilitou, uma década mais tarde, o equacionamento mais regular do braço articulado e o controle de posicionamento de sua extremidade atuante.

Os desenvolvimentos iniciais, pode-se dizer, duraram toda a década de 1950 e o estágio atingido ao seu final animou a criação de uma primeira empresa industrial, nos EUA, para a produção e aplicação de robôs na indústria manufatureira: a indústria chamou-se Unimation, das palavras Universal Automation, já que o equipamento desenvolvido podia ser usado em qualquer tarefa de automação industrial, desde que seu controlador, com computador, fosse programado para tal. O início da década de 1960 foi incerto, do ponto de vista comercial, não só pelo aspecto de novidade do produto mas, principalmente, por causa dos problemas sociais relacionados ao desemprego que tiveram de ser superados, principalmente nos EUA. Além disso, vivia-se a época do aproveitamento da mão-de-obra barata, em países pouco industrializados do chamado terceiro mundo, o que retardou o sucesso comercial da Unimation até a década seguinte; só em 1973 ela apresentou um balanço comercial lucrativo. Na área do desenvolvimento científico e tecnológico, entretanto, os resultados dos anos de 1960 foram muito auspiciosos, pois a comunidade envolvida com o desenvolvimento tecnológico pôde dotar os robôs de muito mais capacidade que a inicial, principalmente, pela incorporação de sensores, visão, controle mais preciso e rápido, múltiplas aplicações.

Os países mais industrializados da Europa Ocidental e o Japão, a partir de meados da década de 1960, entraram fortemente no desenvolvimento e na aplicação dos robôs em suas indústrias, principalmente as automobilísticas, e contribuíram muito para o desenvolvimento da automação. A partir do anos de 1970, a ampliação do uso de robôs nas indústrias foi incontrolável e conduziu a automação industrial ao seu estágio atual: fabrica-se quase tudo com robôs, de forma mais produtiva, mais barata, com mais qualidade e com menos riscos para o ser humano.

No Brasil, houve os planos governamentais federais de desenvolvimento científico e tecnológico (PBDCT e PND-Plano Básico de Desenvolvimento Científico Tecnológico e Plano Nacional de Desenvolvimento), que, a partir do final dos anos de 1960, encontrando a indústria brasileira em significativo atraso tecnológico, constituíram-se em instrumentos para tentar diminuí-lo. Além disso, os referidos planos, tendo sido lançados em uma época na qual os setores acadêmicos e de institutos de pesquisa encontravam-se muito longe do estágio tecnológico dos países líderes mundiais, tiveram o condão de motivar e envolver toda a comunidade no processo de desenvolvimento. Considerando-se, particularmente, a área da eletrônica, não havíamos sequer desenvolvido, no país, qualquer tipo de equipamento significativo utilizando a eletrônica digital, base dos computadores; com os planos de desenvolvimento científico e tecnológico criou-se um ambiente altamente propício para o desenvolvimento dessa eletrônica, que começou com o primeiro minicomputador brasileiro, em 1970, na Escola Politécnica da Universidade de São Paulo. Nessa universidade os desenvolvimentos de microeletrônica, que começaram no início da segunda metade da década de 1960, deram grande apoio ao desenvolvimento da eletrônica digital desde o começo e, principalmente, a partir dos anos de 1970.

Aos primeiros desenvolvimentos microeletrônicos seguiram-se o minicomputador G-10 e a criação da empresa Cobra. O G-10, primeiro computador brasileiro para ser industrializado e comercializado, foi uma iniciativa da Marinha Brasileira, que contratou a equipe da Escola Politécnica da Universidade de São Paulo (EP-USP) para seu desenvolvimento, e fomentou a formação da Cobra, empresa para fabricá-lo e comercializá-lo.

Em eletrônica digital seguiram-se diversos desenvolvimentos de microeletrônica na Universidade de São Paulo – USP e na Universidade de Campinas – Unicamp, e o desenvolvimento de uma emulação do computador IBM-1130 na Escola Politécnica, contratado pela Digibrás.

A Telebrás, em 1974, percebendo o potencial que se criava no país, contratou a Escola Politécnica para desenvolver uma central telefônica, com programa armazenado em computador – uma importante aplicação dos minicomputadores na década de 1970. O protótipo ficou pronto em 1976 e foi então criado o Centro de Pesquisas da Telebrás, CPqD, em Campinas, que assimilou os projetos de telefonia de interesse da Telebrás.

Em três vertentes prosseguiram as pesquisas ainda na segunda metade dos anos de 1970: microeletrônica, aplicações de minicomputadores e sistemas de telemetria e controle. Entre as aplicações de minicomputadores, começou-se a cogitar o desenvolvimento de um robô, no Laboratório de Sistemas Digitais, da Escola Politécnica da Universidade de São Paulo.

Em meados da década de 1970, começou a florescer também uma indústria de eletrônica digital brasileira, quando pesquisadores envolvidos em projetos anteriores começaram a criar pequenas empresas para produzir equipamentos periféricos de computadores como teclados, terminais de vídeo, impressoras, mesas digitalizadoras etc.

Em 1976, foi criada a Sociedade Brasileira de Automática, SBA, sob a liderança de notáveis professores das universidades brasileiras, que passou a realizar os Congressos Brasileiros de Automática, atingindo a expressiva marca de treze congressos realizados. A SBA publicou a sua primeira revista técnica em 1990, tendo publicado dez volumes até 1999. Além disso, patrocinou o Simpósio Brasileiro de Automação Inteligente (em número de quatro) e o Simpósio de Automática Aplicada.

A área industrial prosseguiu, a partir da segunda metade da década de 1970, com seu crescimento, principalmente com a entrada de grandes empresários no setor e com a licitação de três empresas brasileiras para fabricar minicomputadores, que, ao lado da Cobra, deveriam explorar o mercado brasileiro.

Como conseqüência do estágio tecnológico atingido, em 1982 foi possível apresentar o protótipo do primeiro robô brasileiro, o Lider, desenvolvido na Escola Politécnica da USP, por seus professores em colaboração com professores da Universidade Federal do Espírito Santo. Tal fato foi documentado em uma edição da revista *Veja* nesse mesmo ano.

O desenvolvimento do Lider, um pequeno robô para um quilo de carga e que pode ser considerado o primeiro passo da mecatrônica no Brasil, ocorreu entre 1980 e 1982 e foi seguido por outros desenvolvimentos importantes, de natureza acadêmica, e alguns de natureza industrial. No Centro de Computação Eletrônica da USP, por exemplo, foi desenvolvido um grande robô para carga de cerca de setenta quilos, apresentado em 1984 na Feira da Sucesu – Sociedade dos Usuários de Computadores e Equipamentos Subsidiários. Em 1982 a Sucesu-São Paulo já havia realizado o primeiro Conai – Congresso Nacional de Automação Industrial, cuja oitava edição ocorreu em 1998.

No final do governo Figueiredo, em 1985, foi dado mais um passo: a SEI – Secretaria Especial de Informática, associada ao Ministério da Ciência e da Tecnologia, licenciou algumas empresas para venderem e fabricarem robôs industriais no Brasil. Venderam mas não chegaram a fabricar, e como o país mudou completamente, por causa da falta de investimentos na chamada década perdida (anos de 1980) e com a abertura para as importações, finalmente saíram do ramo, mudaram o negócio ou encerraram suas atividades.

As empresas mencionadas acima, em número de três, associaram-se a empresas estrangeiras para obter o "know-how" de fabricação e as importações nos primeiros anos; ocuparam o espaço comercial que lhes foi atribuído nessa ocasião e cumpriram o seu papel, como foi possível, dentro do cenário econômico extremamente negativo do final da década de 1980.

Apesar de todas as dificuldades, ainda nos anos de 1980, sentia-se, na comunidade de desenvolvimento, a expectativa da autonomia tecnológica e, por isso, atitudes como a criação do Instituto de Automação, no Centro Tecnológico de Informática, ocorreram mesmo no período mais difícil dessa década.

As atividades acadêmicas de desenvolvimento tecnológico também continuaram teimosamente na década de 1990, principalmente com as pesquisas na USP (São Paulo e São Carlos), Unicamp, Universidade Federal de Santa Catarina – UFSC, Universidade Federal do Rio de Janeiro – UFRJ, Pontifícia Universidade Católica – PUC-RJ, Centro Tecnológico para Informática – CTI. Nas pesquisas acadêmicas foram desenvolvidos protótipos de veículos autoguiados, de veículos submarinos, de braços articulados, de plataformas móveis, de sistemas de fabricação automática. Mas, na área industrial, qualquer esforço tecnológico no país foi provavelmente considerado dispensável ou impossível.

Como conseqüência de toda atividade na EP-USP, definiu-se e implementou-se o curso de Automação e Sistemas (Mecatrônica), a partir de 1987, com o primeiro vestibular em 1988. Essa nova habilitação da engenharia foi associada à grande área mecânica por uma decisão estratégica da EP-USP, que pretendia modernizar o seu curso de Engenharia Mecânica pela convivência de tecnologias de ponta, como a eletrônica digital e a informática, com as mais tradicionais da mecânica.

Outras iniciativas acadêmicas, relacionadas com cursos de graduação de engenharia, seguiram o pioneirismo da EP-USP. A Unip – Universidade Paulista – criou seu curso; a Escola de Engenharia de São Carlos criou uma ênfase da engenharia elétrica; a IFSC criou uma habilitação como a da EP-USP; a Universidade de Brasília criou sua ênfase na engenharia elétrica. O grupo da Escola Politécnica é o mais antigo e está consolidado: os demais são mais novos. Mas pode-se afirmar que existe grande potencial para um grande desenvolvimento tecnológico da mecatrônica, desde que os rumos do país assim o exijam.

A indústria, a seu turno, só se modernizou nos anos de 1990, com ampla e livre aplicação de automação industrial, ainda que fosse preciso fechar uma fábrica num local e abri-la em outro, para fugir do bloqueio imposto pela discussão do desemprego causado pela robotização. As grandes indústrias adquiriram sistemas produtivos novos, que incluíam sempre a automação na sua escala mais elevada; com isso, os sistemas foram projetados no exterior e instalados com a competência estrangeira. As indústrias menores adquiriram máquinas automáticas e apenas treinaram seu corpo técnico para operá-las e mantê-las.

As atividades em mecatrônica apresentam, na atualidade, várias facetas, como as que seguem. Na formação de engenheiros, técnicos e tecnólogos, tem-se, além dos cursos de engenharia já mencionados os cursos do Serviço Nacional de Aprendizado da Indústria, Senai–SP, para tecnólogos e o do Centro Federal de Tecnologia – Paraná. Tem-se ainda, na área acadêmica, atividades como a competição de futebol de robôs, para alunos dos cursos de engenharia, cuja primeira edição ocorreu em 1998 e que prosseguirá com outras etapas. Curiosamente, na primeira edição do Campeonato Mundial de Futebol de Robôs, a equipe brasileira foi a segunda colocada, perdendo o primeiro lugar para a França, como ocorreu no futebol propriamente dito. Atualmente, trabalha-se em pesquisa de aplicações especiais de robótica tais como auxílio a cirurgias e montagem de "chips" de DNA.

A modernização da indústria no Brasil, nos dias de hoje, propicia a implantação de automação em diversos contextos: máquinas automatizadas de fabricação, sistemas complexos de manufatura, automação de baixo custo com a aplicação, principalmente de controladores programáveis e outros. Com isso, assistiu-se recentemente à chegada de filiais de indústrias estrangeiras para suprir o mercado nacional ou para, pelo menos, manterem em bom estado de funcionamento os exemplares de seus robôs já importados.

Tanto o desenvolvimento de equipamentos mecatrônicos, quanto o de sistemas complexos automatizando processos industriais, são viáveis com o "know-how" da engenharia brasileira, bastando que se dê o tempo necessário aos desenvolvimentos, sem compará-los com o tempo da simples aplicação de tecnologias já dominadas; mas as maiores indústrias no Brasil são, atualmente, de propriedade de estrangeiros, que estrategicamente os reservam para seus engenheiros em seus países de origem.

Apesar de tudo, as universidades sempre acreditaram em desenvolvimento tecnológico, atualizaram-se para manterem-se competentes e competitivas e estão prontas para desenvolver seu papel. Essa atitude é também bastante disseminada entre os engenheiros brasileiros da área de automação industrial. E, nessa atitude, poder-se-á apoiar a nação brasileira quando retomar o período intenso de desenvolvimento tecnológico local.

Referências Bibliográficas

CRITCHLOW, A. J. *Introduction to Robotics*. New York, Macmillan Publishing Company, EUA, 1985.

HUNT, V. D. *Mechatronics Japan's Newest Threat*. New York, Chapman and Hall, 1988.

VARGAS, M. *Contribuições para a História da Engenharia do Brasil*. São Paulo, EP-USP, 1994.

______. *História da Técnica e da Tecnologia no Brasil*. São Paulo, Ed. da Unesp, 1994.

21 Engenharia Química e Indústria Química

GIL ANDERI DA SILVA

Introdução

Desde a escolha do nome definitivo – Brasil – à confortável qualidade de vida com a qual é lida hoje esta obra, a indústria química sempre se fez presente de maneira direta no desenvolvimento do país. Essa afirmativa poderia surpreender aqueles que consideram essa atividade industrial como consistindo simplesmente na fabricação, por processos químicos, de materiais intermediários – chamados de produtos químicos – usados na produção de bens de consumo.

O conceito de indústria química é mais amplo: é o setor industrial cujo processo tem como essencial uma etapa na qual ocorre uma transformação da estrutura molecular da matéria. Assim, a indústria química engloba, além da indústria de produtos químicos, outros importantes segmentos industriais como: materiais cerâmicos, artefatos de plástico e de borracha, combustíveis, alimentos e bebidas, fármacos, fertilizantes, explosivos e muitos outros. O presente capítulo mostra a evolução dessa indústria (e, portanto, também da sua indissociável força motriz, a engenharia química) nos contextos social, econômico e político dos quinhentos anos de Brasil.

A primeira parte procura situar o leitor no cenário completo em que a história a ser descrita se enquadra. Esta parte abrange, de forma sucinta, as origens da química, a evolução do homem na busca do conhecimento relativo à origem e transformações da matéria e o uso desse conhecimento em benefício da humanidade por meio da indústria química. Na segunda parte são apresentados os fatos marcantes que pontuaram a implantação e consolidação dessa indústria no Brasil, desde o período colonial até a globalização da virada do milênio. A terceira parte, finalmente, mostra a estreita correlação histórica da evolução da indústria química com a atividade da engenharia química e, portanto, também, da formação de profissionais dessas áreas.

Origens e Evolução da Química e das Artes Químicas

Qual a origem da matéria? Qual é a sua composição? Como ela se transforma para gerar diferentes materiais? A busca das respostas a essas perguntas sempre levou, invariavelmente, à tentativa de decifrar sua relação com o divino.

Nessas questões é que reside o berço da química. Elas explicam, também, os fatos de os primeiros "químicos" (bem como os primeiros cientistas de outras áreas) terem sido filósofos e de estes serem, em sua maioria, gregos. De fato, a religião dos gregos era povoada por grande número de deuses, semideuses e heróis dotados de virtudes e defeitos inerentes aos humanos e, como tal, incapazes de fornecer respostas satisfatórias para questões transcendentais. Já os povos orientais (egípcios e mesopotâmicos) tinham na religião explicações divinas para a origem e o fim dos homens e das coisas e estas explicações satisfaziam os mortais comuns, que não as questionavam.

Nesse contexto, pode-se conceituar a química como sendo a *ciência da matéria* e, como tal, aquela que estuda suas origens, suas transformações e a caracterização de suas diferentes espécies.

A palavra química tem a mesma origem de alquimia: do árabe *kimiya,* pelo grego *chemeia,* que significa a "arte da metalurgia" ou, mais particularmente, a possibilidade de transformar metais menos nobres em ouro e prata. Quanto ao grego *chemeia,* a versão mais aceita para sua origem é a do termo egípcio *kam it,* ou *kem it,* que significa "negro", talvez devido ao solo negro do Egito, berço das artes químicas e alquímicas.

A longa busca das respostas às questões citadas anteriormente teve início há pelo menos 7 mil anos e é nessa época que terá início, a seguir, a apresentação sucinta das principais fases da evolução da química e das artes químicas, com o objetivo de melhor situar o leitor no caminho que conduziu ao que hoje chamamos de indústria química.

Protoquímica é o termo usado para designar a fase da evolução da química que vai da mais remota Antigüidade ao início da Era Cristã. Antes mesmo de começar a ter (ou a registrar) respostas para as questões filosofais, o homem já usava a química – ou melhor, as transformações da matéria – em seu benefício; mesmo que, ainda, de forma inconsciente.

As primeiras descobertas e invenções do homem primitivo foram devidas ou ao acaso ou à observação e imitação da natureza, e seu aproveitamento em benefício próprio deu-se, certamente, de início por instinto e, depois, pelo uso da razão.

Valendo-se de sua faculdade de domínio sobre a matéria e de sua capacidade de pôr em prática uma idéia, o homem iniciou-se nas artes e técnicas da química. Ao longo de mais de quatro milênios a humanidade acumulou um conjunto de conhecimentos e habilidades, adquiridos da observação e experimentação dos fenômenos naturais ou de acidentes relacionados à matéria. A transmissão desses conhecimentos e habilidades ocorreu quase que exclusivamente de mestres para os aprendizes, de geração para geração. Os documentos escritos a respeito são escassos, fazendo com que muitas dessas artes e técnicas tenham sido perdidas, por falta de registro, no sepulcro de civilizações já extintas.

As civilizações primitivas já faziam uso prático de transformações químicas; os historiadores apontam a descoberta do fogo como o marco inicial da indissolúvel aliança da humanidade com a química. O fogo em si mesmo é a manifestação de uma reação química – combustão – na forma de energia luminosa e térmica. O aproveitamento da energia luminosa trouxe mais conforto ao homem primitivo, na medida em que, graças a ela, a noite deixou de ser um mistério, por vezes aterrorizador.

Já o aproveitamento da energia térmica proveniente do fogo, promovendo outras transformações químicas, ampliou a gama das artes e técnicas químicas a serviço do homem. Assim, por exemplo, o cozimento dos alimentos propiciava o aumento de seu período de conservação, além de melhorar o seu sabor; utensílios rudimentares feitos de barro, quando submetidos à ação do calor proveniente do fogo, tornavam-se mais resistentes, melhorando seu desempenho e sua vida útil.

Ao sair da Idade da Pedra o homem começou a usar metais encontrados tal qual (em sua forma metálica) na natureza; praticamente, os únicos disponíveis eram o ouro, o cobre e o ferro (este em pequena quantidade).

A invenção do processo de obtenção de chumbo metálico a partir de sua forma natural de óxido[1] por reação com o carvão – estendida em seguida para outros minerais metálicos – foi marco tão significativo para a humanidade que, até pouco tempo atrás, seu desenvolvimento histórico era caracterizado por períodos representados por diferentes metais: Idade do Cobre (antes de 3 mil a. C.); Idade do Bronze (de 3 mil a. C. a 1.100 a. C.) e Idade do Ferro (após 1.100 a. C.). Tão importante quanto esta, foi a invenção do processo de obtenção de ligas metálicas por transformações químicas de misturas de diferentes metais, por meio de tratamento térmico. Tal assertiva é confirmada pelo fato de a história ter reservado um período ao bronze, primeira liga metálica produzida pelo homem e usada até hoje.

Ainda que não usada para demarcar períodos do desenvolvimento da humanidade, porém com importância significativa até na sociedade atual, encontra-se a descoberta do processo de fermentação. Segundo algumas referências,

1. Na natureza, a maior parte dos metais é encontrada na forma de óxidos ou de sulfetos.

já na virada do sétimo para o sexto milênio antes de Cristo, era fabricada cerveja por meio de fermentação de cereais; no quarto milênio dessa era, a técnica encontrava-se amplamente dominada. Também neste milênio, fabricava-se vinho por fermentação de sucos de frutas. Esses processos fermentativos, por sua vez, podem ser considerados precursores da biotecnologia, importante segmento da indústria química moderna.

Sabão, vidro, cerâmica, corantes e pigmentos são outros exemplos de produtos fabricados pelas artes e técnicas químicas, cujas origens se perdem na história do desenvolvimento da química.

Dando um salto no tempo, são retomadas no último milênio do pré-cristianismo as preocupações filosóficas do homem com a origem e transformações da matéria. É nesse período que começa a nascer um embrionário comportamento científico, ainda que totalmente associado ao pensamento puramente filosófico. Os registros de alguns dos filósofos de então transmitem estas reflexões.

Tales de Mileto (624-547 a. C.) propôs uma teoria de constituição da matéria segundo a qual o elemento primordial de constituição da matéria é a água. A partir dela, por um princípio natural (e não por uma força divina), originam-se os outros elementos (terra, ar e fogo) fazendo variar a concentração de água, conforme ilustra o esquema:

Terra ← *Água* → Ar → Fogo

condensação (Terra ← Água); rarefação (Água → Ar → Fogo)

A partir da teoria de Tales, outros filósofos postularam diferentes elementos como sendo os primordiais: Anaxímenes (585-525 a. C.) propôs o ar; Heráclito (540-480 a. C.) propôs o fogo e Xenófanes (560-476 a. C.) propôs a terra.

Foi, no entanto, Aristóteles (384-322 a. C.) quem melhor elaborou as teses de elementos primordiais, aprimorando a teoria dos quatro elementos anteriormente proposta por Empédocles (492-432 a. C.). Segundo a teoria aristotélica, os elementos primordiais eram quatro e a cada um deles estavam associadas duas qualidades, a saber: água (*umidade* e *frio*); terra (*frio* e *secura*); ar (*umidade* e *quente*) e fogo (*quente* e *secura*). A substituição de uma qualidade pela sua oposta possibilita a transformação de um elemento em outro. Por exemplo, substituindo a qualidade *quente* associada ao ar por sua oposta – *frio* – chegamos ao elemento associado às qualidades *umidade* e *frio*; ou seja, chegamos à água.

Pela teoria de Aristóteles é possível obter qualquer material a partir da combinação, em proporções adequadas, dos elementos primordiais (ou das qualidades a eles associadas). O modelo aristotélico propunha ainda a existência de um quinto elemento – *quintessência* – que permeava a matéria dando sua sustentação e garantindo sua continuidade. Fato marcante nesta teoria foi o fato de ela permanecer sem contestação durante 2 mil anos.

Como complemento à teoria dos elementos de Aristóteles, os gregos nos legaram o conceito de átomo, proposto por Demócrito (460-370 a. C.). Segundo essa teoria, o átomo é a menor partícula indivisível da matéria; todas as espécies de matéria são constituídas por átomos indestrutíveis e estes são qualitativamente iguais, diferindo, porém, em forma, tamanho e massa.

Como se observa, houvessem os gregos associado suas teorias elementar e atômica, a humanidade teria, provavelmente, antecipado em vinte séculos o desenvolvimento da ciência química.

Nessa breve retrospectiva histórica do desenvolvimento da química, merece também destaque a Alquimia. Esta linha de pensamento – também chamada de "Arte Sagrada e Divina" – que tomou para designá-la a palavra *chemia* (do árabe *al-a-chemia*), nasceu por volta do século III da Era Cristã. De origem fortemente mística, representava a busca da perfeição para os materiais (leia-se metais) e para os homens. Para os metais, a perfeição era simbolizada pelo ouro; assim, o que se buscava era a descoberta de uma substância mágica – a pedra filosofal – que transformasse metais menos nobres (considerados doentes) em ouro. Já para os homens, a perfeição significava a longevidade e a imortalidade; e estas seriam alcançadas por meio do também mágico elixir da longa vida.

Abstraído o aspecto místico e, é claro, o fato de nunca terem conseguido atingir seus ideais, os alquimistas trouxeram uma contribuição significativa para o desenvolvimento das artes químicas. Como sua atividade era essencialmente experimental, deixaram-nos um importante legado. Foram os alquimistas que descobriram o ácido clorídrico, ao fazer reagir ácido sulfúrico com sal, e o ácido acético, obtido a partir do vinagre. No exercício de suas atividades experimentais os alquimistas também aperfeiçoaram várias técnicas, tais como a destilação e a sublimação. A história cita ainda Maria, a Judia – alquimista da escola egípcia – como a inventora da técnica de aquecimento com temperatura controlada, por meio de banho de vapor, vulgarmente conhecida como *banho-maria*.

A iatroquímica[2] é o ramo da alquimia que busca o elixir da longa vida. Na fase final da existência da alquimia – final do século XIV –, a iatroquímica ganhou grande impulso quando foram identificadas propriedades importantes do álcool etílico, conhecido à época como *água da vida* (*aqua vitae*). Os efeitos causados no comportamento humano pela ingestão desse líquido, associados à sua propriedade de dissolver inúmeras substâncias, fizeram dele componente obrigatório nos elixires recomendados para a preservação da saúde.

O principal nome da iatroquímica foi, sem dúvida, Paracelso[3], que trouxe inúmeras contribuições ao *receituário médico-químico*. Talvez o maior destaque seja sua contribuição para o significativo aumento no uso de materiais inorgânicos nos medicamentos. Como exemplo, pode-se citar o uso de substâncias contendo mercúrio – ungüento mercurial – no tratamento da sífilis.

Sem dúvida, a iatroquímica pode ser considerada a precursora da moderna química médica.

Química Moderna

A evolução (também chamada por alguns de revolução) da química ao passar da alquimia para o que chamamos de química moderna é marcada fundamentalmente pela abolição do misticismo, até então influente no processo de desenvolvimento.

Robert Boyle (1627-1691) é considerado o fundador da química moderna ou da ciência química. Algumas das razões que levam a essa homenagem são: adoção de métodos experimentais rigorosos para a comprovação das teorias propostas e a formulação da lei de compressibilidade dos gases. Essas proposições constituíram-se nos fundamentos básicos para que, nos séculos seguintes, Lavoisier e Dalton estabelecessem os alicerces da química moderna: lei de conservação da matéria e teoria atômica.

O estabelecimento da química como uma ciência possibilitou um avanço na aplicação de seus conhecimentos em benefício da sociedade. À criatividade e experiência, que até então embasavam o exercício das artes químicas, agregou-se o conhecimento científico, fazendo nascer a engenharia química. Esta tem por missão transformar, por meio de processos químicos e físicos, recursos naturais em bens úteis para a sociedade. A forma pela qual se concretiza essa missão é a indústria química.

Evolução da Indústria Química no Brasil

A história do Brasil esteve ligada ao uso da química como atividade econômica desde sua primeira luz. Aqueles que nunca tiveram a curiosidade de procurar o significado do nome que nosso país adotou, talvez se surpreendam ao verificar que o dicionário *Aurélio* mostra que brasil vem do francês *brésil* e que um de seus significados é: "tintura fabricada com a madeira do pau-brasil, usada em tinturaria e pintura, e também para dar o vermelho das miniaturas e iluminuras dos manuscritos".

Retornando um pouco mais no tempo verifica-se que, já no século XII, um dos corantes naturais mais procurados pelo mercado europeu tinha o nome de *braisil* ou *brasill* e era trazido, por mercadores venezianos e genoveses, da Índia e da Indochina, onde era extraído de uma árvore nativa, a *Caesalpinea sappan*.

Período Colonial: 1500-1808

O contexto social, econômico e político vigente quando do albor brasileiro era caracterizado por uma implacável política mercantilista das potências coloniais européias que sufocavam economicamente as colônias. Algumas das diretrizes estabelecidas por essa política ilustram a situação:

- A colônia só poderia ter relações comerciais com o Império.
- Era vedada às colônias a transformação de matérias-primas naturais em produtos.
- O transporte de mercadorias para a colônia ou da colônia para o Império só poderia ser feito por navios com bandeira da metrópole.

2. Significa, segundo a origem do termo, tratamento médico pela química.

3. Batizado como Teophrastus Bombastus von Hohenheim, acrescentou porteriormente ao próprio nome Philippus Aureolus e fez-se chamar de Paracelsus (maior do que Celsus) em alusão a Aulus Cornelius Celsus (42 a. C. – 37 d.C.), autor de *De Arte Medica*.

Extração de pau-brasil.

Este é o cenário desfavorável no qual teve que nascer e procurar se desenvolver a indústria química no Brasil.

Durante as primeiras décadas do século XVI, praticamente a única atividade econômica desenvolvida na nova colônia era a extração e exportação de pau-brasil. Já nessa época iniciou-se uma atividade paralela, exercida por contrabandistas que, valendo-se da enorme extensão da costa brasileira, passaram a freqüentá-la assiduamente para concorrer com o comércio oficial de pau-brasil. Esse contrabando tomou tal vulto que o reino decidiu dar início a um processo mais sistemático de colonização.

A primeira decisão tomada foi a introdução da cultura de cana-de-açúcar, que propiciou a primeira atividade industrial brasileira: a fabricação de açúcar. O primeiro engenho foi instalado, muito provavelmente, antes de 1520. Ao final do século XVI, a produção dos 117 engenhos então instalados atingia 4.500 t.

Quase que simultaneamente à fabricação de açúcar e diretamente associada a esta, iniciou-se outra atividade econômica, também enquadrada no setor químico, que foi a fabricação de uma bebida alcoólica, obtida pelo aquecimento dos meles[4] em alambiques. O destilado obtido era uma água ardente, que deu origem ao nome da bebida – aguardente. As aguardentes, além de serem produzidas em alambiques instalados nos próprios engenhos, eram produzidas também em alambiques autônomos, denominados engenhocas.

A extensão territorial da nova colônia e a falta quase que total de vias de transporte fez com que tivesse início na área de influência dos engenhos uma atividade primitiva de produção de bens de consumo de primeira necessidade. Dentre esses produtos, destaca-se, por se situar no campo da indústria química, o sabão. A técnica empregada vinha de Portugal e usava como matérias-primas uma lixívia de cinzas e sebo de boi. O processo de fabricação de sabão

4. Materiais intermediários gerados no processo de fabricação de açúcar.

Engenho de Açúcar – *Sucréries du Brésil*. Documento do século XVIII.

evoluiu e, ao final do período colonial, já se fabricavam aqui a potassa e a soda para substituir a lixívia.

A fabricação do primeiro produto químico produzido no Brasil também foi periférica à produção de açúcar. O leite de cal (ou cal extinta), usado na purificação do caldo extraído da cana-de-açúcar, começou a ser produzido no início do período de colonização, tendo como matéria-prima os abundantes sambaquis[5] das costas brasileiras. O excesso da produção de leite de cal era usado na pintura de paredes (caiação) e no preparo – em mistura com azeite de peixe – de ligante resistente para unir blocos de pedras nas construções.

Outra atividade que teve sua origem no atendimento às necessidades das comunidades dos engenhos, mas que cresceu rapidamente, foi a indústria têxtil. A disponibilidade de algodão, cuja cultura já era praticada pelos índios e que teve continuidade com os portugueses, fez com que a tecelagem despontasse, em meados do século XVIII, como a principal atividade industrial da colônia. O crescimento chegou a tal ponto que levou à Coroa preocupações tanto de caráter político – o crescimento poderia levar à independência da colônia – quanto de caráter econômico – o crescimento ameaçava a produção do reino. Tal situação levou a medidas drásticas, como a proibição da produção têxtil, com exceção dos tecidos grosseiros usados pelos escravos.

Outras atividades industriais ligadas à indústria química, desenvolvidas no período, estão relacionadas à extração de recursos naturais de origem mineral, vegetal e animal. Exis-

5. Depósitos formados pelo acúmulo de conchas.

tem indícios de que o sal já era produzido pelos índios antes da chegada dos portugueses. Com o processo de colonização essa atividade foi iniciada, primeiramente em Cabo Frio, estendendo-se depois para o Nordeste. Ao final do século XVIII, a produção anual era da ordem de 2.100 toneladas.

À época do descobrimento do Brasil a Europa vivia em permanente estado de guerra; conseqüentemente, o salitre era considerado material estratégico por ser matéria básica para a fabricação de pólvora. Já na segunda metade do século XVI são encontradas referências a ocorrências de salitre no Brasil, o que levou a Coroa portuguesa a implantar medidas visando incentivar sua fabricação. No final do século XVII foi determinada a instalação de duas fábricas de salitre que operaram por menos de cinco anos, em virtude da irregularidade do fornecimento da matéria-prima. Por volta de 1750 foram descobertos depósitos de salitre de boa qualidade, o que levou à instalação de duas novas fábricas que, no entanto, foram desativadas em menos de dez anos devido à quantidade insuficiente de salitre minerado o que tornava antieconômica a produção. Apesar das dificuldades encontradas, ao final do período colonial havia pelo menos uma fábrica de salitre em operação no Brasil.

A produção de corantes naturais, extraídos de recursos minerais e vegetais, iniciada com a exploração do pau-brasil, também se ampliou. Outros corantes passaram a ser produzidos no Brasil, principalmente pela assimilação de costumes indígenas. Alguns exemplos são: branco da tabatinga (do tupi *tawa't~iga*, "barro branco"), o vermelho do urucu e o preto do jenipapo. O anil ou índigo teve sua produção incentivada pela Coroa de tal modo que, no final do século XVIII, a produção anual na região de Cabo Frio atingiu 22.500 kg, nas 206 fábricas então existentes. Foi também incentivada a cultura da cochonilha visando a fabricação de corante carmim.

O serviço de iluminação tinha, à época, relação direta com a indústria química, uma vez que era suprido pela combustão de diferentes materiais. O primeiro combustível usado foi o óleo de baleia, que dispunha de três centros produtores. A quantidade produzida era suficiente para a iluminação pública e particular, sendo o excedente usado para a fabricação de sabão e de agente ligante (em mistura com cal) para construção.

Em conclusão, pode-se dizer que as medidas restritivas impostas pelo Coroa portuguesa provocaram uma defasagem no desenvolvimento da atividade industrial da colônia, em relação aos países europeus. Contribuiram para isso, além da já referida política mercantilista, a dificuldade do escoamento da produção resultante do precário ou quase inexistente transporte terrestre e o fato do acesso à educação e ao conhecimento estar restrito a uma parcela insignificante da população.

Nesse quadro, ao final do período colonial, as atividades relacionadas à indústria química no Brasil, restringiam-se a:

- produtos de consumo: açúcar, aguardente, sabão, medicamentos e tecidos; e
- produtos químicos ou matérias-primas: cal, potassa e soda, sal, salitre, cloreto de amônio.

Período Imperial: 1808-1889

O período imperial tem início em 1808, com a transferência da Corte portuguesa para o Brasil, que deixa de ser colônia. Reflexo imediato da nova situação foi a implantação de medidas que visavam mudar a situação sufocante anterior. Nesse aspecto, destacam-se: a abertura dos portos – que permitia maior ação do comércio local com nações estrangeiras (leia-se Inglaterra) – e eliminação das restrições de instalação de indústrias no Brasil, resguardando-se, no entanto, até certo ponto, os interesses da indústria portuguesa.

Considerada a insignificância do mercado local, a situação do comércio exterior influiu bastante no desenvolvimento industrial durante o período imperial, regido pelas relações entre Portugal e Inglaterra, país sob cuja proteção o rei se transferiu para o Brasil. Essa tutela significou algumas concessões nos tratados comerciais então estabelecidos.

A proclamação da Independência, em 1822, trouxe, do ponto de vista comercial, desvantagens adicionais à já precária posição brasileira no cenário internacional, em razão das concessões barganhadas em troca do reconhecimento do Brasil como nação independente.

Aos poucos, no entanto, os mandantes brasileiros fizeram evoluir nossa política de comércio exterior no sentido de incrementar a economia brasileira; ou seja, caminhava-se para uma política protecionista. Esse quadro culminou, em 1844, com a implantação de uma medida – conhecida como Tarifa Alves Branco – que veio a ser um marco no desenvolvimento industrial do país, por restringir significativamente as importações.

A seguir são comentados os principais fatos relacionados ao desenvolvimento da indústria química brasileira no período colonial.

A indústria açucareira beneficiou-se dos conflitos na Europa, que permitiram cotação elevada para o produto brasileiro. Com a volta da estabilidade do mercado, a concorrência do açúcar de beterraba e o aumento de produção de cana nas Antilhas, o nosso açúcar acabou, em 1831, cedendo ao café a liderança das exportações brasileiras.

Do ponto de vista técnico, o setor açucareiro evoluiu. Algumas melhorias de processo foram introduzidas, como, por exemplo, o uso do bagaço como combustível, o aperfeiçoamento das fornalhas e o uso de cal na coagulação de impurezas. Outros marcos importantes para o setor foram a introdução do vapor como fonte de energia motora e a instalação das primeiras refinarias de açúcar a partir de 1830.

A produção do açúcar refinado deu origem a uma nova atividade industrial: fabricação de carvão animal, que é o principal agente de purificação utilizado pela indústria açucareira. O principal processo de obtenção de carvão animal consistia na calcinação de ossos animais. Foram usados também como matéria-prima sangue animal cristalizado, albumina de sangue de boi e óleo de mocotó.

Além da fabricação de açúcar, foram identificadas outras iniciativas de empreendimentos industriais no setor de alimentos e bebidas. Em 1810 foi instalada a primeira fábrica de alimentos (que não o açúcar) no Brasil. Foi uma fábrica de chocolates, cuja duração foi efêmera. Em 1813 começou a operar outra empresa fabricante de chocolates, que funcionou até 1853.

O setor de fabricação de massas viu nascer no período três iniciativas (1812, 1828 e 1841) que tiveram, no entanto, vida curta.

Associada à fabricação de massas, teve início a instalação de moinhos de trigo. Os dois primeiros começaram a funcionar em 1819; ressalte-se que um deles foi, provavelmente, o primeiro estabelecimento industrial brasileiro a usar vapor como fonte de energia.

O setor de bebidas – excluída a aguardente que data do período colonial – teve duas destilarias implantadas em 1816 e 1818. As duas primeiras fábricas de cerveja começaram a operar em 1853.

Registre-se ainda a operação, a partir de 1835, de uma fábrica de sorvetes que produzia seu próprio gelo.

Quando da chegada da Corte ao Brasil, apenas uma indústria têxtil sobrevivia à pressão de Portugal contra o desenvolvimento industrial do Brasil. Por outro lado, este foi o segmento industrial que apresentou maior expansão no período imperial. Com a nova situação, foram implantadas mais de cem tecelagens, das quais mais de oitenta mantinham-se em operação ao final do Império.

O segmento de sabões e velas, que começara a ser implantado no período colonial, cresceu significativamente durante o Império para atender o mercado. Observe-se que as velas se agregam aos sabões como um setor industrial por usarem, à época, o sebo como matéria-prima comum. Quando da proclamação da República encontravam-se em operação cinqüenta e cinco fábricas.

Do ponto de vista técnico foi notado também algum progresso. Em 1844 entrou em operação a primeira fábrica de sabão, no Brasil, a usar vapor como fonte de energia.

A indústria de velas teve, no período, desenvolvimento significativo. A matéria-prima colonial – sebo – continuou sendo bastante utilizada; porém, em 1837 entrou em operação a primeira fábrica a usar espermacete em vez do sebo e na década seguinte, outra fábrica usava estearina. No final do período foi feita a primeira experiência de fabricação de vela de parafina, obtida a partir do óleo de xisto.

A indústria de couro, particularmente a atividade de curtimento, teve início no Brasil em 1821. Ao final do período imperial existiam cerca de vinte curtumes no Brasil.

A indústria de papel foi um segmento significativo no século XIX, na Europa, não só pelo mercado crescente como também por estimular o desenvolvimento de outros ramos industriais, particularmente a indústria de produtos químicos.

Estas razões fizeram com que fosse grande o interesse de empreendedores em desenvolvê-la no Brasil, quando da chegada de D. João VI; entretanto, o resultado foi pouco significativo. Um dos problemas encontrados para tal desenvolvimento foi a indisponibilidade de matéria-prima.

A primeira fábrica de papel no Brasil operou por volta de 1820, usando – como de resto era o trivial na Europa – trapos gerados em uma estamparia de tecidos (à qual era anexa) como matéria-prima para fabricar papel de escrever. Pouco tempo depois, uma nova fábrica entrou em operação, usando energia hidráulica como força motriz (roda d'água).

Interessante notar que esses empreendimentos pioneiros sofreram ameaças veladas e anônimas, muito provavelmente emanadas da Inglaterra, que temia concorrência ao seu mercado exportador.

Em 1843 entrou em operação, na Bahia, um curioso empreendimento do ramo de papel. À época, com Salvador sitiada, uma das alternativas para alimentação da população era talo de bananeira; daí foi desenvolvida uma idéia que resultou em uma fábrica de papel, que usava como matéria-prima filaça[6] da bananeira.

A indústria de vidros era outro setor importante na Europa, no início do século XIX. Assim, com a chegada da Corte ao Brasil, essa atividade foi levada em consideração. Em 1809 houve uma determinação policial que obrigava o uso de vidro no fechamento dos vãos das janelas, em vez das gelosias e outros recursos então usados. Essa medida, que, segundo Gilberto Freyre, visava atender a interesses da indústria inglesa, fez surgir um mercado potencial, levando à implantação, em curto período (ao menos para a época), de três fábricas. Ao final do período imperial o país dispunha ainda de três fábricas, que tinham uma linha de produção bastante diversificada, mas da qual não faziam parte os vidros planos, que seriam os de maior mercado, em razão de seu uso em vidraças.

Com a vinda da Corte para o Brasil, a fabricação de pólvora, que já era tolerada desde os tempos de colônia, por se tratar de questão estratégica, passou a ser considerada prioritária. A Coroa aspirava não só o monopólio da fabricação, como também o da comercialização do produto. Uma das grandes dificuldades enfrentadas pelo setor foi o abastecimento de matérias-primas, particularmente o de salitre. De imediato, foram implantadas duas fábricas.

Uma das preocupações de D. João VI ao chegar à ex-colônia em 1808 era implantar iluminação pública a gás, tal como já ocorria na Europa, onde era usado o gás de carvão. Apesar dos esforços, a primeira instalação só foi inaugurada em 1854, uma vez que a grande dificuldade para o uso deste combustível era a necessidade de instalação de canalização para essa distribuição.

6. Filamento grosseiro de alguns vegetais.

Houve, no entanto, uma evolução nos sistemas de iluminação então usados, passando sempre pela participação da indústria química.

No início do período imperial foi ampliada a gama de combustíveis usados na iluminação pública, de sorte que os óleos de baleia e de peixe foram sendo gradativamente substituídos por óleos vegetais como, por exemplo, o de mamona.

Em 1845 foi inaugurada a primeira instalação que usava combustível não "oleoso". Este foi indevidamente denominado *gás hidrogênio líquido*, uma vez que não era hidrogênio, mas sim um líquido obtido pela destilação de uma mistura de aguardente com aguarrás. Apesar da alta inflamabilidade desse material, o que ocasionou diversos acidentes, até o final da década de 1860 várias cidades brasileiras adotaram esse sistema de iluminação pública.

O estágio seguinte da evolução foi o uso de materiais obtidos a partir de combustíveis fósseis. Durante a década de 1860 foram implantadas várias instalações usando querosene e *gás globo* o qual também não era um gás, mas uma fração líquida da destilação do petróleo, conhecida hoje como nafta.

Finalmente, em 1854 teve início o ciclo do gás de carvão. Até meados da década de 1870 foram inauguradas instalações para a produção de gás de carvão nas principais cidades brasileiras que passaram a adotar esse sistema de iluminação pública.

República

A proclamação da República deflagrou uma transição político-econômica no final do século XIX. As novas idéias vigentes ao início do período republicano levaram a uma mudança no espírito conservador que vigorava no Império. Algumas medidas econômicas, como por exemplo, a queda acentuada da taxa cambial e a elevação das tarifas alfandegárias, incrementaram o ritmo do desenvolvimento industrial do país.

Foram fundadas nesse período algumas sólidas empresas no setor da indústria química, que se mantém até os dias atuais:

1890 – Cia. Melhoramentos de São Paulo, com sua fábrica de papel em Caieiras (SP).

1891 – Cia. Antártica Paulista, iniciando a produção de cerveja e bebidas em geral em São Paulo.

1893 – Dierberger Óleos Essenciais S. A., fabricando produtos químicos e essencias em São Paulo.

1894 – Queiroz, Moura e Cia., em São Paulo, produzindo ácidos e produtos químicos e, a partir de 1904, também adubos químicos (em 1912 passou a se denominar Sociedade de Produtos Químicos L. Queiroz).

Esse início promissor foi logo atingido pela primeira crise econômica republicana. A nova realidade brasileira tornou necessário o aumento das emissões monetárias para garantir o montante adequado de moedas em circulação. O crescimento dessas emissões tornou-se incontrolável, trazendo, entre outras, conseqüências, tais como aumento do déficit público e desvalorização da moeda. Associada a isso, ocorreu, em 1895-1896, uma crise internacional do café (já então componente significativo de nossa economia) provocada por uma queda acentuada dos preços internacionais, o que ocasionou superprodução e aumento de estoques no Brasil.

Todo esse quadro levou o país praticamente à bancarrota, em 1898. Uma política de saneamento foi então posta em prática. As principais medidas foram: moratória dos credores externos; renegociação da dívida externa (com condições, obviamente, impostas por "eles" e não por nós); corte de despesas públicas; aumento de impostos e alienação de bens públicos. Essa política, certamente dolorosa no primeiro momento, mas reconhecidamente benéfica na retomada ocorrida no médio prazo, afetou acentuadamente o desenvolvimento industrial. Durante quase dez anos não se tem registro de qualquer novo empreendimento significativo no setor da indústria química.

A retomada do desenvolvimento tem como característica marcante a participação de grupos multinacionais, dos quais se destacam:

1903 – Cia. Vidraria Santa Marina (grupo francês St. Gobain).

1905 – Moinho Santista (grupo holandês-argentino Bunge-Born), atuando inicialmente no setor de alimentos e que teria, posteriormente, grande expansão.

1911 – Frederico Bayer & Cia. – mais tarde Bayer do Brasil (grupo alemão Bayer) produzindo diversos produtos químicos.

1912 – Cia. Brasileira de Carbureto de Cálcio (grupo belga Solvay).

1912 – S. A. White Martins, produzindo gases industriais (posteriormente pertencente à Union Carbide dos EUA).

1919 – Cia. Química Rhodia Brasileira (grupo francês Rhone Poulenc).

O período da Primeira Guerra Mundial (1914-1918) e o respectivo pós-guerra (até 1924) trazem ao país uma situação de crise semelhante à vivida no final do século anterior. O grande volume de emissões e a desvalorização cambial, por um lado, e a ausência das matérias-primas importadas, por outro, levaram a um crescimento pontual da atividade industrial. Várias empresas surgiram nesse período para fenecerem em seguida.

Como empreendimentos de destaque, pode-se ressaltar a fundação da Cia. Aga de Gás Acumulado no Rio de Janeiro, em 1915, para produzir acetileno e a origem do que viria a ser posteriormente um dos maiores conglomerados industriais nacionais: a S. A. Indústria Votorantim, em 1918, em Sorocaba (SP), semente do Grupo Votorantim – Ermírio de Moraes.

A partir de 1924 e até por volta de 1930, quando nova política de estabilização foi implantada, seguiu-se um novo período de recessão e, conseqüentemente, de estagnação do desenvolvimento industrial. No entanto, e também como resultado da situação econômica, assistiu-se ao crescimento da entrada de subsidiárias de empresas estrangeiras no país, visando a aproveitar a mão-de-obra barata e contornar as barreiras alfandegárias então impostas às importações.

O setor químico-farmacêutico foi um dos mais atingidos, sendo que as empresas multinacionais aqui instaladas operavam quase que exclusivamente a embalagem dos produtos enviados pelas matrizes.

A partir do final da década de 1920 houve uma retomada do crescimento do setor, caracterizada pela diversificação de atividades. Entre 1928 e 1939 foram instaladas pelo menos quinze empresas de porte, operando nos mais diversos segmentos: derivados de milho, refinação de petróleo, pigmentos, derivados de borracha, material fotográfico, tintas de escrever, raion viscose e outros.

A Era do Petróleo

O advento do petróleo veio revolucionar a vida moderna pelos benefícios que os produtos obtidos a partir de seus derivados trazem à sociedade que os usufrui.

Estes produtos participam do nosso dia-a-dia, estando presentes em todas as nossas ações, constituindo-se em insumos para inúmeros setores, tais como: transporte, saúde, alimentação, vestuário e construção.

Na maioria dos casos, os produtos derivados do petróleo vieram suceder produtos obtidos a partir de outros recursos naturais como madeira, argilas, couro, algodão, lã, minerais metálicos e outros. Essa substituição só se tornou viável em razão da melhor qualidade e do menor preço associados aos petroquímicos.

A partir de sua extração até a manufatura dos bens de consumo, o caminho percorrido pelo petróleo e seus derivados é constituido por transformações químicas. Esse caminho é ilustrado de maneira simplificada, por meio das etapas necessárias para a manufatura de um pneu.

Ao conjunto de etapas industriais que usam como matéria-prima os derivados de petróleo[7] denomina-se indústria petroquímica.

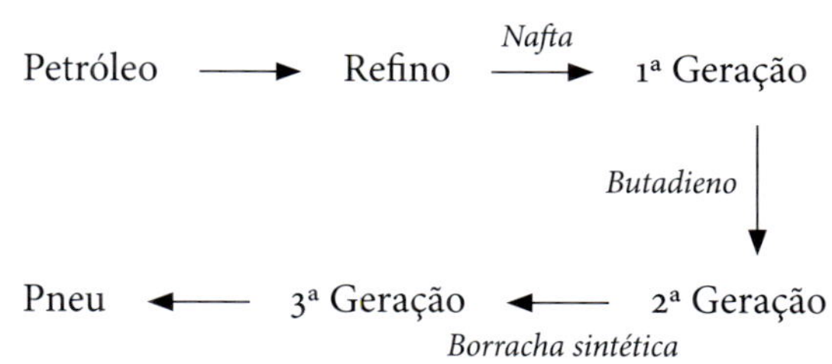

A Refinação de Petróleo no Brasil

Como foi apontado, a atividade de refino de petróleo no Brasil teve início na década de 1930, com a operação de três refinarias. Destas, merece destaque a das Indústrias Matarazzo, pelo fato de ter sido inteiramente projetada e construída no Brasil. A capacidade de produção dessas refinarias era da ordem de dezenas de metros cúbicos por dia, sendo que a maior delas – Refinaria Ipiranga S. A. de Rio Grande (única ainda em operação) – era de 160 m³/dia.

A partir de 1950, por ação do Conselho Nacional do Petróleo e com a criação da Petrobras, em 1953, teve início a implantação de uma série de refinarias, permitindo que, em 1969, a capacidade de refino no país atendesse a 100% do mercado de derivados de petróleo, enquanto em 1953 apenas 9% do mercado era atendido.

A tabela abaixo apresenta as refinarias implantadas a partir de 1950.

DATA	REFINARIA	LOCALIDADE	OBSERVAÇÕES
1950	Mataripe	Mataripe (BA)	Posteriormente denominada Landulpho Alves. Primeira a refinar petróleo nacional.
1954	União	Santo André (SP)	Posteriormente denominada Refinaria de Capuava.
1955	Presidente Bernardes (RPBC)	Cubatão (SP)	
1956	Manaus	Manaus (AM)	
1961	Duque de Caxias (REDUC)	Duque de Caxias (RJ)	
1966	Fábrica de Asfalto de Fortaleza	Fortaleza (CE)	
1968	Gabriel Passos (REGAP)	Betim (MG)	
1968	Alberto Pasqualini (REFAP)	Canoas (RS)	
1972	Planalto (REPLAN)	Paulínia (SP)	É a de maior capacidade: 54 mil m³/dia.
1976	Getúlio Vargas (REPAR)	Araucária (PR)	
1980	Henriquetage (REVAP)	S. J. dos Campos	

Indústria Petroquímica

O primeiro empreendimento petroquímico foi a Fábrica de Fertilizantes de Cubatão, implantada pela Petrobras em 1958, ao lado da RPBC.

Em um mesmo sítio industrial foram instaladas as três gerações que compõem os complexos petroquímicos. A matéria-prima usada eram os gases residuais da refinaria. O petroquímico básico (ou de primeira geração) era a amônia, a partir da qual era produzido o intermediário (ou de segunda geração) ácido nítrico. O produto final (ou de terceira geração) era o nitrato de amônio.

Nesse mesmo período, a RPBC passou a fornecer maté-

7. Produtos obtidos no refino do petróleo.

rias-primas para as indústrias petroquímicas recém-instaladas em Cubatão: Copebras (negro de fumo); CBE – Companhia Brasileira de Estireno (polietileno de baixa densidade); Rhodia (álcool isopropílico e acetona) e Alba (metanol). Com a disponibilidade de matérias-primas, novas unidades passaram a operar na região: S. A. Geon do Brasil (PVC); Eletrocloro (PVC) e Quimbrasil (fenol).

Outras iniciativas de implantação de indústrias petroquímicas ocorreram na Bahia e no Rio de Janeiro. Em Camaçari (BA) a Petrobrás criou o Conjunto Petroquímico da Bahia – Copeb – (posteriormente denominada Nitrofertil) para produzir amônia e uréia (fertilizante) a partir do gás natural do Recôncavo. No Rio de Janeiro foi implantado, também pela Petrobrás, o Conjunto Petroquímico Presidente Vargas – Fabor – (posteriormente denominada Petroflex), que recebia butadieno da Reduc para produzir borracha sintética.

A partir de meados da década de 1960, o governo tomou uma série de iniciativas visando estimular a consolidação da indústria petroquímica no Brasil, culminando com a criação da Petrobras Química S. A. – Petroquisa – em 1968. Essas ações levaram à implantação dos três pólos petroquímicos brasileiros.

O primeiro deles foi o de São Paulo, que nasceu quase que como uma extensão do complexo que já funcionava em Cubatão. Estabelecido em torno da refinaria União (Capuava) o empreendimento contou com apoio da Petrobras tanto no compromisso do fornecimento de nafta proveniente da RPBC, quanto na participação da Petroquisa como acionista da CBE, Oxiteno e Poliolefinas, além da própria Petroquímica União. Na fase inicial de operação do pólo de São Paulo haviam sido instaladas nove empresas que produziam: cloreto de vinila e PVC; óxido de eteno; fenol; tetrâmero de propeno e cumeno; estireno e polietileno de alta e baixa densidades.

A diretriz governamental de reduzir desníveis regionais associada à necessidade de expansão da produção brasileira de petroquímicos levou à implantação, em 1978, do segundo pólo petroquímico em Camaçari (BA). O projeto da Central de Matérias-Primas foi liderado pela Petroquisa que, para tal, criou a Companhia Petroquímica do Nordeste – Copene.

No início da operação da Copene encontravam-se instaladas em Camaçari dezoito empresas. Alguns dos exemplos de petroquímicos produzidos eram: polietileno, poliestireno, polipropileno, PVC, poliester, nylon, fibras acrílicas e melamina.

A refinaria Presidente Bernardes, em Cubatão (SP), é uma das maiores e mais antigas do país.

O terceiro pólo originou-se pela necessidade do aumento de oferta de petroquímicos e foi instalado em 1982 no município de Triunfo (RS), próximo à refinaria Alberto Pasqualini. À semelhança do que fora feito com a Copene na Bahia, foi criada a Companhia Petroquímica do Sul – Copesul. No início da operação, haviam sido instaladas cinco empresas produzindo polietileno (de alta e baixa densidades), polipropileno e borracha sintética.

A virada do século XX para o XXI encontra no Brasil uma indústria química ainda buscando o seu ponto de equilíbrio após os impactos provocados pela globalização. Seus segmentos mais significativos – petroquímica, cloro e soda, fertilizantes e química fina – procuram seus novos caminhos embasados em suas diferentes histórias e respeitando o que a sociedade deles espera.

Evolução da Engenharia Química e da Formação do Engenheiro Químico

A evolução histórica da engenharia química no Brasil, assim como no resto do mundo, está intimamente ligada à evolução da indústria química. Ainda que a primeira atividade econômica desenvolvida no país se enquadrasse no setor da indústria química, a história da engenharia química brasileira começou quase quatrocentos anos depois. Durante esses quatro séculos o suporte técnico e tecnológico ao desenvolvimento industrial era suprido, quando existente, por mão-de-obra importada.

O final do período imperial assiste ao início de uma diversificação na atividade da indústria química e ao aumento de empresas atuantes no setor, de modo a representar um potencial mercado de trabalho. Eram empresas de pequeno porte e, em sua maioria, nacionais. A demanda de mão-de-obra de empresas com esse perfil era por profissionais polivalentes.

Para atender a esse mercado, a Escola Politécnica de São Paulo criou, em 1894 – ano de sua fundação – o curso de engenheiros industriais. Era um curso baseado no de engenharia civil, do qual emprestou várias disciplinas, complementando-as com outras de mecânica e química, além de eletrotécnica.

A diversificação na atividade industrial experimentada na virada do século provocou o início da fragmentação do curso de engenheiros industriais. Em 1907 foi criado o curso de engenheiros eletricistas, transformado, em 1911, em curso de engenheiros mecânicos-eletricistas.

No caso da química, essa fragmentação tomou rumo diverso, talvez pelo fato de ser a química a única habilitação da engenharia na qual o nome da habilitação tanto pode ser adjetivo – tal como ocorre em todas as outras – como também um substantivo – designativo de uma profissão correlata.

Assim é que, em 1918, foi criado o curso de química, que funcionava paralelamente ao de engenharia industrial. Pouco tempo depois, em 1920, foi criado o curso de química industrial, tendência esta que foi seguida em outros centros do Brasil. No entanto, o grau de desenvolvimento da indústria química brasileira já sinalizava para a necessidade de um profissional capacitado também a projetar instalações industriais. Localizada no então já maior centro industrial do país, a sempre atenta Escola Politécnica de São Paulo criou, em 1925, o primeiro curso de engenharia química a funcionar no Brasil.

O quadro de formação de engenheiros químicos no país manteve-se sem alterações significativas até meados do século XX. O fato de nenhum outro centro brasileiro ter criado até então curso de engenharia química se deve, provavelmente, à liderança crescente de São Paulo na atividade industrial em geral e no segmento da indústria química em particular.

A criação da Petrobrás, deixando vislumbrar o nascimento da indústria do petróleo, foi o marco basilar no desenvolvimento do binômio engenharia química/indústria química para o Brasil.

A indústria do petróleo tem como suas principais características a elevada escala de produção e o alto grau de complexidade operacional. Esses fatores, até então inéditos no parque industrial brasileiro, provocaram um aumento na demanda por engenheiros químicos.

Visando a atender a essa demanda foram criados, na década de 1950, quatro novos cursos de engenharia química no país. Três destes cursos foram originados, tal como o da Escola Politécnica de São Paulo, de cursos de química industrial:

1952 – Escola Nacional de Química do Rio de Janeiro (Rio de Janeiro).
1952 – Escola de Química da Universidade do Paraná.
1953 – Escola de Química de Pernambuco.

Plataforma de petróleo.

O quarto foi o curso de Engenharia Química da Escola de Engenharia de Porto Alegre (RS), criado em 1954 e que procurava ter um caráter diferente dos outros, procurando formar um profissional com "mais engenharia e menos química".

A velocidade da evolução dos conhecimentos necessários ao atendimento da indústria do petróleo e petroquímica era maior do que aquela que os recursos e condições da universidade brasileira possibilitavam. Identificava-se então a necessidade de complementar a formação regular de nossos engenheiros químicos.

Com o objetivo de eliminar essa lacuna, a Petrobras criou cursos internos para os recém-formados, conseguindo assim formar seus engenheiros de processo de acordo com o perfil que lhe era adequado.

Pelo lado da universidade, a resposta primeira que se fez presente foi o pioneirismo que caracterizava a Escola Politécnica (já então na Universidade de São Paulo). Em meados da década de 1950, o recém-criado programa de formação de doutores em engenharia química abria a possibilidade de obtenção do título também a profissionais de fora da carreira acadêmica.

O modelo de desenvolvimento adotado pela indústria petroquímica brasileira teve conotação política e não técnica. A opção foi por um crescimento rápido, baseado em importação de tecnologia. Esse modelo não contemplava inicialmente nenhum compromisso com desenvolvimento tecnológico a ser realizado no país. Sendo a pesquisa e o desenvolvimento atividades que demandam altos investimentos e de retorno demorado, e sendo escassos os recursos disponíveis, os poucos esforços nela aplicados o foram quase que exclusivamente pelo governo, em universidades e em institutos de pesquisas.

O perfil do profissional exigido pelo modelo do setor era caracterizado pela competência em realizar atividades diretamente ligadas à produção e, em menor escala, pela capacitação em negociar e adaptar tecnologias de outros países às condições brasileiras.

A universidade brasileira atendeu as novas necessidades tanto do ponto de vista qualitativo quanto quantitativo. A formação de engenheiros químicos nas décadas de 1960 e 1970 foi caracterizada pelo aumento da oferta de egressos, necessário para atender o aumento da produção industrial. Para ilustrar a afirmativa, cita-se o fato de que o aumento da produção industrial entre 1960 e 1980 foi de 2.400%, enquanto o número de engenheiros químicos formados cresceu de 250, em 1965, para 1.800, em 1980.

Um fato positivo foi observado nesse período: algumas empresas de engenharia procuravam evoluir no sentido de deixar de serem meras executoras de detalhamento de projetos para tentar abrir as "caixas pretas" nas quais se constituíam os pacotes tecnológicos. Essas tentativas de absorção de *know-how* exigiam pessoal competente e com formação distinta daquela da grande massa que atendia o parque industrial.

Começava a se evidenciar a necessidade de seguir uma tendência dos países tecnologicamente desenvolvidos, que era a de basear a formação dos engenheiros químicos nas ciências da engenharia química.

Dessa forma, ainda na década de 1960, a Escola Politécnica da USP introduzia a matéria Fenômenos de Transporte, inicialmente na pós-graduação e, logo a seguir, em seu currículo de graduação. Muito contribuiu também para a melhoria da qualidade dos engenheiros químicos formados no Brasil a criação, em 1963, da Coordenação dos Programas de Pós-Graduação de Engenharia – Coppe – junto à atual Universidade Federal do Rio de Janeiro. Os pós-graduandos formados por essa instituição somaram-se aos oriundos da Escola Politécnica da USP e a alguns formados no exterior para construir novos cursos de engenharia química em renomadas instituições como Unicamp, UFSCAR e UEMARINGÁ.

Relação Universidade-Empresa

A dificuldade da integração plena universidade–empresa no Brasil parece ser cultural. Um dos aspectos que confirma tal assertiva é o pequeno número de dissertações e teses de pós-graduação originados de problemas reais da indústria brasileira, contrariamente ao que acontece nos países geradores e detentores de tecnologia. Outro dado significativo, particularmente no caso da engenharia química é o ainda pequeno índice de absorção, pela indústria química, de profissionais titulados.

No entanto, algumas iniciativas no sentido de alargar a via de comunicação universidade – empresa já se fazem notar. Empresas como Petrobrás, Copene, Oxiteno, entre outras, têm desenvolvido programas com instituições como Coppe, UFSCAR, EP-USP, Unicamp e UFBA tanto no aperfeiçoamento da formação de seu pessoal quanto na execução de pesquisas de interesse.

Os programas de educação continuada também têm contribuído sobremaneira para a maior aproximação entre os dois importantes segmentos para a vida do país. Uma experiência inaugurada em 1989 pela Escola Politécnica da USP, e que certamente trará frutos para a integração universidade–empresa, é o curso cooperativo de engenharia química. Trata-se de uma parceria escola-empresa por meio da qual são intercalados, no decorrer do curso acadêmico convencional, estágios obrigatórios realizados pelos alunos, nas empresas. A programação e o acompanhamento dos estágios são feitos conjuntamente pelas duas instituições.

O Desafio do Novo Século

A questão ambiental, cuja conscientização pela sociedade é bastante recente na perspectiva temporal da história da humanidade, ou até mesmo nos 500 anos de Brasil, indica mais uma modificação no perfil do engenheiro químico.

Os aspectos mais significativos da questão ambiental são a poluição (deposição de rejeitos materiais ou energéticos no meio ambiente) e o esgotamento de recursos naturais materiais e energéticos. Como a indústria química promove exatamente a transformação de recursos naturais materiais em bens úteis para a sociedade, é inerente a ela, mais do que a qualquer outra atividade econômica, a geração de rejeitos a serem dispostos no meio ambiente.

Não foi por outra razão que esse segmento foi o pioneiro na iniciativa de promover um programa de proteção ao meio ambiente. Trata-se do Programa de Atuação Responsável criado pela Associação Canadense de Indústrias Químicas, hoje disseminado em inúmeros países. No Brasil, o programa é coordenado pela Associação Brasileira da Indústria Química – Abiquim –, contando com a adesão voluntária de cerca de cem empresas.

Nesse quadro pode-se dizer que cabe à engenharia química um duplo papel no trato da questão ambiental. O primeiro consiste em conduzir a atividade da indústria química de modo a que continue atendendo o que dela espera a sociedade, de forma economicamente competitiva e ambientalmente correta. O segundo consiste em promover a prevenção e o controle ambientais relativos a todas as outras atividades humanas, e que estejam no âmbito de sua vocação.

Sem dúvida, o engenheiro químico do século XXI deverá estar preparado para vencer o desafio. Para tanto, os cursos de engenharia química deverão se adequar a essa nova realidade. Conhecimentos e habilidades que embasam a formação dos egressos de nossas escolas deverão passar a considerar a variável ambiental. Essa tranformação está em curso e certamente estará consolidada em poucos anos.

Uma outra transformação muito mais profunda e, como tal, mais difícil de ser atingida é fundamental para o sucesso da empreitada. Trata-se da mudança de atitude. Os novos profissionais da engenharia química – bem como os de todas as outras profissões – deverão ter desenvolvido de forma plena a sua consciência ambiental.

O desafio é hercúleo. No entanto, devemos todos nos concentrar em vencê-lo, uma vez que a dimensão da recompensa é equivalente à do desafio. Ter consciência ambiental significa respeitar o meio ambiente e respeito ao meio ambiente significa respeito a si mesmo, ao próximo e à Nação. Isto se chama CIDADANIA. Essa será a nossa recompensa.

Referências Bibliográficas

BORZANI, Walter. "O Curso de Engenheiros Químicos da Escola Politécnica da Universidade de São Paulo". *Boletim do Departamento de Engenharia Química da EP-USP*, nº 18, set. 1964.

CARRARA JR., Ernesto & MEIRELLES, Hélio. *A Indústria Química e o Desenvolvimento do Brasil 1500-1889*. São Paulo, Metalivros, 1996.

D'ÁVILA, Saul Gonçalves. "Ensino de Engenharia Química no Brasil: Perspectivas". *Revista Brasileira de Engenharia Química*, vol. XIV, nº 1, ago. 1994, pp. 22-31.

FREYRE, Gilberto. *Ingleses no Brasil*. 2. ed. Rio de Janeiro, INL, 1977.

MAAR, Juergen Heinrich. *Pequena História da Química - Primeira Parte: Dos Primórdios a Lavoisier*. Florianópolis, Papa-Livro, 1999.

PETROBRAS. *O Petróleo e a Petrobrás*. Rio de Janeiro, Serviço de Relações Públicas da Petrobrás, 1978.

________. *Sistema Petrobrás – Fatos, Dados e Perspectivas*. Rio de Janeiro, 1995.

POLITÉCNICA 100 ANOS. Rio de Janeiro, Expressão e Cultura, 1993.

PRADO JR., Caio. *História Econômica do Brasil*. São Paulo, Brasiliense, 1986.

SANTA ROSA, Jayme. "A Indústria Química no Brasil – Primeira Parte". *Estudos Econômicos,* Departamento Econômico da Confederação Nacional da Indústria, ano III, nº 9, mar. 195[illegible].

______. "A Indústria Química no Brasil – Segunda Parte". *Estudos Econômicos*, Departamento Econômico da Confederação Nacional da Indústria, ano III, nº 10, jun. 1952.

SILVA, Gil Anderi da. "Meio Ambiente, Segurança de Processos e a Formação do Engenheiro Químico". *Revista Brasileira de Engenharia Química*, vol. 16, n. 1, 1996, pp. 4-7.

SOUTO, Theodureto de Arruda. "O Curso de Engenheiros Químicos". *Anuário 1946*, São Paulo, Escola Politécnica, 1947.

VANIN, José Atílio. *Alquimistas e Químicos – O Passado, o Presente e o Futuro*. São Paulo, Moderna, 1994.

VARGAS, Milton (coord.). *Contribuições para a História da Engenharia no Brasil*. São Paulo, EP-USP, 1994.

WONGTSCHOWSKI, Pedro. *Indústria Química – Riscos e Oportunidades*. São Paulo, Edgard Blücher, 1999.

22 A Engenharia Biomédica e a Medicina Moderna

JOSÉ CARLOS T. B. MORAES

Introdução

Uma pessoa sofre de um problema em seu coração e necessita ser submetida a uma cirurgia cardíaca, uma situação infelizmente muito freqüente nos dias de hoje. Durante esta operação cirúrgica o coração necessita ficar praticamente imóvel para que o cirurgião possa realizar seu trabalho adequadamente. Entretanto, em uma pessoa normal, sadia, o sangue que sai do coração é rico de oxigênio e impulsionado através das artérias para todas as partes do corpo humano, oxigenando os tecidos dos vários órgãos. Após essa oxigenação dos tecidos, o sangue pobre em oxigênio e rico em gás carbônico retorna ao coração pelas veias, sendo então enviado aos pulmões, onde efetua as trocas gasosas, recebendo o oxigênio do ar inspirado e expulsando o dióxido de carbono pelo ar expirado. Oxigenado pelo pulmão, o sangue é novamente enviado para todo o corpo após atravessar o coração, reiniciando o ciclo. Considerando-se que o deslocamento contínuo de um fluido, no caso o sangue, através de um sistema fechado de condução fluídica exige um componente bombeador, constata-se que este papel é desempenhado pelo próprio coração, que realmente funciona como uma bomba dupla, primeiro enviando o sangue para todo o corpo e o recebendo de volta, para depois enviá-lo aos pulmões para ser oxigenado, recebê-lo de volta e finalmente enviar de novo a todo o corpo humano. Retornando à situação da cirurgia cardíaca inicialmente mencionada, observe-se que o coração fica imóvel e sem realizar essa função de bombeamento durante todo o ato cirúrgico. Ainda mais: verifica-se que também os pulmões não funcionam normalmente durante a cirurgia, resultando uma pergunta óbvia: considerando que os vários órgãos do corpo humano necessitam continuar sendo oxigenados e irrigados de sangue durante toda uma cirurgia, que pode durar várias horas, como o sangue é impulsionado e oxigenado durante esse tempo? A resposta também é provavelmente óbvia: há um equipamento médico que realiza as funções do coração e do pulmão, substituindo esses dois órgãos durante todo o procedimento cirúrgico. Este é, provavelmente, o mais crítico e vital dos muitos exemplos em que a engenharia pode auxiliar a medicina, pois nenhuma cirurgia cardíaca humana realizada até o momento seria possível sem tal equipamento médico, denominado máquina de circulação extracorpórea, ou máquina coração/pulmão artificial, ou sistema de circulação extracorpórea.

Alguém mais desavisado poderia imaginar que a construção e a utilização desse equipamento médico sejam decorrência apenas do avanço tecnológico inquestionavelmente ocorrido nas últimas décadas. Ledo engano: uma longa seqüência de atividades científicas, médicas e tecnológicas teve início há quase dois séculos, até se chegar ao estado atual desse dispositivo tecnológico de auxílio médico. Legallois postulou, em 1813, que não seria difícil manter viva qualquer parte do organismo humano por tempo indeterminado se fosse possível substituir o coração por alguma forma de bombeamento artificial do sangue, obtido natural ou artificialmente. Brown-Séquard, em 1858, chamou a atenção das comunidades médica e científica para a importância da irrigação cerebral, notando que sua supressão por mais de cinco minutos tornava o cérebro irrecuperável. Ludwig, em 1865, construiu o primeiro oxigenador mecânico, por meio da agitação de uma mistura de ar e sangue, mas foi Schroeder, em 1882, que iniciou a era dos oxigenadores de bolhas, muito eficientes, mas exigindo uma solução para o grave problema da embolia aérea. Apesar de Locke ter conseguido manter em atividade corações isolados de cães por doze horas em 1907, foram Newbauer e Gross, em 1910, que obtiveram outro grande sucesso solucionando o problema da embolia aérea em seus oxigenadores de bolhas. Os trabalhos de Howell e Holt, publicados em 1918, identificaram a heparina, substância anticoagulante essencial na circulação do sangue pela máquina coração/pulmão artificial, estabelecendo um marco em uma longa seqüência de pesquisas na área. Em 1934, De Bakey institui a bomba de roletes no sistema de injeção arterial da máquina "coração". Ainda nesse ano, em Massachusetts, Gibbon publicou a idéia de uma máquina coração/pulmão artificial em um equipamento único, concepção concretizada efetivamente só em 1953. Em agosto de 1951, Dogliotte e Constantini realizaram a primeira circulação extracorpórea em humanos, tendo empregado uma máquina "coração" de roletes e um "pulmão" constituído por um oxigenador de bolhas de Clark que, em 1950, havia desenvolvido esse dispositivo usando silicônio no sistema de desborbulhamento. Em 1952, Gollan e colaboradores demonstraram a possibilidade e conveniência de associação entre a hipotermia e a circulação extracorpórea, com um oxigenador possuindo um permutador térmico dentro da coluna de oxigenação. No Brasil, em 1966, Jatene e Magalhães construíram um modelo compacto e mais funcional de oxigenador de bolha. Posteriormente, Jasbik e Moraes, em 1967, construíram modelos ainda mais compactos de oxigenadores de bolhas. Gomes e colaboradores aperfeiçoaram esse tipo de oxigenador em 1970[1]. O desenvolvimento dos oxigenadores seguiu em ritmo acelerado até que, em 1975 e 1976, Solis, Liddicoat, Berry, Beall, Heimbecker e outros demonstraram as definitivas vantagens do oxigenador de membranas. Curiosamente, as máquinas de circulação extracorpórea comercializadas na atualidade são muito similares àquelas construídas há mais de três décadas e usando a proposta de De Bakey em 1934, apesar de terem ocorrido algumas inovações patenteadas e características de segurança incorporadas em alguns exemplares desenvolvidos em pesquisas acadêmicas[2]. Nesse mesmo trabalho foi incorporado pela primeira vez no desenvolvimento de um equipamento médico o Conceito Integrado de Segurança de Equipamento Eletro-médico[3], tanto na concepção e desenvolvimento como na avaliação de um equipamento utilizado para fins médicos.

O exemplo anteriormente detalhado, dentre inúmeros existentes, indica tanto a possibilidade como a necessidade da medicina e das ciências biológicas serem auxiliadas pela engenharia e pelas outras áreas do campo das ciências exatas. Em decorrência da conveniência dessa associação surgiu a engenharia biomédica.

Por ser um ramo da engenharia com atuação organizada e estruturada muito recentemente, na verdade há pouco mais de quatro décadas incluindo atuação internacional, como será apresentado na seção seguinte, provavelmente seja útil ao leitor apresentar a área da engenharia biomédica, suas subáreas e linhas de atuação[4].

A engenharia biomédica é o ramo da engenharia que utiliza e aplica conhecimentos, métodos, processos e tecnologias das ciências exatas e da engenharia e tecnologia no auxílio à solução de problemas e necessidades das ciências biológicas e medicina. Em uma definição mais ampla, a engenharia biomédica certamente tem atuações comuns e interseções com muitas áreas multidisciplinares do conhecimento, tais como biomecânica, física médica, biomatemática e informática médica. A própria definição da engenharia biomédica por si só indica não apenas suas características interdisciplinar e multidisciplinar, envolvendo principalmente a engenharia com a física, a matemática, a biologia e a medicina, mas também a amplitude de suas aplicações e possibilidades de atuação.

1. D. S. Conceição e O. M. Gomes, *Circulação Extracorpórea*.
2. J. C. T. B. Moraes, *Sistema de Circulação Extracorpórea de Acordo com o Conceito Integrado de Segurança de Equipamento Eletro-Médico*.
3. International Electrotechnical Commission, *IEC 513*.
4. J. D. Bronzins, *The Biomedical Engineering Handbook*.

Foto do sistema de circulação extracorpórea (tese J. C. T. B. Moraes).

Várias associações profissionais no exterior se preocuparam nas décadas de 1950 e 1960 em definir cuidadosamente as denominações envolvidas com a área da engenharia Biomédica, além de suas várias subáreas de atuação. As mais eficazes nessas definições foram o IEEE Engineering in Medicine and Biology Group, a ASME Biomechanical and Human Factors Division, a Instrument Society of America e o American Institute of Aeronautics and Astronautics nos Estados Unidos da América do Norte. Sintetizando os resultados dos trabalhos realizados por esses grupos, pode-se concluir que a engenharia biomédica pode ser dividida em quatro subáreas principais, normalmente consideradas como clássicas:

Bioengenharia: subárea voltada especificamente à pesquisa pura, no auxílio ao desenvolvimento da ciência básica, por exemplo, estudando o funcionamento dos neurônios e de células cardíacas e respiratórias, em uma certa escala, e do sistema nervoso e do sistema cárdio-respiratório, em outra escala, com os auxílios de modelos matemáticos, simulações computacionais e experimentação.

Engenharia Médica ou Instrumentação Biomédica: subárea direcionada ao estudo, idealização, concepção, projeto, desenvolvimento, ensaios e avaliações laboratorial e clínica de instrumentação biomédica (hoje em dia, principalmente eletro-eletrônica-mecânica), sensores, transdutores e eletrodos para utilização no campo biomédico.

Engenharia Clínica ou Hospitalar: subárea voltada às atividades em hospitais e locais de atendimento à saúde, incluindo projeto, adequação e execução de instalações elétricas e prediais, assessoria em processos de tomada de decisão na aquisição de equipamentos, treinamento e orientação de equipes de manutenção. Atualmente, considera também atividades de auxílio ao atendimento à saúde, incluindo tanto Avaliação e Garantia da Qualidade de Tecnologias em Saúde como Engenharia de Sistemas de Saúde, bem como atividades de normalização, calibração, ensaios e certificação de equipamentos médicos a serem utilizados em ambientes de atendimento à saúde, incluindo aspectos de qualidade industrial e Sistemas da Qualidade.

Engenharia de Reabilitação: subárea envolvida com a melhoria das condições de vida de deficientes humanos em geral. Atualmente, inclusive em nível internacional, se envolve apenas com deficientes físicos, mas nada impede que auxilie em aplicações com deficientes de outras naturezas.

Um ramo de atuação exemplar em engenharia biomédica é aquele relacionado com imagens médicas, onde há possibilidade de utilíssimas pesquisas em bioengenharia visando à identificação de estruturas anatômicas e características fisiológicas de seres vivos, desenvolvimento de equipamentos médicos sofisticados, processamento de imagens médicas no auxílio a diagnósticos, terapias e tratamentos médicos, além de auxílio a deficientes físicos, por exemplo, por meio de modernos laboratórios de estudos de movimentos.

É importante enfatizar que, na década de 1980, a atuação da engenharia biomédica foi estendida para setores da saúde pública e da saúde coletiva, iniciando-se o que se poderia denominar uma subárea de engenharia de sistemas de saúde. Entretanto, em nível internacional, essas atividades ainda são normalmente classificadas como pertencentes à subárea da engenharia clínica.

Conforme também é fácil depreender, são muito freqüentes a interseção e a união de algumas dessas subáreas clássicas. Um bom exemplo é o desenvolvimento de sistemas eletrônicos e mecânicos constituintes de órteses, próteses e cadeiras de rodas que constituem interseção e união evidentes das subáreas de instrumentação biomédica e engenharia de reabilitação.

Esses exemplos anteriores, e certamente há muitos mais, mostram claramente que existem muitas áreas de atuação em engenharia biomédica que se relacionam com algumas ou todas as quatro subáreas clássicas da engenharia biomédica, o que significa que esta classificação muito freqüentemente é formal e acadêmica.

Muito recentemente, mais especificamente em outubro de 2001, a Sociedade Brasileira de Engenharia Biomédica, a ser apresentada posteriormente neste capítulo, enviou um documento à Capes no Brasil, por solicitação da própria Capes, contendo uma proposta de classificação das subáreas de atuação da engenharia biomédica que servirá ao IBICT, Capes e CNPq tanto para classificarem os projetos de pesquisa como identificarem pares para julgamentos de auxílios. A grande alteração nessa proposta, que tem grande chance de ser aprovada, é que a engenharia biomédica passa a ser uma área de pesquisa e desenvolvimento independente da engenharia elétrica, pois tem sido tradicionalmente classificada como subárea deste ramo da engenharia desde a criação desses órgãos de fomento em nosso país. A proposta considera a área de engenharia biomédica contendo as seguintes subáreas:

- Bioengenharia.
- Engenharia Clínica.
- Engenharia de Reabilitação.
- Informática em Saúde.
- Biomecânica.
- Instrumentação biomédica.
- Medições fisiológicas e monitorização.
- Modelagem, simulação e controle em Engenharia Biomédica.
- Órgãos artificiais e biomateriais.
- Processamento de sinais biológicos e de imagens médicas.
- Sensores e transdutores usados em engenharia biomédica.

Observe-se que tal proposta ainda não está oficializada e provavelmente será sujeita a aprimoramentos. Por exemplo, poder-se-ia considerar que as subáreas propostas "medições fisiológicas e monitorização" e "sensores e transdutores usados em engenharia biomédica" são normalmente relacionadas como atividades incluíveis em instrumentação biomédica.

Porém, é importantíssimo enfatizar que essa independência da engenharia biomédica, por si só, indica a importância e a qualidade da produção técnico-científica desse ramo da engenharia atualmente existente no Brasil, inclusive quando comparada com a correspondente em nível internacional.

Com a finalidade precípua de apresentar a diversidade de atuação na área de engenharia biomédica, note-se que as principais linhas de pesquisa e ramos de atuação normalmente considerados como distintos são os seguintes:

- Bioengenharia.
- Modelagem, Simulação e Controle de Sistemas Biológicos.
- Estudos de Sistemas Biológicos Não Lineares, incluindo Sistemas Caóticos.
- Neurociência Computacional.
- Efeitos Biológicos e Usos das Radiações e dos Campos de Forças.
- Instrumentação Biomédica.
- Biosensores, Transdutores, Instrumentação e Metrologia aplicados.
- Medições Fisiológicas, Monitoração e Terapia Intensiva;
- Processamento de Sinais Biológicos.
- Compatibilidade e Interferência Eletromagnéticas.
- Biomateriais.
- Ultra-som em Medicina e Biologia.
- Inteligência Artificial em Saúde.
- Biomecânica.
- Engenharia Clínica.
- Engenharia de Sistemas da Saúde.
- Avaliação e Garantia da Qualidade de Tecnologias em Saúde.
- Sistemas de Informação em Saúde.
- Informática em Saúde.
- Processamento de Imagens Médicas.
- Normalização, Ensaios, Calibração, Certificação, Controle e Garantia de Qualidade em Equipamentos Médico-Assistenciais;
- Engenharia de Reabilitação e Dispositivos de Assistência.
- Educação e Formação de Recursos Humanos.
- Ética, Pesquisa e Desenvolvimento.

Apesar de a engenharia biomédica, oficialmente e com esta denominação, ser uma área relativamente recente, inclusive em termos mundiais, conforme já enfatizado anteriormente, o auxílio das ciências exatas e da engenharia à medicina tem ocorrido há vários séculos. Basta lembrar dos termômetros clínicos e estetoscópios, sendo utilizados pelos médicos desde muitos séculos atrás. Entretanto, apenas em meados da década de 1980, os profissionais atuantes em medicina em todo o mundo de fato passaram a considerar imprescindível o auxílio da engenharia biomédica em suas atividades, devido à enorme evolução tanto do estado da tecnologia como dos métodos de Engenharia nas últimas três décadas.

Muitos afirmam que as décadas de 1970 e 1980 constituíram a era da engenharia biomédica em todo o mundo, pois o progresso da ciência e da tecnologia têm se caracterizado pelas denominadas "eras". Considerando-se que eras são épocas caracterizadas por um intenso desenvolvimento da ciência e/ou da tecnologia, as eras da máquina a vapor, do automóvel e das radiocomunicações são exemplares e englobam aproximadamente uma década de rapidíssimo desenvolvimento. A partir da Segunda Guerra Mundial, tem havido a ocorrência de várias eras simultâneas. A engenharia nuclear e a engenharia aeroespacial são bons exemplos. Cada um desses campos tipicamente se desenvolveu, alcançou um máximo de atividade e se estabilizou com uma progressão rotineira, ordenada e menos intensa. Uma exceção à regra é a era da engenharia dos computadores e da informática, com todas as suas ramificações, que tem se desenvolvido muito há algumas décadas e ainda apresenta um grande empuxo. A engenharia biomédica, entretanto, está dentro da regra, pois nas décadas de 1970 e 1980 teve uma imensa evolução e quantidade de descobertas, inovações e contribuições, tendo se estabilizado a partir da década de 1990, porém sem diminuir a sua importante e essencial contribuição ao avanço biomédico. Mas é importante ressaltar uma grande vantagem da engenharia biomédica, que reside no fato de poder escapar de muitas críticas, presentes em outros campos, tipicamente dirigidas ao progresso e à tecnologia, pois tem a finalidade de manter saudáveis as pessoas e ajudar a curá-las quando estão enfermas. De um modo geral, suas limitações, dificuldades e eventuais problemas causados são melhor tolerados pela sociedade.

Este capítulo apresenta de forma sucinta a evolução das atividades de engenharia biomédica no Brasil, sem tentar esgotar essa revisão histórica, inclusive pelas próprias limitações do texto. Para tanto, inicialmente é apresentada uma síntese da evolução da Engenharia Biomédica em nível internacional, não só porque ela não tem nacionalidade, é universal, mas também porque o progresso e as fases evolutivas ocorridas no exterior foram muito similares ao verificado no Brasil. Posteriormente, uma descrição do início das atividades da engenharia biomédica no Brasil, na década de 1950, é apresentada, principalmente em instrumentação biomédica, detalhando a seguir o efetivo início tanto da pesquisa em engenharia biomédica como das atividades de engenharia clínica no Brasil, na década seguinte, com a evolução administrativa, a idealização, o projeto e a construção das dependências do atual Instituto do Coração do Hospital das Clínicas da Faculdade de Medicina da USP. Na seqüência, avança-se até o início da década de 1970, quando é criado o primeiro programa de pós-graduação em engenharia biomédica brasileiro, na Coppe/UFRJ, dando início a uma significativa atividade, principalmente de Bioengenharia, em alguns poucos centros de pesquisa existentes em universidades públicas. O texto evolui apresentando as condições nas quais é criada a Sociedade Brasileira de Engenharia Biomédica, ainda em meados da década de 1970, como conseqüência do recente aparecimento em pelo menos sete Estados brasileiros de vários centros e agrupamentos de pessoas intencionadas tanto em realizar pesquisas como contribuir na área da engenharia biomédica. A seguir, sintetiza-se como a década de 1980 esteve associada ao início efetivo das atividades de engenharia clínica no Brasil, tanto em relação à engenharia hospitalar como ao desenvolvimento e comercialização de equipamentos médicos brasileiros, enquanto na década de 1990 ocorreu a consolidação das atividades de pesquisa em bioengenharia, o declínio da instrumentação biomédica, o intenso avanço da engenharia clínica e o início efetivo e formal da engenharia de reabilitação no Brasil. A criação e o desenvolvimento do Sistema Brasileiro de Certificação de Equipamentos Médicos, com todas as suas muitas implicações, inclusive na balança comercial brasileira, são finalmente descritos, enfatizando-se as condições pelas quais esse sistema pôde se iniciar e quase se consolidar na última década do século passado. Em síntese, o capítulo pretende situar a evolução das atividades de engenharia biomédica no Brasil, sob o ponto de vista do desenvolvimento e consolidação das suas áreas de atuação. Esse estado de consolidação da engenharia biomédica brasileira, inclusive no que tange às atividades congêneres exercidas nos centros mais avançados de todo o mundo, certamente já é uma realidade nos dias atuais.

Obs.: os dados fornecidos foram coletados em 2000 e 2001.

A Evolução da Engenharia Biomédica em Nível Internacional

As atividades de engenharia biomédica em nível internacional tiveram início por meio de várias tentativas de estruturação logo após o término da Segunda Guerra Mundial, principalmente nos Estados Unidos da América e na Europa. Nessa época, essas atividades se restringiam à bioengenharia e à instrumentação médica, sem a oficialização dessas denominações. De fato, inicialmente a engenharia biomédica dedicou-se ao estudo de sistemas biológicos complexos, principalmente relacionados com o corpo humano (bioengenharia), e à utilização da eletrônica no desenvolvimento de equipamentos e dispositivos de auxílio médico (instrumentação médica). Ocorreu também uma tentativa, pequena e desorganizada, de introdução da tecnologia na pesquisa, prevenção, detecção, diagnóstico e tratamento de doenças, além do necessário e inevitável auxílio na reabilitação de pacientes deficientes, decorrências da própria guerra. Estava-se nos primórdios, ou na fase anterior, à era das significativas alterações da prática médica que viriam a ocorrer no século XX. A evolução da engenharia biomédica foi tão rápida no período pós-Segunda Guerra Mundial que já na primeira metade da década de 1950, mais exatamente em 1953, o importante Instituto de Engenharia norte-americano denominado Institute of Electrotechnical and Electronics Engineering (IEEE) constituía o IRE Professional Group on Bio-Medical Electronics, com publicações periódicas utilizando esse título. Em 1960 essas publicações passaram a se denominar IRE Transactions on Medical Electronics, persistindo até 1963 quando a coleção mudou para IRE Transactions on Bio-Medical Electronics. Finalmente, em 1964, passou a ser chamada de IEEE Transactions on Biomedical Engineering – nome que persiste até hoje, após uma rápida adoção da denominação IEEE Transactions on Bio-Medical Engineering. Essas várias denominações utilizadas pelo IEEE também evidenciam que as atividades em engenharia biomédica nas décadas de 1950 e 1960 ocorreram sobretudo em aplicações da eletrônica, essencialmente em instrumentação, nos campos da medicina e das ciências biológicas.

Rigorosamente, as atividades em engenharia biomédica tiveram início há muitos séculos. Entretanto, também nessa época a quase totalidade dessas atividades ocorreu em instrumentação biomédica, quase sempre como um auxílio à bioengenharia. Evidentemente, não se usavam ainda essas denominações. Etienne Jules Marey, fisiologista pioneiro do século XIX, chamou atenção para uma atividade que muitos acreditavam ser uma inovação moderna na época, ou seja, o uso de "ferramentas" de física e engenharia para investigar fenômenos dos organismos vivos. Apresentou, em 1878, a seguinte afirmação, profética, sobre a aplicação das técnicas de então nas ciências biológicas: "De fato, no campo da experimentação rigorosa, todas as ciências dão as mãos. Qualquer que seja o objetivo do estudo, seja a medição de uma força ou movimento, ou um estado elétrico ou da temperatura, seja o experimentador um físico, químico ou fisiologista, utiliza-se o recurso do mesmo método e empregam-se os mesmos instrumentos"[5].

Uma boa síntese das considerações históricas sobre a evolução da instrumentação biomédica internacional a partir do século XVII pode ser encontrada em Aston[6] desde o termômetro clínico do cientista italiano Galileo em 1603 até os complexos e utilíssimos equipamentos médicos de imagem baseados no fenômeno da ressonância magnética da atualidade. Dentre outros, descreve os seguintes desenvolvimentos e invenções, muitas vezes com riqueza de detalhes: o estetoscópio do médico francês T. H. Laennec em 1819; as lentes para óculos do cientista inglês Newton em 1966; o hemacitômetro do inglês William Gowers em 1877; o eletrocardiógrafo do fisiologista dinamarquês Willem Einthoven em 1903; o eletroencefalógrafo do psiquiatra alemão Hans Berger em 1924; o desenvolvimento de uma unidade eletrocirúrgica, realizado pelos cirurgiões americanos Harvey Cushing e W. T. Bovie, usando transmissores para rádio comunicação em 1928; as aplicações clínicas de radiação nuclear introduzidas em 1936 pelo físico americano John Lawrence; os primitivos rins artificiais desenvolvidos em 1954; as aplicações clínicas de desfibrilação cardíaca por estimulação elétrica realizadas em 1956 com P. M. Zoll, apesar de a confiabilidade do desfibrilador ter aumentado significativamente quando B. Lown desenvolveu um desfibrilador de corrente contínua em 1962; as aplicações médicas decorrentes dos princípios ultra-sônicos desenvolvidos durante a Segunda Guerra Mundial para o uso sonar em navegação submarina, por exemplo, para medir fluxo sangüíneo; os componentes de um dispositivo de imagem por ultra-som usado em aplicações clínicas por H. Houry e W.R. Bliss em 1957, também conseqüência do sonar da Segunda Guerra Mundial, possibilitando a visualização de estruturas incluindo as válvulas cardíacas e a linha média do cérebro; o início do uso do marcapasso cardíaco realizado por C. Walton Lillehei em 1957, por meio da técnica de controle do ritmo de um coração durante uma cirurgia cardíaca com estimulação elétrica, utilizando pulsos de corrente sincronizados com a taxa normal cardíaca e aplicados diretamente ao coração através de dois fios; o marcapasso cardíaco implantável desenvolvido em 1960 por William Chardack e Wilson Greatbatch; o aprimoramento da técnica para medir pressão sanguínea, temperatura e fluxo no coração e pulmões em 1970 com a introdução do catéter com a ponta do tipo "balloon" por Harold J. Swan e William Ganz. Posteriormente, apresenta o que foi, provavelmente, o mais importante avanço em técnicas de imagem médica desde a invenção dos aparelhos de raios X: o tomógrafo computadorizado, inventado por Allan Cormack e Geoffrey Hounsfield em 1970, observando, finalmente, que a introdução comercial dos equipamentos de imagens médicas por ressonância magnética ocorreu apenas em 1982.

É interessante notar que, apesar da enorme evolução e diversidade ocorridas em instrumentação e processamento de imagens médicas nas últimas duas décadas, o início de seu desenvolvimento ocorreu há muito tempo, com Wilhelm Conrad Röntgen, que descobriu os raios X em 8.11.1895 e teve sua descoberta publicada em 5.1.1896 no *McClure's Magazine* pelo jornalista H. J. W. Dam. O primeiro equipamento de raios X para uso clínico foi utilizado em Birmingham (UK) em 13.1.1896, ocorrendo em 14.1.1896 a primeira cirurgia "guiada" por raios X (remoção de uma agulha na mão de um paciente), realizada por J. H. Clayton no General and Queen's Hospital[7]. Bons tempos aqueles, quando as publicações e as aplicações dos métodos de medição, transformando-os em instrumentos, demoravam apenas alguns dias para serem realizadas.

Observa-se pela descrição histórica simplificada e parcial da evolução da instrumentação biomédica internacional anteriormente apresentada que o progresso da atualmente denominada Instrumentação Biomédica até a Segunda Guerra Mundial foi significativo, mas lento, considerando-se que transcorreram três séculos. E mais moroso ainda se

5. E. J. Marey, *Le méthode graphique dans le science experimentales et principalement en physiologie et en medicine*.
6. R. Aston, *Principles of Biomedical Instrumentation and Measurement*.
7. S. Webb, *The Physics of Medical Imaging*.

compararmos com o que ocorreu após o final da Segunda Guerra Mundial até os dias de hoje. Logo após o final da guerra, principalmente na década de 1950, muitos técnicos e engenheiros começaram a experimentar modificações nos equipamentos para uso médico existentes, devido principalmente ao advento da eletrônica e de invenções descobertas durante essa guerra, havendo inicialmente resultados decepcionantes, pois os experimentadores logo descobriram que não se medem os parâmetros fisiológicos do mesmo modo que os parâmetros físicos. Além disso, encontraram um grave problema de relacionamento com os médicos, dificuldade essa que persistiu por um bom tempo. Na década seguinte, muitos fabricantes de instrumentação aplicada a outras áreas tecnológicas se infiltraram em instrumentação biomédica, mas os custos dos desenvolvimentos eram altos e os médicos não aceitavam os novos processos de medição como confiáveis. Muitos desenvolvimentos com excelentes possibilidades se perderam por esses motivos. Certamente havia um problema grave de confiança a ser vencido e solucionado, pois a interação entre os profissionais da área médica e os profissionais da área tecnológica ainda era muito difícil, devido às significativas diversidades culturais e de exercício de autoridades existentes. Foi nessa época que algumas empresas mais progressistas vislumbraram e decidiram que seria melhor idealizar, projetar e desenvolver equipamentos novos já diretamente concebidos para a solução de problemas médicos ou de medição de grandezas biológicas humanas do que adaptarem seus equipamentos anteriormente existentes para a específica aplicação de uso médico. Este foi o primeiro passo importante para a constituição do parque empresarial produtor de equipamentos médicos modernos e amplamente utilizados em hospitais e locais de atendimento à saúde.

Uma ajuda fundamental e decisiva foi realizada na década de 1960 pela National Aeronautics and Space Administration (Nasa) do governo dos EUA. Os programas espaciais Mercúrio, Geminis e Apolo necessitaram de uma monitoração fisiológica precisa dos astronautas. Em conseqüência, investiu-se um enorme recurso financeiro para o desenvolvimento dessa área. Os programas de medicina aeroespacial aumentaram consideravelmente, tanto dentro das instalações da própria Nasa como por meio de subvenção às unidades de pesquisa das universidades e hospitais norte-americanos.

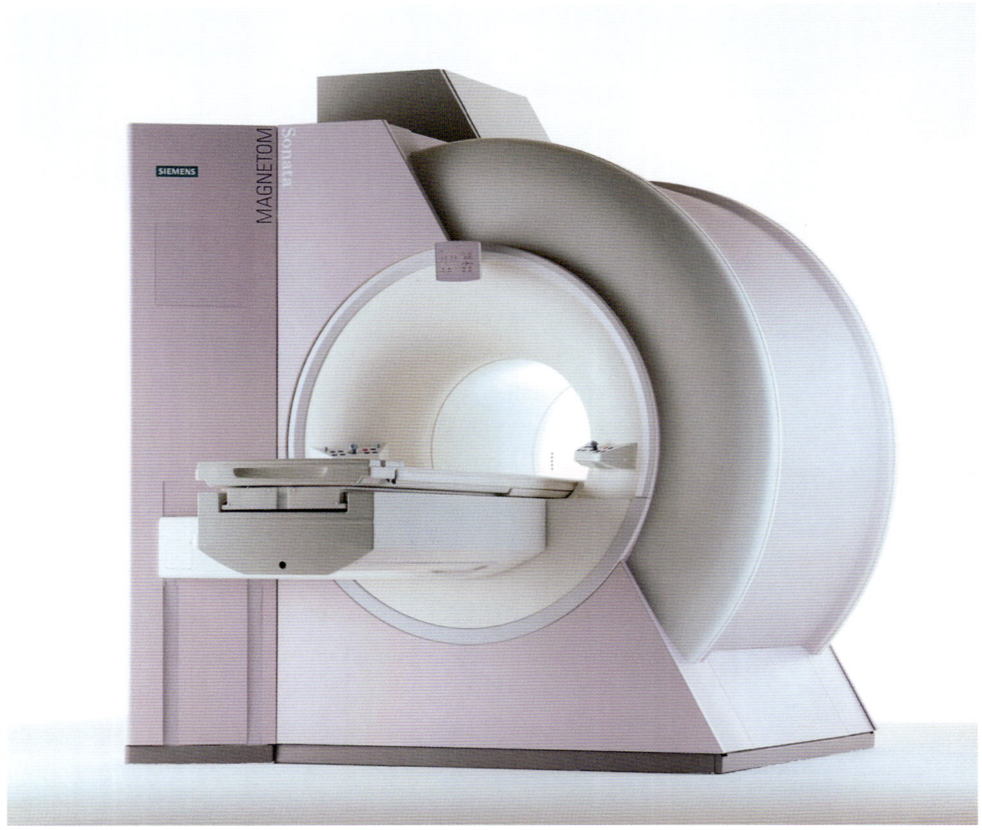

Tomógrafo de última geração.

Alguns dos conceitos, métodos e características dos sistemas de monitoração de sinais biológicos de pacientes utilizados atualmente nos hospitais de todo o mundo evoluíram a partir da base de monitoração dos astronautas daquela época. A criação e utilização de alguns campos adjuntos de aplicação, como a biotelemetria, por exemplo, também tiveram uma base estabelecida nos programas da Nasa[8].

Em maio de 1976, o órgão público dos EUA denominado Food and Drug Administration (FDA) iniciou suas atividades de regulação de dispositivos médicos da mesma forma como regulava alimentos, drogas e remédios. Parte dos motivos que levaram o Congresso americano a aprovar o Medical Device Act de 1976 deveu-se às muitas falhas ocorridas em equipamentos médicos, de modo que a legislação impôs a partir de sua aprovação a obrigatoriedade de serem comercializados naquele país apenas equipamentos com funcionamento efetivo e operação segura, ou seja, desde essa época existe a exigência nos EUA de um fabricante só poder comercializar um novo produto após submetê-lo ao

8. L. Crowell *et. al.*, *Biomedical Instrumentation and Measurements*.

FDA para aprovação. Esta autorização somente é conseguida se o fabricante demonstrar que o instrumento é seguro para as aplicações destinadas, além de possuir documentação acompanhante suficientemente clara, completa e adequada para um usuário qualificado entender a operação, aplicações e limitações do dispositivo. Esta decisão legal revolucionou o mercado fornecedor de equipamentos médicos naquele país, certamente contribuindo para a alta qualidade e segurança dos equipamentos médicos comercializados até os dias de hoje. Além disso, exigiu profissionais atuantes em engenharia clínica que propiciassem a execução adequada e completa das decisões emanadas dessa legislação.

Aliás, a engenharia clínica, ou engenharia hospitalar, foi outra subárea da engenharia biomédica que desempenhou um papel importantíssimo nos últimos vinte anos, propiciando importantes frutos além daqueles provenientes da instrumentação biomédica e da bioengenharia, esta última continuando a ser muito beneficiada pelo avanço da primeira na última metade do século XX. Uma profissão praticamente criada e consolidada nessas últimas duas décadas, a engenharia clínica certamente foi uma outra enorme contribuição da engenharia biomédica para a evolução da medicina moderna, possibilitando aos médicos e paramédicos se dedicarem apenas às atividades inerentes às suas especialidades, pois os chamados engenheiros clínicos assumiram todas as tarefas relacionadas de alguma forma com a engenharia e a tecnologia em hospitais e locais de atendimento à saúde, atividades essas que vão desde manutenção predial e aquisição de transformadores e disjuntores para cabines de distribuição de energia elétrica, incluindo geradores de emergências, até manutenção de equipamentos e auxílio instrumental durante cirurgias. Além dessas atividades, esses profissionais realizam também importantes pesquisas e desenvolvimentos, freqüentemente e em diversas situações, nos próprios locais de trabalho.

O início, tímido, da conscientização sobre a necessidade de engenheiros e/ou técnicos trabalharem com pessoal médico e/ou paramédico em locais de atendimento à Saúde, ocorreu na década de 1960, quando houve inclusive a criação de associações do tipo *Engineering in Medicine and Biology*. Evidentemente, o crescimento da tecnologia, com uma taxa no último século sem precedentes e em todos os ramos da Engenharia, aliado ao nascimento da informática, tem demandado há muitos anos novas necessidades profissionais em todos os campos do conhecimento. Porém, a mudança em conseqüência desses fatos no ambiente e na atuação profissional em hospitais e locais e atendimento à Saúde foi significativa apenas a partir da década de 1980. De fato, até pouco depois da metade do século XX, o equipamento médico em hospitais consistia de poucos respiradores, esfigmomanômetros e algumas ferramentas e instrumentos de baixa tecnologia. Iniciando na década de 1960 e acelerando nas décadas de 1970 e 1980, equipamentos médicos foram projetados e construídos em número cada vez mais crescente e com maior complexidade. Além disso, tem sido produzida uma enorme variedade de diferentes dispositivos e instrumentos biomédicos, construídos dentro de uma ampla gama de processos tecnológicos e usados em uma variedade de aplicações dentro da medicina clínica e da pesquisa associada. Muitas vezes, áreas de atendimento à Saúde, como hospitais, consultórios e ambulatórios tornaram-se centros de excelência com alta tecnologia. Conseqüentemente, desde meados da década de 1970 novas funções e novos empregos têm sido necessários e criados em hospitais para realizarem atividades antes inexistentes, como, por exemplo, adquirir, operar apropriadamente, ajustar, reparar e administrar esta nova tecnologia, abrindo pelo menos três diferentes e novas atuações: técnicos de monitoração e/ou de instrumentação, técnicos de equipamentos biomédicos, com certificação pela Association for the Advancement of Medical Instrumentation (AAMI) exigida nos Estados Unidos da América do Norte, e engenheiros clínicos, também com necessidade de certificação pela AAMI naquele país. Esses profissionais têm que possuir uma formação multidisciplinar e interdisciplinar, muitas vezes atuando em situações de assistência e suporte à vida humana, razão pela qual tem que ser muito qualificados, de modo que, em países do primeiro mundo, exigem-se os mencionados certificados, obtidos após a realização de rigorosos exames[9]. A engenharia clínica se desenvolve através do desempenho de profissionais de diversas origens, porém atualizados nos conhecimentos técnico, científico e médico, necessitando serem atuantes nas fronteiras do conhecimento, tanto na ciência como na medicina e em tecnologia.

A partir da década de 1980 a função do engenheiro clínico foi se consolidando a tal ponto que hoje em dia não

9. J. J. Carr, *Biomedical Equipment: Use, Maintenance and Management*.

se concebe um local de atendimento à saúde sem esses profissionais. Apesar da quantidade de equipamentos médicos em um hospital ser obviamente limitada, a grande maioria de hospitais de tamanho médio ou grande na atualidade tem seus próprios Departamentos de Engenharia Biomédica ou Departamentos de Engenharia Clínica, conforme se pode constatar facilmente no organograma de qualquer hospital de razoável porte[10]. Mas é importante enfatizar que esta foi uma das conquistas mais difíceis de todas aquelas atingidas pelos profissionais atuantes em engenharia biomédica, incluindo-se engenheiros e pesquisadores, devido às diferenças culturais notoriamente existentes entre profissionais da engenharia e da medicina, que tiveram de aprender a conviver, se auxiliarem mutuamente e dividirem o exercício da autoridade. Uma tarefa hoje concluída graças à reconhecida qualificação e bom senso dos profissionais atuantes nessas áreas.

Os Primórdios da Engenharia Biomédica no Brasil

As primeiras atividades realizadas no Brasil em engenharia biomédica ocorreram na década de 1950, porém, de forma muito dispersa. Várias menções são obtidas com profissionais, tanto da academia, como das áreas médica e técnica fora das universidades. Certamente houve várias atividades, principalmente em bioengenharia e instrumentação biomédica, mas nada documentado e que se possa oficializar em um texto histórico substanciado.

A cardiologia foi reconhecidamente uma das especialidades médicas que mais celebrou o desenvolvimento da ciência e da tecnologia em toda a segunda metade do último século. É importante ressaltar que o Brasil já era reconhecido como um dos principais centros cardiológicos do mundo a partir da década de 1950, graças ao trabalho de profissionais da área médica, como o dr. Euryclides de Jesus Zerbini, um dos maiores cirurgiões a realizar o transplante cardíaco. Ainda nessa década os responsáveis por um dos mais importantes centros cardiológicos brasileiros observaram a necessidade de investimentos em tecnologia. Em 1959, o exmo. sr. Carlos Alberto Alves de Carvalho Pinto, governador do Estado de São Paulo, recomendou estudos visando à ampliação da oficina de pesquisa e experimentação da Primeira Clínica Cirúrgica do Hospital das Clínicas na capital do Estado, onde havia sido produzida com êxito, de acordo com avaliação de entidades médicas do país, uma máquina coração/pulmão artificial pela equipe de cardiologia. O objetivo principal era permitir a construção de outros equipamentos similares. Essa recomendação constituiu o primeiro incentivo oficial e a primeira iniciativa efetiva para a constituição das condições necessárias para o desenvolvimento de atividades em Engenharia Biomédica em uma instituição brasileira. Em janeiro de 1969, o exmo. sr. Roberto Costa de Abreu Sodré, governador do Estado de São Paulo, assinou decreto para a execução das obras de infra e superestrutura de Hospital de Doenças Cárdio-pulmonares, o primeiro dessa especialidade a ser construído na América do Sul, de acordo com o *Diário Oficial* da época. Na ocasião, ficou estabelecido que esse hospital disporia de oficinas especializadas, tanto na produção de máquina coração/pulmão artificial, como na fabricação de válvulas cardíacas artificiais, marcapassos cardíacos e corações artificiais. Em 5 de maio de 1970, o mesmo governador de Estado criava o Instituto do Coração, denominação final do Hospital de Doenças Cárdio-pulmonares, a complementar o Hospital das Clínicas da Faculdade de Medicina da USP. Para se ter uma idéia da inexistência prática da indústria de equipamentos médicos nacional na época, pode-se observar que a Federação das Indústrias do Estado de São Paulo, por meio do seu Departamento de Comércio Exterior, enviou à Carteira de Comércio Exterior do Banco do Brasil, após anuência da Associação Brasileira da Indústria Médico Odontológica (Abimo), um parecer favorável à expedição de certificado de inexistência de similar nacional para praticamente todo o equipamento médico a ser importado pelo Instituto do Coração do Hospital das Clínicas da Faculdade de Medicina da USP, no valor de cinco milhões de dólares. Na ocasião, a Abimo informou à Fiesp que, exceto em relação a alguns poucos produtos representando menos de 1% do total, os equipamentos médicos a serem adquiridos, de fato, não possuíam similares nacionais. O valor final utilizado na aquisição de equipamentos médicos importados pelo instituto foi posteriormente orçado em mais de dez milhões de dólares. A importância histórica da criação do Instituto do Coração do Hospital das Clínicas da Faculdade de Medicina da USP para a engenharia biomédica brasileira reside no fato

10. B. N. Feinberg, *Applied Clinical Engineering*.

Recomenda o governador sua ampliação

OFICINA NO H. C. PARA A PRODUÇÃO DE CORAÇÕES-PULMÕES ARTIFICIAIS

Tendo em vista o exito obtido na construção de um coração-pulmão artificial pelo equipe de cardiologia do Hospital das Clinicas, o governador Carvalho Pinto, em memorando ao reitor da Universidade de São Paulo, prof. Gabriel Teixeira de Carvalho, recomenda estudos visando à ampliação da oficina onde foi produzido o aparelho, a fim de permitir sejam construidos outros semelhantes.

É o seguinte o teor do memorando do chefe do Executivo:

"Mag. Reitor. Segundo estou informado, a equipe de cardiologia do H. C. construiu um coração pulmão artificial, julgado bom pelas etidades médicas do país. Soube ainda que no recente Congresso Brasileiro de Cardiologia, várias entidades médicas do pais mostraram-se interessadas em adquirir de São Paulo, aparelhos semelhantes.

Parece-me que a producão desses aparelhos poderia constituir poderoso estimulo à pesquisa do instrumental cirúrgico mais moderno, com evidentes benefícios para o nível do ensino universitário. O fato de se poder obter um justo preço por ele permitiria ainda que o empreendimento fôsse levado a efeito pràticamente sem gastos.

Nêsse sentido, recomendo estudos sôbre a ampliação da oficina de pesquisa e experimentação da 1.a Clínica Cirúrgica, Serviço do Prof. Alípio Correia Neto".

Publicação no *Diário Oficial* sobre a criação do INCOR-HCFMUSP.

de que, provavelmente, foi o primeiro hospital nacional que incluiu em seu Regimento Interno a exigência de que teria a finalidade de, dentre outras, manter uma oficina especializada para projeto e produção de próteses cardíacas, além da confecção, manutenção e reparos de aparelhos utilizados em cardiologia, pneumologia e cirurgia torácica. Atualmente, o Instituto do Coração do Hospital das Clínicas da Faculdade de Medicina da USP possui a Divisão de Bioengenharia, substituta dessa Oficina, a Unidade de Engenharia Clínica e o Serviço de Informática, todos com importantíssimas contribuições na área de engenharia biomédica.

Na segunda metade da década de 1960, as atividades de engenharia biomédica começaram a ser organizadas em âmbito acadêmico no Brasil, quando era freqüente e erroneamente denominada bioengenharia. Nessa época, grupos de pessoas nas principais capitais do país se reuniam vislumbrando a utilidade do uso de técnicas, métodos e processos de engenharia em medicina. Vários profissionais atuantes em universidades iniciaram discussões visando à constituição de equipes de pesquisa e desenvolvimento em Faculdades de Engenharia, de Medicina e de Biologia, sempre considerando os seus aspectos interdisciplinar e multidisciplinar. Por exemplo, um pequeno grupo de pesquisadores, incluindo um engenheiro e um médico, atuou na Universidade Estadual de Campinas de 1968 a 1970, quando foi dissolvido[11]. Observe-se que esse grupo nada tem a ver com a atual equipe de pesquisadores e engenheiros atuantes em Engenharia Biomédica nessa universidade. Outro conjunto de pesquisadores universitários criou o Programa de Engenharia Biomédica da Coppe/UFRJ em 1970, detendo desde então grande liderança na formação acadêmica em pós-graduação nessa área.

A Evolução da Engenharia Biomédica nas Universidades Brasileiras

As atividades de engenharia biomédica em nosso país sempre ocorreram tipicamente em universidades, incluindo-se hospitais universitários. O real início dessas atividades de forma organizada e oficial ocorreu, conforme mencionado anteriormente, com a criação do Programa de Engenharia Biomédica na Coppe/UFRJ em 1970, a partir de um laboratório aplicado de instrumentação eletrônica em medicina. Embora esse ramo de Engenharia fosse ainda desconhecido naquela época, o início de suas atividades em nível de pós-graduação atraiu tanto graduados em engenharia e ciências exatas como das áreas de ciências biológicas e da saúde. O curso de mestrado veio a ser credenciado pelo Conselho Federal de Educação em 1981 e o curso de doutorado foi credenciado em 1995 junto ao Ministério da Educação[12].

O Grupo de Pesquisas em Engenharia Biomédica da Universidade Federal de Santa Catarina também iniciou atividades informais no início da década de 1970, e foi criado oficialmente, por portaria do magnífico reitor, em 1974. Em 1977, foram iniciadas as atividades em Informática Médica, apesar de o Laboratório de Informática Médica ter sido criado formalmente apenas em 1995[13].

Em 1974, iniciaram-se as atividades do Núcleo de Estudos e Tecnologia em Engenharia Biomédica[14] da Universidade Federal da Paraíba por meio da realização de atividades em um Laboratório de Engenharia Biomédica no Ambulatório do Hospital Universitário dessa universidade. Em 1979, foi criado o curso de mestrado em Engenharia Biomédica, com a aprovação da resolução nº 158/79 pelo Conselho Universitário, e aprovado o Regimento do Hospital Universitário onde constava uma Divisão de Engenharia Biomédica. Posteriormente, em 1983, foi aprovado e oficializado o Núcleo de Estudos e Tecnologia em Engenharia Biomédica.

Esses são alguns exemplos de equipes de pesquisadores que iniciaram as atividades em engenharia biomédica

11. W. C. Lima, *Comunição Pessoal.*
12. PEB/Coppe/UFRJ, www.peb.ufrj.br/peb_coppe.html.
13. Gpeb, www.gpeb.ufsc.br.
14. Neteb, www.neteb.ufpb.br.

ao longo do país na década de 1970. Porém, outros acadêmicos se reuniram, mas não oficializaram seus Centros de atuação, utilizando essa década para realizarem suas formações acadêmicas, desde que nunca houve no Brasil um curso de graduação em engenharia biomédica. Conseqüentemente, muitos dos profissionais que atuam em engenharia biomédica desde aquela época tiveram que obter seus títulos fora do país ou se especializaram em hospitais universitários, caso deste autor. Nesses casos, vários grupos interessados em atuar em engenharia biomédica se constituíram informalmente desde a primeira metade da década de 1970, podendo-se citar, em 1974, o grupo de professores interessados em criar o Centro de Engenharia Biomédica da Universidade Estadual de Campinas (CEB/Unicamp), com o estabelecimento de uma disciplina de pós-graduação em Sistemas Biológicos, como parte das disciplinas oferecidas pela Faculdade de Engenharia de Campinas em colaboração com a Faculdade de Ciências Médicas, e o início de um projeto de pesquisa para investigar a possibilidade de se utilizar estimulação elétrica na supressão de dores crônicas[15]. Nesse mesmo ano, os dois professores criadores do Laboratório de Engenharia Biomédica da Escola Politécnica da USP[16] iniciaram suas formações acadêmica e profissional para atuarem nessa área. Observe-se que a constituição oficial do CEB/Unicamp ocorreu em 1982 e a criação oficial do LEB/EP-USP em 1981, conseqüentemente, oito e sete anos, respectivamente, após o início efetivo das suas atividades informais ou isoladas.

É importante ressaltar que algumas dessas atividades ainda se mantém isoladas, mas também contribuem para o desenvolvimento da Bioengenharia e Instrumentação Biomédica no Brasil. O Departamento de Fisiologia e Farmacologia do Centro de Ciências Biológicas da Universidade Federal de Pernambuco, por exemplo, embora não tenha um programa formal e completo em engenharia biomédica, vem desenvolvendo atividades nesta área desde 1973, ministrando anualmente uma disciplina denominada "Instrumentação aplicada à Fisiologia" no Programa de Pós-graduação, e desenvolvendo projetos de pesquisa em Instrumentação Biomédica e Análise de Sinais Fisiológicos.

Como conseqüências das várias iniciativas de atuação em Engenharia Biomédica no início da década de 1970, principalmente do Programa de Engenharia Biomédica na Coppe/UFRJ, de 23 a 25 de agosto de 1972 ocorreu o I Congresso Brasileiro de Engenharia Biomédica, na cidade do Rio de Janeiro, seguido pelo II Congresso Brasileiro de Engenharia Biomédica, de 20 a 31 de agosto de 1973, também na cidade do Rio de Janeiro. De 16 a 18 de dezembro de 1975 transcorreu o III Congresso Brasileiro de Engenharia Biomédica, ainda na cidade do Rio de Janeiro, quando, aos dezoito dias do mês de dezembro de 1975, houve uma Assembléia Geral histórica no Auditório Nobre do Centro de Tecnologia da Universidade Federal do Rio de Janeiro para fundação da Sociedade Brasileira de Engenharia Biomédica (SBEB). 47 participantes, representando várias equipes atuantes formal ou informalmente em engenharia biomédica em pelo menos sete Estados brasileiros, participaram da fundação dessa sociedade, o que comprova as muitas atividades já existentes nesse ramo da engenharia, espalhadas por todo o Brasil. A SBEB é uma instituição civil de caráter científico, sem fins lucrativos, de duração indeterminada e destinada a congregar todos os profissionais que exercem atividades nas várias subáreas da engenharia biomédica no território brasileiro, promovendo atividades de estímulo ao Ensino Superior e às pesquisas científicas e tecnológicas. Essa sociedade é a única a representar os profissionais atuantes em engenharia biomédica no Brasil, tendo patrocinado dezessete Congressos Brasileiros de Engenharia Biomédica, em intervalos médios de dois anos, inclusive tendo conseguido a realização de um Congresso Internacional de Engenharia Biomédica no Rio de Janeiro em 1994. Os três primeiros Congressos Brasileiros de Engenharia Biomédica após a criação da SBEB foram realizados no Estado de São Paulo, em 1977, 1978 e 1979, sendo os dois primeiros na capital do Estado, mais especificamente nas dependências do Hospital das Clínicas da Faculdade de Medicina da USP, e o terceiro na cidade de São Carlos, ainda nas dependências da Escola de Engenharia da USP. Após esses cinco primeiros congressos decidiu-se que seriam realizados em várias cidades ao longo do Brasil, o que tem ocorrido desde então. Alguns dos congressos foram realizados em fóruns nacionais de ciência e tecnologia em saúde, co-patrocinados com outras associações ou sociedades científico-tecnológicas.

Visando a promover e incentivar o intercâmbio técnico-científico entre seus membros, a SBEB tem se destacado

15. M. C. Traldi, *Relação Universidade – Setor Produtivo: Estudo de Caso do Centro de Engenharia Biomédica da Unicamp*, e Feec&DEB/Unicamp, *Atividades na Área de Engenharia Biomédica: Graduação e Pós-Graduação*.

16. LEB/EP-USP, www.leb.usp.br.

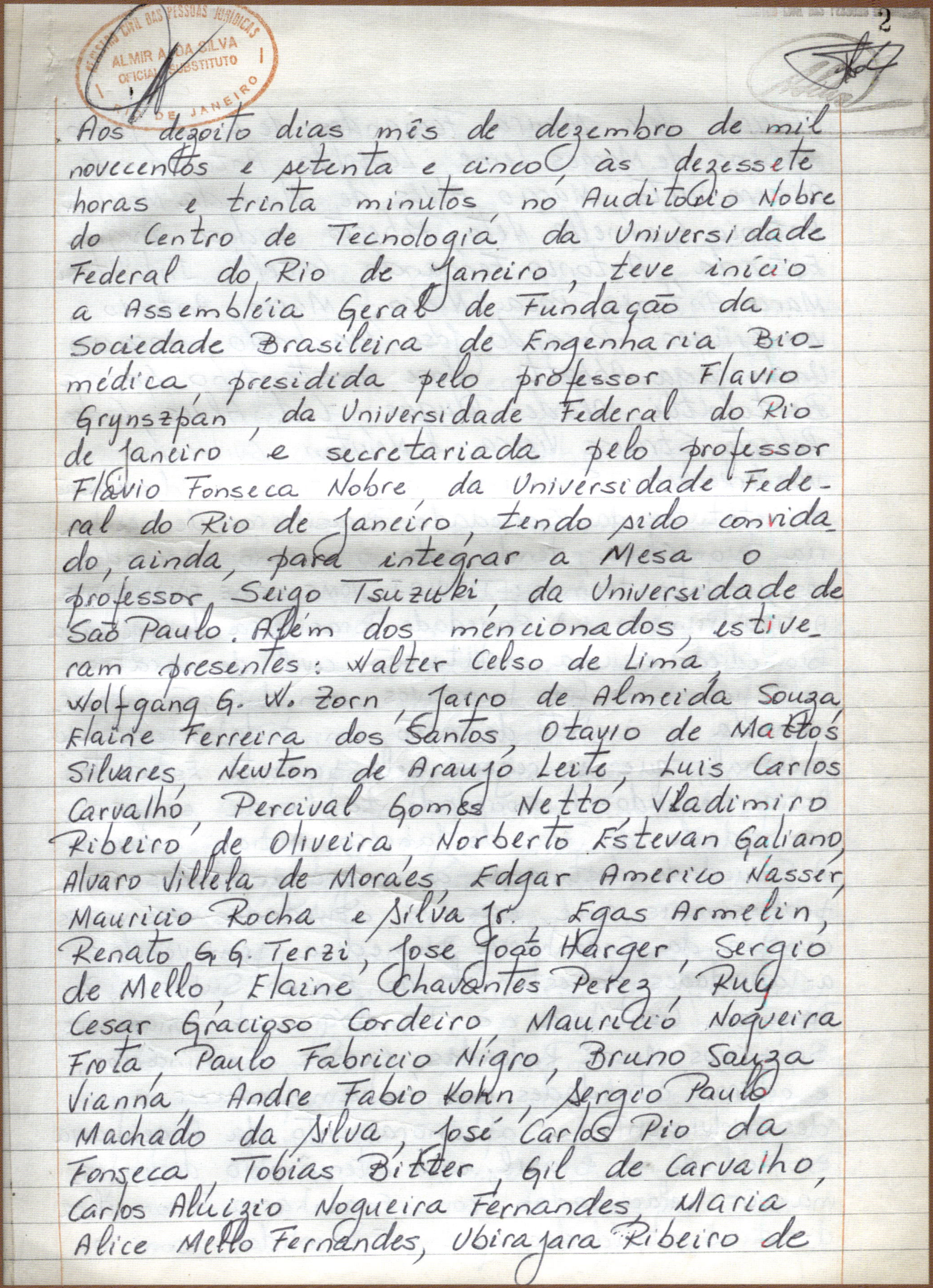

REGISTRO CIVIL DAS PESSOAS JURÍDICAS
ALMIR A. DA SILVA
OFICIAL SUBSTITUTO
RIO DE JANEIRO

2

Aos dezoito dias mês de dezembro de mil novecentos e setenta e cinco, às dezessete horas e trinta minutos no Auditório Nobre do Centro de Tecnologia da Universidade Federal do Rio de Janeiro, teve início a Assembléia Geral de Fundação da Sociedade Brasileira de Engenharia Biomédica, presidida pelo professor Flavio Grynszpan, da Universidade Federal do Rio de Janeiro e secretariada pelo professor Flávio Fonseca Nobre da Universidade Federal do Rio de Janeiro, tendo sido convidado, ainda, para integrar a Mesa o professor Seigo Tsuzuki da Universidade de São Paulo. Além dos mencionados, estiveram presentes: Walter Celso de Lima, Wolfgang G. W. Zorn, Jairo de Almeida Souza, Elaine Ferreira dos Santos, Otavio de Mattos Silvares, Newton de Araujo Leite, Luis Carlos Carvalho, Percival Gomes Netto, Vladimiro Ribeiro de Oliveira, Norberto Estevan Galiano, Alvaro Villela de Moraes, Edgar Americo Nasser, Mauricio Rocha e Silva Jr., Egas Armelin, Renato G. G. Terzi, Jose João Harger, Sergio de Mello, Elaine Chavantes Perez, Ruy Cesar Gracioso Cordeiro, Mauricio Nogueira Frota, Paulo Fabricio Nigro, Bruno Souza Vianna, Andre Fabio Kohn, Sergio Paulo Machado da Silva, José Carlos Pio da Fonseca, Tobias Bitter, Gil de Carvalho, Carlos Aluizio Nogueira Fernandes, Maria Alice Mello Fernandes, Ubirajara Ribeiro de

Ata de fundação da SBEB.

pela divulgação das atividades de engenharia biomédica no Brasil e na América Latina por meio da publicação da *Revista Brasileira de Engenharia Biomédica* (RBEB), inicialmente denominada *Caderno de Engenharia Biomédica da Revista Brasileira de Engenharia do CNPq*. A RBEB é o órgão oficial de divulgação científica da SBEB desde a sua primeira publicação em dezembro de 1982, tendo sido a única publicação regular da especialidade no Brasil e uma das poucas revistas científicas de engenharia biomédica na América Latina.

A importância das atividades realizadas e a maturidade dos profissionais atuantes em engenharia biomédica no Brasil podem ser avaliadas e observadas pelo excelente nível e objetividade da grande maioria dos trabalhos publicados na RBEB e nos congressos brasileiros. Internacionalmente, o reconhecimento da importância desta área e do esforço sério, dedicado e frutífero que estava sendo realizado por toda a comunidade envolvida com a engenharia biomédica em nosso país no final da década de 1980, resultou na escolha do Brasil pela International Federation for Medical & Biological Engineering (IFMBE), da qual a SBEB é filiada, para sediar o World Congress on Medical Physics and Biological Engineering de 1994 no Rio de Janeiro.

A comunidade atuante em Engenharia Biomédica no Brasil colheu uma grande quantidade de outros frutos em nível internacional por meio da Sociedade Brasileira de Engenharia Biomédica, sobressaindo-se a realização de três Encontros Argentino-Brasileiros de Engenharia Biomédica que resultaram no Coral – Conselho Regional de Engenharia Biomédica para a América Latina, uma organização copatrocinada pela IFMBE e pela Engineering in Medicine and Biology Society (EMBS) do IEEE. Apesar de conversações preliminares já estarem ocorrendo desde 1988, o Coral foi criado formalmente no Instituto Nacional de Cardiologia da cidade do México em 1991, quando delegados do Brasil, Chile, Argentina, México, Venezuela e Cuba e os Presidentes das seções da EMBS/IEEE e da Federação Internacional IFMBE ratificaram a Constituição trilingüe do Coral e redigiram os Regulamentos, estabelecendo que o seu objetivo principal é incentivar a engenharia biomédica na América Latina e Caribe. O décimo segundo encontro anual do Coral ocorreu em 24 de maio de 2001 em Cuba, contando com a participação de delegados de sociedades de engenharia biomédica nacionais da Argentina, Brasil, Cuba, México

Capa da *Revista* RBEB nº 1, vol. 1.

e Venezuela. Membros da EMBS também participaram do encontro, além de observadores da Colômbia e Peru.

A seguir são apresentados, em ordem cronológica de criação, os Centros de Atuação em Engenharia Biomédica das universidades brasileiras, informando-se a sua denominação e vínculo institucional, ano de criação oficial e principais áreas de atuação[17]:

- Divisão de Bioengenharia do Instituto do Coração do Hospital das Clínicas da Faculdade de Medicina da USP, antiga Oficina Coração-Pulmão Artificial do Hospital das Clínicas da Faculdade de Medicina da USP da década de 1950: Instrumentação Biomédica, Engenharia Clínica, Biomateriais, Bioengenharia, Engenharia de Reabilitação.
- Programa de Engenharia Biomédica na Coppe/UFRJ, em 1970: Engenharia de Sistemas de Saúde, Engenharia Pulmonar, Instrumentação Biomédica, Ultra-som, Processamento de Imagens e Sinais e Engenharia Clínica;
- Departamento de Fisiologia e Farmacologia do Centro de Ciências Biológicas da Universidade Federal de Pernambuco, em 1973: Instrumentação Biomédica e Análise de Sinais Fisiológicos.
- Grupo de Pesquisas em Engenharia Biomédica da Universidade Federal de Santa Catarina, em 1974: Informática Médica, Instrumentação Biomédica, Engenharia Clínica.
- Serviço de Informática do Instituto do Coração do Hospital das Clínicas da Faculdade de Medicina da USP, em 1978 : Processamento de Sinais Biológicos e Imagens Médicas, Telemedicina e Sistemas de Informações Clínicas.
- Grupo de Bioengenharia do Departamento de Engenharia de Materiais, Aeronáutica e Automobilística da Escola de Engenharia de São Carlos da USP/Programa Interunidades de Bioengenharia, Escola de Engenharia de São Carlos, Faculdade de Medicina de Ribeirão Preto e Instituto de Química de São Carlos, todos da USP, em 1973/1979: Interação de Agentes Físicos com Sistemas Biológicos, Biomecânica, Biomateriais, Instrumentação Médica.
- Divisão de Engenharia Biomédica do Instituto de Pesquisas Científicas e Tecnológicas da Pontifícia Universidade Católica do Rio Grande do Sul, em 1979: Engenharia Clínica e Instrumentação Biomédica, Física Médica.
- Laboratório de Engenharia Biomédica da Escola Politécnica da USP, em 1981: Bioengenharia, Instrumentação Biomédica, Engenharia Clínica, Biomecânica e Engenharia de Reabilitação, atuando ainda em colaboração com o Serviço de Informática do Instituto do Coração do Hospital das Clínicas da Faculdade de Medicina da USP na área de Imagens Médicas.
- Centro de Engenharia Biomédica da Universidade Estadual de Campinas, em 1982: Bioengenharia, Instrumentação Biomédica, Engenharia Clínica, Engenharia de Reabilitação.
- Laboratório de Análise e Digitalização de Imagens da Escola de Engenharia de São Carlos na Universidade de São Paulo, em 1982: Processamento e Controle da Qualidade de Sistemas de Imagens Médicas.
- Núcleo de Estudos e Tecnologia em Engenharia Biomédica da Universidade Federal da Paraíba, em 1983: Instrumentação Biomédica, Processamento de Sinais e Imagem, Informática Médica e Engenharia Clínica.
- Laboratório de Engenharia Biomédica do Departamento de Biofísica e Radiobiologia da Universidade Federal de Pernambuco, em 1983: Instrumentação Biomédica, Aplicações Biológicas de Campos de Forças.
- Serviço de Engenharia Clínica do Hospital das Clínicas da Universidade Federal do Paraná, em 1984: Engenharia Clínica.
- Núcleo de Engenharia Hospitalar do Cefet-PR, em 1984: Processamento de Sinais Biológicos, Instrumentação Biomédica, Inteligência Artificial e Informática Médica, Biomateriais, Efeitos Biológicos de Radiações, Processamento de Imagens Médicas, Biotelemetria, Biosensores, Engenharia de Reabilitação, Telemática.
- Grupo de Processamento Digital de Sinais da Universidade de Brasília, em 1987 : Processamento de Sinais Biológicos e de Imagens Biomédicas.
- Laboratório de Engenharia Biomédica da Universidade Católica de Pelotas, em 1987: Instrumentação Biomédica, Processamento de Sinais Biológicos, Informática Médica.
- Centro de Engenharia Biomédica do Hospital São Vicente de Paulo, de Passo Fundo, RS, em 1991: Instrumentação Biomédica e Engenharia Clínica.
- Grupo de Sensores e Instrumentação Eletrônica em Aplicações Biomédicas da Faculdade de Engenharia

17. SBEB, www.sbeb.org.br.

de Ilha Solteira da Unesp, em 1994: Instrumentação Biomédica e Engenharia de Reabilitação.

- Laboratório Médico de Pesquisas Avançadas da Faculdade de Ciências Médicas da Uerj, em 1995: Informática em Medicina e Saúde.
- Laboratório de Materiais do Instituto Politécnico da Universidade do Estado do Rio de Janeiro, em 1995: Biomateriais, Processamento de Sinais Biológicos e de Imagens Biomédicas.
- Grupo de Pesquisa em Terapia Fotodinâmica, Grupo de Pesquisa em Aplicações de Lasers de Alta Potência em Bioengenharia, Grupo de Pesquisa em Instrumentação Óptica na Biomedicina, Grupo de Pesquisa em Informática Médica, Grupo de Pesquisa em Espectroscopia da Fluorescência, Grupo de Pesquisa em Espectroscopia Raman de Tecidos Biológicos, Grupo de Pesquisa em Comportamento Térmico de Tecidos Biológicos Sujeitos à Irradiação por Laser e Grupo de Pesquisa em Processamento de Sinais Biológicos da Universidade do Vale do Paraíba, em 1996: Instrumentação Biomédica, principalmente com Laser e Sistemas Ópticos.
- Divisão de Efeitos Biológicos da Radiação do Laboratório de Comunicações da Universidade Federal da Paraíba, em 1996: Processamento de Sinais Biológicos e de Imagens Biomédicas, Efeitos Biológicos da Radiação.
- Laboratório Integrado/Engenharia Biomédica da Universidade de Brasília, em 1998: Processamento de Sinais Biológicos, Biomecânica e Engenharia de Reabilitação, Simulação e Modelagem de Fenômenos Fisiológicos.
- Laboratório de Telemedicina do Departamento de Informática em Saúde da Universidade Federal de São Paulo (Unifesp), em 1999: Telemedicina.
- Divisão de Efeitos da Radiação do Laboratório de Comunicações da Universidade Federal da Paraíba, em 1999 : Efeitos Biológicos das Radiações.
- Unidade de Engenharia Clínica do Instituto do Coração do Hospital das Clínicas da Faculdade de Medicina da USP, em 1999: Gerenciamento da tecnologia através de controle da manutenção e planejamento tecnológico para aquisição e substituição de equipamentos.
- Laboratório de Instrumentação/Instrumentação Biomédica da Universidade Estadual de Londrina, em março de 2000: Instrumentação Biomédica, Processamento de Sinais, Engenharia Clínica.
- Laboratório para Processamento da Informação Biológica da Universidade Federal do Maranhão, em 2000: Processamento de Sinais Biológicos, Engenharia Clínica, Redes Neurais e Neuroinformática.

Além desses centros, ainda há alguns outros grupos atuando em atividade de certa forma relacionada com a engenharia biomédica:

- Grupo de Dosimetria e Instrumentação Nuclear da Universidade Federal de Pernambuco, em 1990: Radiodiagnóstico, Medicina Nuclear, Radioterapia.
- Instituto de Física de São Carlos da Universidade de São Paulo, em 1994: Física e Informática, Física e Ciência dos Materiais.
- Instituto de Eletrotécnica e Energia da Universidade de São Paulo, em 1995: Normalização, Ensaios e Certificação de Produtos Médicos.
- Laboratórios especializados em Eletro-eletrônica do Labelo da PUC/RS, em 1998: Normalização, Ensaios e Certificação de Produtos Médicos.
- Divisão de Mecânica e Eletricidade do Laboratório de Aferições e Avaliações de Instrumentos e Medidas Elétricas do Instituto de Pesquisas Tecnológicas (IPT/USP), em 1998: Normalização, Ensaios e Certificação de Produtos Médicos.
- Grupo de Engenharia Biomédica da Escola Federal de Engenharia de Itajubá.
- Departamento de Engenharia Biomédica da Fundação São João del Rei.
- Grupo de Engenharia Biomédica da Universidade Federal do Rio Grande do Sul.
- Instituto de Física da Universidade Federal de São Carlos.

O Advento da Indústria Nacional de Equipamentos Médicos

Conforme mencionado anteriormente, quando da apresentação das condições de instalação do Instituto do Coração do Hospital das Clínicas da Faculdade de Medicina da USP, ainda na década de 1970, a indústria nacional de equipamentos médicos era incipiente, sendo o mercado de produtos médicos constituído basicamente por empresas multinacionais. Existiam algumas empresas brasileiras, tipicamente familiares ou constituídas por grupos de amigos e com atuação quase artesanal. A exceção era a Funbec, que atuava na Cidade Universitária da USP e iniciou suas atividades desenvolvendo instrumentos didáticos para o ensino de ciências no segundo grau, dedicando-se depois ao desenvolvimento de alguns equipamentos médicos.

A atuação da Funbec – Fundação para o Desenvolvimento do Ensino das Ciências – ocorreu logo após o surgimento das primeiras iniciativas relacionadas com produção e comercialização de equipamentos médicos em nosso país. A origem da Funbec decorreu da constituição do IBECC – Instituto Brasileiro de Educação, Ciência e Cultura, criado pelo decreto-lei nº 9.355 de 13.6.1946 junto ao Ministério das Relações Exteriores. A existência deste Instituto, por sua vez, resultou de uma exigência estatutária da Unesco – United Nations Educational, Scientific and Cultural Organization –, a qual estabeleceu em seu estatuto que as nações membros deveriam instalar comissões nacionais para assessorá-la, bem como facilitar a ação de seu programa que incluía, dentre seus propósitos maiores em um acordo com as Nações Unidas, uma "cooperação internacional para resolver os problemas sociais, econômicos, culturais e humanitários, e para promover e estimular o respeito aos direitos humanos e às liberdades fundamentais para todos, sem distinção de raça, sexo, língua ou religião". Conforme o parágrafo 2º do artigo 1º dos estatutos originais do IBECC, este teria sede no Ministério das Relações Exteriores, mas poderia e deveria estabelecer filiais em outras cidades brasileiras. Conseqüentemente, em 02.3.1950, no salão nobre da reitoria da Universidade de São Paulo, à rua Helvetia nº 55, foi instituída a Comissão Estadual de São Paulo do IBECC, contando com a presença do dr. Levy Carneiro, presidente do IBECC, e do dr. Miguel Reale, reitor da Universidade de São Paulo, dentre os 38 participantes do evento. O IBECC de São Paulo, por ato do reitor, passou a ter sua sede no Departamento de Cultura e Ação Social da USP, passando depois, sucessivamente, para as dependências da Faculdade de Medicina e para o *campus* desta universidade. Até 1967 o IBECC por sua Comissão Estadual de São Paulo desenvolveu intensa atividade ligada à renovação do ensino de ciências, porém incluindo algumas não menos significativas atividades extra-escolares. Com a criação da Funbec em 1967, para a qual foi transferido o patrimônio do IBECC, os programas ficaram limitados às atividades extra-escolares atuando diretamente no processo de produção e comercialização de equipamentos e de editoração. A Funbec recebeu uma substancial contribuição da Fapesp – Fundação de Amparo à Pesquisa do Estado de São Paulo – de 1968 a 1970, com parte da qual incorporou a firma Coretron, iniciando a sua atuação na área médica por meio da confecção tecnológica sofisticada em óptica e em eletrônica médica, produzindo eletrocardiógrafos e equipamentos para monitoração cardíaca. Nessa época, a Funbec enviou um engenheiro aos Estados Unidos da América para completar mestrado em engenharia biomédica, o qual é presidente atualmente de uma das mais importantes e atuantes empresas produtoras de equipamentos médicos em nosso país, a Dixtal Biomédica Indústria e Comércio Ltda. A partir da década de 1970, a Funbec continuou atuando no desenvolvimento de projetos envolvendo novas tecnologias e pesquisas educacionais, incluindo principalmente tanto o desenvolvimento e a construção de aparelhos para cardiologia (como esteiras ergométricas, monitores de pressão cardíaca, transmissores e receptores de eletrocardiogramas por via telefônica, freqüencímetros, cardioversores, fonocardiógrafos e desfibriladores), como o desenvolvimento de nistamógrafos, ecocardiógrafos e monitores de anestesia, além de outros equipamentos como microscópios para o ensino, espectrógrafo, espectrofotômetros e monocromador com faixa de atuação de 300 a 900 nm e largura de banda de 5 nm, e ainda sofisticados sistemas de imagem por ultra-som. Alguns desses equipamentos chegaram inclusive a serem exportados. Em 1989 a Divisão Médica da Funbec foi adquirida pela empresa Ecafix Indústria e Comércio Ltda., outra importante empresa atuante na produção e comercialização de equipamentos médicos no Brasil.

É importante mencionar que a empresa Coretron, incorporada à Funbec em 1968, foi criada no início da década de 1960 possuindo uma direção constituída tanto por proeminentes profissionais ligados às ciências físicas, médicas e biológicas como por conceituados engenheiros, a quase totalidade também pesquisadores em várias unidades da USP. A Coretron, muito provavelmente, foi a primeira empresa estabelecida oficialmente no Brasil para produção e comercialização de equipamentos médicos. Esta empresa continha uma seção de óptica, fabricando lentes, prismas, espelhos, dentre outros componentes, e uma seção de eletrônica que produzia eletrocardiógrafos. Remonta ao início dessa década de 1960 a produção do eletrocardiógrafo modelo S1 apresentado na figura nesta página. Posteriormente produziu outros modelos de eletrocardiógrafos e monitores cardíacos que já possuíam na época características refletindo a grande preocupação com segurança elétrica de seus projetistas, por exemplo, o modelo 4-ICN[18]. Esta necessidade de segurança assegurada pelos equipamentos eletromédicos é ainda uma das maiores preocupações atuais, conforme será apresentado ainda neste capítulo.

Apenas na década de 1980 começaram a surgir de fato as primeiras empresas nacionais razoavelmente organizadas e administradas. Nessa época, o Brasil começava também a ser influenciado pelo surto internacional da "qualidade", o que auxiliou essas empresas da área eletromédica a se adequarem ao nível de qualidade necessário na época para a competição com as empresas multinacionais, visando inclusive a exportações.

Ainda nessa década de 1980, houve uma importante mudança de mentalidade: os dirigentes das empresas que comercializavam equipamentos médicos no Brasil começaram a se conscientizar de que deveriam desenvolver seus próprios equipamentos, ou representar os fabricantes do exterior, sendo responsáveis não apenas por essa comercialização, mas também pela manutenção e assistência técnica de seus equipamentos médicos. Ou seja, teriam que colocar as tecnologias desenvolvidas em uso, considerando também características da sua manutenção. Além disso, começaram a assumir que caberia também aos empresários o treinamento de pessoal médico e paramédico no uso de seus equipamentos, muitas vezes com apresentação de aulas e palestras teóricas e práticas, incluindo-se em congressos e seminários médicos. Finalmente, deveriam também orientar estagiários universitários na aplicação e manutenção de seus produtos. Afinal, eram instituições industriais/comerciais de equipamentos muitas vezes de suporte à vida. É bem verdade que o mercado internacional já exigia essa postura e as empresas multinacionais atuantes no Brasil eram os porta-vozes e representantes desse mercado. Mas as dificuldades de passar da intenção para a ação eram enormes, até porque as empresas nacionais não eram unidas e na maioria das vezes pobres e pequenas.

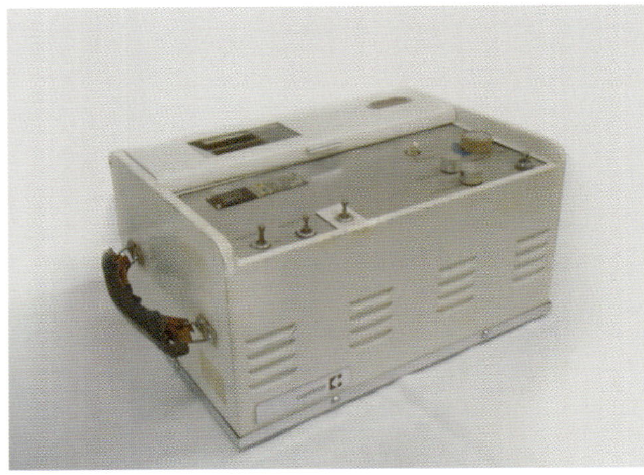

Eletrocardiógrafo Coretron modelo S1.

Surge então de forma importante a atuação da Associação Brasileira da Indústria de Artigos e Equipamentos Médicos, Odontológicos Hospitalares e de Laboratórios (Abimo), aglutinando não apenas os anseios dos fabricantes nacionais, mas também mostrando a validade e confirmação do ditado popular que reza que "a união faz a força". Possibilita então a primeira manifestação coletiva e efetiva da indústria nacional para a implantação de um sistema de qualidade aos produtos médico-hospitalares, o que ocorreu ainda em meados da década de 1980, com a criação do Sistema Abimo de Certificação de Conformidade, cujas diretrizes foram estabelecidas através de dez normas gerenciais[19]. A metodologia adotada estabelecia que a certificação da qualidade seria obtida pela análise laboratorial de credibilidade notória, seguida pelo "Selo Abimo de Qualidade". Este selo pretendia, inicialmente, qualificar o sistema produtivo e, posteriormente, em uma segunda fase, qualificar os produtos fornecidos. Não chegou a entrar efetivamente em ação, provavelmente devido à falta de interesse do mercado comprador nacional em exigir qualidade nos produtos que adquiria. Ou, talvez, pela falta desse mercado comprador ter a noção exata da qualidade e segurança que necessitaria nos produtos médicos que adquiria. Entretanto, a partir do momento em que o mercado mundial passou a exigir conformidade com a série de normas ISO 9000 por parte do fornecedor, a indústria

18. A. Holzhacker, *Comunicação Pessoal*, 2002.
19. Albino e Sinaemo, *Sistema Abimo de Certificação de Conformidade, Coordenação e Assessoria Técnica IBQN*.

Capa do documento Selo Abimo.

médico-hospitalar brasileira, que dependia desse mercado externo, passou a sentir necessidade de implantar no seu processo produtivo um sistema de qualidade que tivesse como referência as normas NBR 19000, compatíveis com a série ISO 9000. Posteriormente, com a criação do Mercosul, ficou estabelecido que os fornecedores deveriam apresentar uma certificação de acordo com as normas ISO 9000, e no caso da indústria médico-hospitalar seria exigida a norma ISO 9001, exigindo que a Abimo criasse, em 1993, o Comitê da Qualidade e Normalização para servir de apoio às indústrias interessadas em implantá-la. Naquela época, esse Comitê promoveu diversas palestras entre as indústrias e entidades envolvidas com a questão da qualidade, visando tanto oferecer esclarecimentos como permitir uma interessante troca de idéias sobre o melhor meio de se efetuar a implantação da ISO 9001 nas indústrias interessadas. Por outro lado, a Abimo criou também alguns subsetores para estudar o meio mais eficiente de atingir a certificação de seus produtos, considerando os recursos disponíveis e as especificidades de cada equipamento. A Abimo iniciou então a realização de uma importante atividade de orientação e participação de seus associados por meio de comissões e grupos de trabalho, principalmente em relação a normalização e garantia da qualidade, com a finalidade de fomentar e implementar sistemas de qualidade nas empresas, certificação de produtos, Código de Defesa do Consumidor, e atuação no Mercosul, neste caso com a finalidade de participar ativamente na harmonização da legislação, relacionando os países atuantes nesse mercado comum, e das normas de produtos e serviços junto ao Ministério da Saúde e Inmetro. Por outro lado, a Abimo resolveu constituir-se em um dos parceiros mais importantes do Ministério da Saúde visando à implantação do Sistema Brasileiro para Certificação de Equipamentos Médicos, conforme será apresentado posteriormente neste capítulo.

Uma apresentação breve da Abimo auxilia na compreensão da evolução da atuação de uma parte significativa de empresas atuantes no setor médico-hospitalar-odontológico de nosso país. A Abimo foi fundada em 1962 como Associação dos Fabricantes de Produtos Médicos e Odontológicos, possuindo na época 25 associados, de um total de quarenta pequenas empresas de origem artesanal, desenvolvendo suas atividades no âmbito nacional. No ano de 1971, o Si-

naemo – Sindicato da Indústria de Artigos e Equipamentos Odontológicos, Médicos e Hospitalares do Estado de São Paulo – foi reconhecido pelo Ministério do Trabalho como entidade oficial representativa do setor, passando desde então a representar a classe empresarial em conjunto com a Abimo. Atualmente, as entidades representam um segmento industrial em franca evolução, com 230 empresas filiadas, aproximadamente, sendo que as associadas perfazem 80% do faturamento nacional do setor

A indústria associada da Abimo que produz e comercializa equipamentos médicos no Brasil atua principalmente nos setores tanto de equipamentos médico-hospitalares, incluindo radiologia e diagnóstico por imagem, e de odontologia, como nos setores de laboratórios, de implantes e de material de consumo médico-hospitalar. Neste último setor incluem-se as empresas fabricantes de produtos implantáveis, tais como próteses ortopédicas, cardíacas, neurológicas, mamárias e outros, além de fabricantes de materiais de consumo médico-hospitalares, por exemplo, hipodérmicos, tais como têxteis, adesivos e outros de uso único. Nos padrões atuais, o setor produtivo médico-hospitalar nacional possui capacidade para suprir de 90 a 95% das necessidades de instalação em equipamentos e materiais de consumo de um hospital geral[20].

Anualmente ocorre no Brasil, especialmente na cidade de São Paulo, a Feira Internacional de Produtos, Equipamentos e Serviços para Hospitais e Estabelecimentos da Saúde, normalmente designada por Hospitalar e co-patrocinada pela Abimo, onde se pode verificar o desenvolvimento anual de centenas de empresas atuantes no setor e exportando aos principais centros mundiais. Muitas dessas empresas também participam das principais feiras internacionais, como por exemplo, a Hospitalaria de Buenos Aires e a Feira Médica de Dusseldorf.

Desde junho de 1996, a Abimo tem ainda a imensa responsabilidade de suportar e secretariar o Comitê Brasileiro Odonto-Médico-Hospitalar da ABNT, o "CB26", aprovado como Fórum Nacional para Normalização de Produtos e Artigos Correlatos de Saúde. Essa responsabilidade inclui a obrigatoriedade de atuar, através das Comissões do CB26, junto a instituições internacionais congêneres.

Uma outra fração do mercado de equipamentos médicos-odontológicos-hospitalares está associada à Associação Brasileira dos Importadores de Equipamentos, Produtos e Suprimentos Médico-Hospitalares (Abimed), embora muitas empresas estejam associadas a ambas associações. A Abimed é uma associação sem fins lucrativos cujo objetivo é promover o desenvolvimento do setor e resolver os problemas comuns a empresas e entidades que operam no Brasil. Fundada em 18 de junho de 1996, tem por volta de 115 associados. Possui a meta de tornar-se uma parceira das autoridades governamentais e da Anvisa – Agência Nacional de Vigilância Sanitária do Ministério da Saúde –, para melhorar cada vez mais os serviços médico-hospitalares brasileiros, por meio da importação de equipamentos e insumos de qualidade a preços competitivos. Também possui a meta de transformar-se no ponto de convergência das aspirações e necessidades dos associados e de todos os que tenham soluções criativas e objetivas para colocar definitivamente a medicina brasileira no patamar do primeiro mundo. Atua com órgãos públicos, entidades de classe nacionais e estrangeiras, ABNT, Mercosul, feiras e congressos no Brasil e exterior, e organismos certificadores de produtos e laboratórios de ensaios, por meio de setoriais em ética, otorrino, nefrologia, certificação compulsória, diagnóstico por imagem e similaridade[21].

Uma importante entidade governamental brasileira com a finalidade institucional de promover a proteção da saúde da população deste país por intermédio do controle sanitário da produção e da comercialização de produtos e serviços submetidos à vigilância sanitária, inclusive dos ambientes, dos processos, dos insumos e das tecnologias relacionados é a Anvisa. Criada pela lei nº 9.782 de 26 de janeiro de 1999 na condição de autarquia sob regime especial vinculada ao Ministério da Saúde, tem por missão proteger e promover a saúde no Brasil, garantindo a segurança sanitária de produtos e serviços, tendo ainda por objetivo ser o agente da transformação do sistema descentralizado de vigilância sanitária em uma rede, ocupando um espaço diferenciado e legitimado pela população, como reguladora e promotora do bem-estar social. A Anvisa desenvolve um processo para regular atividades produtivas de interesse público mediante o estímulo à competição e à inovação, atuando preferencialmente no gerenciamento de recursos e na função de controle. Outra finalidade institucional da Agência é exercer o controle de portos, aeroportos e fronteiras e a interlocução junto ao Ministério das Relações Exteriores e instituições estrangeiras para tratar de assuntos internacionais na área de vigilância sanitária[22].

É importante enfatizar um resultado recente na atuação em instrumentação biomédica dentro da interação universidade-empresa. Refere-se ao fato de que as empresas privadas produtoras de equipamentos médicos e os centros de atuação em Engenharia Biomédica de universidades têm aplicado há alguns anos a filosofia de trabalho conjunto, por meio de convênios e contratos com fins de pesquisa e desenvolvimento (P&D). Responsáveis por várias empresas nacionais têm percebido e utilizado o potencial de ação em P&D de laboratórios universitários, de modo que realizam essas atividades de P&D em colaboração com a universidade, usufruindo todos os benefícios e potencialidades desse meio acadêmico, além,

20. Abimo, www.abimo.org.br.
21. Abimed, www.abimed.org.br.
22. Anvisa, www.anvisa.org.br.

evidentemente, dos benefícios financeiros e de produção de recursos humanos altamente qualificados que essa interação obviamente produz.

Hoje pode-se dizer que a produção de equipamentos no Brasil é de qualidade e o mercado é, inclusive, exportador, resultado arduamente conquistado devido à perseverança e competência dos responsáveis pelas empresas, qualificação de recursos humanos, interação universidade-empresa e condições técnico-científicas-econômicas do nosso país.

A Consolidação da Engenharia Clínica no País

O início das atividades em engenharia clínica no Brasil ocorreu formalmente no início da década de 1970, no Hospital das Clínicas da Faculdade de Medicina da USP, apesar de esse hospital já possuír engenheiros em seu quadro de funcionários desde a década anterior, porém, tipicamente realizando pesquisa e/ou desenvolvimento de instrumentação médica e bioengenharia com profissionais da área médica. Observe-se que naquela época não era utilizada a denominação engenheiro clínico para quem atuava com essa função. O profissional era simplesmente um engenheiro trabalhando em um hospital. Porém, na segunda metade da década de 1970, o autor e mais dois engenheiros conseguiram convencer o superintendente daquele hospital a criar a Divisão de Engenharia, decorrente dos muitos e frutíferos serviços realizados por estes profissionais. Também foram obtidas várias conquistas de equiparação profissional com o corpo médico do hospital, como pagamento de taxa de insalubridade, por exemplo.

Ainda na década de 1970, alguns outros hospitais universitários espalhados pelo Brasil também passaram a contar com engenheiros em seus quadros funcionais, porém, nem sempre com a função de engenheiro clínico em sua plenitude, mas tipicamente para resolver problemas de manutenção e assistência técnica e/ou desenvolver protótipos de equipamentos médicos simples. Entretanto, as sementes da engenharia clínica já estavam sendo plantadas.

Exatamente os mesmos problemas e características de atuação em engenharia clínica apresentados na seção anterior sobre a "Evolução da Engenharia Biomédica em Nível Internacional" ocorreram no Brasil, porém com atraso de alguns anos e resolvidos mais facilmente devido à origem latina do nosso povo. Poder-se-ia transcrever aqui o texto anteriormente apresentado, que se aplicaria perfeitamente com o que ocorreu no país. Note-se também que a participação de engenheiros, ou de grupos de engenheiros, ocorreu fundamentalmente em hospitais universitários até o final da década de 1980, salvo exceções de alguns poucos hospitais particulares de grande porte e poder financeiro existentes em algumas poucas capitais de Estados brasileiros. A lista de Centros de Atuação em Engenharia Biomédica das universidades brasileiras, apresentada na seção anterior, comprova esta afirmação. Entretanto, naquela época, a principal atividade do engenheiro ainda era resolver problemas de aquisição de equipamentos médicos e suas manutenções e assistências técnicas, observando-se que nessa época a quase totalidade dos instrumentos biomédicos existentes nos hospitais era importada.

O problema da manutenção do parque tecnológico em hospitais sempre foi uma preocupação geral inclusive do Ministério da Saúde, desde o final da década de 1970, a ponto de esse Ministério iniciar a implantação do programa Proequipo – Programa de Equipamentos Odonto-Médico-Hospitalares – em 1990 como mais uma tentativa de resolver esse problema crônico. Esse programa era constituído por cinco subprogramas, a saber[23]:

- Subprograma I: Formação e Qualificação de Recursos Humanos.
- Subprograma II: Gerência e Manutenção de Equipamentos Odonto-Médico-Hospitalares (Engenharia Clínica).
- Subprograma III: Normas e Padrões Técnicos.
- Subprograma IV: Qualidade.
- Subprograma V: Tecnologia.

Depreende-se da constituição desse programa que tanto a formação e qualificação de recursos humanos como a gerência e manutenção de equipamentos odonto-médico-hospitalares, parte da engenharia clínica, eram preocupações permanentes do Ministério da Saúde. O subprograma I visava à formação e qualificação tanto de técnicos de

23. Secretaria Nacional de Assistência à Saúde / Ministério da Saúde, *Proequipo – Programa de Equipamentos Odonto-Médico-Hospitalares*; Peces – Programa de Ensaios de Conformidade em Equipamentos para a Saúde, *Normalização Técnica de Produtos Médico-Hospitalares*.

segundo grau como de engenheiros clínicos, e resultou em alguns poucos cursos em nível de Engenharia espalhados pelo Brasil durante quatro anos a partir de 1993, com resultados muito pobres em relação às necessidades do país. Um dos cursos para formação de técnicos persiste até hoje na Unicamp, com bons resultados.

Infelizmente o subprograma II, assim como os subprogramas III e V, não forneceram os frutos desejados. Porém, o Ministério da Saúde conseguiu conquistar outros resultados importantes na última década, podendo-se enfatizar o Reforsus – Reforço à Reorganização do Sistema Único de Saúde – um projeto do Ministério da Saúde instituído em 1996 por meio de um acordo de empréstimo no valor de US$ 650 milhões, celebrado entre o governo brasileiro, o Banco Interamericano de Desenvolvimento (BID) e o Banco Mundial (Bird), com o objetivo principal de implementar ações estratégicas destinadas a fortalecer o desenvolvimento do Sistema Único de Saúde – SUS, mediante a recuperação física, tecnológica e gerencial das unidades de saúde – públicas e filantrópicas – ampliando o acesso da população aos serviços desse sistema. Além de investir na readequação da rede de serviços de saúde, o Reforsus também destina recursos para a promoção de inovações na administração do setor de saúde[24].

Felizmente, o subprograma IV do programa Proequipo do Ministério da Saúde propiciou a criação, desenvolvimento e implantação do Sistema Brasileiro para Certificação de Equipamentos Médicos, um fruto tão importante que por si só justifica o investimento e a existência do programa. Esse sistema será descrito separadamente na próxima seção deste capítulo devido à sua enorme importância para a garantia da qualificação do sistema de atendimento à saúde do nosso país.

Concluindo, observe-se as conseqüências que o aumento da população mundial acarreta no crescimento das necessidades sanitárias. Nos últimos anos, o progresso nos cuidados médicos tem sido rápido e abrangente, especialmente nos campos da neurologia, cardiologia, aquisição e processamento de imagens médicas. Uma importante razão para esse progresso é a colaboração de duas áreas importantes: medicina e engenharia. Entre as duas há imensas diferenças, mas não há dúvida que a união trouxe excelentes resultados. Certamente, a população recebeu muitos anos mais de vida devido à ajuda de próteses, marcapassos cardíacos, corações artificiais, equipamentos que possibilitam prever e diagnosticar uma propensão a certa doença, evitando-a, ou auxiliando até mesmo por meio de uma simples monitorização esmerada e precisa durante uma enfermidade crítica. Porém, tudo isso só se tornou possível quando os profissionais das áreas biomédica e tecnológica eliminaram suas diferenças e constituíram uma equipe, como felizmente se constata em muitos centros de atendimento à saúde de nosso país. A engenharia clínica no Brasil felizmente já é uma realidade, estando consolidada tanto em locais de atendimento à saúde privados como públicos. Essa conquista dos engenheiros clínicos em nosso meio deve ser conhecida e valorizada.

A Implantação de um Sistema de Atendimento à Saúde no Brasil com Equipamentos Médicos de Qualidade e com Segurança

A comercialização de equipamentos e produtos médicos com qualidade, confiabilidade e segurança é uma necessidade obrigatória e fundamental para qualquer comunidade que preserve a saúde de sua população. A primeira iniciativa brasileira para estabelecer um processo visando atingir esse fim foi a ação da Abimo no final da década de 1980, mencionada anteriormente. Porém, também preocupado com essa necessidade, o Ministério da Saúde começou a atuar em 1990 e a Abimo decidiu abortar a sua iniciativa própria e aderir ao programa Peces/Proequipo desse Ministério, o Programa de Certificação de Ensaios de Conformidade em Equipamentos para a Saúde do Proequipo. Resultaram então vários frutos parciais desse programa até que o Ministério da Saúde impôs em meados da década de 1990 que somente poderia ser comercializado no Brasil um equipamento biomédico, de médio ou alto risco de segurança, que obtivesse o devido registro junto a este Ministério, válido por cinco anos, determinando ainda que a documentação exigida para obtenção do registro incluiria um certificado de segurança obtido por meio do Sistema Brasileiro para Certificação de Equipamentos Médicos (SBCEM). Adotou o Inmetro como parceiro para realizar a certificação, visto que este instituto já dispunha de todo um sistema montado e disponível para esse fim. Tal deliberação do Ministério

24. Ministério da Saúde, SUS-SAS/DTEC/CGNIR, *Saúde e Tecnologia*; Ministério da Saúde, *Sistema de Avaliação dos Subprojetos do Componente I do Projeto Reforsus; Sistema de Supervisão de Equipamentos: Procedimentos para a Supervisão de Equipamentos sobre Controle do Projeto Reforsus*.

propiciou não apenas um substancial salto de qualidade e segurança na produção de equipamentos médicos comercializados no país como também uma expressiva melhoria na qualificação dos recursos humanos atuantes nos mais variados segmentos do setor, além evidentemente da melhoria da qualidade da mão-de-obra e dos insumos e componentes utilizados na construção dos equipamentos.

Apesar de todos os frutos colhidos nessa última década, a evolução do processo de certificação de equipamentos médicos no Brasil definitivamente transcorreu lentamente, devido às dificuldades naturais existentes na implantação de um sistema deste tipo em um país que está ainda despertando para a importância da qualidade. De fato, a implantação de um Sistema para Certificação de Equipamentos Médicos visando a qualificação mínima desta categoria de produtos em qualquer país com a cultura existente no Brasil é muito morosa, difícil e onerosa, exigindo muita perseverança, conhecimento e capacidade de trabalho de todos os que buscam esse ideal[25].

As iniciativas governamentais para promover a qualidade na indústria nacional de equipamentos médico-hospitalares iniciaram-se por volta de 1980, porém, de maneira completamente ineficiente e ineficaz, até que o Ministério da Saúde iniciou a implantação do mencionado Proequipo, em 1990, como parte do trabalho de construção do Sistema Único de Saúde (SUS). Esse programa de atividades abrangente, coeso, ordenado, muito bem estruturado e praticamente completo, foi proposto com o objetivo de contribuir para que o sistema de saúde dispusesse em todos os níveis de equipamentos médico-hospitalares dentro de padrões técnicos e operacionais excelentes, visando à melhoria da qualidade e produtividade da assistência à Saúde prestada à população. Pela primeira vez em sua história, o Ministério da Saúde se propôs a normalizar e disciplinar a área de equipamentos biomédicos. A importância em estabelecer estratégias de ação para a área deveu-se à destacada relevância dos equipamentos biomédicos como recursos materiais e tecnológicos para a execução das ações de assistência à saúde da população. Por meio do Proequipo, a Secretaria Nacional de Assistência à Saúde comprometeu-se a cumprir as determinações do Código de Defesa do Consumidor e do Programa Brasileiro de Qualidade e Produtividade, contribuindo decididamente para a viabilização da qualidade na indústria de produtos médico-hospitalares[26].

Em continuidade às atividades do subprograma IV de qualidade do Proequipo resultou o programa Peces – Programa de Certificação de Ensaios de Conformidade em Equipamentos para a Saúde, devido ao destacado efeito que estes equipamentos exercem na qualidade da assistência à saúde prestada à população. Conforme o documento que estabeleceu as diretrizes deste programa, seu objetivo era implantar a certificação de conformidade a normas e regulamentos técnicos de equipamentos para a saúde, como forma de garantir aos usuários do SUS a necessária segurança e qualidade destes equipamentos, considerando o destacado efeito que exercem na qualidade da assistência à saúde prestada à população. Enfim, o objetivo final do Peces é a certificação de conformidade de equipamentos para a saúde. Este programa pretendia tanto implantar a certificação da conformidade dos produtos médico-hospitalares com normas de segurança como exigir a certificação do sistema da qualidade no sistema produtivo das indústrias envolvidas com o setor, pois, evidentemente, para atingir a qualidade desejada é necessária uma ação eficiente e efetiva tanto em normalização como em certificação. Atuando na área de Metrologia, Normalização e Qualidade, o Proequipo vem implementando o Peces em parceria com o Inmetro, ABNT, Abimo, Abimed e instituições de pesquisa e desenvolvimento tecnológico, visando à instalação do Sistema Brasileiro de Certificação de Qualidade de Materiais e Equipamentos Médico-Hospitalares.

De fato, o esforço conjunto de pessoas distribuídas em todo o país e agregadas ao programa Peces do Proequipo, desde 1990, conjuntamente com elementos do Inmetro, da Abimo, da Abimed e das Comissões de Estudo do CB3/ABNT até 1996 e do CB26/ABNT a partir desse ano, criou as condições propícias para a implantação de um abrangente programa de qualificação de equipamentos médicos no Brasil. Como decorrência natural, estabeleceram-se as condições para os desenvolvimentos de textos normativos e de procedimentos para certificação de produto e de sistemas na área produtiva desse setor.

O Sistema Brasileiro de Certificação de Equipamentos Médicos (SBCEM) é constituído por três partes principais, ou seja, i) o Ministério da Saúde (MS), que legisla e coor-

25. G. M. Uita, "Nota Introdutória da CT-62 / Cobei sobre Atividades Normativas na Área de Engenharia Biomédica"; J. C. T. B. Moraes e G. M. Vita, "Desafios de Problemas no Brasil à Engenharia Biomédica"; J. C. T. B. Moraes e P. S. Gonçalves, "Qualidade nas MPEs – Micro e Pequenas Empresas, Controle da Qualidade" e J. C. T. B. Moraes, "Normalização, Qualidade e Certificação de Equipamentos Médicos no Brasil".
26. J. C. T. B. Moraes, "Certificação de Equipamentos Médicos no Brasil".

dena as ações, cuja fiscalização é desenvolvida pela Agência Nacional de Vigilância Sanitária (Anvisa), ditando as regras e exigências aplicáveis por meio da publicação de portarias e resoluções contendo legislação específica de cada área; ii) o Inmetro, solicitado pelo MS para criar e fiscalizar o cumprimento à norma NIE-DINQP-068, denominada "Regra Específica para a Certificação de Equipamentos Eletromédicos" no Brasil, detendo o reconhecimento internacional e credenciando laboratórios de ensaios e organismos de certificação; e iii) a Associação Brasileira de Normas Técnicas (ABNT), que elabora (por meio dos Comitês Brasileiros) e publica as normas de referência para a avaliação e validação de produto. Deve-se citar ainda como partes coadjuvantes: iv) o próprio fabricante, responsável de fato pelo produto (pelo projeto, fabricação e assistência técnica), inclusive com responsabilidade legal pelo que está produzindo e/ou comercializando – esta preocupação com a segurança justifica a necessidade de contratar ensaios de adequação e até adquirir instrumentos de medição e simuladores sofisticados para a avaliação/validação de seus equipamentos durante a fabricação ou assistência técnica; v) o usuário, que de uma maneira geral se interessa pela certificação dos produtos que adquire e, em alguns casos, pelo fato de ser um prestador de serviços, implanta um procedimento interno de avaliação de seus equipamentos antes da utilização, objetivando executar um controle interno (verificação periódica) do estado atual e se prevenir com relação a exigências legais (Lei do Consumidor).

Atualmente existem quatro laboratórios credenciados na área de equipamentos eletromédicos pertencentes à Rede Brasileira de Laboratórios de Ensaios (RBLE) do Inmetro, a saber:

- Seção Técnica de Equipamentos Eletromédicos do IEE/USP, credenciado em 1995 (CRL-0062).
- Laboratórios Especializados em Eletro-Eletrônica – Labelo da PUC/RS, credenciado em meados de 1998 (CRL-0075).
- Divisão de Mecânica e Eletricidade – Laboratório de Aferições e Avaliações de Instrumentos e Medidas Elétricas – DME/ATEE/LAE do Instituto de Pesquisas Tecnológicas (IPT/USP), credenciado em 1992 e com extensão do credenciamento para equipamentos eletromédicos em dezembro de 1998 (CRL-0045).
- A Divisão de Ensaios e Calibração do Laboratório de Engenharia Biomédica da Escola Politécnica da USP (DEC-LEB/EP-USP), existente desde 1995, tendo sido criada principalmente para oferecer prestação de serviços especializados na área de certificação de produto médico, e credenciada pelo Inmetro em maio de 2003.

Um aspecto importante referente à certificação de equipamentos médicos se refere ao plano de amostragem para realizar os ensaios no equipamento, ou seja, se uma empresa produz dez aparelhos por mês, determinar quantos devem ser ensaiados. O modelo adotado foi o nº 5 do sistema de certificação do Inmetro, que estabelece que apenas um ensaio de tipo (em apenas um aparelho) deve ser executado, porém deve-se verificar periodicamente se existe a garantia da qualidade, ou seja, se a qualidade e segurança verificadas naquele exemplar que é ensaiado também existem em todos os outros aparelhos fabricados de forma continuada ao longo do tempo. Para isso é necessário um organismo que realize a verificação da garantia da qualidade na linha de produção da fábrica, por meio de auditorias periódicas ao longo de cinco anos. O sistema de certificação do Inmetro possui esse componente, denominado Organismo de Certificação Credenciado, que também possui a responsabilidade de realizar todo o procedimento administrativo do processo de certificação, sendo inclusive autorizado pelo Inmetro a fornecer o certificado de conformidade ao interessado. Considerando que a certificação, no caso de equipamento biomédico, é de produto, neste caso o OCC é denominado Organismo de Certificação de Produto (OCP).

Quatro organismos de certificação de produtos estavam credenciados pelo Inmetro até o ano de 2001:

- BRTUV – Avaliações da Qualidade Ltda. s/c.
- Certusp – Serviço Técnico de Certificação do IEE/USP.
- DNV – Det Norske Veritas Brasil.
- UCIEE – União Certificadora para Controle da Conformidade de Produtos, Processos ou Serviços.

Resumidamente, o processo de certificação de produto no SBCEM é composto pelas seguintes atividades[27]:

- Solicitação da certificação pelo fabricante ao OCP.

27. J. C. T. B. Moraes, "O Estado Atual do Sistema Brasileiro de Certicação de Equipamentos Médicos".

- Realização da análise da solicitação pelo OCP.
- Realização de Auditoria de Fábrica e Coleta de amostra pelo OCP.
- Realização de ensaios e verificação de conformidade relativamente à norma técnica geral e a uma norma técnica particular de referência, pertencentes à série NBR IEC 60601, em laboratório de ensaio pertencente à RBLE do Inmetro.
- Concessão do certificado pelo OCP, após aprovação do processo.
- Realização de ensaios de rotina (aplicados em 100% do lote fabricado) pelo fabricante.
- Acompanhamento ou avaliação periódica do controle e garantia de qualidade da fábrica (pelo menos, uma vez a cada doze meses) pelo OCP.

Para produtos importados, a certificação realizada no exterior por um OCP que cumpre as regras internacionais de credenciamento pode ser reconhecida pelo Inmetro se houver um Memorandum Of Understanding (MOU) estabelecido entre as partes, o que possibilitará, após análise do processo de credenciamento, aceitar resultados de ensaios e avaliação de fábrica efetuados no exterior. Não existindo MOU entre o organismo de certificação operando no exterior e o OCP credenciado pelo Inmetro, e não havendo laboratório capacitado no Brasil para execução dos ensaios, cabe ao OCP solicitar e analisar o relatório de ensaio de tipo do exterior, validando-os ou não, e também realizar uma auditoria de fábrica. Caso haja capacitação laboratorial no Brasil, os ensaios devem ser efetuados em laboratório integrante da RBLE, conjuntamente à avaliação do controle da qualidade da fábrica.

A identificação da certificação de conformidade pode ser evidenciada por marcação no produto (etiqueta), por declaração de conformidade emitida pelo fabricante, ou por certificado de conformidade emitido pelo OCP para produto e para sistema de qualidade.

A certificação de equipamentos médicos em nosso país, como ocorre também em nível internacional, é de conformidade com alguma norma técnica de referência, significando que a sua execução só é possível se houver a quantidade necessária de textos normativos de referência correspondente à variedade de equipamentos médicos existentes. O Brasil é associado da International Electrotechnical Commission (IEC), que possui desde 1977 a série de normas técnicas IEC 601. Esta série é constituída por uma norma geral, intitulada NBR IEC 601-01[28], que estabelece prescrições para todos os equipamentos eletromédicos, e um conjunto de normas particulares, que se aplicam a cada equipamento de acordo com suas especificidades. Conseqüentemente, para se avaliar um equipamento é necessário usar a norma geral e uma das normas particulares. Para facilitar a comercialização de instrumentos biomédicos no exterior, a comunidade deliberou que as normas brasileiras da série 601 (atualmente denominadas 60601, inclusive pela IEC) teriam a denominação NBR IEC 601, o que facilitaria a identificação e associação com as correspondentes normas internacionais quando referidas no exterior. O Comitê Brasileiro Odonto-Médico-Hospitalar (CB26) da ABNT é o responsável pela elaboração das normas de interesse para as áreas médica, odontológica e hospitalar.

O CB-26, que desde junho de 1996 assumiu as Comissões de Estudos da Comissão Técnica CT-62 do Comitê Brasileiro CB-03 (Cobei), está atuando de modo que as normas técnicas da série NBR IEC 601 necessárias ao SBCEM estejam rapidamente disponíveis, graças à grande contribuição prestada por colaboradores provenientes de universidades, de empresas nacionais e multinacionais associadas à Abimo e Abimed, do Ministério da Saúde e de hospitais públicos e privados.

Essas atividades de produção normativa de equipamentos médico-hospitalares vêm se desenvolvendo continuadamente desde o final da década de 1970 por meio do trabalho realizado por um pequeno grupo voluntário de interessados que se reuniam mensalmente na sede do Cobei – Comitê Brasileiro de Eletricidade, na cidade de São Paulo. A preparação dos textos normativos era feita com a colaboração não remunerada de especialistas de todo o país, através de consenso a ser alcançado entre fabricantes, representantes de hospitais públicos ou particulares, institutos de pesquisa, universidades, órgãos governamentais, entidades de classe e profissionais em geral.

Em 1981, a comissão técnica responsável pela elaboração de normas para equipamentos médico-hospitalares traçou um programa abrangente para a elaboração de normas consideradas na época prioritárias pelas CES,

28. ABNT/NBR-IEC 601-1: Equipamento Eletromédico.

compreendendo cerca de cinqüenta documentos a serem formulados até fins de 1985. Tal programa, apesar de tímido em face das necessidades do Brasil de então, não poderia ser cumprido sem a colaboração de todos que se dedicavam à engenharia biomédica no país. Infelizmente, esta colaboração não ocorreu, apesar das muitas chamadas dos responsáveis pela CT e pelas CE. Por volta de 1985, a mentalidade sobre a necessidade da qualidade em produtos eletromédicos nacionais e, conseqüentemente, da normalização e certificação, começou a mudar em todo o país, resultando em uma maior ocorrência de publicações, dissertações de mestrado e teses de doutorado, cursos em nível de graduação e pós-graduação e iniciativas de entidades de classe de fornecedores e consumidores visando difundir, aplicar e implantar conceitos e sistemas de qualidade[29]. Entretanto, foi com o esforço conjunto do Proequipo, da Abimo e das Comissões de Estudo da CT-62 que as condições propícias para o desenvolvimento de textos normativos se estabeleceram. A necessária estruturação global visando a uma rápida e qualificada produtividade normativa ocorreu em 1993, principalmente por meio: 1) da publicação do Documento de Referência sobre Normalização Técnica de Produtos Médico-Hospitalares, elaborado pela Secretaria de Assistência à Saúde do Ministério da Saúde; 2) da realização da Jornada para Reestruturação da Área Normativa de Equipamentos Eletro-médicos no Brasil, organizada pelo Laboratório de Engenharia Biomédica da EP-USP, pela Abimo e pelo Cobei em setembro, na cidade de São Paulo, e contando com o patrocínio de seis empresas brasileiras fabricantes de equipamentos eletromédicos; e 3) da publicação pelo Ministério da Saúde da portaria conjunta SVS/SAS nº 01, de 17.5.93, visando a organizar e priorizar os ensaios e a certificação de equipamentos e materiais da área médico-hospitalar, possibilitando ainda uma distribuição ordenada e racional na elaboração das normas técnicas mais prementes, tanto em nível nacional como internacional, envolvendo e atuando também na definição de diretrizes normativas para o Mercosul. Atualmente, as Comissões de Estudo correspondentes à CT-62 da IEC estão atuando no CB-26, Comitê Brasileiro Odonto-médico-hospitalar, que desde junho de 1995 assumiu as Comissões de Estudos do Comitê Brasileiro CB-03 (Cobei), possuindo uma significativa, eficaz, eficiente e continuada participação, tanto de elementos fabricantes, como de neutros e consumidores, permitindo a afirmação de que as ambiciosas metas estabelecidas para a produção normativa deverão ser atingidas.

A evolução histórico-legislativa do processo de certificação de um equipamento médico necessária para obter o registro do produto junto ao Ministério da Saúde, com conseqüente permissão legal para sua comercialização, pode ser resumida iniciando-se em 17 de maio de 1993, quando o Ministério da Saúde publicou a portaria conjunta SVS/SAS nº 1, que definiu a classificação de produtos correlatos para efeito de Registro de Produto no Ministério da Saúde; em dezembro de 1994 o Ministério da Saúde publicou a portaria nº 2.043, instituindo o Sistema da Garantia da Qualidade de Produtos para Saúde. Essa portaria estabeleceu essencialmente que seria obrigatório o registro no Ministério da Saúde dos produtos enquadrados nas classes 2 e 3 (médio e alto riscos) e isentos os produtos da classe 1 (baixo risco), devendo ser publicados os diplomas legais que instituiriam os regulamentos técnicos aplicáveis aos produtos e seu cumprimento sendo comprovado pela certificação do produto por organismo credenciado no contexto do Sistema Brasileiro de Certificação. Em 25 de maio de 1995 foi realizada a 1ª Reunião da Comissão Técnica de Equipamentos para a Saúde, instituída no âmbito do Comitê Brasileiro de Certificação do Inmetro, com o objetivo principal de estabelecer as regras específicas para certificação de equipamentos eletromédicos.

Em dezembro de 1995, o Ministério da Saúde publicou a portaria nº 2.663, pela qual exigia que os fornecedores de equipamentos eletromédicos enquadrados nas classes 2 e 3, registrados ou que solicitarem o registro ao Ministério da Saúde, deveriam obrigatoriamente apresentar cópias dos respectivos certificados de conformidade emitidos por organismo de certificação credenciado no âmbito do Sistema Brasileiro de Certificação, para fins de emissão ou renovação do registro de seus produtos, respeitando prazos estabelecidos na própria portaria que eram de doze a 36 meses a partir da data de sua publicação, dependendo do produto a ser certificado. Estabelecia ainda que a norma técnica NBR IEC 601-1 e normas técnicas particulares da série IEC 601 deveriam ser adotadas para definirem as prescrições exigidas para a certificação. Enfatizou ainda

29. J. C. T. B. Moraes, "Instrumentação Biomédica e Instalações Elétricas para Fins Médicos: Um Curso Fundamental", e "Normalização e Educação Profissional".

CERTIFICADO DE CONFORMIDADE DE PRODUTO

Primeiro certificado de conformidade brasileiro.

que a Comissão Técnica de Equipamentos para a Saúde, instituída no âmbito do Comitê Brasileiro de Certificação do Inmetro, estabeleceria as regras específicas para certificação de equipamentos eletromédicos[30]. Em junho de 1996, este Comitê praticamente definiu a primeira edição dessas regras por meio do documento denominado Programa para Certificação de Equipamentos Eletromédicos. Em 27.2.1997 o Ministério da Saúde publicou a portaria MS nº 155 apenas para prorrogar os prazos para certificação, desde que não havia laboratórios de ensaios credenciados suficientes para atender a demanda de equipamentos a serem ensaiados.

Atualmente, há basicamente três portarias do Ministério da Saúde a serem consideradas para a certificação de equipamentos eletromédicos: a portaria conjunta SVS/SAS nº 1 de 17.5.1993, definindo a classificação de produtos para efeito de registro de produto no Ministério da Saúde, a portaria MS nº 2.043 de 12.12.1994, que dispõe sobre classes de enquadramento de risco de segurança para equipamentos médicos e a portaria MS/Anvisa nº 1.104, em vigor a partir de 1.9.1999, que institui a resolução 444 publicada pelo MS/Anvisa em 30.8.1999 (revogando as portarias MS nº 2.663 de 22.12.1995 e MS nº 155 de 27.2.1997 referentes à certificação de equipamentos eletromédicos) e define em seus anexos os formatos do Relatório para Análise da Qualidade e da Certificação do Equipamento (RAQCE) preenchido pelo OCP, bem como de uma declaração do fornecedor sobre a conformidade do produto certificado.

É de suma importância enfatizar que a resolução nº 444 do MS/Anvisa e a portaria 1.104 de 30.8.1999 exigem a realização compulsória dos ensaios de segurança apenas para os equipamentos que disponham de norma particular da série NBR IEC 60601-2-XX já publicada. Baseado nesta resolução e na regra específica em vigor (Inmetro/NIE DINQP – 068, Revisão 00 de abril/2001), atualmente só é exigida a avaliação compulsória de conformidade ao produto nacional para o qual exista uma norma particular publicada e um laboratório de ensaio capacitado, dispensando os produtos abrangidos apenas pela norma geral (que, por acaso, são muitos) das exigências da certificação de produto.

O primeiro certificado de conformidade de produto emitido no Brasil foi obtido pela FANEM Ltda. em 28 de abril de 1997, referente a uma incubadora para recém-nascido, modelo C 186TS/TS, em conformidade com as normas técnicas NBR IEC 601-1/94 e IEC 601-2-19/90. O Certificado foi fornecido pelo organismo de certificação credenciado denominado UCIEE – União Certificadora para o Controle de Conformidade de Produtos, Processos e Serviços.

O estado atual do Sistema Brasileiro de Certificação de Equipamentos para a Saúde apresenta-se em um estágio tal que a crescente constatação da necessidade de qualificação de produtos da área de saúde, objetivando tanto uma melhor competitividade nos mercados nacional e internacional, como um sistema de saúde que disponha em todos os seus níveis de equipamentos médico-hospitalares dentro de padrões técnicos e operacionais excelentes, conseqüentemente implantando a melhoria da qualidade e da produtividade na assistência à saúde prestada à população, indubitavelmente está fazendo com que as diferentes comunidades envolvidas com o processo de qualificação de equipamentos médicos estejam contribuindo de maneira efetiva para a real implantação do Sistema Total de Qualidade neste importante segmento da indústria brasileira e do sistema nacional de saúde em nosso país.

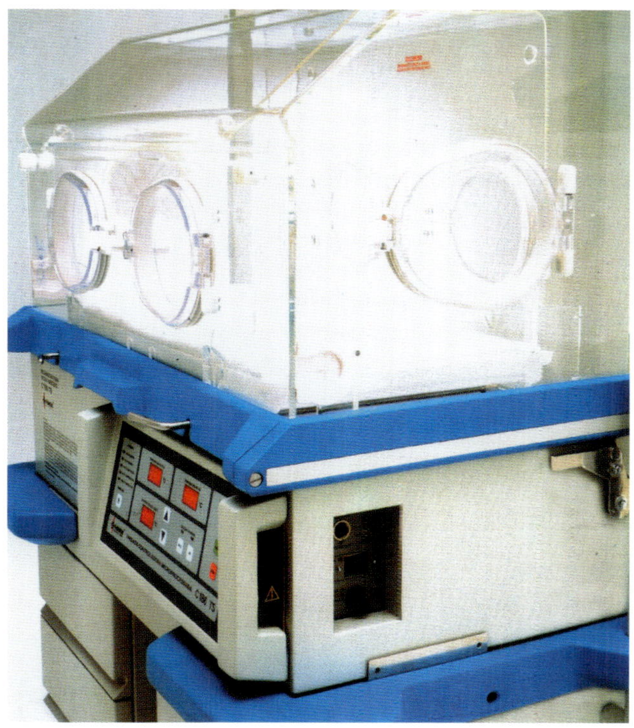

Primeiro equipamento médico (incubadora) a receber o certificado de conformidade brasileiro.

30. Ministério da Saúde, portaria nº 2663 de 22 dez. 1995.

O Modesto Advento da Engenharia de Reabilitação no Brasil na Década de 1990

A engenharia de reabilitação no Brasil iniciou suas atividades na década de 1960 no INCOR/HCFMUSP com atividades envolvendo o sistema cardíaco humano, conforme já mencionado. Posteriormente, nas décadas de 1970 e 1980 essa mesma instituição iniciou atividades nas áreas de deficiências neuromotora e auditiva. Porém, foi na década de 1990 que a engenharia de reabilitação passou a ter uma atuação mais geral no Brasil quando se envolveu com a reabilitação de pacientes com deficiências físicas neuro-musculares, utilizando resultados da biomecânica já disponíveis naquela época. Apesar da neurociência reabilitativa atualmente ter um realce muito grande em nível internacional, em nosso país essa área tem uma atuação ainda incipiente.

Devido à grade influência da biomecânica, a engenharia de reabilitação tem atuado desde o início dos anos de 1990 principalmente em ergonomia, cinemática e dinâmica aplicadas ao estudo de movimentos humanos e animais, ortopedia, biomecânica espinal, mecânica das juntas do corpo humano, biomecânica da estrutura óssea, mecânica do tecido mole e aplicações em ortodontia, órteses e próteses. Desse conjunto sobressai-se a estimulação elétrica funcional e o estudo de movimentos humanos, este último cada vez mais realizado em sofisticados laboratórios e salas de atendimento clínico específicos a esta análise, em alguns casos denominados Laboratórios de Marcha. O desenvolvimento de cadeiras de rodas também tem apresentado uma razoável evolução nos últimos anos[31].

A lista de Centros de Engenharia Biomédica anteriormente apresentada indica a razoável atuação em engenharia de reabilitação nos dias de hoje em nosso país, porém as aplicações clínicas decorrentes dessas atividades ainda são relativamente pobres. De fato, a engenharia de reabilitação e o desenvolvimento de dispositivos assistenciais no Brasil ainda está em um estado bastante primitivo, apesar de as atividades em biomecânica terem sido iniciadas há um razoável tempo, o conhecimento dos profissionais atuantes na área ser bastante atualizado em relação ao nível internacional, e haver alguns sofisticados laboratórios de estudos de movimento. A própria interação muito precária e instável de engenheiros biomédicos e/ou clínicos com centros de atendimento à saúde, tipicamente hospitais neste caso, demonstra e justifica esta afirmação. Atuações conjuntas de profissionais da engenharia, fisioterapia e medicina que ocorrem em alguns hospitais universitários e particulares espalhados pelo país ainda constituem exceções, com resultados ainda sendo avaliados. Além disso, infelizmente, a técnica de estimulação elétrica neuromuscular aparentemente ainda não seduziu um profissional da área médica para que se viabilizem os necessários implantes.

Uma Especulação Sobre a "História Futura"

Progressos da tecnologia fizeram nascer a medicina moderna, sobretudo baseada na observação com instrumentos biomédicos. Houve enormes avanços tecnológicos aplicados em todas as áreas da medicina nas últimas décadas. O que se espera é que, em vez de tratar as conseqüências das doenças, as causas das enfermidades sejam o alvo da tecnologia em futuro próximo.

As perspectivas em engenharia de reabilitação e dispositivos assistenciais são muito promissoras, por exemplo, com o desenvolvimento de próteses e órteses cada vez mais sofisticadas no projeto, porém simples na realização, desde que a aplicação do critério custo-benefício torna-se cada vez mais necessária visando a utilização do desenvolvimento científico tecnológico ao tratamento de massa, ou seja, com o mínimo custo possível. As próprias tecnologias assistenciais e terapêuticas terão que minimizar a função custo segundo esse critério, sob pena de serem substituídas.

A estimulação elétrica neuromuscular provavelmente continuará constituindo-se em uma boa alternativa médica, porém utilizando eletrodos implantáveis e estimuladores cada vez mais funcionais e miniaturizados. Entretanto, as pesquisas da eletrofisiologia e biomecânica deverão continuar ainda por um bom tempo desde que problemas relativos a fadiga e outros aspectos fisiológicos que diminuem a aplicabilidade e a eficácia do método ainda continuam em aberto. A biomecânica ainda tem muito a contribuir na engenharia de reabilitação, inclusive nas áreas de modelagem e simulação onde sofisticados instrumentos de medição e de informática possibilitam atualmente níveis de precisão e complexidade sequer imaginados décadas atrás.

31. J. C. T. B. Moraes, "Engenharia de Reabilitação de Dispositivos Assistenciais: Estado de Arte e Perspectivas".

A urologia, a urodinâmica e a reabilitação de deficiências urinárias, tal como a incontinência urinária, aparentam ainda não ter se beneficiado da engenharia biomédica como ocorreu com outras áreas da medicina. Espera-se que este quadro se modifique rapidamente e atinja o nível de qualidade e aplicabilidade observáveis em quase todas as outras áreas em que a engenharia biomédica atua e contribui significativamente na atualidade.

Observe-se ainda que o grande potencial da engenharia de reabilitação ainda está por ser aproveitado, inclusive em dispositivos assistenciais: as modernas técnicas de identificação e controle/ regulação de sistemas dinâmicos, hoje em dia significativamente desenvolvidas e sofisticadas no campo da engenharia mas ainda incipientemente aplicadas na área biomédica, deverão em futuro muito próximo provavelmente acarretar uma radical mudança de terapias, eficiência nos diagnósticos e até mesmo nos procedimentos cirúrgicos.

A engenharia biomédica é uma especialidade relativamente recente, porém com substancial contribuição às ciências biomédicas. Conseqüentemente, deverá ter como meta primordial imediata contribuir também para o desenvolvimento científico, econômico e social de nosso país, e dessa forma, auxiliando na melhoria da qualidade de vida de nossa população.

Referências Bibliográficas

Abimo & Sinaemo. *Sistema Abimo de Certificação de Conformidade, Coordenação e Assessoria Técnica IBQN*. São Paulo, Prol, 1989.

ABNT/NBR-IEC 601-01. *Equipamento Eletromédico. Parte 1 – Prescrições Gerais para Segurança*, 1994.

Aston, Richard. *Principles of Biomedical Instrumentation and Measurement*. London, Merril Publishing Company/A Bell & Howell Information Company, 1990.

Bronzino, Joseph D. *The Biomedical Engineering Handbook*. New York, CRC Press/IEEE Press, 1995.

Carr, Joseph J. *Biomedical Equipment: Use, Maintenance, and Management*. New Jersey, Prentice Hall, 1992.

Conceição, Dagoberto Silveira & Gomes, Otoni Moreira. *Circulação Extracorpórea*. São Paulo, Sarvier Editora de Livros Médicos Ltda., 1973.

Crowell, Leslie; Weibell, Fred J.; Pfeiffer, Eric A. & Usselman, Leo B. *Biomedical Instrumentation and Measurements*. New Jersey, Prentice Hall, 1973.

FEEC & DEB/Unicamp. *Atividades na Área de Engenharia Biomédica: Graduação e Pós-Graduação*. Fev. 2000.

Feinberg, Barry N. *Applied Clinical Engineering*. New Jersey, Prentice Hall, 1986.

International Electrotechnical Commiss on (IEC). *IEC 513: Fundamental Aspects of Safety Standards for Medical Equipment*. 1. e 2. ed., 1984 and 1994.

Lima, W. C. Informação pessoal, maio 2000.

Marey, E. J. *La méthode graphique dans les sciences experimentales et principalement en physiologie et en medicine* Paris, Masson & Cie, 1878.

Ministério da Saúde. *Sistema de Avaliação dos Subprojetos do Componente 1 do Projeto Reforsus*. Vol. 1, 1999a.

__________. *Sistema de Supervisão de Equipamentos: Procedimentos para Supervisão de Equipamentos sob Controle do Projeto Reforsus*. Vols. I e II, 1999b.

__________. "Portaria nº 2.043 de 12 de Dezembro de 1994". *Diário Oficial da União*, 13 dez. 1994, seção 1, p. 19.314.

__________. "Portaria nº 2.663 de 22 de Dezembro de 1995". *Diário Oficial da União* nº. 246, 26 dez. 1995, seção 1, p. 22.251.

__________. "Portaria MS/Anvisa nº 1104 e Resolução 444". Diário Oficial da União nº 768-E, 01.09.1999, seção 1, p. 2[illegible].239

Ministério da Saúde. SUS-SAS/DTEC/CGNE. *Saúde e Tecnologia*. Brasília, ano 1, mar. 1994.

Moraes, J. C. T. B. "Normalização, Qualidade e Certificação de Equipamentos Médicos no Brasil". *I Seminário Internacional de Metrologia Elétrica – Semetro*, patrocinado pela Copel e pelo Inmetro, Curitiba (PR), jun. 1994.

__________. "Instrumentação Biomédica e Instalações Elétricas para Fins Médicos: Um Curso Fundamental". *Revista Brasileira de Engenharia – Caderno de Engenharia Biomédica*, vol. 3, nº 1, 1985.

__________. *Sistema de Circulação Extracorpórea de Acordo com o Conceito Integrado de Segurança de Equipamento Eletro-médico*. Tese de Doutorado, São Paulo, Escola Politécnica da USP, 1986.

__________. "O Estado Atual do Sistema Brasileiro de Certificação de Equipamentos Médicos". Artigo submetido para publicação na *Revista Brasileira de Engenharia Biomédica*, 2001.

__________. "Engenharia de Reabilitação e Dispositivos Assistenciais: Estado da Arte e Perspectivas". *Anais do XVII Congresso Brasileiro de Engenharia Biomédica – CBEB 2000*. Florianópolis, set. 2000, pp. 46-49.

__________. "Certificação de Equipamentos Médicos no Brasil", *II Seminário Internacional de Metrologia Elétrica – Semetro*, patrocinado pela Copel e pelo Inmetro, Curitiba, (PR), set. 1996.

__________. "Normalização e Educação Profissional". *Revista ABNT*, vol. 3, nº 5, maio 1989, pp. 35-37.

Moraes, J. C. T. B. & Gonçalves, P. S. "Qualidade nas MPEs – Micro e Pequenas Empresas, Controle da Qualidade". *Informativo ABNT*, Fórum Nacional de Normalização. São Paulo, Banas, abr. 1994, nº 23, p. 62.

Moraes, J. C. T. B. & Vita, G. M. "Desafios de Problemas de Saúde no

Brasil à Engenharia Biomédica". *Anais do VII Congresso Brasileiro de Engenharia Biomédica*. Petrópolis, 1981.

SECRETARIA NACIONAL DE ASSISTÊNCIA À SAÚDE/MINISTÉRIO DA SAÚDE. *Proequipo – Programa de Equipamentos Odonto-Médico-Hospitalares*. Brasília, 1991.

__________. *Peces – Programa de Ensaios de Conformidade em Equipamentos para a Saúde*. Brasília, 1991.

__________. *Normalização Técnica de Produtos Médico-Hospitalares*. Brasília, 1993.

TRALDI, M. C. *Relação Universidade – Setor Produtivo: Estudo de Caso do Centro de Engenharia Biomédica da Unicamp*. Dissertação de Mestrado, Campinas, Unicamp, 1997.

VITA, G. M. "Nota Introdutória da CT-62/Cobei sobre Atividades Normativas na Área de Engenharia Biomédica". *Anais do VII Congresso Brasileiro de Engenharia Biomédica*. Petrópolis, 1981.

WEBB, Steve. *The Physics of Medical Imaging*. Bristol, Institute of Physics Publishing, 1996.

ABIMED. http://www.abimed.org.br, 2001

ABIMO. http://www.abimo.org.br, 2001.

ANVISA. http://www.anvisa.gov.br, 2001.

GPEB. http://www.gpeb.ufsc.br/, 2001.

LEB/EP-USP. http://www.leb.USP.br, 2001.

PEB/COPPE/UFRJ. http://www.PEB.UFRJ.br/PEB-coppe.html, 2001.

NETEB. http://www.neteb.ufpb.br, 2001.

SBEB. http://www.SBEB.org.br, 2001

23 A Indústria Moderna e a Engenharia de Produção

SÉRGIO KEHL

Introdução

A engenharia de produção, tal como foi batizada, completou quarenta anos de existência oficial no Brasil em 1997. Por isso é que, paradoxalmente, torna-se difícil escrever algo consistente sobre sua história. Os fatos ainda são recentes, e muitos deles não mereceram registro e estão dispersos em inúmeros projetos, grandes e pequenos, nas memórias dos profissionais responsáveis e em modestas publicações. Além disso, a atividade que já era exercida desde datas muito anteriores sem ter sido batizada não foi alvo de pesquisas minuciosas e nem causou a celeuma que transforma um fato em notícia ao alcance do grande público.

O autor deste ensaio tomou contato, em 1948, em São Paulo, com as práticas da engenharia de produção, ainda sem nome, como membro de um grupo de estagiários em uma empresa de consultoria que se chamava Companhia Brasileira de Engenharia, sediada no Rio de Janeiro. Recebemos aulas dos técnicos oriundos do Rio de Janeiro, que já tinham executado muitos trabalhos da mesma natureza e participantes da equipe encarregada de reorganizar a antiga Estrada de Ferro Sorocabana.

Eu não sabia, ainda muito bem o que estava acontecendo... Mesmo assim, continuei a trabalhar no mesmo ramo, embora em outra empresa, também do Rio de Janeiro. Em 1957, fui avisado pelo meu colega de turma, prof. Max Barcellos, sobre as intenções que o prof. Ruy Leme tinha de montar na Politécnica um curso que se chamaria "engenharia de produção". Candidatei-me a professor da matéria e, como já tinha alguma experiência, fui aceito. A partir desse primeiro emprego, não deixei mais o campo da engenharia de produção, onde atuei como professor, consultor e executivo de empresas. Só onze anos depois de me engajar nessa especialidade, quando o prof. Ruy Leme consolidou os seus objetivos e deu um título a essa nova atividade, fiquei sabendo em que contexto profissional estava envolvido. Até então, eu era apenas um engenheiro civil frustrado...

A fundação do Departamento de Engenharia de Produção na Escola Politécnica da Universidade de São Paulo consolidou o *status* que a nova especialidade merecia. A partir desse evento, a atividade dos técnicos que trabalharam neste contexto profissional foi vinculada à nova engenharia, de cuja história muitos tinham participado, sem que tivessem consciência disso. Por isso, após mais de meio século de atividades, sinto-me como um modesto participante da história da engenharia de produção, convidado a resgatá-la neste capítulo da obra *500 Anos de Engenharia no Brasil*.

O que é a Engenharia de Produção

A engenharia de produção é voltada às "formas de fazer", ou seja, de discernir e registrar os problemas existentes no funcionamento das organizações, e corrigi-los metodicamente. Ou de projetar novas organizações, funcionalmente e estruturalmente adaptadas aos seus objetivos fundamentais. Os currículos das principais escolas que possuem departamentos voltados à engenharia de produção ensinam como planejar e implantar, de forma técnica e economicamente adequada, os recursos necessários para planejar e colocar em operação os projetos cujas tecnologias e objetivos são desenvolvidos por outras especialidades, que vão de simples fábricas até hospitais.

Vale mencionar que a história da engenharia de produção nasceu nos primórdios da civilização, quando nossos ancestrais desenvolveram os mais rudimentares meios de sobrevivência. Casas rudimentares, paliçadas, tacapes, lanças, arcos e flechas, cuias para beber água, são criações primitivas, novas "formas de fazer" desenvolvidas por homens primitivos, na busca da sobrevivência.

Em nossos dias, Taylor, Fayol, Gilbreth são nomes indissoluvelmente ligados à consolidação da engenharia de produção, como principal núcleo de conhecimentos voltados à otimização da eficiência empresarial, o principal recurso para conseguir a sobrevivência no mundo atual.

Há certos "modos de fazer" que são parte integrante do conteúdo tecnológico do projeto. Mas a gestão global do processo que envolve, por exemplo, o desempenho adequado na execução de uma obra civil, ou eficiência na produção seriada de um produto, ou ainda a eficácia do arranjo físico de uma fábrica, a "desburocratização" de um escritório, ou seja, a "organização racional do trabalho", esta é a missão básica da engenharia de produção.

O sucesso crescente dessas iniciativas deu origem a certos padrões projetuais e de gerenciamento, que extrapolaram os aspectos tipicamente fabris e estenderam-se à administração das atividades de planejamento, operação e controle das organizações em geral, envolvendo não só a produção de bens como a prestação de serviços. E não só as atividades usualmente denominadas "fins" como aquelas identificadas como "meios".

A engenharia de produção opera nesse contexto paralelamente à administração de empresas. Esta é mais ligada ao gerenciamento das atividades de planejamento estratégico, à orientação mercadológica, à estrutura orgânica e à organização do suporte administrativo e econômico-financeiro da organização. A engenharia de produção, como o nome indica, é mais voltada à racionalização e à eficiência dos setores "fins", tanto na produção de bens, quanto na prestação de serviços.

Esta última tem caráter nitidamente sistêmico e integrador. Numa fábrica de elevadores, por exemplo, existem setores dominados pela engenharia mecânica, responsáveis pela fabricação de peças, como eixos e carcaças para os motores elétricos. Mas o enrolamento dos rotores e estatores, a montagem e o teste dos motores é de responsabilidade de engenheiros eletricistas. Em outro departamento, são feitos os armários de comando, cujas tecnologia envolve a engenharia eletrônica e, mais recentemente, a mecatrônica. Num terceiro departamento, a engenharia química predomina na anodização e galvanização de peças.

Cada setor tem uma competência tecnológica especifica. Mas a organização de cada setor de atividades e da fábrica, o sincronismo das atividades que resultam na montagem final e pontual do elevador no prédio ao qual foi destinado, é responsabilidade da engenharia de produção.

Essas atividades não envolvem apenas o projeto aparentemente estático da fábrica, ou seja, o seu arranjo físico. Embora possa ser apresentado numa planta, como um edifício qualquer, o arranjo físico é a configuração onde ocorrerão os movimentos que vão caracterizar a fábrica em funcionamento. Aí entram fatores de projeto, como o balanceamento das capacidades de produção dos diversos setores, os sistemas de transporte interno, a movimentação de entrada e saída nos depósitos de matérias-primas e de produtos acabados, o posicionamento e o dimensionamento das áreas para a administração e as facilidades para o pessoal etc. Se necessária, é feita a revisão do projeto do produto e dos equipamentos, de comum acordo com os engenheiros projetistas, para ajustar as interfaces produtos/recursos de produção, visando à otimização da eficiência.

Uma preocupação recente e óbvia passou a fazer parte do contexto acima: trata-se da recente inserção da ergonomia no conjunto de elementos envolvidos com a otimização da eficiência. Durante décadas, os operadores foram considerados meras peças dos sistemas produtivos, obrigados à execução de tarefas repetitivas e, às vezes, desumanas. Foram inseridos nas linhas de produção ou obrigados a operar equipamentos projetados e construídos sem qualquer consideração quanto ao sacrifício causado pelo ritmo exagerado, pelo esforço muscular excessivo, pela monotonia, pela visibilidade insuficiente, pelo ruído ensurdecedor ou, ainda, pela natureza dos movimentos, muitas vezes incompatíveis com as características dimensionais, estruturais, sensoriais e psicológicas do ser humano. A ergonomia é o instrumento para a correção desses problemas. Ela tem como lema básico a "eficiência pela humanização" dos processos e meios de produção. Todo tipo de trabalho que utilize o ser humano como instrumento tem de recorrer à

Vista interna da fábrica de elevadores Villares (1970).

ergonomia para que a eficiência das atividades de produção seja legitimada por uma visão compassiva, que sobrepuje o interesse meramente pecuniário do empreendimento.

Além da ergonomia, a informática e a automação vieram complementar as técnicas projetuais das décadas de 1950 e seguintes. Os métodos utilizados para a representação física das operações e para a modelagem das soluções, são montados e verificados com facilidade. A informática permite, também, testar rapidamente a viabilidade econômica das propostas e, com isso, acelerar as decisões dos responsáveis pelo projeto. E mais do que isso: assume, em um grande número de casos, as responsabilidades tradicionais dos operadores ou dos sistemas de produção e auxiliares como um todo, comandando as operações e controlando os seus resultados.

Essas responsabilidades projetuais da engenharia de produção são complementadas pela concepção dos sistemas de planejamento, de operação e de controle da produção, ou seja, do sistema nervoso que administra e mantém a eficiência da operação. Esse sistema nervoso, embora com aspecto aparentemente administrativo, é de tal forma vinculado às características físicas e operacionais da fábrica, que se incorpora naturalmente às atribuições da engenharia de produção. Como parte integrante do sistema, comparecem a organização dos processos de controle de qualidade, de controle de pessoal, de controle das compras e estoques de materiais, de controle dos custos de produção, e todas as demais atividades "administrativas" com influência direta na eficiência da produção.

Tais são as atribuições da engenharia de produção no contexto de uma unidade fabril. Mas não é apenas aqui que ela se faz presente. Seus métodos de análise e interpretação em outros tipos de operação estendem-se, com o mesmo objetivo de obter o maior rendimento do trabalho, a quaisquer campos de atividades como transportes, bancos, seguros, hospitais, prestação de serviços em geral etc. A abrangência sistêmica da engenharia de produção fornece os ingredientes indispensáveis à análise dos métodos de trabalho e à correção de eventuais desvios, em qualquer tipo de atividade.

Ponte rolante sobre forno de recozimento de linguotes na Cosipa.

Origens da Engenharia de Produção

Percebe-se das definições e exemplos acima, que a engenharia de produção é uma atividade ancestral. Os homens primitivos, para produzir fogo, faziam girar energicamente, nas palmas das mãos, uma vareta apoiada contra um pedaço de madeira. Sem saber, eles estavam utilizando a solução tecnológica básica, representada pela descoberta, possivelmente casual, de que o atrito produzia o aquecimento e a conseqüente combustão da madeira. A busca da "forma de fazer" mais eficiente resultou num processo muito mais rápido e menos cansativo: um pequeno arco de madeira ou osso, flexionado por um cabo enrolado em torno da vareta, fazia-a girar de forma muito mais rápida, quando o arco era impulsionado pelo operador com um movimento de vai-e-vem. A vareta apoiava-se sobre uma pequena concavidade escavada numa base também de madeira, em que eram colocadas folhas ou pequenos gravetos, destinados a iniciar a combustão. Em cima, uma pequena peça, possivelmente de osso ou pedra, para o operador pressionar a vareta. A busca da eficiência fez a descoberta evoluir progressivamente para um modelo de produto ergonomicamente mais adequado ao acionamento humano, um resultado típico da combinação da engenharia de produto com a engenharia de produção.

Outros exemplos, muito mais grandiosos, podem ser citados. Os egípcios erigiram suas pirâmides e seus enormes palácios utilizando "formas de fazer" até hoje desconhecidas. Ao que parece, havia uma misteriosa e complexa operação, que integrava a extração, a moldagem, o transporte e a elevação dos blocos de pedra até suas posições definitivas, por meio de um eficaz sistema de informação e comandos.

Do outro lado do mundo, alguns templos pré-incaicos perto de Cuzco, no Peru, também foram construídos com blocos de pedra que pesam mais de 20 toneladas, trazidos do fundo do vale situado cerca de 600 m abaixo das edificações. Ninguém sabe como mas, certamente, soluções tecnologicamente corretas associadas à engenharia de produção estavam presentes na organização geral do processo.

Sistemas integrados destinados ao transporte de materiais combinados com operações industriais são utilizados há séculos. Um fabricante de mosquetes, Eli Whitney, racionalizou, em 1800, sua produção, começando pela padronização e intercambialidade das peças. A seguir, dispôs os postos de trabalho de modo a permitir um fluxo contínuo das peças, que eram passados de operário para operário durante as operações de fabricação e montagem. Ele estava utilizando, há duzentos anos, em caráter pioneiro, os mais modernos conceitos da engenharia de produção, ainda presentes nos nossos dias.

A fusão das técnicas de fabricação e montagem, mais o arranjo físico dos postos de trabalho, caracterizou a era Ford, com a introdução das linhas de montagem e a organização espacial dos recursos de produção como um todo. Os cuidados com a eficiência chegaram ao ápice quando Ford exigiu que determinadas caixas com peças fornecidas por terceiros fossem especificadas por ele em termos de dimensões e qualidade da madeira empregada. E deviam conter furos em posições predeterminadas. Mais tarde, os surpresos fornecedores descobriram que as caixas eram desmontadas depois de vazias e utilizadas para construir os assoalhos dos carros...

Talvez a automação dos processos industriais não tenha tanto "charme" quanto o engenhoso artifício utilizado por Ford. Uma máquina autômata de montagem de circuitos eletrônicos, por exemplo, é fria: ela realiza monotonamente uma sucessão inacreditável de complexas operações, praticamente sem intervenção humana, que só ocorre quando surge algum problema imprevisto. E substitui com vantagem uma quantidade significativa de trabalhadores.

Seria o caso de temer pelo futuro da engenharia de produção? Cremos que não. Seu campo é vasto demais: mesmo que a automação domine definitivamente as atividades humanas, parece-nos que a produção dos autômatos, o seu inter-relacionamento, a dinâmica do progresso tecnológico e das demandas do mercado manterão permanentemente a postos e ocupados os "ordenadores" dos sistemas produtivos, quando observados sistemicamente: os engenheiros de produção.

Início da Engenharia de Produção no Brasil

É difícil buscar no passado remoto da economia brasileira as primeiras tentativas de racionalização da produção, pois a história do desenvolvimento industrial do Brasil não é um exemplo de planejamento e continuidade. No início do processo de colonização, as riquezas provenientes das Índias colocavam nosso país em uma posição secundária face aos interesses puramente extrativistas de Portugal. Durante todo o século XVI, o comércio do pau-brasil foi a primeira atividade extrativa no nosso país. Mas a preparação do corante era realizada em terras portuguesas.

Durante os séculos XVI e XVII uma atividade reconhecidamente agroindustrial tomou corpo no país: a produção de açúcar. A atividade teve altos e baixos. A título de exemplo da instabilidade do nosso desenvolvimento, descrevemos a seguir alguns dos percalços que caracterizaram a produção de açúcar naquela ocasião.

Nossa Senhora da Vitória, na Capitania do Espírito Santo, chegou a ter quatro engenhos de açúcar, que mais tarde foram desativados. Mais ou menos na mesma época, Porto Seguro recebeu cerca de seiscentos imigrantes comandados por Pedro de Campos Tourinho e, em pouco tempo, passou a exportar açúcar para Portugal. Processado pela Inquisição, Tourinho não voltou mais ao Brasil. Mas um seu escrivão, Jorge Figueiredo Corrêa, estabeleceu-se em Ilhéus, onde foram instalados oito engenhos de açúcar, posteriormente incendiados pelos índios como revide à morte do filho de um cacique, causada por um tal Francisco Pereira Coutinho, fidalgo que estivera na Índias e se refugiara em Ilhéus.

Ao final da primeira metade do século XVI, o Brasil exportava para Portugal não só o pau-brasil como açúcar, sal, fumo, e outros produtos. Além disso, alguns estaleiros e oficinas dedicavam-se à produção de bergantins e ao reparo de naus avariadas. Funcionavam oito capitanias e sessenta engenhos de açúcar com produção estimada em 3 mil arrobas anuais. A população integrada à atividade econômica, incluindo índios e escravos, era estimada em 30 mil pessoas. A mão-de-obra escrava abundante era um incentivo negativo à racionalização dos processos industriais. O século XVIII caracterizou-se pela predominância da mineração do ouro e outros metais, baseada sobre processos primitivos, situação em parte desculpável devido à riqueza das jazidas.

Infelizmente, a expansão da atividade econômica no Brasil até a independência foi estancada pelo estabelecimento de monopólios na exploração dos recursos naturais, pela proibição da exportação de artigos já produzidos em Portugal e pelo peso insuportável dos impostos.

No século XIX, o café passou a imperar como esteio da economia brasileira, principalmente por meio da obtenção de divisas necessárias à aquisição de produtos importados.

A evolução em ziguezague impediu, pelo menos nas primeiras fases da extração de produtos naturais, o aperfeiçoamento dos processos extrativistas e produtivos. Mesmo assim, a engenharia de produção "instintiva" estava presente, não tanto para reduzir os custos de produção quanto para aumentar o volume produzido. Ou seja, a engenharia de produção "instintiva" não conseguiu se manifestar como fator de evolução dos processos produtivos, em cada um dos ciclos econômicos citados. Obviamente, não era encontrado o respaldo da estabilidade da demanda para que fossem atingidos níveis de produtividade mais consistentes com o panorama competitivo.

Muito mais tarde, a produção de café passou a apoiar-se sobre equipamentos importados razoavelmente eficientes. Os volumes manipulados eram significativos e os produtores de café criaram seus próprios meios para conseguir reduzir os custos de beneficiamento. Em muitas fazendas antigas, cuja topografia permitia, ainda existem tanques para lavagem em nível superior, grandes terreiros para secagem logo abaixo, um engenhoso sistema de carregamento em carrinhos apropriados para o transporte do café seco para a tulha, geralmente construída em nível inferior ao terreiro, com acesso por uma ponte de onde era jogado para o setor de ensacamento e estoque. Essa era uma legítima, embora primitiva, aplicação da engenharia de produção na racionalização da secagem e ensacamento do café.

Até meados do século XX o desenvolvimento do país apoiou-se sobre a agroindústria, com o café dominando as exportações brasileiras.

Em 1931, Armando Salles de Oliveira, com sua extraordinária visão, criou duas entidades, cujo impacto na aculturação da sociedade brasileira no campo da racionalização do trabalho, pela sua magnitude, não pode ser mensurada: a Universidade de São Paulo e o Idort – Instituto de Organização Racional do Trabalho. Compreende-se como fato normal, num país que precisava se desenvolver, a fundação da universidade. Mas o Idort foi uma novidade inesperada, que torna Armando Salles um visionário inspirado, que via na racionalização do trabalho um instrumento fundamental para o progresso do país. Não é possível fazer um retrospecto dos serviços prestados ao país pelo Idort, principalmente na área do ensino profissional, durante seus mais de setenta anos de existência. Mas a simples menção dos programas que são oferecidos atualmente dá uma idéia do potencial dessa instituição de ensino na aculturação do empresário brasileiro em temas ligados direta ou indiretamente à engenharia de produção: Gestão Empresarial, Recursos Humanos, Suprimentos e Manufatura, Finanças e Controladoria, Vendas e Marketing, Gestão e Sistemas, Manufatura Classe Mundial, Qualidade e Produtividade, Engenharia de Segurança e Medicina do Trabalho, Microinformática e outros.

Outra instituição que se integrou ao campo da cultura empresarial no Brasil foi a Fundação Getúlio Vargas, extraordinária pela sua competência no apoio ao desenvolvimento do país. Fundada na gestão de Getúlio Vargas sob inspiração de Luiz Simões Lopes, a FGV vem marcando o nosso desenvolvimento desde 1944, quando foi fundada. Simões Lopes era diretor do Departamento Administrativo do Serviço Público, o Dasp. Impressionado com o baixo nível de escolaridade dos candidatos ao serviço público, convenceu o presidente Getúlio Vargas a montar uma instituição destinada a melhorar o nível intelectual dos brasileiros, por meio da educação pública e privada no campo das ciências sociais, com ênfase especial na economia. Nessa ocasião, Simões Lopes sugeriu ao presidente Vargas que a nova instituição tivesse objetivos definidos, mas que sua forma fosse deixada relativamente livre para adaptações e melhorias posteriores. Os primeiros anos da FGV foram tumultuados, como reflexo das profundas transformações ocorridas no sistema político do Brasil.

No princípio, foram criados cursos de nível médio, como secretariado, por exemplo. Em seguida, um curso de administração e outro de economia. A Escola Brasileira de Administração Pública fundada no Rio de Janeiro foi a primeira da América Latina. A seguir, foi criada a Escola de Administração de Empresas em São Paulo, devido à importância da atividade empresarial nesse Estado. Com o tempo, em São Paulo, além dos cursos de extensão, foram criadas as modalidades de graduação e pós-graduação.

Hoje, a Fundação Getúlio Vargas oferece uma série diversificada de cursos, voltados à organização das empresas e entidades públicas e privadas de toda natureza. Edita várias revistas, entre as quais se destaca a *Conjuntura Econômica*, e publica uma série de livros sobre vários assuntos, entre os quais se destacam a administração, a antropologia, a ciência política, a comunicação, a contabilidade, o direito, a ecologia, a economia, a educação, a psicologia etc.

É impossível averiguar com exatidão a influência da Fundação Getúlio Vargas no desenvolvimento do nosso país. Mas uma coisa sabemos: a FGV representa um marco fundamental nesse sentido, com influência direta na formação de profissionais competentes, por intermédio de um processo de aculturação propiciado pelo enorme acervo de dados e conhecimentos transmitidos ao seu grande público pelas publicações e livros editados sob sua responsabilidade.

A engenharia de produção foi particularmente favorecida pela atuação da FGV. Um grande contingente de profissionais competentes, embora não designados especificamente como engenheiros de produção, apoiou as atividades de racionalização da produção e atividades afins, tal como ocorre com as Faculdades de Economia e Administração disseminadas pelo país.

Em outro campo, o grande marco na mudança de rumos da economia brasileira foi a implantação da Cia. Siderúrgica Nacional em Volta Redonda, praticamente imposta pelos aliados, por motivos estratégicos, durante a Segunda Guerra Mundial. Volta Redonda foi o primeiro exemplo de implantação de uma indústria integrada, de grande porte, em território brasileiro. Uma indústria na qual a organização física da fábrica obedecia à seqüência dos processos de fabricação e onde as capacidades de processamento dos diversos setores eram internamente balanceadas. Enfim, um exemplo do que nos EUA era denominado de "Industrial Engineering".

A partir de Volta Redonda, nossa indústria entrou numa fase acelerada de expansão em praticamente todos os setores, culminando com a implantação da indústria automobilística, que trouxe consigo uma enorme gama de iniciativas no campo de produção de auto-peças e máquinas industriais. Pode-se dizer que, sem ser ainda vulgarizada, a atividade "engenharia de produção" passou a ser uma preocupação geral da indústria e, indiretamente, de outras

Cabine ergonômica implantada na usina de Volta Redonda.

atividades, envolvendo o comércio, a prestação de serviços, a área financeira e outras.

A disseminação dos cursos de engenharia de produção por outras escolas do Brasil seguiu-se à iniciativa da Escola Politécnica da USP, quase sem solução de continuidade. A Faculdade de Engenharia Industrial (FEI), a Escola de Engenharia Mauá, o Instituto Tecnológico da Aeronáutica (ITA – São José dos Campos), a Universidade Federal de Santa Catarina (UFSC), a Pontifícia Universidade Católica do Rio de Janeiro (PUC/RJ), a Universidade Federal de Santa Maria (UFSM), a Universidade da Paraíba (UFPB), a Universidade Federal do Rio de Janeiro – Coordenação dos Programas de Pós-Graduação em Engenharia (Coppe/UFRJ), a Universidade Federal de Pernambuco (UFPE) e outras seguiram a iniciativa pioneira da Politécnica de São Paulo.

Primeiras Iniciativas Privadas no Brasil

O cartão perfurado desenvolvido pela Hollerith nos EUA teve uma influência decisiva na implantação da engenharia de produção no Brasil. A filial brasileira, Serviços Hollerith S.A., hoje IBM, no afã de vender seus serviços e alugar suas máquinas de cartão em nosso país, passou a oferecer serviços de racionalização do trabalho. A iniciativa visou primeiramente aos ministérios e outros órgãos governamentais. Para isso, a empresa americana montou uma Divisão de Racionalização, chefiada por Charles Tadeu Javes, um russo, filho de pai inglês e com formação em engenharia mecânica.

O Instituto do Açúcar e do Álcool, vários institutos de aposentadorias e pensões e o Ministério da Fazenda foram reorganizados pela equipe do dr. Javes. Entre os trabalhos mais notáveis dessa equipe consta a reorganização total e muito bem sucedida da Imprensa Nacional, situada no Rio de Janeiro, provavelmente a maior indústria gráfica existente no Brasil à época dos trabalhos (1940-1941).

Só para termos uma idéia da extensão do trabalho, foram editados vários volumes contendo a metodologia adotada e as reformas executadas na Imprensa Nacional, abrangendo a produção propriamente dita, o sistema de compras e abastecimento, a apuração dos custos industriais, os serviços de pessoal, e outros, além da completa reformulação do arranjo físico do edifício. Um trabalho típico do que hoje de denomina engenharia de produção, mas que, naquele tempo, era chamado "organização racional do trabalho".

Quando da transformação da Hollerith em IBM do Brasil, a Divisão de Racionalização foi extinta. Alguns anos mais tarde, em 1950, Charles Javes, Wladimir Bogdanoff, Higino Cid Castro e Cesar Cantanhede, professor catedrático na Escola Nacional de Engenharia do Rio de Janeiro, fundaram o primeiro escritório dedicado especificamente à organização do trabalho em nosso país: o Escritório Técnico Cesar Cantanhede – ETCC, com sede no Rio de Janeiro e filiais montadas em várias capitais do país, inclusive São Paulo, que rapidamente superou a matriz em número de contratos e em faturamento.

Dezenas de trabalho foram executados pelo ETCC. No Rio de Janeiro e outros Estados predominaram os contratos voltados à organização de entidades públicas, como o Instituto de Resseguros do Brasil, alguns jornais e outras atividades não industriais. Em São Paulo, ficaram concentrados os trabalhos mais ligados a empresas de serviço e produção industrial. Entre eles, podemos contar com a completa e bem sucedida organização do Departamento de Compras e Abastecimento da extinta Companhia Municipal de Transporte Coletivo – CMTC, que monopolizava os serviços de bonde e ônibus em São Paulo. O autor destas notas era diretor do ETCC em São Paulo, e foi responsável pela reorganização do sistema de abastecimento, bem como das oficinas de manutenção de motores e componentes.

Muitos outros projetos foram executados em empresas industriais ou de serviços, e também em órgãos públicos, tais como: a análise crítica do setor industrial e a reorganização do departamento comercial em metalúrgica de grande porte (Indústrias Pignatari), a reorganização geral de usina açucareira (usina Ester), o plano de reorganização do setor de xisto betuminoso em Tremembé (Petrobras), a reorganização geral dos serviços de carga e descarga e outros (Cia. Docas de Santos), o *layout* de uma grande oficina gráfica (Graphicars), o *layout* de uma fábrica de produtos alimentícios (Dulcora), a reorganização geral de uma revendedora de tratores (Sotema), entre outros.

As usinas de Urubupungá estavam para ser construídas. O setor de São Paulo do ETCC, com a nova denominação de Organização e Engenharia S/A, participou da concorrência para o gerenciamento da construção, sem sucesso. Uma empresa amerciana foi contratada, porque se julgava que as empresas brasileiras não tinham competência para um trabalho de tal vulto. Foi um dos primeiros trabalhos de gerenciamento de empreendimentos de grande porte no país.

Em 1960, a Organização e Engenharia S/A, teve desmembrado o seu setor paulista, que passou a se chamar Consultores Javes Ltda. Nessa fase, foram elaborados projetos para o Instituto Brasileiro de Reforma Agrária (elaboração dos decretos de cadastramento e tributação agrárias, planejamento e coordenação da implantação), para a Companhia Municipal de Transportes Coletivo – CMTC (levantamento, análise e crítica da operação), para a Colar – Construtora Lar S/A (projeto de uma fábrica de portas e esquadris para Joinville), para a Indústria Rotativa de Papéis (oficina gráfica – *layout* industrial), além de vários bancos onde foram implantados, em caráter pioneiro, os primeiros computadores.

Como se pode observar, nem todos os trabalhos são típicos da engenharia de produção. O projeto de implantação da reforma agrária, em 1965-1966, por exemplo, abrangia aspectos como a pesquisa e o plano motivacional para a adesão dos agricultores à reforma, o recrutamento e treinamento de monitores (80 mil em todo o país) e o processamento de dados (foram cadastrados cerca de 5 milhões de propriedades em menos de seis meses). Mas a logística do projeto e de sua implantação, essa sim, estava contida nos objetivos da engenharia de produção, e pode ser considerada um dos pontos cruciais do sucesso do empreendimento.

Em 1966, um grupo de técnicos deixou a Consultores Javes Ltda. e formou a Sérgio Kehl Engenharia de Produção Ltda., talvez a primeira empresa de projetos voltada especificamente para essa especialidade.

Nessa altura, a fábrica de Indústrias Villares situada no Cambuci foi invadida pelas águas do rio Tamanduateí e sofreu enorme prejuízo. A nova empresa de consultoria foi chamada e estimulada pela política de qualidade da Villares, aceitou a oportunidade de executar o projeto básico de uma nova fábrica, a ser construída em terreno de 100 mil m^2, em Santo Amaro, cuja área coberta abrangia mais de sessenta mil m^2.

Para orientar o detalhamento do projeto básico foi reunido um grupo multiprofissional de especialistas, formado por arquitetos, engenheiros construtores, engenheiros industriais e de instalações, calculistas de concreto e, na coordenação geral, engenheiros de produção. Para coordenar o planejamento da obra propriamente dita e a mudança para as novas instalações, foi montada uma estrutura de gerenciamento denominada Comissão Executiva do Projeto Santo Amaro – PSA, presidida pelo vice-presidente das Indústrias Villares. O PSA era coordenado pelo diretor industrial ao qual estavam subordinados três grupos de trabalho: Planejamento, Operação e Controle.

O projeto transformou-se em paradigma para obras similares, pela qualidade do *layout*, pela simplicidade da solução construtiva, pela rapidez e precisão com que foi realizado e também pela eficiência da mudança que envolveu 14 mil itens de material de estoque e em processo, a transferência de centenas de máquinas operatrizes e cerca de 2 mil funcionários, sem um único acidente ou uma reclamação trabalhista.

Todos os sistemas operacionais montados para o Projeto Santo Amaro, envolvendo a construção, a mudança, a instalação e o *start up* da nova fábrica são parte integrante dos ensinamentos que os estudantes de engenharia de produção recebem hoje em seus cursos, em dezenas de escolas espalhadas por todo o Brasil.

A Literatura Especializada

Quando o prof. Ruy Leme começou a formar sua equipe, subordinou a contratação de cada indicado à compra de um manual americano intitulado *Industrial Engineering Handbook*, publicado em 1956 sob a coordenação de H. B. Maynard. Tal era a designação do que no Brasil passou a ser intitulado engenharia de produção, para que não causasse confusão com Engenharia Industrial, definida no Brasil pelo Crea como uma fusão das engenharias química, mecânica e metalúrgica. Essa obra foi um marco na história da engenharia de produção no Brasil. Mas, vale saber: quando a engenharia de produção tomou corpo no resto do mundo? Vejamos.

Já havia obras contendo ensinamentos sobre aspectos particulares do planejamento e operação de empresas, industriais ou não, na década de 1930. Uma das mais notáveis é a obra intitulada *Papers on the Science of Administration*. Editada em 1937, contém, entre outros, os seguintes capítulos:

- "Notes on the Theory of Organization" (Luther Gulik), no qual se nota a preocupação dominante com a divisão das responsabilidades e a formatação da estrutura orgânica com o objetivo de melhorar a eficiência e a lucratividade da empresa.
- "Organization as a Technical Problem" (L. Urwick), em que o autor propõe uma série de princípios de estruturação das empresas e analisa os problemas de coordenação, utilizando a organização do exército inglês como base metodológica.
- "The Administrative Theory in the State" (Henri Fayol), no qual o autor enfatiza, após outras considerações sobre os órgãos públicos, a necessidade de um "Conselho de Melhoria" (da administração) envolvendo cinco membros: um responsável pelos problemas administrativos (planejamento, organização, comando, coordenação e controle), outros três pelos problemas financeiros, contábeis, estatísticos e legais e... acreditem, um homem de negócios!

Nessa obra, vários outros autores tecem longas considerações sobre os problemas do planejamento, da operação e do controle de empresas, entidades governamentais e outras, entre as quais o Exército Inglês, na opinião dos autores, um paradigma de eficiência da organização racional e da logística.

Nota-se que todos os autores buscavam, por meio da análise de diversas modalidades estruturais e funcionais, um sistema para planejar, implantar e administrar empreendimentos, qualquer que fosse a sua atividade. O nível dos autores também permite concluir que a necessidade de acelerar o desenvolvimento, particularmente nos EUA após a grande crise dos anos de 1930, clamava por uma solução que permitisse melhorar o rendimento das organizações existentes e agilizar a implantação de novas atividades, empresariais ou não.

Assim, a obra deixa antever, embora indiretamente, problemas cujos objetivos estão contidos em duas disciplinas: a engenharia de produção e a administração de empresas.

Na obra intitulada *Modern Management* de J. E. Walters, publicada em 1937, pode-se ler:

> O gerenciamento de materiais e maquinário provavelmente recebeu mais atenção no passado que o gerenciamento de pessoal. No presente, a direção de relações humanas parece estar crescendo, embora ainda exista e deverá continuar existindo o problema da seleção, controle e disposição de materiais e maquinário no gerenciamento indutrial moderno[1].

O texto revela a preocupação com a integração dos fatores de produção que passa a incluir o fator humano como elemento fundamental.

Em 1944, durante a Segunda Guerra Mundial, Richard Muther publica sua primeira obra, intitulada *Production Line Technique*. Num dos capítulos, chega a mencionar o termo "production engineering" como significando o conjunto de operações para chegar ao projeto da linha de produção. A divisão em capítulos abrange os seguintes títulos: linha de produção, métodos e equipamentos, movimentação de materiais, arranjo físico (*layout*), balanceamento, instalação, organização e planejamento, controle de materiais, controle de produção, qualidade, manutenção, pessoal e flexibilidade.

O operador da tesoura de placas na Cosipa, inaugurando a sua nova cabine ergonômica.

1. The management of materials and machinery has probably received more attention in the past than management of men. At present, the direction of human relations seems to be increasing, though there still is and will be the problem of selection, control and disposition of materials and machinery in modern industrial management

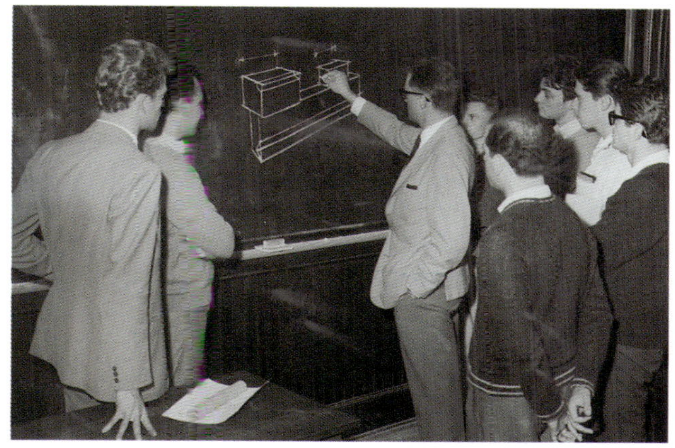

O professor Ruy Aguiar da Silva Leme.

Só não citou, por não ser necessário numa obra de caráter puramente técnico, disciplinas como estatística, finanças, economia, e outras que hoje constam dos currículos da engenharia de produção.

A partir da década de 1950, uma enxurrada de livros mais ou menos especializados em assuntos ligados à engenharia de produção, como administração de pessoal, controle de estoques, arranjo físico e outros, foram publicados principalmente nos EUA, Inglaterra, e em menor quantidade nos demais países. Manuais abrangentes, como *Production Handbook, Plant Engineering Handbook* e outros tornaram-se acessíveis em todo o mundo, inclusive o *Industrial Engineering* de Maynard, já citado.

Essa pequena análise, restrita a um número modesto de publicações, permite concluir que a integração dos fatores de produção com a sua administração iniciou-se efetivamente na década de 1930. O exemplo Ford foi muitíssimo importante, mas foi marcado muito mais pelo gênio intuitivo de seu autor, do que pela existência de um sistema organizado de planejamento. Henry Ford era o sistema, o que fica claro quando se lê *Os Princípios da Prosperidade*, tradução brasileira que reúne os seus três trabalhos: *Minha Vida e Minha Obra*, *Hoje e Amanhã* e *Minha Filosofia da Indústria*.

A Iniciativa Pioneira do prof. Ruy Leme

Mesmo os que colaboraram com o prof. Ruy Leme não conseguiam imaginar de onde ele tirara a idéia de fundar um Departamento de Engenharia de Produção na Escola Politécnica da Universidade de São Paulo. Hoje graças à sua proverbial modéstia, sabemos que a sugestão partiu do prof. Francisco Humberto Maffei, então diretor da Escola Politécnica da Universidade de São Paulo. O prof. Ruy Leme era assistente do prof. Carlos Alberto Vanzolini, catedrático da Cadeira 19, Economia Política, Organização do Trabalho e Estatística. Com o falecimento deste, Ruy Leme, com incrível pertinência, conseguiu, aos 32 anos, tornar-se professor catedrático da Politécnica. Oito anos mais tarde tornou-se também professor catedrático da Faculdade de Economia e Administração da USP.

O prof. Ruy não parecia ter qualquer simpatia por "chão de fábrica". Seus alunos achavam que ele era muito apto para ministrar estatística, economia e outras matérias afins. Entretanto, em 1956 ao receber a sugestão do prof. Maffei, percebeu que o recrudescimento de nossa expansão industrial pós-guerra ia exigir dos engenheiros brasileiros um novo tipo de competência que superava os conhecimentos necessários para a execução de projetos na área das engenharias clássicas, como mecânica, química ou civil.

Tornava-se indispensável, na visão do prof. Ruy, a existência de engenheiros que, além da competência técnica específica nas diversas áreas da engenharia, tivessem uma visão integrada das organizações que utilizam esses conhecimentos projetuais. Ou seja, não era necessário apenas saber projetar uma casa, era indispensável saber organizar e administrar a construção da casa de forma eficiente, segura e econômica. Não era necessário apenas projetar uma máquina mas, sim, saber ordenar os recursos e processos de fabricação para que a máquina, ou qualquer outro produto, fossem produzidos pelo mínimo custo, com a qualidade especificada, e sem sacrifícios físicos e psicológicos para todos os envolvidos.

Com essa firme convicção, o prof. Ruy promoveu, em 1956, a realização de uma série de cursos de extensão, que contaram com a presença de mais de trezentos inscritos. Além disso, começou a recrutar os primeiros professores para o novo departamento, que no início era apenas uma opção dentro do Departamento de Engenharia Mecânica da Escola Politécnica. Max Barcellos, Sérgio Kehl, Hans Link, Gert Hermann Reichert, Marcos Pontual, Claus Warchauer, Sillas Fonseca Redondo, José Carlos de Moraes Rego, Francisco Oliva e alguns outros foram convocados porque já tinham experiência profissional. Os demais eram, geralmente, recém-formados do curso de engenharia mecânica. Entre estes contamos com alguns pioneiros como Sérgio Baptista Zacharelli, Henrique Silveira de Almeida, Sérgio Luiz de Oliveira Assis, Sansão Woiler, Paulo Kirschner, Itiro Iida, Pedro Bueno, Otto Beckmann e outros.

Os primeiros professores, que não contavam com todos os conhecimentos necessários e devidamente organizados sobre a disciplina pela qual eram responsáveis, adotaram, às vezes, artifícios curiosos para conseguir ministrar as aulas. Um deles apresentou aos alunos os poucos livros disponíveis no mercado, com seus índices traduzidos para o português, e pediu sugestões sobre como organizar as aulas, já que ele próprio, apesar da vivência prática dos problemas, não tinha a necessária experiência didática. A sugestão veio rápida: "Professor, já que nem o senhor nem nós temos experiência, que tal se todos déssemos a aula?" A sugestão foi imediatamente aceita pelo professor. A matéria foi distribuída entre os alunos, o professor deu as aulas práticas, os alunos deram as aulas teóricas e tudo correu muito bem, com rendimento surpreendente.

A montagem dos currículos foi o grande desafio lançado aos novos professores. O principal apoio foi conseguido com a contratação do prof. Herbert Ludwig, um americano indicado pela Usaid para assessorar a implantação do novo departamento. Na verdade, o prof. Ludwig não era um "expert" no assunto, o que era natural, porque a engenharia de produção nos EUA também estava em seu início. Ele era apenas um ex-desenhista mecânico da Ford. Mas a dedicação do prof. Ludwig e sua capacidade de comunicação com as universidades americanas superou as suas dificuldades iniciais e permitiu não só a montagem de programas bastante adequados, como um bom e produtivo relacionamento no além-mar, do que resultaram inúmeras bolsas de estudo para nossos professores contratados.

Posteriormente, o prof. Ludwig foi substituído pelo comandante Burzinsky, oficial aposentado da marinha de guerra americana, com uma razoável experiência em processos industriais e construção naval. Como todos sabemos, a indústria naval americana, principalmente durante a última Guerra Mundial, marcou época pela competência e pontualidade com que construía em série os navios da linha "Victory", destinados ao transporte de tropas. O prof. Burzinsky continuou a assessorar com sucesso o trabalho de instalação do novo departamento, apoiado pela sua grande experiência na administração de atividades industriais complexas.

A seguir, tivemos a colaboração dos profs. Harris e Kischel. Este último, ao terminar sua estada no Brasil, declarou que o novo departamento já não necessitava mais de apoio externo.

Não obstante o trabalho profícuo de alguns professores com experiência profissional e a colaboração dos assessores americanos, o grande mérito pelo sucesso do departamento foi, indiscutivelmente, do prof. Ruy. Sem levantar a voz, mas com firmeza, ele contava com a admiração inconteste de todos os seus colaboradores. Não só dos colaboradores diretos: ele conseguiu, com seu prestígio, superar todos os percalços burocráticos e ainda simultaneamente, obter todos os títulos universitários. Assim, a engenharia de produção da Escola Politécnica de São Paulo, de simples opção dos cursos de engenharia mecânica, passou à condição de departamento em 1961.

O prof. Ruy, com seu profundo conhecimento de economia, estatística, programação linear e praticamente todas as demais disciplinas que constituíam o diversificado pacote da engenharia de produção, era continuamente solicitado a ingressar ou prestar seus serviços ou sua assistência técnica às empresas privadas e órgãos do governo. Entre esses convites destacam-se os que resultaram na sua nomeação para a presidência do Banco Central do Brasil, para diretor da Carteira de Expansão Econômica do Banco do Estado de São Paulo, para presidente da Companhia de Crédito, Financiamento e Investimento Comind, para diretor superintendente da Cícero Prado Participações e Empreendimentos, para diretor administrativo da Hidroservice, além de membro de uma série de conselhos e de consultorias contratadas por várias empresas. Enfim, um rol infindável de atividades como participação em conferências, simpósios e grupos de trabalho que, apesar de sua importância, não caberiam no contexto deste trabalho. Isso tudo sem contar a publicação de noventa artigos e doze livros.

Em 1967, Ruy Leme novamente mostrou sua intuição e constituiu a Fundação Carlos Alberto Vanzolini, com os seguintes objetivos: a) divulgar os conhecimentos científicos e tecnológicos inerentes à engenharia de produção e à administração industrial, visando ao aperfeiçoamento do estudo das disciplinas pertinentes e da respectiva didática; b) promover cursos, simpósios e estudos para a melhoria do ensino e do exercício profissional da engenharia de produção; c) colaborar, pelos meios adequados, com os institutos educacionais, com as universidades do país e com as instituições públicas e privadas, no desenvolvimento tecnológico da nação; d) criar e manter biblioteca, laboratórios tecnológicos, publicações técnicas e científicas, editar ou patrocinar a edição de obras e coleções no ramo da engenharia de produção e da administração industrial, instituir e manter bolsas de estudo, estágios, auxílios e assistência que, por qualquer forma, entendem-se com os objetivos da Fundação indicados neste artigo, e desde que o permitam os seus recursos.

Podemos dizer que a Fundação vem cumprindo integralmente os seus objetivos. São oferecidos cursos de especialização em temas da engenharia de produção para cerca de oitocentos alunos. Além disso, a Fundação oferece cursos especiais, onde estão inscritos cerca de trezentos alunos, abrangendo assuntos como qualidade e produtividade, gestão de projetos, capacitação em engenharia de produção para a engenharia civil, além de outros temas especiais.

A colaboração Departamento/Fundação vem resultando em extraordinários benefícios para ambas as instituições. Como conseqüência dessa colaboração, acaba de ser projetada uma ampliação das instalações físicas do Departamento de Engenharia de Produção, que deverá elevar suas dimensões de 4 mil m^2 para cerca de 11.500 m^2, o que permitirá dobrar o número de alunos regulares e, também, a quantidade de inscritos nos diversos cursos da Fundação.

Guardo uma lembrança feliz da inteligência do prof. Ruy quando fui solicitar sua ajuda para estruturar o currículo da disciplina, ainda sem nome, para a qual eu fora designado, devido à minha experiência prática. Juntei todos os livros que tinha conseguido e uma noite fui à sua casa. Havia livros de *layout*, de projeto de produto, de comercialização, de processos de fabricação e um muito especial sobre uma nova disciplina: o "Human Engineering" de McCormick, um autor americano. O prof. Ruy examinou atentamente os livros, ordenou-os sobre a mesa e sem hesitação propôs o óbvio: "O produto é a base de tudo o que fazemos. Esses livros tratam das relações do produto com o homem, do produto com o mercado e do produto com a fábrica. Logo, parece óbvio que a sua disciplina deve envolver a engenharia humana (mais tarde designada ergonomia), a comercialização e o 'plant layout' (mais tarde designado por arranjo físico). Processos de fabricação deixamos com o prof. Link, que é um 'expert' no assunto".

Essa decisão, rápida e precisa, moldou uma nova disciplina que foi denominada Produtos, Processos e Instalações Industriais. A maior novidade foi a introdução pioneira da ergonomia no currículo, cujo conteúdo visa humanizar os produtos do engenho humano, conciliando seu projeto com as características antropométricas, sensoriais, motoras e psicológicas do homem. E não o inverso como costuma acontecer…

A ergonomia despertou, no início, um interesse reduzido. A primeira experiência que tive com o assunto se deu quando era diretor técnico de uma velha fábrica manual da Nadir Figueiredo, o grande e tradicional produtor de artigos de vidro doméstico. Sem perceber que estávamos utilizando na velha fábrica manual os ensinamentos da engenharia de produção e, muito menos, a ergonomia, executamos uma série de aperfeiçoamentos nos desumanos processos tradicionais, que não cabe expor no contexto deste trabalho. Os resultados foram espetaculares, tanto na produtividade quanto no processo de humanização da fábrica.

Em 1976, fui convidado, aliás, intimado, pelo engenheiro Plínio Assmann, presidente da Cia. do Metropolitano de São Paulo, a montar uma empresa para projetar o desenho industrial dos novos trens que iriam servir a linha Leste-Oeste, envolvendo alguns sistemas técnicos como iluminação, ventilação e passagem entre carros, posteriormente dispensada. O grande desafio em reduzir o custo e o tempo de fabricação dos carros é facilitar a sua manutenção, ou seja, harmonizar o binômio produto x produção. Um problema típico de engenharia de produção, com evidente preocupação com a estética do produto final.

Fascinado com a oportunidade e a magnitude do problema, pedi demissão da Nadir Figueiredo e montei uma pequena empresa, denominada Gapp – Grupo Associado de Pesquisa e Planejamento. Foram contratados engenheiros e desenhistas industriais que deram uma contribuição apreciável ao projeto. Mas a verdadeira contribuição partiu de outra esfera de conhecimento. Os profs. Itiro Iida, formado pela Escola Politécnica da USP, e João Bezerra de Menezes, formado pela Escola Superior de Desenho Industrial (Rio), convidados a colaborar, identificaram mais um fator fundamental para a qualidade do problema: o projeto do trem, como instrumento destinado a transportar seres humanos era um típico problema de ergonomia. Assim, sem descuidar dos fatores técnicos e formais, a pesquisa ergonômica passou a encabeçar o projeto, que acabou unanimemente aprovado pelos técnicos do Metrô.

O Gapp passou a ser o único escritório preocupado com a integração entre a engenharia de produção e a engenharia humana, ou engenharia de sistemas homem-máquina, como foi designada a nova especialidade. Realizou cerca de quatrocentos projetos para indústrias siderúrgicas, concessionárias de ferrovias, indústrias automobilísticas, empresas de transporte urbano e inúmeras outras, onde o tratamento ergonômico certamente melhorou as condições de saúde, de segurança e de conforto físico e psicológico dos trabalhadores e usuários.

Na indústria siderúrgica, estamos certos, inúmeras vidas foram salvas ou, pelo menos, prolongadas. Os novos postos de trabalho associados às medidas de saneamento ambiental promovidas pelo engenheiro Plínio Assmann causaram um espetacular aumento na produtividade da Cosipa.

O prof. Ruy foi o grande mentor intelectual de todas essas iniciativas frutuosas. Fazia tudo com uma energia aparentemente inesgotável, mantendo a indiscutível autoridade moral e a serenidade, que resultavam da sua reconhecida competência. Era enérgico mas calmo, seguro em suas convicções, capaz de persuadir sem obrigar. Enfim, um grande professor, executivo e consultor, a quem o Brasil deve uma boa parcela do seu desenvolvimento, apoiado que foi pelo enorme contingente de profissionais na área da engenharia de produção, que ele criou direta ou indiretamente.

A Estrutura Curricular da Engenharia de Produção

A estrutura curricular de uma nova especialidade dentro da engenharia, como é o caso da engenharia de produção, é influenciada por vários fatores que evoluem ao longo do tempo:

- Em primeiro lugar, está a evolução do "estado da arte", que se modifica continuamente e de forma cada vez mais rápida, principalmente quando se trata de disciplinas de alto conteúdo tecnológico. O volume de conhecimentos aumenta com rapidez e os currículos dos cursos de engenharia de produção, como de outras disciplinas, tendem a fragmentar-se e especializar-se, como já ocorreu em um passado recente. Só dessa forma cada formando terá capacidade de absorver todos os ensinamentos recebidos e participar de equipes multidisciplinares, as únicas aptas a resolver em conjunto os problemas de complexidade crescente que se apresentam na atualidade.
- Em segundo lugar, podemos apontar a disponibilidade dos recursos para aulas práticas que, quando escassos, podem privilegiar as disciplinas de cunho teórico, com a presença dominante do "professor expositor". A formação prática dos alunos, ou seja, sua competência operacional fica transferida para a vida profissional, após o término do curso. Essa situação pode ser amenizada quando a escola mantém um intercâmbio ativo com empresas e organizações em geral, objetivando estágios que busquem familiarizar os alunos com os problemas reais do mercado de trabalho.
- O terceiro fator, com larga influência na estrutura curricular, é a presença ou não do ensino voltada ao futuro, isto é, da preocupação com a prospecção de problemas emergentes e a antecipação de soluções para os mesmos. Esse fator não depende tanto da natureza dos recursos disponíveis, quanto da atitude do corpo docente com relação aos problemas que os alunos presentes terão de enfrentar após a formatura. Essa atitude transforma a escola em fonte de soluções alternativas e induz professores e alunos a se preocuparem com a evolução das questões sociais, políticas e econômicas, incluindo obrigatoriamente as ecológicas. Só assim o aprendizado ganhará uma dimensão ética e induzirá professores e alunos a construírem o modelo de um mundo melhor e mais promissor do que este em que estamos vivendo atualmente.

Em resumo, os currículos dos cursos de engenharia de produção devem estar preparados para, em futuro não muito

PÁG. SEGUINTE

Etapa 1 – **Montagem dos gabaritos retirados de casa concluída no dia anterior.**
Etapa 2 – **Colocação das vigas e ripas do telhado, em módulos pré-fabricados.**
Etapa 3 – **Fixação das esquadrias de portas e janelas, instalações elétricas e hidráulicas ao gabarito (fim do 1º dia).**
Etapa 4 – **No segundo dia, fechamento com blocos ou tijolos; no terceiro, arremates das paredes, telhado etc. Os gabaritos estão prontos para serem transferidos para a próxima casa.**

remoto, considerar a possibilidade de uma divisão em novas especialidades envolvendo a manufatura e outras atividades como comércio, finanças ou prestação de serviços, cujos limites hoje não estão perfeitamente definidos, embora, nesse momento já existam disciplinas voltadas a esses temas.

Quanto à estrutura curricular propriamente dita, podemos distinguir três diferentes grupos de disciplinas:

A. Disciplinas preparatórias

A serem ministradas antes da opção feita pelo aluno sobre qual especialidade da engenharia pretende seguir. Do seu currículo devem constar:

- Introdução à Engenharia de Produção.
- Noções de Operação Geral.
- Noções de Operação Industrial.
- Noções de Operação nos Serviços.

B. Disciplinas específicas da engenharia de produção

Contém as disciplinas que constituem o cerne da engenharia de produção. São divididas em três grupos:

1) O produto e o homem – abrange os conhecimentos dos problemas que o homem enfrenta nas suas relações com os produtos e serviços que utiliza: a ergonomia e a engenharia dos sistemas homem-máquina; noções de estética industrial; higiene e segurança industrial.
2) O produto e o mercado – abrange os problemas de conhecimento e de relacionamento com o mercado e os meios de comunicação; noções de marketing; técnicas de pesquisa do mercado; a ética para a sobrevivência.
3) O produto e a produção – envolve os procedimentos técnicos necessários ao projeto, montagem e operação dos recursos destinados a eliminar os conflitos organizacionais, mediante reforma ou construção da infraestrutura física, assim como os processos dinâmicos de operação dos recursos de produção; processos e equipamentos de fabricação; tempos e métodos; movimentação e armazenagem; o arranjo físico; planejamento e controle da produção; planejamento e controle da qualidade; automação; manutenção; projetos industriais; higiene e segurança industrial; estratégias da produção; laboratórios de engenharia de produção.

C. Disciplinas de apoio à Engenharia de Produção

Economia e Finanças: economia geral; economia de empresas; economia da produção; custos e finanças; contabilidade.

Estatística: probabilidade aplicada à produção; estatística aplicada à produção; pesquisa operacional.

Informática: a informação na engenharia de produção; laboratório de informática.

Este é o currículo básico reagrupado, cujos títulos se aproximam daqueles em vigor na Escola Politécnica da USP e outras escolas de engenharia de produção no Brasil. Não vale a pena analisar a evolução deste currículo desde a sua versão original, porque as modificações sofridas foram devidas à inclusão ou exclusão de disciplinas, cuja importância oscilou com a evolução tecnológica dos recursos físicos utilizados. Cite-se de passagem a informática, a automação industrial e todas as implicações daí decorrentes. Ele serve apenas de guia para os que queiram ingressar no ensino ou no aprendizado da engenharia de produção no Brasil.

Créditos das imagens

CAPÍTULO 1

Página 12 – TELLES, Augusto C. da Silva. *Atlas dos Monumentos Históricos do Brasil*. Rio de Janeiro, Ministério da Educação e Cultura, Fundação Nacional de Material Escolar, 1975.

Página 13 – *São Paulo: Onde Está sua História*. São Paulo, Secretaria da Cultura, 1981.

Página 16 – BARBOSA, Maria Valéria *et al. Santos na Formação do Brasil: 500 Anos de História*. Santos, Fundação Arquivo e Memória de Santos, 2000.

Página 18 – Acervo pessoal do autor.

Página 21 – INSTITUTO Brasileiro de Educação, Ciências e Cultura. *Brasília*. Rio de Janeiro, IBECC, 1969.

CAPÍTULO 2

Página 28 – REIS, Nestor Goulart. *Imagens de Vilas e Cidades do Brasil-Colonial*. Uspiana – Brasil 500 Anos, São Paulo, Edusp/Imprensa Oficial, 2000, p. 27.

Páginas 30, 32, 36, 37, 39 – TELLES, A. C. S. *Atlas dos Monumentos Históricos do Brasil*.

Páginas 31, 33 – Acervo pessoal do autor.

Página 38 – VALLADARES, Clarival do Prado. *Nordeste Histórico e Monumental*. Rio de Janeiro, Odebrecht, 1990.

CAPÍTULO 3

Todas as imagens são do acervo pessoal do autor.

CAPÍTULO 4

Todas as imagens são do acervo pessoal do autor.

CAPÍTULO 5

Página 87 – TELLES, Pedro C. da Silva. *História da Engenharia no Brasil*. Rio de Janeiro, Clavero, 1994, v. 2.

Página 88 – Barbosa, M. V. *et al. Santos na Formação do Brasil: 500 Anos de História*, p. 45.

Página 90 – SEVCENKO, Nicolau. *A Revolta da Vacina: Mentes Insanas em Corpos Rebeldes*. São Paulo, Scipione, 1993, p. 21.

Páginas 94, 96 – Acervo pessoal do autor.

CAPÍTULO 6

Todas as imagens são do acervo pessoal do autor.

CAPÍTULO 7

Página 112 – CORRÊA, Dora S. & ALVIM, Zuleika M. F. *A Água no Olhar da História*. São Paulo, Secretaria do Meio Ambiente, 1999.

Página 116 – TELLES, P. C. S. *História da Engenharia no Brasil*.

Página 117 – Acervo pessoal do autor.

CAPÍTULO 8

Página 126 – *São Paulo, 110 Anos de Industrialização: 1880-1990*. São Paulo, Três, 1992, p. 104.

Página 136 – KOTSCHO, Ricardo. *Serra Pelada: Uma Ferida Aberta na Selva*. São Paulo, Brasiliense, 1984. Encarte.

CAPÍTULO 9

Páginas 142, 144 – BARDI, P. M. *Lembrança do "Trem de Ferro"*. São Paulo, Banco Sudameris, 1983.

As outras imagens são do acervo pessoal do autor.

CAPÍTULO 10

Todas as imagens são do acervo pessoal do autor.

CAPÍTULO 11

Página 182, 195 – SANTOS, Rubens R. dos. *Aeroportos: Do Campo de Aviação à Área Terminal*. São Paulo, Contar, 1985, p. 49.

Página 186, 192 – Vespucci, Ana Cândida *et al.* *Aeroporto Santos Dumont*: 1936-1996. São Paulo, Empresa das Artes, 1996.
As outras imagens são do acervo pessoal do autor.

CAPÍTULO 12

Página 204 e 205 – Corrêa, O. S. & Alvim, Z. M. F. *A Água no Olhar da História*.
As outras imagens são do acervo pessoal do autor.

CAPÍTULO 13

Acervo pessoal do autor.

CAPÍTULO 14

Página 224 – *Grande Enciclopédia Delta Larousse*. "Rio de Janeiro". Rio de Janeiro, Delta, 1978.
Página 228 – *Portos do Brasil*. Rio de Janeiro, Dep. Nacional de Portos e Vias Navegáveis, 1968.
Página 230 – Laboratório Nacional de Engenharia Civil. Memória n. 414.
Página 231 – *Livro do Rio Tietê*. São Paulo, Estúdio Ro, 1991.
Página 234 – *Departamento de Águas e Energia Elétrica. Complexo Vala Grande, Mar Pequeno, Rio Ribeira de Iguape*. São Paulo, Geobras, 1965.
Página 236 – Ackerman, A. J. *Billings and Water Power in Brazil*. Madison, NY, American Society of Civil Engineers, 1953.
As outras imagens são do acervo pessoal do autor.

CAPÍTULO 15

Todas as imagens são do acervo pessoal do autor.

CAPÍTULO 18

Todas as imagens são do acervo pessoal do autor.

CAPÍTULO 19

Todas as imagens são do acervo pessoal do autor.

CAPÍTULO 21

Página 319 – Belluzo, Ana M. M. *Imaginário do Novo Mundo: Brasil dos Viajantes*. São Paulo, Odebrecht, 1994, v. 1.
Página 320 – Kossoy, Boris & Carneiro, Maria L. T. *O Olhar Europeu: O Negro na Iconografia Brasileira*. São Paulo, Edusp, 1994.
Páginas 326, 327 – *Revista Manchete*. Especial Brasil 81. Rio de Janeiro, set. 1981.

CAPÍTULOS 22 E 23

Todas as imagens são do acervo pessoal dos autores.

Título	*500 Anos de Engenharia no Brasil*
Organizador	José Carlos T. B. Moraes
Produção	Marilena Vizentin
Design	Ricardo Assis
Assistentes de Design	Ana Paula Fujita
	Tomás Martins
Pesquisa Iconográfica	Kátia Aily Franco de Camargo
	Marilena Vizentin
Revisão de Texto	Marilena Vizentin
Revisão de Provas	Fábio Duarte Joly
	Marilena Vizentin
	Jonathan Busato
Arte-final	Júlia Doi
	Andrea Yanaguita
	Tereza Harumi Kikuchi
Divulgação	Regina Brandão
	Bárbara Borges
	Taciana Vaz
Secretaria Editorial	Eliane dos Santos
Formato	26 x 28 cm
Tipologia	Minion e Officina Sans
Papel	Couché fosco 120 g/m² (miolo)
	Couché fosco 180 g/m² (sobrecapa)
Número de páginas	384
Tiragem	2.000

ctp, impressão e acabamento

imprensaoficial

Rua da Mooca, 1921 São Paulo SP
Fones: 6099-9800 - 0800 123401
www.imprensaoficial.com.br